基础性、拓展性通识课程系列教材

顾问◎刘沛林　总主编◎皮修平　副总主编◎王　鹏

文学欣赏

主编◎朱迪光　副主编◎左其福　阳姣丽　曾朝阳

华东师范大学出版社

文学阅读

序

　　培养有健全人格的公民,一直是人类教育追求的终极目的。为达此目的,古希腊先哲亚里士多德率先进行了积极的探索并提出了"自由教育"(亦称"博雅教育"或"文雅教育")这一命题,他主张通过读、写、音乐、绘画、哲学等来培养公民的子女,使他们具有"自由而高尚的情操"。亚里士多德的"自由教育"命题和主张对西方乃至全人类的教育思想和教育实践产生了深远的影响,为后来西方大学"通识教育"理念的形成和发展奠定了思想基础。

　　从17世纪30年代开始,西方的一些大学开始尝试通识教育。到20世纪初,一些美国高校开始开设通识教育课程并不断进行改革创新。20世纪40年代,哈佛大学校长科南特在《自由社会的通识教育》(1945年哈佛报告书)中首次明确提出了通识教育的目标:有效的思考、思想的沟通、恰当的判断、分辨各种价值。科南特在该报告的导言中指出,"通识教育的核心问题,是使自由和人道的传统持续不断,单单获得知识,发展专门技能与专门能力,并不能为理解奠定宽广的基础,而理解恰恰是维护我们的文明的基本要素","甚至即使学生在数学、物理学、化学、生物学等方面有扎实的基础,而且能够读写几种语言,仍然没有为自由社会的公民提供足够的教育背景,因为这样的课程和人类个人的情感经验、人类群体的实践经验缺乏联系"。他认为课程应该包括人文学科、社会学科、自然学科三大领域。此后,美国各大学普遍关注通识教育,纷纷开设通识教育课程。到了20世纪50年代末和70年代末,美国大学掀起了两次通识教育改革高潮,确定了"核心课程"模式的美国通识教育的框架。

　　战后美国快速发展的历史从一个侧面表明,美国大学的通识教育无疑是成功的。因为从某种意义上来说,它为美国经济社会的发展和科学技术的进步奠定了"教育基础",它为美国成为世界科技强国和经济强国孕育了一大批人文大师、科学巨匠和杰出的创新型人才。因此,美国大学的通识教育令世人瞩目,成为世界各国大学学习、模仿、借鉴的典范。目前,虽然人们对于通识教育的内涵和目标还存在不尽一致的看法,但通识教育作为一种教育观已逐渐成为大学教育教学改革的核心理念之一。

　　进入21世纪以来,面对更加激烈的国际竞争,世界各国都不约而同地从战略高度对教育特别是高等教育寄予了更高的期望,提出了更高的要求,而且采取了一系列重大改革举措。中国作为最大的发展中国家,立足于实现中国现代化和中华民族的伟大复兴,强调全面推进素质教育、培养全面发展的公民,并陆续提出和实施科教兴国战略、人才强国战略、建设创新型国家和文化强国战略,对高等教育和高校提出了新的更高的要求,先后实施"211工程"、"985工程"和"高等学校教学质量与教学改革工程",要求高校把"创新人才培养模式,提高人才培养质量"作为高等教育改革发展的核心。在这种背景下,我国高等教育战线掀起了一场教育教学改革热潮。各高校纷纷探索和尝试新的人才培养模式,调整学科专业结构,修订人才培养方案,优化课程体系,强化教材建设,转变教学方式,更新教学手段。特别需要指出的是,受到美国通识教育的启发,针对建国后我国高等教育过分强调专业教育而忽视大学生综合素质教育培养的弊端,从20世纪末开始,我国在部分高校先后进行了"文化素质教育"的试点和推广,由此开启了我国高校中国特色的通识教育改革与研究的大门。

然而在这些改革中,由于受到传统教育观念的束缚,加之对通识教育的目的以及其普通性、基础性、广博性、主体性和深刻性等特征认识的不足,大多数高校的通识教育改革仍处于起步阶段。时至今日,作为知识与技能、过程与方法、情感态度与价值观等主要载体的通识教育课程和教材的建设以及教学方式的转变尚未取得令人可喜的突破,人才培养的效果和质量仍不能满足经济社会发展和学生个性发展的需要,"创新人才培养模式,提高人才培养质量"依然任重道远。

但是任何改革从来都是"开弓没有回头箭",通识教育教学改革更是如此。因为通识教育改革涉及的对象最终是人,确切地讲是学生及其发展,而且每一个学生背后连系着一个家庭的希望,每一代学生的成长与发展都连系着国家和民族的未来。美国教育家欧内斯特·博耶认为,发展个性与强调社会责任是高等教育的两个强有力的传统,具有极其重要的地位。所以,高校的通识教育课程改革和教材建设必须站在学生的可持续发展和成才的需要上,必须站在国家经济社会发展的需要上。具体而言,高校的通识教育课程改革和教材建设要有利于学生健全人格、全面发展的需要和国家未来对创新型建设人才的需要,把基础知识的积累、基本技能的训练、生活态度的形成、审美情绪的陶冶、人文修养的塑造、科学思维的培养、精神意志的砥砺、生命成长的体验、人生智慧的启迪、理想信念的养成和价值观的树立等统摄到学生自我发展、自觉发展和国家经济社会发展的需要上来,而不是以教育工具性的短视目光仅仅观照学生近期专业发展和就业求职的浅层需要。

衡阳师范学院作为一所拥有百年历史的地方高师院校,2005年以来在通识教育教学改革方面作了大量的探索和实践,先后三次修订人才培养方案,每一次修订都将通识教育课程体系优化与教材建设作为突破通识教育改革瓶颈的切入点。我们立足校本,组织精干力量精心编写了《生命与健康》、《文学欣赏》、《音乐鉴赏》、《大学美术鉴赏》、《儒学与修身》等30部通识课程教材,并将之命名为"基础性、拓展性通识课程系列教材"。这套通识课程系列教材主要有以下四个方面的特点:

一是模块化和有机性。在体系结构上体现了模块化的特点,整套教材分为"生命·生活·健康"、"文化·修养·成长"、"科学·技术·技能"和"经济·商务·管理"四个模块,贯彻了哈佛大学前任校长科南特的通识教育课程应是人文学科、社会学科、自然学科三大领域有机结合的课程体系思想。

二是基础性和深刻性。30部教材所涉及的知识内容都与当代大学生的基本认知、基本观念、基本技能和基本素质的形成密切相关,着眼于帮助大学生对相关基础学科基本内容和基本方法的了解和掌握,为以后的专业学习及个人的发展打下广泛的基础。整套教材也不仅仅是让学生获取多方面的基础知识,更重要的是通过对基础知识的学习,促进学生的思维发展,发展其理性,拓展其智慧,触及其灵魂,陶冶其人格,从而促进人的和谐发展。

三是广阔性和拓展性。整套教材试图通过广泛的"知识食谱",为学生提供多种多样的知识素养,帮助大学生拓展对文学、艺术、经济、管理、生活、生命、信仰、哲学和科学等的了解,开阔其胸襟,陶冶其情操,使其人生更加充实,精神不断升华,从而提高其文化品位和生命质量。

四是普适性和通俗性。整套教材尽管在体例构思上不拘一格,在编写风格上也各显特色,但在语言文字表达上都尽可能地突出普适性和通俗性,不管是理论阐述,还是举例说理,都力求具有逻辑性、思想性和亲近感,让每一位大学生读者和一般读者都能阅读、理解和分享。

　　当然,作为一所地方高师院校教育教学改革的一种尝试,我们编写的这套教材无疑有许多需要改进和完善的地方,比如在课程模块上仍需进一步优化充实,在教材内容上仍需进一步突出丰富化和延展性,等等。但"千里之行,始于足下",教材建设从来都要经历"尝试——优化——完善"这样一个过程,大学通识课程的教材建设更是如此。令人欣慰的是,我们现在已经迈出了可贵的第一步。在此,我们要特别感谢华东师范大学出版社,没有他们的精心策划和大力支持,这套教材也难以与读者见面。

总主编

2011 年 11 月

前言

　　文学欣赏是人类独有的一种精神活动,它是通过阅读由文字符号组成的文学性的文本而获得的一种精神享受。有人把它与文学批评活动混为一谈,附加了许多文学理论专业方面的要求。有人又把它当作一种审美活动,过多地从审美原理方面进行细致的分析。还有人将它当作一种修养,给它承载了许多道德的内容。应该说,普通人的文学欣赏与以上所列均有关联,但将它完全等同于其中的一种,就显得比较荒谬。从最本质的意义来说,普通人的文学欣赏是普通人所必须的又是天然的心智活动,它是人类所在文化的熏陶的产物,就像人类在母腹中吸收营养一样,普通人在文化的母腹中本能地会文学欣赏。因而文学欣赏的目的之一就是有利于人的成长。人类成长的童年应该是快乐的,所以,文学欣赏又与下棋、唱歌等娱乐活动有某些共同的特征。这种共同的特征就是娱乐性和休闲性。因此,文学欣赏教程,是普通人,当然他们可以是大学生,或别的人士,但绝不是文学研究专业人士的文学欣赏教程,因此必须结合这一特征进行设计和安排。

　　既然我们明了普通人的文学欣赏的目的以及特征,那么,文学欣赏的方法或模式,显然不能照搬文艺学、美学的方法或模式。当然,必要的借鉴是不可或缺的。这种文学欣赏教程是适用于普通人尤其是正在受教育的非文学专业的大学生,因此,了解和分析他们的文学欣赏模式就成了一个不可省略的步骤。目前在校的大学生,或者普通人的文学欣赏的模式是怎样的呢?古人说:熟读唐诗三百首,不会吟诗也会吟。那是通过记诵而掌握文学的模式,这种模式是往往熟记了一大堆诗词歌赋、锦绣文章,但却不求甚解,或是知其然而不知其所以然。西方的分析方法传到中国后,尤其是从中华人民共和国成立后,普通人的文学欣赏模式是二重性的或称分裂式的。一方面,人们在中小学所接受的教育形成了文学欣赏的三段式模式,即了解(时代背景)、分析(段落层次、中心思想)、概括(艺术特色);另一方面,人们在日常文学欣赏中只读自己觉得"有味的",形成的印象可能是片面的,但却是有自己"心得"的。前面这种种模式都是有问题的。或重记诵而轻理解,或重理解而肢解作品,或重感性而乏理性把握,或重理性乏激情。新的文学欣赏的模式就必须取两者之长而避其短:在整体的体验中适度地进行理性探寻。

　　文学欣赏教程的内容,按照体裁,可以分为诗歌、散文、小说、戏剧等单元进行编写,也可以按时代,分成古代、现当代文学等单元进行编写,还可以按国别,分为中国文学、外国文学两个单元进行编写。这三种编写法似乎都有人采用。更多的是将这三者综合起来。本书亦采用综合的方式。一级目录按体裁,二级目录按时代和国别。全书一方面全面地介绍了中国和外国的文学作品的全貌,使大学生对人类的文学作品有一个比较全面的印象,另一方面又通过作品欣赏实例分析,因势利导地发现和培养学生文学欣赏的兴趣和能力。本书有几点与别的教科书不同。一是针对我国外国文学作品的现状,将外国文学作品称之为外国文学作品汉语译文欣赏。二是重在对学生自身文学欣赏能力的发现与培养,提倡学生多记忆名作名篇,也提倡学生通过诵读活动进一步掌握作品。这样做的目的就是为了贴近现实、贴近普通人,培养他们的欣赏能力,提高文化素养。

本书编写情况如下:第一章由左其福撰写,第二章第一节由朱迪光、严春华撰写,第二节由阳姣丽、严春华撰写,第三节由吴戬撰写;第三章第一节由曾朝阳、朱弘毅撰写,第二节由阳姣丽撰写,第三节由曾朝阳撰写;第四章第一节由阳建雄撰写,第二节第三节由秦秋咀撰写;第五章由伍光辉撰写。全书由朱迪光统稿。

本教科书虽然介绍了中国和外国文学作品的全貌,含古今中外于一炉,但教学时应有所侧重。教师可以根据自己和学生的情况,特别是根据课时的情况,将有些章节作为重点教学单元,而其他的主要让学生自学。

目录

第一章◎导论 / 1
第一节　什么是文学 / 1
第二节　我们为什么需要文学 / 3
第三节　文学阅读与欣赏 / 4

第二章◎诗歌欣赏 / 7
第一节　中国古代诗歌欣赏 / 7
　　一、中国古代诗歌综述 / 7
　　二、中国古代诗歌欣赏实例 / 12
　　三、作品选 / 21
第二节　中国现当代诗歌欣赏 / 32
　　一、中国现当代诗歌概述 / 32
　　二、中国现当代诗歌欣赏
　　　　实例 / 35
　　三、作品选 / 40
第三节　外国诗歌欣赏 / 55
　　一、外国诗歌综述 / 55
　　二、外国诗歌及汉语译文欣赏实例 / 59
　　三、作品选 / 63

第三章◎小说欣赏 / 79
第一节　中国古代小说欣赏 / 79
　　一、中国古代小说综述 / 79
　　二、中国古代小说欣赏实例 / 85
　　三、作品选 / 91
第二节　中国现当代小说欣赏 / 105
　　一、中国现当代小说概述 / 105
　　二、中国现当代小说欣赏实例 / 107
　　三、作品选 / 115
第三节　外国小说欣赏 / 119
　　一、外国小说概述 / 119
　　二、外国小说及汉语译文欣赏实例 / 128

　　三、作品选 / 130

第四章◎散文欣赏 / 134
第一节　中国古代散文欣赏 / 134
　　一、中国古代散文综述 / 134
　　二、中国古代散文欣赏实例 / 137
　　三、作品选 / 143
第二节　中国现当代散文欣赏 / 147
　　一、中国现当代散文概述 / 147
　　二、中国现当代散文欣赏
　　　　实例 / 152
　　三、作品选 / 158
第三节　外国散文欣赏 / 167
　　一、外国散文概述 / 167
　　二、外国散文及汉语译文欣赏
　　　　实例 / 171
　　三、作品选 / 174

第五章◎戏剧欣赏 / 182
第一节　中国古代戏剧欣赏 / 182
　　一、中国古代戏剧综述 / 182
　　二、中国古代戏剧欣赏实例 / 186
　　三、作品选 / 189
第二节　中国现当代戏剧欣赏 / 196
　　一、中国现当代戏剧概述 / 196
　　二、中国现当代戏剧欣赏实例 / 202
　　三、作品选 / 205
第三节　外国戏剧欣赏 / 214
　　一、外国戏剧概述 / 214
　　二、外国戏剧及汉语译文欣赏
　　　　实例 / 221
　　三、作品选 / 226

第一章　导论

第一节 ※ 什么是文学

对普通读者而言,大概很少有人会问什么是文学,因为大家非常清楚,文学指的不过是我们经常阅读的诗歌、小说、戏剧和散文一类的作品,而这些作品在出版发行之时或在各种文学教育之中就已经被明确地标示出来,无需我们忧虑。可是,作为人类特有的一种精神文化现象,文学并非我们想象的这样简单,我们不能以如此草率的方式将其打发开去。同时,不是所有的读者都只满足于对作家作品的一般性了解,他们想要知道得更多,并且希望发掘文学自身的秘密,比如什么样的作品可以称之为文学,什么样的作品算是好的文学,文学与非文学之间有没有清晰的界限等等。如果以这样的眼光来打量文学,文学立刻变得复杂起来。

文学的确是一种复杂的现象,如何定义文学也是当今文艺学界的一大难题。原因在于,文学有着漫长的历史。如果从西方的《荷马史诗》算起,文学已经存在了至少 2500 年,如果以中国的《诗经》来计算,文学的历史则更长。这仅仅是以书面文学为例,还不包括此前已经出现、而今无从查考的数量众多的口头文学。在这漫长的历史过程中,人们对文学的观念认识在不断地变化。其次,文学有不同的样式,诗、词、曲、赋、小说、传奇等等都是文学,而这些文学样式之间往往难以找出可供人们轻易辨认的共同之点。更为重要的是,文学不是一种静态的存在,而是一个活动的系统。美国当代文艺理论家 M·H·艾布拉姆斯指出,文学是由世界、作家、作品、读者四要素构成,这四个要素相互作用、相互影响,最终形成文学的总体格局。[①] 实际上,文学作为一个有机的活动系统,还包括许多其他的要素和环节,比如文学的媒介,文学的出版、发行、包装、宣传等等,这些都是我们认识文学所必须认真加以对待的。

据考证,"文学"之名早在我国先秦典籍中已经出现,《论语·先进篇》讲到孔门四科,就有"文学子游子夏"之语。在西方,英语世界中的"文学"(literature)一词虽然晚至 14 世纪才出现,但作为该词词源的拉丁文——"littera"早已存在。不过,它们非指专门的诗词歌赋、小说戏剧之类的作品,而泛指一切言语行为及作品。文学与文章、文献、学问同义,是"文化"的别名。正如近代学者章太炎所言:"文学者,以有文字著于竹帛,故谓之文;论其法式,谓之文学。"(《国故论衡·文学总略》)英国当代著名文化批评家雷蒙·威廉斯也指出:"Literature 从 14 世纪起出现在英文里,其意为'通过阅读所得到的高雅知识'……因此,a man of literature 或 a man of letters 是指我们现在所称的'博学的人'。"[②]大体而言,中国魏晋以前,西方 18 世纪以前,人们谈论的就是这种"文学"。为便于分析,我们可以称之为文化的文学或者泛文学。

近现代以来,随着学科之间的分化和现代大学制度的建立,人们在文学研究和文学批评中谈论更多的不再是文化的文学和泛文学,而是具有某种自律色彩的"审美的文学",这种文学随着个体意识的觉醒和人性的解放而出现,它以个体的情感体验为基础,以想象和虚构等主观因素为标识。上个世纪 40 年代,美国学者韦勒克与沃伦合著的《文学理论》一书中强调指出,文学应当寻找自身独立存在的理由和目的而与社会学、政治学、伦理学等其他学科区别开来。他提议说,"最好只把那些美感作用占主导地位的作品视为文学,同时也承认那些不以审美为目标

---

① [美]M·H·艾布拉姆斯:《镜与灯——浪漫主义文论及批评传统》,郦稚牛等译,北京大学出版社 2004 年版。
② [英]雷蒙·威廉斯:《关键词:文化与社会的词汇》,刘建基译,三联书店 2005 年版,第 268 页。

的作品,如科学论文、哲学论文、政治性小册子、布道文等也可以具有诸如风格和章法等美学因素。但是,文学的本质最清楚地显现于文学所涉猎的范畴中。文学艺术的中心显然是在抒情诗、史诗和戏剧等传统的文学类型上。"①韦勒克所理解的审美或美感包括"无为的观照"(disinterested contemplation)、"美感距离"(aesthetic distance)和"框架"(framing),这些因素在文学活动中具体表现为虚构性、创造性和想象性,"我们承认'虚构性'、'创造性'或'想象性'是文学的突出特征"。②韦勒克的文学观是一种典型的现代文学观,它非常清晰地将表现个人心灵世界和情感冲动的文学与一般的实用写作和历史文献区别开来,进而给予文学独立存在的价值。当然,这一做法不是韦勒克的首创。公元5世纪,我国南北朝时期宋文帝建立"四学",单列"文学"以与"儒学"、"玄学"、"史学"相区别,标志着文学开始走向独立发展的道路。在西方,这一过程大致完成于16至18世纪,其标志性的事件是1747年法国作家查理斯·巴托将以诗歌为代表的文学正式命名为"美的艺术"并广泛流行。从此,过去那种将手工艺和科学均容纳其中的包罗万象的"艺术"不复存在,而只有"美的艺术"才是艺术,也只有"审美的文学"才是文学。

总而言之,从混沌走向分化、从实用走向审美是中西方文学发展的共同规律,这使得以情感性、想象性和虚构性为主要特征同时又具有明确学科分工意识的现代文学观念深入人心,并为研究者们所接受。但是,自20世纪中叶以来,随着英美分析哲学和美学、特别是后现代主义和文化研究等思潮的兴起,文学的现代观念成了许多理论家们质疑的对象,他们认为不同的文学样式之间并没有共同的规律或本质,甚至文学与非文学之间也不存在明确的边界,任何对于文学本质特征的界定或描述都可以用某些"例外"轻易推翻。在他们看来,文学的本质不过是本质主义的思维方式或者某些权力话语运作的产物,它不为文学本身所具有。在此情形下,许多批评者们不再去研究托尔斯泰、莎士比亚、鲁迅等这些经典作家的作品,而是把目光转向了电视、广告、性别、种族歧视、街心花园等这些五花八门的时髦话题。一时间,文学似乎又回到了早期状态,文学与非文学的边界重新变得模糊。对此,美国学者乔纳森·卡勒不无调侃地说,"文学也许就像杂草一样"。③杂草没有任何共同的植物特征,杂草不过是园子的主人不希望长在园里的植物。卡勒想要说的是,文学也是如此,什么是文学、什么不是文学没有任何客观标准,它完全取决于读者个人的主观态度。因此,我们与其费尽心思探求文学的本质,不如耐心考察一下,不同的时空条件下人们基于何种考量把何种言语行为判定为文学。

对于反本质主义者而言,文学的杂草比喻确实具有一定的说服力和吸引力,但是这种拒绝文学本质的行为并不可取。事实上,即使那些持有这种观点的悲观论者,也很难否认各种不同文学和文学观念之间存在一些共同性和延续性因素,也很难否认人们在不同的时间和空间内对于文学现象存在某种程度的共识,而这种共识正是通常意义上的所谓本质或规律。将这种共识绝对化、凝固化是错误的,而否认这种共识,否定对文学性质和特点的共同性、延续性的探讨也是不可取的。国内学者王一川指出,就目前对文学的认识而言,我们还是可以根据以下一些要素来对文学和非文学进行大体上的区分:第一,文学是语言的艺术,文学的语言富有独特的表现力;第二,文学总是要呈现审美形象的世界,这种审美形象具有想象、虚构和情感等特性;第三,文学传达完整的意义,本身构成一个整体;第四,文学蕴含着似乎特殊而无限的意味。④我们认为,这种观点是比较公允的,它既符合普通读者对文学的阅读感受,也比较能够为专业的文学研

① [美]雷·韦勒克、奥·沃伦:《文学理论》,刘象愚等译,三联书店1984年版,第13页。
② [美]雷·韦勒克、奥·沃伦:《文学理论》,刘象愚等译,三联书店1984年版,第13—15页。
③ [美]乔纳森·卡勒:《文学理论入门》,李平译,译林出版社2008年版,第23页。
④ 童庆炳主编:《文学理论教程》(修订二版),高等教育出版社2004年版,第55—56页。

究者所接受。基于此,我们可以暂时性地将文学界定为一种凝聚了创作者们情感、想象和审美意识的语言艺术,其中审美属性仍然是文学的根本属性。

第二节 ❋ 我们为什么需要文学

大约公元前 4 至 5 世纪,古希腊哲学家柏拉图曾经在他的名著《理想国》中论证说,诗歌于世无益并且是有害的。在他看来,诗歌由于摹仿现实而缺乏真知、欺骗民众,又因挑动人的情欲、迎合低劣的人性而破坏既定的道德秩序,因此他希望在理想国里限制所有诗人的存在,而把执掌国家的重任委于哲学家。柏拉图对诗歌的严厉指责最先遭到其弟子亚里士多德的反驳。亚里士多德主要从两个方面为诗歌进行辩护:其一,诗歌不是对生活现象的被动摹仿,而是对生活规律的能动揭示:"诗人的职责不在于描述已发生的事,而在于描述可能发生的事,即按照可然律或必然律可能发生的事。……因此,写诗这种活动比写历史更富于哲学意味,更被严肃地对待。"[1]其二,激发情欲并非诗歌的目的,而恰恰是使情欲得以净化的手段,正如他所说,悲剧"借引起怜悯与恐惧来使这种情感得到净化"。这里的"净化"既可以作医学的解释,即通过情感的宣泄以获得心境的平静,也可以作宗教的解释,意思是消除不好的或者坏的情感因素,以促成道德的纯净。

客观上讲,亚里士多德的反驳还算有力,可是由柏拉图掀起的余波并没有随之消失。亚氏之后,面对中世纪的神权以及 18、19 世纪工业革命的巨大成就,文学依然要为自身的存在寻找合适的理由,意大利诗人但丁,英国作家菲利普·锡德尼,浪漫主义诗人华兹华斯、柯勒律治等等都曾以坚强的信念"为诗一辩"。他们使出浑身解数力求证明文学和宗教一样合乎道德、臻于至善,文学和科学一样揭示真理并传达真理,"科学家追求真理,仿佛是一个遥远的不知名的慈善家;他在孤独寂寞中珍惜真理,爱护真理。诗人唱的歌全人类都跟他合唱,他在真理面前感到高兴,仿佛真理是我们看得见的朋友,是我们时刻不离的伴侣。诗是一切知识的菁华,它是整个科学面部上的表情"[2]。世易时移,这些曾经动人心魄的文学赞歌已难以让人热血沸腾。随着现代传媒的发展和消费文化的崛起,今天文学面临的主要对手既不是哲学、宗教,也不是科学,而是由音乐影碟、卫星电视、虚拟网络、购物广场等编织而成的梦幻般的影像世界。相比文学而言,这些影像世界更直观、更生动、更感性、更激情,无数大众沉醉其中而对文学冷眼旁观。文学的生存空间在恶化,文学边缘化的趋势在所难免。有证据表明,人们花越来越多的时间看电视或在网上冲浪。也许看过小说改编成电影的人,要远远多过真正读过那些小说的人。有的情况下,人们看书是因为他们先看了电视改编。"印刷的书还会在长时间内维持其文化力量,但它的统治时代显然正在结束。新媒体正在日益取代它。这不是世界的末日,而只是一个由新媒体统治的新世界的开始。"[3]法国学者雅克·德里达更是断言,在电子信息时代,文学将走向终结,情书也会消失。

对于上述危机性的言论,我们不必过于计较。从实际情形来看,文学在当今时代的处境并不艰难,甚至要好过以往的时代。比如,出版事业的发达、网络技术的进步、人民生活条件的改善及文化素质的提升,均为文学的生产、传播和消费创造了有利条件,也为文学的繁荣奠定了坚实的基础。据报道,新时期以来,中国每年仅长篇小说的产量就数以千计,远远超出一般读者的

---

① 伍蠡甫、胡经之主编:《西方文艺理论名著选编》上卷,北京大学出版社 1985 年版,第 60 页。

② [英]华兹华斯:《〈抒情歌谣集〉序言》,《十九世纪英国诗人论诗》,刘若端译,人民文学出版社 1984 年版,第 17 页。

③ [美]希利斯·米勒:《文学死了吗》,秦立彦译,广西师范大学出版社 2007 年版,第 17—18 页。

想象，而这还不包括互联网上的作品。与此同时，各类文学评奖活动也如火如荼，文学新秀纷纷登台亮相，让人应接不暇。不过，德里达们的担忧并非多余。作品数量的增加、文学人口的增多不意味着文学品质的提高、文学地位的上升以及人们对文学亲近感的增强。更为关键的是，我们尚未在新的历史文化语境中彰显文学自身的价值，"为什么需要文学"这一古老的问题有待重新思考。

米德伯里学院(Middlebury College)英文教授、诗人、小说家杰伊·帕里尼(Jay Parini)在他的新著《诗歌为什么重要》中指出，诗人们从来都生不逢时，文学没有真正的辉煌。19世纪，诗歌之所以拥有广大的读者，作品非常畅销，诗人们成为文化的英雄，这一切不过是假象，因为当时人们可供选择的东西太少，他们没有音乐电视和卫星节目，是诗歌带给他们娱乐和灵感，让他们找到与自己情感相通的文字；事实上，几乎历代的诗人都生活在社会的边缘，甚至如拜伦、柯勒律治、济慈、雪莱、华兹华斯这些浪漫时代的诗人也不例外。进入20世纪，诗歌因表达现代文化的复杂性和残酷分裂而变得"难懂"起来，除非借助大量的注解，普通民众已难以卒读，诗歌受欢迎的程度不断降低，诗歌远离文化的中心已成定局。但是，帕里尼坚持认为诗歌仍然是现代社会人们赖以生存的家园，因为他相信诗歌的世界是智慧和情感的世界，人的生活离不开这个世界。

1942年，在战火纷飞的年代，美国诗人斯蒂文森在普林斯顿大学演讲时痛感20世纪人类从肉体和精神两个层面上均已变得"如此暴力"的事实，他意有所指地将诗歌定义为"从内部出现的暴力，用来保护我们免于外来的暴力。它是对抗现实压力的想象力，从最终的分析来说，它似乎和我们的自我保护有关，毫无疑问，诗歌表达文字的声音帮助我们过自己的生活"。对此，帕里尼深有同感，他极为明确地指出，"我并不特别希望诗人制订法律或者统治世界。在多数情况下，在这些公共领域他们的表现很糟糕。诗人的世界在很大程度上是多数人都生活其中的智慧和感情的内在世界。诗歌支持这个内在的世界。……现实的压力确实是巨大的，但是诗歌提供了一种抗压力，把试图吞没和消除个人的外部力量推回去。诗人以从前没有被确认的方式向世界发出声音。当我们阅读诗歌的时候，我们在倾听静静的小小的诗歌声音，这个声音和庞大的文化喧闹和社会的爆炸声形成强烈对比。"的确，诗歌不能改变股票价格走向，不能劝说独裁者下台，也不能总是把群众送上街头抗议战争或者呼吁经济正义，但是它以潜移默化的方式塑造人的思想、陶冶人的情感、活跃人的精神，"我不能离开诗歌而生活。它帮助我生活得更具体、更深刻"①。

诗歌是文学的典范，也是文学性的集中体现，因此人们围绕诗歌的论争事关文学整体的命运。当然，正如王国维所言，一代有一代之文学，一代也会有一代文学所面临的困境，我们不指望每个时代均会以相同的方式解决这些困境。但是我们相信，不管社会如何变化，文学形态如何演进，只要世上还存在理想与现实的冲突，还存在人性的异化，还存在人对自身生命的困惑，那么文学就不会终结，文学的薪火就将长存不灭。换言之，文学仍然是观照世界、认识人生和社会的窗口，也是把握自我、实现自由的精神通道。因此，德国古典哲学家、美学家黑格尔说，"审美具有令人解放的性质"。

第三节 ❈ 文学阅读与欣赏

严格说来，自从文学产生的那一刻起，便有了对文学的阅读和欣赏。根据接受美学的观点，文学是为接受者即读者而存在的。离开了读者，文学便失去了存在的价值，作家也不会有任何

---

① ［美］杰伊·帕里尼：《诗歌为什么重要》，耶鲁大学出版社2008年版。相关内容参见豆瓣网吴万伟的译文，http://www.douban.com/group/topic/4022282。

创作的冲动。俄国作家托尔斯泰曾说:"如果把你,作家,抛到一个渺无人烟的荒岛上,并且假定说,你确信你今生今世再也见不到一个人,而且,就连你留给世界的东西,也永远不能与世人见面。你是不是还会去写长篇小说、戏剧作品和诗呢? 当然,——不写。"他解释说,"灌注在艺术家身上的仅仅是一种单性力量。对于创作的源泉来说,还需要第二磁极,就是要有关心它的人,要有有着共同感受的人:读书界,阶级,人民,人类"。① 托尔泰斯讲的第二磁极实际上指的就是读者的阅读和欣赏。在没有被阅读欣赏之前,文学作品不过是一堆白纸黑字,只有读者的阅读欣赏才能使之恢复生气,并实现其作用于社会人生的价值与功能。可见,读者的阅读和欣赏对文学的存在来说不可或缺。

不过,文学的阅读与欣赏不能完全等同。大体而言,文学的阅读是指对文学作品的粗浅感受和理解,凡有识字能力和阅读爱好的人都能够阅读文学,他们或为消磨时光,或为增长见识,或为放松心情、减轻压力,或纯粹为了娱乐,理由多种多样,目标也各不相同;而文学欣赏则是对文学作品反复吟咏和体味,是读者对文学作品进行想象、联想和艺术再创造的一种精神活动。在文艺学界,文学欣赏又常常称作文学鉴赏。"鉴赏"者,"鉴别赏析"之谓也,它不仅要求读者阅读、把玩作品,还要求对作品进行一定程度的分析和评判。换言之,在文学欣赏的过程中,读者既要能感觉到作品的"好",同时也要能说出它究竟好在什么地方,既要"为我",也要"为他":一方面,文学阅读会给读者带来身心的愉悦、人生的启迪甚至哲理的感悟;另一方面,读者对文学作品的思考、分析和评价又在一定程度上丰富了作品的意义和内涵,进而为后来的阅读者提供有益的参照,施加积极的影响。文学史上,那些优秀的文学作品之所以能够流传至今,往往离不开优秀读者的阅读和赏析:苏轼对于陶渊明诗歌的评价,金圣叹对《西厢记》的评点,马克斯·布罗德对卡夫卡小说的推崇等等都曾极大地提升了这些作品的声誉,扩大了作品的影响,奠定了它们在文学史上的地位。简言之,文学欣赏比一般的文学阅读层次更高,理解更深,专业色彩更浓,选取的作品质量也会更好。一般说来,能够成为欣赏对象的作品,往往具有某种独特的艺术品质和魅力,容易引起读者阅读的兴趣和欲望。

文学欣赏作为一种更高层次的文学阅读活动,它对阅读者本身也提出了更高的要求:首先,阅读者必须具有一定的美感能力;其次,必须具有相当程度的知识积累;最后,还须掌握一些基本的阅读方法。

波兰现象学美学代表人物罗曼·英加登指出:"文学的艺术作品的主要意向不是以概念和判断的形式固定科学知识,也不是同别人交流科学研究的成果。如果偶然发生了这种情况,那它就远远超出了它的真正功能。文学的艺术作品不是为了增进科学知识,而是在它的具体化中体现某种非常特殊的价值,我们通常称为'审美价值'。它使这些价值呈现出来。使我们可以观照它们进行审美体验,这个过程本身就有某种价值。如果在某个特殊事例中,文学的艺术作品由于某种原因没有体现出这些价值,那么它即使能够提供这种或那种知识也是无济于事的,作品失败了而且只是看起来像文学作品。我们所说的也适用于那些没有呈现出审美价值,但却表现了重要的哲学或心理学洞识的作品;它们仍然不是艺术作品。相反,把文学的艺术作品当作仿佛是隐蔽的哲学体系也是错误的。即使有时候文学的艺术作品发挥着其他社会功能或者被用来发挥这种功能,这也没有给它们之为艺术作品的特征增加任何东西,如果它们在具体化中没有体现审美价值,这些社会功能也不能使它们成为艺术作品。"②英加登的意思非常明确,文学

---

① [俄]阿·托尔斯泰:《谈谈读者》,《程代熙文集》第七卷译文,长征出版社1999年版,第27—28页。

② [波]罗曼·英加登:《对文学的艺术作品的认识》,陈燕谷、晓未译,中国文联出版公司1988年版,第154—155页。

活动首先是一种审美活动,是一门艺术,它区别科学、哲学等人类其他一切的精神活动的根本点在于它的审美属性,而不是其实用价值或真理价值,审美属性是文学的根本属性。所谓审美,是指人与世界形成的一种无功利的、形象的和情感的关系状态,也是人类把握世界的一种特殊方式。从目的来看,审美是无功利的;从方式来看,审美是形象的;从态度来看,审美是情感的。这与我们前面所说的文学的虚构性、形象性和情感性是一致的。

文学的审美属性决定了文学欣赏者必须具有相应的美感能力,即在特定的情境中展开想象的能力,进行情感体验的能力以及感悟生命自由的能力,否则我们很难进入文学的世界,并享受精神的愉悦。有读者表白:"读《离骚》,我就是那政治上遭放逐,满腔悲愤无处诉说,只好行吟泽畔的屈子;读《北征》,我就是那饱经兵燹战乱,颠沛流离之苦而'穷年忧黎元,叹息肠内热'的杜甫;读《水浒》'林教头风雪山神庙',我就是那被逼到绝路的林冲;读《红楼》'林黛玉焚稿断痴情',我就是那心灵滴血的林黛玉。"①这种同情性的阅读体验,正是美感能力的很好体现。

当然,要深入理解文学,仅靠个体的想象和体验是远远不够的,它还必须辅之以相关的知识,如哲学、美学、历史学、社会学、文化学以及文学史的知识。宋代诗人严羽说得好,"诗有别材,非关书也;诗有别趣,非关理也。然非多读书多穷理,则不能极其至。"(《沧浪诗话·诗辨》)

对文学相关知识的了解有助于读者的阅读从感性的个别性上升到理性的普遍性,以此更好地把握文学作品的主题和意蕴。众所周知,《三国演义》表现了一个时代的变迁,《水浒传》展示了农民阶级与封建统治阶级之间波澜起伏的斗争画卷,《红楼梦》反映了中国封建社会走向没落的历史趋势,巴尔扎克的《人间喜剧》批判了资本主义社会的丑陋现实,卡夫卡的《变形记》揭示了现代社会人性的异化……然而,如果不熟悉这些作品产生的时代,不了解作家的思想和生存现实,不理会这些作品在艺术手段上的继承与创新,我们恐怕也很难真正感受其中的美妙和深刻。

文学活动是一种审美活动,文学的精神是自由的精神,因此"文无定法"几乎成为人们的共识。但是在实际的文学创作中,"法"还是存在的,因为任何文学作品都不是对社会生活的直接摹写,也不是创作者们思想情感的赤裸裸的宣泄,而是作家、诗人根据特定的艺术法则和手段对他们体验过的生活和情感进行艺术加工而创造出来的语言产品,它本身就包含有"技艺"的成分。比如,诗歌是营造意象或意境的艺术,小说是虚构故事、编排情节、塑造人物形象的艺术,戏剧是表现人生与现实冲突的艺术,等等。熟悉这些"艺术"(技术、技艺)和"法则",对于文学的阅读者和欣赏者而言无疑是重要的。新批评的代表人物布鲁克斯在与沃伦合编的《小说鉴赏》一书的序言中非常正确地指出,"一个真正懂得足球或是棒球的看客观看一场比赛,自然要比一个对比赛规则一窍不通的人更能欣赏"②。

正因为这样,人们在文学的阅读和欣赏过程中形成了众多的方式或方法。比如,文学社会学方法、文学心理学方法、文学哲学方法、文学语言学方法、文学符号学方法、文学文化学方法,等等。它们有的考察文学作品的社会历史内容,有的发掘隐含于作品中的作家的内心世界,有的揭示作品的哲学主题,有的剖析作品的语言、形式和结构,有的则将文学视为特定文化观念的表达,进而追问文学作品的文化意义。鉴于目前有关文学阅读和批评的著作比较多,在此我们就不详细介绍。读者如欲深入了解上述方法,可以找来阅读和参照。

---

① 龙协涛:《文学阅读学》,北京大学出版社 2005 年版,第 139 页。

② [美]克林斯·布鲁克斯、罗伯特·潘·沃伦:《小说鉴赏》,主万等译,中国青年出版社 1988 年版,第 1 页。

第二章　诗歌欣赏

第一节　❋　中国古代诗歌欣赏

一、中国古代诗歌综述

　　古希腊亚里士多德把文学的分类置于摹仿说的基础上,他在说明"诗"(文学)的分类时,指出文学的摹仿对象和媒介相同,而采用的方式不同,便有三种情况,"假如用同样媒介摹仿同样对象,既可以像荷马那样,时而用叙述手法,时而叫人物出场,〔或化身为人物〕;也可以始终不变,用自己的口吻来叙述;还可以使摹仿者用动作来摹仿"①。这种三分法被黑格尔所继承,他在其著作《美学》第三卷中讨论诗(即文学)的分类时,从文学创作的主观性与客观性的关系上加以区分也分成三类:叙事诗,抒情诗,戏剧。在这种三分法中,抒情诗是其中非常重要的一类。这一类文学的特征,黑格尔说:"诗人把目前的世界吸收到他的内心世界里,使它成为经过他的情感和思想体验过的对象。"②别林斯基:"抒情诗主要表现是主观的、内在的诗,是诗人自我的表现。"③

　　这种三分法,后来学者并不赞同。雅克布森在《语言学与诗学》中,曾把语言的功能区分为六种:交际功能(示意、指物),呼求功能(呼吁、要求)、表现功能、联系功能、诗的功能以及元语言的功能(解释词义的功能)。作为修辞,就是要把语言的其他功能最大限度地转化为诗的功能。而所谓诗的功能,其要旨"完全在于语言符号的可感性和深化符号与对象之间的鸿沟,使语言完全变成自主的符号",这样,诗的语言才能在纵横交错的符号网络关系中创造出全新的意境,增加读者感受的新鲜度和深度。20 世纪 30 年代捷克结构主义语言学家、文艺理论家简·穆卡洛夫斯基在《标准的语言与诗的语言》一文中提出了"突出"说和"背景"说,他认为和标准语言相比,诗的语言是一种不同的形式,它有自己的功能。而诗的语言的功能,就表现于最大限度地把"言辞"突出,使语言行为本身占据诗的"前景"的显赫位置,而把文学的交流目的挤到背景上去。前者是指语言通过歪曲标准语言的规范和更新而获得的诗意和它的全新的美学价值;后者则是指标准语言的规范和传统的美学标准,它们作为一种潜在的力量构成诗歌语言的背景。

　　埃米尔·施塔格尔不赞成三分法,却认为,抒情式、叙事式和戏剧式这三个类的概念,不仅标志着作诗方式的三种可能性,而且还体现了三种不同的语言行为方式。抒情式风格即回忆,叙事式风格即呈现,戏剧式风格即紧张。这样他认为诗歌是抒情式的,其本质是回忆。④ 罗伯特·休斯也强调语言的作用,他说:

　　就我们的目的而言,言谈中最重要的强调是当信息强调自身、把注意力吸引到它自己的发音模式、措词和句法时我们所发现的东西。这就是出现在所有语言中的诗歌功能。……诗歌功能在诗歌中表现自己的主要方法是将语言的纵向聚合和隐喻方面投射到语言的横向组合方面上。通过强调声音、韵律、意象的相似处,诗歌强调了语言,使得人们将注意力从它的关联意义转到它的形式特点上。⑤

----

① 亚里士多德:《诗学》,《诗学·诗艺》,人民文学出版社 1962 年版。
② 〔德〕黑格尔:《美学》第 3 卷下册,商务印书馆 1981 年版,第 21 页。
③ 〔俄〕别林斯基:《诗的分类和类型》,《别林斯基论文学》,新文艺出版社 1958 年版,第 168 页。
④ 〔瑞士〕埃米尔·施塔格尔:《诗学的基本概念》,胡其鼎译,中国社会科学出版社 1992 年版。
⑤ 〔美〕罗伯特·休斯:《文学结构主义》,刘豫译,生活·读书·新知三联书店 1988 年版,第 40 页。

日本人松浦友久说:"总之,抒情和韵律,可以看作是诗的客观特征,由于其明显符合全称判断这一点,将其作为诗的定义也是妥当的。也就是说,诗必须是以抒情性和韵律性为基础,同时以抒情性和韵律性为基础的语言表现必定是诗,确立了必定是'诗'或只能是'诗'的原则关系。"①

中国古代对诗并没有这种三分法的划分,有的从音乐方面将《诗》分为风、雅、颂,或从演变的角度来划分,"风、雅、颂既亡,一变而为离骚,再变而为西汉五言,三变而为歌行杂体,四变为沈宋律诗"。② 还有从时代、风格等方面加以分类的,不一而足。但是,不管作何分类,都认为诗主要是用来抒情的。《尚书·尧典》:"诗言志,歌永言,声依永,律和声。"《礼记·乐记》:"诗言其志也,歌永其声也,舞动其容也:三者本于心,然后乐器从之。"③《诗大序》:"诗者,志之所之也。在心为志,发言为诗。情动于中而形于言;言之不足,故嗟叹之;嗟叹之不足,故永歌之;永歌之不足,不知手之舞之,足之蹈之也。"志是心中的意念,"情动于中"时所发的言就是诗,"志"包含着一种真挚强烈的感情。晋代陆机《文赋》提出"诗缘情而绮靡",形成了"缘情论"。刘勰《文心雕龙·明诗》:"诗者,持人性情。"钟嵘《诗品》也说:"气之动物,物之感人,故摇荡性情,形诸舞咏……至于吟咏性情,亦何贵乎用事!"严羽《沧浪诗话》:"诗者,吟咏性情也。"金人刘祁《归潜志》卷十三:"夫诗者,本发其喜怒哀乐之情,如使人读之无所感动,非诗也。……"由此可见,中国古代虽无抒情诗的称呼,但中国古代诗歌最重抒情,这是没有疑问的。

中国古代诗人众多,诗歌作品丰富,诗歌体裁多样,不可能一一介绍。近代著名学者王国维将"楚之骚、汉之赋、六朝之骈语,唐之诗、宋之词、元之曲"并列,称之为"一代之文学",其中汉赋和六朝骈语不在诗歌之列,故我们主要介绍中国古代诗歌中的唐诗、宋词、元曲和之前的《诗经》、《楚辞》。

(一)《诗经》

《诗经》是我国第一部诗歌总集,共收入自西周初期至春秋中叶约五百年间的诗歌三百零五篇(《小雅》中另有六篇"笙诗",有目无辞,不计在内),所以又称《诗三百》,与《尚书》、《礼记》、《周易》、《春秋》合称为五经。"古者《诗》三百余篇,及于孔子,去其重……"(《史记·孔子世家》),据传为孔子编定。最初称《诗》,被汉代儒者奉为经典,乃称《诗经》,也称《诗三百》。《诗经》里的内容,就其原来性质而言,是歌曲的歌词。《墨子·公孟》说,"颂诗三百,弦诗三百,歌诗三百,舞诗三百",意谓《诗》三百余篇,均可诵咏、用乐器演奏、歌唱、伴舞。《史记·孔子世家》又说:"三百五篇,孔子皆弦歌之,以求合韶、武、雅、颂之音。"这些说法虽或尚可探究,但《诗经》在古代与音乐和舞蹈关系密切,是无疑的。《诗经》不仅是最早的诗歌总集,而且也是一部反映当时社会的百科全书,是我国诗歌传统的源头及代表作。

"风"的意义就是声调。它是相对于"王畿"——周王朝直接统治地区——而言的。它是带有地方色彩的音乐。古人所谓《秦风》、《魏风》、《郑风》,就如现在我们说陕西调、山西调、河南调。"雅"是"王畿"之乐,这个地区周人称之为"夏","雅"和"夏"古代通用。雅又有"正"的意思,当时把王畿之乐看作是正声——典范的音乐。周代人把正声叫做雅乐,犹如清代人把昆腔叫做雅部,带有一种尊崇的意味。朱熹《诗集传》曰:"雅者,正也,正乐之歌也。其篇本有大小之殊,而先儒说又有正变之别。以今考之,正小雅,燕飨之乐也;正大雅,朝会之乐,受釐陈戒之辞也。……辞气不同,音节亦异。"故而大小雅之异乃在於其内容。"颂"是专门用于宗庙祭祀的音乐。《毛诗序》说:"颂者美盛德之形容,以其成功告于神明者也。"这是颂的含义和用途。王国维说:

---

① [日]松浦友久:《李白诗歌抒情艺术研究》,刘维治译,上海古籍出版社1996年版,第8页。
② [宋]严羽:《沧浪诗话校释》,郭绍虞校释,人民文学出版社1983年版,第48页。
③ 转引自郭绍虞主编:《中国历代文论选》(一卷本),上海古籍出版社1979年版,第1页。

"颂之声较风、雅为缓。"(《说周颂》)这是其音乐的特点。

《毛诗大序》中说:"诗者,志之所之也;在心为志,发言为诗。情动于中而形于言;言之不足,故嗟叹之,嗟叹不足,故永歌之;永歌不足,不知手之舞之,足之蹈之也。"但是诗与乐舞终将会分离,因为进入文明时代之后,艺术必然趋向于细化,因此诗歌便从歌辞中脱离出来,成为独立的文体。《诗经》中的乐歌,原来的主要用途,一是作为各种庆典礼仪的一部分,二是娱乐,三是表达对于社会和政治问题的看法。但到后来,《诗经》成了贵族教育中普遍使用的文化教材,学习《诗经》成了贵族人士必需的文化素养。这种教育一方面具有美化语言的作用,特别在外交场合,常常需要摘引《诗经》中的诗句,曲折地表达自己的意思。这叫"赋《诗》言志",其具体情况在《左传》中多有记载。《论语》记载孔子的话说:"不学《诗》,无以言","诵《诗》三百,授之以政,不达;使于四方,不能专对,虽多亦奚以为?"可以看出学习《诗经》对于上层人士以及准备进入上层社会的人士,具有何等重要的意义。另一方面,《诗经》的教育也具有政治、道德意义。《礼记·经解》引用孔子的话说,经过"诗教",可以导致人"温柔敦厚"。《论语》记载孔子的话,也说学了《诗》可以"远之事君,迩之事父",即学到侍奉君主和长辈的道理。按照孔子的意见(理应也是当时社会上层人的一般意见),"《诗》三百,一言以蔽之,曰:思无邪"。意思就是,《诗经》中的作品,全部(或至少在总体上)是符合当时社会公认道德原则的。否则不可能用以"教化"。这里有两点值得注意:第一,就孔子所论来推测当时人对《诗经》的看法,他们所定的"无邪"的范围还是相当宽广的。许多斥责统治黑暗、表现男女爱情的诗歌,只要不超出一定限度,仍可认为是"无邪",即正当的感情流露。第二,尽管如此,《诗经》毕竟不是一部单纯的诗集,它既是周王朝的一项文化积累,又是贵族日常诵习的对象。所以,虽然其中收录了不少民间歌谣,但恐怕不可能包含正面地、直接地、社会公认的政治与道德原则相冲突的内容。

《诗经》的基本句式是四言,间或杂有二言直至九言的各种句式。但杂言句式所占比例很低。只有个别诗是以杂言为主的,如《伐檀》。以四言句为主干,可以由此推想当时演唱《诗经》的音乐旋律,是比较平稳和比较简单的。至汉代以后,四言诗虽断断续续一直有人写,但已不再是一种重要的诗型了。反而在辞赋、颂、赞、诔、箴、铭等特殊的韵文文体中,运用得很普遍。《诗经》常常采用叠章的形式,即重复的几章间,意义和字面都只有少量改变,造成一唱三叹的效果。这是歌谣的一种特点,可以借此强化感情的抒发,所以在《国风》和《小雅》的民歌中使用最普遍,《颂》和《大雅》,以及《小雅》的政治诗中几乎没有。

(二)楚辞

楚辞,其本义是指楚地的言辞,后来逐渐固定为两种含义:一是诗歌的体裁,一是诗歌总集的名称(在一定程度上也代表了楚国文学)。从诗歌体裁来说,它是战国后期以屈原为代表的诗人,在楚国民歌基础上开创的一种新诗体。从总集名称来说,它是西汉刘向在前人基础上辑录的一部"楚辞"体的诗歌总集,收入战国楚人屈原、宋玉的作品以及汉代贾谊、淮南小山、庄忌、东方朔、王褒、刘向诸人的仿骚作品。"楚辞"之名首见于《史记·张汤传》。可见至迟在汉代前期已有这一名称。其本义,当是泛指楚地的歌辞,以后才成为专称,指以战国时楚国屈原的创作为代表的新诗体。这种诗体具有浓厚的地域文化色彩,如宋人黄伯思所说,"皆书楚语,作楚声,纪楚地,名楚物"。(《东观余论》)西汉末,刘向辑录屈原、宋玉的作品,及汉代人模仿这种诗体的作品,书名即题作《楚辞》。这是《诗经》以后,我国古代又一部具有深远影响的诗歌总集。另外,由于屈原的《离骚》是《楚辞》的代表作,所以《楚辞》又被称为"骚"或"骚体"。汉代人还普遍把《楚辞》称为"赋"。《史记》中已说屈原"作《怀沙》之赋",《汉书·艺文志》中也列有"屈原赋"、"宋玉赋"等名目。

在汉代,《楚辞》也被称为辞或辞赋。西汉末年,刘向将屈原、宋玉的作品以及汉代淮南小山、东方朔、王褒、刘向等人承袭模仿屈原、宋玉的作品共16篇辑录成集,定名为《楚辞》。《楚辞》遂又成为诗歌总集的名称。由于屈原的《离骚》是《楚辞》的代表作,故《楚辞》又称为骚或骚体。

(三) 唐诗

唐诗是因唐代(618—907)为我国古典诗歌发展的鼎盛时期而得名。唐代的诗人特别多。李白、杜甫、白居易固然是世界闻名的伟大诗人,除他们之外,还有其他无数诗人,像满天的星斗一样。这些诗人中,今天知名的就还有二千三百多人。他们的作品,保存在《全唐诗》中的也还有四万八千九百多首。唐诗的题材非常广泛。有的从侧面反映当时社会的阶级状况和阶级矛盾,揭露了封建社会的黑暗;有的歌颂正义战争,抒发爱国思想;有的描绘祖国河山的秀丽多娇;此外,还有抒写个人抱负和遭遇的,有表达儿女爱慕之情的,有诉说朋友交情、人生悲欢的等等。总之从自然现象、政治动态、劳动生活、社会风习,直到个人感受,都逃不过诗人敏锐的目光,成为他们写作的题材。在创作方法上,既有重写实的流派,也有喜奇幻想象的诗人,而许多伟大的作品,则是多种创作方法灵活运用的结果,形成了我国古典诗歌的优秀传统。

唐诗的形式是多种多样的。唐代的古体诗,基本上有五言和七言两种。近体诗也有两种,一种叫做绝句,一种叫做律诗。绝句和律诗又各有五言和七言之不同。所以唐诗的基本形式基本上有这样六种:五言古体诗,七言古体诗,五言绝句,七言绝句,五言律诗,七言律诗。古体诗对音韵格律的要求比较宽:一首之中,句数可多可少,篇章可长可短,韵脚可以转换。近体诗对音韵格律的要求比较严:一首诗的句数有限定,即绝句四句,律诗八句,每句诗中用字的平仄声,有一定的规律,韵脚不能转换;律诗还要求中间四句成为对仗。古体诗的风格是前代流传下来的,所以又叫古风。近体诗有严整的格律,所以有人又称它为格律诗。

唐诗的形式和风格是丰富多彩、推陈出新的。它不仅继承了汉魏民歌、乐府的传统,并且大大发展了歌行体的样式;不仅继承了前代的五、七言古诗,并且发展为叙事言情的长篇巨制;不仅扩展了五言、七言形式的运用,还创造了风格特别优美整齐的近体诗。近体诗是当时的新体诗,它的创造和成熟,是唐代诗歌发展史上的一件大事。它把我国古曲诗歌的音节和谐、文字精炼的艺术特色,推到前所未有的高度,为古代抒情诗找到一个最典型的形式,至今还特别为人民所喜闻乐见。但是近体诗中的律诗,由于它有严格的格律的限制,容易使诗的内容受到束缚,不能自由创造和发挥,这是它的长处带来的一个很大的缺陷。

(四) 宋词

所谓宋词,本指宋代的词,词不始于宋代也不止于宋,它始于隋,定型于中晚唐,盛于宋,故文学史家常以宋词为为词的代表。词,诗歌的一种。因是合乐的歌词,故又称曲子词、乐府、乐章、长短句、诗余、琴趣等。隋唐之际,从西域传入的各民族的音乐与中原旧乐渐次融合,并以胡乐为主产生了燕乐。原来整齐的五、七言诗已不适应,于是产生了字句不等、形式更为活泼的词。词起源于民间,后来,文人依照乐谱声律节拍而写新词,叫做"填词"或"依声"。从此,词与音乐分离,形成一种句子长短不齐的格律诗。五、七言诗句匀称对偶,表现出整齐美;而词以长短句为主,呈现出参差美。

词有词牌,即曲调。有的词调又因字数或句式的不同有不同的"体"。比较常用的词牌约100个。词的结构分片或阕,不分片的为单调,分两片的为双调,分三片的称三叠。按音乐又有令、引、近、慢之别。"令"一般比较短,早期的文人词多填小令。如《十六字令》、《如梦令》、《捣练子令》等。"引"和"近"一般比较长,如《江梅引》、《阳关引》、《祝英台近》、《诉衷情近》。而"慢"又较"引"和"近"更长,盛行于北宋中叶以后,有柳永"始衍慢词"的说法。词牌如《木兰花慢》、《雨霖铃慢》等。依其字数的多少,又有"小令"、"中调"、"长调"之分。据清代毛先舒《填词名解》之说,58字以内为小令,59—90字为中调,90字以外为长调。最长的词牌《莺啼序》,240字。一定的词牌反映着一定的声情。词牌名称的由来,多数已不可考。只有《菩萨蛮》、《忆秦娥》等少数有本事词。词的韵脚,是音乐上停顿的地方。一般不换韵。有的句句押,有的隔句押,还有的几句押。像五、七言诗一样,词讲究平仄。而仄声又要分上、去、入。可以叠字。

由于词在晚唐、五代、宋初多是酒席宴前娱宾遣兴之作,故有"词为小道、艳科"、"诗庄词媚"之说。随着词的发展,经柳永、苏轼,逐渐扩大了词的题材,至辛弃疾达到高峰,成为和诗歌同等地位的文学体裁。

词是一种音乐文学,它的产生、发展,以及创作、流传都与音乐有直接关系。词所配合的音乐是所谓燕乐,又叫宴乐,其主要成分是北周和隋以来由西域胡乐与民间里巷之曲相融而成的一种新型音乐,主要用于娱乐和宴会的演奏,隋代已开始流行。而配合燕乐的词的起源,也就可以上溯到隋代。宋人王灼《碧鸡漫志》卷一说:"盖隋以来,今之所谓曲子者渐兴,至唐稍盛。"词最初主要流行于民间,《敦煌曲子词集》收录的一百六十多首作品,大多是从盛唐到唐末五代的民间歌曲。大约到中唐时期,诗人张志和、韦应物、白居易、刘禹锡等人开始写词,把这一文体引入了文坛。到晚唐五代时期,文人词有了很大的发展,晚唐词人温庭筠以及以他为代表的"花间"派词人和以李煜、冯延巳为代表的南唐词人的创作,都为词体的成熟和基本抒情风格的建立作出了重要贡献。词终于在诗之外别树一帜,成为中国古代最为突出的文学体裁之一。进入宋代,词的创作逐步蔚为大观,产生了大批成就突出的词人,名篇佳作层出不穷,并出现了各种风格、流派。《全宋词》共收录流传到今天的词作一千三百三十多家,将近两万首,从这一数字可以推想当时创作的盛况。词的起源虽早,但词的发展高峰则是在宋代,因此后人便把词看作是宋代最有代表性的文学,与唐代诗歌并列,而有了所谓"唐诗、宋词"的说法。

(五)元曲

元曲是中华民族灿烂文化宝库中的一朵奇葩,它在思想内容和艺术成就上都体现了独有的特色,和唐诗宋词鼎足并举,成为我国文学史上三座重要的里程碑。元曲原本来自所谓的"蕃曲"、"胡乐",首先在民间流传,被称为"街市小令"或"村坊小调"。随着元灭宋人主中原,它先后在大都(今北京)和临安(今杭州)为中心的南北广袤地区流传开来。

元曲有严密的格律定式,每一曲牌的句式、字数、平仄等都有固定的格式要求。但虽有定格,又并不死板,允许在定格中加衬字,部分曲牌还可增句,押韵上允许平仄通押,与律诗绝句和宋词相比,有较大的灵活性。所以读者可发现,同一首"曲牌"的两首有时字数不一样,就是这个缘故(同一曲牌中,字数最少的一首为标准定格)。

元曲将传统诗词、民歌和方言俗语糅为一体,形成了诙谐、洒脱、率真的艺术风格,对词体的创新和发展产生极为重要的影响。

继唐诗、宋词之后,蔚为一代文学之盛的元曲有着它独特的魅力:一方面,元曲继承了诗词的清丽婉转;一方面,元代社会使读书人位于"八娼九儒十丐"的地位,政治专权,社会黑暗,因而使元曲放射出极为夺目的战斗的光彩,透出反抗的情绪;锋芒直指社会弊端,直斥"不读书最高,不识字最好,不晓事倒有人夸俏"的社会,直指"人皆嫌命窘,谁不见钱亲"的世风。元曲中描写爱情的作品也比历代诗词来得泼辣,大胆。这些均足以使元曲永葆其艺术魅力。

元曲有杂剧、散曲之分。散曲又有套数、小令、带过曲之别。

我国古代音乐把调节器式叫保重宫调。曲的宫调出于隋唐燕乐,以琵琶四弦定为宫、商、角、羽四声,每弦上构成七调,宫声的七调叫"宫",其他的都称调,共得二十八宫调。但在元曲中常用的，只有仙吕宫、南吕宫、黄钟宫、正宫、大石调、小石调、般涉调、商调、商角调、双调、越调十一种。每一种宫调均有其音律风格，故对于调子的选择，往往有一定的习惯。如王骥德在《曲律》中说："用宫调须称事之悲欢苦乐，如游赏则用仙吕、双调等类；哀怨则有商调、越调等类。以调合情，容易感人。"

每一宫调都有不同曲牌。套数则由两支以上同一宫调的不同曲牌联缀而成。

在中国的文学史上，曲于元朝产生大变化，把诗词之美融入乐声中而风行之，据考证，论曲起源可上溯至远古生民之始"钧天九奏""葛天八阕"，孔子以诗三百篇作弦歌；安徽及湖南则以《楚辞九歌》为祀歌，降至汉乐府《延年协律》、唐诗《旗亭画壁》、宋词酒宴歌席，均以谱入管弦而歌之。曲为何能独得乐曲之名？也因其与音乐的关系比乐府、诗词更加密切，是韵文学发展极致，故能占魁。就中国的韵文文学，与音乐关系密不可分。以词来说，其源于唐曲子，唐曲子则出于隋唐燕乐，宋词是倚声而作，就是先有调，再按其所奏乐曲配词吟唱。又《宋元戏曲考》载：就元曲三百三十五调其渊源，出于宋代大曲十一、唐宋词七十五、诸宫调二十八。当时，文人便作另一种文学发展而拟之。宋末，民间出现更多新乐曲；如元人杨朝英编集之《太平乐府》与《阳春白雪》中之令、散套、加上少数民族乐曲。宋词渐无法满足当时需要，以致"词"在声乐上的地位就逐渐被"曲"取代之。散曲之文学形式，约产生于宋金。在元明时期发展，乃是集少数民族之乐曲，南北各地小调。《南词叙录》载：永嘉杂剧兴，则又即村坊小曲而为之，本无宫调，亦罕节奏，徒取畸农，市女顺口可歌而已，谚所谓《随心令》者，与入乐律宋词之大成如《秦月楼》、《点绛唇》、《太常引》、《念奴娇》，又如曲调之《柳外楼》即词调之《忆王孙》，及唐宋的《大曲》、《鼓子词》、《传踏》、《诸宫调》、《赚词》等见于《乐府诗集》，北宋宣和年间，汴京风行《蕃曲》即是少数民族之音乐，宋人曾敏行曾曰：宣和末至京，街市鄙人，多歌蕃曲名曰：《国》、《四国朝》、《六国朝》、《蛮牌序》、《蓬蓬花》等，其言至俚，一时士大夫亦皆歌之，金朝女真乐曲亦传入，如北曲《双调》中《风流体》等，《太和正音谱曲论》：元人周德清亦云：女真《风流体》等乐章，皆以女真音声歌之，虽字有差误，不伤于音律者，不为害也，在《中原音韵》北曲黄钟宫之《者刺古》双调之《阿纳忽》、《古都白》、《唐兀歹》、《阿忽令》，越调之《拙鲁速》，商调之《浪来里》皆非北方汉族的曲调，应属于女真或蒙古乐曲。明人王世贞《曲藻序》：曲者，词之变，自金、元入主中国，所用胡乐，嘈杂凄紧，缓急之间，词不能按，乃更为新声以媚之。

二、中国古代诗歌欣赏实例 ●————————————————

中国古代诗歌作品有多种欣赏的方式或角度，这里主要介绍从诗歌中的抒情方式来分析欣赏李白诗歌作品。与印欧语系相比，汉语诗歌自有其特殊之处，因此，有人提出中国古典诗歌的解释不能沿袭印欧语系的解诗方法，而实际上在中国古典诗歌的解释活动中却常常使用西方的方法。叶维廉先生早在 20 世纪 70 年代就对中国古代诗歌的阐释方法进行了有意思的探讨，他说：

中国古典诗里，利用未定位、未定关系、或关系模棱的词法语法，使读者获致一种自由观、感、解读的空间，在物象与物象之间作若即若离的指义活动。我在"语法与表现"里，曾经提出"松风""云山"等中国古典诗中常见的词语，并说英文大多译作 winds in the pines（松中之风）或 winds through the pines（穿过松树的风），这种解释把"松风"所提供的"置身其间"、物象并发（既见松风亦感风）的全部环境缩改为单线的说明。又如"云山"常被解为 clouded mountains（云盖的山），clouds like mountains（像云的山）或 mountains in the clouds（在云中的山），但事实上，就是因为"云"与"山"的空间关系模棱，所以能够同时兼容了三种情况。像这样我们习以为常的词语，呈现在我们感受心镜中的,是玲珑明澈的两件物象,我们活跃在其间,若即若离地,欲定关系而不欲定关系。[①]

叶维廉先生在这里明确地指出中国古典诗歌有一种特殊的词法语法。当然这种现象虽是叶先生首次揭示,但明显地受到了宗白华先生的影响。宗白华先生说:

用心灵的俯仰的眼睛来看空间万象,我们的诗和画中所表现的空间意识,不是像那代表希腊空间感觉的有轮廓的立体雕像,不是像那表现埃及空间感的墓中的直线甬道,也不是那代表近代欧洲精神的伦勃朗的油画中渺茫无际追寻无着的深空,而是"俯仰自得"的节奏化的音乐化了的中国人的宇宙感。[②]

为了明白这种词法语法的特点,叶维廉先生又说:

在许多"机要"的层面上,我们的答案是肯定的。如诗中不必用人称代词,不说"我""做什么",而直书"做什么",像李白这首:

玉阶生白露

夜久侵罗袜

却下水晶帘

玲珑望秋月

是"谁"却下水晶帘?是"谁"望秋月?诗中的环境提供了一个线索;是一个深夜不眠的宫女。但没有用"她"或"我"之类的字,有一个特色,那便是让读者保持着一种客观与主观同时互对互换的模棱性;一面我们是观众,看着一个命运情境的演出在我们的眼前,一面又化作宫女本身,扮演她并进入她的境况里,从她的角度去感受这玉阶的怨情。一者是景、一者是情,一时不知何者统领着我们的意识。我们可以说,"情景交融"的来源之一,便是主客观既合且分、既分且合的状态。[③]

中国古典诗歌句法中常常不用人称代词,中文中动词里超脱了时态的变化。这里虽然没有明确提出,但否认中国诗里存在固定的人称的意思还是让人体会得到的。这种意思,宗白华先生亦有,他说:

但中国古代抒情诗里有不少是纯粹的写景,描绘一个客观境界,不写出主体的行动,甚至于不直接说出主观的情感,像王国维在《人间词话》里所说的"无我之境",但却充满了诗的气氛和情调。……[④]

也有许多学者认为中国古典抒情诗歌中存在着用不同人称进行抒情的情况。日本学者泽

---

① 叶维廉:《中国诗学》(增订版),人民文学出版社 2006 年版,第 18 页。
② 宗白华:《中国诗画中所表现的空间意识》,《美学散步》,上海人民出版社 1981 年版,第 98 页。
③ 叶维廉:《中国诗学》(增订版),人民文学出版社 2006 年版,第 29 页。
④ 宗白华:《美学散步》,上海人民出版社 1981 年版,第 10 页。

田总清称抒情诗为第一人称的诗、叙事诗为第三人称的诗。① 潘啸龙在研究《诗经》的文章中提出古典诗歌中有第一人称、第二人称和第三人称。童庆炳先生指出诗歌有所谓第一人称抒情方式和代言的抒情方式。②

　　中国古典诗歌到底是否存在不同人称的抒情方式呢？中国古典诗歌自有其特殊之处是不错的,但这并不能否认古典诗歌里存在不同人称的抒情方式。一方面,中国古典诗歌中是存在一些不用人称代词的诗,而且也存在可以从不同人称的抒情角度去欣赏的诗,有那种"主客观既合且分、既分且合的状态"。另一方面,中国古代早就注意诗歌中的不同人称抒情情况。譬如代言的问题,颜之推说:"凡代人为文,皆作彼语,理宜然也。"③有时古人为能辨明抒情人称而自鸣得意。岑参《还高冠潭口留别舍弟》,曾经引起诗评家的讨论,诗云:

> 昨日山有信,只今耕种时。
> 遥传杜陵叟,怪我还山迟。
> 独向潭边酌,无上林下棋。
> 东溪忆汝处,闲卧对鸬鹚。

钟惺评:"此诗千年来唯作者与谭子知之,因思真诗传世,良是危事。反复注疏,见学究身为说法,非唯开示后人,亦以深悯作者。"谭元春批:"不曰家信而曰'山有信',便是下六句杜陵叟寄来信矣,针线如此。末四语就杜陵叟寄信写在自己别诗中,人不知,以为岑公自道也。'忆汝''汝'字,指杜陵叟谓岑公也。粗心人看不出,以为'汝'指弟耳。八句似只将杜陵叟来信掷与弟看,起身便去,自己归家,与别弟等语,俱未说出,俱说出矣。如此而后谓之诗,如此看诗,而后谓之真诗人。"④钟、谭二人自鸣得意,实际上他们欲解决的是此诗中的后四句的如何解读的问题,而问题的关键就是抒情者的人称。后四句却可以有两种解读,一是后四句为杜陵叟的直接引语,一为自道。钟、谭得意的是他们发现后四句可以解读为杜陵叟的直接引语。当然这种解读只能说是此诗多种解读中的一种,并不是唯一的。更值得注意的是中国古代还有一些明显使用人称代词的诗歌。譬如"我"是诗歌文本中第一人称抒情的重要标志,有人对李白诗中出现"我"字的情况进行了搜集,说:

　　在李白送别诗中,以"我"字发端者,可找到的例子有:《留别曹南群官之江南》(第2115页)"我昔钓白龙,放龙溪水旁";《送当涂赵少府》(第2461页)"我来扬都市,送客回轻舟";《送蔡山人》(第2461页)"我本不弃世,世人自弃我";《送杨山人归嵩山》(第2466页)"我有万古宅,嵩阳玉女峰";《送通禅师还南陵隐静寺》(第2485页)"我闻隐静寺,山水多奇踪";《秋日鲁郡尧祠亭上宴别杜补阙范侍御》(第2091页)"我觉秋兴逸,谁云秋兴悲","我觉"二字有强烈的主观抒情色彩。⑤

　　中国古典诗歌里存在着使用人称代词的情况是不争的事实,抒情者也要用一定的人称进行

---

① [日]泽田总清:《中国韵文史》,王鹤仪编译,上海书店1984年版,第9—10页。
② 童庆炳主编:《文学理论教程》,高等教育出版社1998年版,第243,245页。
③ 王利器:《颜氏家训集解》,上海古籍出版社1980年版,第260页。
④ 钟惺、谭元春:《唐诗归》卷十三,北京师范大学图书馆藏明刻本。
⑤ 郑振伟:《意识·神话·诗学——文本批评的寻索》,中国社会科学出版社2005年版,第159页。

抒情。但问题是,中国古典诗歌中的抒情者果真有不同的人称吗?

潘啸龙先生说:"在'诗三百篇'中运用得最普遍也是动人的,是第一人称的抒情方式。"这种第一人称抒情方式,"实际上正是诗人即抒情主体直接介入外在情境,并以自身境遇作为情感抒写中心的一种方式。也就是说,在这类诗作中,外在情境全围绕抒情主体自身展开;其间虽也常有'他者'出现,但表现的中心则是自身,是自身境况所引发的哀乐之情。例如《周南·葛覃》,诗中展现的'葛之覃兮,施于中谷,维叶萋萋。黄鸟于飞,集于灌木,其鸣喈喈'的美好景象,就正是抒情主体'我'所身临之境;诗中抒写的,也是这位即将'归宁父母'的女子,在'是刈是濩'、'为絺为绤'中洋溢的欢快和喜悦。其间虽也出现了她的保姆'师氏',却不是情感抒写的中心,而只是作为自我的陪伴而连带述及的"①。童庆炳先生说:"第一人称的抒情是作者直接表现自己的内心生活的一种抒情方式。在这类抒情性作品中,'我'就是作者自我。"②潘先生、童先生所用的方法,并不是文本分析的方法。③倘若将诗人与诗歌作品亦即文本中抒情者视为一体,他们关于第一人称抒情方式的阐述大致还算准确。何谓第三人称呢?潘啸龙先生说:"作为一首历代公认的抒情之作,《关雎》可以说是体现了《诗经》'第三人称'抒情的基本特征;在这种抒情方式中,同样存在着'抒情主体',但与第一人称中抒情主体直接介入'外在情境'不同,他(她)却是隐藏在情境背后而并不露面的。即以《关雎》为例,人们甚至无法判断这一抒情主体,究竟是男是女。与此相联系的另一点不同,就是第三人称的抒情,不以'自我'的境遇为情感表现的中心,整个'外在情境'均围绕着他的境遇展开(如《关雎》中的'君子'之求'淑女')。所以它虽然仍是抒情主体(诗人)一种'自我表现',但其情感内涵,则表现为对他人遭际、命运的感受或体验。"④潘先生的分析是比较细致的,结论却是有问题的。既然承认这种抒情仍是抒情主体的一种"自我表现",为何又否认这是第一人称抒情呢?这仍是第一人称抒情,只是抒情的内容"则表现为对他人遭际、命运的感受或体验"。潘啸龙认为,抒情诗中还存在"第二人称"、"无人称"以及多重抒情主体。所谓"第二人称抒情"是指诗中抒写的情境全围绕"第二人称"为中心,与相对应的"我"这一诗中的抒情主体始终未在诗中露面,与"我"的境遇毫不相涉,所以它既与"第一人称"的抒情方式有别,又与以彼(他)称说对象的"第三人称"抒情不同,是为典型的"第二人称"式,它又不是纯客观的叙事,而是带着强烈的情感态度。⑤这种说法也是成问题的,抒情虽然围绕"第二人称"为中心,但抒情并不是第二人称发出的,抒情的主体仍是第一人称。热奈特说:"与任何陈述中的陈述主体一样,叙述者在叙述中只能以'第一人称'存在。"⑥巴尔指出,第一人称与第三人称叙事体的"区别在于表达的对象上",或者是"我"讲我自己的事,或者是"我"讲别人的事,而不在讲话者本身。⑦叙述文本中叙述者是这样,那么,抒情诗歌文本中抒情者也应是这样,所有的抒情都是由抒情者发出的。

由上面可知,从抒情的角度来说,并不存在所谓的第二人称、第三人称、第一人称抒情人称的区别,抒情者全是抒情主体亦即"我"抒发出来的。虽然不存在抒情人称的区别,但抒情方式仍有一些不同。具体说来,抒情方式可以分为三种。第一种抒情方式是抒情者以自身境遇作为情感抒发中心的一种方式。第二种表现为对第三者亦即他或他们的遭际、命运的感受或体验。

① 潘啸龙:《〈诗经〉抒情人称研究》,《安徽师范大学学报》(人文社会科学版)第30卷第2期,2002年3月。
② 童庆炳主编《文学理论教程》,高等教育出版社1998年版,第245页。
③ 朱迪光:《古代诗人与诗作中的抒情者》,《文艺报》2005年2月24日。
④ 潘啸龙:《〈诗经〉抒情人称研究》,《安徽师范大学学报》(人文社会科学版)第30卷第2期,2002年3月。
⑤ 潘啸龙:《〈诗经〉抒情人称研究》,《安徽师范大学学报》(人文社会科学版)第30卷第2期,2002年3月。
⑥ [法]热奈特:《叙事话语》,牛津出版社1980年版,第244页。
⑦ [荷]巴尔:《叙事学》,多伦多大学出版社1985年版,第122页。

第三种抒情方式是对抒情对象亦即你或你们的感受或由抒情对象亦即你或你们的遭际、命运所引起的感受或体验。这三种抒情方式在话语表达方面可以简化为"我对你说我"、"我对你说他"、"我对你说你"。下面我就以李白的诗歌作品为例进行考察。

古典诗歌作品中第一种抒情方式为抒情者以自身遭遇为情感抒发中心。这一抒情方式包括童庆炳先生所说的"第一人称的抒情方式"和"代言的抒情方式"①。童先生这一区分从纯文本分析来说，没有多大意义，因为在从事文本分析的时候，并不管抒情者与诗人是否一致的情况。换句话说，诗歌文本中只存在抒情者，而不存在诗人。②

从前面的论述已阐明，所有的诗歌抒情都是第一人称，因此，李白诗出现"我"字的诗歌比较多虽可证明是第一人称抒情，但并不能说明多少问题。李白诗歌中抒情者以自身遭遇为情感抒发中心的诗作从大的方面可以分为两种情况。一是抒情者为男性。二是抒情者为女性。抒情者为男性的诗歌，又可分为两类。一类是直接抒发自身的遭遇，多直陈，多议论。如《赠张相镐》二首其二云：

> 本为陇西人，先为汉边将。功略盖天地，名飞青云上。苦战竟不侯，当年颇惆怅。世传崆峒勇，气激金风壮。英烈遗厥孙，百代神犹王。十五观奇书，作赋凌相如。龙颜惠殊宠；麟阁凭天居。晚途未云已，蹭蹬遭谗毁。想像晋末时；崩腾胡尘起。衣冠陷锋镝；戎虏盈朝市。石勒窥神州，刘聪劫天子。抚剑夜吟啸，雄心日千里。誓欲斩鲸鲵，澄清洛阳水。六合洒霖雨，万物无凋枯。我挥一杯水，自笑何区区？因人耻成事，贵欲决良图。灭虏不言功，飘然陟方壶。惟有安期舄，留之沧海隅。③

这首诗述自己的家世、生平遭遇及其志向怀抱。如《将进酒》：

> 君不见黄河之水天上来，奔流到海不复回！君不见高堂明镜悲白发，朝如青丝暮成雪！人生得意须尽欢，莫使金樽空对月。天生我材必有用，千金散尽还复来。烹羊宰牛且为乐，会须一饮三百杯。岑夫子，丹丘生，将进酒，杯莫停。与君歌一曲，请君为我侧耳听：钟鼓馔玉不足贵，但愿长醉不愿醒；古来圣贤皆寂寞，惟有饮者留其名。陈王昔时宴平乐，斗酒十千恣欢谑。主人何为言少钱，径须沽取对君酌。五花马，千金裘，呼儿将出换美酒，与尔同销万古愁。④

同样是写一次饮酒的行动，但饮酒本身的描写弱化，在与岑夫子、丹丘生的"对话"中强化了主观情感的抒发。其表达形式同上一首："我"对"你"说"我"。

抒情者为男性的第二类情况是不直接写自身的遭遇，或是具体写某一次行动，或是通过咏物来抒发情感。《梦游天姥吟留别》：

> ……我欲因之梦吴越，一夜飞渡镜湖月。湖月照我影，送我至剡溪。谢公宿处今尚在，渌水荡漾清猿啼。脚著谢公屐，身登青云梯。半壁见海日，空中闻天鸡。千岩万转路不定，迷花倚石忽已暝。熊咆龙吟殷岩泉，栗深林兮惊层巅。云青青兮欲雨，水澹澹兮生烟。列缺霹雳，丘峦崩

---

① 童庆炳主编：《文学理论教程》，高等教育出版社1998年版，第245页。
② 朱迪光：《古代诗人及其诗作中的抒情者》，《文艺报》2005年1月25日。
③ 《赠张相镐》二首：《李白集校注》卷十一，上海古籍出版社1980年版，第762—763页。
④ 《将进酒》：《李白集校注》卷三，上海古籍出版社1980年版，第225页。

摧，洞天石扉，訇然中开。青冥浩荡不见底，日月照耀金银台。霓为衣兮风为马，云之君兮纷纷而来下。虎鼓瑟兮鸾回车。仙之人兮列如麻……①

诗中抒情者的行动是梦中的行动，但情感却是抒情者的情感。借咏物来抒情的诗歌也不少。如《把酒问月》：

> 青天有月来几时！我今停杯一问之。人攀明月不可得，月行却与人相随。皎如飞镜临丹阙，绿烟灭尽清辉发。但见宵从海上来，宁知晓向云间没？白兔捣药秋复春，嫦娥孤栖与谁邻？今人不见古时月，今月曾经照古人。古人今人若流水，共看明月皆如此。唯愿当歌对酒时，月光长照金樽里。②

借咏月来抒发自己的情怀。抒情对象虽有所不同，但表达方式相同："我"对"你"说"我"。只是这个"你"，有时是物，如月亮、名山等。又如《上李邕》：

> 大鹏一日同风起，扶摇直上九万里。假令风歇时下来，犹能簸却沧溟水。时人见我恒殊调，见余大言皆冷笑。宣父犹能畏后生，丈夫未可轻年少。③

以传统的讲法来说，这首诗主要是用典，但我以为虽是用典，却通过对大鹏的具体描写抒发自己的情感。

抒情者为女性的，就是童先生所说的"代言的抒情方式"是指"在有些抒情性作品中，作者作为代言人，以他人的口吻来抒情。代言的抒情是戏曲歌词的基本抒情方式，但在诗词中也不少见"。他将《春思》指为"代言的抒情方式"。《春思》云：

> 燕草如碧丝，秦桑低绿枝。
> 当君怀归日，是妾断肠时。
> 春风不相识，何事入罗帏？

童先生说："李白在这首诗中，正是把自己化为思妇，设身处地地写她的内心生活"。④ 在文本分析时，是没有必要将其与诗人自己联系起来，此中抒情者是女性抒发自己的内心情感。此类诗在李白诗歌中有不少，如《江夏行》、《邯郸才人嫁为厮养卒妇》等。

李白诗歌作品中第二种抒情方式是抒情者对第三者（他人）的遭际、命运的感受或体验。这种抒情方式就是别的论者所说的第三人称抒情方式。这种抒情方式根据抒情者是否出现可以分为二种情况。第一种情况是抒情者不直接出现。如《乌夜啼》：

> 黄云城边乌欲栖，归飞哑哑枝上啼。机中织锦秦川女，碧纱如烟隔窗语。停梭怅然忆远人，独宿孤房泪如雨。

① 《梦游天姥吟留别》：《李白集校注》卷十五，上海古籍出版社1980年版，第898—899页。
② 《把酒问月》：《李白集校注》卷二十，上海古籍出版社1980年版，第1178—1179页。
③ 《上李邕》：《李白集校注》卷九，上海古籍出版社1980年版，第660—661页。
④ 童庆炳主编：《文学理论教程》高等教育出版社1998年版，第245页。

唐汝询《唐诗解》卷一二云："此妇人思夫之词，言乌啼而日将冥，故机中之女视窗纱如烟，仅隔此而与乌声若对语也。于是念切远人，为之罢织。又自伤孤独，而至于挥泪耳。"这首诗刻画的是一个妇人的形象。这个妇人织锦、与乌对语、挥泪，甚至连景物都是织锦女所见，抒情者隐而不见，或者说主要由抒情形象——织锦女代替了。此诗的表达方式为"我"对"你"说他，虽然"我"隐而不见，但描写和叙述，除了"我"，又有谁呢？显然，这个"我"又是具体可感的。又如《题东谿公幽居》：

> 杜陵贤人清且廉，东谿卜筑岁将淹。宅近青山同谢朓，门垂碧柳似陶潜。好鸟迎春歌后院，飞花送酒舞前檐。客到但知留一醉，盘中只有水晶盐。①

这首诗从表面上看来，是描写东谿公的住处，宅在何处，门又怎样，后院、前檐又怎样，从深层次却是赞东谿公"清且廉"。整首诗里，抒情者没有直接出现。又如《嵩山采菖蒲者》：

> 神人多古貌，双耳下垂肩。嵩山逢汉武，疑是九疑仙。我来采菖蒲，服食可延年。言终忽不见，灭影入云烟。喻帝竟莫悟，终归茂陵田。②

诗中虽然出现"我"，但是此一"我"并不是抒情者，而是直接引语中出现的"我"亦即采菖蒲者。抒情者"我"也是存在的，是"我"在说"喻帝竟莫悟，终归茂陵田"。还有一些诗，抒情者虽未明示，但从其造语来看，显然抒情者已明显介入，如《怨情》：

> 美人卷珠帘，深坐蹙蛾眉。但见泪痕湿，不知心恨谁？③

诗有"但见"、"不知"之语，显然是抒情者之言。又如《送崔度还吴度故人礼部员外国辅之子》：

> 幽燕沙雪地，万里尽黄云。朝吹归秋雁，南飞日几群。中有孤凤雏，哀鸣九天闻。我乃重此鸟，彩章五色分。胡为杂凡禽，雏鹜轻贱君。举手捧尔足，疾心若火焚。拂羽泪满面，送之吴江濆。去影忽不见，踌躇日将曛。④

主要是抒发他（崔度）——"孤凤雏"之遭遇，但"我""捧尔足"、"疾心若火焚"等情感也有所抒发。有时候，抒情者的介入明显且抒发了强烈的情感。如《行行且游猎篇》：

> 边城儿，生年不读一字书，但知游猎夸轻趫。胡马秋肥宜白草，骑来蹑影何矜骄。金鞭拂雪挥鸣鞘，半酣呼鹰出远郊。弓弯满月不虚发，双鹒迸落连飞髇。海边观者皆辟易，猛气英发振沙碛。儒生不及游侠人，白首下帷复何益！⑤

---

① 《题东谿公幽居》：《李白集校注》卷二十五，上海古籍出版社1980年版，第1451页。
② 《嵩山采菖蒲者》：《李白集校注》卷二十五，上海古籍出版社1980年版，第1458页。
③ 《怨情》：《李白集校注》卷二十五，上海古籍出版社1980年版，第1478页。
④ 《送崔度还吴度故人礼部员外国辅之子》：《李白集校注》卷十七，上海古籍出版社1980年版，第1028页。
⑤ 《行行且游猎篇》：《李白集校注》卷三，上海古籍出版社1980年版，第229页。

全诗是以欣羡、夸耀口吻叙之,最后是抒情者直接呼喊:"儒生不及游侠人,白首下帷复何益!"有时从诗题来看,可以看作是抒发抒情对象的感受,但细读却不是这样。《送王屋山人魏万还王屋并序》云:

王屋山人魏万,云自嵩宋沿吴相访,数千里不遇,乘兴游台越,经永嘉,观谢公石门,后于广陵相见。美其爱文好古,浪迹方外,因述其行而赠是诗。

仙人东方生,浩荡弄云海。沛然乘天游,独往失所在。魏侯继大名,本家聊摄城。卷舒入元化,迹与古贤并。十三弄文史,挥笔如振绮。辩折田巴生;心齐鲁连子。西涉清洛源,颇惊人世喧。采秀卧王屋,因窥洞天门。揭来游嵩峰,羽客何双双!朝携月光子;暮宿玉女窗。鬼谷上窈窕;龙潭下奔潈。东浮汴河水,访我三千里。逸兴满吴云,飘飖浙江汜。挥手杭越间,樟亭望潮还。涛卷海门石;云横天际山。白马走素车,雷奔骇心颜。①

这是一首赠诗,本应该是直接与对方交流,却是将对方当作第三者来写,其情感主要是他——魏万的情感。表达形式理应为"我"对"你"说"你",而实际为"我"对"你"说"他"。

古典诗歌作品中第三种抒情方式是对抒情对象(你或你们)的感受或由抒情对象的遭际、命运所引起的感受。这类作品中最多的是送别诗。如《南阳送客》:

斗酒勿为薄;寸草贵不忘。坐惜故人去;偏令游子伤。离颜怨芳草;春思结垂杨。挥手再三别,临岐空断肠。②

诗开篇就对抒情对象亦即送别的客人说,不要嫌斗酒太轻了,你的离去使我忧伤,挥手再三告别,肠断百结。这是一种对抒情对象的感受。表达形式为"我"对"你"说"你"。又如《白云歌送刘十六归山》:

楚山秦山皆白云,白云处处长随君。长随君。君入楚山里。云亦随君渡湘水。湘水上,女萝衣。白云堪卧君早归。③

"白云"是友人所归之山的特点,也是抒情者的祝愿。"白云"是那样洁白、飘渺,有似仙境。《送杨山人归嵩山》:

我有万古宅,嵩阳玉女峰。长留一片月,挂在东溪松。尔去掇仙草,菖蒲花紫茸。岁晚或相访,青天骑白龙。④

"你"去的嵩山,是"我"的"万古宅","我"在岁晚之时或许去寻访"你",抒"我"与"你"的深情。这种情,在许多诗中均可见,如《送裴十八图南归嵩山》二首其一所云的"举手指飞鸿,此情难具论。

---

① 《送王屋山人魏万还王屋并序》:《李白集校注》卷十六,上海古籍出版社 1980 年版,第 953 页。
② 《南阳送客》:《李白集校注》卷十六,上海古籍出版社 1980 年版,第 951 页。
③ 《白云歌送刘十六归山》:《李白集校注》卷七,上海古籍出版社 1980 年版,第 526 页
④ 《送杨山人归嵩山》:《李白集校注》卷十七,上海古籍出版社 1980 年版,第 1041 页。

同归无早晚，颍水有清源"。① 又如《寻阳送弟昌峄鄱阳司马作》所云的"相思定如此，有穷尽年愁"。②《送韩侍御之广德》一诗，由对方所引起的情感更加强烈，云：

> 昔日绣衣何足荣？今宵贳酒与君倾。暂就东山赊月色，酣歌一夜送泉明。③

使用这种抒情方式的诗歌有些是由物思人。《秋浦歌》其一：

> 秋浦长似秋，萧条使人愁。客愁不可度，行上东大楼。正西望长安，下见江水流。寄言向江水，汝意忆侬不？遥传一掬泪，为我达扬州。④

秋浦的环境，引起了抒情者的愁，登楼而望，远望长安，下见流水，其情无限，"遥传一掬泪，为我达扬州"。又如《送友人》：

> 青山横北郭；白水绕东城。此地一为别，孤蓬万里征。浮云游子意；落日故人情。挥手自兹去，萧萧斑马鸣。⑤

诗开篇描写了送别的地点北郭、东城，同时也写了环境：青山、白水，接下去，还写了浮云、落日以及马鸣，在这样的景物环境中，离别情意特别浓厚。但在形式上，仍未离"我"对"你"说的表达式，"此地一为别，孤蓬万里征"以及"浮云游子意，落日故人情"似乎都是"我"直接对"你"说明。表面上李白诗歌中最多的是"我对你"说的表达方式最多。实际上是"我说你"，最终还说"我"。《寄韦南陵冰余江上乘兴访之遇寻颜尚书笑有此赠》：

> 南船正东风，北船来自缓。江上相逢借问君，语笑未乞风吹断。闻君携伎访情人，应为尚书不顾身。堂上三千珠履客；瓮中百斛金陵春。恨我阻此乐，淹留楚江滨。月色醉远客，山花开欲然。春风狂杀人，一日剧三年。乘兴嫌太迟，焚却子猷船。梦见五柳枝，已堪挂马鞭。何日到彭泽，长歌陶令前？⑥

先写江上遇见"君"携妓作乐，我也羡慕。最后却"何日到彭泽，长歌陶令前"，显然还是那种归隐之志。

古典诗歌文本中的抒情方式主要上述三种组成，但也存在难以划分的情况。一是同一首诗歌，可以作两种抒情方式解读。如《玉阶怨》：⑦

> 玉阶生白露，夜久侵罗袜。却下水精帘，玲珑望秋月。
> 萧云：太白此篇，无一字言怨，而隐然幽怨之意见于言外，晦庵所谓圣于诗者此欤！

① 《送裴十八图南归嵩山》其一：《李白集校注》卷十七，上海古籍出版社1980年版，第1015页。
② 《寻阳送弟昌峄鄱阳司马作》：《李白集校注》卷十八，上海古籍出版社1980年版，第1060页。
③ 《送韩侍御之广德》：《李白集校注》卷十八，上海古籍出版社1980年版，第1047页。
④ 《秋浦歌》其一：《李白集校注》卷八，上海古籍出版社1980年版，第533页。
⑤ 《送友人》：《李白集校注》卷十八，上海古籍出版社1980年版，第1050页。
⑥ 《寄韦南陵冰余江上乘兴访之遇寻颜尚书笑有此赠》：《李白集校注》卷十三，上海古籍出版社1980年版，第854页。
⑦ 《玉阶怨》：《李白集校注》卷五，上海古籍出版社1980年版，第374页。

古代的诗评者未指明此处是否为代言,但推测其评诗习惯应是将它作为代言诗。这首诗可以作两解。一解是抒情者抒写"我"的所见:"玉阶生白露,夜久侵罗袜"和"我"所为:"却下水精帘,玲珑望秋月",一句话通过"我"的行动来透露情感。另一解,是抒情者"我"见到"她"的所为。从意味深长来看,应是第一种解读更好。

另一种情况是一首诗中可能存在两种抒情方式。如《扶风豪士歌》:

洛阳三月飞胡沙,洛阳城中人怨嗟。天津流水波赤血,白骨相撑如乱麻。我亦东奔向吴国,浮云四塞道路赊。东方日出啼早鸦,城门人开扫落花。梧桐杨柳拂金井,来醉扶风豪士家。扶风豪士天下奇,意气相倾山可移。作人不倚将军势,饮酒岂顾尚书期?雕盘绮食会众客,吴歌赵舞香风吹。原尝春陵六国时,开心写意君所知。堂中各有三千士,明日报恩知是谁。抚长剑,一扬眉。清水白石何离离!脱吾帽,向君笑。饮君酒,为君吟。张良未逐赤松去,桥边黄石知我心。①

这首诗从诗题来看似抒发他人的遭遇或情感,从诗歌的前面来看,也是如此。但最后的几句"脱吾帽,向君笑。饮君酒,为君吟"却又是属于"我对你说"的表达式。卷四《乐府》之《杨叛儿》:

君歌《杨叛儿》,妾劝新丰酒。何许最关人?乌啼白门柳。乌啼隐杨花,君醉留妾家。博山炉中沉香火,双烟一气凌紫霞。

[评笺]

王云:杨升庵曰:古《杨叛曲》仅二十字,太白衍之为四十四字,而乐府之妙思益显,隐语益彰,其笔力似乌获扛龙文之鼎,其精光似光弼领子仪之军矣。《书》曰:葛伯仇饷。非孟子解之,后人不知仇饷为何语。沉水博山之句,非太白以双烟一气解之,乐府之妙亦隐矣。

按:《升庵诗话》云:古乐府:"暂出白门前,杨柳可藏乌。欢作沉水香,侬作博山鑪。"李白用其意衍为《杨叛儿歌》曰……即"暂出白门前"之郑笺也。因其拈用而古乐府之意益显,其妙益见。②

前人评语虽多,均指影射玄宗与玉环之事,而对其如何表达都未用心。这首诗前六句似女性自言,就属于女性抒情者自抒其情,而后两句似是另外的声音,更像是男性抒情者的声音。因此,此诗也存在两种抒情方式兼用的情况。

由上可知,古典诗歌作品中抒情者虽然有时没有使用人称代词,甚至连抒情者的存在本身也显得要去深深体味才能摸得到,但抒情者是存在的,是以第一人称存在。人们常误解抒情者有多种人称,从古典抒情诗的实际情况来看,不存在多种人称,但存在着三种抒情方式以及相应的表达方式,抒情方式不同,显现出来的抒情效果亦有所不同,第一种抒情方式,情感抒发强烈,第二、三种抒情较委婉。

三、作品选

桃 夭

【解题】 本诗选自《诗经·周南》,具有民谣风格,今多解为祝贺女子出嫁之诗。姚际恒《诗

---

① 《扶风豪士歌》,《李白集校注》卷七,上海古籍出版社 1980 年版,第 494 页。
② 《杨叛儿》,《李白集校注》卷四,上海古籍出版社 1980 年版,第 287 页。

经通论》：“桃花色最艳，古以取喻女子，开千古词赋咏美人之祖。”

桃之夭夭①，灼灼其华②。之子于归③，宜其室家④。桃之夭夭，有蕡⑤其实。之子于归，宜其家室。桃之夭夭，其叶蓁蓁⑥。之子于归，宜其家人。

【注释】 ①夭夭：美盛貌。 ②灼灼：花朵鲜艳的样子。 ③之子：这位女子，于，语助词，归，出嫁。 ④室家：家室。 ⑤有：语助词。蕡；形容果实肥大。 ⑥蓁蓁：叶子茂盛的样子。

伯 兮

【解题】 本篇出自《诗经·国风·卫风》。该诗描写了一个女子对久役于外的丈夫的思念，反映了徭役给人民带来的痛苦。

伯兮朅兮①，邦之桀兮②。伯也执殳③，为王前驱。自伯之东，首如飞蓬④。岂无膏沐⑤？谁适为容⑥！其雨其雨，杲杲出日⑦。愿言思伯⑧，甘心首疾⑨。焉得谖草⑩？言树之背⑪。愿言思伯，使我心痗⑫。

【注释】 ①伯：女子对丈夫的爱昵之称。朅：勇武高大。 ②桀：通“杰”，突出的人才。 ③殳：竹制兵器。 ④首如飞蓬：指头发像蓬草一样杂乱。 ⑤膏：膏脂，发油。沐：米汁，可以沐头，相当于洗发水。 ⑥适：悦，容：打扮。 ⑦杲杲：明亮的样子。 ⑧愿言：思念的样子。 ⑨甘心首疾：形容思念的深切。 ⑩焉：何，何处，哪里。谖草：萱草，忘忧草。 ⑪言：乃，而。树：种植、栽种。背：通“北”，北堂，即后堂。 ⑫痗：病，痛苦。

采 葛

【解题】 本篇出自《诗经·国风·王风》，这是一首热恋情人的相思之诗。

彼采葛兮①，一日不见，如三月兮！彼采萧兮②，一日不见，如三秋兮③！彼采艾兮④，一日不见，如三岁兮！

【注释】 ①葛：一种蔓生植物，块根可食，茎可制纤维。 ②萧：青蒿，有香气，古时用于祭祀。 ③三秋：一个秋季三个月，三秋九个月。或以“春秋”代言年，则三秋相当于三年。 ④艾：菊科植物，茎直生，白色，其叶四布，状如蒿，可用于针灸。

垓 下 歌

【解题】 此诗为项羽所作。项羽（前232—前202），名籍，字羽，今江苏宿迁人。《垓下歌》是楚霸王项羽在垓下之围中进行必死战斗前夕所作的绝命词。其间洋溢着无与伦比的豪气，又蕴含着深沉的命运感叹。

力拔山兮气盖世，时不利兮骓不逝①。骓不逝兮可奈何！虞兮虞兮奈若何！②

【注释】 ①骓：本义为毛色苍白相杂的马。此处为项羽所骑骏马之名。《汉书·项籍传》云：“骏马名骓。”逝：因走得很快而从眼前消失，奔驰。 ②虞：虞姬，西楚霸王项羽的爱姬。

大 风 歌

【解题】 此诗为刘邦所作。刘邦（前256—前195），字季，江苏丰县人，于楚汉战争中打败西楚霸王项羽，成为西汉开国皇帝，庙号高祖。《大风歌》是汉高祖刘邦平黥布还，过沛县，邀集故人饮酒击筑时所唱的一首歌。

大风起兮云飞扬，威加海内兮归故乡①，安得猛士兮守四方②。

【注释】 ①威：威力，威武。加：凌驾。海内：四海之内，天下。兮：语气虚词。 ②安：怎样，哪里，表示疑问。

秋 风 辞

【解题】 这首诗为汉武帝刘彻所作。刘彻(前156—前87),汉代一位具有雄才大略的皇帝。为汉景帝刘启之子,七岁时被册立为皇太子,十六岁登基,在位五十四年。《秋风辞》写得情思悱恻,哀丽婉转,深得《离骚》遗响。

秋风起兮白云飞,草木黄落兮雁南归。兰有秀兮菊有芳①,怀佳人兮不能忘。泛楼船兮济汾河②,横中流兮扬素波。箫鼓鸣兮发棹歌③,欢乐极兮哀情多。少壮几时兮奈老何!

【注释】 ① 秀:色泽,颜色;芳:花的香气。 ② 楼船:甲板上有多层建筑的大船。汾河:黄河的主要支流之一,起源于山西宁武,流至河津西南入黄河。 ③ 棹:船桨。此处代指船。

北方有佳人

【解题】 本诗为李延年所作。李延年,汉代音乐家。今河北定州市人,善歌,武帝时在乐府中任协律都尉。这首歌通过极度的夸张衬托表现佳人之美,其妹妹李夫人的得宠于汉武帝,正是因于李延年这首名动京师的佳人歌。

北方有佳人,绝世而独立。一顾倾人城,再顾倾人国。宁不知倾城与倾国?佳人难再得!

怨 歌 行

【解题】 本诗相传为班婕妤所作。班婕妤是著名史学家班固的祖姑,汉成帝时选入宫,封为婕妤(嫔妃称号)。后与宫人赵飞燕夺宠,居长信宫,作有《自悼赋》、《捣素赋》等,皆抒发其失宠后幽居深宫的郁闷和哀怨,此诗亦是其失宠后所作。又题为《团扇歌》,是一首咏物言情之作。借扇作比,来抒发自己宠爱衰歇后遭受遗弃的不幸命运。

新裂齐纨素①,皎洁如霜雪。裁作合欢扇,团圆似明月。出入君怀袖,动摇微风发。常恐秋节至,凉飙夺炎热②。弃捐箧笥中③,恩情中道绝。

【注释】 ① 裂:截断。新裂:刚从织机上扯下来。素:生绢,精细的素叫做纨。齐地所产的纨素最著名。 ② 飙:急风。 ③ 捐:抛弃。箧笥:箱子。

上 邪

【解题】 此诗为汉乐府民歌《饶歌》中的一首情歌,是一位痴情女子对心上人的热烈表白,深情奇想,实为"短章之神品"。

上邪①!我欲与君相知②,长命无绝衰③。山无陵④,江水为竭,冬雷震震⑤,夏雨雪⑥,天地合,乃敢与君绝!

【注释】 ① 上邪:天啊! 上,指天。邪,语气助词,表示感叹。 ② 相知:知心,相爱。 ③ 命:令,使。衰:衰减,断绝。 ④ 陵:山峰,山头,山顶。 ⑤ 震震:形容雷声。 ⑥ 雨雪:降雪。雨:下,降落,名词活用作动词。

饮马长城窟行

【解题】 《饮马长城窟行》是汉代乐府古题。相传古长城边有水窟,可供饮马,曲名由此而来。这首诗在萧统《文选》载为"古辞",不署作者。在徐陵《玉台新咏》中署作蔡邕。是否为蔡邕所作,尚有争议。

青青河边草,绵绵思远道①。远道不可思,夙昔梦见之②。梦见在我旁,忽觉在他乡。他乡各异县,展转不相见。枯桑知天风,海水知天寒。入门各自媚③,谁肯相为言?客从远方来,遗我双鲤鱼④,呼儿烹鲤鱼,中有尺素书。长跪读素书,书中竟何如?上言加餐饭,下言长相忆。

【注释】 ① 绵绵:不绝之貌,连续不断的样子。 ② 夙:早,平素,以前。夙昔:前夜,往日。 ③ 媚:亲密,亲爱,关切。 ④ 遗:给予,馈赠,送交,交付。鲤鱼:相传商末姜子牙垂钓渭水,获鲤鱼,剖之,见一书信,预言他将受封于齐地,后竟应验。"鲤鱼"遂成为书信的代称。

迢迢牵牛星

【解题】 本诗为《古诗十九首》的第十篇,作者不详,时代大约在东汉末年。《古诗十九首》,最早见于《文选》,为南朝梁萧统从传世无名氏《古诗》中选录十九首编入,编者把这些作者已经无法考证的五言诗汇集起来,冠以此名,列在"杂诗"类之首,后世遂作为组诗看待。《迢迢牵牛星》通过描绘传说中牛郎织女隔河相望而不能互相倾诉衷情的痛苦,抒写了男女离别的痛苦和惆怅。

迢迢牵牛星①,皎皎河汉女②。纤纤擢素手③,札札弄机杼④。终日不成章⑤,泣涕零如雨⑥。河汉清且浅,相去复几许⑦?盈盈一水间⑧,脉脉不得语⑨。

【注释】 ① 迢迢:遥远。牵牛星:俗称"牛郎星",是天鹰星座的主星,在银河南。隔银河和织女星相对。 ② 皎皎:明亮。河汉:即银河。河汉女,指织女星,是天琴星座的主星,在银河北。织女星与牵牛星隔银河相对。 ③ 擢:伸出。素:白皙。 ④ 杼,织梭。机杼:织布机。札札:织机织布时发出的声音。 ⑤ 终日:整天。章:指布帛上的经纬纹理,这里指布帛。不成章:织不成布。此处指织女因相思而无心织布。 ⑥ 涕:眼泪。零:落。 ⑦ 去:离,距离,相距。几许:多少,多远。此处是指织女和牵牛二星彼此只隔着一条银河,相距并不算远。 ⑧ 盈盈:清澈、晶莹的样子。间:间隔,相隔。 ⑨ 脉脉:含情凝视的样子。

咏 怀 诗

【解题】 本诗作者为阮籍。阮籍(210—263),字嗣宗,河南尉氏县人。魏晋时期竹林七贤之一,长于五言诗,对五言诗的发展有很大的贡献。《咏怀诗》共八十二首,是阮籍诗作的总题,此首诗是其中的第一首,抒发诗人的苦闷之情。

夜中不能寐,起坐弹鸣琴①。薄帷鉴明月②,清风吹我襟。孤鸿号外野,翔鸟鸣北林。徘徊将何见?忧思独伤心。

【注释】 ① 鸣琴:琴。如陆机《拟东城一何高》诗:"闲夜抚鸣琴,惠音清且悲。" ② 鉴:照。

咏史八首　其二

【解题】 本诗为左思所作。左思(约250—305),字太冲,山东淄博人。西晋著名文学家,为文人集团"二十四友"的重要成员。《咏史八首》是晋代文学家左思创作的一组咏史诗。名为咏史,实为咏怀,借古人古事来浇诗人胸中之块垒,其思想艺术成就备受后人称道。本诗为其中的第二首。

郁郁涧底松①,离离山上苗②。以彼径寸茎③,荫此百尺条④。世胄蹑高位⑤,英俊沉下僚⑥。地势使之然⑦,由来非一朝。金张藉旧业⑧,七叶珥汉貂⑨。冯公岂不伟⑩,白首不见招⑪。

【注释】 ① 郁郁:茂密的样子。涧底:谷底。 ② 离离:下垂的样子。 ③ 彼,指山上苗。径寸茎,一寸粗的茎秆。　④荫,遮蔽。此,指涧底松。　⑤胄:后裔。世胄:世家子弟。蹑:登临,占据。　⑥英俊:才智杰出的人。下僚:低级官吏　⑦地势:地位形势。甲胄和英俊所处情况正与松、苗相似,是地势使他们如此。　⑧金张:指西汉金日磾和张汤两家的子孙。金家从武帝到平帝七代担任内侍。张家子宣帝、元帝以来,子孙相继有十多人为侍中、中常侍。藉:凭借。旧业:祖先的功业。　⑨七叶:七代。珥:插。貂:貂尾。汉代凡侍中、中常侍等大官都带貂尾以验明其身份。　⑩冯公:冯唐,西汉大臣。他直到头发花白,年事已高,还只是个郎官。汉武帝即位后,征求贤良之士,众人举荐冯唐。冯唐这年已九十多岁,不能再做官了。世称"冯唐易老"。　⑪白首:头发白了,年老。不见招:不被重用。

饮酒二十首　其五

【解题】　本诗为陶渊明所作。陶渊明(约 365 年—427 年),江西九江人。名陶潜,字元亮,号五柳先生,谥号靖节先生,入刘宋后改名潜。东晋末期、南朝宋初著名文学家,田园文学的开创者。本诗是陶渊明创作的组诗《饮酒二十首》的第五首。写自己心与世俗远离,所以身在尘世,而心能感受超尘绝俗的真趣。

结庐在人境①,而无车马喧。问君何能尔②?心远地自偏③。采菊东篱下④,悠然见南山⑤;山气日夕佳⑥,飞鸟相与还⑦。此中有真意,欲辨已忘言⑧。

【注释】　①结庐:构筑屋子。人境:人间,人类居住的地方。　②尔:如此、这样。　③此句的意思是由于自己的心远离尘世,虽处喧嚣之境也如同居住在偏僻之地。　④篱:用竹、苇、树枝等编成的围墙屏障。　⑤悠然:自得的样子。南山:指庐山。　⑥日夕:傍晚。　⑦相与:相交,结伴。　⑧《庄子·外物》云:"言者所以在意也,得意而忘言"。这句话的意思是:此中含有人生的真义,想辨别出来,却忘了如何用语言表达。其实是指:既然领会到了此中的真意,就不必说出来。

杂诗二十首　其一

【解题】　陶渊明《杂诗》共有十二首,慨叹人生之无常,感喟生命之短暂,是这组《杂诗》的基调。本诗为其中的第一首。

人生无根蒂①,飘如陌上尘②。分散逐风转,此已非常身③。落地为兄弟④,何必骨肉亲! 得欢当作乐,斗酒聚比邻⑤。盛年不重来⑥,一日难再晨。及时当勉励⑦,岁月不待人。

【注释】　①蒂:花或瓜果跟枝茎相连接的部分。　②陌:田间东西方向的道路,泛指道路。　③非常身:不是经久不变的身,即不再是盛年壮年之身。　④落地:刚生下来。　⑤斗:酒器。比邻:近邻。　⑥盛年:壮年。　⑦及时:趁盛年之时。

黄鹤楼

【解题】　本诗作者为崔颢。崔颢(?—754),汴州人,唐代诗人。本诗被《沧浪诗话》评为唐人七律第一,是崔颢诗歌的代表性作品。黄鹤楼,位于湖北省武汉市蛇山上。

昔人已乘黄鹤去①,此地空余黄鹤楼。黄鹤一去不复返,白云千载空悠悠。晴川历历汉阳树②,芳草萋萋③鹦鹉洲④。日暮乡关何处是? 烟波江上使人愁。

【注释】　①传说古代有一位仙人,在此乘鹤登仙。　②历历:清晰、分明貌。　③萋萋:草木茂盛貌。　④鹦鹉洲:当时长江中的小沙洲。

辛夷坞

【解题】　本诗作者为王维。王维(701—761),字摩诘,太原祁(今山西祁县)人。官至尚书右丞,世称王右丞。其思想深受禅宗影响,人称"诗佛"。王维是盛唐山水田园诗歌的代表性诗人,苏轼评价其诗"诗中有画,画中有诗",本诗是王维田园组诗《辋川集》二十首中的第十八首。

木末芙蓉花①,山中发红萼②。涧户寂无人,纷纷开且落。

【注释】 ① 木末芙蓉花:指辛夷,辛夷别名木兰、紫玉兰等,这里因为辛夷与芙蓉花色与形相似,故以芙蓉来指称。辛夷花开在枝条的最末端上,故曰木末。 ② 萼:花萼、萼片的总称。萼位于花的外轮,在花芽期有保护花芽的作用。

别董大 其一

【解题】 本诗作者为高适。高适(700—765),字达夫,与岑参并为盛唐边塞诗派的领军人物,与岑参并称"高岑"。诗歌多写边塞军旅,艺术风格上直抒胸臆,气势奔放。此诗是高适赠别琴师董庭兰之时所作,劝慰与激励朋友去奋斗、拼搏。

千里黄云白日曛①,北风吹雁雪纷纷。莫愁前路无知己,天下谁人不识君!

【注释】 ① 黄云,也即乌云;曛,昏暗。

从军行七首 其四

【解题】 本诗作者为王昌龄。王昌龄(698?—756),字少伯,曾为江宁令,后贬至龙标尉,世称"王江宁"、"王龙标"。诗歌多写边塞军旅与闺情,以绝句成就为最高,其七绝被列为"神品"。本诗为其乐府旧题《从军行》七首诗歌中的第四首,抒写戍边将士以身报国的豪情壮志。

青海长云暗雪山①,孤城遥望玉门关②。黄沙百战穿金甲,不破楼兰终不还③!

【注释】 ① 青海:指青海湖,湖上的浓云使雪山显得灰暗。 ② 玉门关:在甘肃敦煌市西。 ③ 楼兰:汉代西域一国家。汉武帝时,欲与大宛等西域国家往来,楼兰却阻挡道路,攻劫汉使节,昭帝时傅介子用计斩其国王。

宣州谢朓楼饯别校书叔云

【解题】 本诗作者为李白。李白(701—762),字太白,号青莲居士,祖籍陇西成纪(今甘肃省秦安县),先世隋时因罪徙西域。李白是唐代伟大的浪漫主义诗人。他与杜甫齐名,并称"李杜"。李白诗歌风格以豪放飘逸著称。谢朓楼,为谢朓任宣城太守时所建;校书,即校书郎。叔云,指叔叔李云。此诗题一作为《陪侍御叔华登楼歌》。

弃我去者,昨日之日不可留;乱我心者,今日之日多烦忧。长风万里送秋雁,对此可以酣高楼①。蓬莱文章建安骨②,中间小谢又清发③。俱怀逸兴壮思飞,欲上青天览明月。抽刀断水水更流,举杯消愁愁更愁。人生在世不称意,明朝散发弄扁舟④。

【注释】 ① 酣高楼:在高楼上畅饮。 ② 蓬莱文章:指东汉时藏书的东观。《后汉书·窦章传》:"是时学者称东观为老氏藏室,道家蓬莱山"。建安骨:指汉魏之际曹操父子和建安七子等人诗文的刚健遒劲的风格。 ③ 小谢:指谢朓,字玄晖,南朝齐诗人。后人将其与谢灵运并举,谢灵运在前称为大谢,谢朓在后称为小谢。 ④ 散发:去冠弃簪,表明不做官。整句表明归隐之心。

登岳阳楼

【解题】 本诗作者为杜甫,杜甫(712—770),字子美,河南巩县人,唐代伟大的现实主义诗人。杜甫诗歌有着沉郁顿挫的风格,其诗深刻反映了唐代由盛转衰的社会现实,后世称为"诗史"。本诗乃杜甫晚年流寓岳阳时所作。

昔闻洞庭水，今上岳阳楼。吴楚东南坼①，乾坤日夜浮②。亲朋无一字③，老病有孤舟④。戎马关山北⑤，凭轩涕泗流。

【注释】 ① 吴楚：泛指春秋吴楚之故地，即今长江中、下游一带。坼，裂开，分裂。 ②《水经注》中载洞庭"湖水广圆五百余里，日月若出没于其中"。 ③ 无一字：意谓无消息。 ④ 老病：写此诗时杜甫57岁，一身病痛。 ⑤ 戎马：指战争，此句意谓北方战事未息。

南园十三首 其五

【解题】 本诗作者为李贺。李贺(790—816)，字长吉，家居福昌昌谷，世称李长吉、鬼才、诗鬼等，与李白、李商隐三人并称唐代"三李"。一生不得志，多病而英年早逝。其诗表现出幽奇神秘的意境，带有感伤低沉的情调，具有浪漫主义艺术特色。

男儿何不带吴钩①？收取关山②五十州。请君暂上凌烟阁③，若个④书生万户侯？

【注释】 ① 吴钩：吴地产的刀，因刀是弯的，宛如钩状而名。这里是泛指宝刀。 ② 关山：关隘山岭。 ③ 凌烟阁：封建王朝为表彰功臣而建筑的绘有功臣图像的高阁。 ④ 若个：哪个。

近试上张水部

【解题】 本诗作者为朱庆馀。朱庆馀，生卒年不详，越州人，与张籍等人唱和。本诗又题《闺意献张水部》，据记载，朱庆馀诗歌曾得水部员外郎张籍的赏识，故临考前作此诗以献。

洞房昨夜停①红烛，待晓堂前拜舅姑②。妆罢低声问夫婿，画眉深浅入时无？

【注释】 ① 停：留，即保留，不吹灭。 ② 舅姑：丈夫的父母，即公婆。

无 题

【解题】 本诗作者为李商隐。李商隐(812—858)，字义山，号玉谿生，晚唐著名诗人，其诗与杜牧齐名，世称"小李杜"。无题诗为李商隐之独创，这类诗作并非一时一地所作，大都意境朦胧，为人激赏。

相见时难别亦难，东风无力百花残①。春蚕到死丝方尽，蜡炬成灰泪始干②。晓镜但愁云鬓改，夜吟应觉月光寒③。蓬山此去无多路，青鸟殷勤为探看④。

【注释】 ① 暮春时节，东风无力，百花纷谢，春光将逝。说明分别之时又逢暮春，更加让人伤感。 ② 丝：与"思"谐音，"丝方尽"意思是除非死了，思念才会结束。泪始干，蜡烛燃烧时流出油脂，称为烛泪，这里以烛泪喻指相思之泪。 ③ 此两句为想象对方相思之情状。云鬓改，青春靓丽的容颜在慢慢消逝。 ④ 蓬山：蓬莱山，传说中的海上仙山，这里指相思对象所在之地。青鸟：神话中为西王母传递音讯的信使。

淮中晚泊犊头

【解题】 本诗作者为苏舜钦。苏舜钦(1008—1048)，字子美，北宋诗人，在诗歌上与梅尧臣齐名，人称"苏梅"，诗歌创作上以豪迈奔放而著称。淮，淮河；犊头，淮河边的一个地名。犊头镇，在今江苏淮阴县境内。此诗以动中观静与静中观动的艺术手法，表达一种超然物外的心境。

春阴①垂野草青青，时有幽花②一树明。晚泊孤舟古祠下，满川风雨看潮生。

【注释】 ① 春阴：春天的阴云。 ② 幽花：长在幽静偏僻之处的花。

戏答元珍

【解题】 本诗作者为欧阳修。欧阳修(1007—1072)，字永叔，号醉翁，又号六一居士，江西吉安人。北宋中期文坛领袖,文论及创作在当时有很大影响。诗歌风格以平淡为主,但含意深婉,脉络细密。此诗是作者遭降职被贬夷陵县令后所作,元珍,丁宝臣,字元珍,时为峡州军事判官,诗歌在抒发自己迁谪山乡的寂寞情怀的同时又作自解宽慰。

春风疑不到天涯①,二月山城②未见花。残雪压枝犹有橘,冻雷③惊笋欲抽芽。夜闻归雁生乡思,病入新年感物华④。曾是洛阳花下客⑤,野芳虽晚不须嗟。

【注释】 ① 天涯:指夷陵,因夷陵相距京城已远,故云。 ② 山城:指夷陵,境内多山故云山城。 ③ 冻雷:春天之雷。 ④ 物华:美好的景物。 ⑤ "曾是"句:欧阳修曾在洛阳任过西京留守推官,在洛阳赏花时作《洛阳牡丹记》。

和子由渑池怀旧

【解题】 本诗作者为苏轼。苏轼(1037—1101),字子瞻,号东坡居士,四川眉山人,屡遭贬谪,饱尝宦海沉浮,词与辛弃疾并称"苏辛",为豪放词派的创始人,诗与黄庭坚并称"苏黄",代表宋代诗歌成就,散文与欧阳修并称"欧苏",为北宋大家,对后世影响极大。宋仁宗嘉祐六年,苏轼赴任陕西凤翔府签判,其弟苏辙(字子由)送哥哥至郑州,并写了一首《怀渑池寄子瞻兄》寄赠,此诗乃是苏轼的和诗。

人生到处知何似,应似飞鸿踏雪泥。泥上偶然留指爪,鸿飞那复计东西。老僧已死成新塔①,坏壁无由见旧题。往日崎岖还记否,路长人困蹇驴嘶②。

【注释】 ① 苏辙原诗自注:"昔与子瞻应举,过宿县中寺舍,题老僧奉闲之壁。"新塔,新建的佛塔,僧人死后火化建塔安放骨灰。 ② 蹇驴:跛脚的驴。苏轼末句下自注:"往岁,马死于二陵,骑驴至渑池。"

剑门道中遇微雨

【解题】 本诗作者为陆游。陆游(1125—1210),字务观,号放翁。浙江绍兴人,南宋著名爱国诗人,一生坚持抗金复国、收复中原的坚定信念。今存诗九千多首,内容题材涉及颇广,既有表达抗敌复国主题的爱国诗篇,也有表达隐逸情趣抒写生活之作,还有爱情诗歌等。诗风雄浑豪健,气势奔放,境界壮阔,又平易晓畅,章法整伤谨严。此诗作于陆游由南郑(今陕西汉中)调回成都,途经剑门山之时。剑门,在今四川剑阁县北。

衣上征尘杂酒痕,远游无处不消魂。此身合是诗人未?细雨骑驴入剑门①。

【注释】 ① 合:应该。唐代诗人李白、杜甫、贾岛、李贺等人都有骑驴的故事,而同时唐代不少诗人都曾入蜀,如卢照邻、李白、杜甫、高适、岑参、刘禹锡等,陆游此刻骑驴入蜀,故而产生联想而自问。

鹧鸪天

【解题】 本词为晏几道所作。晏几道(约1038—1110),字叔原,号小山,抚州临川人,以词闻名于世,与其父晏殊齐名,号称"二晏"。《鹧鸪天》,首见于北宋宋祁之作,晏几道填此调独多。

彩袖殷勤捧玉钟,当年拼却醉颜红①。舞低杨柳楼心月,歌尽桃花扇底风②。从别后,忆相逢。几回魂梦与君同③。今宵剩把银釭照,犹恐相逢是梦中④。

【注释】 ① 彩袖:借代手法指歌女。玉钟:酒杯的美称。拼却:豁出去,不顾惜。 ② 此二句意谓通宵歌舞狂欢,直到月下楼头,极言人不寐、歌舞不休之情状。 ③ 离别之后,回想相聚的情景,多少次在梦中欢聚。 ④ 剩把:再三把。银釭:银灯。杜甫《羌村三首》有诗句"夜阑更秉烛,相对如梦寐",此句用其意。

江城子
密州出猎

【解题】 此词为苏轼所作。此词作于熙宁八年苏轼在山东密州任知州时,是千古传诵的东坡豪放词代表作之一。上片写出猎的雄壮场景,下片表达要为国出战抗击侵略的强烈愿望。

老夫聊发少年狂,左牵黄,右擎苍①,锦帽貂裘②,千骑卷平冈③。为报倾城随太守④,亲射虎,看孙郎⑤。酒酣胸胆尚开张⑥,鬓微霜,又何妨?持节云中,何日遣冯唐⑦?会挽雕弓如满月,西北望,射天狼⑧。

【注释】 ① 老夫:词人自称。聊:姑且,暂且。左牵黄:左手牵着黄狗。右擎苍:右臂擎着苍鹰,用来追捕猎物。② 锦帽貂裘:汉羽林军的服装,这里指随从将士服装。③ 卷:席卷。此句写兵马众多,气势浩荡,有席卷山林之势。④ "为报"句:为了答谢满城百姓都来观看太守打猎的盛意。⑤《三国志》载孙权曾"亲乘马射虎",这里作者以孙权自比,表明自己将亲自射猎。⑥ 尚:更,尤。此句讲畅饮之后更加激发豪情。⑦ "持节"二句:言朝廷何日派遣冯唐去云中郡赦免魏尚的罪呢?《史记·冯唐列传》:汉文帝时,魏尚为云中太守。屡败匈奴,后因报功文书上所载杀敌的数字比实际多六人,被削职。经冯唐代为辨白后,文帝认为判得过重,就派冯唐"持节"(带着传达圣旨的符节)去赦免魏尚的罪,让魏尚仍然担任云中郡太守。这里词人以魏尚自比,希望能得到朝廷的信任。⑧ 天狼:星名,一称犬星,旧说此星主侵掠。《晋书·天文志》云:"狼一星,在东井东南,狼为野将,主侵掠。"此句以天狼星喻指侵犯北宋边境的辽国与西夏。

墨 梅

【解题】 本诗为王冕所作。王冕(1287—1359),字元章,浙江诸暨人,元末明初著名画家、诗人。王冕以画梅著称,尤工墨梅。《墨梅》是一首题画诗,表面上是赞美梅花的精神品格,实际上写出了作者自己不向世俗献媚的胸襟气质和坚贞纯洁的节操。所谓墨梅是指用墨笔勾勒出来的梅花。

吾家洗砚池边树①,朵朵花开淡墨痕②。不要人夸颜色好,只留清气满乾坤③。

【注释】 ① 洗砚池:写字、画画后洗笔洗砚的池子。王羲之有"临池学书,池水尽黑"的传说。此处化用这一典故。吾家:因王冕与王羲之同属王姓,所谓"三百年前是一家"。② 淡墨:水墨画中将墨色分为清墨、淡墨、浓墨、焦墨四种。这里是说,那朵朵盛开的梅花,是用淡淡的墨迹点化成的。③ 清气:清香的气味。乾坤:天地。

登金陵雨花台望大江

【解题】 本诗为高启所作。高启(1336—1373),江苏苏州人,元末明初著名诗人,与杨基、张羽、徐贲被誉为"吴中四杰"。《登金陵雨花台望大江》作于洪武二年(1396)开国未久之际,作者登金陵雨花台面对滔滔江水,感慨无端,吊古怀来,表达了统一之后对国泰民安的期待和向往之情。金陵:今江苏南京市。雨花台:在南京市南聚宝山上。

大江来从万山中,山势尽与江流东。钟山如龙独西上①,欲破巨浪乘长风。江山相雄不相让,形胜争夸天下壮。秦皇空此瘗黄金②,佳气葱葱至今王③。我怀郁塞何由开④,酒酣走上城南台⑤。坐觉苍茫万古意⑥,远自荒烟落日之中来。石头城下涛声怒⑦,武骑千群谁敢渡。黄旗入洛竟何祥⑧,铁锁横江未为固⑨。前三国,后六朝,草生宫阙何萧萧⑩!英雄乘时务割据⑪,几度战血流寒潮。我生幸逢圣人起南国,祸乱初平事休息。从今四海永为家,不用长江限南北。

【注释】 ① 钟山:紫金山。②《丹阳记》:"秦始皇埋金玉杂宝以压天子气,故名金陵。"瘗:埋。

③ 葱葱:茂盛貌,此处指气象旺盛。　④ 郁塞:滞塞,不舒畅,忧愁,愁闷。　⑤ 城南台:即雨花台。　⑥ 坐觉:自然而觉。　⑦ 石头城:古城名,故址在今南京清凉山,以形势险要著称。　⑧ 黄旗入洛:三国时吴王孙皓听术士说自己有天子的气象,于是就率家人、宫女西上入洛阳以顺天命。途中遇大雪,士兵怨怒,才不得不返回。此处说"黄旗入洛"其实是吴被晋灭的先兆,所以说"竟何祥"。　⑨ 铁锁横江:三国时吴军为阻止晋兵进攻,曾在长江上设置铁锥铁锁,均被晋兵所破。　⑩ 萧萧:冷落,凄清。　⑪ 务:致力,从事。

石 灰 吟

【解题】 本诗为于谦所作。于谦(1398—1457),号节庵,字廷益,永乐十九年进士,浙江钱塘人,明朝著名政治家、军事家。《石灰吟》是于谦的一首托物言志诗。他以石灰作比,表达自己磊落的襟怀和高洁的品格。

千锤万凿出深山①,烈火焚烧若等闲②。粉骨碎身浑不怕,要留清白在人间③。

【注释】 ① 千锤万凿:无数次的锤击开凿,形容开采石灰石非常艰难。锤,锤打。凿,开凿。　② 若等闲:好像很平常的事情。若,好像,好似。等闲,平常,轻松。　③ 清白:指石灰洁白的本色,又比喻高尚的节操。

海 上

【解题】 本诗为顾炎武所作。顾炎武(1613—1682),字忠清;南都败后,改炎武,字宁人,号亭林,自署蒋山佣,江苏昆山人。明末清初著名思想家、文学家,与黄宗羲、王夫之并称为明末清初三大儒。《海上》四首是一组史诗,作者乡居登山望海,感慨而作此诗,对明王室既哀其衰败、嗟其失计,又望其恢复,交织着忧国忧民的沉郁心情。

日入空山海气侵,秋光千里自登临。十年天地干戈老①,四海苍生痛哭深②。水涌神山来白鸟③,云浮仙阙见黄金④。此中何处无人世,只恐难酬壮士心⑤。

【注释】 ① 干戈:干、戈,均为古代兵器,后来引申为战争。老:久。　② 苍生:人民。　③ 神山:相传渤海之中有方丈、蓬莱、瀛洲三座山,有神仙居住于此,且有长生不老之药。此处喻指海上抗清根据地。　④ 仙阙:神仙的宫阙,喻指海上抗清根据地。黄金:《史记·封禅书》:"此三神山(方丈、蓬莱、瀛洲)者,其传在渤海中……诸神仙及不死之药在焉。其物禽兽尽白,黄金银为宫阙。"　⑤ 酬:偿,报答,实现。

论 诗

【解题】 本诗为赵翼所作。赵翼(1727—1814),清代文学家、史学家。字云崧,一字耘崧,号瓯北,阳湖(今江苏省常州市)人。乾隆二十六年进士。官至贵西兵备道。旋辞官,主讲安定书院。与袁枚、蒋士铨并称乾隆三大家。《论诗》反映了作者诗歌创作贵在创新的主张,虽语言直白,但寓意深刻。

李杜诗篇万口传①,至今已觉不新鲜。江山代有才人出,各领风骚数百年②。

【注释】 ① 李杜:李白、杜甫,均为唐代大诗人。　② 风骚:《国风》与《离骚》,是传统文学尤其是诗歌的至高典范。此处代指整个诗坛或文坛。

杂 感

【解题】 本诗为黄景仁所作。黄景仁(1749—1783),清代诗人,字仲则,江苏常州人。《杂感》作于诗人青年时期,抒发其怀才不遇的悲愤情怀,表达了诗人愤世嫉俗,冷眼看世,又自怨自艾的矛盾心境,情真语工,含蕴深沉,是黄景仁的代表作品之一。

仙佛茫茫两未成,只知独夜不平鸣。风蓬飘尽悲歌气,泥絮沾来薄幸名①。十有九人堪白眼②,百无一用是书生。莫因诗卷愁成谶③,春鸟秋虫自作声。

【注释】 ① 薄幸:薄情;负心。杜牧《遣怀》:"十年一觉扬州梦,赢得青楼薄幸名。" ② 白眼:眼珠向上翻出或向旁边转出眼白部分,表示看不起人或不满意。与"青眼"相对。阮籍母亲死时,其好友嵇康来慰问,阮籍给的就是"青眼";而阮籍看不顺眼的嵇康的哥哥嵇喜来吊唁时,阮籍就是给的"白眼"。《晋书·阮籍传》:"籍又能为青白眼。见礼俗之士,以白眼对之。常言'礼岂为我设耶?'时有丧母,嵇喜来吊,阮作白眼,喜不怿而去;喜弟康闻之,乃备酒挟琴造焉,阮大悦,遂见青眼。" ③ 谶:巫师、方士编造的预示吉凶的隐语,将来能应验的预言、预兆。

己亥杂诗　其五

【解题】 本诗为龚自珍所作。龚自珍(1792—1841),清代著名思想家、文学家。《己亥杂诗》,是一组自叙诗,写了平生出处、著述、交游等,题材极为广泛,本诗是《己亥杂诗》的第五首,写诗人离京的感受。虽然载着"浩荡离愁",却表示仍然要为国为民尽自己最后一分心力。

浩荡离愁白日斜①,吟鞭东指即天涯②。落红不是无情物③,化作春泥更护花。

【注释】 ① 浩荡:广阔深远的样子,也就是浩荡之意。白日斜:夕阳西下的黄昏时分。 ② 吟鞭:诗人的马鞭。吟:指吟诗。东指:东方故里。天涯:指诗人故乡杭州。 ③ 落红:落花。花朵以红色者居多,因此落花又称为落红。这里比喻自己离开官场。

狱中题壁

【解题】 本诗为谭嗣同所作。谭嗣同(1865—1898),字复生,号壮飞,浏阳(今湖南省浏阳县)人,戊戌六君子之一。《狱中题壁》是谭嗣同就义前题在狱中壁上的绝命诗,表现出一种慷慨赴义的浩然正气,感人至深。

望门投止思张俭①,忍死须臾待杜根②。我自横刀向天笑③,去留肝胆两昆仑④。

【注释】 ① 张俭:东汉末期,张俭被反诬为结党营私,在困迫中逃亡,一路上受人保护,其投宿人家多被治罪牵连。谭诗第一句用此典故,其意思是说,他不愿亡命,贻累亲友。 ② 杜根:东汉时,杜根曾上书要求邓太后把政治权交给安帝。太后大怒,命人把杜根装入袋中摔死,执法者同情他,让他逃过一劫。太后死后,他又复官。谭这句诗的意思是说,未能上书太后,请其归政光绪,有愧杜根。 ③ 此句是指:新党既不宜逃,又不宜谏,只有诉诸武力。今所谋既不成功,他视死如归,亦甘之如饴。 ④ 比喻去者和留下的都是光明磊落、肝胆相照,像昆仑山一样巍峨高大。

对　酒

【解题】 本诗为秋瑾所作。秋瑾(1875—1907),近代民主革命志士,字璇卿,自称"鉴湖女侠"。《对酒》系秋瑾在日本留学时购一宝刀有所感而所作,表现了秋瑾轻视金钱的豪侠性格和杀身成仁的革命精神。

不惜千金买宝刀,貂裘换酒也堪豪①。一腔热血勤珍重②,洒去犹能化碧涛③。

【注释】 ① 貂裘换酒:以貂皮制成的衣裘换酒喝。多用来形容名士或富贵者的风流放诞和豪爽。堪豪:足以称豪。堪,能够,可以。 ② 勤:常常,多。 ③ 碧涛:碧血的波涛。《庄子·外物》:"苌弘死于蜀,藏其血,三年而化为碧。"苌弘是周朝的大夫,忠于祖国,遭奸臣陷害,自杀于蜀,当时的人把他的血用石匣藏起来,三年后化为碧玉。后世多以碧血指烈士流的鲜血。

第二节 ❋ 中国现当代诗歌欣赏

一、中国现当代诗歌概述 ●————————————————————————————

1917 年初发生的文学革命,开始了中国文学从古典向现代转型的漫长旅程,诗歌自不例外。在近百年的新诗历史中,诗人辈出,流派众多,佳作不少,风格多样。现按时间顺序分阶段予以评述。

1917—1927 年,是诗体解放与探索时期。这一时期的诗歌主要有:文学革命初期的白话诗,"开一代诗风"的新诗,前期新月派诗歌,早期象征派诗歌。

早期白话诗人有胡适、周作人、沈尹默、俞平伯、康白情等。早期白话实际上是中国现代新诗的最初形态,无论是用白描手法如实摹写具体生活场景或自然景物,还是运用比喻、象征托物寄兴,无不明白平凡,缺乏飞腾的艺术想象力;形式上,表现出散文化的倾向,节奏感不强。

开一代诗风的诗歌有郭沫若的《女神》,湖畔诗人的爱情诗,冰心、宗白华的"小诗",冯至的半格律体抒情诗。郭沫若的《女神》是中国现代新诗的奠基之作。一方面它感情奔放、想象丰富、风格雄奇,弥补了早期白话诗想象力不足的缺陷;另一方面将早期新诗的"诗体解放"推向极致。湖畔诗人指汪静之、冯雪峰、潘漠华、应修人等,有诗歌合集《湖畔》,故名,其中以汪静之的影响最大。他们歌唱美丽的大自然和纯真的爱情,文笔清丽,形式活泼,具有天真、清新、单纯的艺术风格。冰心、宗白华的即兴小诗,最长的九句,最短的仅一句,表现诗人刹那间的感受,寄予一种人生哲理,句法章法简约,可以看作自由体诗的一种补充。冯至曾被鲁迅誉为"中国最为杰出的抒情诗人",其抒情诗或运用意象来抒情,或叙述简单的情节表意,风格幽婉;形式上采用半格律体,诗行大体整齐,大致押韵,追求整饬、有节奏的美。

前期新月派诗人主要有闻一多、徐志摩、朱湘、饶孟侃、刘梦苇等。新月诗派在理论和创作上倡导新诗格律化,自觉追求诗艺美,以纠正之前新诗的过于欧化和直露。不过由于他们对诗美求之过头,也助长了诗歌创作中形式主义的发展。被新月派奉为"诗宗"的闻一多,有诗集《红烛》《死水》,两本诗集中影响最大的是被称为"爱国主义"的诗篇,感情炽热,想象丰富,风格沉郁雄浑。徐志摩被称为新月派的"盟主",有诗集《志摩的诗》《翡冷翠的一夜》《猛虎集》《云游》。其诗歌创作可以 1927 年为界,分为前后期。前期诗歌,基调昂扬,意境清新,语言清丽,风格飘逸;后期诗歌情调感伤,意境凄迷,音节和谐,风格婉约。

早期象征诗派理论上的代表人物是穆木天,创作上有实绩的是李金发。象征派主张表现潜在意识的世界,强调"象征"与"暗示",追求诗歌的朦胧之美。李金发诗歌的主要内容是歌唱人生和命运的悲哀,吟哦死亡和梦幻的痛苦,抒写爱情的悲欢等;艺术形式上采用象征性的形象和意象来反映自己的内心世界,表现自己对社会和自然独特的印象和感受,诗句组织上常用省略法,即将构思过程中由一个形象到另一个形象之间的联想过程全部省略,只将最鲜明的感官形象推到最突出的地位,让读者运用自己的想象搭起桥来,由此形成他的诗歌朦胧、含蓄、晦涩、甚至神秘的总体审美特征。李金发的诗歌对于新诗开拓题材领域、丰富表现手法是有贡献的,但思想过于颓废、形式过于晦涩和语言过于欧化,使其很快在诗坛上销声匿迹。

1928—1937 年的诗歌创作,继承了第一阶段诗歌创作的传统,并有了新的发展。一批年轻诗人,如臧克家、艾青、戴望舒、卞之琳、何其芳、田间等,带着蓬勃的朝气登上诗坛,壮大了诗歌作者的队伍,由于诗人们思想倾向的不同,以及他们对新诗艺术形式上的多方面的探索,因而形成了不同的流派。以殷夫为前驱、蒲风为代表的中国诗歌会诗人群,和以徐志摩、陈梦家为代表的后期新月派，以戴望舒为代表的现代派诗人群两大派别相互竞争，共同丰富着30年代的诗歌创作。

中国诗歌会要求诗人站在阶级的意识形态的立场上去把握与反映现实斗争，也即实现"诗的意识形态化"；要求"诗与诗人的大众化"。因此，中国诗歌会诗人的创作有以下特点：一是题材上，及时迅速地反映时代工农大众的苦难、觉醒和斗争，以达到对实际革命运动的直接鼓动作用。蒲风的代表作《茫茫夜》以母子对话的形式正面揭示了农村苦难的根源，塑造了一个为人民解放而斗争的战士的形象。杨骚的《乡曲》真切地反映了30年代农村的破产与骚动，借以表达人民必然走向革命的意识形态主题。中国诗歌会诗人群的诗歌洋溢着理想主义与英雄主义的高昂情调，别具一种刚健、粗犷、壮阔的力的美。但由于片面地强调诗歌的宣传鼓动作用，容易忽视诗歌本身的艺术特质，既窄化了诗歌题材的领域，又削弱了诗人的个性。二是艺术表现上，大多采取直接描摹现实的方式，这就导致了抒情因素减弱与叙事因素加强的趋势。即使是感情的抒发，也大都采取直抒胸臆的方式，席勒式的叫喊显示出艺术上的粗糙。他们对诗的形式上的变革也同样采取了激进的态度，拒斥典雅、繁复的文人诗歌传统，热心于仿效、改造民间的歌谣体形式。

后期新月派（指1928年徐志摩创办《新月》月刊之后）坚持的仍然是超功利的、自我表现的、贵族化的"纯诗"立场，但诗感诗绪发生了变化，诗歌流露出幻灭的空虚感，迷惘的感伤情绪。徐志摩的《我不知道风是向哪一个方向吹》传达出寻梦者的迷惘和无奈，陈梦家《一朵夜花》叹息着梦幻的虚无、生命的渺小。在形式上，后期新月派诗人同样以极大的热情从事诗的形式试验，其中影响最为深远的是"十四行诗"的转借与创造。不过，他们也看到了自己过去所标榜的"格律"的"可怕的流弊"及"危险"，申明决不坚持非格律不可的论调，当情绪的空气不容许格律来应用时，还是得听诗的意义不受拘束的自由发展。基于此，年轻诗人的创作中也出现了向自由诗发展的趋向。

30年代的现代派是由后期新月派和20年代末的象征诗派演变而成，主要诗人有戴望舒、卞之琳、何其芳、李广田、废名、林庚、徐迟等。《现代》杂志是他们作品发表的重要园地，"现代派诗"也因之而得名。他们的诗作大多表达的是悲哀、感伤、忧郁、颓废的"现代情绪"，现代人的精神异化。最典型地体现了这种诗情的，自然是被视为现代派诗人代表的戴望舒。《雨巷》交织着的是对理想的追求和理想幻灭后的迷惘惆怅。在艺术上，现代派受法国象征主义与中国传统诗歌的影响，讲究诗的意象，讲究象征和暗示，诗的意象的含义往往具有多重性，不确定性，朦胧而不晦涩。在诗形上，现代派重新举起了"诗的散文化"的旗帜，强调打破诗的格律，用诗的思维、诗的情绪（不是早期白话诗的散文的思维和散文的句式）建立诗的韵律。例如"我用残损的手掌/摸索这广大的土地：/这一角已变成灰烬，/那一角只是血和泥/"（戴望舒《我用残损的手掌》），引用的诗句的确够散文化，但以诗的情绪和思维来组织，句意不像早期白话诗那么明白易懂了："残损的手掌"怎能"摸索广大的土地"？"广大的土地"怎么只剩下"灰烬"、"血和泥"？诗的思维具有跳跃性，要把饱含情感的意象简洁而鲜明地呈现于读者的面前，造成一种强烈的视觉、听觉或触觉的冲击力。手掌——土地——灰烬——血和泥，这几者看似毫无联系，然而这正是"诗的思维"下的意象组合。如果用散文化的思维则是这样描述的：祖国广大的土地上，到处遭受侵略者惨无人道的烧杀掳掠，举目四望，断墙残垣，尸横遍野。句子是再明白不过了，然而诗味也没有了。这样几个意象在诗人情绪的统摄下，再加限制、修饰，就更富质感了。"残损的"手掌，暗示自己也是无辜的受害者，"我用残损的手掌/摸索这广大的土地"，用了超现实的手法，暗含着诗人对祖国广大土地上的人民能幸免于难的希冀。"这一角"、"那一角"，含有"处处"之意，"已变成灰烬"、"只是血和泥"，结果没有一处是完整无损的，凄惨的情景使前面的希冀落空了,其感人的力量也就出来了。可见,象征派走的不是"诗的平民化"而是"诗的贵族化"路子。

　　1938—1949 年的诗歌创作,既适应着特定的历史时代,又继承了 20 年来新诗创作各个流派所取得的成就,并在此基础上进行着嬗变和整合。国统区、解放区的诗人共同奏出歌颂抗战、民主、自由的时代主旋律;在形式上,普遍而必然地出现了"大众化"、"民族化"的趋势。这时期最有影响的诗人是艾青。一方面,他坚持并发展了中国诗歌会忠实于现实战斗的传统,另一方面又克服了其幼稚的叫喊的缺点,批判地吸收现代派诗人在新诗艺术探究中取得的某些成果,进一步丰富和发展了新诗艺术,完成了新诗发展史上"综合"的任务。艾青的诗歌,饱含着对贫穷落后多灾多难的祖国、对宽厚仁爱纯朴坚忍的劳动者深沉的爱,和对光明、理想、美好生活热烈的追求;明晰的又具有象征意义的意象,奔放而约束的诗句,又使这种强烈的情感得到艺术的表现。在艾青、田间的影响下,"七月诗派"成长壮大起来。"七月诗派"因刊物《七月》而得名,主要诗人有鲁藜、绿原、阿垅、曾卓、孙钿、牛汉、彭燕郊等,这是一个现实主义诗歌流派。"七月诗人"正视现实,注重主观人格力量对客观对象的穿透和融入,从而增加对现实的表现力度;注重具体意象的把握和组合,避免作大而空的抒情和议论;追求诗歌形式的散文美,呈现一种质朴、粗犷、明快的审美风格。除"七月诗派"外,还有一个活跃在诗坛的现代主义诗派——"中国新诗派"。"中国新诗派"(亦称"九叶诗派")更多地接受西方象征派、现代派的影响,追求"经验的传达"和"知性与感性的融合"。所谓"经验的传达",即反对诗歌宣泄单纯的热情,而主张诗歌传达"知性"——对自然、社会、人生的哲理沉思和顿悟。但这种"经验的传达"又是一种曲折的传达:用暗示的意象感性地显现出来,即"知性与感性的融合",亦即"思想知觉化"。这一派诗人有穆旦、郑敏、陈敬容、杜运燮、袁可嘉、杭约赫等。

　　50 年代初到 70 年代末的诗歌,主要是"政治抒情诗"和"生活抒情诗"。"政治抒情诗"演绎意识形态理念,郭小川和贺敬之是这类诗歌的代表诗人,他们在艺术上的主要贡献是共同完成了"楼梯式"的"政治抒情诗"体的"中国化"。郭小川和贺敬之在田间等解放区诗人已取得的创作成就的基础上,进一步融合中国古典诗歌和民歌的形式与韵律,将这种外来的抒情诗体最终改造成了当代"政治抒情诗"的主要艺术形态。"生活抒情诗"借助于一定的生活场景、人物或故事抒发个人情感,闻捷和李瑛是这类诗歌创作的代表。闻捷的"生活抒情诗"的创作成绩主要见于创造性地把边疆少数民族民间文学中古老的爱情题材和主题与新时代新的生活以及对新人新事的歌颂与赞美结合起来,从而创造了一种充满了爱的劳动和通过劳动去实现爱的追求的"情歌"模式,和一种融少数民族民歌清新、明快风格与现代新诗真切、细腻的描写手法为一体的新的"田园牧歌"的抒情格调。李瑛在融合古今诗艺方面取得了重要成就,他善于从普通的生活细节和自然景物中提炼出诗情哲理,创造出一种气氛浓烈、色彩感极强的艺术画面,形成一种类似于古典诗词的意境创造中常见的艺术境界。

　　80 年代以来的诗歌,因文学环境的宽松,重新走向一种多元的格局。诗歌作品主要有"归来者"的诗、"新诗潮"、"后新诗潮"。"归来者"的诗,大多具有个人心理情绪"自白"的性质和理性思辨的倾向,直抒情感是其常用的表达方式,虽然有一些佳作,但总体上质量不高,其意义在于恢复了诗歌批判的传统。"新诗潮"也称"朦胧诗"派,代表诗人有北岛、舒婷、顾城、江河、杨炼。"朦胧诗"派在背离文革诗歌和十七年现实主义诗歌的同时,与九叶接轨,与象征诗派、现代主义诗派贯通,从而连续了曾经中断的中国现代主义诗歌传统。朦胧诗强调表现自我,崇尚英雄主义,注重个人内心的感受;追求意象的象征性和意蕴的不确定性,具有浓烈的现代色彩;多用总体象征的手法,具有不透明性和多义性。舒婷、顾城、北岛等诗人用诗表达了对那个特殊的、灾难性的荒诞处境的生存感受,反思人的存在、精神价值、人的异变。他们的诗往往呈现充满忧患、悲慨与惶惑的朦胧,交织紊乱不清的意绪,闪烁复杂矛盾的情感,并且采取不确定的语言、一瞬间的情结、飘忽渺茫的意念和真幻交错的知觉去表达,形成朦胧与晦涩。后新诗潮兴起于80年代中期,主张熙熙攘攘,形式五花八门,但在创作上比较有成就和有影响的诗人群体,主要有两个:一是以海子、王家新、骆一禾、西川等为代表的"后朦胧"诗人,一是以韩东、于坚、杨黎等为代表的"第三代"诗人。"后朦胧"诗人在人文精神上继承了从朦胧诗传递过来的五四新文学传统,坚守知识分子的人文立场,像朦胧诗人一样关心社会,抗拒世俗,也像朦胧诗人一样深受西方现代主义文学的影响,更注重从哲学层面探讨人生的价值和诗歌的终极意义,其作品比朦胧诗更深邃丰厚,也比朦胧诗更艰深晦涩。"第三代"主要指以朦胧诗和"后朦胧诗"为反叛对象的更年轻的一批诗人,他们的诗歌所具有的实验性、先锋性与朦胧诗相一致,都同属于新诗潮,并且更接近西方后现代主义。反英雄、反崇高、反理性、反文化、反抒情、反优美……总之,发誓要与朦胧诗和"后朦胧诗"背道而驰。零度情感的冷漠叙述,形式的非诗化,语言的口语化、生活化等,显示出他们对既定的艺术规范与模式的反叛和对构建崭新艺术规范的渴望与崇拜。

中国新诗在20世纪走过了80年的探求历程,在同传统诗歌的决裂与回归中,始终未能形成新诗的艺术准则,每个诗人都可以有自己独创的准则,每个诗人都可以不承认其他任何人的准则,这就不但使作者而且使读者陷于了艺术的无序的状态。从这个层面上说,新诗走向成熟还有一段遥远的路程,探索远没结束。

二、中国现当代诗歌欣赏实例

新诗是一个独特的文体,它有着自己的美学特征,但新诗毕竟是吸纳了外国诗歌形式因素和中国古典诗歌文化传统的诗体,因此欣赏它,必须首先了解新诗的特点,然后才能把握它,领会它,欣赏它。

新诗与古典诗相比,就是新诗的语言形式发生了极大的改变,表现在两个方面:第一,新诗的语言不是文言,而是白话。白话即口语,是日常生活中人们能经常运用的语言,当然,必须能在全民中通用才是(即普通话)。例如刘半农的《相隔一层纸》:

> 屋子里拢着炉火,
> 老爷吩咐开窗买水果,
> 说"天气不冷火太热,
> 别任它烤坏了我。"
> 屋子外躺着一个叫花子,
> 咬紧了牙齿对着北风喊"要死"!
> 可怜屋外与屋里,相隔只有一层薄纸。

此诗纯用口语,通俗易懂,语体色彩与古诗迥异。第二,古诗都是讲究格律的,常常要求对仗、对偶,特别是律诗和绝句,句子的字数固定,排列规整,且讲究平仄、押韵。五四新诗运动要求打破旧诗的格律,这种诗歌理念下创作的新诗,句行排列比较自由,整首诗节数不定,每节句数不定,每行字数不定,不讲平仄,不讲押韵。如郭沫若的《天狗》:

> 我是一条天狗呀! 我把月来吞了,
> 我把日来吞了,

我把一切的星球来吞了，
我把全宇宙来吞了。
我便是我了！

我是月底光，
我是日底光，
我是一切星球底光，
我是 X 光线底光，
我是全宇宙底 Energy 能量的底总量！

我飞奔，
我狂叫，
我燃烧。
我如烈火一样地燃烧！
我如大海一样地狂叫！
我如电气一样地飞跑！
我飞跑，
我飞跑，
我飞跑，
我剥我的皮，
我食我的肉，
我吸我的血，
我啮我的心肝，
我在我神经上飞跑，
我在我脊髓上飞跑，
我在我脑筋上飞跑。

我便是我呀！
我的我要爆了！

此诗在语言形式方面确是绝端的自主、绝端的自由，实现了诗体的解放。这样的自由诗体在抒情达意方面虽有旧诗所不及的地方，但也容易导致语言形式缺乏音乐美感。鲁迅曾批评中国的新诗"没有节调、没有韵，它唱不来"，是击中了新诗语言形式弊端的要害的。对过于自由的新诗，前期新月派诗人力图加以规范，提出了"和谐"、"均齐"的审美原则，闻一多则更具体地提出了"三美"的主张。前期新月派的诗歌，诗节行数、诗行字数大致对称，具有外形的"建筑美"；诗行音尺大致相同，双行最后一个字押韵，呈现外在的"音乐美"。以闻一多《死水》的第一节为例：

这是一沟绝望的死水，2232
清风吹不起半点漪沦。2322
不如多扔些破铜烂铁，2322
爽性泼你的剩菜残羹。2322

每一个诗行都是三个"二字尺"、一个"三字尺"（没有杂糅"四字尺"、"五字尺"），虽然音尺排列的次序并不规则，但音节还是调和的，加上双句句末的押韵，诗的节奏感和回环往复的旋律便强了。《死水》其他的 4 节，都是采用同样的格式，这便有了均齐的建筑之美和十分和谐的音乐之美。但紧接着问题也就来了，给纷繁复杂的内容一概装入"豆腐干"式的形式之中，总有点削足适履的味道，正因为此，后期新月派诗人也不再坚持这种外在的节奏规范，从而转向自由诗的创作。当然，后期新月派及其它自由诗人的自由诗已非早期自由体诗的概念了，探索沿着情绪节奏和外在语言节奏有机结合的道路挺进，新诗语言的散文美更强了。下面以艾青的《手推车》为例，探寻其语言的散文美。

在黄河流过的地域
在无数枯干了的河底
手推车
以唯一的轮子
发出使阴暗的天穹痉挛的尖音
穿过寒冷与寂静
从这一个山脚
到那一个山脚
响彻着
北国人民的悲哀

在冰雪凝冻的日子
在贫穷的小村与小村之间
手推车
以单独的轮子
刻画在灰黄土层上的深深的辙迹
穿过广阔与荒漠
从这一条路
到那一条路
交织着
北国人民的悲哀

《手推车》写于 1938 年，当时艾青从武汉到山西临汾，一路上的所见所闻给他思想上很大的触动，促使他写了本诗。这是一首自由体的短诗。什么叫自由诗？按照艾青的说法，这种诗体，有一句占一行的，有一句占几行的；每行没有一定的音节，每段没有一定行数；也有整首诗不分段的。自由诗有押韵的，有不押韵的。自由诗没有一定的格式，只要有旋律，念起来流畅，像一条小河，有时声音高，有时声音低，因感情的起伏而变化。这种自由的诗体形式，能给文学的形象以表现的便利。我们回过头来，看他的《手推车》的诗体形式。诗的开头用两个排句描绘手推车活动的背景。"黄河流过的地域"，"无数枯干了的河底"，广袤、荒凉，似乎永远没有尽头，每个一字尺、二字尺、三字尺杂糅的句子舒缓而低沉，奠定了全诗忧郁、哀伤的基调。这是一个远镜头，紧接着，镜头拉近，来了个特写：手推车。诗人运用提行的方法，凸现了这一中心意象。手推车是中国北方人民特有的常用的交通工具,它简陋、单调、落后,在诗中似乎是贫穷、苦难的化身。接下来的长短不一的几句侧重从听觉方面写行进中的手推车,充满着动感。"唯一的轮子",太糟糕!在凹凸不平的道路上艰难地行进,发出刺耳的、揪心的尖音,穿过厚重的寒气,划破旷野的寂静,使阴暗的天空痉挛。这尖音,随着手推车从这一个山脚到那一个山脚,愈来愈远,回荡在崇山峻岭之中。它仅仅是手推车的噪音吗?不!它还是北国人民痛苦的呻吟。诗的第一节,由实而虚地勾勒了一幅灰暗、痛苦的北方人民生活的图画,流畅的诗句依次展开浸润着忧伤情感的意象,使手推车这一意象异常丰满,尤其手推车的尖音,充满了听觉的冲击力量。从诗行来看,多则一行十三字,少则三字,长短不一,表达思想感情比较方便;全节不押韵,开头两行与临末两行采用了排句,参差中有整齐。

诗的第二节侧重从视觉方面写手推车,词语和次要意象有些变化,但在句式和意境的营造上都是一样的。这是《诗经》中常见的复沓,看似简单的抒情结构,不仅具有回环往复的旋律,而且给读者留下了想象回味的空间,强调了悲哀的气氛。综上所述,艾青的诗在形式上不拘泥于外形的束缚,很少注意诗句的韵脚或字数、行数的划一,但又运用有规律的排比、复沓造成了变化中的统一,参差中的和谐,纠正早期自由诗的松散的弊病,将自由体新诗创作带入一个新的时代。

新诗和旧诗相比,思想内容也发生了很大的变化。新诗的现代情感和现代意识是非常强烈的,如胡适的《老鸦》就是典型的现代意识、思想的奔泻。

(一)

我大清早起,
站在人家屋角上哑哑的啼。
人家讨嫌我,说我不吉利:——
我不能呢呢喃喃讨人家的欢喜!

(二)

天寒风紧,无枝可栖。
我整日里飞去飞回,整日里又寒又饥。——
我不能带着鞘儿,翁翁央央的替人家飞;
也不能叫人家系在竹竿头,赚一把黄小米!

从类别上看,两首诗都是咏物诗,通过描摹老鸦的行为和心理刻画了老鸦的形象,与传统咏物诗并无不同。从诗行上看,完全的散文句法,平淡乏味,且不押韵,节奏感也不强。但从语体上看,全用口语,有新奇之感。更为新奇的是诗人塑造的老鸦形象。老鸦无论在现实生活中,还是在旧诗词中,都是不受欢迎之物。柳宗元的《跂乌词》中就有"城上日出群乌飞,鸦鸦争赴朝阳枝"的句子,看来很嫌恶乌鸦。现实生活中,迷信的人们更加讨厌乌鸦,从《老鸦·一》的前三行诗可以看出:大清早,是新的一天的开始,新的生活的开始,期待美好未来的屋主人自然不愿听到老鸦那不吉利的哑哑(拟声词)的啼声,而老鸦呢,依然我行我素,"我不能呢呢喃喃讨人家的欢喜"!"呢呢喃喃",拟声词,指燕子的悄声细语。你想听温柔悦耳的好话吗?"我"说不出,更不愿说,"我"就要以恐怖凄厉的声音预告旧事物的死亡,不管你承认与否,敢不敢面对,新陈代谢是自然界颠扑不破的真理。至此,特立独行的老鸦形象跃然纸上。对于五四时期的青年来说,老鸦的叫声无疑是一声春雷,一道闪电,滚过夜空,撕开沉沉的夜幕,温暖人心。即使是今天的我们,也会肃然起敬。这样的老鸦形象在传统的文学作品中是绝对找不到的,它是主体意识觉醒、个性解放的五四时代的产物。当读者运用想象,拉开散文语言的帷幕,进入诗中的境界,定会神往于老鸦的先知先觉、特立独行、桀骜不驯、自由自主!老鸦叫出的不就是一代青年的心声吗?即使在今天,老鸦的叫声依然具有听觉的冲击力量。

新诗与古典诗词的意象也有差异。古典诗词的意象一般来说都是抒情性的,而且它传达的是抒情主体与外部世界的和谐关系,而新诗的意象则是多样化的,不但有抒情性意象,还有变形性的,象征性的,暗示性的。新诗的意象是以现代生命意识为中心的事物形象,是独特的个体面对外在世界的心理印痕,是私人化的生命直觉体验,是现代生命意识中人与世界的新的关系的确认。所以,在新诗中,除了传统的抒情性意象,还有戏剧性的意象和叙事性的意象,这些意象或夸张,或变形,或暗示,或象征,它们传达了人与生活、社会、世界的和谐,还传达着人与生活、社会、世界的紧张对立及人与人之间的矛盾关系,还有的表达着人与生活的断裂,以及无奈、无助、迷惘等等情绪。可以说,新诗的意象是复合性、多样性与现代性的统一,某种意义来说是现代人生活的复杂性造就了新诗意象的复杂性,现代的复杂的甚至喧嚣的、紧张的、无奈的生存环境造就了现代新诗复杂的情感空间和复杂的意象世界。穆旦《诗八首·一》中的意象就属于后者。

> 你的眼睛看见这一场火灾,
> 你看不见我,虽然我为你点燃,
> 唉,那烧着的不过是成熟的年代,
> 你的,我的。我们相隔如重山!
>
> 从这自然的蜕变程序里,
> 我却爱了一个暂时的你。
> 即使我哭泣,变灰,变灰又新生,
> 姑娘,那只是上帝玩弄他自己。

《诗八首》是穆旦40年代的作品,它由八首有紧密联系的短诗联接而成,可谓穆旦诗歌的经典。其新奇的意象,幽深的玄思,在增添艺术魅力的同时,也带来了解读的难度。

爱情,在许多诗人笔下是被浪漫化了的。"执子之手,与子偕老"(《诗经·邶风》)、"在天愿为比翼鸟,在地愿为连理枝"(白居易《长恨歌》)等古诗佳句俯拾皆是,不知曾引起了多少读者对爱情的遐想和企求。然而,这首诗里描摹的情爱一点也不浪漫。穆旦以他那极度的冷峻,撩开爱情的神秘面纱,把令人惊颤的真相推到读者面前。诗的起句就很突兀,"你的眼睛看见这一场火灾",联系前后诗句来看,"火灾"决非实指,"火",显然指情欲之火、情爱中的激情,这个意象是经过变形幻化而来;理解了"火"的意义,那么"火灾"自然指情欲之火带来的灾难。缺少理智的情欲之火既会烧伤对方,又会烧伤自己,"火灾"一词传达出"我"对狂热情欲的隐隐的恐惧感。为什么说两人的热烈相爱的开端是"火灾"呢?因为"你看不见我",真正的"我"是怎样的,"你"并不了解。"唉",叹词,表示伤感或惋惜。叹息什么?叹息幼稚。烧着"成熟年代",看似不通,实则新奇、生动。"你的"、"我的"修饰"成熟的年代"。你我处于成熟的年龄,我们的热恋只是情欲的燃烧,相互之间并不了解各自到底需要什么,对方需要什么。(当激情冷却的时候,谁能保证热恋还能继续？当热恋不能继续,谁能保证各自不受到伤害呢?)

更何况,任何事物都是发展变化的。变化是客观的、永恒的,一切都逃不脱"自然的蜕变程序"。处于自然间的"你"、"我"也不例外,因此,我爱上的只能是"一个暂时的你",(你又何尝不是这样)。随着时间的推移,当"我"不同于此刻的"我",当"你"不同于此刻的"你",谁又能够保证爱情的依然存在呢?当爱情不再,即使我为之哭泣,心灰意冷,心灰意冷之后又重新点燃激情,(谁又能保证不重蹈覆辙呢?)上帝创造了人,又让他有所欲而不得,让他在爱欲中如此曲折痛苦,那不是上帝在玩弄他自己吗?

多少世纪以来被无数诗人浪漫化了的爱情,在这里被毁坏了。我们不禁惊叹诗人直面现实的勇气,更惊叹诗人的思想穿透力。他不给人造梦,给人以虚幻的、圆满的审美满足;而是以怀疑主义的眼光观照现代生活,竭力揭示出爱情的真相,爱情世界的"残缺"。诗人静观默察,将爱情生活上升为形而上的体验与思考,并将之客观、间接地表现出来。"火灾"这一变形的、暗示的意象,感性地揭示了爱情生活的困境。

新诗的欣赏方法和旧诗差不多,或知人论诗,或想象感悟,或理性认知,或比较阅读。每一个欣赏者都可以根据自己的喜爱,选择其中的一种或两种。值得注意的是,新诗是在借鉴外国现代诗歌、与中国传统诗歌决裂的基础上产生的,虽然给诗歌的思想内容和形式注入了新的血液,但探索的历史并不长,加上诗歌理念的差异,新诗自身并未成熟,真正经得起时间检验的作品不很多。毛泽东就曾说:"我反正不读新诗,除非给一百块大洋。"这话不无偏激,但也反映了新诗突破性的成就与足以致命的过失是共存着的。因此,我们在欣赏新诗时,不要面面俱到,不要拿欣赏古典诗词的标准来衡量新诗,而应把它作为一个新生事物。既然是新生事物,不可避免有矫枉过正的毛病,这毛病只有留给时间去解决。在欣赏具体的新诗时,应将之置于新诗历史发展的长河,既要看到其在实验探索方面的成绩,也要看到它的不足。

三、作品选

偶　然

【解题】　本诗作者为徐志摩(1896—1931),现代诗人、散文家。著有诗集《志摩的诗》,《翡冷翠的一夜》,《猛虎集》,为新月派的代表诗人。此诗写于1926年5月,传达了一种人生感受和哲理:人生都有一些偶然的"相逢"和"交会",我们不必追寻其中的永恒,而交会时的光亮已经蕴藏着深邃。

> 我是天空里的一片云,
> 偶尔投影在你的波心——
> 你不必惊异,
> 更无须欢喜——
> 在转瞬间消灭了踪影。
>
> 你我相逢在黑夜的海上,
> 你有你的,我有我的,方向;
> 你记得也好,
> 最好你忘掉,
> 在这交会时互放的光亮。

湖　上

【解题】　此诗为胡适所作。胡适(1891—1962),现代诗人、学者。祖籍安徽,新文化运动的积极倡导者,新诗的开山祖师。出版的诗集有《尝试集》、《尝试后集》等。胡适的诗歌语言比较浅显,形式单一,但是言之有物,感受新鲜。因此在当时有很大的影响,启发了许多后来者。此诗受意象派的影响,通过描绘瞬时富有情趣之景,表达一种恋人生死相依之境。

九,八,二四,夜游后湖——即玄武湖,——主人王伯秋要我作诗,我竟作不出诗来,只好写一时所见,作了这首小诗。

> 水上一个萤火,
> 水里一个萤火,
> 平排着,
> 轻轻地,
> 打我们的船边飞过。
> 他们俩儿越飞越近,
> 渐渐地并作了一个。

江　南

【解题】　此诗为康白情所作。康白情(1896—1959),字鸿章,四川安岳人,早期白话诗人,著有诗集《草儿》、《河上集》等。此诗为我们描绘了一幅江南冬雪图,写出了江南的山、水、树、叶以及各类人、物在雪的映衬中的鲜艳的颜色,从而展示了江南的绚丽多彩。

一

> 只是雪不大了,
> 颜色还染得鲜艳。
> 赭白的山,
> 油碧的水,
> 佛头青的胡豆土。
> 桔儿担着;
> 驴儿赶着;
> 蓝袄儿穿着;
> 板桥儿给他们过着。

二

> 赤的是枫叶,
> 黄的是茨叶,
> 白成一片的是落叶。
> 坡下一个绿衣绿帽的邮差,
> 撑着一把绿伞——走着。
> 坡上踞着一个老婆子,
> 围着一块蓝围腰,
> 咔咔地砍得柴响。

三

柳桩上拴着两条大水牛。

茅屋都铺得不现草色了。

一个很轻巧的老姑娘，

端着一个撮箕，

蒙着一张花帕子。

背后十来只小鹅，

都张着些红嘴，

跟着她，叫着。

颜色还染得鲜艳，

只是雪不大了。

律

【解题】 此诗为李金发所作。李金发（1900—1976），原名李淑良，广东梅州人。我国著名象征主义诗人，深受法国象征派诗歌特别是波德莱尔的影响，出版诗集《微雨》、《食客与凶年》、《为幸福而歌》，诗歌带有感伤色彩。此诗描写秋天，将人类关于秋天的体验和感受移情于秋天的意象，而以题名律来象征事物的衰落，人事的沧桑都是自然规律。

月儿装上面幕

桐叶带上愁容

我张耳细听，

知道来的是秋天。

树儿这样清瘦，

你以为是我攀折了

他的叶子么？

蕙 的 风

【解题】 本诗为汪静之所作。汪静之（1902—1996），安徽绩溪人。我国现代文学史上最早的新诗团湖畔诗社组织者之一，我国现代著名的作家、诗人。作品有《蕙的风》、《耶稣的吩咐》、《翠黄及其夫的故事》、《鬻命》、《寂寞的国》、《人肉》、《父与子》、《作家的条件》、《诗歌的原理》、《李杜研究》等。此诗是一首抒情诗，表现的是抒情主人公对他的情人深深的思恋，和思恋而又不能相逢的惆怅的情感。

是那里吹来

这蕙花的风——

温馨的蕙花的风？

蕙花深锁在园里，

伊满怀着幽怨。

伊底幽香潜出园外，

去招伊所爱的蝶儿。

雅洁的蝶儿，

薰在蕙风里：

他陶醉了；

想去寻着伊呢。

他怎寻得到被禁锢的伊呢？

他只迷在伊的风里，

隐忍着这悲惨而甜蜜的伤心，

醺醺地翩翩地飞着。

夜

【解题】 此诗为宗白华所作。宗白华(1897—1986)，江苏常熟人，哲学家、美学家、诗人，我国现代美学的开拓者和先行者。此诗描绘仰望星空之感悟，表达诗人对生命个体与宇宙关系的审视。

一时间，

觉得我的微躯，

是一颗小星，

莹然万星里，

随著星流。

一会儿，

又觉著我的心，

是一张明镜，

宇宙的万星，

在里面烁著。

烦忧

【解题】 本诗为戴望舒所作。戴望舒(1905—1950)，浙江杭州人，现代诗人。又称"雨巷诗人"，中国现代派象征主义诗人。出版诗集《我的记忆》、《望舒草》、《望舒诗稿》、《灾难的岁月》。此诗采用回文体的表现方式，表达爱情的追索过程中由于爱情的扑朔迷离而引发的心底无尽的烦恼与忧愁。

说是寂寞的秋的清愁，

说是辽远的海的相思。

假如有人问我的烦忧，

我不敢说出你的名字。

我不敢说出你的名字，

假如有人问我的烦忧：

说是辽远的海的相思，

说是寂寞的秋的清愁。

南方的夜

【解题】 此诗为冯至所作。冯至(1905—1993),原名冯承植。河北涿州人,现代诗人,翻译家,教授。被鲁迅誉为"中国最杰出的抒情诗人"。出版诗集《昨日之歌》、《北游及其他》、《十四行集》。此诗写于1929年,写出了诗人对南方夜晚的陶醉,传达出对美和爱的追求。

我们静静地坐在湖滨,
听燕子给我们讲南方的静夜。
南方的静夜已经被它们带来,
夜的芦苇蒸发着浓郁的情热——
我已经感到了南方的夜间的陶醉,
请你也嗅一嗅吧这芦苇中的浓味。

你说大熊星总像是寒带的白熊,
望去使你的全身都感到凄冷。
这时的燕子轻轻地掠过水面,
零乱了满湖的星影——
请你看一看吧这湖中的星象,
南方的星夜便是这样的景象。

你说,你疑心那边的白果松
总仿佛树上的积雪还没有消融。
这时燕子飞上了一棵棕榈,
唱出来一种热烈的歌声——
请你听一听吧燕子的歌唱,
南方的林中便是这样的景象。
总觉得我们不像是热带的人,
我们的胸中总是秋冬般的平寂。
燕子说,南方有一种珍奇的花朵,
经过二十年的寂寞才开一次——
这时我胸中觉得有一朵花儿隐藏,
它要在这静夜里火一样地开放!

欢　乐

【解题】 此诗为何其芳所作。何其芳(1912—1977),重庆万州人,著名诗人,与卞之琳、李广田被称为"汉园三诗人",诗风朦胧,意象绮丽。此诗将抽象的心理感受"欢乐"具体化,从视觉、听觉、触觉、嗅觉等感觉形式呈现对欢乐之体验。

告诉我,欢乐是什么颜色?
像白鸽的羽翅?鹦鹉的红嘴?
欢乐是什么声音?像一声芦笛?
还是从稷稷的松声到潺潺的流水?
是不是可握住的,如温情的手?

可看见的,如亮着爱怜的眼光?
会不会使心灵微微地颤抖,
而且静静地流泪,如同悲伤?
欢乐是怎样来的?从什么地方?
萤火虫一样飞在朦胧的树阴?
香气一样散自蔷薇的花瓣上?
它来时脚上响不响着铃声?
对于欢乐,我的心是盲人的目,
但它是不是可爱的,如我的忧郁?

春

【解题】 此诗为穆旦所作。穆旦(1918—1977),原名查良铮,著名诗人,出版诗集《探险者》《穆旦诗集》《旗》等。此诗诗题为春,却无意描绘自然之春,有意指向人生之春,却不直接点明,表达青春期肉体、情感渴望等带来的青春激情和躁动,一度无处归依,一度痛苦过,但最后升华为生命的等待。

绿色的火焰在草上摇曳,
他渴求着拥抱你,花朵。
反抗着土地,花朵伸出来,
当暖风吹来烦恼,或者欢乐。
如果你是醒了,推开窗子,
看这满园的欲望多么美丽。

蓝天下,为永远的谜蛊惑着的
是我们二十岁的紧闭的肉体,
一如那泥土做成的鸟的歌,
你们被点燃,卷曲又卷曲,却无处归依
呵,光,影,声,色,都已经赤裸,
痛苦着,等待伸入新的组合。

尺 八

【解题】 此诗为卞之琳所作。卞之琳(1910—2000),新月派代表诗人。著有诗集《三秋草》《鱼目集》《慰劳信集》《十年诗草》等。诗作多带有普遍性的哲理象征意蕴。尺八,一种古管乐器,竹制,竖吹,六孔,旁一孔蒙竹膜。因管长一尺八寸而得名。今仍流行于日本,形制稍异,仅五孔,前四后一。也称箫管、中管、竖篴。此诗写于抗日战争前夕诗人客居日本之时,诗歌借写尺八,传达希望继承和发扬民族文化、振兴祖国的情感。

像候鸟衔来了异方的种子,
三桅船载来了一枝尺八,
从夕阳里,从海西头。
长安丸载来的海西客,
夜半听楼下醉汉的尺八,

想一个孤馆寄居的番客，
听了雁声，动了乡愁，
得了慰藉于邻家的尺八。
次朝在长安市的繁华里，
独访取一枝凄凉的竹管……
（为什么霓虹灯的万花间，
还飘着一缕凄凉的古香？）
归去也，归去也，归去也——
像候鸟衔来了异方的种子，
三桅船载来一枝尺八，
尺八乃成了三岛的花草。
（为什么霓虹灯的万花间，
还飘着一缕凄凉的古香？）
归去也，归去也，归去也——
海西人想带会回失去的悲哀吗？

山中所见——一棵树

【解题】　诗歌为辛笛所作。辛笛（1912—2004），原名王馨迪，祖籍江苏淮安，生于天津。1935年毕业于清华大学外文系。"九叶派"成员。著有诗集《珠贝集》、《手掌集》、《辛笛诗稿》。此诗以山中之树为描绘意象，表达出对保持人格的独立与完美的审美意境的追求。

你锥形的影子遮满了圆圆的井口，
你独立，承受各方的风向，
你在宇宙的安置中生长，
因了月光的点染，你最美也不孤单；

风霜锻炼你，雨露润泽你，
季节交替着，你一年就那么添了一轮，
不管有意无情，你默默无言，
听夏蝉噪，秋虫鸣。

我遥望

【解题】　诗歌为曾卓所作。曾卓（1922—2002），湖北人，当代诗人，出版诗集《门》、《悬崖边的树》、《老水手的歌》等。此首诗歌通过今昔对比抒发自己对生活和人生的感受，年轻时遥望未来，充满好奇与渴望，而年老时回望过往，觉得迷茫与感伤。

当我年轻的时候
在生活的海洋中
偶尔抬头
遥望六十岁
像遥望
一个远在异国的港口

经历了狂风暴雨

惊涛骇浪

而今我到达了

有时回头

遥望我年轻的时候

像遥望

迷失在烟雾中的故乡

回　答

【解题】　此诗作者为北岛。北岛(1949—　)，原名赵振开，祖籍浙江，生于北京，中国当代著名诗人。1969 年高中毕业后在建筑公司当工人。1970 年，诗人开始写诗，曾出版《北岛·顾城诗选》(瑞士出版)、《太阳城札记》、《在天涯》、《零度下的风景》、《北岛诗选》等诗集。这首诗是北岛早期的诗歌。诗歌大量运用象征手法，那些象征性的形象又带有明确的意义指向。尽管这象征的形象相对直白，但是并没有影响诗歌的感性特征，是朦胧诗的代表作。

卑鄙是卑鄙者的通行证，

高尚是高尚者的墓志铭，

看吧，在那镀金的天空中，

飘满了死者弯曲的倒影。

冰川纪过去了，

为什么到处都是冰凌？

好望角发现了，

为什么死海里千帆相竞？

我来到这个世界上，

只带着纸、绳索和身影，

为了在审判之前，

宣读那被判决了的声音：

告诉你吧，世界，

我——不——相——信！

纵使你脚下有一千名挑战者，

那就把我算做第一千零一名。

我不相信天是蓝的；

我不相信雷的回声；

我不相信梦是假的；

我不相信死无报应。

如果海洋注定要决堤，

就让所有的苦水都注入我心中，

如果陆地注定要上升，

就让人类重新选择生存的峰顶。

新的转机和闪闪的星斗，

正在缀满没有遮拦的天空，

那是五千年的象形文字，

那是未来人们凝视的眼睛。

远和近

【解题】 此诗为顾城所作。顾城（1956—1993），朦胧诗派的主要代表诗人，被称为以一颗童心看世界的"童话诗人"。诗歌喜用象征隐喻手法。著有诗集《白昼的月亮》、《北方的孤独者之歌》、《铁铃》、《黑眼睛》、《顾城的诗》等。此诗表达了人对于远近的哲理思考，表现出人和自然、人和人之间在客观距离与心理距离存在反差。

你，

一会看我，

一会看云。

我觉得，

你看我时很远，

你看云时很近。

春 鸟

【解题】 此诗为臧克家所作。臧克家（1905—2004），山东诸城人，著名诗人，出版诗集《烙印》、《罪恶的黑手》、《自己的写照》、《泥土的歌》、《宝贝儿》、《生命的零度》等，诗风质朴，深沉而含蓄。此诗作于抗战时期，抒发了在特殊时代背景下向往自由，渴求真理的心情。

当我带着梦里的心跳，

睁大发狂的眼睛，

把黎明叫到了我的窗纸上——

你真理一样的歌声。

我吐一口长气，

扪一下心胸，

从床上的恶梦

走进了地上的恶梦。

歌声，

像煞天上的星星，

越听越灿烂，

像若干只女神的手，

一齐按着生命的键。

美妙的音流

从绿树的云间，

从蓝天的海上，

汇成了活泼自由的一潭。

是应该放开嗓子

歌唱自己的季节，

歌声的警钟

把宇宙

从冬眠的床上叫醒，

寒冷被踏死了，

到处是东风的脚踪。

你的口

歌向青山，

青山添了眉眼；

你的口

歌向流水，

流水野孩子一般；

你的口

歌向草木，

草木开出了青春的花朵；

你的口

歌向大地，

大地的身子应声酥软；

蛰虫听到你的歌声，

揭开土被

到太阳底下去爬行；

人类听到你的歌声

活力冲涌得仿佛新生；

而我，有着同样早醒的一颗诗心，

也是同样的不惯寒冷，

我也有一串生命的歌，

我想唱，像你一样，

但是，我的喉头上锁着链子，

我的嗓子在痛苦的发痒。

梦

【解题】 此诗为艾青所作。艾青（1910—1996），原名蒋正涵，浙江金华人。中国现代诗的代表诗人之一。主要作品有《大堰河——我的保姆》、《艾青诗选》，诗歌语言朴素、凝练，想象丰富、意象独特。此诗表达对精神生活的依恋与追求。

醒着的时候

只能幻想

而梦却在睡着的时候来访

或许是童年的青梅竹马

或许是有朋友来自远方

钢丝床上有痛苦

稻草堆上有欢晓

匮乏时的赠予

富足时的失窃

不是一场虚惊
就是若有所失

乡愁四韵

【解题】 此诗为余光中所作。余光中(1928—),台湾著名诗人,著有诗集《敲打乐》、《白玉苦瓜》等,写了许多动情的乡愁诗,此诗即是其中的代表性作品,诗人选择有民族特色的四组意象,表达炽热的爱国思乡之情。

给我一瓢长江水啊长江水
酒一样的长江水
醉酒的滋味
是乡愁的滋味
给我一瓢长江水啊长江水

给我一张海棠红啊海棠红
血一样的海棠红
沸血的烧痛
是乡愁的烧痛
给我一张海棠红啊海棠红

给我一片雪花白啊雪花白
信一样的雪花白
家信的等待
是乡愁的等待
给我一片雪花白啊雪花白

给我一朵腊梅香啊腊梅香
母亲一样的腊梅香
母亲的芬芳
是乡土的芬芳
给我一朵腊梅香啊腊梅香

错　　误

【解题】 此诗为郑愁予所作。郑愁予(1933—),现代诗人,出生于山东济南,1949年去台湾,后旅美,诗歌以婉约见长。此诗被誉为"台湾现代抒情诗的绝唱",诗歌将思妇盼望心上人的归来的心情写得意境优美而婉丽。

我打江南走过
那等在季节里的容颜如莲花的开落

东风不来,三月的柳絮不飞
你的心如小小的寂寞的城
恰若青石的街道向晚
跫音不响,三月的春帷不揭
你底心是小小的窗扉紧掩

我达达的马蹄声是美丽的错误
我不是归人,是个过客……

相信未来

【解题】 本诗为食指所作。食指(1948—),原名郭路生,著有诗集《相信未来》、《食指、黑大春现代抒情诗合集》、《诗探索金库·食指卷》、《食指的诗》。此诗作于 1968 年"文革"时期,表达出抒情主人公处在逆境之中,怎样好好地生活,如何自我鼓励,怎样矢志不渝地恪守自己对明天的承诺。

当蜘蛛网无情地查封了我的炉台,
当灰烬的余烟叹息着贫困的悲哀,
我依然固执地铺平失望的灰烬,
用美丽的雪花写下:相信未来。

当我的紫葡萄化为深秋的露水,
当我的鲜花依偎在别人的情怀,
我依然固执地用凝霜的枯藤
在凄凉的大地上写下:相信未来。

我要用手指那涌向天边的排浪,
我要用手掌那托住太阳的大海,
摇曳着曙光那枝温暖漂亮的笔杆
用孩子的笔体写下:相信未来。

我之所以坚定地相信未来,
是我相信未来人们的眼睛——
她有拨开历史风尘的睫毛,
她有看透岁月篇章的瞳孔。
不管人们对于我们腐烂的皮肉,
那些迷途的惆怅、失败的苦痛,
是寄予感动的热泪、深切的同情,
还是给以轻蔑的微笑、辛辣的嘲讽。
我坚信人们对于我们的脊骨,
那无数次的探索、迷途、失败和成功,
一定会给予热情、客观、公正的评定。
是的,我焦急地等待着他们的评定。

朋友,坚定地相信未来吧,

相信不屈不挠的努力,

相信战胜死亡的年轻,

相信未来、热爱生命。

双 桅 船

【解题】 此诗为舒婷所作。舒婷(1952—),原名龚佩瑜,福建厦门人。1969 年"插队"下乡,后当过工人。中国当代女诗人,是朦胧诗派的代表人物,《致橡树》是朦胧诗潮的代表作之一。此诗运用朦胧诗的写法,采用象征、意象来表达人的主观情绪,表达新时期女性追求理想的进程中,对于爱情与事业关系处理上双重的心态与复杂的情感。

雾打湿了我的双翼

可风却不容我再迟疑

岸呵,心爱的岸

昨天刚刚和你告别

今天你又在这里

明天我们将在

另一个纬度相遇

是一场风暴,一盏灯

把我们联系在一起

是另一场风暴,另一盏灯

使我们再分东西

不怕天涯海角

岂在朝朝夕夕

你在我的航程上

我在你的视线里

盼 望

【解题】 此诗为席慕容所作。席慕容(1943—),当代著名诗人,祖籍内蒙古察哈尔盟明安旗,是蒙古族王族之后,后随家定居台湾。出版诗集有《七里香》、《戏子》、《一棵开花的树》、《无怨的青春》、《时光九篇》等。此诗选自诗集《无怨的青春》,表达对瞬间美丽、深情、随缘爱情的追求和盼望,即便不能长相厮守,也留有美丽的回忆。

其实　我盼望的

也不过就只是那一瞬

我从没要求过　你给我

你的一生

如果能在开满了栀子花的山坡上

与你相遇　如果能

深深地爱过一次再别离

那么　再长久的一生

不也就只是　就只是

回首时
那短短的一瞬

答　复

【解题】　此诗为海子所作。海子(1964—1989),原名查海生,15 岁考入北大法律系,25 岁在山海关卧轨自杀。出版诗集《土地》、《海子、骆一禾作品集》、《海子的诗》、《海子诗全编》等。此诗把麦地想象成一个神秘的质问者,表达一种无言的痛苦。

麦地
别人看见你
觉得你温暖,美丽
我则站在你痛苦质问的中心
被你灼伤
我站在太阳　痛苦的芒上

麦地
神秘的质问者啊
当我痛苦地站在你的面前
你不能说我一无所有
你不能说我两手空空

在漫长的旅途中

【解题】　此诗为于坚所作。于坚(1954—　),当代诗人,著有诗集《诗六十首》、《对一只乌鸦的命名》、《于坚的诗》,散文集《棕皮手记》等十余种。以世俗化、平民化的风格为自己的追求,其诗平易却蕴含深意,能表达出自己对世界的哲学认知。此诗是在旅途上乘坐汽车在茫茫大地上飞驰时的所感所想,表达在人生旅途中,人们渴望改变现状,向往另外一种生活,对未来追求不止的心情。

在漫长的旅途中
我常常看见灯光
在山岗或荒野出现
有时它们一闪而过
有时老跟着我们
像一双含情脉脉的眼睛
穿过树林跳过水塘
蓦然间　又出现在山岗那边
这些黄的小星
使黑夜的大地
显得温暖而亲切
我真想叫车子停下
朝着它们奔去
我相信任何一盏灯光

都会改变我的命运
此后我的人生
就是另外一种风景
但我只是望着这些灯光
望着它们在黑暗的大地上
一闪而过　一闪而过
沉默不语　我们的汽车飞驰
黑洞洞的车厢中
有人在我身旁熟睡

山　民

【解题】　本诗为韩东所作。韩东（1961—　　），新生代诗人。著有诗集《吉祥的老虎》、《爸爸在天上看我》，小说集《西天上》、《我们的身体》。曾提出"诗到语言为止"的观点，引起诗坛的争议，其诗歌带有一种严密、细致、反复说明的哲理味，而语言则追求平淡与语感。此诗用象征手法，以山民走出群山，面向大海的愿望为视角来审视一个民族冲破闭塞走向开放的渴望。

小时候，他问父亲：
"山那边是什么？"
父亲说："是山。"
"那边的那边呢？"
"山，还是山。"
他不作声了，看着远处，
山第一次使他这样疲倦。

他想，这辈子是走不出这里的群山了。
海是有的，但十分遥远。
他只能活几十年，
所以没等到他走到那里，
就已死在半路上，
死在山中。

他觉得应该带着老婆一起上路，
老婆会给他生个儿子。
到他死的时候，
儿子就长大了。
……
他不再想了，
儿子也使他很疲倦。
他只是遗憾，
他的祖先没有像他一样想过，
不然，见到大海的该是他了。

54
文学欣赏

第三节 ❋ 外国诗歌欣赏

一、外国诗歌综述 ●

对于中国读者而言,外国诗歌是个很广泛的概念,它包含了除中国以外的所有国家的诗歌,我们不可能将每一个国家的诗歌都搬上舞台,而只能将主流部分加以介绍,让读者了解外国诗歌的主要发展历程。在这里,我们主要介绍的是西方的诗歌。从古代到现代,它大致经历了七个阶段:古希腊罗马时期;中世纪基督教时期;文艺复兴时期;17世纪新古典主义时期;18—19世纪浪漫主义时期;19世纪现实主义时期;20世纪现代主义时期。

古代欧洲诗歌以荷马史诗和《雅歌》为代表,他们为后世欧洲诗歌的审美传统奠定了基础。这一时期其他民族的诗歌也取得了较好的成绩,如印度的两大史诗《罗摩衍那》和《摩诃婆罗多》在世界文学史上占有很重要的地位。以史诗为核心的古典主义诗歌发展到中世纪时期,由于受到教会统治的影响,诗歌带有浓厚的宗教色彩,如教堂的赞美诗、史诗和谣曲等都带有封建宗教的成分,但骑士抒情诗则具有反禁欲主义的倾向。中世纪最重要的一位诗人是意大利的但丁,他的《神曲》带来了新世纪的一丝曙光,为文艺复兴运动做好了准备。14世纪至16世纪的欧洲文艺复兴时期的诗歌逐渐摆脱了中世纪宗教的束缚,敢于肯定人的价值和世俗欲望,具有了人文主义的光辉,其中以莎士比亚的《十四行诗》最为典型。文艺复兴的光芒衰退之后,诗歌进入17世纪的古典主义时期,这时期诗歌创作提倡崇尚纯粹理性克制情欲,以古希腊古罗马作家的经验为准则,语言要典雅华丽,风格要庄严崇高。英国诗人弥尔顿是古典主义时期最杰出的诗人,他的《失乐园》、《复乐园》等作品是古典主义诗歌的杰出代表。随着资产阶级经济文化的发展,"理性至上"的古典主义诗歌渐渐不再适应社会的发展要求,而兴起于18世纪末强调自我情感和自由的浪漫主义诗歌逐渐统领着诗歌潮流,并在19世纪前期掀起了一股狂潮。尤其是在英国,出现了两次创作高潮,出现了华兹华斯、拜伦等一大批优秀的浪漫主义抒情诗人,将浪漫主义诗歌推向了最顶峰。继浪漫主义之后,俄罗斯、美国等国的现实主义诗歌取得了很好的发展,普希金、惠特曼等著名诗人创作了大量优秀作品。到20世纪,欧洲诗歌进入以象征主义为代表的现代主义时期,这一时期的诗歌创作流派纷呈,作品繁多,有"意象派"、"未来派"、"超现实派"等,但都倾向于运用象征和隐喻等手法来反映20世纪人类精神和心灵的迷惘、异化。

（一）古代外国诗歌

处于公元前几个世纪的古代各民族经济文化较落后,文学的主要形式为歌颂神灵和英雄的史诗。成就最大的主要有古希腊时期荷马的两部史诗《伊利亚特》和《奥德赛》,这两部伟大的"英雄史诗"是古代欧洲诗歌的代表,奠定了欧洲诗歌"崇高庄重"的审美风格。此外,古希伯来文学《旧约》中的《雅歌》也是一部典范之作,它是欧洲文学中第一部爱情诗集,对后世欧洲爱情诗歌的发展产生了很大的影响。公元前四五世纪的亚洲印度,也出现了两大规模宏大的史诗作品《罗摩衍那》和《摩诃婆罗多》,这两部梵语叙事诗作品比较全面地反映了古代印度的社会生活和文化传统,对印度人们的精神生活产生了很大的影响,为世界文学的发展作出了重要的贡献。

荷马的两部史诗均取材于特洛伊战争。《伊利亚特》描写了特洛伊战争第十年最后51天里发生的故事,它以希腊联军最英勇的主将阿喀琉斯的愤怒为线索,细致地描述了战争的场面,歌颂了作战双方英雄的勇敢善战。《奥德赛》描写了特洛伊英雄奥德修斯在战争结束后的回归途中遭遇了十年的海上漂泊生活,经过万般艰辛之后,在宙斯的帮助下终于回到了家乡,并机智地扫除了他妻子的众多求婚者。诗歌赞颂了奥德修斯与自然斗争的勇气、机智与毅力。《雅歌》是由很多短诗汇集而成的爱情诗集。诗歌中饱含着对俗世男女爱情的描写,有些描写快乐幸福的恋爱生活;有些描写爱情的坚贞和相思的痛苦。《雅歌》是对女性的赞美之歌,充满了激越和热烈奔放的情感,作为欧洲爱情诗歌的滥觞,它为后世爱情诗的创作提供了丰富的素材和经验。

（二）欧洲中世纪诗歌

从古代进入中世纪,欧洲社会发生了天翻地覆的变化,源于古希伯来文化的基督教占据了统治地位,教会宣扬的禁欲主义和神权至上的思想使中世纪充满了宗教的神秘色彩。这个时期的文学成了教会进行宗教统治的工具,其内容多以《圣经》为依据,充斥着虚妄的说教。在诗歌方面,多为教堂赞美诗、史诗和谣曲。史诗主要有盎格鲁·撒克逊人的《贝奥武甫》、冰岛人的《埃达》和《萨迦》、法国的《罗兰之歌》和德国的《尼伯龙根之歌》等,都具有浓厚的基督教思想和护教成分,但是骑士抒情诗,尤其是法国的普罗旺斯抒情诗则呈现出反禁欲主义的趋势。中世纪成就最大的诗人是意大利的但丁,他是黑暗中一盏明亮的灯,为中世纪后期欧洲文学带来了希望,引领着中世纪文学走出迷途,步入新的殿堂。他的作品《新生》体现了当时流行的"温柔的新体诗"的最高成就,《神曲》则代表了中世纪文学的最高成就,闪烁着人文主义的光辉,标志着中世纪基督教统治的终结和文艺复兴时期的到来。

《神曲》是西方中古文化的艺术性总结,分为《地狱》、《炼狱》、《天堂》三个部分。诗歌采用中古梦幻文学的形式,叙述了诗人在罗马诗人维吉尔的引导下游历了地狱和炼狱,贝阿特丽丝又引导他游历了天国,维吉尔象征着理性和哲学,贝阿特丽丝象征着信仰和神学。诗歌反映了但丁思想的矛盾性,他一方面认识到真理的至善,另一方面又局限在基督教神学的观念里。但他追求最高真理的精神和关怀人类命运的热情,在中古时期是具有进步意义的。《神曲》在艺术上取得了极高的成就,诗人善于运用巧妙、娴熟的隐喻艺术手法,勾画出一系列象征的意象,虚构了一个神奇的世界,把梦幻、寓意、象征的艺术推向了极致。

（三）欧洲文艺复兴时期的诗歌

继中世纪最后一位诗人但丁之后,欧洲诗歌进入文艺复兴时期,这一时期的文学以人文主义为核心,强调人的个体价值和意义,歌颂人的现世享乐,反对一切神权思想,掀起了思想解放运动的高潮。代表诗人主要有意大利的彼特拉克,英国的乔叟、斯宾塞和莎士比亚。彼特拉克是意大利的人文主义之父,他的抒情诗集《歌集》讴歌了人类发自自然本性的爱情,冲破了中世纪的禁欲主义,诗歌形式轻松明快,摒弃了中世纪神秘抽象和隐晦的风格。他的诗歌为欧洲抒情诗歌开辟了道路。乔叟是14世纪英国最重要的诗人,是英国人文主义文学的先驱,具有反禁欲主义和追求自由的倾向。他首创了十音节双韵诗体,被称为"英国诗歌之父"。斯宾塞的《仙后》宣扬了资产阶级新的思想观念和人生态度,创造了适应于长诗的完美的格律形式,被称为"斯宾塞诗节",是伊丽莎白女王时期除莎士比亚之外英国最重要的诗人。威廉·莎士比亚是欧洲文艺复兴时代欧洲最伟大的戏剧家、诗人,他的《十四行诗》歌颂了爱情和友谊、青春和美,感情真挚,思想丰富,肯定了人的世俗情感和欲望,宣扬了人文主义的价值规范。

莎士比亚的《十四行诗》抒发感情与分析说理并重,同时人物形象也表现得十分生动丰富,言语运用巧妙,诗句节奏感很强。诗歌通过对一系列事物的歌颂、咏叹和抨击,表达了他进步的人生观和审美观。诗歌中对友谊和爱情的歌颂,表达出莎士比亚主张的生活最高准则:对真、善、美的追求。在诗中他认为现实世界就是一个善美和恶丑对敌的战场,他对人的个性的看法也更强调精神和爱的力量。诗人表现了人与人之间不和谐所引起的失望和焦虑,也表现了对光明和未来的希望。莎士比亚既满腔热情地肯定人的正当欲望,肯定青春和爱情,歌颂人性,又真诚地赞美高尚的道德和博爱的理念,充分反映出文艺复兴时代人文主义的理想。

（四）欧洲 17 世纪诗歌

文艺复兴时期提倡的人文主义渐渐衍变成对纯粹的俗世欲望的追求,腐化的思想阻碍了社会的发展,至 17 世纪,人们又转向了对古希腊文学传统的尊崇,兴起了"理性"至上的古典主义。诗歌创作主张从古希腊古罗马文学中汲取艺术形式和题材,运用精炼、华丽、典雅的语言,同时要体现庄严而崇高的风格。最杰出的代表人物是英国诗人弥尔顿,他的诗作《失乐园》是 17 世纪欧洲古典主义诗歌的标志。

《失乐园》是弥尔顿最成功的一部作品,诗歌取材于圣经故事,讲述了人类始祖亚当和夏娃受撒旦诱使违抗上帝旨意,堕落致罪,结果被上帝驱逐出伊甸园的故事。在这部作品里,撒旦不再是狰狞可怕的魔鬼,而是一位叱咤风云的英雄,充满了反抗上帝的斗争精神,体现了弥尔顿对民主和自由的追求。《失乐园》无论在形式结构上,还是在思想内容上,都给人以瑰丽与崇高的审美享受。诗作采用了无韵的英雄诗体,格调高亢激越,从而表达了作者强烈的情感和伟大的主题。在内容方面,《失乐园》塑造了气势磅礴的情景和浩渺雄伟的意境,铺排了一个异常宏大的场面。通过对亚当和夏娃堕落的描述,反思了理性在人类历史中的重要作用,充分体现了古典主义的美学原则。

（五）欧洲浪漫主义诗歌

至 18 世纪末,诗歌创作又从理性精神走向了对个人情感的重视,浪漫主义诗歌逐渐兴起,发展到 19 世纪中叶,整个欧洲掀起了一股浪漫主义的狂潮。文学创作的体裁主要是诗歌,尤其以英国浪漫主义诗歌为典型。英国浪漫主义诗歌创造经历了两个高峰期,第一个创造高峰是 18 世纪末出现的以华兹华斯、柯勒律治和骚塞为代表的"湖畔派诗人"。他们都厌恶资本主义工业文明,于是远离城市,隐居英国西北部湖区,寄情于山水田园,赞颂大自然,讴歌淳朴的农村生活。"湖畔派"的代表作是华兹华斯和柯勒律治用民谣体写成的《抒情歌谣集》。第二个创作高峰是 19 世纪初以拜伦、雪莱、济慈为代表的一批浪漫主义诗人,他们都主张脱离封建教会势力,争取自由和民主,将浪漫主义诗歌发展得更完善,代表了 19 世纪初欧洲浪漫主义诗歌的最高成就。英国的浪漫主义文学直至 20 世纪还有一股余温,爱尔兰的叶芝被称为"20 世纪最后一个浪漫主义诗人"。

华兹华斯是"湖畔派"诗人中的杰出代表,被称为"桂冠诗人"。他的诗歌通过对大自然多姿多彩的描绘,深情表达了对大自然和人生的深切感悟和思考,启迪了人性中博爱和善良的情感。华兹华斯的抒情诗开创了新鲜活泼的浪漫主义诗风,朴素清新,自然流畅,一反新古典主义平板、典雅的风格,充满了灵感和激情,既充斥着浪漫主义情调又隐含着深层的哲学沉思。

拜伦是 19 世纪欧洲最伟大的浪漫主义诗人之一,被誉为"诗国中的拿破仑"。他的长篇诗歌《恰尔德·哈洛尔德游记》以贵族青年恰尔德·哈洛尔德为寻求理想而周游欧洲各国为线索,描写了旖旎奇特的异域风光和风土人情,展现了壮阔的大自然景色和主人公丰富复杂的心理活动,展示了他在消极享乐中对资产阶级文明的失望和内心的迷茫,反映了这一时期资产阶级知识分子共有的颓废、悲观的心理状态。诗歌内容新颖,辞藻华丽,格律完整,音韵和谐,是英国浪漫主义诗歌的杰出之作。

与拜伦同期的雪莱也是一位非常出色的浪漫主义诗人,他的诗歌充满了音乐美和优美的抒情气质,主要诗歌作品有《西风颂》和《解放了的普罗米修斯》。在代表作《解放了的普罗米修斯》中,作者借助浪漫的古希腊神话故事为题材,反映了对"自由、平等、博爱"的美好未来的憧憬和对光明前途的乐观信念。诗歌体现了作者丰富的想象力,立足整个宇宙来描写普罗米修斯和人类的苦难与解放,使自然界变幻无穷,多姿多彩,抒发了强烈的情感,充分体现了浪漫主义诗歌的特色。

（六）19世纪现实主义诗歌

浪漫主义诗歌发展到19世纪中后期，逐渐倾向于抒情与现实的结合，既注重对社会现实生活的描写又善于阐明对人生的哲学思考。主要代表诗人有俄罗斯的普希金、莱蒙托夫、马雅可夫斯基等，他们描写俄罗斯大自然的美、描写俄罗斯民族的淳朴，也描写革命和战争，重现了一幅幅现实的图画，在对生活的描写中抒发了个人对现实的批判。美国现实主义诗歌的代表诗人有惠特曼等，惠特曼是19世纪美国最伟大的民族诗人，他的代表作《草叶集》既是作者本人自我心灵的发展史诗，又是美利坚民族成长的史诗，反映了美国民族的历史现实和个人的生活现实。

亚历山大·普希金的代表作《叶甫盖尼·奥涅金》是俄国现实主义文学的第一部典范作品，描述了19世纪20年代俄国的上层社会生活，它以简洁的笔触表现了俄罗斯的民族习俗，画面比较广阔，细节描写精确，所塑造的人物及其环境都具有典型性，确立了俄国的批判现实主义。《叶甫盖尼·奥涅金》最大的特色是第一次将诗的抒情性和散文的叙事性有机地结合起来，其中的抒情笔调增强了作品的内涵和感染力，又运用精炼含蓄、质朴流畅的诗歌语言塑造了典型人物和典型环境，这种独创的艺术形式对俄罗斯文学作出了巨大贡献。

19世纪末20世纪初的世界诗坛中还有一位杰出人物就是印度的泰戈尔，他是印度近代最伟大的诗人，被誉为印度的"诗圣"，作品主要有《吉檀迦利》、《飞鸟集》、《新月集》和《园丁集》。其中《吉檀迦利》最能代表泰戈尔的思想观念和艺术风格，1913年他凭借此诗成为东方第一个诺贝尔文学奖的获得者。《吉檀迦利》表现了泛神和泛爱的主题思想，在诗歌中，作者在追求着"梵我统一"的最高精神境界，在"有限"中证悟着"无限"的欢乐，反映了泰戈尔对生活和宇宙的哲学思考。

（七）20世纪现代主义诗歌

欧洲的现代主义诗歌肇始于法国的象征诗派，它提倡用隐喻、象征、暗示等手法来表现人物的内心世界。象征主义是现代主义诗歌中影响最大的一个诗歌流派，法国诗人波德莱尔的《恶之花》被认为是前期象征主义的奠基之作。后期的象征主义诗歌代表人物主要有英国诗人T·S艾略特和爱尔兰诗人叶芝。艾略特的代表作《荒原》大量地运用了象征、隐喻和抽象暗示等来探索20世纪西方精神文化的"荒原"问题，是20世纪最典型最具有影响力的现代主义诗歌。叶芝的代表作《驶向拜占庭》以游历拜占庭来象征精神的探索，表达了对物质文明的厌恶以及对理性的期盼。其丰富的想象、深刻的哲理，被认为是最重要的象征派诗歌之一。除了象征主义诗歌，现代主义诗歌还有法国的达达主义、英国的意象派和俄罗斯的未来主义派等，20世纪的现代主义诗歌可谓流派纷呈，呈现出百花齐放的姿态。

波德莱尔是法国象征主义诗歌的先驱，开创了欧洲现代主义诗歌的新时期。他的代表作《恶之花》揭示了资本主义制度下一系列丑恶的现象，描绘了现代文明中一幅幅腐化堕落和黑暗丑陋的画面：阴暗神秘的城市风光、横呈街头的罪恶和悲惨。他主张以丑为美，认为"自然是丑恶的"、罪恶"天生是自然的"，恶存在于人的心中，就像美存在于人的心中一样，他认为应该"发掘恶中之美"，表现"恶中的精神骚动"，他通过《恶之花》表现了一种"病态的艺术"。他崇尚的化丑为美，从恶中挖掘美的原则，是象征主义诗歌的重要特征。

艾略特是最杰出的现代派诗歌代表人物，1948年获得诺贝尔文学奖。他的代表作《荒原》展现了战后西方文明的危机和传统价值观念的失落，反映了20世纪西方人理想的幻灭和绝望。诗歌大量引用了希腊神话中的情节、典故和名句，以鲜明的形象进行象征、暗示和联想，并运用了时空顺序的错位与跳跃、意识流等写作手法，引导人们去思考人类精神文化的"荒原"问题，以及对荒原的拯救意识。《荒原》充分体现了现代主义文学的特色,是象征主义诗歌最成功的作品。

由于受审美传统、历史制度、地理环境、政治经济等各方面因素的影响,外国诗歌具有区别于中国诗歌的独特美学特征。因此,我们欣赏外国诗歌,也应该用国外的美学眼光来品读。总体来说,外国诗歌可以从诗歌的语言特色、诗歌的修辞、诗歌的意象、诗歌的主题等几个方面来欣赏。

品读外国诗歌,首先要掌握诗歌语言包含的各个要素,如音节、音韵、节奏和词汇等。英语是拼音文字,一个词常不止一个音节,很多是多音节词,而且英语中的辅音有清浊之分,英语诗中常利用字音加强语意表达或控制诗的节奏速度。音韵、节奏、音步、变格等手法则可以创造理想的英文诗诵读时的抑扬顿挫、铿锵悦耳的效果。英文诗的音韵和格律以及音节变化的节奏等都有一定规律,在英语格律诗中大体是一句一行或一句两行,每节有一定行数,每行有一定音节,音韵也须按一定规律。如十四行诗,是由三节四行诗与两行对句组成,一般押韵方式是 abab, cdcd, efef, gg,最后两行总结全诗。在语言方面,还要很好地理解诗歌的词汇意义。英语中有很多的双关或多义词汇在诗歌中起着很重要的作用,就像汉语的多义词一样,同一个词在不同的语境中可能有着不同的意义起着不同的作用,莎士比亚就很善于运用语言来达到诙谐幽默和说理的目的。把握了诗歌的语言,才能更好地理解诗歌,体会外国诗歌的独特风格和韵味。

其次是诗歌的修辞。源自于古希腊古希伯来的文化传统,外国诗歌尤其欧洲诗歌都善于运用各种修辞方法来表情达意。荷马史诗中大量比喻象征排比的运用深深地影响了欧洲后世诗歌,无论是抒情诗还是叙事诗大都是借景抒情借物传意。发展到 20 世纪现代派诗歌,由于突出诗歌形式的重要性而忽视内容,隐喻、抽象象征等手法更是被运用到了炉火纯青的地步,诗人常常运用比喻借代象征等手法来表达思想突现诗歌的主题。

再就是诗歌的意象。外国诗歌的主要特征便是意象,"意"是作为主体的诗人的主观情思,被诗人赋予某种物象,而"象"是为了表达诗人的"意"。鉴于主客二分观念的影响,"意象"往往具有审美心灵性和审美形式性两种审美特征。审美心灵性重在诗人的主观情感,常造成壮美崇高或神秘的审美风格;而审美形式性重在客观形式,使诗歌具有新奇独特的风格。艾略特等现代主义诗人认为诗歌的价值在于形式而不是具有情感的内容。欣赏不同类型的诗歌应该掌握其不同的审美倾向,才能更准确地把握诗歌的内在价值和意义。

最后,了解诗歌的主题也是诗歌欣赏的关键所在。诗歌都是与时代背景相联系的,都在一定程度上反映了社会的思想文化特征,也反映了作者的思想和情感,包含着对生活哲理、生命意义的探索与思考。艺术的美在于向人们启示情感和激发想象,我们应该从诗歌中了解作者的情感和蕴含的生活哲理。把握了诗歌的主题才能充分获得审美享受,才能真正品味出其中的滋味。

二、外国诗歌及汉语译文欣赏实例

《孤独的刈麦女》欣赏

原文

The Solitary Reaper

Willam Wordsworth

Behold her, single in the field,

Yon solitary Highland Lass!

Reaping and singing by herself;
Stop here, or gently pass!
Alone she cuts and binds the grain,
And sings a melancholy strain;
O listen! For the Vale profound
Is overflowing with the sond.

No Nightingale did ever chaunt
More welcome notes to weary bands
Of travelers in some shady haunt,
Among Arabian sands:

A voice so thrilling never was heard,
In spring-time from the Cuckoo-bird,
Breaking the silence of the seas
Among the farthest Hebrides.

Will no one tell me what she sings? —
Perhaps the plaintive numberd flow
For old, unhappy, far off things,
And battles long ago:
Or is it some more humble lay,
Familiar matter of to-day?
Some natural sorrow, loss, or pain,
That has been, and may be again?

Whate'er the theme, the Maiden sang
As if her song could have no ending;
I saw her singing at her work,
And o'er the sickle bending; —
I listened, motionless and still;
And, as I mounted up the hill,
The music in my heart I bore,
Long after it was heard no more.

汉语译文

孤独的刈麦女

华兹华斯

看,她独自一人在田间,
高原上那孤单的姑娘!

一个人一边收割，一边歌唱，
停下吧，要么就悄然走过！
独自一人把麦割下，又把麦捆起，
口中吟唱的曲调那么悲凉；
听！在那幽深的山谷中，有她的歌声在久久回荡。

广袤的荒凉的阿拉伯大漠里，
一堆疲惫的旅人憩息在绿洲旁，
此刻他们听到的夜莺啼啭，
也不会有这般婉转悠扬。

那遥远的赫伯利群岛，
春日里杜鹃纵情鸣啼，划破了大海的沉寂，
却也比不过她的歌声让人心神荡漾。

谁来告诉我她在唱些什么？——
也许那忧伤的歌缓缓流淌，
是在咏叹那不幸的往事，遥远而古老，
和那久远的征战？
或者只是再平常不过的抒情小调，
曲中的内容世人都习以为常？
或是一些单纯的痛苦、损失和忧伤，
以前发生过，今后也会是这样？

无论所唱为何，姑娘依然在唱，
她的歌声仿佛将永远回响，
我看她一边劳作，一边歌唱，
弯腰挥动着镰刀——
我静静地，静静地听着；
直到我爬上山岗，
在我的心头，那歌声依然在回荡，
尽管我耳边早已没有了声响。

　　《孤独的刈麦女》是华兹华斯的一首脍炙人口、广为传诵的抒情小诗，诗歌采用民谣体描绘了一幅动人的乡村景象：在苏格兰高原的田间里，一位少女独自一人在一边收割麦子，一边唱着歌。诗歌的语言质朴流畅，音调婉转动听，亲切和谐，给人一种自然纯朴的美感和田园牧歌般的情怀，可谓是"诗中有画，画中有诗"的一首优秀之作。

　　诗人将情、理、形、神交互融合而引人进入一个想象的艺术世界里。诗人通过孤单的刈麦女熟练的劳作，塑造了"天人合一"的崇高境界，表现了人与自然的和谐相处。"Alone she cuts and binds the grain"，（她独自把麦割下又捆起），作者通过对少女具体细微的动作的描写，突出了她勤劳而又充满了青春活力的形象。她身上透露出的自然本真的灵性与大自然的灵性已经融为一体，构成了一幅独特美妙的风景画。大自然是人类生命的源泉，人与自然是相互适应的，人的心灵天生就是自然中最美好、最有趣的东西。作者认为人只有在自然环境中才能保持自己的尊严和纯洁的心灵，摆脱束缚，获得自由。

诗中突出表现的一个意象是少女的"歌声"，"歌声"是贯穿始终的一条线，作者借"歌声"抒发了丰富的情感。孤独的刈麦女的歌声中蕴涵着几许寂寞和惆怅，又不乏少女的遐思、向往和欢乐。少女的心思没有通过歌声表露出来，作者在猜测着："是在咏叹那不幸的往事"？"或者只是再平常不过的抒情小调"？"或是一些单纯的痛苦、损失和忧伤"？我们和作者一样，只是听到了她悠扬的歌声，却听不到她心跳的旋律，摸不着她朦胧的情思。就像每个青春期的少女一样，她或许有些期待，或许有些忧伤，但她总是美的、真的、纯的，她是大自然的儿女，是纯真的象征。她的歌声就是美的宣言，所以才会让"我"如此留恋，"我"的心早已深深地融入了那凄凉婉转的歌声中，他说："I listened, motionless and still; And, as I mounted up the hill, The music in my heart I bore, Long after it was heard no more."她动人的歌声徘徊不去，她纯洁的形象更是深深刻在了"我"的脑海当中，她与大自然融合为一的图画则定格为一种永恒的美。

诗歌也塑造了一种孤独的女性美。诗人用"single"、"solitary"、"the Vale profound"、"by herself"和"alone"等一系列"孤独"的近义词来不断强化宁静凄凉的气氛，凸现了孤寂的外界环境。在大自然的寂静中，她在劳作着，一个人收割着麦子，为了排解这种孤单，她"Sings a melancholy strain"（唱着曲调悲凉的曲子），她的歌声就是向大自然诉说的话语，和大自然进行心与灵交流的方式，她试图用歌声来排除寂寞消解孤独。歌声饱含着深邃的思想和无限的内涵，因此我们并不为她感到难过，而是体验到了一种美，一种源自孤独本身的美。

《假如生活欺骗了你》欣赏

原文

If By Life You Were Deceived

leksandr Pushkin

If by life you were deceived,
Don't be dismal, don't be wild!
In the day of grief, be mild
Merry days will come, belive.

Heart is living in tomorrow;
Present is dejected here;
In a moment, passes sorrow;
That which passes will be dear.

汉语译文

假如生活欺骗了你

亚历山大·普希金
假如生活欺骗了你
不要犹豫，不要愤慨

悲伤的日子需要沉静

坚信吧:愉快的日子即将来临!

心中憧憬着美好的未来

眼前不过是暂时的悲哀

一切将会在瞬间消逝

而逝去的一切将会变得亲切。

  这首诗歌是普希金广为流传的一首抒情名篇。诗歌写于 1825 年,当时诗人被沙皇流放到荒凉的北方,处境十分凄凉,这首诗是赠送给好友 15 岁的女儿沃尔夫的,诗人用积极乐观的语句鼓励着小姑娘对生活鼓起勇气、树立起坚定的信念。诗句营造了一种温馨的气氛,是作者真挚情感的自然流露,充满了人情味儿,在简单平常的话语中蕴涵着深刻的生活哲理。

  诗歌虽然是对小姑娘的规劝,可是看得出来诗歌中隐含着作者自身的遭遇,是对他自身现实生活的描绘。当时作者处在艰难凄楚的处境下,遍尝了生活的无常和艰辛,但是他并没有抱怨,没有丧失斗志和希望,而是用一种积极乐观的态度去对抗生活的苦难,在逆境中憧憬着美好的未来,表现了诗人坚强的性格和高贵的品质。"假如生活欺骗了你"中"假如"二字用得多么精妙! 将莫大的苦难化解得轻松自如,仿佛"生活的欺骗"是一个遥远的幻想却不会来到身边一样,看得出他面对"困境"时异常坦然的心境。在这种坦然中他有着对美好未来的坚定顽强的信念:"坚信吧:美好的日子即将来临!"这种信念支撑着他在"悲伤的日子"面前用"沉静"来默默坚持着,蕴含着战胜困难的巨大力量。在诗人的思想里,只要有一种必胜的信念,那么一切苦难也好哀伤也好都会成为过去的,"眼前不过是暂时的悲哀",光明的日子已经在翘首以待。他说:"一切将会在瞬间消逝",时间已经失去了本体的意义,一切都只是内心的觉悟,滑过的只是一个抽象的概念,"瞬间"体现了诗人在探索着时间的奥妙,用短暂解构了时间带来的精神苦痛。一旦这种苦痛消失了,一切"欺骗"、"悲伤"将转化为价值和意义,"逝去的一切将会变得亲切",曾经的那些痛苦因为用"心"度过,就像我们的友人一样让人留恋! 诗歌表达的积极乐观的精神和坚定信念激励着他自己和每一个感悟于此的灵魂。

  诗歌的语言明白如话、自然流畅,是普希金"自由诗体"的代表。用散文的自由形式表达了诗歌的情怀,流露出人性中最本真的情感,又表达了诗性的哲理,让人感受到难以抗拒的艺术魅力。诗歌篇幅虽短,寥寥几行,却表达了丰富的思想内涵,给人以无限的哲学思考和艺术享受,不愧为俄罗斯抒情诗的杰作。

三、作品选

雅歌(节选)

  【解题】《雅歌》原名"所罗门之歌",节选自《圣经·旧约》,是由很多短诗汇集而成的爱情诗集。是《旧约》中唯一描写爱情的诗,也是欧洲文学中的第一首爱情诗歌。大约出现于公元前二世纪,被称为古希伯来民族的"歌中之歌",借世俗爱情歌颂对"所罗门"的爱。诗歌风格热烈奔放,运用象征比喻等手法大胆歌颂女性之美,表现男女爱情,对后世欧洲文学产生了很大的影响。

我的佳偶,你甚美丽

你甚美丽。

你的眼在帕子内

好像鸽子；
你的头发如同山羊群，
卧在基列山旁；
你的牙齿如同新剪毛的
一群母羊，
洗净上来，
个个都是双生，
没有一只丧掉子的；
你的唇好像一条朱红线，
你的嘴也很秀美；
你的面颊在帕子内，
如同一块红石榴；
你的颈项，好像
大卫收藏军器的高塔，
其上悬挂一千盾牌，
都是勇士的藤牌；
你的两乳，好像百合花中
吃草的一对小鹿，
就是母鹿双生的。
我要往没药的山和
乳香的岗去，
直等到天起凉风，
日影飞去的时候回来。①

我的恋人如此娴雅

【解题】 本诗为意大利诗人但丁所作。但丁（1265—1321）是欧洲中世纪最后一位诗人，也是走向文艺复兴新世纪的第一位诗人。他除了代表作《神曲》之外，还写了很多"温柔的新体"的抒情诗，《新生》就是这种新体诗的集大成之作。《我的恋人如此娴雅》选自《新生》，体现了但丁抒情诗清新、自然、质朴的风格，表现了其内心对恋人真挚的情感。诗歌对爱情的赞美，是对宗教禁欲主义的反叛，散发着人文主义光辉。

我的恋人如此娴雅如此端庄，
当她向人行礼问候的时刻，
总使人因舌头发颤而沉默，
双眼也不敢正对她的目光。
她走过，在一片赞美的中央，
但她全身却透着谦逊温和，
她似乎不是凡女，而来自天国，
只为显示神迹才降临世上。

---

① 选自魏玉奇、李娟编：《圣经旧约名篇精选》，天津人民出版社1998年版，第65页。

她的可爱,使人眼睛一眨不眨,
一股甜蜜通过眼睛流进心里,
你绝不能体会,若不曾尝过它:
从她樱唇间,似乎在微微散发
一种包含爱情的柔和灵气,
她叩着你的心扉命令道:"叹息吧!"①

对这些都倦了

【解题】 本诗为英国诗人莎士比亚所作。莎士比亚(1564—1616)是英国文艺复兴时期最杰出的艺术大师,他一生创作了37部戏剧和一部《十四行诗》。莎士比亚的十四行诗结构非常严谨,分为三个四行和一个两行,每行十个音节,韵脚固定,全诗共154首,主要是以友谊和爱情为主题。《对这些都倦了》是他的十四行诗歌中的一首,揭发了现实中存在的许多丑恶不合理的现象,表达了他失望和焦虑的情感,同时隐含了他对人生真、善、美的追求以及对精神与爱的推崇。

对这些都倦了,我召唤安息的死亡,
譬如,见到天才注定做乞丐,
空虚的草包穿戴得富丽堂皇,
纯洁的盟誓受到了恶意的破坏,
高贵的荣誉被可耻地放错了地位,
强横的暴徒糟蹋了贞洁的姑娘,
邪恶,不法地侮辱了正义的完美,
拐腿的权势损伤了民间的健壮,
文化,被当局统治得哑口无言,
愚蠢(俨如博士)控制着聪明,
单纯的真理被唤作头脑简单,
被俘的良善伺候着罪恶将军;
对这些都倦了,我要离开这人间,
只是,我死了,要使我爱人孤单。②

咏 水 仙

【解题】 本诗为华兹华斯所作。华兹华斯(1770—1850),英国浪漫主义诗歌的主要奠基人。他用以前的英国诗人从未用过的清新、质朴、自然、素净的语言来写诗,体现了朴素的语言、真挚的情感与深刻的思想之完美结合,影响后世颇为深远。《咏水仙》是华兹华斯的一首名作,诗人通过对水仙花的赞美和讴歌,抒发了对大自然的强烈的挚爱之情,也暗寓了诗人对城市文明丑恶的否定。

---

① 选自《但丁精选集》,钱鸿嘉译,北京燕山出版社2004年版,第78页。
② 选自《莎士比亚十四行诗》,梁宗岱译,四川人民出版社1983年版,第83页。

我好似一朵孤独的流云，
高高地飘游在山谷之上，
突然我看到一大片鲜花，
是金色的水仙遍地开放。
它们开在湖畔，开在树下
它们随风嬉舞，随风飘荡。

它们密集如银河的星星，
像群星在闪烁一片晶莹；
它们沿着海湾向前伸展，
通往远方仿佛无穷无尽；
一眼看去就有千朵万朵，
万花摇首舞得多么高兴。

粼粼湖波也在近旁欢跳，
却不如这水仙舞得轻俏；
诗人遇见这快乐的旅伴，
又怎能不感到欢欣雀跃；
我久久凝视——却未领悟
这景象所给予我的精神至宝。

后来多少次我郁郁独卧，
感到百无聊赖心灵空漠；
这景象便在脑海中闪现，
多少次安慰过我的寂寞；
我的心又随水仙跳起舞来，
我的心又重新充满了欢乐。

你走在美丽的光彩中

【解题】 本诗为拜伦所作。拜伦(1788—1824)，是英国19世纪初期浪漫主义诗人。其代表作品有《唐璜》等。《她走在美丽的光彩里》是拜伦的一首名作，描写的是诗人在舞会上邂逅的一位美貌夫人，行文飘逸，意境优美，让人感想无端。

你走在美丽的光彩中，像夜晚
皎洁无云而且繁星满天；
明与暗的最美妙的色泽
在你的仪容和秋波里呈现：
仿佛是晨露映出的阳光，
但比那光亮柔和而幽暗。
增加或减少一分明与暗，
都将有损那难以言喻的、

飘动在你乌黑的长发上

闪动在你可爱的脸庞上的风采。

恬美的思绪写在你的脸上,

你的心地多么纯洁,可爱!

呵,那额际,那鲜艳的面颊,

如此温和,平静,而又脉脉含情,

那迷人的微笑,那容颜的光彩,

你用善良雕刻着生活,

你的思想安于世间的一切,

你的心充溢着真纯的爱情!

西风颂(节选)

【解题】 本诗为雪莱所作。雪莱(1792—1822),英国19世纪初期浪漫主义诗人,被誉为"诗人中的诗人"。代表作有《解放了的普罗米修斯》、《西风颂》、《致云雀》、《自由颂》等。其诗歌节奏明快,积极向上。《西风颂》写于1819年,诗人以西风自喻,表达了自己对生活的信念和向旧世界宣战的决心。诗共分五节,本文所选为第五节。

把我当作你的竖琴吧,有如树林:

尽管我的叶落了,那有什么关系!

你巨大的合奏所振起的音乐

将染有树林和我的深邃的秋意:

虽忧伤而甜蜜。呵,但愿你给予我

狂暴的精神!奋勇者呵,让我们合一!

请把我枯死的思想向世界吹落,

让它像枯叶一样促成新的生命!

哦,请听从这一篇符咒似的诗歌,

就把我的话语,像是灰烬和火星

从还未熄灭的炉火向人间播散!

让预言的喇叭通过我的嘴唇

把昏睡的大地唤醒吧!西风啊,

如果冬天来了,春天还会远吗?

秋 颂

【解题】 本诗为济慈所作。济慈(1795—1821),出生于伦敦,19世纪欧洲浪漫主义文学运动的杰出代表,与雪莱、拜伦齐名。代表作有《伊莎贝拉》、《圣亚尼节前夜》、《许佩里恩》、《夜莺颂》、《希腊古瓮颂》、《秋颂》等。《秋颂》表现出诗人对秋天的强烈而细腻的感受,体现出诗人热爱自然的情怀。

1

雾气洋溢、果实圆熟的秋,

你和成熟的太阳成为友伴;

你们密谋用累累的珠球,
缀满茅屋檐下的葡萄藤蔓;
使屋前的老树背负着苹果,
让熟味透进果实的心中,
使葫芦胀大,鼓起了榛子壳,
好塞进甜核;又为了蜜蜂
一次一次开放过迟的花朵,
使它们以为日子将永远暖和,
因为夏季早填满它们的粘巢。

2

谁不经常看见你伴着谷仓?
在田野里也可以把你找到,
你有时随意坐在打麦场上,
让发丝随着簸谷的风轻飘;
有时候,为罂粟花香所沉迷,
你倒卧在收割一半的田垄,
让镰刀歇在下一畦的花旁;
或者像拾穗人越过小溪,
你昂首背着谷袋,投下倒影,
或者就在榨果架下坐几点钟,
你耐心地瞧着徐徐滴下的酒浆。

3

啊!春日的歌哪里去了?但不要
想这些吧,你也有你的音乐——
当波状的云把将逝的一天映照,
以胭红抹上残梗散碎的田野,
这时啊,河柳下的一群小飞虫
就同奏哀音,它们忽而飞高,
忽而下落,随着微风的起灭;
篱下的蟋蟀在歌唱,在园中
红胸的知更鸟就群起呼哨;
而群羊在山圈里高声默默咩叫;
丛飞的燕子在天空呢喃不歇。

一只沉默而耐心的蜘蛛

【解题】 本诗为惠特曼所作。惠特曼(1819—1892),美国19世纪诗人,生于纽约州长岛,他创造了诗歌的自由体(Free Verse),为美国诗歌的发展作出了重要贡献,其代表作品为《草叶集》。惠特曼认为,自然万物中蕴含了人类所追求的主体精神价值,在《一只沉默而耐心的蜘蛛》一诗中,诗人发现了灵魂不懈追求神性的形象,蜘蛛心灵的平静和精神的独立引发了诗人的人性思考与心灵拷问。

> 一只沉默而耐心的蜘蛛,
> 我注意它孤立地站在小小的海岬上,
> 注意它怎样勘测周围的茫茫空虚,
> 它射出了丝,丝,丝,从它自己之小,
> 不断地从纱绽放丝,不倦地加快速率。
>
> 而你——我的心灵啊,你站在何处,
> 被包围被孤立在无限空间的海洋里,
> 不停地沉思、探险、投射、寻求可以连结的地方,
> 直到架起你需要的桥,直到下定你韧性的锚,
> 直到你抛出的游丝抓住了某处,我的心灵啊!

希望是长着羽翼的鸟

【解题】 本诗为艾米莉·狄金森所作。艾米莉·狄金森(1830—1886),美国诗人,其作品生前未能获得时人的认可,死后得到后世评论家越来越高的评价,被公认为是美国诗歌发展史上具有里程碑式的大诗人。狄金森在艺术表现上倾向于微观、内省,其诗蕴藉婉约,善于将哲思具象化,富于感受性。在《希望是长着羽翼的鸟》一诗中,狄金森将希望比喻成一只长着羽翼的鸟,认为希望是心灵慰藉和人生成长的不可或缺的力量。

> 希望是长着羽翼的鸟
> 在人的灵魂中栖息
> 永不停歇地唱着
> 没有歌词的曲调
> 狂风中歌声多么悠扬
> 暴风雨定然令人感伤
> 也会让小鸟惊慌
> 它温暖了多少人的心房
>
> 歌声飞越了最凄冷的大地
> 歌声越过了最奇异的海洋
> 哪怕处于极端的境地
> 从未向我索取一丝半饷

少 女

【解题】 本诗为埃兹拉·庞德所作。埃兹拉·庞德(1885—1972),美国意象派著名诗人,与艾略特同为后期象征主义诗歌的代表人物。他从中国古典诗歌、日本俳句中生发出"诗歌意象"的理论,为东西方诗歌的互相借鉴做出了卓越贡献。《少女》是庞德献给自己早年恋人的一首诗。在诗中,庞德将少女的意象和树的意象叠加起来,用树的蓬勃生长和郁郁葱葱象征少女

的青春和美丽。

长进我的手心，
树叶升上我的手臂，
树在我的前胸
朝下长，
树枝像手臂从我身上长出。
你是树，
你是青苔，
你是轻风吹拂的紫罗兰，
你是个孩子——这么高，
这一切，世人都看作愚行。

对 月 吟

【解题】 本诗为歌德所作。歌德(1749—1832)，德国剧作家、诗人、思想家。1775年，歌德进入魏玛宫廷，为夏绿蒂·冯·施泰因夫人所深深吸引，并为她写下数十首热情的抒情诗，《对月吟》亦是其中之一。该诗作于1778年，被誉为德国抒情诗的巅峰之作。

你又把静的雾辉
笼遍了林涧，
我灵魂也再一回
融解个完全；

我遍向我的田园
轻展着柔盼，
像一个知己的眼
亲切地相关。

我的心常震荡着
悲欢的余音。
在苦与乐间踟蹰
当寂寥无人。

流罢，可爱的小河！
我永不再乐：
密誓、偎抱与欢歌
皆这样流过。

我也曾一度占有
这绝世异珍！
徒使你充心烦忧
永不能忘情！

鸣罢,沿谷的小河,

不息也不宁,

鸣罢,请为我的歌

低和着清音!

任在严冽的冬宵

你波涛怒涨,

或在艳阳的春朝

催嫩蕊争放。

幸福呀,谁能无憎

去避世深藏,

怀抱着一个知心

与他共安享。

那人们所猜不中

或想不到的——

穿过胸中的迷宫

徘徊在夜里。

孔夫子的箴言

【解题】 本诗为席勒所作。弗里德里希·席勒(1759—1805),德国 18 世纪诗人、哲学家、历史学家和剧作家。1794 年,穆尔向席勒寄赠其德译本《好逑传》。1795 年,席勒复函致谢并创作了《孔夫子的箴言》。《孔夫子的箴言》虽是对孔子思想的德国化阐释,但亦足以启人心智。

1

时间的步伐有三种:

未来姗姗而来迟,

现在像箭一般飞逝,

过去永远静立不动。

当它缓行时,任怎样急躁,

也不能使它的步伐加强。

当它飞逝时,任怎样恐惧犹疑,

也不能使它的行程受阻。

任何后悔,任何魔术,

也不能使静止的移动一步。

你若要做一个聪明而幸福的人,

走完你的生命的路程,

你要对未来深谋远虑,

不要做你的行动的工具!

不要把飞逝的现在当作友人，
不要把静止的过去当作仇人！

2

空间的测量有三种：
它的长度绵延无穷，
永无间断；它的宽度
辽阔万里，没有尽处；
它的深度深陷无底。
它们给你一种象征：
你要看到事业垂成，
必须努力向前，不可休息，
决不可因疲乏而静止；
你要认清全面的世界，
必需广开你的眼界；
你要认清事物的本质，
必需审问追究到底。
只有恒心可以使你达到目的，
只有博学可以使你明辨世事，
真理常常藏在事物的深底。

从我的眼泪里

【解题】 本诗为海涅所作。海因里希·海涅（1797—1856），德国诗人，代表作有长诗《德国，一个冬天的童话》，诗歌《西西里亚织工》。海涅在抒情诗上成就颇高，有《青春的苦恼》、《抒情插曲》、《北海集》等组诗，情感真挚，华丽之中不失朴真。《从我的眼泪里》一诗，海涅用感性忧郁的文字把自己内心对爱情的感觉与渴望表现得淋漓尽致。

从我的眼泪里
迸发出许多花朵，
而我的叹息
变成了夜莺之歌。

爱人呵，如果你爱我，
我将把花儿全部奉献，
而且在你的窗前
将响起夜莺的歌声。

豹

——在巴黎植物园

【解题】 本诗为里尔克所作。里尔克（1875—1926），奥地利诗人。其诗多充满悲观痛苦的情绪,但艺术精湛,富于音乐美和雕塑美,擅长驾驭和表达一些他人难以表达的题材和内容,对现代诗歌的发展产生了巨大影响。主要作品有《新诗续集》、《杜伊诺哀歌》等。此诗为里尔克"咏物诗"的代表作,含蓄地表达了作者在探索人生意义时的迷惘、彷徨和苦闷的心情。

> 它的目光被那走不完的铁栏
> 缠得这般疲倦,什么也不能收留。
> 它好像只有千条的铁栏杆,
> 千条的铁栏后便没有宇宙。
>
> 强韧的脚步迈着柔软的步容,
> 步容在这极小的圈中旋转,
> 仿佛力之舞围绕着一个中心,
> 在中心一个伟大的意志昏眩。
>
> 只有时眼帘无声地撩起——
> 于是有一幅图像浸入,
> 通过四肢紧张的静寂——
> 在心中化为乌有。

我愿意是急流

【解题】 本诗为裴多菲所作。裴多菲(1823—1849),匈牙利爱国诗人及民族文学奠基人。1849 年,在瑟克什堡大血战中同沙俄军队作战时牺牲,年仅 26 岁。代表作有《勇敢的约翰》、《民族之歌》等。《我愿意是急流》作于 1847 年,是裴多菲献给热恋中的女友尤丽亚的。诗人通过一系列鲜活意象的排列递进,营造了一个激情涌动的恋爱磁场,表达了诗人纯洁坚贞、博大无私的爱。

> 我愿意是急流,
> 山里的小河,
> 在崎岖的路上,
> 岩石上经过……
> 只要我的爱人
> 是一条小鱼,
> 在我的浪花中
> 快乐地游来游去。
>
> 我愿意是荒林,
> 在河流的两岸,
> 对一阵阵的狂风,
> 勇敢地作战……
> 只要我的爱人
> 是一只小鸟,
> 在我的稠密的

树枝间做巢，鸣叫。

我愿意是废墟，
在峻峭的山岩上，
这静默的毁灭
并不使我懊丧……
只要我的爱人
是青青的常春藤，
沿着我荒凉的额，
亲密地攀援上升。

我愿意是草屋，
在深深的山谷底，
草屋的顶上，
饱受风雨的打击……
只要我的爱人
是可爱的火焰，
在我的炉子里，
愉快地缓慢闪现。

我愿意是云朵，
是灰色的破旗，
在广漠的空中，
懒懒地飘来荡去，
只要我的爱人
是珊瑚似的夕阳，
傍着我苍白的脸，
显出鲜艳的辉煌。

海 风

【解题】 本诗为马拉美所作，马拉美（1842—1898），法国象征主义诗人和散文家。著有《诗与散文》、诗集《徜徉集》等。马拉美的诗歌幽晦而神秘，将世态的坎坷无常变成了语言的柔韧飘逸的舞姿，将心灵的甘苦演变成天籁般的音韵意趣。《海风》一诗表现了对尘世的厌倦与逃遁，逃遁的行动或许会遭遇意外的挫折，但心灵的飘逸却是永远不可磨灭的。

肉体真可悲，唉！万卷书也读累。
逃！只有逃！我懂得海鸟的陶醉：
没入不相识的烟波又飞上天！
不行，什么都唤不回，任凭古园
映在眼中也休想唤回这颗心，
叫它莫下海去沉湎，任凭孤灯，

夜啊！映照着清白色掩护的空纸，
任凭年轻的女人抚抱着孩子。
我要去！轮船啊，调整好你的桅樯，
拉起锚来，开去找异国风光。
一个厌倦，经希望多少次打击，
还依恋几方手绢最后的告别！
可也说不定，招引暴风的桅杆，
哪一天同样会倒向不测的狂澜，
不见帆篷，也不见葱芜的小岛……
可是心，听吧，水手们唱得多好！

月 光 曲

【解题】 本诗为魏尔伦所作。魏尔伦(1844—1896)，法国诗人，象征主义诗歌运动的代表之一，与马拉美、兰波齐名。《月光曲》是魏尔伦第一首充分表现象征主义风格的抒情诗。诗中的一切客体都不是对客观事物的再现，而是主体世界的投射，这使诗中的画面带上了浓厚的非理性色彩。假面舞会、狂欢、歌舞和美丽的园林，一切都笼罩在凄凉的月光之下。这一片朦胧的月光象征着魏尔伦无边无际、难以言传的哀伤和惆怅。

你的魂是片迷幻的风景
斑衣的俳优在那里游行，
他们弹琴而且跳舞——终竟
彩装下掩不住欲颦的心。
他们虽也曼声低唱，歌颂
那胜利的爱和美满的生，
终不敢自信他们的好梦，
他们的歌声却散入月明——

散入微茫，凄美的月明里，
去萦绕树上小鸟的梦魂，
又使喷泉在白石丛深处
喷出丝丝的欢乐的咽声。

汲水的辘轳

【解题】 本诗为蒙塔莱所作。蒙塔莱(1896—1981)，意大利隐逸派诗歌的奠基人，音乐评论家。1975年获得诺贝尔文学奖。《汲水的辘轳》以新奇的想象，表现诗人从记忆深处追寻往昔美好岁月时的感觉。这首诗运用隐喻、象征的手法，将回忆往昔岁月的心理活动化为具体实在的生动形象，写得细致入微、新颖别致、富有情感，意境优美深邃。

汲水的辘轳辗轧转动，
清澄的泉水
在日光下闪烁波动。

记忆在漫溢的水桶中颤抖，
皎洁的镜面
浮现出一张笑盈盈的脸容。

我探身亲吻水中的影儿：
往昔蓦然变得模糊畸形，
在水波中荡然消隐……

唉，汲水的辘轳辗轧转动，
水桶又沉落黑暗的深井，
距离吞噬了影儿的笑容。

音　乐

【解题】　本诗为希梅内斯所作。希梅内斯(1881—1958)，西班牙诗人，1956年获得诺贝尔文学奖。他提倡"纯粹的诗"，在艺术上精益求精。其诗作自然纯朴、生动形象、情景交融，代表作有《紫罗兰色的灵魂》、《石头与天空》等。《音乐》是描写音乐之佳作，展示出音乐与自然永恒美妙的交融，耐人寻味，令人难忘。

在宁静的夜里，
悦耳的乐曲啊，你是一汪清水，
凉爽宜人——仿佛那夜来香，
开在一个深不可测的花瓶里——繁星满天际。
风逃进了自己的洞穴，
恐怖回到它居住的茅舍里，
在松林的绿色丛中，
一片生机正蓬勃地升起。
星儿渐渐隐退，
群山色如玫瑰，
远方，果园的水井旁，
燕子在歌唱。

夜

【解题】　本诗为叶赛宁所作。叶赛宁(1895—1925)，俄罗斯田园派诗人，在俄国被誉为"天才的乡村歌手"，出于对俄罗斯乡村的执着眷恋，叶赛宁对现代文明的强力推进及其对乡村的破坏颇为不满。《夜》这首小诗着力展示夜的静谧、美丽，传达出诗人安适、宁静的心境以及对大自然的热爱。

河水悄悄流入梦乡，
幽暗的松林失去喧响。
夜莺的歌声沉寂了，
长脚秧鸡不再欢嚷。
夜来临，四下一片静，

只听得溪水轻轻地歌唱。
明月撒下它的光辉，
给周围的一切披上银装。
大河银星万点，
小溪银波微漾。
浸水的原野上的青草，
也闪着银色光芒。
夜来临，四下一片寂静，
大自然沉浸在梦乡。
明月撒下它的光辉，
给周围的一切披上银装。

我憎恨单调乏味的……

【解题】 本诗为曼德尔施塔姆所作。曼德尔施塔姆(1891—1938)，俄罗斯著名诗人、散文家、诗歌理论家。曼德尔施塔姆的诗歌经常是从一个寂静的细微的空间展开，然后他用自己的魔术将其放大到震耳欲聋的程度，还擅长于将许多对立的意象和情绪缠绕在一起，《我憎恨单调乏味的……》就充分体现了上述特征。

我憎恨单调乏味的
星星放射的光芒，
你好，我年久的呓语——
箭形塔楼般的身量！

石头啊，变成花边吧，
也变成一面蛛网，
快用细细的针尖，
把空空的天穹戳伤！

也该轮到我的份了，
我预感翅翼在伸展。
不过，我这支活生生的
思绪之箭飞往何方？

也许，我飞完了路程
和期限还要归来：
那里——我不能够爱，
这里——我又不敢爱……

离　别

【解题】 本诗为阿赫玛托娃所作。阿赫玛托娃(1889—1966)，俄罗斯女诗人，被誉为"俄罗斯诗歌的月亮"。她和前夫古米廖夫同是阿克梅派的杰出代表。主要诗集有《黄昏》、《念珠》、

《车前草》、《白色的一群》、《公元 1921》等。阿赫玛托娃的诗擅长抒发个人的内心感受，她能够用含义清楚、词意准确的诗的语言，把微妙复杂的内心感情表达得酣畅淋漓，真挚亲切，而又含蓄蕴藉，耐人寻味。《离别》是一首写离愁别绪的小诗，诗人把少女对情人的那种相思之情通过形象化的情节场景表现出来，显得异常深刻传神。

> 黄昏中一条斜坡小路
> 展现在我的前方。
> 昨天哪，我的恋人儿，
> 还对我央求，"别把我忘。"
> 而此刻惟有晓风，
> 牧人的吆喝声，
> 和伫立在清泉两旁
> 那激动的雪松。

第三章 小说欣赏

第一节 ❋ 中国古代小说欣赏

一、中国古代小说综述 ●────────────────────

欧洲的叙事文学非常发达,古希腊就有著名的《伊利亚特》和《奥德赛》等史诗传世,中世纪也有许多史诗流传,后来还有骑士文学,总之,给小说的出现提供了一个很好的生长环境。吉列斯比说:"这种虚构故事,欧洲人后来就称之为 novel(小说)——在英美传统中,只是到了 19 世纪,人们才开始使用 novel 这一词语,这个用法与西班牙人的比较接近,而法国、德国和意大利在17 世纪末就已经发展了 roman,Roman,romanzo(和英语 romance 同源)的意义,表示较长的、复杂的、现代的散文叙事类型。"①他还说:"当我们讲到欧洲几国语言中若干叙事类型的'兴起'时,我们指的主要是西部罗马世界崩溃之后重新出现的叙事形式。Romans 这个词——即法语、德语和意大利语中最后表示'小说'的词——源于中世纪的副词 romanice,romanice 的意思就是用民间语言、而不是用学者的拉丁语来写作或讲话。这样,由于 romanice 在法语、普罗旺斯语、意大利语、西班牙语或葡萄牙语中一般都被用来指叙事作品,便最终获得了某种中世纪的色彩。"②所以,在西方人眼里,最初的小说是指带有新奇的幻想和传奇色彩的故事。有人曾给小说下过如此定义:"所谓小说,乃是恋爱冒险的作品用散文精妙描写,旨在使读者赏心悦目,并得到教训。"③英国近代著名小说家菲尔丁说,小说最理想的题目是现实生活中的"人性"。其后,有的批评家讲得更明确,如吕芙在 1785 年作了这样的解说:"小说是真实的生活与风土的图画,并且就是小说的著作时代的风土与生活。"④按一般说法,现代小说是首先从英国发达起来的。美国学者伊恩·P·瓦特在《小说的兴起》中认为小说之所以能在 18 世纪的英国兴盛起来,哲学上的现实主义、个人主义、清教主义有着重要的影响作用,而当时占优势地位的中产阶级的读者大众的欣赏趣味、文化程度、经济能力也有着关键的促进作用。⑤ 也就是从西方的标准来看,除了小说自身的文体特征成熟外,现代意义的小说兴起还必须有一些外在条件,那就是一个广大的读者群与作家个人的职业性创作。

中国小说的发展也经历了一个漫长的过程,许多方面与欧洲小说方面不尽相同。"小说"这个概念在古代中国出现很早,应该是中国古代文学中有着比较明确的含义的概念,事实上却是中国古代文学研究中歧义最多的概念之一。石昌渝先生说,"自明代小说崛起与诗文抗衡以来,对于'小说'就有双重的定义——传统目录学的定义和小说家的定义"⑥,"传统目录学的'小说'概念,以《四库全书总目》的观念为准,其内涵是叙事散文,文言,篇幅短小,据见闻实录;其外延包括唐前的古小说,唐以后的笔记小说。按这个标准,背离实录原则的传奇小说基本上不叫'小说',白话的话本小说和长篇章回小说更不叫'小说'了"⑦。而认为"至迟在清初,小说家和通俗

---

① [美]杰拉德·吉列斯比:《欧洲小说的演化》,胡家峦、冯国忠译,生活·读书·新知三联书店,1987 年版,第 22 页。

② 同上书,第 5 页。

③ 羽厄特:《小说起源》,转引自李何林《小说概论》,北平文化学社 1932 年版,第 10 页。

④ 《小说的进程》,转引自李何林《小说概论》,北平文化学社 1932 年版,第 33 页。

⑤ [美]伊恩·P·瓦特:《小说的兴起——笛福、理查逊、菲尔丁研究》,高原、童红钧译,生活·读书·新知三联书店,1992 年版。

⑥ 石昌渝:《"小说"界说》,《'93 中国古代小说国际研讨会论文集》,开明出版社 1996 年版,第 4 页。

⑦ 同上书,第 9 页。

文学评论家的小说概念已经确定并被广泛运用",其主要内容是在以往传奇和民间"说话"的基础上发展而成的叙事性的散文文体,不论文言还是白话,凡不是实录而是想象虚构并重视感性表现者,都是小说。① 日本学者大冢秀高在研究中国小说生成史时也给小说下了个定义。他说:"我所谓'小说'的定义是简单的:一、用口头语言来写的。二、从头到尾是一个个人的创作,且由作者自己执笔的。三、还没受其他人的严重修改。"②

根据中国小说的发展实际情况并结合欧洲小说的研究方法,我认为中国小说史中的"小说"概念应该如此表述:个人自觉地创作的、有一定长度的、给他人阅读的虚构性的叙事散文作品。其要素如下:一是个人自觉地创作,二是有一定长度的故事,三是供人阅读,四是虚构性的散文作品。这四个要素缺一不可。我们先看第一点,这一点就是鲁迅先生所说的"有意为小说",③强调作家创作小说的自觉意识,个人意识。如果其作品不是个人创作的而是来自集体的传承,那它就很难说是小说史研究的小说。第二点容易理解就无须多作解释。第四点强调其虚构性,使之与记实类散文作品区别开来。第三点强调写作的目的,是给人读的。这一点不同于欧洲现代小说兴起时一定有一个能够支持小说发展的读者群。有的强调要印刷出来的小说才能算作小说。这一点,我认为不符合中国古代的实际,雕版印刷虽然出现在唐代,但真正大量印刷小说是到了明代嘉靖以后,这以前,写本也可以被许多人阅读,为了给人看而创作出来的作品应该属于小说这个范畴。下面我们就根据这个定义研究中国古代小说。

自鲁迅先生的《中国小说史略》问世以来,研究中国小说史的学者,大多以神话为开端,次及志怪、志人和传奇小说,而继之以白话小说。日本学者大冢秀高认为中国小说分为"物语"、"原小说"、"小说"这样几个阶段。"志怪是文言的'物语',传奇是文言的'原小说',而《娇红记》《剪灯新话》一类长篇传奇是文言的小说"。"'物语'最初是用文言写,之后用白话写"。"'原小说'的典型的作品,就是《三国志通俗演义》(嘉靖本)、容与堂本《水浒传》、世德堂本《西游记》等"。④我认为中国古代小说可以分为史前阶段、萌芽阶段、创始阶段、定型阶段、繁荣阶段五个阶段。史前阶段,是指汉以前,目录学上的"小说"一词都还未出现的时期。萌芽阶段是指"小说"这一概念出现后,各种杂史、杂记作品大量问世,而以志怪创作繁荣为其标志。志怪,一方面是当作生活中发生过的怪异现象被当作事实而加以记录、传播,另一方面这些怪异的故事毕竟是在人们的正常生活领域之外,人们有意无意地进行了虚构,故又有了虚构性。正因为这个特点,后人将其称为"志怪小说"。因为它毕竟还不是现代意义的小说,所以继续称之为"志怪"更为妥当一些。中国古代小说观念的变化或称之为飞跃是在唐代。鲁迅称之为"有意为小说"。这就是中国古代小说的创始阶段。唐人将小说当成一种文体,自觉地进行创造,去热情追求一种艺术之美,即唐人自己所说的"著文章之美,达要妙之情"。⑤ 在文人书面小说发展的同时,民间的口头的故事说唱也在演变、发展。唐代城市已有了市人说话,至宋代,说话已成为城市生活中的一种重要娱乐项目,出现了更加细致的分工。元代说话仍在发展,长篇讲史更加发达。中国古代小说的定型阶段,是以元末出现的在民间说话基础上由文人加工创作的我国最早的长篇章回小说《三国演义》、《水浒传》为标志。有相当一部分人认为,《三国演义》、《水浒传》不是作家个人创

① 石昌渝:《"小说"界说》,《'93 中国古代小说国际研讨会论文集》,开明出版社 1996 年版,第 10—14 页。
② 大冢秀高:《从物语到小说——中国小说生成史序说》,《'93 中国古代小说国际研讨会论文集》,开明出版社 1996 年版,第 33 页。
③ 鲁迅:《中国小说史略》第 8 篇《唐之传奇文》,《鲁迅全集》第 9 卷,人民文学出版社 1981 年版,第 70 页。
④ 大冢秀高:《从物语到小说——中国小说生成史序说》,《'93 中国古代小说国际研讨会论文集》,开明出版社 1996 年版,第 38 页、第 39 页。
⑤ 《太平广记》卷 452《任氏传》,中华书局 1961 年新 1 版,第 3692—3697 页。

作,是世代累积的,不能算是现代意义的小说。我认为《三国演义》虽然有着世代累积的情况在内,但其中文人个人意识比较强烈,还是要算作家的创作。繁荣阶段指的就是《三国演义》、《水浒传》出现以后的明、清两代的小说创作,这一阶段名家辈出、名作涌现。《红楼梦》的出现,标志我国古典小说创作达到了最高峰。

中国古典小说受民间信仰影响呈现出一些不同的特点。民间信仰对古典小说创作的影响首先表现在民间信仰成为古代小说的重要题材。魏晋南北朝志怪,神仙、妖怪等等民间信仰内容充斥其中。宋代说话中的小说类有八个子目,灵怪、烟粉、妖术、神仙等占其中四个,而其他子目中牵涉到这方面的内容还不算在内。明代章回小说中还有神魔小说这样一类,如《西游记》以及随后产生的《四游记》、《封神演义》等等。那些被称之为现实主义的作品里面也有着民间信仰的内容,如《三国演义》就有不少鬼魂显灵的情节,《红楼梦》中也不乏神仙鬼怪,符咒禳祝。

民间信仰作为一种现实存在,古典小说的创作者们在其作品中不可能不予以反映。民间信仰对古典小说的创作的影响,其显著程度莫过于此。但民间信仰的影响不止于如此浅显的表层。这种题材的涌入实际上也就会带来某些内容上的变化,至少使人们的关注有所变化。人们思想观念变化和艺术创作能力的提高,无论是读者还是创作者都不满足于原封不动将民间信仰题材搬进小说作品,而愈来愈注意美的创造。当然,这样题材的涌入对小说创作的内容是有比较大的冲击的。这就是民间信仰对古典小说创作的重大影响,促使小说的创作者们将目光投向下层,投向不幸的人们,让这些人成为小说的主角。众所周知,魏晋南北朝时期,是门阀士族把持整个社会的政治、经济、文化,文学创作者是他们,文学反映的也是他们。轶事小说就是其典型的代表,养尊处优的名士的种种表现就是《世说新语》的主要内容,所以有人称之为名士教科书。志怪虽然也反映了士族的生活,但它受民间信仰的影响,视线要开阔得多,其主人公有匠人之子、投军之人等等。唐人小说中虽然以士人为主要表现对象,但那些士人多是地位低、不得志的士人。宋元话本的主人公绝大部分是下层人士,特别是以市民为多,如绣娘、碾玉匠、市民之女。讲史话本中虽然有帝王将相,但生动活泼的还是那些来自下层的人物,如《三国志平话》中的来自下层的刘、关、张。明清章回小说还保留这样的特点。《三国演义》虽然写了许多帝子王孙,而其中光辉夺目的是那些来自下层的人士。《水浒传》中的好汉绝大部分来自底层。《西游记》中的主角是石生的猢狲。《三言》,《二拍》,《聊斋志异》,均是如此。这一点与正史有着极其鲜明的区别。正史非帝王将相不立传。野史、笔记也还多注意上层人物。市井细民不可能成为他们的关注的焦点。写市井细民的只能是被贬为小道的小说。或许有人会说这怎么能算是民间信仰的影响呢?这主要是由于作者的阶级地位决定的。如果我们只以宋元话本的作者为准,这种说法可以成立。可志怪的作者,唐人小说的作者呢?也能说他们是下层人士吗?倘若他们不是反映以怪异为特征的民间信仰,显然是不会以下层人物为作品的反映对象。出身下层的创作者们,应该说他们更容易受到民间信仰的影响。民间信仰的主要信奉者是下层群众,他们敬奉的神呀仙呀也主要来自下层民众,多是生活中的不幸者。在宗教信仰中,他们崇拜这样出身的神仙,在小说创作中他们更习惯于以这样的人为创作对象。

中国古代小说作品中有许多是写人与神仙、人与幻化为人的怪魅,甚至与鬼魂的种种纠葛,其人物的活动范围广及神界、人世和冥间,毫无疑问这是一种非现实题材的作品。这种作品,最早为人所知的是六朝志怪。这种志怪小说正如干宝所说的"亦足以发明神道之不诬也"①式的创作,受民间信仰的影响自不待多论。唐传奇虽是中国古代文学家"有意为小说"的开端,但素材

---

① 干宝:《搜神记序》,《晋书》(简体字本)卷83《干宝传》,中华书局1999年版,第1434页。

仍然多取自民间信仰。例如唐代民间多狐精作怪的传说，甚至还有"无狐魅，不成村"①的说法，因而唐传奇中关于狐精的作品就特别多。民间信仰在素材、内容等方面给古代文学创作以影响固然值得注意。我认为更值得注意的是民间信仰的特征影响着古代小说创作中对非现实题材的处理方式这一方面。在这些非现实题材作品中，无论是其情节，还是其中似人非人的神仙鬼怪，都是人类幻想的产物，但古代小说创作者们在具体描写中却完全采用写实的手法。如唐代传奇小说《古镜记》里所叙的程雄家的一婢名叫鹦鹉，她是华山府君庙前长松下千岁老狸所幻变的，她作人义女，被嫁与同乡之人，因不惬又出逃，为行人李无傲所执，最后被留在程婴家。除了她是老狸幻化惧怕宝镜这一点带有神怪色彩外，她的经历完全是古代下层妇女所可能有的经历。这种完全现实化的处理在唐传奇里是随处可见的。如沈既济的《任氏传》开篇即云："任氏，女妖也。"但小说中郑六与任氏结识之时的描写却是写实的。文云："郑子乘驴而南，入升平之北门。偶值三妇人行于道中，中有白衣者，容色姝丽。郑子见之惊悦，策其驴，忽先之，忽后之，将挑而未敢。白衣时时盼睐，意有所受。郑子戏之曰：'美艳若此，而徒行，何也？'白衣笑曰：'有乘不解相假，不徒行何为？'郑子曰：'劣乘不足以代佳人之步，今辄以相奉。某得步从足矣。'相视大笑。"这完全是现实生活中常见的青年男女的挑逗、调情，没有半点离奇不经的地方。特别是小说中任氏遇到韦崟慕其色欲施强暴时的言行，也完全被塑造为一位弱女子的形象所该有的言行，以情义制止了对方的非礼行为，未显任何神异之能，基本上是按照现实本来的样子予以反映。这种对非现实题材或情节的现实化处理，也完全被其他的文学样式所采用。元代李好古的杂剧《张生煮海》写的是书生张羽与龙女的恋爱故事，他们两人由琴声而会面、定情，是人世间男女恋爱实有的过程，基本上是写实的。郑德辉的杂剧《倩女离魂》，现代的研究者都称它为浪漫主义作品，其重要的关目是人的魂魄能离开人的身体随其所愿自由行动，但即使是这种幻想的情节，作家在描写时仍然注重符合人物性格发展的逻辑，注意现实性。如倩女之魂赶来与王生相会时，王生指责倩女奔来有玷风化，倩女以己之志诚感动了王生才得以相随。中国古典名著，被誉为浪漫主义杰作的《西游记》，所有的研究者都承认，小说将神、佛、妖、魔当作人写，将神佛世界当作现实世界来写，"使神魔皆有人情，精魅亦通世故"②。对非现实题材加以现实化处理至《西游记》可以说到了登峰造极的地步。

　　无庸讳言，非现实题材的现实化处理是有其文学上的功用，意在加强作品的真实性、可信性，可是单就这种作品的真实性、可信性而言，它的根乃是扎在民间信仰之上，更不用说这种现实化处理手法本身也来自民间信仰。如此断言，其理由有二。其一，中国古代民间信仰，相信有超现实的力量的存在，正如在民间流传甚广的《增广》所云"举头三尺有神明"。这种信仰给予了这类非现实题材具有真实性的支持。如六朝文人的志怪"大抵一如今日之记新闻"，是因为他们"以为幽明虽殊途，而人鬼乃实有，故其叙述异事，与记载人间常事，自视固无诚妄之别"③。又如唐传奇《任氏传》中女妖任氏说："人间如某之比者非一，公自不识耳，无独怪也。"北宋刘斧在《青琐高议》中也说："鬼与异类，相半于世，但不知耳。"中国古代著名的悲剧《窦娥冤》里的女主人公窦娥还喊出了"有日月朝暮悬，有鬼神掌着生死权"这样震人心魄的话语。既然神鬼乃实有，写神鬼之事的作品当然就具有了真实性。又因为神鬼是与人相同真实的存在，所以叙鬼事自然也会采用与叙人事相同的方法。其次，民间信仰中的神、仙等超现实力量都不是全知全能的，与人类一样有着各种各样的欲望和许许多多的毛病，如"聪明正直"的华岳神被朝廷封为王，可在民

① 《太平广记》卷447《狐神》条（出《朝野金载》），中华书局1961年新1版，第3658页。
② 鲁迅：《中国小说史略》第17篇《明之神魔小说》，《鲁迅全集》第9卷，人民文学出版社1981年版，第165页。
③ 鲁迅：《中国小说史略》第5篇《六朝之鬼神志怪书》，《鲁迅全集》第9卷，人民文学出版社1981年版，第43页。

间祀神活动的记载中,他索贿、泄密、强抢妇女,他有子有女,其子女也是好事做得少、坏事做得多。① 另一方面,受迫害、被侮辱的低贱者也被奉为神,如《搜神记》载全椒丁氏被婆婆折磨致死,成了丁姑神。这样,民间信仰中祀神的世俗化,必定也给古代小说创作中的神仙鬼怪的人化描写带来重大的影响。因此,我们可以断定中国古代叙事文学中被称为浪漫主义作品中的对非现实题材的现实处理在很大的程度上是民间信仰的影响。

中国古代民间信仰,对于古代小说创作的另一个方面的影响,是民众信仰的特点直接影响非现实题材作品创作和写实作品中的非现实情节的采用,即借用超现实的力量来解决作品主人公所面临的具体问题或矛盾,改善主人公的生活境遇或达到某一现实的目的。唐传奇《任氏传》中任氏的出现,一方面使郑生能享受其他公子哥能享受的婚外性生活,正如作品中任氏对韦生所说:"……且公少豪侈,多获佳丽,遇某之比众矣。而郑生穷贱耳,所称惬者,唯某氏而已……"另一方面,任氏教郑生谋取财富,如先花五六千购进股有疵的马,很快就被人以三万之价买走,获利甚多,使郑生免于贫困,过上比较富足的生活。这当然是改善了主人公的生活境遇,并没有引导人们进入仙境、佛地。像这样的故事在唐传奇中还有许多。如裴铏所著《传奇》中孙恪的故事,孙恪与猿幻化的女子成婚,不但解决了他的婚姻问题,而且是一夜暴富起来,荣耀乡里。至于作品主人公在遇到难以解决的问题的时候,更是需要借助超现实的力量。如唐人薛调所撰的《无双传》中王仙客爱其表妹无双,先是其舅不允,愿望无法实现,后来其舅受极刑,无双又被收入掖庭,两人应该说此生再无缘相会,但最后王仙客求助古生,古生以非常手段使他们两人"得归故乡为夫妇五十年"。唐传奇《离魂记》,尤其是由此而改编的元杂剧《倩女离魂》中的非现实情节的出现也完全是为解决现实问题即倩女与王文举婚姻问题而出现的。戏曲的开端,倩女之母对前来寻亲的王文举提出了明确的要求:"俺家三辈儿不招白衣秀才。……你如今上京师,但得一官半职成就此亲事。"这实际上使王、张二人的婚姻难以成功。王文举不得第固然无颜前来成亲,即使王生得第,又焉知他不另择高门,联姻豪家呢? 这正是张倩女所苦恼的而又无法解决的问题,因而,此时取自人的魂能与人的躯体分开自由行动的民间信仰的超现实的情节的出现也就成了自然而然的事。它的出现正是为了解决目前难以解决的问题。倩女离魂与王文举上京应试,不管能否得第都已然结合在一起了,最后达到的目的仍然是十分现实的,两人真正结为夫妇。明代戏剧《牡丹亭》所采用的人们屡屡称道的浪漫主义手法与《倩女离魂》基本相同。贵族小姐杜丽娘因春感梦,强烈地追求个人的幸福,但这种追求与现实有着尖锐的矛盾,无法加以解决,作品借死后鬼魂能与生人交往以及能够再生等民间信仰克服了重重的现实障碍,解决了难以解决的问题,杜丽娘与柳梦梅终于在人世间结成眷属。从汤显祖的《牡丹亭题词》所说的"传杜太守事者,……予稍更而演之"来看,戏曲家是自觉地运用民间信仰手法。写实为主的作品中的非现实的情节更是为了解决具体问题而出现的。如明代拟话本《灌园叟晚逢仙女》中老叟爱花、种花,培养出满园的奇花异草,却遭到恶霸张委毁园、诬告等种种迫害,这完全是写实性的。当然,凭一无依无靠的老叟是无法逃出恶霸的毒手,这是作品出现的难以解决的现实问题,花神的降临就是为了解决这一问题的。

由上面考察我们应该清楚地看到,面临共同的现实问题,有着相同的要求解决的愿望以及民俗传统的作用,古代小说的创作活动受到民众信仰特征的影响,采用大致相同的处理手法是肯定无疑的。不过,应该指出的是文学家们对于民间信仰不是简单的照搬、模仿,而是在小说创作活动中倾注了自己的思想感情、融进了自己的艺术天才,显示出与民间信仰的原初形态有了

---

① 《太平广记》卷213《韦叔文》条、卷300《河东尉妻》条,中华书局1961年新1版。

明显的区别。例如《倩女离魂》中离魂情节的采用,既解决了现实问题,又表现了张倩女和她代表的这一类青年女性敢于追求爱情幸福而不管对方是何种身份的可贵精神,闪现出人文主义光辉;同时还借倩女躯体所受的痛苦揭露了她所处的社会对美好感情的压制、对绚丽人生的摧残。显然这在思想和艺术方面已远远高于民间传说故事了。又如唐传奇《柳毅传》,本身取材于民间关于龙女的传说故事,其主导方面也受到民间信仰的影响,如主人公柳毅是落第的书生,既不富又不贵,与龙女的爱情纠葛,既解决了他的婚姻问题,又使他富贵起来。与民间信仰直接面对现实、解决具体问题的基本精神是相同的。但是它是文士创作的,又明显带有文士的色彩。一是作品中柳毅本为落第书生,功不成名不就,他却一再自高身份,让神仙求己,明显呈现士人清高的特征;二是柳毅最后长生成仙,这完全是中唐以后士大夫受仙道影响的常调了。尽管如此,这类作品的价值和意义主要还是在对现实的反映、对现实问题的解决这一方面,这正是民间信仰特征所指向和强调的。我们应该看到文学家的贡献,但亦不能由此而否定民间信仰的影响。如明代章回小说《西游记》,它是吴承恩对传统的取经故事、戏曲进行加工提炼乃至创造而成的,作家的贡献是绝不容否认的,但受到民间信仰的影响同样是事实。一方面,小说中的各种各样的妖魔鬼怪乃至神仙佛道都来自民间信仰,甚至可以说它是民间信仰的汇总。另一方面,小说的主导精神,特别是在第十三回以后的取经故事中的主导思想,虽然小说的主人公时时不忘取经大事,但在实际表现上降魔除妖亦即解决取经路上的具体问题远比完成取经大业更有声有色、更富有意义。这一点为研究《西游记》的人所共见。为何如此呢?虽然《西游记》源自释徒取经故事,受佛教影响甚深,但这一点显然不是来自佛教。佛教著作喜言几世几劫的事,可它只是为了证明一切皆空,必须修炼成佛的道理,现实中的具体问题更是虚幻的、不能执著的。民间信仰却不然,它重视现世,重视解决具体的现实问题。《西游记》正是在这一方面深受民间信仰的影响,为其战斗性精神的一个重要来源。

古代小说作品中那种超现实的力量主要是以神、仙、鬼怪等面目出现,但随着演变、发展,作品中一些人类主人公也被赋予超现实的力量。这或许是那些半人半神的英雄活动的传说时代的遗留,如秦国时李冰能入江中与蛟龙斗的传说,六朝又有周处能入水与蛟龙斗几日几夜的传说,但更大的可能是时代发展了,人们将信仰的对象作了某种程度的转移或扩大,如唐代狄仁杰就被老百姓立了生祠,常被人祭祀。① 这样一来,现实中某类人物也被赋予了超现实的力量。在唐代传奇中,尤其是在晚唐的传奇作品中剑侠豪客,甚至还有昆仑奴,他们都具有人所不能具有的本领,都能做人所不能做的事情,突如其来,倏忽其往,但他们的出现仍不是给世界以最终的解决,还是为了解决具体的现实问题。如裴铏的《昆仑奴》中崔生爱上一品家里的红绡妓,但一品家守卫森严,难以进入,崔生家昆仑奴却有神奇的本领,能解决崔生面临的问题。他不但能送崔生入一品家与红绡妓幽会,而且能将红绡妓带上飞离一品家。又如袁郊的《红线》、裴铏《聂隐娘》中的侠女,能于空中飞行,剑术通神,其中聂隐娘还能化为蠓入人的身体。她们能做什么呢?她们能做的是除掉某种恶人、刺杀仇人或保护某人不被杀害,仍然只能解决一些具体问题,并不能消除纷争不已的方镇及其他重大的社会问题。从这些人物能成为作品中的主人公来看,只能说文学创作受民间信仰的影响更深了。他们正是民众所崇拜的能解决现实问题的对象,也就像狄仁杰在世时就成为民间祀神活动中的祀神一样。民间信仰的特征更直接影响了文学作品中清官等正面人物形象的塑造。在古代小说作品中清官清正廉明、办事干练、卓有成效,甚至还被赋予神秘超人的本领。如清官典型包公被塑造成"日断阳、夜断阴"式的人物。又如贤相典型诸

---

① 《太平广记》卷 313《狄仁杰祠》条,中华书局 1961 年新 1 版。

葛亮能祭来东风、能驱魔作战。但是,这些清官、贤相从来就没有从根本上解决社会问题,只能做几件实事。许多中国古代文学研究者正是从这一方面批评这些形象塑造上的毛病。殊不知,这些清官、贤相等正面人物也如同民间祀神活动中的神灵,百姓喜爱、敬重他们也只是要他们做些平反冤屈、惩治豪强等等实事。文学家在进行文学创作时就不得不满足民众的这种要求而有意无意地接受民间信仰的影响。中国古代民间信仰尤其是民众信仰的特征直接影响了古代小说创作,虽不能说它起了全部作用,至少可以说它起了主要作用,促使中国古代小说创作中形成了现实与超现实的混融特征。

总而言之,民间信仰对中国古典小说创作有巨大的影响,对中国古代小说的演进也有极大的促进作用。在小说的萌芽阶段,志怪的创作中的神怪已极大的人化。这种属于信仰内部变化的人化,与追求文章之盛事的结合,通过对异质对象的审美化而进入到一种“有意为小说”的自觉时代——唐人小说的创作时代。如果说,民间信仰中崇拜对象的人情化、人性化,或者说是情感化,不是中国古代小说作为现代意义上的“小说”的第一次出现的唯一的原因,也是极重要的原因之一。唐人在创作小说时是有意的,他们所追求的乃是“文章之美”、“要妙之情”,也就是说他们完全把小说当作艺术来创作,而不是出于宗教上的或政治上的目的。中唐小说以反映现实为其主要特点,民间信仰的内容退处于一种背景地位或仅成为一种结构因素。这是中国小说史上的一个重要的里程碑,标志着文言小说在如此早的时期就达到了一个很高的高度。此后文言小说仍在发展,但进展不大,有时候甚至还在倒退,如晚唐小说的志怪趋势以及后来志怪创作的不绝如缕。一方面说明民间信仰还有史学的影响仍然很大,使其不能迅速发展;另一方面由于自娱和娱人的需要也接受口头艺术尤其是说话艺术的影响出现了一些新的因素,但总的来说并未有大的变化。文言小说的圈子窄、传播面小或许是最重要的制约因素。《聊斋志异》的出现使文言小说创作达到顶峰,但仍然离不开民间信仰的内容和形式,它仍然局限在文人圈子里,不能成为小说的主潮。宋元话本的出现是中国小说史上的另一件大事,它标明中国古代小说的创作者的一个重要转移。文言小说的作者是有一定身份的士人,他们的创作在很大程度上是为了消闲,而话本的作者是为了谋生,他们是说话艺人或书会才人。这样,说话及其话本的一个重要功能就是要满足听众,后来是读者的精神需要,具有很强的娱乐性和平民意识,而平民意识中起重要作用的又是他们的信仰观念。这样民间信仰又成了话本的重要内容,影响其内容和形式。这影响一直维持到明代的四大奇书。不过,也正是以明代四大奇书为标志,中国古代小说创作中个人化愈来愈加强,它们正是以民间信仰内容减少、影响降低、作者个人思想加强而表现出来的。《三国演义》、《水浒传》、《西游记》,都是在累积的基础上进行的个人创作,个人色彩十分明显,但以民间信仰为主要内容的集体意识仍占很大的分量。《金瓶梅》中的民间信仰的影响就只剩下一点因果报应的观念了。当然,《红楼梦》的创作更如此。作家自己的体悟和独特的思想已成了小说的主调,而民间信仰隐去了真实面目,而以原型和“假语村言”之类的套子等朦胧的面目出现。这就是民间信仰对古代小说创作演进的影响。其始对其自觉意识的产生起了助产的作用,演进过程中对小说反映的对象和思想感情的确定又起了重要作用,其终以原型采用和象征手法的运用予小说创作以深层次的影响。

二、中国古代小说欣赏实例 ●————————————————————

我们在这一节以唐人小说作品为例使用模式分析方法进行作品分析。

在唐人小说中以神怪为主角或涉及神怪的作品,特别是在神怪与人类必生情爱并发生婚姻关系的作品中,存在着一种神人变化模式,这种模式既表明唐人小说中受民间信仰影响继续与六朝志怪保持联系，又意味着一种新的发展与演变即向普通人婚姻爱情模式演变，从而形成新的模式，成为唐人小说中成就最高影响最大的爱情婚姻类作品的主体模式，并深刻地反映了爱情与礼法的冲突。

唐人小说中涉及爱情婚姻的作品中出现的人物计有应试举子、贵家公子、候选的官吏、飘泊的浪子以及狐精、犬怪、仙家、神女等等，形形色色、成千上万。但把一些无关紧要或区别不大的成分去掉，就只剩下四种人物，即青年书生、青年女性、媒介人物、权威人物。这四种人物是任何单一作品中不可或缺的成分，是具有结构意义的因素，正是这四种人物的行为及其相互关系构成了种种不同的故事，形成了不同的结构模式。

首先我们来考察"青年书生"这一结构因素。"青年书生"命名为"青年男性"，其涵盖面可能更广一些。但小说为文人所作，他们当然乐意写他们自己，而传奇文本身也说明称作为"青年书生"更妥当一些。如《柳毅传》、《孙恪》、《裴航》明确地称男主人公为"下第秀才"；又如《李娃传》、《霍小玉传》中的男主人公是应试的书生；即使如《无双传》中的王仙客、《步飞烟》中的赵生等虽未明言他们是书生，但从其社会地位来看，完全是属于书生一类。这类人物是情爱的追求者，其行动直接影响着整个故事的开展，没有他们也就没有情爱故事。

第二类人物是"青年女性"。这类人物根据其是否属于人类这一特点可划分为两种，一种是非人类或称神怪类的青年女性，一种是人类青年女性。人类青年女性又可以分为良家青年女子和青楼女子。良家青年女性中还可以分为未婚的青年女子和已婚的青年女性两类。"青年女性"中包括如此多的变项，正是使故事丰富多彩的重要因素。这类人物虽然是被追求者，似乎是处于一种被动状态，但他们与男主人公相比，并不缺乏主动精神，甚至往往比男主人公更热烈、更执著、更坚决地追求爱情幸福。

"媒介人物"与"权威人物"或称"反对者"，这是爱情婚姻作品中展示社会关系和社会背景的因素，是封建礼法的代表，也是影响故事发展方向的重要因素。"媒介人物"，古代的正式的称呼是"媒妁"，这种"媒妁"的作用正是在于沟通男女双方更确切地说是男家女家双方，成就青年男女的婚姻并使之合乎规范。显然，唐人小说中的媒介人物主要不是指这种专业人士，而是指那种业余的，以撮合不合规范或不正当的情爱婚姻为特点的人物。如《莺莺传》中的红娘，她是莺莺小姐身边的贴身婢女，她的职责一方面是侍候小姐，一方面受老夫人之命监视小姐，绝没有牵线搭桥的任务，但在作品中却又确实起着重要的媒介作用。"媒介人物"的主要功用，在唐人小说中是推动情爱关系的发展。这种人物的性质不同也使故事呈现不同的变化。非职业的媒介人物使故事有一些自由恋爱的色彩，爱情的发展呈现出一种波澜起伏的状态。有职业媒介人物的介入，爱情婚姻就有了一种保障，爱情婚姻的发展比较顺利。而有的作品中什么媒介人物也没有，这样的爱情婚姻有着强烈的自由恋爱的色彩，男女主人公的结局往往很不好。"权威人物"，主要是指男女主人公的长辈，尤其是其父母。这种人物在作品中的主要功能就是反对男女的自由恋爱，因此又可以称之为反对者。男女主人公的爱情能否顺利发展，主要取决于他们能否克服来自权威的压力，能克服就会成功，屈服就会失败，这就决定了故事的发展方向。有时权威不是指一种人物而直接指封建礼法或其被内化为人物内心的一种意念，此时应该称之为权威因素。

模式一：书生落第或出游，遇上对象之亲友或化变为美貌女性的对象本人，知道对方的真实身份后，并不嫌弃，屡经磨难而成夫妻，或由于某种原因最终仳离。

这里面的对象或称被追求者无一例外的都是非人类青年女性，或是神仙，或是龙王之女，或是猩猩、老虎等精怪化变的女郎。这种模式可以称神人变化模式，爱情婚姻关系之所以发生与神怪的能变化有着极大的关系。这就首先表明这类故事模式明显受到民间信仰的影响。如《任氏传》中郑生在街上遇见狐精化变的任氏，直追不舍，两人由此而结合。又如《崔韬》、《天宝选人》中的男主人公都是亲眼看见虎脱皮变成美貌女郎，直接求爱而结合在一起。这类作品的绝大多数故事中没有媒介人物出现。但个别作品还是有媒介人物的，在作品中一般也不显得那么重要。如《柳毅传》中龙女之叔钱塘君为其作媒，遭柳毅严辞拒绝。《焦封》中靠袁女身边的青衣招引，男女双方才得以结合。《计真》中有"自称前进士独孤沼"作媒，计真才前去求婚，算是媒介人物起作用比较大的两例了。其次，还有民间故事结构直接嵌入这类作品中，构成故事的主导结构。如《裴航》中裴生倾慕樊夫人之色，送诗而不理，献名肴珍果而会面，但樊夫人"不告辞而去"。后归辇下，在蓝桥边遇云英，欲娶而对象之母出一道难题："得玉杵臼。"裴生费尽心力才弄到"玉杵臼"，云英却又出一道难题："更为吾捣药百日，方议姻好。"这两个难题解决后，两人终于结成夫妻。三是这类作品中权威人物极少是爱情婚姻的反对者，相反大多是支持者。如《柳毅传》中的龙王夫妇、龙女的叔叔，不但不反对，而且是极力支持。《计真》中狐女之父也是这种支持者。有许多作品干脆没有这种人物。权威人物是社会背景的代表，或者说是封建礼法的代表，缺乏这类人物正是标明这是叙述想象世界的故事。不过，在这类作品中，没有权威人物，其社会因素并不是完全被抹掉，而是采取变形的手段，极有可能是用结局不好来代替。《崔韬》、《天宝选人》中男主人公被女性精怪食之而去，《焦封》中的女主人公回归山林。不合常规的爱情婚姻就很难有好的结局，或许就是它的喻意，由此而现出社会因素影响的痕迹。

模式二：书生进京应试，路遇对象或通过媒介人物介绍而结识对象，权威人物反对，终于离散；或得到权威人物认可而成夫妻。

书生这一类人物是稳定的，与上一模式中的书生无多大区别。"青年女性"在这一类中已有了很大的不同，女性主人公为人类，但她们之间的身份已有很大的不同，一类为良家女子，一类是青楼女子。与良家女子相遇、相爱，并不意味着婚姻的当然成立，结局往往是离散。这是与现实社会情况相适应的。元稹的《莺莺传》男女主人公的结局就是如此。青楼女子，她们的职能本是卖欢逐乐、满足男子的性需要，与良人谈婚论嫁显然是不行的。书生嫖妓虽是不良行为，可也无伤大雅，若要娶妓为妻，那可真要骇人听闻了。青年书生与青楼女子相遇，最终或结为夫妻或分离，结局不一。《霍小玉传》中的霍小玉与书生李益相爱，最后她为情而死。《李娃传》中李娃与某生终成眷属。如果唐人小说只写一些完全符合规范的故事，那也就不会被后世称之为传奇了。这一模式中最值得注意的是权威人物，他们是社会秩序——礼法的代表，往往直接影响故事的发展。这一类人往往是男主人公或女主人公的父母或长辈，具有很大的权威力量。

模式三：书生与对象原有亲戚关系，青梅竹马，原有婚姻之议，后有改变，经磨难终成眷属。

在这类作品中，男女主人公的主观努力是关键因素，而真正克服障碍而使男女主人公成为眷属的是超现实的力量。陈玄佑《离魂记》中王宙与倩娘是表兄妹，儿时关系很好，倩娘之父曾答应他们的婚事，长大后，其父也就是权威人物却将倩娘许配给另外一人。两人均很失望，感情积压在心中，无法流露，更无法交流。王宙愤而离开姑父，远走他乡。倩娘之魂却也强行离开了她的躯体，随着王宙私奔到蜀中，两人生儿育女，后来倩娘思念父母，返回了家园，出外的魂始与在家的躯体合而为一。借这样神奇的事才得以克服权威人物的反对。《无双传》叙述王仙客与其表妹无双，儿时"戏弄相狎"，仙客母死前要其弟刘震答应这门亲事，刘勉强答应。母死后入舅家求婚，其舅不允。后来，仙客舅父舅母遭极刑而死，无双被没入宫廷，仙客与之成亲是绝不可能的事了，因此只有超现实的力量才能帮助他们了，果然在异能之人的假死之药的帮助下，两人结合在一起。这类故事中，两人有情，特别是原就有婚姻之议，得到一定程度上的合法承认，因而他们行为的正当性比较强。或许这就是他们能得到好结局的缘由。这是唐传奇中唯一得到合法认可的有情人终成眷属的类型。《柳毅传》中的柳毅的婚姻的好的结局，除了它是想象世界里的故事外，还有重要的一点，就是柳毅的婚姻经过媒人的行聘、得到女方父母的同意。《计真》中也是如此。

模式四：某书生，遇上他人貌美之妻或妾，奋力追求得以欢会，结局不好。

在这一类型中，虽然就一般的情况而言，仍然是青年书生在进行主动追求，但青年女性的行动却更为突出，她们对爱情有着强烈的追求，如《冉遂》中女性主人公，有着非同寻常的追求，"苟得此人为夫，死且不恨"。有的虽然不是从一开始就采取主动地追求，但一旦爱上，就九死而犹未悔，如《步飞烟》中的步飞烟。这一类作品反映的是处于不幸婚姻中的青年女性对爱情幸福的追求，其中的权威人物当然是她们的丈夫，她们的另有所爱，必定会遭到权威人物的反对，以至于女性主人公下场很惨。这类作品明显是沿着遵守社会规范，违反社会规范，回归社会规范一个过程。一方面暗示着婚外性关系结局不好，另一方面又揭示婚外恋是必有其因，其主人公是值得同情的。《步飞烟》中步飞烟之夫经常当值，不在家宿，且性情粗暴。《徐安》中徐安经常出门在外。《冉遂》中冉遂"幼性不慧"。处在这种婚姻关系中的青年女性毫无幸福可言，因此女性主人公追求爱情幸福也就是理所当然的事，这种行为的正当性也就由此而显现出来了。

唐代情爱婚姻作品，虽然数量甚多，而且涉及人世仙界，形态各式各样，但万变不离其宗，它们基本上是不出这四种模式。如模式一、三是以传奇事为主，模式二、四是以传奇情为主，传述奇情奇事正是唐人小说的主要特征，也有直接用此名的，如元稹就曾将《莺莺传》取名为《传奇》，后代也有人更以传奇之名来概括这一文学样式。这种种模式的源头，泛言之都称之为现实生活，实际上首先是来源于原始信仰。如人神性爱关系模式，就是一种非常古老的模式，可以追溯到人类的史前。在一切民族的起源神话中都可找到其原始形态。如古代周人的姜嫄与帝的关系，这在《诗经》有着明确的记载。又如基督教传说中的圣母玛丽亚与上帝的关系等等。这种模式的功能主要是证明其民族起源于上帝、天神。就唐人小说来讲它的直接源头是六朝志怪小说，特别是隋唐以来的民间信仰。如模式一是写人与非人类的神怪爱情婚姻，模式三中也不乏超现实力量的介入。六朝志怪中有一些作品写到人与神、人与精怪等的性爱关系，如《搜神记》中《白水素女》的故事，就写到了人与神螺化变的女子结婚。不过，志怪中更多的是讲精怪的可怕，人不能受其迷惑，倘受其迷惑，就会遇上灾祸，甚至有可能性命不保。显然这种模式很有可能受到志怪的一些影响，但主要的还是受到在不断演变的民间信仰的影响。隋唐以后民间信仰中精怪的信仰起了很大的变化。原来精怪与人发生关系主要是祸人、害人，渐渐演变成于人无害，这从传奇作品本身也可看出，如《古镜记》里的老狸幻变的女子自言非人有害，《任氏传》中狐变的任氏也如是说。最后，精怪不仅于人无害，而且还对人大有帮助。许多精怪与人发生恋爱关系后，不仅给人以精神方面的慰藉，而且还经常给人以物质方面的资助。如《广记》中《淳于矜》条载狸化为女子与淳相爱，"女因救婢取银百斤，绢百匹，助矜成婚"。又如同书《孙恪》条载恪与猿化变的袁氏女婚，"袁氏赡足，巨有金缯，而恪久贫，忽车马焕若，服玩华丽，颇为亲友之疑讶"。这种神人变化模式是唐人小说中出现最早的模式，它本身是一种幻想模式，但它也有一定的现实的内容，或者说反映了一定的现实内容。如《任氏传》反映了发生婚姻关系双方地位的不平等造成的问题。《任氏传》中任氏是妖狐，郑生是人类，这是一种身份与地位的不平等，然而这只是一种表面上的差别。在作品中有实际的转换，即由这种人与神的关系置换为一种非常现实的社会关系。任氏的身份是教坊的娼妓，这在小说中有明确的说明。郑生虽不富裕，但他也是衣冠子弟。两人的性爱婚姻是郑生养任氏为外室姬妾，而嫖娼纳妾正是当时士大夫合乎礼法的婚姻性爱关系的一种补充。如果说作为士人的郑生爱任氏之色是一种消遣，或是一种补充。反过来，任氏之爱是不带任何条件的下层妇女的纯情之爱。因而，沈既济笔下的异物实际上正是身处下层的妇女代表。她的结局的悲惨并不是作为狐精被狗咬死的悲惨，仍是隐藏着社会性原因。"狗"是一种被人驯养的动物，它服务于人，作为一种文化符号，它又是社会制度的维护者，确切地说它本身就是社会制度——礼的象征，或是一种隐喻。《任氏传》所歌颂的"要妙之情"，原来就是这种被侮辱、被损害者之无保留地加以奉献而又未被珍重的情感。从这个意义上看，这种神人变化模式也寓含着人类的性爱与礼法冲突的模式。由此很容易衍生后三种情爱婚姻模式。从这个意义上来说，神人变化模式是现实的情爱婚姻模式之母。

当然这些模式的形成与唐代的现实生活，尤其是与士人的现实生活也有着密切的关系。这四种模式中最不可缺少的结构因素是青年书生。书生指的就是士人。这不但表明小说是士人所作，而且更是表明他们将自己作为新的文学样式的主人公。这已不是诗歌中隐晦不明的抒情形象了，而是鲜明的叙事文学中的人物形象。因此带有更自觉的色彩。这大概就是鲁迅先生所说唐人"有意为小说"的具体表现吧。情爱故事中的主人公主要是下层士人，许多是未能中举的，在各地飘泊的，在现实生活中是不如意者，是失败者，他们无权势也无财物，结婚都比较困难，更不用说找到理想的意中人了。如《新唐书·元德秀传》载元德秀以兄子婚娶，家贫无以为礼，求为鲁山令，他自己六十年不识女色。因而传奇中就出现了模式一，他们或在这，或在那，遇见了美貌非凡的女性，过上了美满幸福的生活，这种模式，是表达他们愿望和理想的模式。此种模式中的爱情是最富有理想色彩，自由相识，自由相恋，自由结合，反映了唐代下层知识分子高尚的爱情观与美好的人生态度。当然还有一部分唐代士人人生道路基本上是顺遂的，因此他们年少时免不了风流猎艳，轻薄浮浪。杜牧之《感怀诗》云："至于贞元末，风流恣绮靡。"孙启亦云："自大中皇帝好儒术，特重科第。故进士自此大盛，旷古无俦。仆马豪华，宴游崇侈，以同年俊少为两街探花使。"[①]这样模式二就产生了。书生遇上了青楼女子或某家的小姐，用过一段情后，最终弃掷而去。

这种情爱婚姻模式既然是现实生活的产物，也就必然对现实生活有着深刻的反映。首先我们从几篇唐人小说中看看唐代士大夫正当的婚姻关系。一种婚姻关系若要成立，首要的一条是得到双方父母的认可，这就是所谓的"父母之命"，即权威人物认可。《霍小玉传》中李益家的太夫人要他娶卢女，他只有遵命而行。《李娃传》中郑生的父亲要郑生娶李娃，婚姻果然成立。有了父母的同意，第二步就得请媒人通两家之好，这就是所谓"媒妁之言"，也就是媒介人物的功能。如《莺莺传》中莺莺婢红娘要张生请人作媒说合。当然还要出聘礼。《霍小玉传》中李益娶卢女为妻需出聘礼几百万。这个过程就是所谓"明媒正娶"，也就是符合礼俗的规范的婚姻行为。严格按照礼的要求来看，这几部作品中写的均是违礼的情爱关系。但据此而提出唐人小说在婚姻爱情方面的反封建之说，显然又是荒谬的。这些作品反映的是情爱与礼俗的冲突，冲突的结果往往是以礼俗的胜利而告终，但在道义上女性的情爱获得广泛的同情，似乎有点既肯定礼俗的正确，又反映了受礼俗影响的情爱的重要，并未将礼俗作为揭露和批判的对象，也未谴责违礼之情爱，反而如泣如诉地叙说着这种情爱的故事。

在这几部作品中《莺莺传》以对情爱与礼俗的冲突表现深刻为其特点。长期以来，研究者对元稹的《莺莺传》未予较高的评价，认为其成就不如《霍小玉传》、《李娃传》。这是片面的看法。从整个作品来看，《莺莺传》不以情节曲折、细致的描写见长，而是以内心刻画而显功力。小说一

---

① 孙启《北里志》。

开篇，就着重介绍了张生是一个守礼君子，不喜言笑，不近女色；但当他一见到莺莺后不能自持，相思不已，甚至等不到请人说媒，在红娘的帮助和他自己的攻势下，终于和莺莺幽会。双方欢会比较长的时间，甚至播扬天下后，他并不想以礼娶，反而谓对方为"妖物"，也就是说自己因情而违礼，现在守礼而割情，故人们谓善为补过者。这样情与礼的冲突就完全表现为一种内心的冲突，表现为当时士大夫一种非常普遍的违礼的婚前偷情猎艳的肯定与满足。小说的深刻主要体现在女性主人公莺莺的刻画之上。莺莺"贞慎自保，虽所尊不可以非语犯之"。她是有教养守礼法的大家闺秀，因此当张生提出非分的要求时，她用礼法指责对方，"非礼之动，能不愧心"。约人来，又指责对方，说明礼法与情爱在她的内心冲突是非常激烈的。几天以后，莺莺冲破内心礼法的限制，主动与张生幽会。随后莺莺仍能矜持，但两人还是度过了一段很有情味的生活。同时也意味着这种违礼之情的结局可能不妙，即兆示"始乱终弃"的结局。或许还有某种希冀，在所爱者暂别时，她在书信中大胆地表达了自己的思念之情以及内心痛苦。在这种描写中虽然没有霍小玉那种惊天动地的、寻死觅活的爱的表示，但她内心的痛苦却也被展开和揭示，通过弹琴不终曲，默默无语以及看似理智、冷静的语言和态度，让人觉得这里面有着深深的痛苦。违礼情爱的美好与不能长久宛如一首乐章的主旋律反复回响。莺莺的独特性在于她知道这种痛苦的原因，既然无法加以很好地解决，也就坦然承受，但她决不能再接受那种违礼而又不会有结果的情爱。她婚后，张生要求再见面时她坚决予以拒绝。张生口出恨言时，她又写诗表明她的态度。不珍重情爱的人不是她，"为郎憔悴却羞郎"，特别强调张生应该"还将旧时意，怜取眼前人"。因而此篇小说是以刻画人物内心的情与礼的冲突而见长。深刻地揭示了违礼的情爱是很难得到正常的发展，它不仅要面对来自礼法的压力，而且还要面对来自男性追求这种情爱的目的与情爱本身发展之间的矛盾。男性追求这种情爱的目的是追求婚前或婚外的情爱刺激，并不是珍重情爱的本身，这也就必然抑制着这种情爱的正常发展。这样，我们很难将这种情爱归结为反封建礼教。小说作者没有这样的意图，作品中的男性主人公无此要求，即使是女性主人公也没有。但是在这种情爱中受伤害的、甚至被毁灭的一方即弱女子展开的美好心灵却是作品中最有价值的、最能获得道义上支持的，也是作品艺术美的所在。小说作者的最后一段议论称莺莺为"尤物"，为"不妖其身，必妖于人"的"妖孽"，显然透露出模式二与神人变化模式的一种相沿关系，即后者是由前者演变而来的。

《霍小玉传》、《李娃传》叙述的是青楼女子与青年书生的情爱纠葛故事，属于模式二中的第二类情况。在这类故事中首先需要弄清如下两个问题：一是娼妓的社会角色的主要含义。二是青年书生嫖妓的风尚。娼妓，在唐代有许多种，有所谓官妓、营妓、家妓、私妓等，主要是从事音乐艺术为官府或权贵供奉服务，当然不可避免地可能要进行性服务。京城有隶属于教坊的官妓。孙棨《北里志序》云："京中饮妓，籍属教坊。"霍小玉、李娃应该属于后一种。娼妓以性服务为手段，以追逐金钱为目的，本与情爱无关。士子嫖妓是一种违礼的行为，甚至会弄得家业败尽、身败名裂，如《李娃传》中郑生百万钱散尽而流落下层。这种行为是不容于重礼法持家甚严的家庭。可它又是一种社会风尚，士子嫖妓在中唐及其以后非常盛行，被当成一种风流的表现。可是它不关乎情，更不关乎婚姻，因而也无从说起这种性爱纠葛与礼教的冲突问题，歌妓的性服务更多地表现为一种必须完成的义务，就是一种服役。要讲冲突或反抗，其对象应该是这种社会制度，显然当时不会有这种认识，更不会有这种行为。要怨恨也只有怨恨这种作性奴隶的个人命运。这样一来对命运的埋怨正是这种对社会制度不满的隐喻和替代。宗教性的观念隐含着社会的内容。既然唐人小说所写的嫖妓是一种风尚，娼妓的性服务是一种交易，那么它歌咏的又是什么？一言以蔽之：歌咏的是身为娼妓所不当有却又发生的爱情。这也许是后代称之为传奇体裁的特点的真正体现。它叙述的是一个不同于社会常态模式故事。霍小玉是娼妓，她不爱钱财，只爱才、貌，不求婚姻百年，只求八年的欢爱。如果只是她一方的痴想，那也只能显得她可怜又可笑。但她确实得到了李益的承诺，所以她一直苦等苦盼，直至将生命耗尽。小说歌颂的正是这样的一种执著、纯真的爱情。这份情是少有的，要求又是那样低，竟然也得不到满足，自然就构成了"玉之多情"与"生之薄行"之间的矛盾，也正是小玉临死之时所说的"我为女子，薄命如斯。君是丈夫，负心若此"。弱女子的美好的心灵与情感都全部予以展开。通过她生命的燃烧而炽热读者的心、读者的血。男人的薄情，因有礼法等社会制度的支持，人们莫可奈何，这样反抗的因素只能变为非现实的东西。"我死之后，必为厉鬼，使君妻妾，终日不安！"于是神秘力量又成了谴责、惩罚的力量。

《霍小玉传》与《李娃传》是按同一模式进行叙述的故事，却在构思上以及所涉及的社会生活面都有了很大的不同。首先，从构思来看，《李娃传》是有许多出新出奇的地方。霍小玉不爱钱财，只爱才貌，李娃要钱而且与鸨母同谋骗逐财尽的郑生；霍小玉感情纯真，至死不变，李娃亦有情，情只有到对方最危急需要的时候才显示，并且最后能获得美满的婚姻。另一方面，又多描写了郑生落难的情节，情节就多了几层曲折，人物也有了更深刻的刻画。其次，社会生活面也更加广大。通过郑生的落难展开了对都市市民生活的描绘，描写东西二肆相斗情景，使传奇的社会生活容量有所扩大。有人说帮助郑生中第做官最后成婚受封是一种开启了后代才子佳人的俗套。我以为此论不确。既然以前未有这样的构思，这就是一个首创。或许是受到进化论和"革命"学说的强烈影响，当代中国学者有一部分最喜欢讲"进步"与"革命"，于是乎在作家作品研究中最喜欢寻找那非常态的特别是与"革命"相符合的因素，加以肯定；而那种合乎规范，属于稳定、正常生活的东西，往往被斥为局限。实际上这种方法是片面的、舍本求末的，人类的生活更多是正常的、稳定的，而作为生活的镜子的文学作品，它反映的也多是这种，而不是那种怪异的非常态的东西。这两篇传奇歌颂的都是低贱的娼女，一是为爱情而燃烧净尽的霍小玉，一是能救人于危难之中并促使成才的李娃。因而作品揭示了爱情与礼法的冲突，尤其揭示了这种冲突中青年女子的爱情。

唐代传奇的情爱作品的结构模式的形成既与民间信仰的影响分不开，又是一定现实的产物，这是它既具有一定的理想色彩，又有深广的社会性的根源，但人们在进行创作或阅读作品的时候，更多的是注意它的"奇"的特征，对反映奇情奇事结构模式加以整体接受，而很少接受现实生活的原初形态。唐人小说的受众——读小说的士人如此，唐人小说的创作者——写小说的士人更是如此。正如虞集所云："唐之才人，于经艺道学有见者少，徒知好为文辞。闲暇无可用心，辄想象幽怪遇合、才情恍惚之事，作为诗章答问之意，傅会以为说。簪盍之次，各出行卷，以相娱玩。非必真有是事，谓之'传奇'。"①唐人小说的创作者们经常在一起集体创作、相互影响，它在一定程度上规范了人们的思想方式，更重要的是规范了唐人小说的创作方式，因此唐人小说的个性色彩不如集体色彩浓厚，这是我们今天欣赏分析唐代小说作品所必须要注意的。

三、作品选

三 王 墓

【解题】　本篇出自《搜神记》卷十一。该故事在《列士传》、《吴越春秋》、《越绝书》、《博物志》、《列异传》等书中均有记载，文字各异。诸书记载中，以《搜神记》所记最详，文辞亦最佳。小

---

① 虞集：《道园学古录·写韵轩记》，商务印书馆 1937 年版。

说通过铸剑工干将被害,其子赤为父报仇的故事,体现了孝亲思想在人们生活中的地位以及坚强不屈、舍生赴义的精神。故事情节生动,结构完整,想象丰富,富有浪漫色彩。干将莫邪是古代著名的铸剑师,姓干将,名莫邪。一说干将、莫邪是两人,干将是夫,莫邪是妻。

楚干将莫邪为楚王作剑,三年乃成。王怒,欲杀之。剑有雌雄。其妻重身①当产。夫语妻曰:"吾为王作剑,三年乃成。王怒,往必杀我。汝若生子是男,大,告之曰:'出户望南山,松生石上,剑在其背。'"于是即将②雌剑往见楚王。王大怒,使相③之。剑有二,一雄一雌,雌来雄不来。王怒,即杀之。

莫邪子名赤,比后壮,乃问其母曰:"吾父所在?"母曰:"汝父为楚王作剑,三年乃成。王怒,杀之。去时嘱我:'语汝子出户望南山,松生石上,剑在其背。'"于是子出户南望,不见有山,但睹堂前松柱下石低④之上。即以斧破其背,得剑,日夜思欲报⑤楚王。

王梦见一儿眉间广尺⑥,言欲报雠。王即购⑦之千金。儿闻之亡去⑧,入山行歌。客有逢者,谓:"子年少,何哭之甚悲耶?"曰:"吾干将莫邪子也,楚王杀吾父,吾欲报之。"客曰:"闻王购子头千金。将子头与剑来,为子报之。"儿曰:"幸甚!"即自刭,两手捧头及剑奉之,立僵⑨。客曰:"不负子也。"于是尸乃仆⑩。

客持头往见楚王,王大喜。客曰:"此乃勇士头也,当于汤镬⑪煮之。"王如其言煮头,三日三夕不烂。头踔⑫出汤中,瞋目⑬大怒。客曰:"此儿头不烂,愿王自往临视⑭之,是必烂也。"王即临之。客以剑拟⑮王,王头随堕汤中,客亦自拟己头,头复坠汤中。三首俱烂,不可识别。乃分其汤肉葬之,故通名三王墓。今在汝南北宜春县⑯界。

【注释】 ①重(chóng)身:怀孕。 ②将:携带。 ③相:察看。 ④石低:平石。低,疑应作"砥",柱下基石。"之上"两字疑是多余文字。 ⑤报:报仇。 ⑥眉间广尺:两眉之间有一尺的距离。是夸张的说法,形容额牚宽。 ⑦购:悬赏通缉。 ⑧亡去:逃走。 ⑨立僵:尸体僵立不倒。 ⑩仆:倒地。 ⑪汤镬(huò):烧开水的锅。 ⑫踔(chuō):跳。 ⑬瞋目:瞋目,张大眼睛。 ⑭临视:靠近看。 ⑮拟:比划着。 ⑯汝南北宜春县:汝南,郡名。北宜春县,在今河南省汝南县西南,西汉时名宜春,东汉时改名北宜春。

韩 凭 妻

【解题】 本篇出自《搜神记》卷十一。写的是宋康王见韩凭妻何氏美丽,夺为己有,夫妇不甘屈服,双双自杀。死后两人墓旁的大梓木盘根交错并有鸳鸯栖于其上悲鸣不已的感人故事。它热情地歌颂了韩凭夫妇间忠贞不渝的爱情,以及何氏不畏强暴、不慕富贵的高尚情操。结尾的幻想情节具有浓厚的浪漫色彩。唐代敦煌变文中的《韩朋赋》即脱胎于此。

宋康王舍人韩凭①,娶妻何氏,美。康王夺之。凭怨,王囚之,论为城旦②。妻密遗凭书,缪其辞曰③:"其雨淫淫④,河大水深,日出当心。⑤"既而王得其书,以示左右;左右莫解其意。臣苏贺对曰:"其雨淫淫,言愁且思也;河大水深,不得往来也;日出当心,心有死志也。"俄而凭乃自杀。

其妻乃阴⑥腐其衣。王与之登台,妻遂自投⑦;左右揽之,衣不中手⑧而死。遗书于带曰:"王利其生,妾利其死,愿以尸骨,赐凭合葬!"

王怒,弗听,使里人⑨埋之,冢相望也⑩。王曰:"尔夫妇相爱不已,若能使冢合,则吾弗阻也。"宿昔之间,便有大梓木生于二冢之端,旬日而大盈抱。屈体相就⑪,根交于下,枝错⑫于上。又有鸳鸯雌雄各一,恒栖树上,晨夕不去,交颈悲鸣,音声感人。宋人哀之,遂号其木曰相思树。相思之名,起于此也。南人谓此禽即韩凭夫妇之精魂。

今睢阳有韩凭城⑬。其歌谣至今犹存⑭。

【注释】　① 宋康王:名偃,战国末年宋国君。舍人:官职名,战国时及汉初,王公大臣左右的亲近之人,类似门客。　② 论:定罪。城旦:一种苦刑,受刑者白天防御敌寇,夜晚筑城。　③ 缪:同"缭",缭绕曲折之意。此处指不明说。　④ 淫淫:久雨不止,这里比喻愁思的深长。　⑤ 日出当心:太阳照着我的心。当,正对。这句的意思是,向太阳立誓,表明心迹。　⑥ 阴:暗暗地。　⑦ 投台:跳向台下自杀。　⑧ 不中手:指因衣服腐烂,经不住手拉。　⑨ 里人:同乡之人。　⑩ 冢相望也:这句的意思是,韩凭夫妇两人的坟墓相对,中间隔着一段路。　⑪ 就:靠近。　⑫ 错:交错。　⑬ 睢阳:宋的国都,今河南商丘。　⑭ 歌谣:《彤管集》:"韩凭为宋康王舍人,妻何氏美,王欲之,捕舍人筑青陵之台。何氏作《乌鹊歌》以见志:'南山有鸟,北山张罗,乌自高飞,罗当奈何!' '乌鹊双飞,不乐凤凰;妾是庶人,不乐宋王。'遂自缢。"所说歌谣,可能是指这一类而言。

莺莺传

【解题】　《莺莺传》为唐代传奇,元稹撰,原题《传奇》。《异闻集》中有载,还保存原题,《太平广记》收录时改作《莺莺传》,沿用至今,又因传中有赋《会真诗》的内容,也称《会真记》。篇末说:"贞元岁九月,执事〔友〕李公垂(李绅字)宿于予靖安里第,语及于是,公垂卓然称异,遂为《莺莺歌》以传之。"今考证出是贞元二十年(804)九月,元稹将故事讲给李绅听,李绅作《莺莺歌》,元稹写了这篇传奇。讲述了张生与崔莺莺相恋,后来又将她遗弃的故事。张生与崔莺莺自发的恋情及其决绝的悲剧,显示出情与礼的矛盾。莺莺形象之凄婉动人,使这一故事具有持久的生命力。在唐代为数众多的传奇中,就其对后世的影响而言,毫无疑问当首推元稹的《莺莺传》。后世题咏、改编的很多,如宋秦观、毛滂《调笑令》词、赵令畤《商调·蝶恋花》鼓子词、金董解元《西厢记诸宫调》、元王实甫《西厢记》杂剧、明李日华《南调西厢记》传奇和陆天池的同名之作以及周公鲁的《翻西厢记》,清代查继佐的《续西厢》等。其他翻版之作比比皆是多不胜举。《莺莺传》的这种深远广泛的影响,在唐人传奇中可谓独此一家,无与伦比。

贞元中,有张生者,性温茂①,美风容,内秉坚孤,非礼不可入。或朋从游宴,扰杂其间,他人皆汹汹拳拳,若将不及②,张生容顺而已③,终不能乱。以是年二十三,未尝近女色。知者诘之。谢而言曰:"登徒子非好色者④,是有凶行;余真好色者,而适不我值。何以言之? 大凡物之尤者⑤,未尝不留连于心,是知其非忘情者也。"诘者识之。

无几何,张生游于蒲⑥。蒲之东十馀里,有僧舍曰普救寺,张生寓焉。适有崔氏孀妇,将归长安,路出于蒲,亦止兹寺。崔氏妇,郑女也。张出于郑⑦,绪其亲,乃异派之从母⑧。是岁,浑瑊薨于蒲⑨。有中人丁文雅⑩,不善于军,军人因丧而扰,大掠蒲人。崔氏之家,财产甚厚,多奴仆。旅寓惶骇,不知所托。先是,张与蒲将之党有善,请吏护之,遂不及于难。十馀日,廉使杜确将天子命以总戎节⑪,令于军,军由是戢⑫。

郑厚张之德甚,因饰馔以命张⑬,中堂宴之。复谓张曰:"姨之孤嫠未亡⑭,提携幼稚。不幸属师徒大溃,实不保其身。弱子幼女,犹君之生,岂可比常恩哉! 今俾以仁兄礼奉见,冀所以报恩也。"命其子,曰欢郎,可十馀岁,容甚温美。次命女:"出拜尔兄,尔兄活尔。"久之,辞疾⑮。郑怒曰:"张兄保尔之命,不然,尔且掳矣。能复远嫌乎⑯?"久之,乃至。常服睟容⑰,不加新饰,垂鬟接黛⑱,双脸销红而已⑲。颜色艳异,光辉动人。张惊,为之礼。因坐郑旁。以郑之抑而见也⑳,凝睇怨绝,若不胜其体者㉑。问其年纪,郑曰:"今天子甲子岁之七月,终于贞元庚辰,生年十七矣㉒。"张生稍以词导之,不对,终席而罢。张自是惑之,愿致其情,无由得也。

崔之婢曰红娘。生私为之礼者数四,乘间遂道其衷。婢果惊沮,腆然而奔㉓。张生悔之。翼日,婢复至。张生乃羞而谢之,不复云所求矣。婢因谓张曰:"郎之言,所不敢言,亦不敢泄。然而崔之姻族,君所详也。何不因其德而求娶焉?"张曰:"余始自孩提㉔,性不苟合。或时纨绮闲居^㉘，曾莫流盼。不为当年，终有所蔽^㉙。昨日一席间，几不自持。数日来，行忘止，食忘饱，恐不能逾旦暮。若因媒氏而娶，纳采问名^㊱，则三数月间，索我于枯鱼之肆矣^㊲。尔其谓我何^㊳？"婢曰："崔之贞慎自保，虽所尊不可以非语犯之^㊴。下人之谋，固难入矣。然而善属文，往往沉吟章句，怨慕者久之^㊵。君试为喻情诗以乱之^㊶，不然，则无由也。"张大喜，立缀《春词》二首以授之。是夕，红娘复至，持彩笺以授张，曰："崔所命也。"题其篇曰《明月三五夜》。其词曰："待月西厢下，迎风户半开。拂墙花影动，疑是玉人来。"张亦微喻其旨。是夕，岁二月旬有四日矣^㊷。崔之东有杏花一株，攀援可逾。既望之夕，张因梯其树而逾焉^㊸。达于西厢，则户半开矣。红娘寝于床上，因惊之。红娘骇曰："郎何以至？"张因绐之曰^㊹："崔氏之笺召我也。尔为我告之。"无几，红娘复来，连曰："至矣！至矣！"张生且喜且骇，必谓获济^㊺。及崔至，则端服严容，大数张曰^㊻："兄之恩，活我之家，厚矣。是以慈母以弱子幼女见托。奈何因不令之婢，致淫逸之词？始以护人之乱为义，而终掠乱以求之^㊼，是以乱易乱，其去几何？诚欲寝其词^㊽，则保人之奸，不义；明之于母，则背人之惠，不祥；将寄于婢仆，又惧不得发其真诚。是用托短章，愿自陈启。犹惧兄之见难^㊾，是用鄙靡之词，以求其必至。非礼之动，能不愧心？特愿以礼自持，毋及于乱！"言毕，翻然而逝。张自失者久之。复逾而出，于是绝望。

数夕，张生临轩独寝，忽有人觉之^㊿。惊骇而起，则红娘敛衾携枕而至，抚张曰："至矣！至矣！睡何为哉！"并枕重衾而去。张生拭目危坐久之^[51]，犹疑梦寐；然而修谨以俟^[52]。俄而红娘捧崔氏而至。至，则娇羞融冶^[53]，力不能运支体^[54]，曩时端庄，不复同矣。是夕，旬有八日也。斜月晶莹，幽辉半床。张生飘飘然，且疑神仙之徒，不谓从人间至矣。有顷，寺钟鸣，天将晓。红娘促去。崔氏娇啼宛转，红娘又捧之而去，终夕无一言。张生辨色而兴，自疑曰："岂其梦邪？"及明，睹妆在臂，香在衣，泪光荧荧然^[55]，犹莹于茵席而已。是后又十馀日，杳不复知。张生赋《会真诗》三十韵^[56]，未毕，而红娘适至，因授之，以贻崔氏。自是复容之。朝隐而出，暮隐而入，同安于曩所谓西厢者，几一月矣。张生常诘郑氏之情。则曰："我不可奈何矣。"因欲就成之。

无何，张生将之长安，先以情谕之。崔氏宛无难词，然而愁怨之容动人矣。将行之再夕，不复可见，而张生遂西下。

数月，复游于蒲，会于崔氏者又累月。崔氏甚工刀札^[57]，善属文。求索再三，终不可见。往往张生自以文挑，亦不甚睹览。大略崔之出人者，艺必穷极，而貌若不知；言则敏辩，而寡于酬对。待张之意甚厚，然未尝以词继之。时愁艳幽邃，恒若不识，喜愠之容，亦罕形见。异时独夜操琴，愁弄凄恻。张窃听之。求之，则终不复鼓矣，以是愈惑之。张生俄以文调及期^[58]，又当西去。当去之夕，不复自言其情，愁叹于崔氏之侧。崔已阴知将诀矣，恭貌怡声，徐谓张曰："始乱之，终弃之，固其宜矣。愚不敢恨。必也君乱之，君终之，君之惠也。则没身之誓^[59]，其有终矣，又何必深感于此行？然而君既不怿，无以奉宁^[60]。君常谓我善鼓琴，向时羞颜，所不能及。今且往矣，既君此诚^[61]。"因命拂琴，鼓《霓裳羽衣序》^[62]，不数声，哀音怨乱，不复知其是曲也。左右皆欷歔。崔亦遽止之，投琴，泣下流连，趋归郑所，遂不复至。明旦而张行。

明年，文战不胜，张遂止于京。因赠书于崔，以广其意。崔氏缄报之词，粗载于此，曰："捧览来问，抚爱过深。儿女之情，悲喜交集。兼惠花胜一合^[63]、口脂五寸，致耀首膏唇之饰。虽荷殊恩，谁复为容？睹物增怀，但积悲叹耳。伏承使于京中就业，进修之道，固在便安^[64]。但恨僻陋之人，永以遐弃。命也如此，知复何言！自去秋已来，常忽忽如有所失。于喧哗之下，或勉为语笑，闲宵自处，无不泪零。乃至梦寐之间，亦多感咽离忧之思。绸缪缱绻，暂若寻常，幽会未终，惊魂已断。虽半衾如暖，而思之甚遥。一昨拜辞，倏逾旧岁。长安行乐之地，触绪牵情。何幸不忘幽微，眷念无斁^[65]，鄙薄之志，无以奉酬。至于终始之盟^[66]，则固不忒^[67]。鄙昔中表相因，或同宴处。

婢仆见诱，遂致私诚。儿女之心，不能自固。君子有援琴之挑㉚，鄙人无投梭之拒㉛。及荐寝席㉜，义盛意深。愚陋之情，永谓终托。岂期既见君子，而不能定情，致有自献之羞，不复明侍巾帻㉝。没身永恨，含叹何言！倘仁人用心，俯遂幽眇㉞，虽死之日，犹生之年。如或达士略情，舍小从大，以先配为丑行，以要盟为可欺㉟，则当骨化形销，丹诚不泯㊱，因风委露，犹托清尘㊲。存没之诚，言尽于此。临纸呜咽，情不能申。千万珍重，珍重千万！玉环一枚，是儿婴年所弄㊳，寄充君子下体所佩。玉取其坚润不渝，环取其终始不绝。兼乱丝一绚、文竹茶碾子一枚㊴。此数物不足见珍，意者欲君子如玉之真，弊志如环不解。泪痕在竹，愁绪萦丝，因物达情，永以为好耳。心迹身遐，拜会无期。幽愤所钟㊵，千里神合。千万珍重！春风多厉，强饭为嘉。慎言自保，无以鄙为深念。"张生发其书于所知，由是时人多闻之。

所善杨巨源好属词㊶，因为赋《崔娘》诗一绝云："清润潘郎玉不如㊷，中庭蕙草雪销初。风流才子多春思，肠断萧娘一纸书㊸。"河南元稹亦续生《会真诗》三十韵，诗曰："微月透帘栊，莹光度碧空。遥天初缥缈㊹，低树渐葱茏。龙吹过庭竹，鸾歌拂井桐㊺。罗绡垂薄雾，环珮响轻风。绛节随金母㊻，云心捧玉童。更深人悄悄，晨会雨濛濛。珠莹光文履，花明隐绣龙。瑶钗行彩凤，罗帔掩丹虹㊼。言自瑶华浦，将朝碧玉宫㊽。因游洛城北，偶向宋家东㊾。戏调初微拒，柔情已暗通。低鬟蝉影动㊿，回步玉尘蒙。转面流花雪，登床抱绮丛。鸳鸯交颈舞，翡翠合欢笼。眉黛羞偏聚，唇朱暖更融。气清兰蕊馥，肤润玉肌丰。无力慵移腕，多娇爱敛躬。汗流珠点点，发乱绿葱葱。方喜千年会，俄闻五夜穷。留连时有恨，缱绻意难终。慢脸含愁态，芳词誓素衷。赠环明运合，留结表心同。啼粉流宵镜，残灯远暗虫。华光犹苒苒，旭日渐瞳瞳。乘鹜还归洛，吹箫亦上嵩。衣香犹染麝，枕腻尚残红。幂幂临塘草，飘飘思渚蓬。素琴鸣怨鹤，清汉望归鸿。海阔诚难渡，天高不易冲。行云无处所，萧史在楼中。"

张之友闻之者，莫不耸异之，然而张志亦绝矣。稹特与张厚，因征其词。张曰："大凡天之所命尤物也，不妖其身，必妖于人。使崔氏子遇合富贵，乘宠娇，不为云为雨，则为蛟为螭，吾不知其变化矣。昔殷之辛，周之幽，据百万之国，其势甚厚。然而一女子败之，溃其众，屠其身，至今为天下僇笑。予之德不足以胜妖孽，是用忍情。"于时坐者皆为深叹。

后岁余，崔已委身于人，张亦有所娶。适经所居，乃因其夫言于崔，求以外兄见。夫语之，而崔终不为出。张怨念之诚，动于颜色。崔知之，潜赋一章，词曰："自从消瘦减容光，万转千回懒下床。不为旁人羞不起，为郎憔悴却羞郎。"竟不之见。后数日，张生将行，又赋一章以谢绝云："弃置今何道，当时且自亲。还将旧时意，怜取眼前人。"自是，绝不复知矣。

时人多许张为善补过者。予尝于朋会之中，往往及此意者，夫使知者不为，为之者不惑。贞元岁九月，执事李公垂宿于予靖安里第，语予是。公垂卓然称异，遂为《莺莺歌》以传之。崔氏小名莺莺，公垂以命篇。歌曰："伯劳飞迟燕飞疾，垂杨绽金花笑日。绿窗娇女字莺莺，金雀娅鬟年十七。黄姑上天阿母在，寂寞霜姿素莲质。门掩重关萧寺中，芳草花时不曾出。"

【注释】 ① 温茂：温和而感情丰富。 ② "他人"二句：别人都吵吵嚷嚷，好像不能充分表现自己似的。汹汹拳拳，喧闹欢腾貌。 ③ 容顺：表面随和。 ④ 登徒子：登徒，复姓。子，男子的通称。宋玉《登徒子好色赋》："其（登徒子）妻蓬头挛耳，齞（yǎn 音眼，露齿貌）唇历（疏）齿，旁行踽偻，又疥且痔。登徒子悦之，使有五子。"后因称好色而不择美丑者为"登徒子"。 ⑤ 物之尤者：尤物，特美之女。《左传·昭公二十八年》："夫有尤物，足以移人；苟非德义，则必有祸。" ⑥ 蒲：蒲州，即河中府。州治在今山西永济市。 ⑦ 张出于郑：张生的母亲也是郑家女。 ⑧ 异派之从母：远房的姨母。 ⑨ 浑瑊（jiān 缄）：唐朝大将（736—799），铁勒九姓浑部人。英勇善战，屡立战功，官至中书令。兴元元年（784）为河中尹，治蒲十六年，君子贤之。 ⑩ 中人：指监军的宦官。 ⑪ 廉使：唐观察使。唐初于各道设按察使，开元时改设采访处置使，掌举劾所属州县官吏。肃宗以后改为观察处置使。杜确：继浑瑊之后任河中尹兼河中绛州观察使。总戎节：统管军事。　⑫戢:收敛,此指安定。　⑬饰馔以命张:设宴款待张生。命,呼,引申指邀请。　⑭嫠(lí离):寡妇。未亡:未亡人,古代寡妇自称。　⑮辞疾:以疾病推辞。　⑯远嫌:远离以避免嫌疑。　⑰晬(suì碎)容:天然光泽的面容。晬,润泽貌。一本作"悴"。　⑱垂鬟接黛:两鬟垂到眉旁。　⑲双脸销红:两颊红润。销,通"绡",丝绢。　⑳抑而见:强迫出见。　㉑若不胜其体:娇弱得身体好像支持不住似的。　㉒"今天子"三句:今天子甲子岁,指唐德宗兴元元年(784)。贞元庚辰,指贞元十六年(800)。莺莺生于兴元元年七月,到现在贞元十六年,已有十七岁了。　㉓腆(tiǎn忝)然:害羞貌。　㉔孩提:幼儿。　㉕纨绮闲居:指与女性在一起。纨绮,精美的丝织品。这里以女子的服饰指代妇女。　㉖"不为"二句:当年不愿做那种事,现在却终于被迷惑。　㉗纳采问名:旧时婚礼中的六礼之二。纳采,男方向女方送求婚礼物。问名,男家具书托媒请问女子的名字和出生的年月日,女家复书具告。　㉘枯鱼之肆:干鱼店。《庄子·外物》:"(庄)周昨来,有中道而呼者。周顾视车辙中,有鲋鱼焉。周问之曰:'鲋鱼来!子何为者邪?'对曰:'我,东海之波臣也。君岂有斗升之水而活我哉?'周曰:'诺,我且南游吴越之王,激西江之水而迎子,可乎?'鲋鱼忿然作色曰:'……吾得斗升之水然活耳,君乃言此,曾不如早索我于枯鱼之肆!'"后因以喻困境。　㉙尔其谓我何:你说我怎么办。　㉚非语:不正当的话。　㉛属(zhǔ嘱)文:作文章。把东西连缀起来称作"属"。　㉜"往往"二句:沉吟章句,低声吟咏诗文。怨慕,因不得相见而思慕。　㉝乱之:挑动她。　㉞旬有四日:十四日。有,同"又"。　㉟"既望"二句:既望,农历十五日称"望",十六日称"既望"。梯,爬,登。　㊱绐(dài待):欺哄。　㊲必谓获济:以为一定会成功。　㊳数(shǔ暑):数落,责备。　㊴不令:不好。　㊵掠乱:乘危打劫。　㊶寝:隐藏。　㊷见难:有顾虑。　㊸觉之:叫醒他。　㊹危坐:端坐。　㊺修谨以俟:态度恭谨地等待着。　㊻融冶:温顺艳冶。　㊼支:同"肢"。　㊽荧荧:光亮微弱貌。　㊾会真:遇见神仙。三十韵:近体诗两句一押韵,三十韵是六十句。　㊿工刀札:字写得好。古代用笔写在竹简木片上,错了用刀刮去。　51文调及期:考试的日子临近。　52没(mò末)身:终身。没,死。　53"然而"二句:您既然不高兴,我无法安慰您。怿(yì义),喜悦。　54既君此诚:满足您的愿望。既,全,引申为满足。　55《霓裳羽衣序》:霓裳羽衣曲,唐代著名乐曲。为开元中河西节度使杨敬述所献,经唐玄宗润色并制歌词。传说中亦有为唐玄宗登三乡驿,望女儿山,及游月宫密听仙女之歌,归而所作等说。序:乐曲的开始部分。　56花胜:古代妇女的一种首饰。以剪彩为之。　57便(pián骈)安:安静。便,安逸。　58无斁(yì义):无厌。斁,厌弃。　59终始之盟:始终不渝的盟约。《荀子·礼论》:"故君子敬始而慎终,终始若一,是君子之道。"　60不忒(tè特):不变。忒,差错。　61援琴之挑:《史记·司马相如列传》:"是时,卓王孙有女文君新寡,好音,故相如缪与令相重,而以琴心挑之。"　62投梭之拒:《晋书·谢鲲传》:"邻家高氏女有美色,鲲尝挑之,女投梭,折其两齿。"后以此为女子拒绝调戏的典故。　63荐寝席:侍寝。　64明侍巾帻:公开地服侍。指正式结婚。帻(zé责),古代的一种头巾。　65遂:成全,使如愿。幽眇:指隐微的心事。　66要(yāo腰)盟:胁迫对方订立的盟约。此泛指盟约。　67丹诚:赤诚的心。不泯:不灭。　68托清尘:追随着您。清尘,对人的敬称。不直说对方,而说托于对方脚下的尘土。　69儿:青年女子的自称。　70一绹(qú渠):一缕。茶碾子:茶磨。古时一种碾茶叶的器具。　71幽愤:幽思郁闷。　72杨巨源:唐蒲州人,贞元五年进士。诗人。　73潘郎:晋潘岳,貌美,诗文中常用作美男子的代称。这里指张生。　74萧娘:《南史·梁宗室传上·临川靖惠王宏》载,萧宏貌美而柔弱,北魏将他看作女子,称作"萧娘"。后泛指美丽而多情的女子。这里指莺莺。　75缥缈:高远隐约。　76"龙吹"二句:谓风吹庭中之竹、井旁梧桐,声如龙吟鸾歌。　77绛节:古代使者持作凭证的红色符节。这里指仙人的仪仗。金母:神话传说中的西王母,因古人以西方属金,故称。这里指崔莺莺。下句玉童指张生,皆以神仙作比。　78文履:绣鞋。　79"瑶钗"二句:谓头上颤动着形如彩凤的玉钗,身上披掩着色如虹霓的罗帔。　80"言自"二句:瑶华浦、碧玉宫都是仙人居处,这里借指莺莺和张生的住所。　81"因游"二句:指张生因游蒲地而无意间与莺莺相识。洛城,用《洛神赋》事,此借指蒲州。宋家东,宋玉《登徒子好色赋》载宋玉东邻有一美女,登墙窥视宋玉三年,而宋玉不为所动。后以宋玉东邻喻指美貌而多情的女子。　82低鬟蝉影:谓低头时蝉鬓在颤动。蝉鬓,古代妇女的一种发式,形如蝉翼。　83花雪:如花之艳、雪之白。　84绮丛:指丝绸类的被子。　85敛躬:拳曲着身子。　86慢:同"曼",美好,妩媚。　87结:指同心结。用锦带等编成回文形状,以表示爱情。

⑧⑧ "啼粉"二句：夜间对镜整妆，脸上脂粉随泪而流；天晓灯残，暗中传来远处的虫声。这两句写莺莺与张生将离别时的愁情。　⑧⑨ "华光"句：谓重新梳妆后依然光彩照人。华，铅华。苒苒，草盛貌。　⑨⑩ 瞳(tóng童)瞳：太阳初出由暗而明的光景。　⑨① "乘鸾"句：谓莺莺从张生那里回去如洛神乘鸾回到洛水那样。鸾，水禽。　⑨② "吹箫"句：用王子乔的故事表示张生将去长安。汉刘向《列仙传·王子乔》："王子乔者，周灵王太子晋也。好吹笙作凤凰鸣。游伊洛间，道士浮丘公接上嵩高山。三十馀年后，求之于山上，见柏良曰：'告我家：七月七日待我于缑氏山巅。'至时，果乘鹤驻山头，望之不可到。举手谢时人，数日而去。"　⑨③ 幂(mì密)幂：浓密貌。　⑨④ 渚蓬：小洲上的蓬草。　⑨⑤ 怨鹤：指《别鹤操》。晋崔豹《古今注》："《别鹤操》，商陵牧子所作也。娶妻五年而无子，父兄将为之改娶。妻闻之，中夜起，倚户而悲啸。牧子闻之，怆然而悲，乃歌曰：'将乖比翼隔天端，山川悠远路漫漫，揽衣不寝食忘餐！'后人因为乐章焉。"后用以指夫妻分离，抒发别情。　⑨⑥ "清汉"句：盼望得到消息。清汉，银河。归鸿，古代以鸿雁为传信的使者。　⑨⑦ 行云：本指巫山神女。此代指莺莺。《文选》宋玉《高唐赋序》："昔者先王尝游高唐，……梦见一妇人，曰：'妾巫山之女也，为高唐之客，闻君游高唐，愿荐枕席。'王因幸之。去而辞曰：'妾在巫山之阳，高丘之阻，旦为朝云，暮为行雨，朝朝暮暮，阳台之下。'"　⑨⑧ 萧史：相传为春秋秦穆公时人。刘向《列仙传》卷上："萧史善吹箫，能致孔雀、白鹤于庭。穆公有女字弄玉，好之。公遂以女妻焉。(史)日教弄玉作凤鸣，居数年，吹似凤声，凤凰来止其屋。(穆)公为筑凤台，夫妇止其上，不下数年。一旦，皆随凤凰飞去。"此处代指张生。　⑨⑨ 妖：祸害。　⑩⑩ 蛟：古代传说中的一种龙，常居深渊，能发洪水。螭(chī吃)：传说中无角的龙。　⑩① "昔殷之辛"二句：指殷纣王(名受辛)和周幽王。纣王宠爱妲己，幽王宠爱褒姒，最终亡国。　⑩② 傈(lú卢)笑：辱笑，耻笑。　⑩③ "夫使知者"二句：使明智的人不去做这种事，已经做的人不迷惑沉溺。　⑩④ 执事：有职守的人，指官员。李公垂：唐诗人李绅，字公垂。曾任尚书右仆射、门下侍郎等职。靖安里：长安里坊名，在皇城南，元稹宅在靖安北街。　⑩⑤ 歌曰：此下文字张友鹤本无，从中华书局《元稹集》外集卷六补出。　⑩⑥ "伯劳"句：《玉台新咏》卷九《东飞伯劳歌》："东飞伯劳西飞燕，黄姑(牵牛)织女时相见。"后称朋友别离为劳燕分飞。伯劳，鸟名，属鸣禽科。　⑩⑦ 金雀：钗名。娅(yā鸭)鬟：一作"鸦鬟"，古代少女的一种发式。此指少女。　⑩⑧ 黄姑：牵牛星。　⑩⑨ 萧寺：唐李肇《国史补》卷中："梁武帝造寺，令萧子云飞白大书'萧'字，至今一'萧'字存焉。"后因称佛寺为萧寺。

错斩崔宁

【解题】　本篇故事来源于民间，作者不详。最初被人编入明人编撰的《京本通俗小说》(即《宋人词话》)第十五卷。冯梦龙把它编入《醒世恒言》，改题为《十五贯戏方成巧祸》，除个别字以外，内容大体相同。这篇小说故事情节曲折巧妙，作者有意运用偶合，编织出新颖、奇巧、引人入胜的故事，细节描写真实细致，人物性格生动鲜明，批判了封建官吏草菅人命，率意断狱，是一篇具有现实主义色彩的文学作品。

　　却说①高宗②时，建都临安，繁华富贵，不减那汴京故国③。去④那城中箭桥⑤左侧，有个官人，姓刘，名贵，字君荐。祖上原是有根基⑥的人家。到得君荐手中，却是时乖运蹇⑦。先前读书，后来看看不济，却去改业做生意。便是半路上出家的一般，买卖行中一发不是本等伎俩⑧，又把本钱消折去了。渐渐大房改换小房，赁得两三间房子，与同浑家王氏，年少齐眉。后因没有子嗣，娶下一个小娘子，姓陈，是陈卖糕的女儿，家中都呼为二姐。这也是先前不十分穷薄时做下的勾当。至亲三口，并无闲杂人在家。那刘君荐极是为人和气，乡里见爱，都称他："刘官人，你是一时运限⑨不好，如此落寞。再过几时，定时⑩有个亨通的日子。"说便是这般说，那得有些些好处？只是在家纳闷，无可奈何。

　　却说一日闲坐家中，只见丈人家里的老王，年近七旬，走来对刘官人说道："家间老员外生日，特令老汉接取官人娘子去走一遭。"刘官人便道："便是我日逐⑪愁闷过日子，连那泰山的寿诞也都忘了！"便同浑家王氏，收拾随身衣服，打迭个包儿，交与老王背了。分付二姐看守家中："今日晚了，不能转回；明晚须索⑫来家。"说了就去。离城二十余里，到了丈人王员外家，叙了寒温。当日坐间客众，丈人女婿，不好十分叙述许多穷相。到得客散，留在客房里歇宿。直到天明，丈人却来与女婿攀话，说道："姐丈⑬，你须不是这等算计。'坐吃山空，立吃地陷'。'咽喉深似海，日月快如梭'。你须计较一个常便⑭。我女儿嫁了你一生，也指望丰衣足食，不成只是这等就罢了。"刘官人叹了一口气道："是！泰山在上，道不得个⑮'上山擒虎易，开口告人难'，如今的时势，再有谁似泰山这般怜念我的！只索守困。若去求人，便是劳而无功。"丈人便道："这也难怪你说。老汉却是看你们不过，今日贳助你些少本钱，胡乱去开个柴米店，赚得些利息来过日子，却不好么？"刘官人道："感蒙泰山恩顾，可知是好⑯。"当下吃了午饭，丈人取出十五贯⑰钱来，付与刘官人道："姐丈，且将这些钱去收拾起店面。开张有日⑱，我便再应付你十贯。你妻子且留在此过几日，待有了开店日子，老汉亲送女儿到你家，就来与你作贺。意下如何？"刘官人谢了又谢，驮了钱一径出门。到得城中，天色却早晚了。却撞着一个相识，顺路在他家门首经过。那人也要做经纪的人⑲，就与他商量一会，可知是好。便去敲那人门时，里面有人应诺，出来相揖，便问："老兄下顾，有何见教？"刘官人一一说知就里。那人便道："小弟闲在家中，老兄用得着时，便来相帮。"刘官人道："如此甚好。"当下说了些生意的勾当，那人便留刘官人在家，现成杯盘⑳，吃了三杯两盏。刘官人酒量不济，便觉有些朦胧起来。抽身作别，便道："今日相扰，明早就烦老兄过寒家计议生理㉑。"那人又送刘官人至路口，作别回家，不在话下。若是说话的㉒同年生，并肩长㉓拦腰抱住，把臂拖回，也不见得受这般灾晦，却教刘官人死得不如《五代史》李存孝、《汉书》中彭越。㉔

却说刘官人驮了钱，一步一步捱到家中敲门，已是点灯时分。小娘子二姐，独自在家，没一些事做，守得天黑，闭了门，在灯下打瞌睡。刘官人打门，他那里便听见？敲了半晌，方才知觉，答应一声："来了！"起身开了门。刘官人进去，到了房中，二姐替刘官人接了钱，放在桌上，便问："官人何处挪移这项钱来？却是甚用？"那刘官人一来有了几分酒，二来怪他开得门迟了，且戏言㉕吓他一吓，便道："说出来，又恐你见怪；不说时，又须通你得知。只是我一时无奈，没计可施，只得把你典与一个客人。又因舍不得你，只典得十五贯钱。若是我有些好处㉖，加利赎你回来；若是照前这般不顺溜，只索罢了！"那小娘子听了，欲待不信，又见十五贯钱堆在面前；欲待信来，他平白与我没半句言语㉗，大娘子又过得好，怎么便下得这等狠心辣手？狐疑不决，只得再问道："虽然如此，也须通知我爹娘一声。"刘官人道："若是通知你爹娘，此事断然不成。你明日且到了人家，我慢慢央人与你爹娘说通，他也须怪我不得。"小娘子又问："官人今日在何处吃酒来？"刘官人道："便是把你典与人，写了文书，吃他的酒才来的。"小娘子又问："大姐姐如何不来？"刘官人道："他因不忍见你分离，待得你明日出了门才来。这也是我没计奈何，一言为定。"说罢，暗地忍不住笑，不脱衣裳，睡在床上，不觉睡去了。那小娘子好生摆脱不下："不知他卖我与甚色样人家？我须先去爹娘家里说知。就是他明日有人来要我，寻到我家，也须有个下落。"沉吟了一会，却把这十五贯钱，一垛儿堆在刘官人脚后边。趁他酒醉，轻轻的收拾了随身衣服，款款的㉘开了门出去，拽上了门，却去左边一个相熟的邻舍叫做朱三老儿家里，与朱三妈借宿了一夜，说道："丈夫今日无端卖我，我须先去与爹娘说知。烦你明日对他说一声，既有了主顾，可同我丈夫到爹娘家中来讨个分晓，也须有个下落。"那邻舍道："小娘子说得有理。你只顾自去，我便与刘官人说知就里。"过了一宵，小娘子作别去了，不题。正是：

鳌鱼脱却金钩去，摆尾摇头再不回。

放下一头。却说这里刘官人一觉直至三更方醒，见桌上灯犹未灭，小娘子不在身边，只道他还在厨下收拾家火㉙，便唤二姐讨茶吃。叫了一回，没人答应，却待挣扎起来，酒尚未醒，不觉又睡了去。不想却有一个做不是的㉚，日间赌输了钱，没处出豁，夜间出来掏摸些东西，却好到刘官人门首。因是小娘子出去了,门儿拽上不关,那贼略推一推,豁地开了。捏手捏脚,直到房中,并无一人知觉。到得床前,灯火尚明,周围看时,并无一物可取。摸到床上,见一人朝着里床①睡去,脚后却有一堆青钱。便去取了几贯。不想惊醒了刘官人,起来喝道:"你须不尽道理!我从丈人家借办得几贯钱来养身活命,不争你偷了我的去,却是怎的计结②!"那人也不回话,照面一拳。刘官人侧身躲过,便起身与这人相持。那人见刘官人手脚活动,便拔步出房。刘官人不舍,抢出门来,一径赶到厨房里,恰待声张邻舍起来捉贼。那人急了,正好没出豁,却见明晃晃一把劈柴斧头,正在手边。也是人急计生,被他绰起一斧,正中刘官人面门,扑地倒了。又复一斧,斫倒一边。眼见得刘官人不活了,呜呼哀哉,伏维尚飨③!那人便道:"一不做,二不休。却是你来赶我,不是我来寻你索命。"番身入房,取了十五贯钱,扯条单被包裹得停当,拽扎得爽俐,出门拽上了门就走,不题。

次早邻舍起来,见刘官人家门也不开,并无人声息,叫道:"刘官人!失晓了④!"里面没人答应。捱将进去,只见门也不关。直到里面,见刘官人劈死在地。他家大娘子两日前已自往娘家去了;小娘子如何不见?免不得声张起来。却有昨夜小娘子借宿的邻家朱三老儿说道:"小娘子昨夜黄昏时到我家宿歇,说道刘官人无端卖了他。他一径先到爹娘家里去了。教我对刘官人说,既有了主顾,可同到他爹娘家中,也讨得个分晓。今一面着人去追他转来,便有下落;一面着人去报他大娘子到来,再作区处。"众人都道:"说得是。"先着人去到王老员外家报了凶信。老员外与女儿大哭起来,对那人道:"昨日好端端出门,老汉赠他十五贯钱,教他将来作本,如何便恁的被人杀了?"那去的人道:"好教老员外大娘子得知:昨日刘官人归时,已自昏黑,吃得半酣,我们都不晓得他有钱没钱,归迟归早。只是今早刘官人家门儿半开,众人推将进去,只见刘官人杀死在地;十五贯钱一文也不见;小娘子也不见踪迹。声张起来,却有左邻朱三老儿出来,说道他家小娘子昨夜黄昏时分借宿他家。小娘子说道刘官人无端把他典与人了。小娘子要对爹娘说一声,住了一宵,今日径自去了。如今众人计议,一面来报大娘子与老员外;一面着人去追小娘子。若是半路里追不着的时节,直到他爹娘家中,好歹追他转来,问个明白。老员外与大娘子须索去走一遭,与刘官人执命⑤。"老员外与大娘子急急收拾起身,管待来人酒饭,三步做一步,赶入城中,不题。

却说那小娘子清早出了邻舍人家,捱上路去,行不下一二里,早是脚疼走不动,坐在路旁。却见一个后生,头带万字头巾,身穿直缝宽衫,背上驮了一个搭膊⑥,里面却是铜钱,脚下丝鞋净袜,一直走上前来。到了小娘子面前,看了一看,虽然没有十二分颜色,却也明眸皓齿,莲脸生春,秋波送媚,好生动人。那后生放下搭膊,向前深深作揖:"小娘子独行无伴,却正往那里去的?"小娘子还了万福⑦道:"是奴家要往爹娘家去。因走不上⑧,权歇在此。"因问:"哥哥是何处来今要往何方去?"那后生叉手不离方寸⑨:"小人是村里人,因往城中卖了丝账⑩,讨得些钱,要往褚家堂那边去的。"小娘子道:"告哥哥则个。奴家爹娘也在褚家堂左侧,若得哥哥带挈奴家同走一程,可知是好。"那后生道:"有何不可?既如此说,小人情愿伏侍⑪小娘子前去。"两个厮赶着一路,正行,行不到二三里田地,只见后面两个人,脚不点地赶上前来,赶得汗流气喘,衣服拽开,连叫:"前面小娘子慢走,我却有话说知。"小娘子与那后生看见赶得踉蹡,都立住了脚。后边两个赶到跟前,见了小娘子与那后生,不容分说,一家扯了一个,说道:"你们干得好事!却走往那里去?"小娘子吃了一惊,举眼看时,却是两家邻舍,一个就是小娘子昨夜借宿的主人。小娘子便道:"昨夜也须告过公公得知,丈夫无端卖我,我自去对爹娘说知。今日赶来,却有何说?"朱三老道:"我不管闲账。只是你家里有杀人公事⑫,你须回去对理。"小娘子道:"丈夫卖我,昨日钱已驮在家中,有甚杀人公事?我只是不去。"朱三老道:"好自在性儿!你若真个不去,……"叫起地方⑬:"有杀人贼在此,烦为一捉!不然,须要连累我们;你这里地方也不得清净。"那后生见不是话头⑭,便对小娘子道:"既如此说,小娘子只索回去。小人自家去休。"那两个赶来的邻舍齐叫起来,说道:"若是没有你在此便罢;既然你与小娘子同行同止,你须也去不得。"那后生道:"却又古怪!我自半路遇见小娘子,偶然伴他行一程,路途上有甚皂丝麻线⑮,要勒掯我同去?"朱三老道:"他家有了杀人公事,不争⑯放你去了,却打没对头官司!"当下怎容小娘子和那后生做主?看的人渐渐立满,都道:"后生!你去不得。古人'日间不作亏心事,半夜敲门不吃惊',便去何妨?"那赶来的邻舍道:"你若不去,便是心虚;我们却和你罢休不得。"四个人只得厮挽着一路转来。到得刘官人门首,好一场热闹!小娘子入去看时,只见刘官人斧劈倒在地死了;床上十五贯钱,分文也不见。开了口合不得,伸了舌缩不上去。那后生也慌了,便道:"我怎的晦气!没来由和那小娘子同走一程,却做了干连人⑰。"众人都和闹着。正在那里分豁不开,只见王员外和女儿一步一颠走回家来,见了女婿尸身,哭了一场,便对小娘子道:"你却如何杀了丈夫,劫了十五贯钱逃走出去?今日天理昭然,有何理说!"小娘子道:"十五贯钱委是有的。只是丈夫昨晚回来,说是无计奈何,将奴家典与他人,典得十五贯身价在此,说过今日便要奴家到他家去。奴家因不知他典与甚色样人家,先去与爹娘说知。故此趁夜深了,将这十五贯钱一垛儿堆在他脚后边,拽上门,到朱三老家住了一宵,今早自去爹娘家里说知。我去之时,也曾央朱三老对我丈夫说,既然有了主儿,便同到我爹娘家里来交割。却不知因甚杀死在此。"那大娘子道:"可又来!我的父亲昨日明明把十五贯钱与他驮来作本,养赡妻小,他岂有哄你说是典来身价之理?这是你两日因独自在家,勾搭上了人;又见家中好生不济,无心守耐;又见了十五贯钱,一时见财起意,杀死丈夫,劫了钱,又使见识⑱往邻家借宿一夜,却与汉子通同计较,一处逃走。现今你跟着一个男子同走,却有何理说,抵赖得过?"众人齐声道:"大娘子之言甚是有理。"又对那后生道:"后生!你却如何与小娘子谋杀亲夫?却暗暗约定在僻静处等候,一同去逃奔他方,却是如何计结?"那人道:"小人自姓崔,名宁,与那小娘子无半面之识。小人昨晚入城卖得几贯丝钱在这里,因路上遇见小娘子,小人偶然问起往那里去的,却独自一个行走。小娘子说起是与小人同路,以此作伴同行。却不知前后因依⑲。"众人那里肯听他分说?搜索他搭膊中,恰好是十五贯钱,一文也不多,一文也不少。众人齐发起喊来,道是:"'天网恢恢,疏而不漏'。你却与小娘子杀了人,拐了钱,盗了妇女,同往他乡,却连累我地方邻里打没头官司!"

当下大娘子结扭了小娘子,王老员外结扭了崔宁,四邻舍都是证见,一哄都入临安府中来。那府尹听得有杀人公事,即便升堂,便叫一干人犯逐一从头说来。先是王老员外上去告说:"相公⑳在上。小人是本府村庄人氏,年近六旬,只生一女,先年嫁与本府城中刘贵为妻,后因无子,娶了陈氏为妾,呼为二姐。一向三口在家过活,并无片言㉑。只因前日是老汉生日,差人接取女儿女婿到家住了一夜,次日因见女婿家中全无活计,养赡不起,把十五贯钱与女婿作本开店养身。却有二姐在家看守,到得昨夜,女婿到家时分,不知因甚缘故,将女婿斧劈死了。二姐却与一个后生名唤崔宁,一同逃走,被人追捉到来。望相公可怜见老汉的女婿身死不明,奸夫淫妇,赃证见在㉒,伏乞相公明断!"府尹听得如此如此,便叫:"陈氏上来!你却如何通同奸夫杀死了亲夫,劫了钱与人一同逃走?是何理说!"二姐告道:"小妇人嫁与刘贵,虽是个小老婆,却也得他看承得好;大娘又贤慧,却如何肯起这片歹心?只是昨晚丈夫回来,吃得半酣,驮了十五贯钱进门,小妇人问他来历,丈夫说道因为养赡不周,将小妇人典与他人,典得十五贯身价在此,又不通我爹娘知,明日就要小妇人到他家去。小妇人慌了,连夜出门,走到邻舍家里借宿一宵,今早一径先往爹娘家去。教他对丈夫说:既然卖我有了主顾,可到我爹妈家里来交割。才走得到半路,却见昨夜借宿的邻家赶来,捉住小妇人回来。却不知丈夫杀死的根由。"那府尹喝道:"胡说!

这十五贯钱，分明是他丈人与女婿的，你却说是典你的身价，眼见的没巴臂的⑬说话了。况且妇人家如何黑夜行走？定是脱身之计。这桩事须不是你一个妇人家做的，一定有奸夫帮你谋财害命。你却从实说来！"那小娘子正待分说，只见几家邻舍，一齐跪上去告道："相公的言语，委是青天！他家小娘子昨夜果然借宿在左邻第二家的，今早他自去了。小的们见他丈夫杀死，一面着人去赶，赶到半路，却见小娘子和那一个后生同走，苦死⑭不肯回来，小的们勉强捉他转来；却又一面着人去接他大娘子与他丈人，到时，说昨日有十五贯钱付与女婿做生理的，今者女婿已死，这钱不知从何而去？再三问那小娘子时，说道他出门时，将这钱一垛儿堆在床上。却去搜那后生身边，十五贯钱分文不少。却不是小娘子与那后生通同谋杀！赃证分明，却如何赖得过！"府尹听他们言言有理，就唤那后生上来道："帝辇之下⑮，怎容你这等胡行！你却如何谋了他小老婆，劫了十五贯钱，杀死他亲夫？今日同往何处？从实招来！"那后生道："小人姓崔，名宁，是乡村人氏。昨日往城中卖了丝，卖得这十五贯钱。今早偶然路上撞着这小娘子，并不知他姓甚名谁，那里晓得他家杀人公事？"府尹大怒，喝道："胡说！世间不信有这等巧事！他家失去了十五贯钱，你却卖的丝恰好也是十五贯钱，这分明是支吾的说话了。况且'他妻莫爱，他马莫骑'，你既与那妇人没甚首尾⑯，却如何与他同行同宿？你这等顽皮赖骨，不打如何肯招！"当下众人将那崔宁与小娘子，死去活来拷打一顿。那边王老员外与女儿并一干邻佑人等，口口声声咬他二人；府尹也巴不得了结这段公案。拷讯一回，可怜崔宁和小娘子受刑不过，只得屈招了。说是一时见财起意，杀死亲夫，劫了十五贯钱同奸夫逃走是实。左邻右舍都指画了十字⑰。将两人大枷枷了，送入死囚牢里。将这十五贯钱给还原主，也只好奉与衙门中人做使用⑱，也还不够哩！府尹迭成文案，奏过朝廷。部复申详⑲，到下圣旨，说崔宁不合奸骗人妻，谋财害命，依律处斩；陈氏不合通同奸夫杀死亲夫，大逆不道⑳，凌迟示众㉑。当下读了招状，大牢内取出二人来，当厅判一个"斩"字，一个"剐"字㉒，押赴市曹行刑示众。两人浑身是口，也难分说。正是：

哑子漫尝黄檗㉓。

看官听说㉔：这段公事，果然是小娘子与那崔宁谋财害命的时节，他两人须连夜逃走他方，怎的又去邻舍人家借宿一宵，明早又走到爹娘家去，却被人捉住了？这段冤枉，仔细可以推详出来。谁想问官糊涂，只图了事，不想捶楚之下，何求不得㉕！冥冥之中，积了阴骘㉖，"远在儿孙近在身"，他两个冤魂也须放你不过。所以做官的切不可率意断狱，任情用刑，也要求个公平明允㉗。道不得个"死者不可复生，断者不可复续"，可胜叹哉㉘！

闲话休题却说那刘大娘子到得家中，设个灵位，守孝过日。父亲王老员外劝他转身㉙，大娘子说道："不要说起三年之久㉚，也须到小祥㉛之后。"父亲应允自去。光阴迅速，大娘子在家巴巴结结㉜，将近一年。父亲见他守不过，便叫家里老王去接他来，说："叫大娘子收拾回家，与刘官人做了周年㉝，转了身去罢。"大娘子没计奈何，细思父言，亦是有理；收拾了包裹，与老王背了，与邻舍家作别，暂去再来。一路出城，正值秋天，一阵乌风猛雨，只得落路㉞往一所林子去躲，不想走错了路。正是：

猪羊走入屠宰家，一脚脚来寻死路。

走入林子里去，只听他林子背后大喝一声："我乃静山大王在此！行人住脚，须把买路钱与我！"大娘子和那老王吃那一惊不小。只见跳出一个人来：

头戴干红凹面巾㉟，身穿一领旧战袍。腰间红绢搭膊裹肚㊱，脚下蹬一双乌皮皂靴。手执一把朴刀。舞刀前来。那老王该死，便道："你这剪径的毛团㊲！我须是认得你！做这老性命着与你兑了罢！"一头撞去，被他闪个空。老人家用力猛了，扑地便倒。那人大怒道："这牛子㊳好生无礼！"连搠一两刀，血流在地，眼见得老王养不大了㊴。那刘大娘子见他凶猛，料道脱身不得，心生一计，叫做"脱空计"，拍手叫道："杀得好！"那人便住了手，睁圆怪眼，喝道："这是你甚么人？"那大娘子虚心假气的答道："奴家不幸，丧了丈夫；却被媒人哄诱，嫁了这个老儿，只会吃饭。今日却得大王杀了，也替奴家除了一害。"那人见大娘子如此小心，又生得有几分颜色，便问道："你肯跟我做个压寨夫人么？"大娘子寻思，无计可施，便道："情愿伏侍大王。"那人回嗔作喜，收拾了刀杖，将老王尸首擂入涧中；领了刘大娘子到一所庄院前来，甚是委曲㊿。只见大王向那地上拾些土块，抛向屋上去，里面便有人出来开门。到得草堂⓬之上，分付杀羊备酒，与刘大娘子成亲。两口儿且是说得着⓭。正是：

明知不是伴，事急且相随。

不想那大王自得了刘大娘子之后，不上半年，连起了几主大财⓮，家间也丰富了。大娘子甚是有见识，早晚用好言语劝他："自古道：'瓦罐不离井上破，将军难免阵中亡⓯。'你我两人，下半世也够吃用了，只管做这没天理的勾当，终须不是个好结果。却不道是'梁园虽好，不是久恋之家'⓰，不若改行从善，做个小小经纪，也得过养身活命。"那大王早晚被他劝转，果然回心转意，把这门道路撇了⓱；却去城市间，赁下一处房屋，开了一个杂货店。遇闲暇的日子，也时常去寺院中念佛赴斋。忽一日在家闲坐，对那大娘子道："我虽是个剪径的出身，却也晓得'冤各有头，债各有主'。每日间只是吓骗人东西，将来过日子。后来得有了你，一向不大顺溜，今已改行从善。闲来追思既往，正会枉杀了两个人，又冤陷了两个人，时常挂念，思欲做些功德超度他们，一向不曾对你说知。"大娘子便道："如何是枉杀了两个人？"那大王道："一个是你的丈夫，前日在林子里的时节，他来撞我，我却杀了他。他须是个老人家，与我往日无仇，如今又谋了他老婆，他死也是不甘心的。"大娘子道："不恁的时，我却那得与你厮守？这也是往事，休题了。"又问："杀那一个又是甚人？"那大王道："说起杀这个人，一发天理上放不过去。且又带累了两个人，无辜偿命。是一年前，也是赌输了，身边并无一文，夜间便去掏摸些东西。不想到一家门首，见他门也不闩，推进去时，里面并无一人。摸到门里，只见一人醉倒在床，脚后却有一堆铜钱。便去摸他几贯。正待要走，却惊醒了那人，起来说道：'这是我丈人家与我做本钱的，不争你偷去了，一家人口都是饿死！'起身抢出房门，正待声张起来，是我一时见他不是话头，却好一把劈柴斧头在我脚边。这叫做'人急计生'，绰起斧来，喝一声道'不是我，便是你'⓲，两斧劈倒，却去房中将十五贯钱尽数取了。后来打听得他却连累了他家小老婆，与那一个后生，唤做崔宁，冤枉了他谋财害命，双双受了国家刑法。我虽是做了一世强人，只有这两桩人命是天理人心打不过去的；早晚还要超度他，也是该的。"那大娘子听说，暗暗地叫苦："原来我的丈夫也吃这厮杀了！又连累我家二姐与那个后生无辜受戮。思量起来，是我不合当初做弄㊿他两人偿命。料他两人阴司中也须放我不过。"当下权且欢天喜地，并无他说。明日捉个空，便一径到临安府前叫起屈来。那时换了一个新任府尹，才得半月，正值升厅，左右捉将那叫屈的妇人进来。刘大娘子到于阶下，放声大哭。哭罢，将那大王前后所为，怎的杀了我丈夫刘贵，问官不肯推详，含糊了事，却将二姐与那崔宁朦胧⓳偿命；后来又怎的杀了老王，奸骗了奴家，今日天理昭然，一一是他亲口招承，伏乞相公高抬明镜，昭雪前冤！说罢又哭。府尹见他情词可悯，即着人去捉那静山大王到来，用刑拷讯，与大娘子口词一些不差。即时问成死罪，奏过官里。待六十日限满，到下圣旨来：勘得静山大王谋财害命，连累无辜，准律杀一家非死罪三人者斩加等，决不待时⓴；原问官断狱失情，削职为民；崔宁与陈氏枉死可怜，有司访其家，量行优恤㉑；王氏既系强徒威逼成亲，又能伸雪夫冤，着将贼人家产一半没入官，一半给与王氏，养赡终身。

刘大娘子当日往法场上看决了静山大王，又取其头去祭献亡夫并小娘子及崔宁，大哭一场。将这一半家私舍入㉒尼姑庵中。自己朝夕看经念佛，追荐亡魂㉓，尽老百年而终。

【注释】 ① 却说：古代说书人的习惯用语。说书，或说完一段另起一段的时候，往往用“却说”开头。 ② 高宗：南宋的第一代皇帝赵构。 ③ 故国：指旧时的国都。 ④ 去：走到。这里有“在”的意思。 ⑤ 箭桥：地名。在杭州市内，现在写作“荐桥”。 ⑥ 根基：这里指家产。 ⑦ 时乖运蹇(jiǎn)：时运不好。乖，蹇，都是不顺利的意思。 ⑧ 一发不是本等伎俩：更加不是原有的本领。一发，越发。伎俩，本领。 ⑨ 运限：运气。 ⑩ 定时：一定。 ⑪ 日逐：一天天，经常。 ⑫ 须索：一定。 ⑬ 姐丈：原来是对姐夫的称呼。这里对女婿称姐丈，是用儿女的口气来称呼。 ⑭ 你须计较一个常便：你应该有个长远的打算。计较，考虑。常便，长远的打算。 ⑮ 道不得个：当时流行的一种口语，意思是“常言不是这样说过吗”。 ⑯ 可知是好：当时流行的一种口语，意思是“可就好啦”。 ⑰ 贯：古时候把铜钱穿在绳子上，一千钱叫一贯。 ⑱ 开张有日：到有了开市营业的确定日子的时候。 ⑲ 也要做经纪的人：也是要做买卖的人。 ⑳ 杯盘：这里指酒菜。 ㉑ 计议生理：商量生计。 ㉒ 说话的：这是说书人对自己的称呼。 ㉓ 同年生，并肩长：意思是说，同刘官人是从小一起长大的朋友。 ㉔《五代史》李存孝、《汉书》中彭越：记载在《五代史》里的李存孝和《汉书》里的彭越，都是被人害死的。李存孝，五代后唐人，本来姓安，名敬思，后唐太祖李克用收他做养子，改姓李，名存孝。他骑射技术很好。后来为李克用的另一个养子李存信所诽谤，被杀。彭越，秦末汉初人，因有大功，被汉高祖封为梁王。后来因为有人告他谋反，被高祖杀死。 ㉕ 戏言：说个玩笑话。 ㉖ 有些好处：指日子过得好些。 ㉗“他平白”句：无缘无故，他同我并没有一言半语的争吵。 ㉘ 款款的：慢慢地。 ㉙ 家火：家具。指做饭的器具。也作“伙”。 ㉚ 做不是的：为非做歹的。 ㉛ 里床：床里面。 ㉜“不争”句：要是你偷了我的，我可怎么办。计结，了结。 ㉝ 伏维尚飨：这是古时候追悼死者的祭文里的惯用语。说书人在这里只是随便引用，我们只把这话理解为“死了”就可以。伏维尚飨是希望死者享用祭品的意思。 ㉞ 失晓了：该起床了。失晓，意思是早晨该醒的时候还没有醒来。 ㉟ 与刘官人执命：替刘官人做主，追究杀人的凶手，要凶手偿命。 ㊱ 搭膊：一种长形的口袋，口在中央，可以搭在肩上背着走。 ㊲ 还了万福：答了礼。古时候妇女对人施礼，双手在襟前合拜，口里说着“万福”。后来就用“万福”作为妇女施礼的代用语。 ㊳ 走不上：走不动，不能继续走。 ㊴ 叉手不离方寸：两手交叉在胸前，总是不离开心窝。这里是说那后生规规矩矩，很有礼貌。方寸，指心窝的位置。 ㊵ 卖了丝账：就是卖了丝，收了账。 ㊶ 伏侍：这里是“陪伴”的意思。 ㊷ 杀人公事：人命案子。 ㊸ 地方：地保(在地方上当差的隶役)。 ㊹ 不是话头：话头不对，形势不佳。 ㊺“有甚皂丝”句：有什么瓜葛牵连，意思是说没有丝毫关系。 ㊻ 不争：如其，如果。 ㊼ 干连人：被牵连在内的人。 ㊽ 使见识：耍手段。 ㊾ 前后因依：前因后果。 ㊿ 相公：对做官的人的一种敬称。 (51) 并无片言：意思是说并没有吵过一句嘴。 (52) 见在：明明白白摆在眼前。见，同“现”。 (53) 没巴臂的：没根据的。 (54) 苦死：坚持。 (55) 帝辇之下：京城里面。临安是当时的京城，所以这样说。辇，(皇帝的)车子。 (56) 首尾：私情，关系。 (57) 指画了十字：用手指蘸了墨，在供词上画个“十”字，代替签字。 (58) 使用：花费。 (59) 部复申详：刑部(管理刑法的最高机关)批复得很清楚。 (60) 大逆不道：封建时代特有的一种罪名。臣杀君，子杀父，妻杀夫，都叫“大逆不道”。 (61) 凌迟示众：当众执行凌迟的刑罚。凌迟，古代一种极残酷的刑罚，先斩了犯人的四肢，然后割断他的咽喉。 (62) 剐(guǎ)：凌迟。 (63) 黄檗(bò)：落叶乔木，树皮可以制药，味苦。 (64) 看官听说：这是说书人说到故事的关键处时提醒听众注意的一种惯用语。 (65)“捶楚”句：在残酷的拷打之下，要被打的人承认罪名，哪有做不到的！ (66) 冥冥之中，积了阴骘(zhì)：按照迷信的说法，人做了好事或坏事，阴间都知道，将来早晚会有福或祸的报应。冥冥，指阴间。阴骘，阴德。 (67) 明允：明白恰当。 (68)“道不得个”句：常言不是说过吗，“死了的不能再活，砍断的不能再接上(指受刑人的身体)”，这是多么可叹的事啊！ (69) 转身：再嫁。 (70) 三年之久：指妻子根据封建的礼法应该为丈夫守孝的期限。 (71) 小祥：死后一周年的日子。 (72) 巴巴结结：这里是指勉勉强强过日子。 (73) 做了周年：行了周年的祭礼。 (74) 落路：离开道路(暂时不走路)。 (75) 干红凹面巾：一种头巾。干红，指颜色；凹面，指形状。 (76) 搭膊裹肚：一种围腰的带子。 (77) 剪径的毛团：拦路抢劫的强盗。迳，同“径”，路。 (78) 牛子：骂人的话，犹言“畜生”。 (79) 养不大了：活不成了。 (80) 甚是委曲：指那庄院的路曲曲折折。 (81) 草堂：指正房。 (82) 且是说得着：意思是看起来倒很对劲儿。 (83) 连起了几主大财：一连发了几次大财。几主，同“几注”，几笔。 (84) 瓦罐不离井上破，将军难免阵中亡：俗语，意思是打水的罐子总会在井边打破,带兵的人难免在战场上丧命。 ⑧⑤ 梁园虽好,不是久恋之家:意思是说,梁园那样的地方虽然好,但是不能久住在里面。梁园,汉代梁孝王建筑的一所很讲究的花园。他经常同宫人、宾客在里面游乐。 ⑧⑥ 把这门道路撇了:把这种生活抛开了。 ⑧⑦ 不是我,便是你:不是你死,就是我死。 ⑧⑧ 做弄:有"促使"的意思。 ⑧⑨ 朦胧:这里是"糊里糊涂"的意思。 ⑨⑩ "准律杀"句:根据法律凡是杀害一家三个并未犯死罪的人,要处以加一等的斩罪,立刻斩首,不得迟延。 ⑨① 量行优恤:酌量情况,给以优厚的抚恤。 ⑨② 舍入:捐入。 ⑨③ 追荐亡魂:超度死者。追荐,超度。

宝黛《西厢》传情

【解题】 本篇选自《红楼梦》第二十三回"西厢记妙词通戏语 牡丹亭艳曲警芳心"。讲的是宝玉住进大观园后春光明媚的一天,在沁芳闸桥边一片桃林中偷读《会真记》(即西厢记),恰巧被在此葬花的黛玉遇见,两个人共读西厢,并用书中的妙词如"我是多愁多病身,你是倾国倾城貌",相互调情说笑。这一场景,美好而浪漫,一对年轻男女在树下耳鬓厮磨,共同沉浸在带有唯美意境的爱情故事中。不但有极强的审美情趣,而且是有象征意义的。一起读西厢,是宝黛思想碰撞最重要的事件,此后,爱情更进一步,更多一层"知音"的共鸣。黛玉读完西厢后,偶然听到从梨香院传来的曲子声,其中有"原来姹紫嫣红开遍,似这般都付与断井颓垣""则为你如花美眷,似水流年……"等句子,黛玉感慨:原来戏中也有好句子。林黛玉用自己的体验来欣赏它,引起共鸣,伤心落泪。

那宝玉心内不自在,便懒在园内,只在外头鬼混,却又痴痴的。茗烟见他这样,因想与他开心,左思右想,皆是宝玉顽烦了的,不能开心,惟有这件,宝玉不曾看见过。想毕,便走去到书坊内,把那古今小说并那飞燕,合德,武则天,杨贵妃的外传与那传奇角本买了许多来,引宝玉看。宝玉何曾见过这些书,一看见了便如得了珍宝。茗烟又嘱咐他不可拿进园去,"若叫人知道了,我就吃不了兜着走呢。"宝玉那里舍的不拿进园去,踟蹰再三,单把那文理细密的拣了几套进去,放在床顶上,无人时自己密看。那粗俗过露的,都藏在外面书房里。

那一日正当三月中浣①,早饭后,宝玉携了一套《会真记》,走到沁芳闸桥边桃花底下一块石上坐着,展开《会真记》,从头细玩。正看到"落红成阵",只见一阵风过,把树头上桃花吹下一大半来,落的满身满书满地皆是。宝玉要抖将下来,恐怕脚步践踏了,只得兜了那花瓣,来至池边,抖在池内。那花瓣浮在水面,飘飘荡荡,竟流出沁芳闸去了。

回来只见地下还有许多,宝玉正踟蹰间,只听背后有人说道:"你在这里作什么?"宝玉一回头,却是林黛玉来了,肩上担着花锄,锄上挂着花囊,手内拿着花帚。宝玉笑道:"好,好,来把这个花扫起来,撂在那水里。我才撂了好些在那里呢。"林黛玉道:"撂在水里不好。你看这里的水干净,只一流出去,有人家的地方脏的臭的混倒,仍旧把花遭塌②了。那畸角上我有一个花冢,如今把他扫了,装在这绢袋里,拿土埋上,日久不过随土化了,岂不干净。"

宝玉听了喜不自禁,笑道:"待我放下书,帮你来收拾。"黛玉道:"什么书?"宝玉见问,慌的藏之不迭,便说道:"不过是《中庸》《大学》。"黛玉笑道:"你又在我跟前弄鬼。趁早儿给我瞧,好多着呢。"宝玉道:"好妹妹,若论你,我是不怕的。你看了,好歹别告诉别人去。真真这是好书!你要看了,连饭也不想吃呢。"一面说,一面递了过去。林黛玉把花具且都放下,接书来瞧,从头看去,越看越爱看,不到一顿饭工夫,将十六出俱已看完,自觉词藻警人,余香满口。虽看完了书,却只管出神,心内还默默记诵。

宝玉笑道:"妹妹,你说好不好?"林黛玉笑道:"果然有趣。"宝玉笑道:"我就是个'多愁多病身',你就是那'倾国倾城貌'。"林黛玉听了,不觉带腮连耳通红,登时直竖起两道似蹙非蹙的眉,瞪了两只似睁非睁的眼,微腮带怒,薄面含嗔,指宝玉道:"你这该死的胡说!好好的把这淫词艳曲弄了来,还学了这些混话来欺负我。我告诉舅舅舅母去。"说到"欺负"两个字上,早又把眼睛圈儿红了,转身就走。宝玉着了急,向前拦住说道:"好妹妹,千万饶我这一遭,原是我说错了。若有心欺负你,明儿我掉在池子里,教个癞头鼋吞了去,变个大忘八,等你明儿做了'一品夫人'病老归西的时候,我往你坟上替你驮一辈子的碑去。"说的林黛玉嗤的一声笑了,揉着眼睛,一面笑道:"一般也唬的这个调儿,还只管胡说。'呸,原来是苗而不秀,是个银样镴枪头。'"宝玉听了,笑道:"你这个呢?我也告诉去。"林黛玉笑道:"你说你会过目成诵,难道我就不能一目十行么?"

宝玉一面收书,一面笑道:"正经快把花埋了罢,别提那个了。"二人便收拾落花,正才掩埋妥协,只见袭人走来,说道:"那里没找到,摸在这里来。那边大老爷身上不好,姑娘们都过去请安,老太太叫打发你去呢。快回去换衣裳去罢。"宝玉听了,忙拿了书,别了黛玉,同袭人回房换衣不提。

这里林黛玉见宝玉去了,又听见众姊妹也不在房,自己闷闷的。正欲回房,刚走到梨香院墙角上,只听墙内笛韵悠扬,歌声婉转。林黛玉便知是那十二个女孩子演习戏文呢。只是林黛玉素习不大喜看戏文,便不留心,只管往前走。偶然两句吹到耳内,明明白白,一字不落,唱道是:"原来姹紫嫣红开遍,似这般都付与断井颓垣。"林黛玉听了,倒也十分感慨缠绵,便止住步侧耳细听,又听唱道是:"良辰美景奈何天,赏心乐事谁家院。"听了这两句,不觉点头自叹,心下自思道:"原来戏上也有好文章。可惜世人只知看戏,未必能领略这其中的趣味。"想毕,又后悔不该胡想,耽误了听曲子。又侧耳时,只听唱道:"则为你如花美眷,似水流年……"林黛玉听了这两句,不觉心动神摇。又听道:"你在幽闺自怜"等句,亦发如醉如痴,站立不住,便一蹲身坐在一块山子石上,细嚼"如花美眷,似水流年"八个字的滋味。忽又想起前日见古人诗中有"水流花谢两无情"之句,再又有词中有"流水落花春去也,天上人间"之句,又兼方才所见《西厢记》中"花落水流红,闲愁万种"之句,都一时想起来,凑聚在一处。仔细忖度,不觉心痛神痴,眼中落泪。

【注释】 ① 中浣:亦作"中澣",指古时官吏中旬的休沐日。宋人史浩《淳熙丁酉应制古诗三十韵》:"季秋中澣日,淳熙隆四禩。"后来泛指每月中旬。 ② 遭塌:同"糟蹋"。

第二节 ※ 中国现当代小说欣赏

一、中国现当代小说概述

在中国,小说历来被视为"小道",不能与诗文同登文学大雅之堂。直到清末民初,伴随着梁启超发起"小说界革命"以及古文家林纾对世界小说的大量输入,小说开始从文学边缘地位向中心地位移动。中国现代小说就是在与传统旧文学的深深"断裂"和外国文学的猛烈"碰撞"中诞生的,既吸收了中国古、近代小说的长处,又广泛借鉴了外国小说的创作经验,将小说艺术推进到一个新的阶段。

1918年5月,鲁迅在《新青年》杂志第4卷第5号发表《狂人日记》,这是中国现代文学史上第一篇用现代体式创作的白话小说,它以"表现的深切和格式的特别"——内容与形式上的现代化特征,成为中国现代小说的伟大开端。继之结集出版的《呐喊》、《彷徨》则奠定了我国现代小说发展的基础,标志着现代小说的走向成熟。伴随着小说现代化进程的加快,小说新人不断涌现,优秀作品相继推出。流派林立是这一时期最为重要的文学现象,出现了以冰心《超人》、王统照《湖畔儿语》等为代表的问题小说、以鲁彦《菊英的出嫁》为代表的具有较浓乡土气息与地方色彩的乡土小说以及以郁达夫《沉沦》为代表的强调文学表现自我、侧重抒情的"自我抒情"小说。然而，"五四"究竟还属于中国现代小说的初期，除了鲁迅这样个别的天才作家之外，大部分小说家还较幼嫩。

小说在经历"五四"时期的现代性转变之后，于30年代进入繁盛期，一大批世纪性的小说名家与名作争相迭出。这时期的小说家除鲁迅外，茅盾、老舍、巴金等先后发表了他们的长篇代表作《子夜》《骆驼祥子》《家》，由此构成了现代长篇小说艺术的三大高峰。随着民族矛盾激化，各种社会矛盾加剧，以"左联"作家为核心的无产阶级文学运动及其文学成为文坛的主潮，出现了以蒋光慈《咆哮了的土地》、丁玲《沙菲女士的日记》、柔石《二月》等为代表的左翼小说。社会的动荡也导致了文坛的激烈论争，其中以沈从文为代表的"京派"与以穆时英、施蛰存等为代表的"海派"论争最为激烈。海派在40年代继续发展，以张爱玲成就最为显著。这一时期出现的优秀小说还有萧红的《生死场》、萧军的《八月的乡村》、叶圣陶的《倪焕之》，李劼人的《死水微澜》、张恨水的《金粉世家》等。

抗日战争和解放战争时期的中国分裂为三个地区：国统区、解放区、沦陷区及上海"孤岛"。这种社会背景很深地影响了文学创作，各个区域的小说创作也因此呈现出不同的风貌。解放区作家深入群众斗争生活，创作了一批社会主义现实主义新型小说。如赵树理的《小二黑结婚》、《李有才板话》、孙犁的《荷花淀》、丁玲的《太阳照在桑干河上》、周立波的《暴风骤雨》，都以新的主题、新的人物、新的语言体现了小说创作发展的新面貌。这一时期，国民党统治区作家也从各个方面反映了国统区人民群众的斗争生活，涌现出一批讽刺和追忆小说，其中如《腐蚀》（茅盾）、《寒夜》（巴金）、《淘金记》（沙汀）、《华威先生》（张天翼）、《山野》（艾芜）、《虾球传》（黄谷柳）、《围城》（钱钟书）、《四世同堂》（老舍）以及《财主的儿女们》（路翎）等都很有代表性。沦陷区因其特殊的政治背景，涌现出一些洋场通俗先锋混合型小说，其中张爱玲的《金锁记》、苏青的《结婚十年》最具特色。

建国后，我国小说经历了曲折的发展过程。20世纪五六十年代，以革命历史为题材以及反映社会主义革命和建设的作品取得了显著成就。长篇《保卫延安》（杜鹏程）、《红旗谱》（梁斌）、《红日》（吴强）、《青春之歌》（杨沫）、《林海雪原》（曲波）、《红岩》（罗广斌、杨益言）等，短篇《黎明的河边》（孙峻青）、《党费》（王愿坚）、《百合花》（茹志鹃）等，从不同角度反映了民主革命斗争的历史风云，波澜壮阔，绚丽多姿。从各个方面展现广阔现实生活的作品则有中、长篇小说《三里湾》（赵树理）、《创业史》（柳青）、《山乡巨变》（周立波）、《百炼成钢》（艾芜）、《上海的早晨》（周而复）、《铁木前传》（孙犁），以及李准、王汶石、马峰、西戎，刘绍棠等作家的短篇小说。这些作品在反映社会生活方面具有相当的广度与深度，也塑造了一批具有鲜明时代色彩的人物，但人物大多较少生活基础，显得类型化、模式化，表现手法、艺术风格等也有欠缺。

"文化大革命"的十年浩劫，小说家们纷纷被打倒。除了少数几部作品如《艳阳天》《春潮急》外，就乏善可陈了。新时期以来，"伤痕文学"、"反思文学"、"改革文学"、"寻根文学"、"新写实小说"、"先锋小说"前涌后追，高潮迭现。不仅有王蒙、刘心武、张贤亮、高晓声等在小说艺术上作了多方面的探索和创新，在主题、题材、人物、形式、手法、风格等方面，也呈现出百花齐放的局面。如王蒙的《蝴蝶》、《春之声》、《夜之眼》等作品，采用了西方"意识流"小说的方法，以主要人物的意识流动来组织情节、结构作品。宗璞、谌容等的超现实主义荒诞小说也令人耳目一新。与此同时，路遥的《平凡的世界》、张洁的《无字》、铁凝的《玫瑰门》、霍达《穆斯林的葬礼》、贾平凹的《浮躁》等现实主义风格的长篇创作也取得了突出成就。汪曾祖笔下的《大淖纪事》，韩少功的《马桥词典》，莫言的《红高粱》、阿城的《遍地风流》把对个体命运、社会和民族命运的深刻思考融汇在风俗、地域文化之中。刘索拉的《你别无选择》，马原的《冈底斯的诱惑》、《虚构》，余华的《十八岁出门远行》以及洪峰、残雪、苏童、格非等人关心故事的"形式"，追求性与暴力对意识形态的消解，把叙事本身审美化，运用虚构、想象等实验手段拓展了小说的表现力，强化了对个人化的感觉和体验的发掘。池莉的《烦恼人生》，刘震云的《一地鸡毛》、《单位》等作品，客观地不动声色地呈现人的生存状态和生理的自然流程，展现生活的原生魅力。

1990 年代以来，在市场经济的刺激下，小说创作取得了前所未有的繁荣，据不完全统计，每年出版的长篇小说就有 1200 部左右，而且数目呈上涨的趋势，更不用说其他的小说文体了。其中陈忠实《白鹿原》、贾平凹的《废都》、《秦腔》、莫言的《生死疲劳》、王蒙的"季节系列"、王安忆的《长恨歌》、迟子建的《额尔古纳河右岸》、阿来的《尘埃落定》、刘斯奋的《白门柳》、格非的《人面桃花》、王小波的《黄金时代》、王朔的"痞子文学"无论在想象力、思想性还是表现技巧方面，都有意识地借鉴古今中外文学的成功经验，取得了令人瞩目的成就。网络文学也开始大行其道。新浪网 2006 年曾举办过一次网络小说大赛，两个月就有 3800 部小说贴在网上。其中尽管在经典方面还比较欠缺，但是却凭借互联网和原创性的优势，影响广泛，特别是创作主体的平民性、创作过程的互动性、创作方法的多样性、作品内容的综合性、文本载体的数字化、流通方式的网络化等等文学特征深刻地革新了当代中国的小说美学。

台湾小说曾发生过现代主义小说与"本土"小说的争论。但直到 80 年代后，由于政治解严，言论渐趋自由，小说题材与内容指涉的尺度大大地放宽，使得小说的类型也愈趋多元繁复。赖和被称为"台湾文学之父"，《一杆秤仔》和《善讼人的故事》是他的代表作。杨逵是台湾文学的硬骨头，他曾十多次被日本人逮捕入狱而英勇不屈，其重要作品有《送报夫》和《鹅妈妈出嫁》等。老作家吴浊流的《亚细亚的孤独》是一部史诗式的作品，是台湾长篇小说创作的里程碑。此外，钟理和的《笠山农场》、廖清秀的《恩仇血泪记》、李荣春的《祖国与同胞》、钟肇政的《浊流三部曲》、於梨华的《焰》、聂华苓的《桑青与桃红》、白先勇的《孽子》，李乔的《寒夜三部曲》、张大春的《大说谎家》、李昂的《杀夫》与《暗夜》、黄春明、林海音等的"乡土小说"和琼瑶的系列言情小说，或者移植欧洲现代主义，或者抒写反抗传统、权威，或显示出一种寻根与召唤历史记忆的渴求与焦迫，或为弱势的阶层代言，或使用颠覆性的语言嘲弄所目睹的一切，或对都市人集体潜意识显像，或表现女性主体意识的崛起，姿态各异，显示了台湾文学的实绩。

由于特殊的地理政治环境影响，香港小说呈现出了独特的风貌和发展历程。其中，南来作家黄谷柳的《虾球传》、侣伦的《穷巷》、张爱玲的《秧歌》和《赤地之恋》以及徐訏、李辉英等人的作品，本土作家舒巷城的《太阳下山了》、唐人的《金陵春梦》、夏易的《变》、白洛的《暝色入高楼》和刘以鬯的《酒徒》，以及通俗作家金庸、梁羽生等人的新武侠小说，林燕妮、芩凯伦、梁凤仪等人的言情小说、董千里等人的历史小说共同形成三重叠合格局，也为广大读者所熟悉，艺术成就较高。

二、中国现当代小说欣赏实例 ●━━━━━━━━━━━━━━━━━━━━

《阿 Q 正传》欣赏
原文（第二优胜记略）

阿 Q 不独是姓名籍贯有些渺茫，连他先前的"行状"①也渺茫。因为未庄的人们之于阿 Q，只要他帮忙，只拿他玩笑，从来没有留心他的"行状"的。而阿 Q 自己也不说，独有和别人口角的时候，间或瞪着眼睛道：

"我们先前——比你阔的多啦！你算是什么东西！"

阿Q没有家,住在未庄的土谷祠②里;也没有固定的职业,只给人家做短工,割麦便割麦,春米便春米,撑船便撑船。工作略长久时,他也或住在临时主人的家里,但一完就走了。所以,人们忙碌的时候,也还记起阿Q来,然而记起的是做工,并不是"行状";一闲空,连阿Q都早忘却,更不必说"行状"了。只是有一回,有一个老头子颂扬说:"阿Q真能做!"这时阿Q赤着膊,懒洋洋的瘦伶仃的正在他面前,别人也摸不着这话是真心还是讥笑,然而阿Q很喜欢。

　　阿Q又很自尊,所有未庄的居民,全不在他眼神里,甚而至于对于两位"文童"③也有以为不值一笑的神情。夫文童者,将来恐怕要变秀才者也;赵太爷钱太爷大受居民的尊敬,除有钱之外,就因为都是文童的爹爹,而阿Q在精神上独不表格外的崇奉,他想:我的儿子会阔得多啦!加以进了几回城,阿Q自然更自负,然而他又很鄙薄城里人,譬如用三尺三寸宽的木板做成的凳子,未庄人叫"长凳",他也叫"长凳",城里人却叫"条凳",他想:这是错的,可笑!油煎大头鱼,未庄都加上半寸长的葱叶,城里却加上切细的葱丝,他想:这也是错的,可笑!然而未庄人真是不见世面的可笑的乡下人呵,他们没有见过城里的煎鱼!

　　阿Q"先前阔",见识高,而且"真能做",本来几乎是一个"完人"了,但可惜他体质上还有一些缺点。最恼人的是在他头皮上,颇有几处不知于何时的癞疮疤。这虽然也在他身上,而看阿Q的意思,倒也似乎以为不足贵的,因为他讳说"癞"以及一切近于"赖"的音,后来推而广之,"光"也讳,"亮"也讳,再后来,连"灯""烛"都讳了。一犯讳,不问有心与无心,阿Q便全疤通红的发起怒来,估量了对手,口讷的他便骂,气力小的他便打;然而不知怎么一回事,总还是阿Q吃亏的时候多。于是他渐渐的变换了方针,大抵改为怒目而视了。

　　谁知道阿Q采用怒目主义之后,未庄的闲人们便愈喜欢玩笑他。一见面,他们便假作吃惊的说:

　　"哙,亮起来了。"

　　阿Q照例的发了怒,他怒目而视了。

　　"原来有保险灯在这里!"他们并不怕。

　　阿Q没有法,只得另外想出报复的话来:

　　"你还不配……"这时候,又仿佛在他头上的是一种高尚的光荣的癞头疮,并非平常的癞头疮了;但上文说过,阿Q是有见识的,他立刻知道和"犯忌"有点抵触,便不再往底下说。

　　闲人还不完,只撩他,于是终而至于打。阿Q在形式上打败了,被人揪住黄辫子,在壁上碰了四五个响头,闲人这才心满意足的得胜的走了,阿Q站了一刻,心里想,"我总算被儿子打了,现在的世界真不像样……"于是也心满意足的得胜的走了。

　　阿Q想在心里的,后来每每说出口来,所以凡是和阿Q玩笑的人们,几乎全知道他有这一种精神上的胜利法,此后每逢揪住他黄辫子的时候,人就先一着对他说:

　　"阿Q,这不是儿子打老子,是人打畜生。自己说:人打畜生!"

　　阿Q两只手都捏住了自己的辫根,歪着头,说道:

　　"打虫豸,好不好?我是虫豸——还不放么?"

　　但虽然是虫豸,闲人也并不放,仍旧在就近什么地方给他碰了五六个响头,这才心满意足的得胜的走了,他以为阿Q这回可遭了瘟。然而不到十秒钟,阿Q也心满意足的得胜的走了,他觉得他是第一个能够自轻自贱的人,除了"自轻自贱"不算外,余下的就是"第一个"。状元④不也是"第一个"么?"你算是什么东西"呢!?

　　阿Q以如是等等妙法克服怨敌之后,便愉快的跑到酒店里喝几碗酒,又和别人调笑一通,口角一通,又得了胜,愉快的回到土谷祠,放倒头睡着了。假使有钱,他便去押牌宝⑤,一堆人蹲在

地面上,阿Q即汗流满面的夹在这中间,声音他最响:

"青龙四百!"

"咳~~开~~啦!"桩家揭开盒子盖,也是汗流满面的唱。"天门啦~~角回啦~~!人和穿堂空在那里啦~~!阿Q的铜钱拿过来~~!"

"穿堂一百——一百五十!"

阿Q的钱便在这样的歌吟之下,渐渐的输入别个汗流满面的人物的腰间。他终于只好挤出堆外,站在后面看,替别人着急,一直到散场,然后恋恋的回到土谷祠,第二天,肿着眼睛去工作。

但真所谓"塞翁失马安知非福"⑥罢,阿Q不幸而赢了一回,他倒几乎失败了。

这是未庄赛神⑦的晚上。这晚上照例有一台戏,戏台左近,也照例有许多的赌摊。做戏的锣鼓,在阿Q耳朵里仿佛在十里之外;他只听得桩家的歌唱了。他赢而又赢,铜钱变成角洋,角洋变成大洋,大洋又成了叠。他兴高采烈得非常:

"天门两块!"

他不知道谁和谁为什么打起架来了。骂声打声脚步声,昏头昏脑的一大阵,他才爬起来,赌摊不见了,人们也不见了,身上有几处很似乎有些痛,似乎也挨了几拳几脚似的,几个人诧异的对他看。他如有所失的走进土谷祠,定一定神,知道他的一堆洋钱不见了。赶赛会的赌摊多不是本村人,还到那里去寻根柢呢?

很白很亮的一堆洋钱!而且是他的——现在不见了!说是算被儿子拿去了罢,总还是忽忽不乐;说自己是虫豸罢,也还是忽忽不乐:他这回才有些感到失败的苦痛了。

但他立刻转败为胜了。他擎起右手,用力的在自己脸上连打了两个嘴巴,热刺刺的有些痛;打完之后,便心平气和起来,似乎打的是自己,被打的是别一个自己,不久也就仿佛是自己打了别个一般,——虽然还有些热刺刺,——心满意足的得胜的躺下了。

他睡着了。

【注释】 ① "行状":原指封建时代记述死者世系、籍贯、生卒、事迹的文字,一般由其家属撰写。这里泛指经历。 ② 土谷祠:即土地庙。土谷,指土地神和五谷神。 ③ "文章":也称"童生",指科举时代举业而尚未考取秀才的人。 ④ 状元:科举时代,经皇帝殿试取中的第一名进士叫状元。 ⑤ 押牌宝:一种赌博。赌局中为主的人叫"桩家";下文的"青龙"、"天门"、"穿堂"等都是押牌宝的用语,指押赌注的位置;"四百"、"一百五十"是押赌注的钱数。 ⑥ "塞翁失马安知非福":据《淮南子·人间训》:"近塞上之人有善术者,马无故亡而入胡,人皆吊之。其父曰:'此何遽不为福乎?'居数月,其马将胡骏马而归,人皆贺之。其父曰:'此何遽不能为祸乎?'家富良马,其子好骑,堕而折其髀,人皆吊之。其父曰:'此何遽不为福乎?'居一年,胡人大入塞,丁壮者引弦而战。近塞之人死者十九,此独以跛之故,父子相保。故福之为祸,祸之为福,化不可极,深不可测也。" ⑦ 赛神:即迎神赛会,旧时的一种民间习俗,用仪仗、鼓乐和杂戏迎神出庙,周游街巷,以酬神祈福。

《阿Q正传》是鲁迅小说中最著名的一篇,也是最早被介绍到世界的中国现代小说。小说最初分章刊登于北京《晨报副刊》,后收入小说集《呐喊》。

小说共分九章。前三章属于小说的交代部分。其中第一章"序"交代了给阿Q作传的缘起,概略介绍了阿Q身世、处境;二、三两章着重描写了阿Q的精神胜利法。中间三章是小说情节的发展,重点描述了阿Q的精神痛苦与不幸。第七、第八章描写了辛亥革命波及未庄以后,阿Q自发地"神往"革命的愿望和行动。最后一章写阿Q糊里糊涂被送上刑场,充当了杀一儆百的"示众"的材料。

《阿Q正传》的主题有多种解释,如"画出沉默国民的魂灵","暴露国民的弱点",让读者了解长期封建统治所造成的可怕的国民的愚昧，意在"引起疗救的注意"；总结辛亥革命失败的教训，批判它的妥协性和不彻底性，提出了启发农民觉悟这一民主革命的根本问题；也表现了鲁迅在当时对革命的认识，即革命对个人而言，要解决社会地位、婚姻、生计问题，对社会而言，要解决政权问题，不一而足。

《阿Q正传》的最大成功就在于作者精心刻画了阿Q这一典型人物，尤其是阿Q身上的"精神胜利法"，即对于事实上的屈辱和失败用一种自譬自解的方法，在想象中取得精神上的满足和胜利。节选部分就是这种"精神胜利法"的典型表现。如自尊自大：常沉醉于没有根据的自尊，"我们先前——比你阔的多啦！你算是什么东西！"进了几回城，便更觉自负，甚至瞧不起城里人；当别人嘲笑他头上的癞头疮疤时，他以此为荣，还说："你还不配……"讳疾敏感：因为头皮上的癞疮疤，他"讳说'癞'以及一切近于'赖'的音，后来推而广之，'光'也讳，'亮'也讳，再后来，连'灯'、'烛'都讳了"。麻木健忘：刚刚挨了假洋鬼子的哭丧棒，蒙受了"生平第二件的屈辱"，"拍拍的响了之后"，"似乎完结了一件事"，就忘却一切而且"有些高兴了"。欺软怕硬：阿Q最喜欢与人吵嘴打架，但必须"估量了对手，口讷的他便骂，力气小的他便打"。与王胡打架输了，便说"君子动口不动手"；假洋鬼子哭丧棒才举起来，他已伸出头颅以待。对抵抗力稍薄弱的小D，则揎拳掳臂摆出挑战的态度；对毫无抵抗力的小尼姑则动手动脚，大肆其轻薄，在转嫁屈辱中得到满足。自轻自贱：当他被闲人揪住辫子往墙上碰头而要他自认为"人打畜生"时，他就说："打虫豸，好不好？我是虫豸——还不放么？"而且他还自以为是第一个能够"自轻自贱"的人，除了"自轻自贱"，"余下的就是'第一个'，状元不也是'第一个'么？"于是，他在精神上胜利了。自欺欺人：与人打架吃亏时，阿Q心里便想："我总算被儿子打了，现在世界真不像样……"于是他也心满意足俨如得胜地回去了。他赌博赢得的洋钱被抢，无法解脱"忽忽不乐"时，就自己打自己的嘴巴，好像被打的是"另一个"，他在精神上又一次转败为胜。阿Q常处在绝对劣势的生存境地，这些法术就成了他抵抗强者的欺压与侵凌的精神法宝，也是他借以否认现实、忘却屈辱的麻醉剂，他由此得以苟延残喘，放弃事实上的不平、挣扎与反抗，受尽剥削和欺凌却不能够正视自己被压迫的悲惨的地位，至死也不觉悟。因而，他的"优胜记略"不过是充满了血泪和耻辱的奴隶生活的记录。

当然，由于阿Q内涵的丰富深刻，不同时代、不同民族、不同层次的读者从不同的角度、侧面去接近他，都会有着自己的发现与发挥，从而构成一部阿Q接受史，这个历史过程没有、也不会终结。

《阿Q正传》的艺术特色也具有开创性的意义，如悲剧与喜剧的有机交织，如阿Q为圆圈划得不圆感到羞愧，与王胡比赛捉虱子，固然让人发笑，却蕴含了作者的深沉悲愤，哀其不幸、怒其不醒加剧这种悲剧效果；形式的新颖和奇特，既有分寸地照顾人物传记的体例，又不受其束缚，如"优胜记略"就以刻画阿Q性格为中心，不以情节取胜，但又内在地与前后文衔接，形散神聚，组成严密的艺术结构；多用白描的手法传神地勾勒人物的性格和特征，如阿Q与小D的龙虎斗。还有清醒的现实主义与直面惨淡人生的勇敢精神，现实主义与表现主义结合带来"间离效果"，以及幽默、反讽的风格，都显示了《阿Q正传》永恒、无尽的艺术魅力。

节选部分虽然占的篇幅不大，却像一扇窗口，让我们约略窥见《阿Q正传》的精深博大及经典性。

《金锁记》欣赏
原文(节选)

七巧低着头，沐浴在光辉里，细细的音乐，细细的喜悦……这些年了，她跟他捉迷藏似的，只是近不得身，原来还有今天！可不是，这半辈子已经完了——花一般的年纪已经过去了。人生就是这样的错综复杂,不讲理。当初她为什么嫁到姜家来?为了钱么?不是的,为了要遇见季泽,为了命中注定她要和季泽相爱。她微微抬起脸来,季泽立在她跟前,两手合在她扇子上,面颊贴在她扇子上。他也老了十年了,然而人究竟还是那个人呵!他难道是哄她么?他想她的钱——她卖掉她的一生换来的几个钱?仅仅这一转念便使她暴怒起来。就算她错怪了他,他为她吃的苦抵得过她为他吃的苦么?好容易她死了心了,他又来撩拨她。她恨他。他还在看着她。他的眼睛——虽然隔了十年,人还是那个人呵!就算他是骗她的,迟一点儿发现不好么?即使明知是骗人的,他太会演戏了,也跟真的差不多罢?

不行!她不能有把柄落在这厮手里。姜家的人是厉害的,她的钱只怕保不住。她得先证明他是真心不是。七巧定了一定神,向门外瞧了一瞧,轻轻惊叫道:"有人!"便三脚两步赶出门去,到下房里吩咐潘妈替三爷弄点心去,快些端来,顺便带把芭蕉扇进来替三爷打扇。七巧回到屋里来,故意皱着眉道:"真可恶,老妈子在门口探头探脑的,见了我抹过头去就跑,被我赶上去喝住了。若是关上了门说两句话,指不定造出什么谣言来呢!饶是独门独户住了,还没个清净。"潘妈送了点心与酸梅汤进来,七巧亲自拿筷子替季泽拣掉了蜜层糕上的玫瑰与青梅,道:"我记得你是不爱吃红绿丝的。"有人在跟前,季泽不便说什么,只是微笑。七巧似乎没话找话说似的,问道:"你卖房子,接洽得怎样了?"季泽一面吃,一面答道:"有人出八万五,我还没打定主意呢。"七巧沉吟道:"地段倒是好的。"季泽道:"谁都不赞成我脱手,说还要涨呢。"七巧又问了些详细情形,便道:"可惜我手头没有这一笔现款,不然我倒想买。"季泽道:"其实呢,我这房子倒不急,倒是咱们乡下你那些田,早早脱手的好。自从改了民国,接二连三的打仗,何尝有一年闲过?把地面上糟踏得不成样子,中间还被收租的、师爷、地头蛇一层一层勒嗦着,莫说这两年不是水就是旱,就遇着了丰年,也没有多少进账轮到我们头上。"七巧寻思着,道:"我也盘算过来,一直挨着没有办。先晓得把它卖了,这会子想买房子,也不至于钱不凑手了。"季泽道:"你那田要卖趁现在就得卖了,听说直鲁又要开仗了。"七巧道:"急切间你叫我卖给谁去?"季泽顿了一顿道:"我去替你打听打听,也成。"七巧耸了耸眉毛笑道:"得了,你那些狐群狗党里头,又有谁是靠得住的?"季泽把咬开的饺子在小碟子里蘸了点醋,闲闲说出两个靠得住的人名,七巧便认真仔细盘问他起来,他果然回答得有条不紊,显然他是筹之已熟的。

七巧虽是笑吟吟的,嘴里发干,上嘴唇黏在牙仁上,放不下来。她端起盖碗来吸了一口茶,舐了舐嘴唇,突然把脸一沉,跳起身来,将手里的扇子向季泽头上滴溜溜掷过去,季泽向左偏了一偏,那团扇敲在他肩膀上,打翻了玻璃杯,酸梅汤淋淋漓漓溅了他一身。七巧骂道:"你要我卖了田去买你的房子?你要我卖田?钱一经你的手,还有得说么?你哄我——你拿那样的话来哄我——你拿我当傻子——"她隔着一张桌子探身过去打他,然而她被潘妈下死劲抱住了。潘妈叫唤起来,祥云等人都奔了来,七手八脚按住了她,七嘴八舌求告着。七巧一头挣扎,一头叱喝着,然而她的一颗心直往下坠——她很明白她这举动太蠢——太蠢——她在这儿丢人出丑。

季泽脱下了他那湿濡的白香云纱长衫,潘妈绞了手巾来代他揩擦,他理也不理,把衣服夹在手臂上,竟自扬长出门去了,临行的时候向祥云道:"等白哥儿下了学,叫他替他母亲请个医生来看看。"祥云吓糊涂了,连声答应着,被七巧兜脸给了她一个耳刮子。

季泽走了。丫头老妈子也都给七巧骂跑了。酸梅汤沿着桌子一滴一滴朝下滴,像迟迟的夜漏——一滴,一滴……一更,二更……一年,一百年。真长,这寂寂的一刹那。七巧扶着头站着,倏地掉转身来上楼去,提着裙子,性急慌忙,跌跌绊绊,不住地撞到那阴暗的绿粉墙上,佛青袄子上沾了大块的淡色的灰。她要在楼上的窗户里再看他一眼。无论如何,她从前爱过他。她的爱给了她无穷的痛苦。单只这一点,就使他值得留恋。多少回了,为了要按捺她自己,她逼得全身的筋骨与牙根都酸楚了。今天完全是她的错。他不是个好人，她又不是不知道。她要他，就得装糊涂，就得容忍他的坏。她为什么要戳穿他？人生在世，还不就是那么一回事？归根究底，什么是真的，什么是假的？

张爱玲(1920—1995)，现代著名女作家，本名张煐，她家世显赫，外曾祖父李鸿章、祖父张佩纶都是清末名臣。上海沦陷时期，连续发表《沉香屑第一炉香》、《倾城之恋》、《心经》、《金锁记》等多篇小说，一举成名。1952年离开中国大陆，后赴美。

张爱玲一生创作有大量文学作品，类型包括小说、散文、电影剧本以及文学论著，她的书信也被人们作为著作的一部分加以研究。张爱玲是个彻底的悲观主义者，其作品弥漫着浓厚的悲剧色彩。在她的笔下，没有浪漫，没有痴情，唯有冷静的审视，其中最为人所称道的便是《金锁记》。小说极为精妙地展现了封建大家族中一个只有名份但出身低微、没有地位、不受尊重的女人在物欲与情欲的驱使、杂糅下，人性受残害，被践踏，直至最终灭绝的过程。主人公曹七巧曾是一个有着鲜活生命的美丽女子，麻油店的活招牌，从被自己的兄嫂为了钱而送进门第森严的姜公馆成为患有骨痨症的姜二爷名正言顺的太太的第一天起，就注定走上了一条不归路。在姜家，曹七巧这个二奶奶有名而无实，上至姜老太太，下至佣人丫鬟，谁都看不起她，原因不仅是她出身的低贱，更有那残疾丈夫的无用与无能。尤其让曹七巧难以忍受的是这个没有人气的、一摊烂泥般的男人对她青春的占有以及由此而带来的情欲荒芜，以至于做了母亲还"不知道这孩子是怎么生出来的！越想越不明白"。处于情感极度压抑状态下的七巧渴望得到正常的性爱，可在这深宅大院里只有小叔子季泽跟她年龄相仿，身体健壮，于是她把爱的希望全盘倾注在这个"生得天圆地方"的男人身上，主动向他示爱。在这样一个封建家庭里，这一举动显然是具有身败名裂的危险的，但是，她顾不了那么多，她"豁出去了"。然而三少爷却只限于与七巧场面上的应付，"他早抱定了宗旨不惹自己家里人，一时的兴致过去了，躲也躲不掉，踢也踢不开，成天在面前，是个累赘"。于是她只能将全部心力用在护住自己用一生的青春和幸福换来的钱财上，为自己带上了一副金色但沉重的枷锁。然而多年以后，好容易她死了心了，他又来撩拨她："你知道我为什么跟家里的那个不好，为什么我拼命的在外头玩，把产业都败光了？你知道这都是为了谁？"长期处于情感饥渴中的七巧，此时不由沉浸在突如其来的爱的幸福之中，"七巧低着头，沐浴在光辉里，细细的音乐，细细的喜悦……这些年了，她跟他捉迷藏似的，只是近不得身，原来还有今天！当初她为什么嫁到姜家来？为了钱么？不是的，为了命中注定她要和季泽相爱"。这可能是七巧生命中唯一的阳光灿烂，有着近乎诗意的美好瞬间，然而，幸福的时光总是短暂，片刻的陶醉之后，在大家庭的勾心斗角中浸淫多年的七巧很快明白过来："他想她的钱——她卖掉她的一生换来的几个钱。"刚才的时光越是美好，清醒过来的感受就越是痛苦和绝望，"她的一颗心直往下坠"。暴怒起来的七巧终于赶走了这个给了她不少留恋却又带给她更多痛苦的男人，然而，赶走了他，也就带走了七巧全部的人性，从此她变成了一个有着"疯子的审慎和机智"的狠毒、绝情、病态的人。三十年来她戴着黄金的枷，用那沉重的枷角劈杀了几个人，没死的也送了半条命。

就这样，当别的作家将目光投射在时代洪流、民族大义上的时候，张爱玲却毫不犹豫地消解了历史背景及社会环境的渗透与参与，把一切人物与情感都还原为最真实、最原生的状态。不少的评论者都认为张爱玲热衷于书写人性丑恶的一面，其实对长期以来被忽略、被压抑的人生及人性的常态与恒态的关注才是张爱玲小说创作的全部内容与最终目的所在。也正因为这样，她才能完成对时间和历史的超越，从而为作品赢得旺盛而长久的生命力。

《人生》欣赏

原文(节选)

第十九章

高加林把自行车放到路边,然后伏在大马河的桥栏杆上,低头看着大马河的流水绕过曲曲折折的河道,穿过桥下,汇入到县河里去了。他在这里等着巧珍。他昨天让回村的三星捎话给巧珍,让她今天到县城来一下。他决定今天要把他和巧珍的关系解脱。他既不愿意回高家村完结这件事,也不愿意在机关。他估计巧珍会痛不欲生,当场闹得他下不了台。

前天,老景让他过两天到刘家湾公社去,采访一下秋田管理方面的经验,他就突然决定把这件事放在大马河桥头了。因为去刘家湾公社的路,正好过了大马河桥,向另外一条川道拐过去。在这里谈完,两个人就能很快各走各的路,谁也看不见谁……高加林伏在桥栏杆上,反复考虑他怎样给巧珍说这件事。开头的话就想了好多种,但又觉得都不行。他索性觉得还是直截了当一点更好。弯拐来拐去,归根结底说的还不就是要和她分手吗?在他这样想的时候,听见背后突然有人喊:"加林哥……"一声喊叫,像尖刀在他心上捅了一下!

他转过身,见巧珍推着车子,已经站在他面前了。她来得真快!是的,对于他要求的事,她总是尽量做得让他满意。

"加林哥,没出什么事吧!昨天我听三星捎话说,你让我来一下,我晚上急得睡不着觉,又去问三星看是不是你病了,他说不是……"她把自行车紧靠加林的车子放好,一边说着,向他走过来,和他一起伏在了桥栏杆上。

高加林看见她今天穿了一身新衣服,浑身上下都打扮得漂漂亮亮的,顿时感到有点心酸。

他怕他的意志被感情重新瓦解,赶快进入了话题。

"巧珍……""唔。"她抬头看见他满脸愁云,心疼地问:"你怎了?"

加林把头迈向一边,说:"我想对你说一件事,但很难开口……"巧珍亲切地看着他,疼爱地说:"加林哥,你说吧!既然你心里有话,就给我说,千万别憋在心里!"

"说出来怕你要哭。"巧珍一愣。但她还是说:"你说吧,我……不哭!"

"巧珍……""唔……""我可能要调到几千里路以外的一个地方去工作了,咱们……"巧珍一下子把手指头塞在嘴里,痛苦地咬着。过了一会,才说:"那你……去吧。""你怎办呀?""……"
"我主要考虑这事……"

一阵长时间的沉默。两串泪珠静静地从巧珍的脸颊上淌下来了。她的两只手痉挛地抓着桥栏杆,哽咽地说:"……加林哥,你再别说了!你的意思我都明白了!你……去吧!我决不会连累你!加林哥,你参加工作后,我就想过不知多少次了,我尽管爱你爱得要命,但知道我配不上你了。我一个字不识,给你帮不上忙,还要拖累你的工作……你走的,到外面找个更好的对象……到外面你多操心,人生地疏,不像咱本乡田地……加林哥,你不知道,我是怎么爱你……"

巧珍说不下去了,掏出手绢一下子塞在了自己的嘴里!

高加林眼里也涌满了泪水。他不看巧珍,说:"你……哭了……"巧珍摇摇头,泪水在脸上刷刷地淌着,一串接一串掉在了桥下的大马河里。清朗朗的大马河,流过桥洞,流进了夏日浑黄的县河里……沉默……沉默……整个世界都好像沉默了……

巧珍迅疾地转过身,说:"加林哥……我走了!"

他想拦住她,但又没拦。他的头在巧珍的面前,在整个世界面前,深深地低下了。

她摇摇晃晃走过去,困难地骑上了她的自行车,然后就头也不回地向大马河川飞跑而去了。等加林抬起头的时候,眼前只剩下了满川绿色的庄稼和一条空荡荡的黄土路……

高加林也猛地骑上了他的车子，转到通往刘家湾的公社的公路上。他疯狂地蹬着脚踏，耳边风声呼呼直响，眼前的公路变成了一条模模糊糊的、飘曳摆动的黄带子……

他骑到一个四处不见人的地方，把自行车猛地拐进了公路边的一个小沟里。他把车子摔在地上，身子一下伏在一块草地上，双手蒙面，像孩子一样大声号啕起来。这一刻，他对自己仇恨而且憎恶！一个钟头以后，他在沟里一个水池边洗了洗脸，才推着车子又上了公路。现在他感觉到自己稍微轻松了一些。眼前，阳光下的青山绿水，一片鲜明；天蓝得像水洗过一般，没有一丝云彩。一只鹰在头顶上盘旋了一会，便像箭似地飞向了遥远的天边……

路遥（1949—1992），当代著名作家，陕西省清涧县人。生于陕北一个世代农民家庭，中学毕业后回乡务农，其间在乡下教过书，在县城做过各种临时性工作。1973 年开始文学创作，1991年完成长篇小说《平凡的世界》，获第三届茅盾文学奖。1992 年积劳成疾，英年早逝。他的创作大多取材于陕西农村，带有浓厚的乡土气息。

《人生》发表于 1982 年，获全国第二届优秀中篇小说奖，改编成同名电影后获第八届大众电影百花奖最佳故事奖。小说以 20 世纪 80 年代初陕北"城乡交叉地带"农村青年的爱情故事为背景，运用现实主义创作手法，描述了小说主人公农村青年高加林高中毕业后，未能考上大学，回到乡里当了一个民办教师。不久又被别人挤回家当了农民。在他心灰意冷的时候，农村姑娘巧珍炽热的爱情使他振作起来。一个偶然的机会，他又来到县广播站工作，并没有抵挡住中学同学城市姑娘黄亚萍的情感诱惑。然而，当组织上查明他是通过不正当的途径进城的，于是取消其公职，重又打发他到农村。这时，高加林已经失去了一切，孑然一身回到农村，扑倒在家乡的黄土地上，流下了痛苦、悔恨的泪水。

就人物形象来看，高加林是作者着力塑造的一个内心世界充满矛盾、性格复杂的人物典型。他虽然吃苦耐劳、辛勤朴实，不愿像父辈那样忍气吞声、安守本分，有着更高的精神追求，体现了现代青年不断向命运挑战，自信坚毅的品质，但他又有着知识分子的清高与孤独，甚至有着强烈的虚荣心。高加林之所以形成如此复杂的性格特征，从根本上说是美好理想与冷酷现实总是相差太远而造成的，这同时也促成了他的命运与爱情悲剧。

当城乡生活在他心中产生了强烈的反差之后，一方面，他仍留恋着乡村的淳朴，更留恋着与巧珍的感情，另一方面，他早已厌倦了农村传统落后的生活方式，向往着城市文明，希望在那里实现新的更大的人生价值。刘巧珍虽然没有文化，但是却真心真意地爱上了高加林这个"文化人"，她以她的那种充满激情而又实际的做法表白了她的炽烈质朴纯真的爱。与巧珍相比，黄亚萍是位现代女性，她开朗活泼，却又任性专横，但她对高加林炽烈大胆的爱显然带有一种征服欲。因此，当高加林想接受黄亚萍的爱情时，就会想起巧珍那亲切可爱的脸庞，想起巧珍那种无私而温柔的爱，但美好的爱情理想在强大的现实力量面前终被击得粉碎。所以，当他获得实现人生理想的绝好机会而不得不在巧珍的纯朴爱情与黄亚萍的世俗爱情之间择其一，也就是在理想与现实中间做出选择时，他虽然也有真实而激烈的内心冲突，但他仍选择了后者。借助高加林这一人物形象，作者敏锐地触及了城乡交叉地带社会的、道德的、心理的各种矛盾，实现了作者"力求真实和本质地反映出作品所涉及的那部分生活内容"的目的。此处节选的小说文字便生动且深刻地描述了高加林与巧珍分手时理想与现实、内心与环境的激烈冲突，欣赏时应仔细揣摩人物的复杂心理活动和精妙对话。

从哲学主题来讲，《人生》故事虽然发生在特定的时代，但它已超越了具体的时空限制，带给我们永远的思想拷问。因为我们每个人在试图改变自身生活道路时，实际上也是在对既定的生活秩序进行反抗，但我们所选择的反抗方式又只能由既定的生活方式所规定，于是不可避免地要陷入不忍割舍却又不得不做出唯一抉择的两难境地，这就是《人生》启示我们的"人生"哲学。

就叙事策略而言，《人生》也体现了强烈的探索意味：文本的全知全能的非限制性叙述视角充实了新内容，如高加林面对理想破灭，爱情丢失和声誉受损，而辗转回村途中的复杂心理活动时，穿插有叙述者对其经历的审视，有人物的内心表白，有叙述者的评价，甚至作家跳出来声明是在讲故事，使传统的现实主义作品具有了现代主义的意义。小说打破了"平衡——不平衡——平衡"的经典叙事模式，叙述结构具有开放性，几乎每章都主要叙述一个故事，形成了一个相对的叙事单位，每个叙事单位在小说外在情节和内在情节的相互促进中紧密地联系起来。叙述语言朴实生动，抒情性强，发挥了陕北方言的独特优势。

三、作品选 ●

边城（节选）

【解题】 《边城》为沈从文所作。沈从文（1902—1988），原名沈岳焕，湖南凤凰县人，汉族，但有部分苗族血统，现代著名作家、历史文物研究家、京派小说代表人物，笔名休芸芸、甲辰、上官碧、璇若等。沈从文一生创作结集约有80多部，是现代作家中成书最多的一个。代表作有《边城》、《长河》等。通过湘西系列，乡村生命形式的美丽，以及与它的对照物城市生命形式批判性结构的合成，沈从文提出了人与自然"和谐共存"的，本于自然，回归自然的哲学。节选部分通过翠翠与傩送河边邂逅相遇的场景描写，沈从文成功刻画了山村少女爱情萌动的独特情怀与神韵，表现出高超的人物描写艺术。同时歌颂、赞美了一种淳朴自然的健康人性，寄托了他追求理想人性，重造民族品德的宏愿。

翠翠虽被那乡绅女孩喊到身边去坐，地位非常之好，从窗口望出去，河中一切朗然在望，然而心中可不安宁。挤在其他几个窗口看热闹的人，似乎皆常常把眼光从河中景物挪到这边几个人身上来。还有些人故意装成有别的事情样子，从楼这边走过那一边，事实上却全为得是好仔细看看翠翠这方面几个人。翠翠心中老不自在，只想借故跑去。一会儿河下的炮声响了，几只从对河取齐的船只，直向这方面划来。先是四条船皆相去不远，如四枝箭在水面射着，到了一半，已有两只船占先了些，再过一会子，那两只船中间便又有一只超过了并进的船只而前。看看船到了税局门前时，第二次炮声又响，那船便胜利了。这时节胜利的已判明属于河街人所划的一只，各处便皆响着庆祝的小鞭炮。那船于是沿了河街吊脚楼划去，鼓声蓬蓬响，河边与吊脚楼各处，都同时呐喊表示快乐的祝贺。翠翠眼见在船头站定摇动小旗指挥进退头上包着红布的那个年青人，便是送酒葫芦到碧溪岨的二老，心中便印着三年前的旧事，"大鱼吃掉你！""吃掉不吃掉，不用你管！""狗，狗，你也看人叫！"想起狗，翠翠才注意到自己身边那只黄狗，已不知跑到什么地方去，便离了座位，在楼上各处找她的黄狗，把船头人忘掉了。

她一面在人丛里找寻黄狗，一面听人家正说些什么话。

一个大脸妇人问："是谁家的人，坐到顺顺家当中窗前的那块好地方？"

一个妇人就说："是碧子上王乡绅家大姑娘，今天说是来看船，其实来看人，同时也让人看！人家命好，有福分坐那好地方！"

"看谁人？被谁看？"

"嗨，你还不明白，那乡绅想同顺顺打亲家呢。"

"那姑娘配什么人？是大老，还是二老？"

"说是二老呀，等等你们看这岳云，就会上楼来看他丈母娘的！"

另一个女人便插嘴说："事弄妥了,好得很呢!人家有一座崭新碾坊陪嫁,比十个长年还好一些。"

有人问："二老怎么样?可乐意?"

有人就轻轻的说："二老已说过了,这不必看。第一件事我就不想作那个碾坊的主人!"

"你听岳云二老亲口说吗?"

"我听别人说的。还说二老欢喜一个撑渡船的。"

"他又不是傻小二,不要碾坊,要渡船吗?"

"那谁知道。横顺人是'牛肉炒韭菜,各人心里爱',只看各人心里爱什么就吃什么。渡船不会不如碾坊!"

当时各人眼睛对着河里,口中说着这些闲话,却无一个人回头来注意到身后边的翠翠。

翠翠脸发火发烧走到另外一处去,又听有两个人提到这件事。且说:"一切早安排好了,只须要二老一句话。"又说:"只看二老今天那么一股劲儿,就可以猜想得出这劲儿是岸上一个黄花姑娘给他的!"

谁是激动二老的黄花姑娘?听到这个,翠翠心中不免有点儿乱。

翠翠人矮了些,在人背后已望不见河中情形,只听到敲鼓声渐近渐激越,岸上呐喊声自远而近,便知道二老的船恰恰经过楼下。楼上人也大喊着,杂夹叫着二老的名字,乡绅太太那方面,且有人放小百子鞭炮。忽然又用另外一种惊讶声音喊着,且同时便见许多人出门向河下走去。翠翠不知出了什么事,心中有点迷乱,正不知走回原来座位边去好,还是依然站在人背后好。只见那边正有人拿了个托盘,装了一大盘粽子同细点心,在请乡绅太太小姐用点心,不好意思再过那边去,便想也挤出大门外到河下去看看。从河街一个盐店旁边甬道下河时,正在一排吊脚楼的梁柱间,迎面碰头一群人,拥着那个头包红布的二老来了。原来二老因失足落水,已从水中爬起来了。路太窄了一些,翠翠虽闪过一旁,与迎面来的人仍然得肘子触着肘子。二老一见翠翠就说:

"翠翠,你来了,爷爷也来了吗?"

翠翠脸还发着烧不便作声,心想:"黄狗跑到什么地方去了呢?"

二老又说:

"怎不到我家楼上去看呢?我已要人替你弄了个好位子。"

翠翠心想:"碾坊陪嫁,希奇事情咧。"

二老不能逼迫翠翠回去,到后便各自走开了。翠翠到河下时,小小心中充满了一种说不分明的东西。是烦恼吧,不是!是忧愁吧,不是!是快乐吧,不,有什么事情使这个女孩子快乐呢?是生气了吧,——是的,她当真仿佛觉得自己是在生一个人的气,又像是在生自己的气。河边人太多了,码头边浅水中,船桅船篷上,以至于吊脚楼的柱子上,也莫不有人。翠翠自言自语说:"人那么多,有什么三脚猫好看?"先还以为可以在什么船上发现她的祖父,但搜寻了一阵,各处却无祖父的影子。她挤到水边去,一眼便看到了自己家中那条黄狗,同顺顺家一个长年,正在去岸数丈一只空船上看热闹。翠翠锐声叫喊了两声,黄狗张着耳叶昂头四面一望,便猛的扑下水中,向翠翠方面泅来了。到了身边时狗身上已全是水,把水抖着且跳跃不已,翠翠便说:"得了,装什么疯。你又不翻船,谁要你落水呢?"

翠翠同黄狗找祖父去,在河街上一个木行前恰好遇着了祖父。

老船夫说:"翠翠,我看了个好碾坊,碾盘是新的,水车是新的,屋上稻草也是新的!水坝管着一缕水,急溜溜的,抽水闸时水车转得如陀螺。"

翠翠带着点做作问:"是什么人的?"

"是什么人的? 住在山上的王团总的。我听人说是那中寨人为女儿作嫁妆的东西,好不阔气,包工就是七百吊大钱,还不管风车,不管家什!"

"谁讨那个人家的女儿?"

祖父望着翠翠干笑着,"翠翠,大鱼咬你,大鱼咬你。"

翠翠因为对于这件事心中有了个数目,便仍然装着全不明白,只询问祖父,"爷爷,谁个人得到那个碾坊?"

"岳云二老!"祖父说了又自言自语的说,"有人羡慕二老得到碾坊,也有人羡慕碾坊得到二老!"

"谁羡慕呢,爷爷?"

"我羡慕。"祖父说着便又笑了。

翠翠说:"爷爷,你喝醉了。"

"可是二老还称赞你长得美呢。"

翠翠说:"爷爷,你醉疯了。"

祖父说:"爷爷不醉不疯……去,我们到河边看他们放鸭子去。"他还想说,"二老捉得鸭子,一定又会送给我们的。"话不及说,二老来了,站在翠翠面前微笑着。翠翠也微笑着。

于是三个人回到吊脚楼上去。

扯皮处的解散

【解题】 本篇为王蒙所作。王蒙,1934年生于北京。1953年起创作了《王蒙文存》23卷。他在小说、散文、诗歌、报告文学、文学理论研究、翻译、《红楼梦》研究、李商隐研究等方面的实绩享誉海内外,代表作有长篇小说《青春万岁》、《活动变人形》、"季节系列"、《青狐》等。其作品被译成英、意、法、德、日、俄等20多种文字在国外出版发行。1987年获意大利蒙德罗国际文学特别奖。任过文化部部长、中国作家协会荣誉副主席、国际笔会中国分会副会长。在本文中,作者以其高超的讽刺艺术手法,大胆地创造了一个夸张乃至荒唐的扯皮处的扯皮会议场面,用幽默诙谐、冷嘲热讽的语言,对这些不干实事,专门扯皮的干部部门和处长们给予了尖利的讽刺和机智的嘲弄。小说虽短,却揭示了"人浮于事、尸位素餐"的社会弊政,而且呈现出强烈的批判色彩和战斗特色,这是非常难能可贵的。

牛皮厂扯皮处举行第一百零六次例会。会议由托处长主持,参加会的有十二个副处长和一名秘书。会议宣布开始后,托处长突然发现最爱闹意见的第十三副处长没有前来,忙叫秘书派车去接,因此只得休会二十分钟。

第十三副处长到达后立即大发牢骚,认为开会不通知他并非偶然,"太不正常了! 太不正常!"他说。

托处长宣布这次会议的议程是讨论扯青蛙皮的最新工艺并评选扯皮先进人物。第一副处长介绍了滚身扯皮法、叹气扯皮法、会议扯皮法、文牍扯皮法、太极扯皮法、哼哼扯皮法……几种新工艺的推行情况。

第二副处长建议暂停讨论工艺问题,因为由他负责拟稿的一个关于在上厕所期间不得打篮球和饺子馅里不得掺有马粪和小豆冰棍的书面通知亟待下发,已传阅四个月,各正副处长均签名表示同意,掌管印章的第三副处长却迟迟不肯盖章,因而影响了厕所的环境保护和扯饺子皮的质量。

第三副处长立即说明，他每盖一个章需费时一个月左右，否则会人为地造成前紧后松、月计划完成不平衡、盖完章后无事可做的现象，影响观瞻。

第四副处长插言说，发给副处长以上干部用的公用自行车只有三辆，而处长、副处长共有十四人，人多车少的现象日益严重。他建议：一、起草一个申请追加自行车的报告，打印四十份。二、把车少人多的情况汇总，写一个单行材料。三、把现有的车拆开，每个处长发给 0.428 个车轮。如有剩余，留成归己。

第六副处长建议增补两名年富力强的副处长，扩大处编制，处下增设六个科：初扯科，复扯科，齐扯科，闲扯科，乱扯科，暗扯科。

第七副处长提出了增加扯皮的财务预算问题，并建议采取包干制。

第八副处长提出了派遣代表团出国考察的计划……以汲取欧美扯皮学最新成就。

这时候来了一个电话，叫秘书去取文件。

秘书走后，立即休会，因为在座的只剩下了处长、副处长，却没有做具体工作的人了。

秘书回来，宣读文件道：

"着令立即撤销扯皮处建制，该处所有工作人员，立即集训待命。"

处长、副处长面面相觑。最后，不知是谁说了一句："早该这样了。"

永远的蝴蝶

【解题】 《永远的蝴蝶》为渡也所作。渡也，男，本名陈启佑，另有笔名江山之助，台湾省嘉义市人，十六岁开始创作，高中时代即与友人合办《拜灯》诗刊，并曾一度加入创世纪诗社。在创作态度上，渡也主张"诗的内容不深奥，题材尽量广阔，关怀民生疾苦，剖析时代沧桑"。他的诗整体上是诙谐幽默的，早期的诗"以单纯的、独一的意象，做火花式的闪耀"，以后发展出的散文诗则"深入物象里，挖掘一般视觉不能达到的地方"。80 年代初期，开始走社会写实路线。散文则以小品为主，三十三岁前，他走的是唯美路线，从《永远的蝴蝶》始，他"逐渐离开小我、软性、唯美的象牙塔"，改变后的文章内容"勾勒人世、人性，冷讽热嘲，呈现忧郁沉痛的心情"。本文表现了巧妙而高超的结构艺术：一是作品以"雨"为线索，贯穿全文的始终，造成笼罩全文的阴冷凄凉的氛围。二是作家善于反复运用细节。三是高超的谋篇布局技巧。直到作品的结尾处才告诉读者信的内容，这样构思，无疑加重了作品的悲剧色彩，让人哀痛欲绝，心不堪受。

那时候刚好下着雨，柏油路面湿冷冷的，还闪烁着青、黄、红颜色的灯火。我们就在骑楼下躲雨，看绿色的邮筒孤独地站在街的对面。我白色风衣的口袋里有一封要寄给在南部的母亲的信。

樱子说她可以撑伞过去帮我寄信。我默默点头，把信交给她。

"谁教我们只带一把小伞啊。"她微笑着说，一面撑起伞，准备过马路去帮我寄信。从她伞骨渗下来的小雨点溅在我眼镜玻璃上。

随着一声尖锐的刹车声，樱子的一生轻轻地飞了起来，缓缓地，飘落在湿冷冷的街面，好像夜晚的蝴蝶。

虽然是春天，好像已是深秋了。

她只是过马路去帮我寄信。这简单的动作，却要教我终身难忘了。我缓缓睁开眼，茫然站在骑楼下，眼里裹着滚烫的泪水。路上所有的车子都停了下来，人潮涌向马路中央。没有人知道那躺在街面的，就是我的，蝴蝶。这时，她只离我五米远，竟是那么遥远。更大的雨点溅在我的眼镜上，溅到我的生命里来。

为什么呢？只带一把雨伞。

然而我又看到樱子穿着白色的风衣，撑着伞，静静地过马路了。她是要帮我寄信的，那，那是一封写给在南部的母亲的信。我茫然站在骑楼下，我又看到永远的樱子走到街心。其实雨下得并不大，却是我一生一世中最大的一场雨。而那封信是这样写的，年轻的樱子知不知道呢？

妈：我打算在下个月和樱子结婚。

第三节 ※ 外国小说欣赏

一、外国小说概述

在西方文学的百花园中，小说远远出现在诗歌、戏剧两种文学体裁之后。其最早的作品是古罗马作家佩特罗马乌斯创作的《萨蒂利孔》和阿普列尤斯创作的《金驴记》。但这两部作品只不过是一些散文虚构故事而已，尚未具备"人物（性格）、情节、环境"三元架构的小说形态。西方小说真正发端于文艺复兴的人文主义小说。随后，18世纪启蒙小说奠定了小说的基本模式。到了19世纪，浪漫主义小说和现实主义小说充分发展、高度成熟，并步入了文学系统的中心地位，享受了文学百花园中的荣华富贵。整个20世纪，尽管"小说的危机"、"小说的死亡"之类的言说不绝于耳，尽管它再也不像19世纪那样风光，但是，20世纪小说家经受住了各种社会文化现实的挑战，摆脱了19世纪小说的辉煌成就所造成的历史性压力，以勇敢无畏的文学创新精神写出了一些不同于传统审美风格的现代主义小说和后现代主义小说。

（一）人文主义小说

文艺复兴时期的人文主义小说是西方近代小说的开端。卜迦丘的《十日谈》、拉伯雷的《巨人传》和塞万提斯的《堂吉诃德》标志着西方小说第一次高潮的出现。

卜迦丘（1348—1353）是14世纪意大利人文主义作家。他的《十日谈》把眼光从神界移到了人间，从现实生活中选取素材，以崭新的人文主义思想观念为出发点，捕捉各种新颖的生活元素，不仅赞美了文艺复兴初期意大利人文主义思想，颠覆了基督教禁欲主义观念，而且以细腻的心理刻画和真实的细节描写，让人间百态、形形色色的现实生活中国王、贵族、公主、僧侣、贩夫走卒、学者、律师、乡下村姑等等人物活跃在自己所构筑的"袖珍舞台"上。同时，《十日谈》还继承和发展了古代印度的《五卷书》和中古阿拉伯的《一千零一夜》等东方民间文学的框形结构艺术传统，将100个故事镶嵌在十个男女逃难的大故事之中。每一个故事既独立成篇又构成统一的整体。此外，《十日谈》的语言生动精练，通俗畅达，文风幽默，含蓄辛辣，为意大利散文和短篇小说的发展奠定了优良传统。因此，这部作品被文学史家们公认为西方近代小说登堂入室的一个坐标点。

拉伯雷（1495—1553）的《巨人传》是法国文艺复兴时期人文主义的代表作，是法国小说史上的一个里程碑。小说共5部：第一部叙述卡冈都亚的出生和他的童年生活；第二、三部描写卡冈都亚的儿子巨人庞大固埃出世、巴黎求学以及他和巴奴奇结伴漫游的经过；第四、五部描写庞大固埃、巴奴奇和约翰修士为探求人生、婚姻等问题的答案，一道外出远涉重洋去寻找"神壶"。小说通过祖孙三代巨人的形象，一扫中世纪关于人是上帝的羔羊的说教，第一次肯定了人自身的价值，肯定了人自身一切欲望的合理性，否定了千百年来宗教神学理论，揭示了"人是宇宙的中心"的看法。小说形式非常独特，虽以祖孙三代巨人的活动串连全书，但又没有一条贯穿全书的情节线索，而是由许多故事片断构成。其语言生动、诙谐、丰富，夸张、对比、讽刺等手法比比皆是。

塞万提斯(1547—1616)的《堂吉诃德》代表了文艺复兴时期西班牙人文主义小说的最高成就,在21世纪伊始仍被欧洲作家、评论家们选为最受欢迎的作品之首。小说全名《奇情异想的绅士堂吉诃德·台·拉·曼却》,共两部。作品叙述了年近50的穷乡绅堂吉诃德和他的侍从桑丘的游侠史。堂吉诃德阅读骑士小说入了迷,于是拼凑了一副行头,物色了一位意中人——养猪女郎,骑上一匹瘦马,前后三次游走天下,以洗雪天下不平事。最初一次,他单枪匹马出游,遭到商人一顿暴雨般的棍子后,像一堆烂泥似的被老乡们送回家。后来,他找了个侍从桑丘再次闯荡江湖。堂吉诃德满脑子冒险意识和骑士小说画面,他把风车当巨人,把客栈当城堡,把理发师的铜盆当头盔,把羊群当军队,把妓女当贵妇,把苦役犯当受害的骑士,把正经的行人当强盗窃匪,不问青红皂白,一路飞马过去,闹出了无数的笑话。他善良的动机害人害己,但执迷不悟。直到临终之时,他才醒悟过来,立下遗嘱,严禁侄女嫁与骑士。

表面上看,《堂吉诃德》是部滑稽逗乐的喜剧性作品,实际上笑的背后蕴含着丰富而深刻的意义。首先,这部小说是针对当时的现实问题而写的。塞万提斯在《堂吉诃德》的前言自述了他写作意图与宗旨,他要借这部作品"消除骑士小说在社会上,群众之间的影响","把骑士文学的那一套铲除干净"。因为16世纪到17世纪初,正值文艺复兴后期,由于资本主义生产关系的发展和雇佣兵制的建立,中古骑士制度已因过时而衰微,骑士传奇也日益显得荒诞、拙劣、可笑。但是,此时的西班牙却盛行骑士传奇。塞万提斯自觉地担起痛击这股逆流的社会责任,运用"笑"这种"社会制裁手段",以戏拟的手法敲响了骑士小说的丧钟。其次,小说巧妙地把堂吉诃德荒诞离奇的骑士幻想与苦难的西班牙现实结合起来,通过他们荒诞离奇的游侠冒险,广泛地反映了16世纪末17世纪初西班牙广阔的社会现实图景,真实地揭示了统治阶级的专横和腐败,贵族豪门的荒淫无耻,形象地展现了封建专制统治下人民的苦难。

在结构上,《堂吉诃德》既继承了流浪汉小说的传统,又有所突破。作者采用了直线延伸的主体结构与横向穿插的局部结构相结合的方法,大大扩展了作品反映现实的广度和深度。小说中绝妙的对比技巧也被人称道。这种对比主要体现在人物形象塑造上,即主仆二人分别在年龄、高矮、肥瘦、坐骑、性格等方面构成了生动有趣的对比。堂吉诃德是年过半百的瘦瘦高高的老绅士,骑着高高在上的老马游侠冒险;桑丘乃又矮又胖的青年农民,坐在谦卑矮小的灰毛驴"灰点儿"的身上,如影随形地跟从着;前者以理想主义为基调,品德善良,精神崇高,但又脱离实际,迂阔顽固,以幻想代替现实,既是一个硬充骑士、引人发笑的滑稽人物也是一个不时闪耀出人文主义思想的光辉形象,他既是傻瓜又是英雄;后者以现实主义为核心,头脑简单而不失聪明,思想狭隘而不失诚实,胆小贪财而不失淳朴,备遭凌辱而不失善良,历经艰难而不失乐观,讲究实际,语言朴实风趣。因此,别林斯基称赞道:"在一切所有著名的欧洲小说文学作品中,这样把严肃和可笑,悲剧性和喜剧性,生活中的琐屑与庸俗和伟大的美丽的东西交融在一起的例子仅见于塞万提斯的《堂吉诃德》。"对比手法的运用,大大增强了小说的可读性和思想性。

(二)启蒙小说

18世纪的启蒙小说奠定了西方近代小说"人物(性格)、情节、环境"三元架构的基本模式。小说家以全知全能的视角叙述故事、描绘情景、塑造人物,并随时随地评判小说中的人物与事件,阐明小说家本人的道德观念和美学主张,思辨性、哲理性较浓。笛福、理查逊、菲尔丁、歌德代表着启蒙小说的最高成就。

笛福(1660—1731)是英国文学史上第一个重要的小说家。其代表作《鲁滨逊漂流记》第一次以普通人的日常活动作为作品的描写中心,塑造了西方文学史上第一个正面的资产者形象鲁滨逊。在作品中,鲁滨逊是笛福时代英国商业资产者的典型。他出身于中产阶级家庭,其父亲经常用知足常乐的哲学教育他。但他不满足于平庸舒适的生活,海外的新世界对他具有一股不可抗拒的诱惑力。为了追求财富,他雄心勃勃,一次次出海,一次次险些丧命,但他矢志不移。在荒岛遇难后,他克服悲观情绪,立即投入到创造新生活的战斗之中。鲁滨逊充分发挥自己的聪明才智,依靠自己的双手,取得了生存的权利,他凭借自己的坚强意志和毅力、必胜的信念和坚忍不拔的实干精神,开创了一片新的天地。鲁滨逊的这种精神促进了人类文明的进步。

但是,文明的背后伴随着罪恶。鲁滨逊经营种植园,进行奴隶贸易,目的是获取利润,追求物质财富。鲁滨逊用火枪救下"星期五",又用《圣经》"开化"他,使"星期五"成为他忠实的仆人,心甘情愿地接受他的奴役。当荒岛上还只有鲁滨逊一个人的时候,他就踌躇满志地说:"这一切都是我的。"后来,鲁滨逊又救出了"星期五"的父亲和和两个西班牙人,他自封为"总督",认为"全岛都是我个人的财产","我是百姓的全权统治者和立法者"。鲁滨逊回国后,继续保留岛上的土地产权,把它分租给新去的居民。可见,鲁滨逊是一个具有强烈的私有观念、充满占有欲的殖民主义者。因此,恩格斯称他为"一个真正的资产者"。

小说以第一人称的方式叙述故事,通过人物的言行来展现人物的性格,注意环境描写和细节描写,具有强烈的真实感。语言简洁、生动、朴素、自然。但是,《鲁滨逊漂流记》也存在一些缺陷,如人物刻画比较粗糙,结构松散简单,表现出初期英国小说存在艺术上的不足。

理查逊(1986—1761)是一位书信体小说家,在英国和欧洲小说发展史上有着极为重要的地位。他摆脱了以主人公的见闻经历为主线的传统叙事写法,以日常生活中的婚姻、道德问题为题材,集中写一件事的始末,长于表现人物的情感和心理。代表作是《帕美拉》。

菲尔丁(1707—1754)是18世纪英国杰出的小说家和戏剧家。他将小说引出了资产阶级家庭生活描写的狭小范围,在反映现实的广度和深度上超越了同时代的许多作家。其代表作《汤姆·琼斯》通过弃儿汤姆与乡绅的女儿苏菲亚的恋爱故事,形象地再现了18世纪中叶英国的社会生活,成功塑造了各个阶层的典型人物,批判了以门第、金钱为条件的婚姻,揭露了贵族、资产阶级的荒淫无耻和资产阶级文明的虚伪。在艺术上,小说情节曲折复杂,人物众多,但布局精巧,结构严密而完整,达到18世纪小说最高水平。

歌德(1749—1832)是德国最伟大的诗人、作家、思想家和自然科学家,是德国文化最伟大的代表。他的书信体小说《少年维特之烦恼》是德国文学史上第一部产生世界性影响的作品,被恩格斯誉为"建立了一个最伟大的批判功绩"的佳作。

小说由维特的书信和编者的补白构成。叙述的是维特自杀前半年左右的生活经历和感受。维特为了处理母亲的遗产来到了瓦尔海姆镇,明媚的自然风光、天真无邪的儿童、纯朴的村民深深地吸引了他,特别是他在舞会上见到美丽活泼的绿蒂之后,更是神魂颠倒,不能自拔。但绿蒂已与一位名叫阿尔贝特的青年订婚,他的爱毫无希望。在朋友的劝说之下,他忍痛离开了小镇,到另一个城市当了公使的秘书,希望用工作来医治情感上的创伤。可是,公使却是一个极琐屑之人,叫人无法忍受。他在那里认识了一位B小姐并喜欢上了她,可是极具势利眼的姑妈坚决不同意侄女跟他来往。在这个地方,只有C伯爵还能跟他谈得来。有一次,他参加C伯爵组织的贵族舞会,看到B小姐进来后便多呆了一会儿,这引起了B小姐和贵族的不满。经C伯爵的提醒,他愤然地离开了。但是,城里盛传着他被赶出贵族圈的闲言。这年秋天,他故地重游,绿蒂已经出嫁给庸俗自私的阿尔贝特,原先认识的那些人一个个都遭到了不幸,最后维特在孤独、苦闷中举枪自杀。

小说最大的成就是塑造了维特的形象。主人公维特是18世纪德国新兴市民阶级青年知识分子的典型。他虽然没有改造现实社会的雄心壮志,但却追求美好的理想,向往自由,幻想纯洁的爱情。他有才华、能力,希望能够从事有益的工作,创造有价值的人生。但是,围绕着他的社会环境却令人窒息:市民庸俗麻木、贵族傲慢无礼、官场保守腐败——这一切好像一张无形的灰暗之网,罩在维特的身上和心头。他不断与之冲突,也不断地逃避,性格也日甚一日地内向和忧郁。他逃离城市的庸俗和烦闷,来到了乡村,在大自然的怀抱和淳朴的民风中得到了短暂的安慰。他与绿蒂一见钟情,但面对她的鄙俗自私的未婚夫,只能给他再添上一些精神苦闷,于是他离开瓦尔海姆来到另一座城市,可是得到的是上司和贵族的歧视与鄙夷,他再次逃离城市,又回到绿蒂身边。面对已婚的绿蒂,他更陷入了极度的忧伤之中。至此,他感到已无处可逃,生已无价值,精神崩溃。自杀成了他唯一的出路。总的看来,维特是一个时代的觉醒者和庸俗环境的反抗者。他以个人为中心来反抗社会,以孤傲来对抗德国现实的丑恶,他比那些浑浑噩噩苟且偷生者清醒得多。但是,他的反抗是一种逃避式的反抗,缺乏一种战斗精神。因此,维特这一形象既表现了德国青年的觉醒及其不满情绪,又反映了他们的软弱性和妥协性。

小说以近百封长短书信作为骨架,以编者的引言、按语和注释为点缀,使整部作品首尾完整,浑然一体,情节剪裁十分精彩。同时,小说又以第一人称叙述的方式,面对面地向读者畅述主人公的遭遇和感受,倾吐他的追求与心声。读者阅读小说,仿佛成了作品中的收信人,听到了主人公的言谈笑语、涕泣悲叹,自然而真切,从而,引起了读者的情感共鸣。

清新、美丽、不断变化的大自然与人物情感的变化融为一体也是小说一大特色。大自然景物的更替成为维特情感世界的奇妙烘托。维特初到瓦尔海姆时,是繁花盛开的五月,他心中充满憧憬与欢畅;他离开和重回这里时,却是落木萧萧的深秋,心中异常愁苦悲凉;而他生命结束时正是雨雪交加的仲冬,正衬托出他的绝望心情。时节、自然景物的更替变化,都与主人公由欢畅到愁苦,最后绝望自杀的感情发展息息相关,这极有助于充分展现“狂飙突进”时期进步知识青年觉醒、愤懑、追求、苦闷、悲哀的精神世界,有力地增强了艺术效果。

(三)浪漫主义小说

19世纪初期,浪漫主义小说家排除了启蒙小说的哲理性和思辨性传统,特别推崇想象和虚构,追求大胆的构思、离奇的情节和奇异的艺术效果。他们的小说以一种情节曲折离奇、人物性格不同凡响、主观情绪浓烈的审美风格亮相于文学的百花园中。主要代表作品是雨果的《巴黎圣母院》。

维克多·雨果(1802—1885),法国浪漫主义文学思潮领袖,小说家、诗人、戏剧家、文艺理论家、社会活动家。作为小说家,雨果在长达40余年的创作岁月里,共创作了20部小说。著名的作品有《巴黎圣母院》、《悲惨世界》、《海上劳工》、《笑面人》、《九三年》等。

《巴黎圣母院》是一部想象奔放、变化纷繁、新颖别致的浪漫主义小说。它奠定了雨果作为世界著名小说家的崇高地位。

小说以15世纪末路易十一时代的巴黎社会生活为题材,以巴黎圣母院为情节集结点,围绕副主教克罗德·弗罗诺、巴黎圣母院的钟楼敲钟人加西莫多、吉卜赛女郎爱斯梅哈尔达三个主要人物展开情节,叙述了一个离奇的故事:1482年1月,在喧嚣热闹、情调奇特的宗教愚人节里,千变万化的丑人竞相亮相,加西莫多被选为“丑人王”。在格雷弗广场上,吉卜赛女郎爱斯梅哈尔达以优美的舞蹈、迷人的外貌倾倒了所有的观众。副主教克罗德·弗罗诺对她动了邪念。当天夜晚,他便指使敲钟人加西莫多劫持爱斯梅哈尔达。正在巡逻的宫廷侍卫队长法比救下了她。从此,爱斯梅哈尔达爱上了这个军官。次日,加西莫多在格雷弗广场被示众受刑。他口渴难熬发出了痛苦的哀号。吉卜赛女郎不顾周围群众的哄笑,把水送到了加西莫多干裂的嘴边,加西莫多干枯的眼里滚出了大颗眼泪。爱斯梅哈尔达与法比的爱情使克罗德心生嫉妒恨,趁他们幽会之际,他化妆成妖僧,用匕首刺伤法比并嫁祸于女郎。皇家法庭由此判处她绞刑。行刑之时,加西莫多劫持刑场,把爱斯梅哈尔达抢入圣母院。女郎得到了暂时的保护。但是,教会煽起宗教狂热,女郎被视为女巫,法院决定不顾圣地避难权将她强行予以逮捕。这时候,流浪汉得知这一消息,便武装起来攻打巴黎圣母院营救爱斯梅哈尔达,但遭到不明真相的加西莫多的抵抗和皇家军队的血腥镇压。混乱之中,克罗德把爱斯梅哈尔达骗出圣母院,威逼她屈从。爱斯梅哈尔达坚决拒绝。克罗德气急败坏,把她交给"老鼠洞"的女修士看管,自己报告官府。这个女修士居第尔突然发现爱斯梅哈尔达正是16年前丢失的女儿。母女俩悲喜交加。此时,克罗德带兵赶到,母女都被送上了绞刑架。当克罗德站在巴黎圣母院钟楼顶上发出了狰狞的笑声时,加西莫多愤怒地将他推下。几年以后,人们发现爱斯梅哈尔达的尸骨与加西莫多的尸骨紧紧地抱在一起。

小说的情节具有戏剧性的紧张,充满现实生活中不可能有的巧合与怪诞。例如,加西莫多的抢人、劫法场、"圣母院保卫战"与殉情、爱斯梅哈尔达母女生离死别的巧遇等等情节缺乏逻辑性和过程性,令读者感到意外的神秘莫测。小说中的人物也非凡脱俗,不仅人物的外形奇特,而且人物的灵魂也非同一般。最明显的例子是加西莫多。他的外形可谓是丑得十全十美,丑得惊心动魄,丑得不落俗套:他有着四面体的鼻子,马蹄形的嘴;他出现:是个驼子;他行走"是个瘸子";他是人:是个独眼;你对他说话:是个聋子。"他看起来仿佛是一个被打碎了而没有好好拼起来的巨人像。"不仅如此,他的举止动作,灵魂精神也非同一般。刚开始对养父,加西莫多俯首帖耳,是一条忠实的狗,克罗德的每一个动作,神色对他都是一道无声的命令。打他,踢他,他都一声不吭。但是,当爱斯梅哈尔达唤醒了他的灵魂之后,他那颗天使般的高尚的灵魂便显露出来,俯首听命于爱斯梅哈尔达,对待爱斯梅哈尔达是绝对的忠诚。最后,他竟然将养父推下钟楼。可见,加西莫多仿佛是落入人间的精灵:肉体是野兽的,卑劣的;灵魂却是天使的,高尚的。凡此种种,人物无一不是非凡的表征。总之,小说中情节和人物的多变非凡,都是雨果奇异想象的产物。

此外,英国司各特(1771—1832)的浪漫主义历史小说和法国大仲马(1802—1870)的浪漫主义通俗小说也引人注目。司各特有欧洲"历史小说之父"之称,其代表作《艾凡赫》是一部将"历史所具有的伟大灿烂,小说所具有的趣味和编年史所具有的严格的精神"(雨果语)结合在一起的历史小说,情节离奇曲折跌宕起伏,整个故事回荡着一股非凡的气势。司各特的历史小说启发了巴尔扎克等新一代作家如何去描绘当代社会生活。大仲马的主要作品有《三个火枪手》、《基督山伯爵》、《玛尔戈王后》等。《基督山伯爵》构思巧妙而周密,悬念丛生而又环环相扣,情节曲折离奇,场景丰富多彩,十分引人入胜。作品还善于通过对话表现人物的思想感情,交代往事,推动情节发展。

(四)现实主义小说

19世纪西方现实主义文学的典型形式是小说。这一时期的现实主义小说家以斯宾诺莎的理性主义、费尔巴哈的唯物主义、孔德的实证主义、欧文的空想社会主义、基督教人道主义、边沁和穆勒的功利主义为哲学基础和思想基础,以亚里士多德、狄德罗等人所建构的摹仿论为美学原则,以冷静、客观的态度描写现实生活中的人与环境,批判封建阶级、资产阶级的恶行败德,鞭笞社会与时代的黑暗,真实地再现典型环境中的典型人物。巴尔扎克、狄更斯、列夫·托尔斯泰的作品是现实主义小说的里程碑。

巴尔扎克(1799—1850)是一位"独特的以崭新的方法描写人的艺术家"。他毕生谱写的"未完成的交响曲——《人间喜剧》"不仅为我们提供了一部法国社会特别是上流社会的卓越的现实主义历史,而且为西方小说建立了一个人物(性格)、情节、环境三者有机统一的经典叙事模式。

《人间喜剧》是巴尔扎克在 1829 年至 1848 年间用热血和生命浇铸的多卷集现实主义小说的总称。它收入了 96 部长、中、短篇小说。其中著名的作品有:《苏城舞会》、《高利贷者》、《夏倍上校》、《高老头》、《欧也妮·葛朗台》、《古物陈列室》、《朱安党人》、《驴皮记》等。

为了加强《人间喜剧》中各部作品之间的有机联系,巴尔扎克创造性地运用了分类整理法和人物再现法。所谓分类整理,就是将全部作品分成"风俗研究"、"哲学研究"、"分析研究"三大类。其中"风俗研究"又分为"私人生活"、"外省生活"、"巴黎生活"、"政治生活"、"军旅生活"、"乡村生活"等六个场景。所谓人物再现,就是让同一人物出现在很多部小说中,每一部作品只描写这个人物的一个阶段或者一个侧面,几部作品联系起来,就能呈现出这个人物的性格发展和命运遭遇的全过程。分类整理法和人物再现法拼合了各个画面,打通了《人间喜剧》各虚构世界之间的边界,使整个《人间喜剧》构成一个具有连续性的有机整体。这种宏大的规模和巧妙的构思引起后来诸如左拉、哈代、福克纳等作家的赞叹和模仿。

庞大的《人间喜剧》描绘了从拿破仑帝国、波旁复辟王朝到七月王朝时期法国不同阶级阶层两千多个人物构成的广阔社会生活场景,以形象的画面呈现了资产阶级与封建贵族在各个领域里你死我活的角逐,封建贵族在资产阶级的步步进攻下气息奄奄的现实以及商人、高利贷者、银行家等等资产阶级暴发户惊心动魄的表演。作者还以"系统化的能力"和"明目张胆的偏爱创造了金钱和买卖的史诗",以生动的情节诠释了资本主义社会中人与人之间的赤裸裸的金钱关系。

在艺术上,《人间喜剧》体现了巴尔扎惊人的发展力和创造力。将人物性格塑造和深刻的历史内容结合起来,并以激情为元素,搜集人物情欲的主要事实,运用"杂取种种人"的典型化方法,刻画人物性格,表现人物个性,是《人间喜剧》一大创造。作品中的人物无论主次,个个鲜活生动,血肉丰满,几乎每个人的性格都存在多个层面,且与其独特的经历和处境息息相关。例如,同是吝啬鬼,葛朗台聚财手段和高布赛克的不尽相同,里谷的吝啬和葛朗台的吝啬也大异其趣。葛朗台把一切开支看成浪费,尽管是地方上的首富,过日子却和当地的庄稼人一样,喝的老是坏酒,吃的老是烂果子,连女仆拿侬去店里买一根白烛都会成为当地的新闻;里谷的悭吝却只对付别人,自己则有一套独特的讲究与享受……总之,作者试图在作品中表现出社会生活的全部复杂性和人类心灵的全部复杂性。工笔描画环境,是《人间喜剧》的又一个大的贡献。巴尔扎克特别擅长于研究与把握事物的外部特征,广阔而真实地描绘人物生活的物质环境,如住宅、室内装饰和生活用具、住宅周围、街道、城市等等。《欧也妮·葛朗台》中以腐朽的楼梯、陈旧的用具、昏暗的烛光来表现贪婪地积累钱财的老葛朗台的吝啬,是巴尔扎克环境描写的经典例证。《人间喜剧》开创了西方小说网状结构模式。19 世纪以前的西方小说结构,基本上采用"流浪汉小说"的结构形态,以单一线索纵向直线型演进为特色。《人间喜剧》则通过众多的情节线索有机地交织,形成了纵横交错的情节网络,立体地展示生活的横断面。例如,《高老头》就写了退休面粉商人高里奥先生被两个女儿榨干、抛弃而悲惨地死去的故事;外省贵族青年拉斯蒂涅经受不住巴黎生活的引诱,在鲍赛昂夫人、伏脱冷的指点下,逐渐堕落成为一个资产阶级野心家的故事;鲍赛昂夫人在资产阶级的逼攻下被迫隐退的故事;潜逃苦役伏脱冷再次被捕的故事等等。其中又以高里奥和拉斯蒂涅的故事为中心,其余的情节线索都与两条中心线交织在一起。这种纵横交错的情节结构不仅有助于呈现日益复杂的社会生活,而且有助于描写多元复杂的人物性格。

狄更斯(1812—1870)是 19 世纪英国最伟大的现实主义小说作家,也是文学史上不多见的、把高度的思想性和广泛的娱乐性结合起来的作家。他的作品既是惊世骇俗的暴露文学,又是情节热闹、引人入胜、可看好读的畅销书。在那些人手一册的经典中,他仅仅排在《圣经》和莎士比亚之后。

狄更斯因《匹克威克外传》的出版而一举成名。其一生共创作了十四部长篇小说、大量的短篇小说、游记、戏剧和小品等。著名的作品有《奥列佛·退斯特》、《董贝父子》、《大卫·科波菲尔》、《艰难时世》、《双城记》等。他的小说都以宏大叙事方式绘制了工业资本主义英国包罗万象的社会生活画卷,其反映生活的完备性和丰富性,只有巴尔扎克才能与之匹敌。在艺术上,他喜欢采用戏剧化的传奇情节(如奥列佛的身世之谜,梅尼特医生被困的实情等)构成作品很强的悬念性;常常采用对比、夸张、象征等手法,制造渲染某种气氛,在情节设置,人物塑造上,驰骋情感力量,使小说具有催人泪下的悲怆、感伤情调。

《艰难时世》是狄更斯唯一的一部正面反映劳资矛盾的作品。小说有两条平行发展的情节线索:一是工厂主庞得贝与工人之间的矛盾;一是退休五金批发商兼国会议员葛雷梗贯彻其"事实哲学"的实践过程。小说通过这两条情节线索,批判资产阶级丧失人性、缺乏仁爱精神的罪恶,呼吁人与人之间的宽容和理解。作品采取了许多浪漫式的夸张手法以讽刺他们唯利是图的观念。

《双城记》是狄更斯的代表作。小说以法国大革命为背景,较为真实地反映了革命前夕封建贵族对农民的残酷迫害,强烈抨击了统治阶级的凶残、暴虐和腐朽,揭示了法国大革命爆发的必然性。小说以古讽今,给英国统治阶级敲响了警钟。但小说又不同于一般的历史小说,它的人物和主要情节都是虚构的。作者以虚构人物梅尼特医生的经历为主线,将冤狱、爱情与复仇三个相互关联的故事交织在一起,情节曲折动人,错综复杂。

列夫·尼古拉耶维奇·托尔斯泰(1828—1910)是公认的世界上最伟大的小说家之一,是19世纪俄国最杰出的现实主义大师,是19世纪末阴霾重重的黄昏里一颗抚慰人间的巨星。他和巴尔扎克一起被人们称为现实主义小说中两座最高、最辉煌的峰峦。

从19世纪到20世纪初,托尔斯泰在俄国文坛活动了近60年,创作了大量的文学作品。其中最为著名的中短篇小说有《塞瓦斯托波尔故事》、《哥萨克》、《一个地主的早晨》、《琉森》、《伊凡·伊里奇之死》、《教育果实》、《克莱采奏鸣曲》和《舞会之后》。三大长篇小说《战争与和平》、《安娜·卡列尼娜》、《复活》代表着托尔斯泰小说创作的最高成就。

托尔斯泰的小说具有全景式史诗性审美品格。《战争与和平》全景式地再现了整整一个历史时代,时间上囊括了从1812年俄法战争的准备到1825年十二月党人运动的酿酿期,空间上穿越了国内国外、城市农村的广阔范围,在战争与和平的交迭中生动地描绘了550多个人物,展现了社会的政治、经济、军事、家庭生活的广阔画面,反映了各阶级阶层的各种思想情绪。《安娜·卡列尼娜》交织着城市贵族妇女安娜的爱情追求与乡下庄园主列文的精神探索两条情节线索,广泛地描写了城乡生活和阶级关系,对1861年农奴制改革后俄国社会中的政治、经济、伦理道德、婚姻家庭等等问题发表意见。《复活》的题材非常广泛,对沙俄全套国家机器进行了无情的揭露与批判。他的小说内容十分丰满,叙述具有多层次性和广泛性。

托尔斯泰在小说中始终注意通过心理变化反映人物性格思想的变化,并创立了"心灵辩证法"的写作技巧。作家最感兴趣的是"心理过程的本身,是这种过程的形态和规律",注意一些感情和思想如何从另一些感情和思想演变而来,注意心理活动形态的多样性和内在的有机性;同时,他还善于捕捉心灵中转瞬即逝的思想感情和意念,善于挖掘内心深处难以捉摸的、微妙的意识。因此,他特别注重描写人物心理错综复杂的矛盾,以敏锐的洞察力去发掘促使人物心理矛盾发展的各种因素,从而把人物心灵的运动建立在坚实的基础上;喜欢描写自我反省、心灵的彻悟和激情状态等独特的心灵运动形态。在描写人物心灵的彻悟中,将浓郁的抒情、突变的戏剧性与深邃的哲理有机地融合在一起;他作品中人物的一颦一笑、一嗔一盼,都包含着极其深刻的心理内容。

托尔斯泰小说中人物性格体现多面性和自主性特点。他的小说没有绝对的好人和绝对的坏人,即使是他最喜爱的主人公,他也不美化他们,而是从生活实际出发,写出他们身上的某种缺点,从不把人物性格绝对化。他笔下那些探索型人物的思想与性格与环境有关系,但都高于环境。他们都试图克服环境的影响走向精神的独立,显示出超越性和自主性,从而说明环境的落后与不合理。

在小说创作中,托尔斯泰不拘泥于一般长篇小说"开端、发展、结尾"的格式,而像一条不停流动的长河,就如人生在那里流动。他的三大长篇小说《战争与和平》、《安娜·卡列尼娜》、《复活》的结尾,总不是戛然而止,而使人感到生活之流仍在流动。不幸的婚姻或幸福的婚姻只是人生长河中的插曲。他的小说的结构呈现开放的态势。

(五)现代主义小说

20世纪西方现代主义小说不是一个内涵确定、清晰的概念。它主要包括从19世纪末至20世纪40年代出现在欧美各国的未来主义小说、超现实主义小说、意识流小说、表现主义小说等。现代主义小说家以弗洛伊德心理学和精神分析、柏格森直觉主义、克罗齐直觉表现理论、叔本华和尼采的唯意志论等等非理性主义为哲学基础和方法论武器,以反传统为总目标,以种种阴暗、卑劣、恐怖、丑恶的意象来象征、呈现他们在现实生活中所感受的工业社会的可憎、可怖、荒谬、虚伪,表现人们精神上的空虚、孤独、悲哀、绝望。现代主义小说家都是一群有机形式主义者,着力于小说形式上的实验与创新,追求一种情节非线性化、叙事视角多样化、人物与物象符号化与象征化、语言陌生化、心理情绪意识流化的审美风格。比较重要的现代主义小说家有卡夫卡和乔伊斯。此外,法国的普鲁斯特、英国的伍尔夫、美国的福克纳等也是非常有影响的现代主义小说家。

弗朗茨·卡夫卡(1883—1924)是现代德语文学中独树一帜的人物,西方评论界称誉他为20世纪最优秀的作家之一。

卡夫卡于1904年开始创作,其主要作品有中短篇小说《变形记》、《在流放地》、《乡村医生》、《饥饿艺术家》,长篇小说《美国》、《审判》和《城堡》。三部长篇小说均在卡夫卡死后出版。此外,卡夫卡还写有大量的书信、日记和随笔。

卡夫卡在他有限的文学创作中,以其独特的视野构建了一个令人类瞩目的"异化世界":一个个灵魂空虚者,遍体鳞伤,神情焦虑、烦闷,他们仰天长吁,悲戚叹息;一群群精神孤独者,四处徘徊,心情负罪,恐惧、绝望,求生不得,欲死无门。他的小说表现了人类生存的危机感和恐惧感,生动地展现了人的肉体和精神在那个时代所承受的巨大痛苦。他笔下的人物形象,已不是单纯意义上的文学形象,他们已经是人类某种命运的代表,或者说是某种人生哲理的载体。他的小说既没有具体的时间、地点,又无鲜明的故事背景;现实与梦幻、合理与悖理、常人与非人、具体与抽象浑然一体,给人以无限想象的空间;怪异的形象、夸张荒诞的画面、瞬间的直觉逼人而来。他的小说具有一种只叙不议、简洁朴素、扑朔迷离的风格。

乔伊斯(1882—1941)是英国小说史上一位举足轻重的人物,同时也是现代主义精神的化身。他先后出版了《都柏林人》、《青年艺术家的肖像》、《尤利西斯》、《芬尼根的苏醒》等作品。尤其是《尤利西斯》的问世不仅标志着英国小说艺术的巨大变革,而且使现代主义小说发展到了登峰造极的地步。

《尤利西斯》不具备一般称为小说的特点,它既无紧张激烈的冲突,也无扣人心弦的高潮;既没有行动,也没有通常意义上的性格刻画。作品仅仅涉及的是青年艺术家斯蒂芬、广告商人布卢姆和他的妻子莫莉三个人在1904年6月18日这一天的思想与经验。小说前三章集中描写了青年艺术家斯蒂芬从早上8点至上午11点的生活过程和意识活动。斯蒂芬是个年轻的历史教师、诗人,因母亲病危从巴黎返回都柏林,母亲临终时要求他跪下祈祷,而他则出于对宗教的反感没有听从,母亲死后他常常为此事感到内疚。而父亲整日酗酒,又使他离家出走,以教书为生。1904年6月16日上午,斯蒂芬上完一节历史课后,与校长狄色交谈了一会儿,随后独自去都柏林海滩散步,思索人生。四至十五章生动描述了布卢姆从早上8点至半夜12点在都柏林街头的游荡和凝思遐想。布卢姆现年40多岁,犹太人,是一家广告公司的业务承揽员。他串街走巷,终日奔忙,却常常劳而无获。幼子的夭亡在他心灵上留下了难以消除的创伤,由于失去了性功能,妻子不甘寂寞,这一切均使他蒙受着难言的羞辱。十六至十八章主要描述了布卢姆和斯蒂芬的相遇、交流以及莫莉的意识流动。小说通过布卢姆、斯蒂芬和莫莉所呈现的人的内心世界的丑陋、卑琐、苦闷和混乱,反映了现代西方社会中人性的"异化"与资本主义世界的深重危机。

乔伊斯在《尤利西斯》中精心营构了一个现实与神话对位的叙事模式。作家不仅以荷马史诗《奥德修斯》中的主人公奥德修斯的拉丁文名字作为书名,而且还套用了《奥德修斯》的框架,作品中的每一段情节都以某种方式与《奥德修斯》相对应。小说中的三个人物也是如此,布卢姆对应尤利西斯、斯蒂芬对应尤利西斯的儿子帖雷马科、莫莉对应尤利西斯的妻子佩涅罗佩。这种对位式叙事体现了作者的深刻寓意:即远古神话已变成了平凡、乏味、庸俗、肮脏的都市生活;史诗中的英雄也早已被或者平庸、猥琐、精神畸形的人物所取代,现代的西方文明已堕落到无底的深渊。

《尤利西斯》是一部典型的意识流小说。作品充分展示"心理时间",以自由联想、内心独白、时空颠倒的手法,呈现三个人物的漫长岁月与人生经历,敞亮三个人复杂、深潜的内心世界。与传统小说中的自由联想和内心独白不同,它不受传统的"形式逻辑"、"联想关系"、"连接点"的制约,具有极大的跳跃性和随意性,三个人物的各种意识无序、无关联地任意闪现。例如小说最后一章中莫莉半睡眠状态下的自由联想和内心独白,长达40页不分段,也没有停顿和标点。附近教堂的修女和晨祷的钟声、隔壁闹钟鸡的打鸣、天上的星星、如星状的鲜花、龙巴街住房中的花纹墙纸以及丈夫送她的裙子花样等等流进了莫莉的意识中。其意识四处飘荡,无边无际,这真实地描摹了人物慵懒散漫的心。整个作品以这样一种有意味的形式,让读者直接把握和感受人物的意识活动,收到了丰富、深刻、真实的立体效果。

（六）后现代主义小说

后现代主义小说是相对现代主义小说而言的,是20世纪50年代至今西方文学百花园中一朵怪异之花。它主要包括存在主义小说、新小说、黑色幽默、垮掉的一代、元小说、魔幻现实主义小说等等不同的流派,由此看来,后现代主义小说也是一个内涵不确定、不清晰的概念。

后现代主义小说是西方社会进入后工业化时代的产物。它的哲学基础和思想基础除了柏格森的直觉主义、生命哲学和弗洛伊德的精神分析学之外,海德格尔、萨特、加缪的存在主义哲学,拉康的新精神分析说,索绪尔、维特根斯坦的语言学理论以及结构主义和后结构主义思想都对它产生了深远的影响。

在反叛传统小说的道路上,后现代主义小说比现代主义小说走得更远。它超越了文学与现实的界限,超越了文学体裁之间的界限,超越了各类艺术之间的界限,以一种抗争再抗争、反叛

再反叛的态度,彰显出后现代性。这种后现代性主要体现在:

1. 后现代主义小说家完全放弃统一的主体性,小说中的人物无理无本无我无根无绘无喻,乃是虚构的存在者。在现实主义小说那里,人物的主体性具有坚不可摧的地位,作家的笔墨几乎全落在人物的性格特征的刻画上,人物的行为、言语、外貌、环境等等描写都是为塑造人物性格服务的。因此,在现实主义小说中,阅读人物宛如看一幅肖像,看过之后对人物有一整体印象,读者掩卷之际,人物形象跃然而出。现代主义小说家也没有放弃主体性,其作品是主体性的真实表现,是意识中的、并由意识构成的世界,以一种客观对应、顿悟和意识流的方式呈现人物内心活动,捕捉自我意识。所以,阅读现代主义小说中的人物,读者可以体验和感受他们心灵的搏动。后现代主义小说家完全放弃统一的主体性。在他们眼里,今天的自我使人迷惑,昨天的自我已被忘却,明天的自我不可寓言,自我不再是统一的实体人,已经破碎死亡。因此,后现代主义小说中的人物不断地逃避人物本体的确定性,无性格无心理,甚至人物自己也不知道他的身份属性,人物剩下的只是一个后现代式的自我身心肢解式的碎片、一团模糊不清的影子。例如,美国作家巴塞尔姆的《白雪公主》的中心人物白雪公主漂亮如仙女然而却无喜怒哀乐和七情六欲,她只是一种符号或能指而已。托马斯·品钦的第一部长篇小说《V》中的 V 似乎是一个不断变换身份的神秘的女人,这女人与历史上一切重大事件都有瓜葛。但她又不只是一个女人,她还是各种事物和概念。读者阅读之后,感觉到 V 什么都是又什么都不是。所以,欣赏后现代主义小说,欣赏仿佛在不断期待然而又期待不成的过程中被不断移置,读者与人物间获得的关系被解构。

2. 后现代主义小说家消解了传统的时空观念,小说的情节结构呈现碎片化、开放性特征。现实主义小说严格遵守亚里士多德情节设置原则,依循时间和空间的变化整合故事,结构严谨。现代主义小说虽然具有片断化的叙事特征,但现代主义小说大师们仍执著于深度情结,总想赋予混乱的现代生活以一种秩序,面对分崩离析的现代世界不放弃整合的良苦用心。而后现代主义小说是一种平面化小说。在后现代主义小说中,时间是迷混的、断裂的时间,在话语中,不能以确定的方式来控制;空间也成了超空间,它可被发明、被随意命令消失或扩大。因此,后现代主义小说的情节没有时序和因果逻辑,事件独立出现,孤零零地成了一个个碎片。为了达到这一目的,后现代主义小说经常使用切割、并置、重复、拼贴、罗列、排列组合等手法。如意大利作家卡尔维诺的《寒冬夜行人》将 10 部小说的开头拼贴在一起,10 个故事本身毫无联系。

3. 后现代主义小说以语言为中心,高度关注语言的游戏和实验。后现代主义小说家认为,现实只不过是语言虚构的假象,是语言所造成的。传统小说以虚假的语言虚构出虚假的故事去反映本身就是虚假的现实,从而把读者引入双重的虚假中。小说家的主要任务就是去揭露这种欺骗,把现实的虚假和虚构的虚假同时展现在读者的面前。于是,他们就醉心于开发语言的符号和代码功能,醉心于探索新的语言艺术,醉心于语言游戏,在语言游戏中获得充分的意义和乐趣。并通过语言自治的方式使作品成为一个独立的和完全自足的语言体系,从而创造一个用语言制造的新世界。

二、外国小说及汉语译文欣赏实例 ●━━━━━━━━━━━━━━━━

D·H·劳伦斯是 20 世纪英国文学史中一位现代主义作家。其代表作之一《恋爱中的女人》以独特的艺术形式呈现了人在世界中的理解和感受,敞亮了"作者自身欲望之渴求与抗争"和"自我至深的经验"。其中一个最为突出的美学元素就是作品淡化了传统小说中线性因果式的顺时性叙述规范因子,以叙事并置、延缓情节的方式,颠覆传统小说线性时间结构模式,弹精竭虑地追求小说结构的空间化。

并置是庞德意象派诗论中的一个概念。它指的是诗歌中的各个意象不按逻辑关系组合,而是并列置入诗中。《恋爱中的女人》借鉴了意象派诗歌中这一表现手法,形成了一种同时设置两条情节线索和若干个分散的事件、场景的叙事并置技巧。两条线索和若干个分散的事件、场景以不同的风貌、不同的取向构成平行对应、交叉重叠的关系,共同推动叙事进程,建构文本的叙事主题。

《恋爱中的女人》首先并置了伯金与厄秀拉、杰拉德与戈珍两对男女青年的爱情情节线索,改变了传统小说只叙述一对男女青年情感冲突的情节格局。两条爱情线索并行不悖向前发展。两对年轻人几乎同时相识于克里奇女儿的婚礼,几乎同时定情于水上聚会。所不同的是,伯金与厄秀拉的情感同大自然相交融,在两性对立的冲突中逐渐达到平衡与统一、达到完美和谐,在灵与肉统一的性爱中获得新生;杰拉德与戈珍的情感浸染着工业文明和工具理性的毒素,他们之间自始至终磨擦不断,死亡阴影弥漫,虽有肉体的结合,但灵与肉相分离,最终杰拉德葬身于阿拉卑斯山雪谷,戈珍去了德累斯顿。作品以不同的章节交替呈现两对恋人的复杂情感经历,如"出游"一章描绘的是在一个漆黑的夜晚,在舍伍德森林的空地,伯金和厄秀拉交融于一体,完成了完美的性爱体验,高唱着爱的颂歌,紧接着"死亡与爱情"一章叙述杰拉德与戈珍在充满死亡的氛围中狂欢。总之,两条情节线索犹如电影中的蒙太奇在不同的场景中切换,形成了对峙和对比空间,从而,促使小说的生存之思从晦蔽之中进入了澄明之境,展现作品对情爱本质的追问和对社会的批判。

环绕两大爱情故事的叙事空间,小说设置了诸如肖特兰兹克里奇家的婚礼、春寒未尽时杰拉德的晨泳、庞巴多酒吧醉生梦死般的聚会、杰拉德制服受惊的阿拉伯母马的举动、宠物米诺与野猫的搏斗、水上聚会时杰拉德的妹妹溺水而死的惨剧、瘦弱的伯金与强壮的杰拉德的摔跤、戈珍与洛克讨论艺术等等生活场景,闪现了赫麦妮、威尔、克里奇、米纳蒂、洛克、海里戴、亚历山大、玛兹小姐、布莱德利、约瑟华、帕里斯拉、克里奇的妻子、一对接受伯金一把椅子的新婚夫妇、甲壳虫般的店主等等人物的镜头。这些生活场景和这些人物的镜头如珠玉般散落在不同的空间范畴内并凝固着,呈现出一瞬间的感觉和情思,这不仅扰乱了均匀的叙事节奏,制造了单位时间内两条叙事主线的中断或停顿,而且场景与场景之间留下了许多未定点,确立了文本的深层张力,从而充分调动读者阅读的积极性和创造性。

延缓情节主要是指小说以冗长精细的描写、议论、重复等方式来减慢情节的推进,增加小说的叙事密度,从而创造文本的共时感和空间感。在小说中,冗长精细的描写与议论随处可见。小说开端的中心事件是描述克里奇家的婚礼,但是,读者感觉婚礼行进的速度相当缓慢。作品首先以戈珍的视角印象式描写杰拉德的形态,继而运用内心独白和心理分析的方式呈现戈珍对杰拉德的感觉;接着,作品从厄秀拉的观察角度出发,详细地展示赫麦妮的穿着打扮,介绍她的人际关系;然后,叙述者高屋建瓴地发表议论:"她是文化意识的传播媒介。无论在社会上还是在思想意识方面甚至在艺术上,她都处在最高层次上,木秀于林……她有的只是一个可怕空洞的灵魂,缺乏生命的底蕴。"并介绍她与伯金的恋爱关系,由此读者已能体会到赫麦妮是一位充满理性精神和具有强烈占有欲望的女性,预示着她与伯金爱情关系存在某种危机。直到该章最后,"犹抱琵琶半遮面"的新郎和伯金才露出脸来,婚礼正式开始。小说第17章除了开头科克太太向戈珍叙述儿时的杰拉德任性霸道之外,其余部分是以回叙、顺叙、插叙等多样化的叙事方式让读者埋头于克里奇与妻子的矛盾和磨擦,专注于杰拉德接管公司之后所谓的改革举措之类的细节,迷失在新一代矿主杰拉德宰制整个公司的方略之中,两对青年男女的情感冲突如何却被停顿了,读者被固定在某一点上,唯一的感觉只是现存和当下。

重复也是《恋爱中的女人》中延缓情节的一个重要的方式。这里既有黑夜、月亮和水的意象的重复,又有如仪式一般的场景叠加,还有杰拉德枪杀弟弟,征服母马以及富于生命节律的舞蹈、两性狂欢、杰拉德远足阿尔卑斯雪原多次滑雪等细节的重复叙述。在劳伦斯本人看来,这些重复不是败笔,而是纯属自然,"因为,情绪、激情或领悟上的每一个危机都来自这种搏动着摩擦中的往复,只有这样才能导致其高潮"。从审美效应上来看,这些重复也不是简单堆砌,它们相互叠合交叉,不仅延缓了叙事时间的进程,而且作为一种有意味的形式,尤如一个画家在画面上反复为同一个形象涂上更多更浓的色彩,除了冲击读者的视觉,同时又枝节横生,扩展延伸了叙事的空间。读者由此而捕捉到人物特定情境中的情感潜流,感悟人物心灵上的搏斗与撕杀。

说到这里,我们不由得想到劳伦斯于 1915 年 12 月 6 日致 J·B·平克的信中的一段话:"告诉阿诺德·贝内特,一切有关小说结构的准则只适用于那些根据其他小说样板写作的书。一本书如果不是其他小说的摹本的话,应有自己的结构。他称之为缺点的东西,我则称之为特点,因为他模仿别人的作品。"阿诺德·贝内特是 20 世纪初期最负盛名的传统作家,他的作品深受巴尔扎克和左拉的影响,严格遵循现实生活时空变化路线,结构精致,技法严密,对劳伦斯小说的结构的共时性和空间感追求提出了批评。劳伦斯则不以为然,不但为自己的美学追求进行辩护,而且与贝内特展开了针锋相对的反批评,显示出对传统文学的叛逆精神。《恋爱中的女人》结构的共时性和空间感的追求再一次实践了作家所确立的美学原则。这种结构的共时性和空间感,使小说的技巧和形式产生了活力,让读者在感受作品当下事件呈现的同时,关注作品结构本身。由此说来,《恋爱中的女人》结构的空间化形式是一种有意味的形式,是生存之思赋形的基本手段。

三、作品选

恋爱中的女人

【解题】 《恋爱中的女人》是劳伦斯代表作之一,它承接了《虹》的人物和情节,主要描写了厄秀拉与伯金、戈珍与杰拉德两对男女青年的爱情纠葛,进一步探索了在工业社会建立人与人之间自然和谐的可能性,并对现代工业文明进行了深刻的反思。作品着重剖析了人物的心理世界,象征手法和结构也很有特色。下面选段选自小说第八章结尾部分。

伯金懵懵懂懂走出赫麦妮家,穿过公园,来到旷野中,直奔山上去。晴天转阴,天上落起雨点来。他漫步来到峡谷边上,这儿长着茂盛的榛树丛,鲜花吐艳,石楠丛、冷杉幼苗中已萌发出幼芽来。到处都很潮湿,谷地里淌着一道小溪,那溪水似乎很犹豫地流着。他知道他无法恢复理智,他是在黑暗中游动着。

可是,他需要点什么。来到这花朵点缀着的茂盛灌木丛中,来到这湿漉漉的山坡上,他感到很幸福。他要接触它们,用自己的全身与它们相触。于是他脱光衣服,赤身坐在草樱花中,脚、腿和膝盖在草樱花中轻柔地动着,然后扬起双臂躺下,让花草抚摸着他的腹部和胸膛。这触觉是那么美妙,令他感到一阵彻身的清凉,他似乎溶化在花草中了。

可是这种抚摸太轻柔了。于是他穿过深草丛来到一人高的一片冷杉丛中。软软的尖树枝刺痛了他,在他的腹上洒着清凉的水珠,尖尖的刺尖扎痛了他的腰部。蓟刺尖尖的,但刺得不太疼,因为他走路很轻。在清凉的风信子中翻滚,肚皮朝下爬着,背上覆盖湿漉漉的青草,那草儿像一股气息,比任何女人的触摸都更温存、细腻、美妙;然后再用大腿去碰撞粗硬的冷杉枝子;肩膀感受着榛树枝的抽打、撕咬,然后把银色的白桦枝搅进自己怀中去感受白桦枝的光滑、粗硬和那富有生命力的瘤骨——这一切真是太好、太好了，太令人满足了。什么也比不上青草的凉气沁入骨血中令人满足，什么也比不上这个。他是多么幸运啊，这可爱、细腻、有灵性的青草在等他如同他在等待它们一样！他是多么满足、多么幸福啊！

他一边用手帕拭擦着身子，一边想到了赫麦妮以及她给他的打击。他可以感到自己半边的头在疼。可说到底，这有什么了不起？赫麦妮怎么样、别人又怎样？有了这美好、可爱的清凉气息，他就满足了，就不管那些了。真的，他原以为自己需要别人、需要女人，这真是一大错误。他并不想女人，一点都不需要。树叶、草樱花和树干，这些才真真儿地可爱、凉爽、令他渴望，它们沁入了他的血液中，成了他新的一部分，他感到自己得到了无限的丰富，他为此高兴极了。

怪不得赫麦妮要杀害他呢。他跟她有什么关系？他为什么要装作与人类有什么关联的样子？这里才是他的世界，除了这可爱、细腻、有灵性的青草他谁也不需要、什么都不需要，他只需要他自己、他活生生的自己。

的确，他有必要回到人的世界中去。如果他知道自己属于何方，那倒没什么。可他不知道。这儿才是他的地盘，他与这里相关相连。尘世对他来说并不重要。

他爬出峡谷，真怀疑自己疯了。如果真是这样，他宁可疯也不愿意做一个正常人。他欣赏自己的疯态，这时他是自由的。尘世的理智令他十分厌恶，反之，他发现了自己的疯态世界，这个世界是那么清新、细腻、令人心旷神怡。

同时他又感到一股愁怅，那是旧道德观的残迹，它使你依然依恋着人类。但他对旧的道德、人和人类感到厌倦了。他爱的是这温柔、细腻的植物世界，它是那么清爽、美妙。他将对旧的惆怅不屑一顾，摈弃旧的道德，在新的环境中获得自由。

他感到头疼愈来愈烈，每一分钟都在增加。他现在沿着大路朝最近的车站走去。下雨了，可他没戴帽子。现在就有不少怪人，下雨天出门不戴帽子。

他弄不清，自己心情沉重、压抑，这当中有多少成分是由于害怕造成的？他怕别人看到他赤身裸体躺在草丛中。他是多么惧怕别人、惧怕人类啊！这惧怕几乎变成了一种恐怖、一种恶梦——他怕别人看到自己。如果像亚历山大·塞尔科克一样独自一人在孤岛上与动物和树林为伴，他就会既自由又快活，决不会有这种沉重与恐怖感。他爱青草的世界，在那里他感到自我陶醉。

他觉得应该给赫麦妮写封信，以免她为自己担忧，他不想让她有什么负担。于是他在车站上给她写了封信：

"我要回城里了，暂时不想回布莱德比。不过，我不希望你因为打了我有什么内疚，没什么。你就对别人说我心情不好，先走了。你打我是对的——我知道你会这样的。就这样吧。"

等上了火车，他感到不舒服，动一动都感到难言的疼痛。他拖着步子从车站走到一辆出租车里，像一个盲人在摸索着一步步前行，靠的全然是一股意志。

他一病就是两三周，但他没让赫麦妮知道。他感到不快，他跟她彻底疏远了。她自命不凡，沉醉在自己的信念中。她全靠着自尊、自信的精神力量生活着。

红与黑（节选）

【解题】 《红与黑》，19世纪欧洲批判现实主义的奠基作品，被誉为"现代小说之父"的法国作家司汤达的代表性长篇小说。小说围绕主人公于连，一个平民出身，却长相英俊，拥有较高文化、较大野心的家庭教师的个人奋斗与最终失败，尤其是通过他的两段爱情经历，充分展现了19世纪上半期法国风起云涌的各方斗争和矛盾，强烈抨击了复辟王朝时期贵族的反动，教会的黑暗和资产阶级新贵的卑鄙庸俗、利欲熏心。小说最成功之处在于对人物心灵世界、深层意识深刻细腻的刻画与展示，是一首"灵魂的哲学诗"。

第二天，于连再见到德·莱纳夫人时，目光很古怪；他盯着她，仿佛面前是一个仇敌，他就要与之搏斗。这目光和昨天晚上的多么不同啊，德·莱纳夫人不知所措了：她一向待他很好，可是他好像气鼓鼓地。于是，她也不能不盯着他了。

德尔维夫人在场，于连正可少说话，更多地捉摸自己的心事。整个白天，他唯一的事情就是阅读那本有灵感的书，使自己的灵魂再一次得到锤炼，变得坚强。

他早早地放孩子们下了课，接着，德·莱纳夫人来到眼前，这又提醒他必须设法维护自己的荣誉，他下定决心，当晚无论如何要握住她的手，并且留下。

夕阳西下，决定性的时刻临近了，于连的心跳得好怪。入夜，他看出这一夜将是一个漆黑的夜，不由得心中大喜，压在胸口的一块巨石被掀掉了。天空布满大块的云，在热风中移动，预示着一场暴风雨。两个女友散步去了，很晚才回来。这一天晚上，她们俩做的事，件件都让于连觉得奇怪。她们喜欢这样的天气，对某些感觉细腻的人来说，这似乎增加了爱的欢乐。

大家终于落座，德·莱纳夫人坐在于连旁边，德尔维夫人挨着她的朋友。于连一心想着他要做的事，竟找不出话说。谈话无精打采，了无生气。

于连心想："难道我会像第一次决斗那样发抖和可怜吗？"他看不清自己的精神状态，对自己和对别人都有太多的猜疑。

这种焦虑真是要命啊，简直无论遭遇什么危险都要好受些。他多少次希望德·莱纳夫人有什么事，不能不回到房里去，离开花园！于连极力克制自己，说话的声音完全变了；很快，德·莱纳夫人的声音也发颤了，然而于连竟浑然不觉。责任向胆怯发起的战斗太令人痛苦了，除了他自己，什么也引不起他的注意。古堡的钟已经敲过九点三刻，他还是不敢有所动作。于连对自己的怯懦感到愤怒，心想："十点的钟声响过，我就要做我一整天里想在晚上做的事，否则我就回到房间里开枪打碎自己的脑袋。"

于连太激动了，几乎不能自己。终于，他头顶上的钟敲了十点，这等待和焦灼的时刻总算过去了。钟声，要命的钟声，一记记在他的脑中回荡，使得他心惊肉跳。

就在最后一记钟声余音未了之际，他伸出手，一把握住德·莱纳夫人的手，但是她立刻抽了回去。于连此时不知如何是好，重又把那只手握住。虽然他已昏了头，仍不禁吃了一惊，他握住的那只手冰也似的凉；他使劲地握着，手也战战地抖；德·莱纳夫人作了最后一次努力想把手抽回，但那只手还是留下了。

于连的心被幸福的洪流淹没了，不是他爱德·莱纳夫人，而是一次可怕的折磨终于到头了。他想他该说话了，不然德尔维夫人会有所察觉，这时他的声音变得响亮而有力。相反，德·莱纳夫人的声音却藏不住激动。她的女友以为她不舒服，建议她回房去。于连感到了危险："假如德·莱纳夫人回客厅去，我就又陷入白天的那种可怕的境地了。这只手我握的时间还太短，还不能算是我的一次胜利。"

正当德尔维夫人再次建议回客厅时，于连用力握了一下那只手。

德·莱纳夫人已经站起来，复又坐下，有气无力地说：

"我是觉得有些不舒服，不过，外面的新鲜空气对我有好处。"

这些话确认了于连的幸福，此时此刻，他真是幸福到了极点；他口若悬河，忘掉了伪装，两个女友听着，简直觉得他是世间最可爱的男人。然而，这突如其来的雄辩仍嫌有气不足。起风了，暴风雨要来了，于连生怕德尔维夫人受不住而想一个人回客厅。那样的话，他就要和德·莱纳夫人面面相觑,单独在一起了。刚才,他是偶然地凭信一股盲目的勇气才有所行动,而现在他觉得哪怕对她说一句最简单的话也力不能及。无论她的责备多么轻微,他也会一触即溃,刚刚获得的胜利也将化为乌有。

幸运的是,这晚他的动人又夸张的议论博得了德尔维夫人的欢心,她先前常常觉得他笨拙得像一个孩子,不大讨人喜欢。至于德·莱纳夫人,手握在于连手里,倒是什么也没想,随波逐流由它去了。在当地传说大胆夏尔手植的这株大椴树下度过的这几个钟头,对她来说,是一段幸福的时光。风在椴树浓密的枝叶间低吟,稀疏的雨点滴滴答答落在最低的叶子上,她听得好开心啊。于连没有注意到一个本可以使他放心的情况:德·莱纳夫人和德尔维夫人脚旁的一只花盆被风掀倒,她不得不抽出手来,起身帮助表姐扶起花盆,可是她刚一坐下,就几乎很自然地把手伸给他,仿佛这已是他们之间的一种默契。

午夜的钟声早已响过,终须离开花园,这就是说,要分手了。陶醉于爱之幸福的德·莱纳夫人天真无知,竟没有丝毫的自责。幸福使她失眠了。于连却沉沉睡去,胆怯和骄傲在他心中交战了整整一天,弄得他筋疲力尽。

第四章　散文欣赏

第一节 ❋ 中国古代散文欣赏

一、中国古代散文综述

"散文"这个名称，随着文学的发展，其含义和范围也在不断地演变。一般说来，现代的散文是指除诗歌、戏剧、小说以外的文学作品，而在中国古代，人们则把与韵文(诗歌、骈体)相对的散行单句的文章称为散文。我们在综述中国古代散文的基本历程时，尊重中国古代文体分类的传统观念，以散行单句的散体文为主，同时也兼顾现代文体分类的实际状况，适当将赋、骈文等体式的文章纳入其中。

散文在我国的发展，经历了一个漫长的历史过程。

从殷商到战国，我国散文由萌芽而逐渐成熟。殷商铜器铭文和甲骨卜辞是我国最早的记事文字。《尚书》是商周记言史料的汇编，保存了商周特别是西周初期的一些重要史料，其语言技巧超过了甲骨卜辞和铜器铭文。《左传》、《国语》、《战国策》等历史散文的出现，标志着叙事文的成熟，对我国的叙事文学影响深远。它们多出于各国史官之手，许多篇章情节曲折，人物生动，剪裁得体，有很高的艺术性。《左传》中的《殽之战》、《郑伯克段于鄢》，在叙事写人方面均很出色。《战国策》中的人物形象更有个性光彩，描写技巧愈加高明。春秋战国时期，列国纷争，游说之士蜂起。在百家争鸣的政治文化环境中，产生了一批政治家和思想家，写作了大量论说散文，说理透辟、逻辑严密、言辞锋利、善用比喻，又称诸子散文。如《论语》、《孟子》、《荀子》、《庄子》、《韩非子》等，其中《庄子》文学性最强。《荀子》、《韩非子》中的专题论文，标志着我国说理文体制的完全成熟。

从秦到西汉，我国散文的体式渐趋完备。秦代实行文化专制政策，焚书坑儒，二世而亡，在文学上没有什么建树可言，李斯《谏逐客书》是这一时期少有的优秀散文篇章。汉兴以后，采取了一系列有利于文学发展的措施，汉代文学蓬勃兴盛。赋是两汉最具代表性的文学样式。汉初贾谊、淮南小山的赋，尚未脱楚辞形迹，被称为骚体赋；枚乘的《七发》奠定了汉代大赋的体制形式。至汉武帝时代，献赋诵赋风气大盛，产生了一大批赋家。司马相如的《子虚赋》、《上林赋》，稍后的扬雄，有《甘泉》、《羽猎》诸赋。这些赋写得铺张扬厉，多以歌功颂德、曲终讽诵为宗旨。东汉时，班固的《东都赋》、《西都赋》，张衡的《东京赋》、《西京赋》乃是散体大赋中的煌煌巨作。东汉中后期，一些文士开始用辞赋抒情讥世，张衡的《归田赋》、赵壹的《刺世疾邪赋》、蔡邕的《述行赋》等，都是有名的抒情小赋。两汉散体文的创作成就也很高。贾谊的《过秦论》、晁错的《论贵粟疏》、董仲舒的《天人三策》等，都是西汉散文名篇。贾谊和晁错的政论散文思想敏锐、直言时弊、文采飞扬，董仲舒的策论逻辑严密、雍容典雅。东汉散文有骈偶化发展的倾向，但保存关注现实、指摘时弊的文风。两汉散文成就最高的，是司马迁的《史记》。《史记》开创了纪传体这种以人物为中心的史书编写体例。从文学的角度看，司马迁以饱满的情感和丰富的历史知识，塑造了一大批出身不同、性格各异的人物形象，使《史记》成为我国传记文学的典范。《史记》刻画人物的高超技巧、变化多样的谋篇布局和语言的非凡表现力，都对后世叙事散文起到了示范作用。班固的《汉书》记事详赡，写得也颇为精彩，其思想略显保守，成就逊色于《史记》。

魏晋南北朝时期，散文注重个性化、抒情性和形式美，呈现出多元发展的趋向，抒情小赋日趋精致，散文清峻通脱，骈文盛极一时。魏晋时期涌现出不少名篇佳作，如曹植的《洛神赋》，王粲的《登楼赋》，陶渊明的《五柳先生传》、《桃花源记》和《归去来兮辞》。南朝时期，骈文统治着整个文坛，鲍照的《登大雷岸与妹书》、《芜城赋》，江淹的《别赋》、《恨赋》，庾信的《哀江南赋》，都是非常优秀的作品。北朝在散文方面也不乏名篇，如北魏郦道元的《水经注》、杨炫之的《洛阳伽蓝记》、北齐颜之推的《颜氏家训》。

唐代散文经历了由骈体而散体的革新运动，收获颇丰。《全唐文》收作者三千多人，作品一万八千四百余篇，足以反映当时的创作盛况。初唐，陈子昂、萧颖士、李华、独孤及、柳冕等人提倡简古实用的散文。安史之乱以后，韩愈、柳宗元领导古文运动，主张"文以明道"，要求文章务去陈言，文通字顺，努力反映社会现实问题。韩愈的说理散文如《原毁》、《师说》、《讳辩》等，议论透辟，气势纵横，有很强的逻辑力量；记叙散文如《张中丞传后叙》，善于取材，精于细节描写，将饱满的爱憎感情倾注笔下。柳宗元的记人叙事散文，如《捕蛇者说》、《种树郭橐驼传》诸篇，寄寓了作者的政治主张。其山水游记最为后世称美，尤其是谪居永州时所写的"永州八记"，在山水之美中渗透了作者的人格之美。晚唐罗隐、皮日休、陆龟蒙等所写小品文，批判现实，鲁迅曾赞之为"一塌胡涂的泥塘里的光彩和锋芒"。

宋代散文的整体成就超过了唐代。宋初，柳开、穆修、石介等人提倡恢复韩柳古文传统，但成绩不大。欧阳修是诗文革新运动的领袖，宋代散文的奠基人。他极力提倡平实朴素的文风，反对险怪奇涩之文，形成委婉含蓄、简洁流畅的艺术风格。其《醉翁亭记》、《泷冈阡表》等，不论写景状物，还是叙事怀人，都有较强的艺术感染力量；《五代史·伶官传序》，一唱三叹，也颇有特色。在欧阳修的提携指引下，王安石、曾巩、苏洵、苏轼、苏辙，都是一时俊彦。后人有"唐宋八大家"的说法，包括韩愈、柳宗元、欧阳修、王安石、曾巩、苏洵、苏轼、苏辙等人。其中，王安石的散文，如《答司马谏议书》、《读孟尝君传》，观点鲜明，言辞犀利，简洁而峻切。苏轼散文挥洒自如，如行云流水，姿态横生，代表了宋代散文的最高成就。他的《赤壁赋》、《后赤壁赋》，兼有辞赋的体格和散文的气韵，是宋代文赋的代表作；笔记小品，如《记承天寺夜游》，往往活泼简洁，韵味隽永。

明代散文流派纷起，争论不断，先后出现了前后七子的复古派，反对复古的唐宋派，主张性灵的公安派，以及颇具特色的晚明小品文，涌现了归有光、袁宏道、张岱等散文名家。明初宋濂是开国文臣之首，他的传记文《秦士录》、《王冕传》、《记李歌》等，人物形象个性鲜明，富有生气。刘基的《卖柑者言》，托事以讽，表达了愤世嫉俗的态度。明中叶以后，以李梦阳、何景明为首的"前七子"发起"复古运动"，倡导文必秦汉。他们对扫荡八股文风起到一定积极作用，但走上了模拟古人的路子，其末流则暴露出模仿失真、了无生气的毛病。后来以李攀龙、王世贞为代表的"后七子"复古运动，再一次重复了他们的错误。嘉靖年间，"唐宋派"提倡唐宋古文传统，反对"前七子"师法秦汉的做法。代表人物有王慎中、唐顺之、茅坤、归有光。其中，归有光的《项脊轩志》、《思子亭记》等，质朴自然，抒情真切，最为有名。万历年间，公安派也加入猛烈抨击拟古主义的队伍。公安派以袁宗道、袁宏道、袁中道为代表，时称"公安三袁"。他们主张"独抒性灵，不拘格套"。公安派散文注重有感而发，直抒胸臆，不事雕琢。与此同时，以钟惺、谭元春为代表的竟陵派也主张抒写性灵，但崇尚"幽深孤峭"。晚明出现大量的小品文，体制短小，颇有情韵，是明代散文的重要部分。张岱是晚明小品文作者中比较有成就的一位，代表著作有《陶庵梦忆》、《西湖梦寻》。他的小品文着重表现生活化、个人化的情调，语言清新，生动传神，细致入微，《西湖七月半》、《湖心亭看雪》是其中的名篇。

清初散文开始回归唐宋古文传统，魏禧、侯方域、汪琬三人以传记散文见长，号称"清初三大家"。其中，侯方域的散文成就较高，代表作有《李姬传》、《马伶传》、《任源邃传》等。魏禧以人物传记最为突出,代表作是《大铁椎传》。清初还有不少成绩突出的散文家,如王猷定、廖燕等。其中,王猷定以小说传奇体打破了传统古文写法,代表作有《汤琵琶传》等。桐城派是清代影响最大的散文流派,主要代表作家有方苞、刘大櫆、姚鼐等人。他们都是安徽桐城人,桐城派因而得名。姚鼐在桐城派中地位最高,他主张义理、考据、词章合一,调和汉学和宋学之争。桐城派古文讲究古文义法,以清真雅正为宗,选材用语注重阐明立意,文章简洁自然;不足之处在于,内容较单薄,缺乏生气。代表作品主要有方苞的《左忠毅公逸事》,姚鼐的《登泰山记》等。在桐城派以正统自居、声势日盛的同时,骈文也很为流行。清初的陈维崧、毛奇龄肇其端,经过清中期的袁枚、李兆洛、洪亮吉、汪中等人弘扬,势力逐步强大。其中,汪中的创作成就最高,影响最大。

考察散文这种文体,其特征主要体现在如下三个方面:

第一,形散而神不散。“形散”主要是说散文取材十分广泛自由,不受时间和空间的限制;表现手法不拘一格:可以叙述事件的发展,可以描写人物形象,可以托物抒情,可以发表议论,而且作者可以根据内容需要自由调整、随意变化。“神不散”主要是从散文的立意方面说的,即散文所要表达的主题必须明确而集中,无论散文的内容多么广泛,表现手法多么灵活,无不为更好的表达主题服务。

第二,意境深邃,注重表现作者的生活感受,抒情性强,情感真挚。作者借助想象与联想,由此及彼,由浅入深,由实而虚的依次写来,可以融情于景、寄情于事、寓情于物、托物言志,表达作者的真情实感,实现物我的统一,展现出更深远的思想,使读者领会更深的道理。

第三,语言优美凝练。所谓优美,就是指散文的语言清新明丽,生动活泼,富于音乐感,行文如涓涓流水,叮咚有声,如娓娓而谈,情真意切。所谓凝练,是说散文的语言简洁质朴,自然流畅,寥寥数语就可以描绘出生动的形象,勾勒出动人的场景,显示出深远的意境。散文力求写景如在眼前,写情沁人心脾。

经常读一些好的散文,不仅可以丰富知识、开阔眼界,培养高尚的思想情操,还可以从中学习选材立意、谋篇布局和遣词造句的技巧,提高自己的语言表达能力。那么我们究竟应该如何来阅读散文呢? 一般说来应注意如下几个方面:

第一,“知人论世”。古代散文既然是古代作家的作品,当然是依据他自己的思想和生活而创作出来的。因此,分析一篇古代散文,必须了解作家和他的时代的社会生活。即便是同一时代的作家,他们有不同的遭遇、思想历程和艺术道路,因而他们的作品也就各有自己的思想、艺术特点。再进一步说,一个作家一生的创作是随着他的思想、艺术的发展而变化着的,不可能一成不变,因而同一作家不同时期的作品也必然具有思想、艺术上的差异。因此,对古代散文进行阅读时,应当而且必须了解这一作品是作家在什么时期创作的,具体了解这一时代的社会生活情况,这一作家的一般作品的思想、艺术特点,这一作家在这一时期的生活遭遇、思想状况及艺术进展等等。这就是孟子所谓的“知人论世”。如果分析作品仅限于就事论事,就作品分析作品,那是很难认识这一作品的特点,更难作出恰当的历史评价的。

第二,把握立意。散文,或叙事,或抒情,或说理。它通过对某个人物某件事情的叙述,对某种风物的描绘,来抒发某种感情,表达某种思想,给人以强烈的感染和深刻的启迪,使之在思想上产生强烈的共鸣,或感情上激起激烈的震荡。有的思想比较集中,情感比较明显,有的则比较隐讳,这就要抓住中心、抓住立意。所以我们在鉴赏作品时,必须清理作品的材料。诸如生活画面、场景、人物、事件、风物等,分析材料之间的内在联系,探索作者感受不断深化的脉络,进而揣摩作品的立意和主旨。

第三,善抓文眼。俗话说“眼睛是心灵的窗口”。“文眼”就是文章的眼睛。鉴赏散文,善抓

"文眼"较为重要。抓住了"文眼",欣赏佳作就像按图索骥,顺藤摸瓜一样。

第四,明白情物。散文中的"情",常常是作品中组织人、事、物、景的重要线索,它使作品的结构显得紧凑严密、波澜跌宕。散文抒情的方式也很灵活,或是托物寓情,或是借景抒情;或是直抒胸臆,或是将感情深藏在字里行间。可以说,一篇优秀散文意境包括情和景(事、物)两种因素,其中情是主要的,景只是手段,写景是为了抒情明理。若离开了情,景就失去了生命力。因此,我们在鉴赏散文时要探索散文意境美,可以从即景、披事、体物入手,从而悟情、入情、察情、明情,去感受作者的思想感情,进而欣赏作品的内容之美,境界之高,情致之雅,理趣之妙。

第五,分析结构。散文的特点是"形散而神不散"。我们鉴赏散文,就要在分析和梳理其组织材料的结构特点,明确其线索的基础上,把握文中的"神"。所以分析散文结构对理解把握散文的形和神都不无裨益。

第六,体味语言之美。散文的一大特色就是语言美。优秀的散文语言都能做到精炼准确、朴素自然、清新明快、亲切感人。然而不同散文作家的语言风格是各不相同的,因此我们在阅读散文作品时,必须注意把握其在语言方面的特色。

二、中国古代散文欣赏实例 ●

与陈伯之书

迟顿首陈将军足下①:无恙②,幸甚,幸甚!将军勇冠三军,才为世出,弃燕雀之小志,慕鸿鹄以高翔。昔因机变化,遭遇明主③,立功立事,开国称孤④,朱轮华毂,拥旄万里⑤,何其壮也!如何一旦为奔亡之虏,闻鸣镝而股战,对穹庐以屈膝⑥,又何劣邪!

寻君去就之际⑦,非有他故,直以不能内审诸己⑧,外受流言,沈迷猖蹶⑨,以至于此。圣朝赦罪责功⑩,弃瑕录用,推赤心于天下,安反侧于万物⑪。将军之所知,不假仆一二谈也⑫。朱鲔涉血于友于⑬,张绣剚刃于爱子⑭,汉主不以为疑,魏君待之若旧。况将军无昔人之罪,而勋重于当世!夫迷途知反,往哲是与;不远而复,先典攸高⑮。主上屈法申恩,吞舟是漏⑯;将军松柏不翦⑰,亲戚安居,高台未倾⑱,爱妾尚在。悠悠尔心,亦何可言!

今功臣名将,雁行有序,佩紫怀黄⑲,赞帷幄之谋⑳,乘轺建节㉑,奉疆埸㉒之任。并刑马作誓,传之子孙。将军独靦颜借命㉓,驱驰毡裘之长㉔,宁不哀哉!夫以慕容超之强,身送东市㉕;姚泓之盛,面缚西都㉖。故知霜露所均,不育异类㉗;姬汉旧邦,无取杂种㉘。北虏僭盗中原,多历年所,恶积祸盈,理至燋烂㉙。况伪孽昏狡,自相夷戮㉚;部落携离,酋豪猜贰㉛。方当系颈蛮邸,悬首藁街㉜。而将军鱼游於沸鼎之中,燕巢於飞幕之上,不亦惑乎!

暮春三月,江南草长,杂花生树,群莺乱飞。见故国之旗鼓,感平生于畴日,抚弦登陴,岂不怆悢㉝!所以廉公之思赵将,吴子之泣西河,人之情也,将军独无情哉?想早励良规,自求多福㉞。

当今皇帝盛明,天下安乐。白环西献,楛矢东来㉟;夜郎滇池,解辫请职㊱;朝鲜昌海,蹶角受化㊲。唯北狄野心,倔强沙塞之间,欲延岁月之命耳!中军临川殿下㊳,明德茂亲㊴,揔兹戎重㊵,吊民洛汭㊶,伐罪秦中。若遂㊷不改,方思仆言。聊布往怀,君其详之㊸。丘迟顿首。

【注释】 ① 顿首:叩拜。这是古人书信开头和结尾常用的客气语。足下:书信中对对方的尊称。② 无恙:古人常用的问候语。恙:病;忧。 ③ "昔因机"二句:指陈伯之弃齐归梁,受梁武帝赏爱器重。④ "立功"二句:陈伯之原为齐的江州刺史,梁武帝起兵讨齐,伯之投降,并以助平齐有功,封丰城县公。开国:梁时封爵,皆冠以开国之号。孤:古代诸侯亦可称孤,此指受封爵事。 ⑤ "朱轮华毂"两句:指陈伯之背齐投梁后得到了梁的优渥待遇。朱轮华毂：形容车舆富丽。拥旄万里：指统治区域很广。　⑥"如何"三句：指陈伯之投降北魏后的事情。奔亡之虏：逃跑投敌分子。鸣镝：响箭。股战：大腿颤抖。穹庐：原指少数民族居住的毡帐。这里指代北魏政权。　⑦去就：指陈伯之弃梁而投降北魏。　⑧直：仅。内审诸己：内心反复考虑。　⑨沈迷猖蹶：迷惑狂妄。　⑩赦罪责功：赦免罪过，要求被赦者立功赎罪。　⑪"推赤"二句：言梁朝以诚心待人，宽宥万物，使一切怀疑动摇的人都安定下来。　⑫不假仆一二谈也：不需要我一一叙说。　⑬"朱鲔(wěi)"句：朱鲔是王莽末年绿林军将领，曾劝更始帝刘玄杀了刘秀的哥哥刘伯升。刘秀攻洛阳，朱鲔拥兵拒守，刘秀遣人前去劝降，保证不计前嫌，朱鲔乃降。涉血：同"喋血"，杀人流血。友于：指兄弟。语要《尚书·君陈》："惟孝友于兄弟"。　⑭"张绣"句：据《三国志·魏志·武帝纪》载："建安二年，公(曹操)到宛。张绣降，既而悔之，复反。公与战，军败，为流矢所中。长子昂、弟子安民遇害。"建安四年，"冬十一月，张绣率众降，封列侯。"刿(zì 自)：用刀刺进去。　⑮"夫迷涂知反"四句：意谓迷途不远而知复返，是往哲所赞同的，是先典所嘉许的。往哲：以往的圣哲。反：通"返"。往哲：以往的贤哲。与：赞同。先典：古代的典籍。此指《易经》。《易·复卦》："不远复，无祗悔，元吉。"攸高：嘉许。　⑯主上：指梁武帝。屈法申恩：意谓法外开恩。吞舟是漏：意谓法网宽疏，可漏过能吞下船的大鱼。《史记·酷吏列传》曰："网漏于吞舟之鱼。"　⑰松柏：古人常在坟墓边植以松柏，这里喻指陈伯之祖先的坟墓。不翦：谓未曾受到毁坏。　⑱高台：指住宅。未倾：指未受到损坏。　⑲"雁行"两句：雁行：雁飞成行列，用以比喻尊卑有次序。紫：紫绶，系官印的丝带。黄：黄金印。　⑳赞：佐助。帷幄：军中的帐幕。这句是说在军账中帮助谋划军中。　㉑轺(yáo)：轻小的马车：古代使节常乘之。建节：将皇帝赐予的符节插立车上。　㉒疆埸(yì)：边境。　㉓腼(tiǎn 免)颜：厚着脸。借命：意谓苟且偷生。　㉔驱驰：奔走，效力。毡裘之长：北方游牧部落首领。此指北魏皇帝。　㉕慕容超：南燕君主。晋末宋初曾骚扰淮北，刘裕北伐将他擒获，解至建康斩首。东市：汉代长安处决犯人的地方。后泛指刑场。　㉖姚泓：后秦君主。刘裕北伐破长安，姚泓出降。面缚：面朝前，双手反缚于后。西都，指长安。　㉗霜露所均：霜露所及之处，即天地之间。育：长养。异类：古代汉族对少数民族带侮辱性的称呼。　㉘姬汉：即汉族。姬：周天子的姓。旧邦：指中原周汉的故土。取：收。杂种：古代汉族对少数民族带侮辱性的称呼。　㉙北虏：指北魏。虏：古代汉族对少数民族带侮辱性的称呼。僭(jiàn)盗：窃据。"多历年所"：经过了许多年。燋烂：溃败灭亡。　㉚伪孽：这里指北魏统治集团。昏狡：昏聩狡诈。自相夷戮：指北魏内部的自相残杀。501年，宣武帝的叔父咸阳王元禧谋反被杀。　㉛携离：分裂。酋豪：部落酋长。猜贰：而猜忌而有二心。　㉜系颈：投降时以绳系颈请罪。蛮邸：外族首领所居的馆舍。藁(gǎo)街：汉代长安街名。　㉝弦：弓弦。睥(pí)：城上女墙。怆恨：悲伤。　㉞廉公：廉颇。思赵将：即想复为赵国大将。廉颇为赵国名将，后受离间不得已奔魏，不被魏王信任，而赵亦屡次为秦所困，赵王思复得廉颇，廉颇亦思复用于赵。　㉟吴子：吴起。吴起为魏国守西河(今陕西韩城县一带)，魏武侯听信谗言，使人召回吴起。吴起预料西河必为秦所取，故车至于岸门，望西河而泣。后西河果为秦所得。　㊱"想早励"两句：意思是希望陈伯之早日作好归梁的打算，以自取幸福。励：勉励，引申为作出。良规：妥善的安排。　㊲白环西献：西方的部落献来白环。相传虞、舜时，西王母来朝，献白环及佩。楛(hù)矢东来：东方的部落献来楛矢(用楛木做的箭)。相传武王克商，东方的肃慎氏来献楛矢、石砮(可制箭头的硬石)。　㊳夜郎：今贵州桐梓县一带。滇池：今云南昆明市附近。均为汉代西南方国名。解辫请职：解开盘结的发辫，请求封职。即表示愿意归顺。　㊴昌海：西域国名。蹶角：叩头。受化：接受梁朝教化。　㊵中军临川殿下：指萧宏。　㊶明德：好德行。茂亲：至亲，谓萧宏乃梁武帝之弟。　㊷摠兹戎重：总领这次军事重任。摠：通"总"。戎重：军事重任。　㊸吊民：慰问老百姓。洛汭：指洛阳一带中原地区。　㊹遂：仍旧的意思。　㊺聊布：聊且陈述。往怀：往日的友情。

　　本文是丘迟写给陈伯之的一封书信。陈伯之于南朝齐末曾为江州刺史，梁武帝萧衍起兵攻齐，招降了他，任命其为镇南将军、江州刺史，并封为丰城县公。梁武市天监元年(公元 502 年)，陈伯之听信部下的挑唆，起兵反梁，战败后投奔北魏，为平南将军。天监四年(公元 505 年)冬天，梁武帝命其弟临川王萧宏统率大军伐魏，陈伯之前来抵抗。时丘迟在萧宏军中为记室，萧宏让他以私人名义写信给陈伯之,劝其归降。丘迟在信中首先义正辞严地谴责了陈伯之叛国投敌的卑劣行径,然后申明了梁朝不咎既往、宽大为怀的政策,向对方晓以大义,陈述利害,并动之以故国之恩、乡关之情,最后奉劝他只有归梁才是最好的出路。文中理智的分析与深情的感召相互交错,层层递进,写得情理兼备,委婉曲折,酣畅淋漓,娓娓动听,具有摇曳心灵的感染力和说服力。因此,"伯之得书,乃于寿阳拥兵八千归降"。

本文是丘迟的代表作,更是一篇脍炙人口的招降文字,它是汉末建安以来言情书札的继承和发展,具有很高的艺术成就。

首先,本文在表现形式上成功地运用了对比的艺术手法。作者运用对比手法时并不呆板,而是注意变化。先用纵比,即在第一段将陈伯之当年归附梁朝及今日投降北魏的不同境况进行比较,形成强烈的反差,于叙事之中寄寓褒贬之情,在对照之中蕴含劝戒之意。再用横比。即在第三段中将陈伯之与梁朝大臣的不同处境进行比较,劝其审时度势,把握时机,及早归梁。作者开始就摆出梁朝功臣名将的情况:文臣武将如大雁展翅,各居要位,各尽其责,文臣们能够参与谋划军国大事,武将们乘车持节,担当戍边重任。他们都安富尊荣,竭力尽思,其爵位也能够代代相传。接着作者即斥责陈伯之:唯独你厚颜偷生,为北魏集团奔走效命,犹如"鱼游于沸鼎之中,燕巢于飞幕之上",这难道不是很可悲的事情吗!像陈伯之这样的人,是很看重功名利禄和个人安危的,可以说,作者是揣摩透了陈伯之的心理,"投其所好",通过对比叙述,意在唤起他对目前处境的不满和不安,促使他产生弃魏投梁的念头。如果说,以上是作者从小处着墨,运用纵横对比的方法,着重围绕着陈伯之自身的荣辱得失来说理的话,那么,作者在文中还不忘从大处着眼,即在第三段与第五段中将北魏与梁朝作横向比较,向陈伯之讲明目前形势:北魏统治集团内部勾心斗角,自相残杀,日薄西山,气息奄奄;而梁朝"皇帝盛明,天下安乐","白环西献,楛矢东来",四海归心,八方世服,唯有北魏负隅顽抗,苟延残喘。作者以高屋建瓴的气势总揽全局,从宏观上指明梁朝蒸蒸日上,繁荣昌盛;北魏日暮途穷,朝不保夕。这就让陈伯之清楚地认识到大势所趋,人心所向。总之,作者运用对比手法非常灵活,或纵或横,或明比,或陪衬,腾挪跌宕,曲尽其意,笔头始终围绕着陈伯之的思想转换,同时又迫使陈伯之的思想围绕着他的笔头而转动,让他心悦诚服地归降梁朝。

其次,作者在劝降陈伯之时不仅晓之以理,而且动之以情,情理俱备,委婉含蓄,这也是本文在艺术上的一个突出特点。作者对陈伯之过去的所作所为了如指掌,对他现在的处境及内心矛盾也洞若观火,考虑到他是个握有重兵的头面人物,向他劝降,必须讲究策略和方法,因此,作者对他离梁投魏的不光彩行径只略作点染,话说得很有分寸,认为他只是一时糊涂,听信了流言,这实际上是为他开脱了罪责。作者推心置腹,坦诚相谈,既热情地肯定了他的英勇和才干,又客观地指出了他不慎误入歧途。作者对他的批评虽然是严肃的,但并不是金刚怒目式的厉声呵斥,而多是情动肺腑的娓娓劝说:或讲明梁朝"赦罪责功,弃瑕录用。推赤心于天下,安反侧于万物"的宽大国策;或援引"朱鲔涉血于友于,张绣剚刃于爱子,汉主不以为疑,魏君待之若旧"的历史事实,以此表明梁朝招降的诚心实意,解除陈伯之的后顾之忧;或引经据典,开导他迷途知返;或用梁朝为安抚他而已经采取的措施("将军松柏不剪,亲戚安居,高台未倾,爱妾尚在"),以此进行感化;或笔蘸感情,描画故国的秀美景色("暮春三月,江南草长,杂花生树,群莺乱飞"),以激发他思旧怀乡之情;或借廉颇思复为赵将,吴起望西河泣下之典故,说明不忘故国故土乃"人之情也,将军独无情哉?"这带着炽烈感情的诘问,发人深省,促人深思,既是劝陈伯之觉醒,又寄寓着作者的殷切期望。古人云:"感人心者,莫先乎情。"本文围绕着"情"字作文章,让陈伯之感到丘迟处处是在为他着想,是在真心实意地帮助他弃暗投明,摆脱困境。

本文虽是骈文，但用典较少，而且力求摒弃晦涩冷僻之典，尽量写得明白晓畅，具体实在。全文基本使用偶体双行的四六句式，但注意参差变化，具有音乐美及和谐的节律感。文章内容充实，感情真挚。作者突破了骈文形式上的束缚，克服了南朝骈文大多形式华美、内容空洞的弊病，而自出机杼，写出了这篇流传千古的优秀骈文。今天读来，仍能给我们以美的艺术享受。

进学解

国子先生晨入太学①，招诸生立馆下，诲之曰："业精于勤，荒于嬉；行成于思②，毁于随③。方今圣贤相逢④，治具毕张⑤。拔去凶邪，登崇俊良⑥。占小善者率以录⑦，名一艺者无不庸⑧。爬罗剔抉⑨，刮垢磨光⑩。盖有幸而获选，孰云多而不扬⑪？诸生业患不能精，无患有司之不明⑫；行患不能成，无患有司之不公。"

言未既，有笑于列者曰："先生欺余哉！弟子事先生⑬，于兹有年矣⑭。先生口不绝吟于六艺之文⑮，手不停披于百家之编⑯；纪事者必提其要⑰，纂言者必钩其玄⑱；贪多务得⑲，细大不捐；焚膏油以继晷⑳，恒兀兀以穷年㉑。先生之业，可谓勤矣。觝排异端㉒，攘斥佛老㉓；补苴罅漏㉔，张皇幽眇㉕；寻坠绪之茫茫㉖，独旁搜而远绍㉗；障百川而东之㉘，回狂澜于既倒。先生之于儒，可谓有劳矣。沉浸醲郁㉙，含英咀华㉚，作为文章，其书满家。上规姚姒，浑浑无涯㉛；周诰殷盘，佶屈聱牙㉜；春秋谨严㉝，左氏浮夸㉞；易奇而法，诗正而葩㉟；下逮庄骚，太史所录㊱；子云，相如㊲，同工异曲。先生之于文，可谓闳其中而肆其外矣。少始知学，勇于敢为；长通于方㊳，左右具宜。先生之于为人，可谓成矣㊴。然而公不见信于人，私不见助于友。跋前疐后㊵，动辄得咎㊶。暂为御史，遂窜南夷㊷。三年博士，冗不见治㊸。命与仇谋，取败几时㊹。冬暖而儿号寒，年丰而妻啼饥。头童齿豁㊺，竟死何裨㊻？不知虑此，而反教人为？"

先生曰："吁！子来前！夫大木为杗㊼，细木为桷㊽，欂栌侏儒㊾，椳闑扂楔㊿，各得其宜，施以成室者，匠氏之工也。玉札丹砂51，赤箭青芝52，牛溲马勃53，败鼓之皮54，俱收并蓄，待用无遗者，医师之良也。登明选公55，杂进巧拙56，纡馀为妍，卓荦为杰，校短量长，惟器是适者，宰相之方也。昔者孟轲好辩，孔道以明。辙环天下，卒老于行57。荀卿守正58，大论是弘。逃谗于楚，废死兰陵。是二儒者，吐辞为经，举足为法，绝类离伦59，优入圣域，其遇于世何如也？今先生学虽勤而不繇其统60，言虽多而不要其中，文虽奇而不济于用，行虽修而不显于众。犹且月费俸钱，岁靡廪粟61，子不知耕，妇不知织，乘马从徒，安坐而食。踵常途之促促，窥陈编以盗窃62。然而圣主不加诛，宰臣不见斥，兹非其幸欤？动而得谤，名亦随之。投闲置散，乃分之宜。若夫商财贿之有亡63，计班资之崇庳64，忘己量之所称，指前人之瑕疵65，是所谓诘匠氏之不以杙为楹66，而訾医师以昌阳引年67，欲进其豨苓也68。"

【注释】 ① 国子先生：韩愈自称，当时他任国子博士。太学：这里指国子监（主管教育的官署）。② 行：德行。思：思考。 ③ 随：因循随俗。 ④ 圣贤：指圣君、贤臣。 ⑤ 治具：治理的工具，主要指法令。《史记·酷吏列传》："法令者，治之具。"毕张：全部得以实施。 ⑥ 登崇俊良：提拔才德优良人的。俊：一作"畯"。 ⑦ 占：有。率：都。录：录用。 ⑧ 名一艺者：指能以治一种经书著称的人。艺：经。庸：通"用"。 ⑨ 爬：爬梳，整理。罗：搜罗。剔：剔除。抉（jué决）：选择。都指搜取人才。 ⑩ 刮垢：刮去污垢。磨光：磨去毛瑕，使其光洁。指精心造就人才。 ⑪ "盖有"二句：意谓只有才行有所不及而幸获选拔的人，而决无才行优异而不蒙提举的人。扬：提举。 ⑫ 有司：此指负责选拔人才的官吏。明：明察。 ⑬ 事：侍奉。 ⑭ 兹：此，今。有年：多年。 ⑮ 六艺：指儒家六经，即《诗》《书》《礼》《乐》《易》《春秋》。 ⑯ 披：翻阅。百家之编：指诸子百家的著作。 ⑰ 纪事者：指史籍一类的著作。要：要点，纲领。 ⑱ 纂言者：指立论一类的著作。钩其玄：探索深奥的道理。 ⑲ 贪多务得：贪图多学，务求得益。 ⑳ 捐：抛弃。 ㉑ 焚膏油:指点燃灯烛。晷(guǐ):日影。此句指夜以继日。　㉒ 恒:经常。兀(wù)兀:辛勤不懈的样子。穷:终、尽。　㉓ 觝排:抵制排斥。异端:指与儒家不合的学说。　㉔ 攘(rǎng):排除。佛老:指佛家和道家学说。　㉕ 补苴(jū居):填补。罅(xià):裂缝。指前人学说未尽完善之处。　㉖ 张皇:张大;引申为阐发。幽眇:指深奥隐微的道理。　㉗ 坠绪:指衰落不振的儒业。茫茫:远貌。　㉘ 绍:继承。　㉙ 障:防、堵。　㉚ 酲郁:浓厚馥郁。　㉛ 含英咀华:意谓对文章的精华细细咀嚼体味。　㉜ "上规"二句:规:取法。姚:虞舜之姓。姒(sì):夏禹之姓。此处指《尚书》中的《虞书》和《夏书》。浑浑:深而大的意思。　㉝ "周诰"二句:周诰:《尚书》中有《大诰》等篇,此处指《周书》。殷盘:指《尚书》的《盘庚》篇。佶屈聱牙:指文辞艰涩难读。　㉞ 春秋谨严:指《春秋》这部书褒贬非常谨严。　㉟ 左氏浮夸:指《左氏》的文辞铺张华美。　㊱ 易奇而法:意谓《周易》变易多奇而有法则。　㊲ 诗正而葩:意谓《诗经》的思想纯正,文采华美。　㊳ 逮:及、到。庄骚:即《庄子》与《离骚》。　㊴ 太史:史官,此指汉代司马迁。所录:指司马迁所著的《史记》。　㊵ 子云:汉代文学家扬雄。相如:汉代辞赋家司马相如。　㊶ 同工异曲:"异曲同工"的倒文。以音乐为喻说明众作各极其工妙。　㊷ 闳其中:指内容博大精深。肆其外:指文辞波澜壮阔。　㊸ 长:成年。方:学术。　㊹ 成:完备。　㊺ 跋(bá):踩。踬(zhì至):跌倒。《诗经·豳风·狼跋》:"狼跋其胡,载疐(同踬)其尾。"意思说,狼向前走就踩着颔下的悬肉(胡),后退就窒碍于尾巴。形容进退都有困难。　㊻ 辄:总是。咎:罪。　㊼ "遂窜"句:指韩愈于贞元十九年(803)由监察御史被贬为连州阳山令。　㊽ 冗:闲散。见:表现。　㊾ 命与仇谋:命运与仇敌相合。谋:合。　㊿ 取败几时:意谓屡次招致失败。　51 童:此指头上无发。豁:此指牙齿脱落。　52 竟死何裨:意谓直到死也没什么好处。　53 宗(máng忙):栋梁。　54 桷(jué):屋椽。　55 榑(bó):壁柱。栌(lú):斗栱。侏儒:梁上短柱。　56 椳(wēi):承门枢的门臼。闑(niè):古代房屋门中间所竖的短木。扂(diàn):门闩。楔(xiè):门两旁长木柱。　57 玉札:药名,即地榆。丹砂:朱砂。　58 赤箭:药名,即天麻。青兰:龙兰。　59 牛溲:牛尿。旧说可以治水肿。一说为车前草。马勃:药名,菌类,生湿地及腐木上,主治诸疮。　60 败鼓之皮:年久坏烂的鼓皮,旧说可治虫毒。　61 登明选公:指选拔人才既明察又公正。　62 杂进巧拙:谓谓聪敏的和拙笨的人都能得到合理录用。　63 "辙环天下"二句:意谓孟子车迹遍于天上,终于老死在游说途中。　64 守正:守着正道(指儒家思想体系)。　65 绝类离伦:意谓超出同类,无与伦比。　66 繇:通"由"。　67 靡:浪费,消耗。廪粟:仓库中的粮食。　68 "踵常途"两句:谓疲劳不休地随俗行事而无特殊表现,在旧书中窃取前人陈言而无新见解。踵:脚后跟,这里是跟随的意思。促促:劳累不停的样子。陈编:古旧的书籍。　69 商:谋算。财贿:财物,这里指俸禄。　70 计:较量。班资:指品佚。亡:通"无"。庳(bēi):通"卑",低下。　71 前人:指职位在自己前列的人。瑕(xiá)疵(cī):微小的缺点。这里指上文所说"不公"、"不明"。　72 杙(yì):小木桩。楹(yíng):柱子。　73 訾(zǐ):毁谤非议。昌阳:昌蒲。药材名,相传久服可以长寿。引年:延年。　74 豨(xī)苓:又名猪苓,利尿药。

　　韩愈(768—824),字退之,河南河阳(今河南省孟县)人,祖籍河北昌黎,自称郡望昌黎,世称韩昌黎;因官至吏部侍郎,又称韩吏部;谥号"文",又称韩文公;在文学成就上,同柳宗元齐名,称为"韩柳"。他是唐代古文运动的倡导者,提倡先秦两汉的文章,世称其"文起八代之衰"。本文是元和七八年间韩愈任国子博士时所作。进学,意谓勉励生徒刻苦学习,求取进步。解,解说,分析。全文假托先生劝学、生徒质问、先生再予解答,故名《进学解》;实际上是感叹不遇、自抒愤懑之作。

　　文章分三段。第一段是国子先生(即韩愈自己)向学生"进学"。国子先生勉励生徒在学业方面刻苦努力,精益求精;在为人行事方面深思熟虑,不苟且随便,以求合乎正义。他教育学生说:只要在这些方面有所成就,自然就会得到朝廷的录用。第二段是生徒对国子先生的上述教诲提出质问。文意谓先生的"业"、"行"均很有成就,却遭际坎坷,那么先生的教诲便缺少说服力。先说先生为学非常勤勉,知识非常广博;次说先生批判佛、老,力挽狂澜,大有功于儒道;再说先生博取先秦、西汉诸家之长,写作"古文"得心应手;最后说先生敢作敢为,通晓治道,为人处事,可谓有成。这四个方面,一、三相当于"业",二、四相当于"行"。验之韩愈其他诗文,可知这里生徒所说实际上是韩愈的自我评价:以学而言,他曾说自己"究穷于经传史记百家之说","凡自唐虞以来,编简所存……奇辞奥旨,靡不通达"(《上兵部李侍郎书》),并能穷究奥妙,达于出神入化之境;以文而言,他以"文书自传道,不仗史笔垂"(《寄崔二十六立之》)自许,欲以古文明道,传世不朽;以捍卫儒道而言,他说道统久已不传,即使荀子、扬雄也还有小疵,隐然以上继孟子、振兴儒学自期(见《原道》等文);以为人行事而言,他自称"矫矫亢亢,恶圆喜方,羞为奸欺,不忍害伤"(即坚持原则,正直不苟)(《送穷文》),又颇自负其政治才干,青年时便说已潜究天下形势得失,欲进之于君相(见《答崔立之书》)。这些评价,虽有的受到后人讥评,如有人批评他儒道不纯,但大体说来,他在这几方面确实都相当有成绩。可是其遭遇并不顺遂。下文生徒所说"跋前踬后,动辄得咎"云云,就是概述其坎坷困窘之状。他青年时本以为功名唾手可得,然而经四次进士试方才及第,其后三次于吏部调试,都未能得官,只得走投靠藩镇为幕僚的道路。至三十五岁时才被授以四门博士(其地位低于国子博士)之职。次年为监察御史,同年冬即贬为连州阳山(今属广东)县令。三年后始召回长安,任国子博士。当时宪宗新即位,讨平夏州、剑南藩镇叛乱,显示出中兴气象。可是韩愈并未能展其怀抱,却困于谗妒诽谤,次年即不得不要求离开长安,到洛阳任东都的国子博士。其后曾任河南县令、尚书省职方员外郎之职,至元和七年四十五岁时又因事黜为国子博士。生徒所谓"三为博士,冗不见治",即指一为四门博士、两为国子博士而言。冗,闲散之意。博士被视为闲官。不见治,不能表现其治政之才。"头童齿豁",也是真实情况的写照。韩愈早衰,三十五岁时已自叹齿落发白,作《进学解》时更已发秃力羸,只剩下十来个牙齿在那里摇摇欲坠了。仕途失意和体力衰退,使他愤慨而悲哀。生徒的这一大段话,其实正是他"不平而鸣",借以一吐其胸中块垒而已。第三段是先生回答生徒的话。先以工匠、医师为喻,说明"宰相之方"在于用人能兼收并蓄,量才录用;次说孟轲、荀况乃圣人之徒,尚且不遇于世,则自己被投闲置散,也没有什么可抱怨;最后说若还不知止足,不自量力,岂不等于是要求宰相以小材充大用吗?这里说自己"学虽勤而不繇其统"云云,显然不是韩愈的由衷之言,而是反语泄愤。"动而得谤,名亦随之"(意即自己动辄遭受诽谤,而同时却名声益彰)也是牢骚之语。这就更有讽刺意味了。至于说孟、荀不遇云云,看来是归之于运命,借以自慰,实际上也包含着对于古往今来此种不合理社会现象的愤慨。他看到不论是历史上还是现实生活中,总是"贤者少,不肖者多",而贤者总是坎坷不遇,甚至无以自存,不贤者却"比肩青紫"、"志满气得"。他愤慨地问:"不知造物者意竟如何!"(均见《与崔群书》)这正是封建时代比较正直的知识分子常有的感慨。可贵的是韩愈并未因此而同流合污,他决心坚持操守,宁可穷于当时,也要追求"百世不磨"的声名。

《进学解》表现了封建时代正直而有才华、有抱负的知识分子的苦闷,批判了不合理的社会现象,具有典型意义,故而传诵不绝。

《进学解》在写法上的一个重要特点就是以问答形式抒发不遇之感。此种写法古已有之。西汉东方朔作《答客难》,扬雄仿之而作《解嘲》,其后继作者甚多。但《进学解》仍能给人以新鲜感。这与它善于出没变化有关。如第二段先大段铺写先生之能,浩瀚奔放;接着陡然一转,以寥寥数语写其不遇之状,语气强烈,将其不平之气,发泄无遗,其间形成了大幅度的转折,而全段总的气势是酣畅淋漓的。第三段却又极为平和谦退,似乎火气消尽,而细味之下,又感到有辛酸、无奈、愤懑、嘲讽种种情绪包孕其中,其文气与第二段形成对比。通篇使人悲慨,使人深思,但有的地方又似有谐趣。如先生谆谆教诲,态度庄重,而生徒却以嬉笑对之;先生为说服生徒,不得不痛自贬抑,甚至自称盗窃陈编。这些地方具有滑稽意味。总之,全文结构虽简单,但其内在的气势、意趣却多变化,耐咀嚼。它之所以使人感到新鲜,又与其语言的形象、新颖有关。如以"口不绝吟"、"手不停披"状先生之勤学,以"踵常途之促促,窥陈编以盗窃"形容其碌碌无为,以"爬罗剔抉,刮垢磨光"写选拔培育人才等等,简炼形象。至于"贪多务得"、"细大不捐"、"含英咀华"、"佶屈聱牙"、"同工异曲"、"动辄得咎"等词语,新颖贴切,今天都已成为常用成语。又如"业精于勤,荒于嬉;行成于思,毁于随"等,将丰富的人生体验提炼为短句,发人深思,有如格言。在一篇不长的文章中,此类具有独创性的语句却如此之多,实在使人不能不惊叹作者在文学语言方面的创造能力。

三、作品选

子路、曾皙、冉有、公西华侍坐

【解题】 本文选自《论语·先进》,记录孔子和四位弟子关于各人志向抱负的一次讨论,是《论语》最富文学色彩的篇章之一。文章通过对人物语言及动作神态的记录,生动地表现了孔子及其学生子路、曾皙、冉有、公西华等四位弟子不同的个性风采,如孔子循循善诱、和蔼可亲,子路鲁莽直率,曾皙淡泊洒脱,冉有和公西华谨慎谦逊等。

子路、曾皙、冉有、公西华侍坐①。

子曰:"以吾一日长乎尔,毋吾以也②。居则曰③:'不吾知也!'如或知尔,则何以哉④?"

子路率尔而对曰⑤:"千乘之国⑥,摄乎大国之间⑦,加之以师旅⑧,因之以饥馑⑨。由也为之,比及三年⑩,可使有勇,且知方也⑪。"

夫子哂之⑫。

"求,尔何如⑬?"

对曰:"方六七十,如五六十⑭,求也为之,比及三年,可使足民。如其礼乐⑮,以俟君子。"

"赤⑯,尔何如?"

对曰:"非曰能之,愿学焉。宗庙之事⑰,如会同⑱,端章甫⑲,愿为小相焉⑳。"

"点㉑,尔何如?"

鼓瑟希㉒,铿尔㉓,舍瑟而作,对曰:"异乎三子者之撰㉔。"

子曰:"何伤乎? 亦各言其志也。"

曰:"莫春者㉕,春服既成㉖,冠者五六人㉗,童子六七人,浴乎沂,风乎舞雩㉘,咏而归。"

夫子喟然叹曰:"吾与点也㉙!"

三子者出,曾皙后。曾皙曰:"夫三子者之言何如?"

子曰:"亦各言其志也已矣。"

曰:"夫子何哂由也?"

曰:"为国以礼,其言不让㉚,是故哂之。唯求则非邦也与㉛? 安见方六七十,如五六十而非邦也者? 唯赤则非邦也与? 宗庙会同,非诸侯而何? 赤也为之小,孰能为之大?"

【注释】 ① 侍坐:陪侍孔子坐着。侍:在尊长旁边陪伴服侍。 ②"以吾"两句:意谓不要因为我比你们年长一些,你们就停下来不说话。后一个"以"字通"已",意为停止。 ③ 居:平日,平时。则:辄,总是。 ④"如或知尔"二句:如果有人了解你们,你们将以什么去从政? 何以:即"以何"。 ⑤ 率尔:轻率急忙的样子。对:回答。在古汉语里,"对"一般指对上级或尊长的回答。 ⑥ 千乘(shèng)之国:有一千辆兵车的诸侯国。古时一车四马为"一乘"。能出车千乘的国家,在当时是一个中等国家。 ⑦ 摄乎大国之间:意为夹在大国之间。摄:夹。 ⑧ 师旅:古时军队的编制。五百人为一"旅",五旅为一"师"。后因以"师旅"为军队的通称。此处代指战争。 ⑨ 因之:犹言"继之"。饥馑:饥荒之灾。《尔雅·释天》:"谷不熟为饥,蔬不熟为馑。" ⑩ 比及：等到。　⑪ 方：义，正道。这里指礼义。　⑫ 夫子：对孔子的尊称。哂（shěn）：微笑。
⑬ 求，尔何如：此句为孔子提问。意为"求，你（的志向）怎么样？"下文"赤，尔何如？""点，尔何如？"义同。
求：冉有的名。　⑭ "方六七十"二句：指一个六七十平方里或者五六十平方里的小国家。方：见方，方圆。
如：或者。一说指纵横各长六七十里或五六十里的国家。　⑮ 如其：至如。　⑯ 赤：公西华的名。　⑰ 宗
庙之事：指诸侯的祭祀活动。　⑱ 如会同：或者是诸侯会盟，朝见天子。如：或者。　⑲ 端章甫：指穿着礼
服，戴着礼帽。端：礼服。章甫：礼帽。在这里都是名词活用作动词。　⑳ 相：在祭祀、会盟或朝见天子时
主持赞礼和司仪的人。　㉑ 点：曾晳的名。　㉒ 鼓：弹奏。瑟：一种乐器。希：通"稀"。指瑟声逐渐稀疏。
㉓ 铿尔：象声词，形容瑟声。　㉔ 异乎：不同于。撰：具备。此指才具。　㉕ 莫（mù）春：暮春。莫：通"暮"。
㉖ 春服既成：指春天气暖，春天的衣服已穿定。成：定。　㉗ 冠者：二十岁以上的成年男子。古代男子二十
岁时要举行冠礼，束发、加帽，表示成人。　㉘ 风：乐曲。此处作动词用，奏乐，歌唱。舞雩（yú）：鲁国祭天
求雨的地方，设有坛，在今山东曲阜县南。"雩"：古代为求雨而举行的祭祀。古人行雩时要伴以音乐和舞
蹈，故称"舞雩"。　㉙ 与（yù）：赞许，同意。　㉚ 让：谦让。　㉛ 唯求则非邦也与：意谓难道冉求讲的不是
治国之事吗？邦：国家，指国家政事。

项羽之死

【解题】　司马迁（约公元前145—?），字子长，夏阳（今陕西韩城）人，西汉伟大的史学家、文
学家。本文节选自《史记》中的《项羽本纪》，主要表现了项羽失败时的英雄风采。在表现项羽神
勇豪爽、多情重义的同时，也批评他"欲以力征经营天下"的错误做法。

项王军壁垓下①，兵少食尽，汉军及诸侯兵围之数重。夜闻汉军四面皆楚歌，项王乃大惊曰：
"汉皆已得楚乎？是何楚人之多也②？"项王则夜起，饮帐中。有美人名虞，常幸从③；骏马名骓，常
骑之。于是项王乃悲歌忼慨，自为诗曰："力拔山兮气盖世，时不利兮骓不逝④。骓不逝兮可奈
何，虞兮虞兮奈若何⑤！"歌数阕⑥，美人和之。项王泣数行下，左右皆泣，莫能仰视。

于是项王乃上马骑，麾下壮士骑从者八百余人，直夜溃围南出⑦，驰走。平明⑧，汉军乃觉之，
令骑将灌婴以五千骑追之。项王渡淮，骑能属者百余人耳⑨。项王至阴陵，迷失道，问一田父，田
父绐曰："左。"⑩左，乃陷大泽中。以故汉追及之。项王乃复引兵而东，至东城，乃有二十八骑。
汉骑追者数千人。项王自度不得脱⑪。谓其骑曰："吾起兵至今八岁矣，身七十余战，所当者破，
所击者服，未尝败北，遂霸有天下。然今卒困于此，此天之亡我，非战之罪也。今日固决死，愿为
诸君快战⑫，必三胜之，为诸君溃围，斩将，刈旗⑬，令诸君知天亡我，非战之罪也。"乃分其骑以为
四队，四向⑭。汉军围之数重。项王谓其骑曰："吾为公取彼一将。"令四面骑驰下，期山东为三
处⑮。于是项王大呼驰下，汉军皆披靡⑯，遂斩汉一将。是时，赤泉侯为骑将，追项王，项王瞋目而
叱之，赤泉侯人马俱惊，辟易数里⑰。与其骑会为三处。汉军不知项王所在，乃分军为三，复围
之。项王乃驰，复斩汉一都尉，杀数十百人，复聚其骑，亡其两骑耳。乃谓其骑曰："何如？"骑皆
伏曰⑱："如大王言。"

于是项王乃欲东渡乌江。乌江亭长檥船待⑲，谓项王曰："江东虽小，地方千里，众数十万人，
亦足王也。愿大王急渡。今独臣有船，汉军至，无以渡。"项王笑曰："天之亡我，我何渡为！且籍
与江东子弟八千人渡江而西，今无一人还，纵江东父兄怜而王我，我何面目见之？纵彼不言，籍
独不愧于心乎？"乃谓亭长曰："吾知公长者。吾骑此马五岁，所当无敌，尝一日行千里，不忍杀
之，以赐公。"乃令骑皆下马步行，持短兵接战。独籍所杀汉军数百人。项王身亦被十余创⑳。顾
见汉骑司马吕马童，曰："若非吾故人乎㉑？"马童面之㉒，指王翳曰："此项王也。"项王乃曰："吾闻
汉购我头千金㉓，邑万户，吾为若德㉔。"乃自刎而死。王翳取其头，余骑相蹂践争项王，相杀者数
十人。……

太史公曰:吾闻之周生曰:"舜目盖重瞳子。"又闻项羽亦重瞳子。羽岂其苗裔邪㉕?何兴之暴也㉖!夫秦失其政,陈涉首难,豪杰蜂起,相与并争,不可胜数。然羽非有尺寸㉗,乘势起陇亩之中㉘,三年,遂将五诸侯灭秦㉙,分裂天下,而封王侯,政由羽出,号为"霸王",位虽不终,近古以来未尝有也。及羽背关怀楚㉚,放逐义帝而自立,怨王侯叛己,难矣。自矜功伐㉛,奋其私智而不师古㉜,谓霸王之业,欲以力征经营天下㉝,五年卒亡其国,身死东城,尚不觉寤而不自责㉞,过矣。乃引"天亡我,非用兵之罪也",岂不谬哉!

【注释】 ① 壁:营垒。此外作动词用,指驻扎。 ② 何楚人之多:怎么楚人这么多。 ③ 幸从:受宠爱而跟从。 ④ 逝:跑。 ⑤ 奈若何:把你怎么办。 ⑥ 阕:乐曲每终了一次叫一阕。"歌数阕":就是连唱几遍。 ⑦ 直夜:当夜。一说中夜,半夜。 ⑧ 平明:天刚亮。 ⑨ 属:连接,这里指跟上。 ⑩ 田父:农夫。绐:欺骗。 ⑪ 度:估计。 ⑫ 快战:痛快地打一仗。 ⑬ 刈(yì):割,砍。 ⑭ 四向:面向四方。 ⑮ 期山东为三处:意谓预约在山的东面分三处集合。 ⑯ 披靡:原指草木随风倒伏,这里比喻军队溃败。 ⑰ 辟易:倒退。 ⑱ 伏:通"服"。 ⑲ 杈(yǐ):拢船靠岸。 ⑳ 被:遭受。 ㉑ 故人:旧友。 ㉒ 面:通"偭",背对之意。 ㉓ 购:悬赏征求。 ㉔ 为若德:我替你做件好事,意即使你得我的头去封侯受赏。 ㉕ 苗裔:后代。 ㉖ 何兴之暴:怎么起来得这么突然。 ㉗ 尺寸:形容很少。 ㉘ 陇亩之中:田野之中,指民间。 ㉙ 将:率领。五诸侯:指战国时的齐、赵、韩、魏、燕五个诸侯国。 ㉚ 背关怀楚:背弃关中,怀念楚地。指项羽放弃秦地,定都彭城。 ㉛ 功伐:功劳。"伐"与"功"同义。 ㉜ 奋:逞。 ㉝ 力征:以武力征伐。 ㉞ 寤:同"悟"。

始得西山宴游记

【解题】 永贞元年(805年),柳宗元被贬为永州司马。永州僻远而多山水之胜,柳宗元寄情山水,形诸笔墨,写下了有名的"永州八记"。本篇居"永州八记"之首,领起其余诸篇。文章从"始得"二字着意,写西山的怪特和始游时的心境,真切至深。在叙事写景中,也有着作者性格的显现和不满于远贬僻处之思想感情的流露。

自余为僇人①,居是州,恒惴栗②。其隙也③,则施施而行④,漫漫而游⑤,日与其徒上高山,入深林,穷回溪⑥,幽泉怪石,无远不到。到则披草而坐,倾壶而醉。醉则更相枕以卧,卧而梦,意有所极,梦亦同趣⑦。觉而起,起而归。以为凡是州之山水有异态者,皆我有也,而未始知西山之怪特。

今年九月二十八日,因坐法华西亭,望西山,始指异之⑧。遂命仆人过湘江,缘染溪⑨,斫榛莽⑩,焚茅茷⑪,穷山之高而止。攀援而登,箕踞而遨⑫,则凡数州之土壤,皆在衽席之下⑬。其高下之势,岈然洼然⑭,若垤若穴⑮,尺寸千里⑯,攒蹙累积⑰,莫得遁隐。萦青缭白,外与天际⑱,四望如一。然后知是山之特立,不与培塿⑲为类。悠悠乎与颢气俱,而莫得其涯;洋洋乎与造物者游,而不知其所穷。引觞满酌,颓然就醉,不知日之入。苍然暮色,自远而至,至无所见,而犹不欲归。心凝形释,与万化冥合⑳。然后知吾向之未始游,游于是乎始。故为之文以志。

是岁,元和四年也。

【注释】 ① 僇人:受侮辱、受迫害之人。僇:同"戮",刑辱之意。 ② 惴栗:忧惧貌。 ③ 隙:闲暇。 ④ 施(yí)施:徐行貌。 ⑤ 漫漫:舒散无拘貌。 ⑥ 回溪:萦回曲折的溪涧。 ⑦ 意有所极两句:意即心中想到了哪里,梦中也就到了那里。极:至。趣:通"趋"。 ⑧ 指异:指点而称异。 ⑨ 染溪:潇水支流,一名冉溪。 ⑩ 斫榛莽:砍去杂乱丛生的树木和草丛。 ⑪ 茷(fèi):草叶多貌。 ⑫ 箕踞:席地而坐,两脚伸直岔开,成簸箕形,曰箕踞。 ⑬ 衽(rèn)席:席子。 ⑭ 岈(xiā)然洼然:指高高低低,起伏不平。岈然:隆起貌。洼然:低下貌。 ⑮ 垤(dié):蚁穴外的积土。 ⑯ 尺寸千里:谓登高望远,尺寸之间,指顾千里。　⑰攒蹙:簇聚,密集紧接。　⑱际:接,合。　⑲培(pǒu)娄(lóu):小土堆。　⑳与万化冥合:指物我融合为一的境介。

狱中上母书

【解题】 夏完淳(1631—1647),字存古,松江华亭(今上海松江县)人。与父夏允彝、师陈子龙并有声名。明亡后,从父、师起兵抗清。事败以后,夏允彝与陈子龙先后死难,夏完淳复入吴易军中参与军事。易败,流亡于江汉之间,继续进行抗清活动。顺治四年(即1647年)夏,因上表谢鲁王遥授中书舍人,为人告发,被捕。解送南京后,不屈死,年仅十七岁。此文为作者在南京狱中写给生母陆氏与嫡母盛氏的绝笔书。信中就尽义与亲情两者申述,思周情深,缠绵中寓浩然正气。

不孝完淳,今日死矣!以身殉父,不得以身报母矣!

痛自严君见背①,两易春秋②。冤酷日深③,艰辛历尽。本图复见天日④,以报大仇,恤死荣生⑤,告成黄土⑥。奈天不佑我,钟虐明朝⑦,一旅才兴⑧,便成齑粉⑨。去年之举⑩,淳已自分必死⑪,谁知不死,死于今日也!斤斤延此二年之命⑫,菽水之养⑬,无一日焉。致慈君托迹于空门⑭,生母寄生于别姓⑮,一门漂泊,生不得相依,死不得相问。淳今日又溘然先从九京⑯,不孝之罪,上通于天。呜呼!双慈在堂⑰,下有妹女,门祚衰薄,终鲜兄弟⑱。淳一死不足惜,哀哀八口,何以为生?虽然,已矣!淳之身,父之所遗;淳之身,君之所用。为父为君,死亦何负于双慈!但慈君推干就湿⑲,教礼习诗,十五年如一日;嫡母慈惠,千古所难。大恩未酬,令人痛绝。

慈君托之义融女兄⑳,生母托之昭南女弟㉑。淳死之后,新妇遗腹得雄㉒,便以为家门之幸;如其不然,万勿置后㉓。会稽大望㉔,至今而零极矣。节义文章,如我父子者几人哉?立一不肖后如西铭先生㉕,为人所诟笑,何如不立之为愈耶?呜呼!大造茫茫㉖,总归无后。有一日中兴再造,则庙食千秋㉗,岂止麦饭豚蹄㉘,不为馁鬼而已哉㉙!若有妄言立后者,淳且与先文忠在冥冥诛殛顽嚚㉚,决不肯舍!兵戈天地,淳死后,乱且未有定期。双慈善保玉体,无以淳为念。二十年后,淳且与先文忠为北塞之举矣㉛。勿悲!勿悲!相托之言,慎勿相负。武功甥将来大器㉜,家事尽以委之。寒食盂兰㉝,一杯清酒,一盏寒灯,不至作若敖之鬼㉞,则吾愿毕矣。新妇结褵二年㉟,贤孝素著,武功甥好为我善待之。亦武功渭阳情也㊱。

语无伦次,将死言善㊲。痛哉,痛哉!人生孰无死,贵得死所耳。父得为忠臣,子得为孝子,含笑归太虚㊳,了我分内事。大道本无生㊴,视身若敝屣㊵。但为气所激㊶,缘悟天人理㊷。恶梦十七年,报仇在来世。神游天地间,可以无愧矣!

【注释】 ①严君:对父亲的敬称。见背:去世。夏完淳父夏允彝,为几社创始人之一,崇祯十年(1637)进士,官福建长乐县知县,后丁母忧归家。南都失守,与陈子龙等起兵松江,兵败沉水死。　②两易春秋:过了两年。作者被捕在顺治四年夏,距其父死的时间正好是两年。　③冤酷日深:谓冤仇与惨痛一天深似一天。　④复见天日:指驱逐满清,恢复明朝。　⑤恤死荣生:使死难的人得到抚恤,使活着的人得到荣封。　⑥告成黄土:把恢复明室的消息告祭于先人。黄土:指父墓。　⑦钟虐明朝:降祸于明朝。钟虐:汇聚灾祸。　⑧一旅才兴:指顺治三年,夏完淳与陈子龙、钱栴在太湖起兵。　⑨齑(jī机)粉:粉末,此处指军队溃散败亡。　⑩去年之举:指作者于前一年入吴易军抗清,兵败后,只身流亡,历尽艰危。　⑪自分:自料。　⑫斤斤:明察貌。不必要的计较谓之斤斤,此处作多事、多余解。　⑬菽水之养:指孝养父母。《礼记·檀弓下》:"啜菽饮水尽其欢,斯之谓孝。"　⑭慈君:作者的嫡母盛氏。夏允彝死后,盛氏削发为尼。空门:佛门。　⑮生母:作者的生母陆氏(夏允彝妾)。夏允彝死后,陆氏寄居在亲戚家。　⑯溘(kè)然:忽然。先从:先追随。九京:即九泉,地下。　⑰双慈:指作者的生母与嫡母。　⑱门祚(zuò):家运。

⑲ 推干就湿:把干燥处让给幼儿,自己睡在幼儿便溺后的湿处。形容母亲养育子女的辛劳。　⑳ 义融女兄:夏完淳的姐姐夏淑吉。　㉑ 昭南女弟:夏完淳妹妹夏惠吉。　㉒ 新妇:指作者的妻子钱秦篆,时结婚刚两年。雄:男孩。　㉓ 置后:抱养别家的孩子为后嗣。　㉔ 会稽大望:会稽的望族。会稽:古郡名。大望:指夏姓大族。传说夏禹曾会诸侯于会稽,于是会稽姓夏的人都以禹为其祖。　㉕ 零极:零落到极点。㉖ 西铭先生:即张溥。张溥卒时年仅四十,无子,死存遗腹,后生一女。嗣子名永锡。立嗣为人所诟笑事不详。　㉗ 愈:好。　㉘ 大造:造化,指天。　㉙ 庙食:享受庙祭。有功于国的人,死后为之立庙祭祀。㉚ 麦饭豚蹄:指祭祀死者的食品。　㉛ 馁鬼:饿鬼。人死后无子孙,则无人祭祀而会成为饿鬼。　㉜ 先文忠:指作者的父亲夏允彝。夏允彝于顺治二年死难,唐王称号后赠谥文忠。诛殛(jí 极)顽嚚(yín 银):诛杀顽钝之人。诛殛:诛杀。顽嚚:顽钝愚蠢之人。　㉝ 北塞之举:出师北伐,驱逐满清。这句话说死后再度转世为人,仍与其父在北方起兵反清。　㉞ 武功甥:夏完淳的姐姐淑吉的儿子侯若繁,字武功。大器:大才。此句称扬其甥将来必成大才。按:武功在顺治十年(一六五三)夭折,时年十七岁。　㉟ 寒食:旧时节名,在清明节的前一天。旧俗于寒食清明祭扫先墓。盂兰:即盂兰盆。梵语亦作乌蓝婆拏,意译作倒悬之意。旧时迷信,于七月十五日(中元节)作盂兰盆会,可救先亡倒悬之苦。　㊱ 若敖之鬼:无子孙祭祀的饿鬼。楚国令尹子文为楚君若敖之后,忧兄之子越椒会给整个家族带来灾难,临终前对族人哭着说:"鬼犹求食,若敖氏之鬼,不其馁而。"后来,若敖氏终于因为越椒叛楚而被灭了全族。事见《左传·宣公四年》。　㊲ 新妇结褵:顺治二年夏,夏完淳与钱梅女儿钱秦篆结婚。结褵:指女子出嫁,代指结婚。　㊳ 渭阳情:甥舅之间的情谊。《诗经·秦风·渭阳》:"我送舅氏,曰至渭阳。"据说此诗是写晋公子重耳出亡,辗转到了秦国,后来他的姐夫秦穆公护送他返国即位,外甥秦康公时为太子,送他至渭阳,作诗赠别。后世因用渭阳比喻甥舅。渭阳:渭水之北。　㊴ 将死言善:语出《论语·泰伯》:"鸟之将死,其鸣也哀;人之将死,其言也善。"言善:指说话真诚不欺。　㊵ 含笑归太虚:含笑而死。太虚:天。　㊶ 大道:天道。无生:佛教认为,生命本无所谓生死,是一个虚幻的过程。　㊷ 敝屣(xǐ 徙):破鞋子。　㊸ 气:正义之气。激:激发。　㊹ "缘悟"句:缘此明白了天道和人事的道理。天:天道。人:人事。

第二节 ❋ 中国现当代散文欣赏

一、中国现当代散文概述 ●

中国现当代散文,是一个历史的范畴。现代散文,是指从五四时期到建国这 30 年间的散文创作;当代散文,则是指建国后至今天的散文创作。中国现代散文是与五四新文化运动同时诞生的。它一出现就相当成熟,不像小说、诗歌、戏剧有一个幼稚的摹拟过程。鲁迅在综论古今散文的几度转折轨迹时,便认为当时"散文小品的成功,几乎在小说、戏曲和诗歌之上。"(《小品文的危机》)。这主要源于两方面的原因:其一,从纵向说,中国古典散文源远流长,出现过群星灿烂的散文大家,大量脍炙人口的名篇传诵不衰,成为中华民族乃至世界各民族的宝贵文化遗产。现代散文就是在这优秀的历史传统基础上发展起来的。其二,从横向说,五四时期引进了大量的外国散文理论和作品,如俄罗斯散文中沉思的哲理和深挚的情怀,英国随笔中幽默、雍容、缜密的笔调,均对中国现代散文有着不可忽略的影响。

从 1917 年到 1927 年,是中国现代散文的第一个十年期。本时期散文大体而言,有两类作品:一类是议论性散文。《新青年》于 1918 年 4 月首创的"随感录"专栏,发表了大量的关于社会批评和文化批评的杂感,是最早出现且很有影响的议论性散文。继《新青年》之后,其他报刊如《每周评论》、《民国日报·觉悟》、《时事新报·学灯》等,也开辟了"随感录"或与之相似的栏目。刊登关于新文化运动和文学革命的文章,一时蔚然成风。"随感录"拥有众多的作者,当时影响最大的有鲁迅、陈独秀、李大钊、周作人、钱玄同、刘半农等。他们以极其敏感的社会、文化、政治意识,纵论古今文化与文学,抨击时病,呼吁改革,从儒家的伦理道德观到"人的解放";从"静坐、打拳"到所谓"保存国粹";从译介外国文艺、主义到批判外国文化……内容无所不包。"随感录"大多具有鲜明、坚决的反封建色彩。它所议论的对象贴近生活,具体而且细微;它的形式自由,可长可短;语言可刚烈悲壮,也可幽默讽喻。"随感录"后来经过鲁迅的积极倡导和不断完善,逐渐发展成为议论性散文中的一种新文体——现代杂文。鲁迅是写作现代杂文成就最高的作家。其杂文笔锋犀利,识见精深,对封建专制制度进行了鞭辟入里的剖析。他的《热风》、《坟》、《华盖集》和《华盖集续编》,是本时期议论性散文的最丰富成果。

散文中的另一类是写景、状物、叙事的抒情散文。它的出现比现代杂文稍晚,它漂亮、缜密,更富有艺术感染力,当时叫作小品,也有人称之为"美文"。1921年6月,周作人在北京《晨报》发表《美文》一文,他说:"外国文学里有一种所谓论文,其中大约可分作两类。一批评的,是学术性的。二记述的,是艺术性的,又称作美文。"他号召人们积极创作这种艺术性的"美文",为新文学开辟出一块新的土地。在周作人等人的积极倡导下,此时涌现出不少叙事和抒情散文小品,出现了一大批具有独特个性的散文大家,如鲁迅、周作人、朱自清、冰心、俞平伯、许地山、梁遇春等。鲁迅此时既有色彩瑰丽、意境神奇的散文诗集《野草》,又有清新明丽的回忆散文集《朝花夕拾》;俞平伯的散文描写一种朦胧的意境,他的《杂拌儿》、《燕知草》等集子也带有与周作人类似的雅致,但同时又多了些晦涩的味道;许地山的散文富于哲理,令人回味。其他如梁遇春等散文作家均表现出鲜明的个性特征。

其中,周作人、朱自清、冰心是这类抒情散文的名家。周作人的小品文不仅写得意境深远、风格独特,而且造诣极高。主要有三种:一种讲述"吃茶喝酒"之类的琐事,一种叙事写景,一种抒发个人情思。就"吃茶喝酒"之类的闲适小品来看,往往于"清茶淡饭中寻其固有之味"。一篇《喝茶》,纵论中外茶品、茶道、茶文化,三分的茶知识七分的茶艺术,道尽茶味茶色茶趣。知识丰富,趣味浓厚,写得平和、自然、大度,表露了士大夫的"深刻"情趣。此外,还有《故乡的野菜》、《北京茶食》、《谈酒》,也莫不如此。就叙事、写景类的小品文来看,意蕴更为深远。如1926年写的名篇《乌篷船》,在描述家乡优美景致的同时,烘托出作者一种悠远的故乡情结;同时亦在寻觅往日的温馨中,宣泄人生的失落感与孤独感。就抒发个人情思的散文来看,这类散文的人生境界,往往立足于对自我生命形态与情感世界的审视与思考,如《昼梦》。

朱自清的散文,清新隽永,凝练明净,堪称"美文"。其美,主要表现为一:诗意美。他写散文,一如写诗。他善于在描写中抒发真挚的感情,诗意来自真情,真情缘于实感。如《给亡妇》、《荷塘月色》、《桨声灯影里的秦淮河》。朱自清散文的美,表现为二:结构美。结构作为形式美的因素是为创作散文意境服务的。如《背影》,摒弃传统的写人物的音容笑貌的笔法而另辟蹊径。全文以"背影"作为艺术构思的焦点,作为喷发感情的泉口,创造了完美的抒情意境。朱自清散文的美,表现为三:语言美。例如,《绿》一文中运用了一系列比喻,写出了梅雨潭"绿"之"奇"。目之可见,心之可感。朱自清本时期的散文主要有三类:写人的散文首推《背影》;写景的名篇颇多,有《荷塘月色》、《春》、《绿》等;记事的散文也名篇迭出,如《生命的价格——七毛钱》、《白种人——上帝的骄子》。

冰心这一时期的散文创作主要描写这三个方面的内容:童心的美妙、母爱的圣洁、自然的神奇与清新。她发表于《小说月报》上的优美的抒情散文《笑》,是现代文学史上较早的引人注目的美文小品,表现了乐观进取的"五四"时代精神。散文集《往事》、《山中杂记》、《寄小读者》等作品,大部分写于国外,其中描写自然、母爱、童心的占有重要地位,表现了作者企图摆脱封建桎梏,求得个性解放的要求,但也表现了某种苦闷与彷徨的心绪。

此外,本时期还有一些游记散文佳作颇具特色。如瞿秋白的《饿乡纪程》和《赤都心史》,孙伏园的《伏园游记》，孙福熙的《山野掇拾》和《归航》，徐志摩的《巴黎的鳞爪》等。这些散文或采写国内风土人情，或介绍域外社会风貌，或以新的眼光领略山水名胜，尽情讴歌自然美，开拓了游记散文的新境界。此外，早期游记体散文中还出现了一些可称为"漂泊记"、"流浪记"的作品，如郁达夫的《还乡记》、成仿吾的《太湖游记》等。这些作品侧重抒写作者的漂泊生涯、不幸遭遇，一方面反映了个人和社会生活的现实面貌，一方面也抒发了自己的内心情感与情绪，融记事、抒情、议论于一体，表达了对现代社会文明、统治阶级、官仕阶级愤怒的抨击之情，以及对自己生存境况的忧愤之情。

从1927年到1937年，是现代散文的第二个十年期。1927年大革命失败后，现代散文出现过短暂的沉寂期。进入20世纪30年代，伴随着民族民主革命浪潮的高涨，各种散文全面复苏。此时专注于散文的刊物有《新语林》、《水星》、《芒种》、《中流》、《光明》、《论语》、《人间世》、《宇宙风》、《杂文》、《文艺风景》、《天地人》等。这时期散文创作队伍空前壮大，老作家中，鲁迅、周作人、朱自清、冰心、郁达夫、叶圣陶、王统照、俞平伯等人，都不断有散文新作问世，仍是这一时期散文界的主干；20世纪20年代中期开始从事散文创作的作家，如茅盾、丰子恺、鲁彦、沈从文等，到这时期取得了丰硕的成果；还有20世纪20年代末30年代初陆续涌现的一大批文学新人，如巴金、柯灵、唐弢、何其芳、李广田、吴伯箫、丽尼、萧红、萧军等活跃于散文界，成为20世纪30年代创作的一支生力军。在新老作家的辛勤耕耘下，30年代散文园地呈现出繁花似锦、全面丰收的局面，主要表现在：

其一，议论性的散文尤其是杂文空前繁荣。此期间，鲁迅创作了大量充满战斗性的杂文。其杂文将思想家、小说家、诗人气质熔为一炉，汪洋恣肆中见出深沉、冷隽、犀利。代表作有《而已集》、《三闲集》、《二心集》、《伪自由书》、《准风月谈》、《花边文学》、《且介亭杂文》等，文化批判仍是其杂文的基本主题。20世纪30年代的杂文创作，除鲁迅之外，瞿秋白的成就最高。他的《民族的灵魂》、《财神的神通》、《美国的真正悲剧》等杂文都是抨击黑暗社会的匕首和投枪。在鲁迅的影响下，涌现了一批师法鲁迅的杂文家，如巴人、唐弢、聂绀弩、徐懋庸等。唐弢的《谈礼教》、《鬼趣图》、《狗和养狗的人们》等篇，文笔锋利，击中要害，颇具鲁迅风格。徐懋庸此时出版的有《打杂集》、《街头文谈》、《不惊人集》等杂文集，大多抒发自己对黑暗社会的不满与愤懑。

其二，小品文蓬勃发展。此期间，以鲁迅为代表的"太白派"，与以林语堂、周作人为代表的"论语派"就小品文的危机与生机展开了论争，有力地促进了现代散文的健康发展。"论语派"代表了20世纪30年代相当一部分具有自由主义思想的知识分子，他们在"幽默小品"的理论提倡和创作实践上作出了独特贡献。这个流派拥有三个刊物：《论语》、《人间世》、《宇宙风》。林语堂是"论语派"的组织者和领导者，被称为"幽默大师"。幽默，对于他来说，不仅仅是一种美学追求，更是一种写作的立场和人生的姿态。他认为小品文应该"以自我为中心，以闲适为格调"，"宇宙之大，苍蝇之微，皆可取材"，认为小品文既不能安邦，也不能亡国，只是一种散文的笔调。20世纪30年代是林语堂散文创作的高峰期，从1932年《论语》创刊，到1936年去美国，他发表的各种文章近300篇，主要收在《大荒集》和《我的话》二集中。周作人这一时期出版的杂文集有《看云集》、《夜读抄》、《苦茶随笔》、《苦竹杂记》、《风雨谈》、《瓜豆集》等，人生态度明显走向了消极。

其三，游记体散文、写人记事的抒情散文获得丰收。郁达夫的《屐痕处处》和《钓台的春昼》等寄情山水的文字，清新优美，脍炙人口。尤其是后一篇，写出了富春江秀丽的景色，于凭古怀悼之间，抒发了对现实的愤懑之情。沈从文的《湘西散记》也是记叙自然与人文状况的美文。何其芳的抒情散文在20世纪30年代别有风姿，被称为"诗人的散文"。何其芳散文的语言同他的诗一样，精雕细琢，有很强的可感性。作为现代派诗人，他将现代派的一些方法渗入散文创作，以达抒写情感之目的，代表作为《画梦录》。记叙性散文中，李广田记人的篇章很有代表性。他笔下的人物描写没有故事情节，只截取一些生活片断，加以抒情的寥寥几笔，以达传神之效。

其四，报告文学的勃兴。夏衍的《包身工》被公认为早期报告文学的杰作，宋之的《一九三六年春在太原》也是报告文学中的名篇。此外，邹韬奋写访苏见闻的《萍踪寄语》、《萍踪忆语》，范长江赴西北数省考察后写成的文集《中国的西北角》、《塞上行》，也都引人注目，广为流传。

"七七事变"拉开了全面抗战的序幕，现代散文进入了第三个十年期。由于残酷的战争要求突出文学的功利价值，本时期的散文创作，不少作家不再醉心于表现"身边琐事"的自我抒情，而是努力把反映大众斗争生活作为自己的使命，富有战斗性的杂文发出时代的最强音。郭沫若的《新缪斯九神礼赞》、《斥反动文艺》等成为国统区思想战线、文化战线的重要文献；聂绀弩的杂文在艺术上作出了许多有益的探索，他善用令人兴趣盎然的古代故事巧妙抨击现实。冯雪峰的杂文侧重于人的心灵剖析，表现出较强的理论力量；丰子恺、林默涵等许多作家也都写了大量杂文。同时，也出现了少量文质并茂的抒情散文，如茅盾的《白杨礼赞》、《风景谈》、巴金的《废园外》、《灯》、郭沫若的《由日本回来了》、老舍的《我的母亲》、施蛰存的《驮马》等。此外，一些幽默散文如梁实秋的《雅舍小品》、钱钟书的《写在人生边上》和王了一的《龙虫并雕斋琐语》也成就突出。总之，这一时期的散文无论是叙事记人或状物抒情，都描摹出这一历史时代的风云特点，散文的时代性、战斗性和群众性得到加强。

从1949年新中国成立到1966年"文革"开始，这个时期的散文，被称为建国后十七年的散文。综观建国后十七年的散文创作，无不受着"颂歌"和"战歌"这一主旋律的深刻影响。建国之初，散文创作的成就主要表现在通讯、特写方面。首先是反映抗美援朝的战地报告，如魏巍的《谁是最可爱的人》、刘白羽的《朝鲜在战斗中前进》、巴金的《生活在英雄们中间》、菡子的《和平博物馆》等。其次是描写社会主义经济建设的篇章，如李若冰的《在柴达木盆地》、柳青的《1955年在皇甫村》、臧克家的《毛主席向着黄河笑》、秦兆阳的《王永淮》、沙汀的《卢家秀》、靳以的《到佛子岭去》、华山的《童话的时代》等。

形式多样是本时期散文创作的收获之一。游记、小品、随笔和杂文都不同程度地发挥了它们在新时代的作用，不少作品颇受读者欢迎。游记有方纪的《歌声与笛声》、杨朔的《香山红叶》、贺敬之的《重回延安母亲的怀抱》、碧野的《天山景物记》、叶圣陶的《游了三个湖》、峻青的《欧行书简》等；随笔有何为的《两姊妹》、菡子的《小牛秧子》；杂文有巴人的《况钟的笔》、茅盾的《剥落蒙面强盗们的嘴脸》、任晦的《"废名论"存疑》以及马铁丁的《思想杂谈》等。

相比较而言，十七年间成就最大的是抒情散文。当代抒情散文创作发端于建国初期，20世纪50年代中期已蓬勃兴起，到20世纪60年代初已形成一个创作热潮。其中优秀的作品有冰心真挚隽永的《樱花赞》，巴金亲切自然的《从镰仓带回的照片》，杨朔诗意盎然的《茶花赋》、《荔枝蜜》，吴伯箫朴实醇厚的《记一辆纺车》、《歌声》，刘白羽激越高亢的《日出》、《长江三日》，秦牧谈天说地的《土地》、《潮汐和船》，翦伯赞充实活泼的《内蒙古》，徐迟绮丽空灵的《黄山记》，菡子委婉细腻的《黄山小记》，曹靖华绘声绘色的《忆当年，穿着细事且莫等闲看》等，可谓流光溢彩。

在众多的名家高手中，最引人注目的是杨朔、刘白羽、秦牧三人，其中杨朔是一个典型代表。杨朔散文的突出贡献，在于他创造了一种杨朔式的"诗体散文"。第一次明确提出了"以诗为文"的艺术主张，这在散文写作上是独树一帜的。他是造"境"的能手。场面、对话、景观、氛围，他只需精炼的几笔白描就能使意境全出，神情毕肖。但杨朔散文也是有其明显缺点的：如表现"自我"的不足、文章雕凿痕迹较重、失之太"做"。甚至形成了所谓的"杨朔模式"。其散文模式主要表现为由物及人、托物言志和卒章显志。如《茶花赋》中写童子面茶花，象征美好的生活和青春祖国。《雪浪花》中更是直抒胸臆"我觉得，老泰山恰似一点浪花，跟无数浪花集到一起，形成这个时代的大浪潮，激扬飞溅，早已把旧日的江山变了个样儿，正在勤勤恳恳地塑造着人民的江山。"也许在当时，作者的感情是出自内心的，但现在看来，因为过于直陈未免显得苍白和矫情。杨朔的这几篇散文均写于 1961 年，有着粉饰生活的倾向。

"文革"中，文化遭到浩劫，散文创作也进入到一个荒芜的年代。

"文革"结束后，人们被压抑了十年的情感喷涌而出。在散文创作领域，最先涌现的是一大批缅怀悼念老一辈革命家，控诉"四人帮"迫害革命者的血腥罪行的散文。尽管悼念散文以珍贵的史料价值取胜，但也出现了不少文质并茂之作，如陶斯亮的《一封终于发出的信》、楼适夷的《痛悼傅雷》、丁一岚的《忆邓拓》、丁宁的《幽燕诗魂》、黄宗英的《星》、荒煤的《忆何其芳》、金山的《莫将血恨付秋风》、巴金的《怀念萧珊》、公刘的《刑场归来》等，读后无不令人怦然心动，潸然泪下。这些作品中的人物是人们所熟悉和敬仰的，他们的事迹都是鲜为人知的，作品所抒发的情感不仅感人肺腑，而且催人奋进。

改革开放后，散文迎来了一个崭新的时代，全社会沸腾的生活首先在散文中得以体现。此外，回顾个人经历和情怀、揭示生活哲理的散文亦重展笑颜，绽放光彩。游记散文也日渐繁荣，它们大多继承古典散文中寄情于景的传统手法，于一山一水中寄托自己的情怀。这当中，国际题材的作品独具风采，如丁玲的《我看到的美国》、王蒙的《德美两国纪行》、穆青的《在斜塔下》、萧乾的《美国之行》、刘白羽的《一曲清清塞纳河》、韦君宜的《故国情》等都是鼎力之作。由于改革开放的迅速进展，社会转型时期出现了众多矛盾，此时，报告文学空前繁荣，远远超过了历史上任何一个时期，很有"轰动效应"。如徐迟的《哥德巴赫猜想》、黄宗英的《大雁情》、陈祖芬的《祖国高于一切》、鲁光的《中国姑娘》、柯岩的《船长》等都很有影响。

20 世纪 80 年代散文园地里的佼佼者首推巴金。巴金提倡说真话，"用自己的感情去打动读者的心"，这在他的《随想录》中表现明显。如《怀念胡风》一文中为自己曾写过批判胡风的文章感到难过、揪心："我对自己的表演（即使是不得已而为之罢了），也感到恶心，感到羞耻，今天翻着三十年前写的那些话，我还是不能原谅我，也不要求后人原谅我。"哀悼亡妻的文章《怀念萧珊》更是写得情真意切，把深切的反省、痛苦的内疚、真挚的怀念交织起来，感人至深。巴金晚年的这种强烈要求说真话、解剖自己不仅是良心的发现，而且是人性的闪光。从某种意义上说，正是以巴金为代表的《随想录》开启了新时期散文创作的新局面。其次贾平凹的散文也强调真诚。其散文融入了对社会对人生的独特体验。其文如人，直率、敦厚、质朴如"山地儿子"，哲理味浓厚。如《丑石》一文就体现了"不屈于误解，寂寞的生存的伟大"的人生真谛。

20 世纪 90 年代多元散文观的建构，一定程度上推动了新世纪散文创作的繁荣和发展。散文园地琳琅满目，首先，特别值得关注的是 20 世纪 90 年代余秋雨的"文化散文"，以个体生命体验来叩问中国文化的命运，以地域、历史为表现主要内容，强调链接和合理想象，行文"大散"，包罗万象。其典型作品有《一个王朝的背影》、《抱愧山西》、《遥远的绝响》。其次，还有林非的"哲理思考散文"、韩少功的"理性精神散文"、周涛的"思辨散文"、史铁生的"生命体验散文"、汪曾祺的"怀旧散文"、张承志的"精神圣战散文"以及"新潮散文"、"通俗散文"、"女性散文"、"小女子散文"等等，都展示了其独特的魅力。20 世纪 90 年代的散文现象昭示了未来 21 世纪的散文创作将是一个多元无极的势态。

《匆匆》①欣赏

燕子去了，有再来的时候；杨柳枯了，有再青的时候；桃花谢了，有再开的时候。但是，聪明的，你告诉我，我们的日子为什么一去不复返呢？——是有人偷了他们罢：那是谁？又藏在何处呢？是他们自己逃走了罢：现在又到了哪里呢？

我不知道他们给了我多少日子；但我的手确乎是渐渐空虚了。在默默里算着，八千多日子已经从我手中溜去；像针尖上一滴水滴在大海里，我的日子滴在时间的流里，没有声音，也没有影子。我不禁头涔涔而泪潸潸了。

去的尽管去了，来的尽管来着；去来的中间，又怎样地匆匆呢？早上我起来的时候，小屋里射进两三方斜斜的太阳。太阳他有脚啊，轻轻悄悄地挪移了；我也茫茫然跟着旋转。于是——洗手的时候，日子从水盆里过去；吃饭的时候，日子从饭碗里过去；默默时，便从凝然的双眼前过去。我觉察他去的匆匆了，伸出手遮挽时，他又从遮挽着的手边过去，天黑时，我躺在床上，他便伶伶俐俐地从我身上跨过，从我脚边飞去了。等我睁开眼和太阳再见，这算又溜走了一日。我掩着面叹息。但是新来的日子的影儿又开始在叹息里闪过了。

在逃去如飞的日子里，在千门万户的世界里的我能做些什么呢？只有徘徊罢了，只有匆匆罢了；在八千多日的匆匆里，除徘徊外，又剩些什么呢？过去的日子如轻烟，被微风吹散了，如薄雾，被初阳蒸融了；我留着些什么痕迹呢？我何曾留着像游丝样的痕迹呢？我赤裸裸来到这世界，转眼间也将赤裸裸的回去罢？但不能平的，为什么偏要白白走这一遭啊？

你聪明的，告诉我，我们的日子为什么一去不复返呢？

1922 年 3 月 28 日

朱自清（1898—1948），出生于江苏东海县，原名自华，号秋实。六岁时随家从东海移居扬州，他成长于扬州，故自称"扬州人"。1916 年毕业于江苏省立第八中学，考入北大预科，后转入哲学系。1925 年经俞平伯推荐，任清华大学教授，并任中文系主任。1937 年抗战爆发，他随清华大学迁入昆明，在西南联大任教授，1946 年又随清华大学迁回北平，仍为教授及中文系主任，1948 年 8 月 12 日去世。

朱自清是中国现代著名诗人、散文家，又是知名学者、教授。朱自清对中国现代文学作出了巨大的贡献，他做过许多开创性的工作：他创办了文学史上第一个《诗》刊，写下了现代文学史上第一首抒情长诗——《毁灭》；他编选了《中国新文学大系·诗集》，为之写了《导言》，第一次对新诗创作进行了历史性的总结。他还第一次在大学课堂里开设现代文学课程——《中国新文学研究》。他是"五四"新文学的拓荒者和创业者之一。朱自清对新文学的最大贡献，是他所擅长的散文，它们在新文学史上有着极为重要的地位。他创造了具有中国民族特色的散文体制和风格，他的散文具有极高的艺术价值，《匆匆》、《背影》、《荷塘月色》、《春》等名篇，一直被认为是白话美文的典范。

朱自清的散文《匆匆》写于 1922 年 3 月 28 日。当时，现实令人失望，作者在彷徨中并不甘心沉沦，仍然执着地追求着。他在《给俞平伯的信》中表达了对于生活的坚定信念："生活中的各种过程都有它独立的意义和价值——每一刹那有每一刹那的意义与价值！每一刹那在持续的时间里，有它相当的位置。"全文在淡淡的哀愁中透出作者心灵不平的低诉，这也反映了"五四"落

---

① 《朱自清散文》，人民文学出版社 2005 年版，第 10—11 页。

潮时期知识青年的普遍情绪。

《匆匆》是作者的感兴之作,由眼前易于消逝的春景,引动生命的感思。作者敏锐地感受到空灵的时间之流,时间在一组不断变化的日常生活画面中逐渐显现,从无形到有形。

"燕子去了,有再来的时候;杨柳枯了,有再青的时候;桃花谢了,有再开的时候。"作者用几笔淡淡的素描,勾勒出春天的景物去而复来的真实画面。燕子、杨柳、桃花等大自然风物的荣枯变化,昭示着时间飞逝、岁月变迁,由此出发,作者返身追问:"我"的日子"一去不复返",是被人"偷了"还是"逃走"了呢?自然风物的周而复始,与个体之"我"生命一去不归形成明显的对照,在一连串疑问句中透出作者怅然若失的情绪。"像针尖上一滴水滴在大海里,我的日子滴在时间的流里。"把自己八千多日子比成"一滴水",是极度的夸张,凸显了自己日子的"没有声音,没有影子"的特点。时间之悄然无痕,生命之短暂易逝,在大自然无尽的循环复始的时光流面前,人的有限性极为明显,一想到这些,作者就不禁"头涔涔"而"泪潸潸"了。

时间是如何"匆匆"流逝的呢?作者把自己的种种感觉、体验,化为真实、生动、具体的形象,一一描摹出来,"把触角穿透熟悉的表面,向未经人到的那里"(朱自清《诗与感觉》)。作者用一系列排比句展示了时间飞逝的流动。起床、吃饭、洗手、默思,这些都是人们日常生活中极为平常的细节,作者却敏锐地看到其中时间的流动痕迹。它轻悄地"挪移",伶俐地"跨过",迅速"飞去",悄然"溜走",无可挽回地"闪过"了。作者用活泼的语言,描写出时间的不断变化,我们似乎可以听到那时间轻盈、灵动的脚步声,也听到了作者心灵的颤动。

在时间的匆匆流逝之际,作者徘徊、深思,执拗地追求着。作者清楚地看到:"过去的日子如轻烟,被微风吹散了,如薄雾,被初阳蒸融了。"作者把八千多日子的流逝作了高度概括,时间流逝更加清晰可感:它有形态,如薄薄的烟雾,可见、可感,而又无法把捉;它有动感,被"吹散",被"蒸融",轻灵地消失了。作者试图用全部身心去感受时光的流逝,追寻自己生命的"游丝般的痕迹"。作者把虚灵的时间形象化,又时时返身自问,自然而然地流露出他内心的自我追问、自我剖白的痛苦,也可看出他徘徊中的执著追求。

这篇短小的散文,有着诗一般的语言和情境,展示了朱自清独特的散文艺术。首先,全文轻快流利,一系列排比句,将时光流动中个体的生活画面一一展开,句法结构单纯,如一条流动的河,连续不断。它的音乐性,表现在句子的流畅轻快上。作者并没有刻意雕琢,而只是老老实实写来,用鲜明生动的口语,把诗情不受拘束地表现出来,语言的节奏和情绪的律动自然吻合,使诗达到匀称和谐。其次,叠字的运用,也使全文的语言具有节奏感。阳光是"斜斜"的,它"轻轻悄悄"地挪移,我"茫茫然"旋转,时间去得"匆匆",它"伶伶俐俐"跨过……这些叠字的运用,不仅有效地传达了视觉的真实性,摹状时间流逝之貌,而且传达出语言内在的韵律感,模拟时间流动之节奏。再次,《匆匆》结构十分单纯,文中多次出现的问句,就是作者情绪消长的线索。问而不答,答案隐含在描摹的景物之中,这既可启迪读者想象,引起深思,显出它的含蓄美,又契合作者情绪的飞快流动,显出诗情跳荡的节奏美来。

《我与地坛》欣赏

(节选)[①]

……现在让我想想,十五年中坚持到这园子来的人都是谁呢?好像只剩了我和一对老人。

十五年前,这对老人还只能算是中年夫妇,我则货真价实还是个青年。他们总是在薄暮时

---

① 《史铁生作品集》第三集,中国社会科学出版社 1995 年,第 163—181 页。

分来园中散步,我不大弄得清他们是从哪边的园门进来,一般来说他们是逆时针绕这园子走。男人个子很高,肩宽腿长,走起路来目不斜视,胯以上直至脖颈挺直不动,他的妻子攀了他一条胳膊走,也不能使他的上身稍有松懈。女人个子却矮,也不算漂亮,我无端地相信她必出身于家道中衰的名门富族;她攀在丈夫胳膊上像个娇弱的孩子,她向四周观望似总含着恐惧,她轻声与丈夫谈话,见有人走近就立刻怯怯地收住话头。我有时因为他们而想起冉阿让与柯赛特,但这想法并不巩固,他们一望即知是老夫老妻。两个人的穿着都算得上考究,但由于时代的演进,他们的服饰又可以称为古朴了。他们和我一样,到这园子里来几乎是风雨无阻,不过他们比我守时。我什么时间都可能来,他们则一定是在暮色初临的时候。刮风时他们穿了米色风衣,下雨时他们打了黑色的雨伞,夏天他们的衬衫是白色的裤子是黑色的或米色的,冬天他们的呢子大衣又都是黑色的,想必他们只喜欢这三种颜色。他们逆时针绕这园子一周,然后离去。他们走过我身旁时只有男人的脚步响,女人像是贴在高大的丈夫身上跟着漂移。我相信他们一定对我有印象,但是我们没有说过话,我们互相都没有想要接近的表示。十五年中,他们或许注意到一个小伙子进入了中年,我则看着一对令人美慕的中年情侣不觉中成了两个老人。

曾有过一个热爱唱歌的小伙子,他也是每天都到这园中来,来唱歌,唱了好多年,后来不见了。他的年纪与我相仿,他多半是早晨来,唱半小时或整整唱一个上午,估计在另外的时间里他还得上班。我们经常在祭坛东侧的小路上相遇,我知道他是到东南角的高墙下去唱歌,他一定猜想我去东北角的树林里做什么。我找到我的地方,抽几口烟,便听见他谨慎地整理歌喉了。他反反复复唱那么几首歌。文化革命没过去的时候,他唱"蓝蓝的天上白云飘,白云下面马儿跑……"我老也记不住这歌的名字。文革后,他唱《货郎与小姐》中那首最为流传的咏叹调。"卖布——卖布嘞,卖布——卖布嘞!"我记得这开头的一句他唱得很有声势,在早晨清澈的空气中,货郎跑遍园中的每一个角落去恭维小姐。"我交了好运气,我交了好运气,我为幸福唱歌曲……"然后他就一遍一遍地唱,不让货郎的激情稍减。依我听来,他的技术不算精到,在关键的地方常出差错,但他的嗓子是相当不坏的,而且唱一个上午也听不出一点疲惫。太阳也不疲惫,把大树的影子缩小成一团,把疏忽大意的蚯蚓晒干在小路上,将近中午,我们又在祭坛东侧相遇,他看一看我,我看一看他,他往北去,我往南去。日子久了,我感到我们都有结识的愿望,但似乎都不知如何开口,于是互相注视一下终又都移开目光擦身而过;这样的次数一多,便更不知如何开口了。终于有一天——一个丝毫没有特点的日子,我们互相点了一下头。他说:"你好。"我说:"你好。"他说:"回去啦?"我说:"是,你呢?"他说:"我也该回去了。"我们都放慢脚步(其实我是放慢车速),想再多说几句,但仍然是不知从何说起,这样我们就都走过了对方,又都扭转身子面向对方。他说:"那就再见吧。"我说:"好,再见。"便互相笑笑各走各的路了。但是我们没有再见,那以后,园中再没了他的歌声,我才想到,那天他或许是有意与我道别的,也许他考上了哪家专业文工团或歌舞团了吧?真希望他如他歌里所唱的那样,交了好运气。

还有一些人,我还能想起一些常到这园子里来的人。有一个老头,算得一个真正的饮者;他在腰间挂一个扁瓷瓶,瓶里当然装满了酒,常来这园中消磨午后的时光。他在园中四处游逛,如果你不注意你会以为园中有好几个这样的老头,等你看过了他卓尔不群的饮酒情状,你就会相信这是个独一无二的老头。他的衣着过分随便,走路的姿态也不慎重,走上五六十米路便选定一处地方,一只脚踏在石凳上或土埂上或树墩上,解下腰间的酒瓶,解酒瓶的当儿迷起眼睛把一百八十度视角内的景物细细看一遭,然后以迅雷不及掩耳之势倒一大口酒入肚,把酒瓶摇一摇再挂向腰间,平心静气地想一会什么,便走下一个五六十米去。还有一个捕鸟的汉子,那岁月园中人少,鸟却多,他在西北角的树丛中拉一张网,鸟撞在上面,羽毛饯在网眼里便不能自拔。他单等一种过去很多而现在非常罕见的鸟,其它的鸟撞在网上他就把它们摘下来放掉,他说已经有好多年没等到那种罕见的鸟,他说他再等一年看看到底还有没有那种鸟,结果他又等了好多年。早晨和傍晚,在这园子里可以看见一个中年女工程师;早晨她从北向南穿过这园子去上班,傍晚她从南向北穿过这园子回家。事实上我并不了解她的职业或者学历,但我以为她必是学理工的知识分子,别样的人很难有她那般的素朴并优雅。当她在园子穿行的时刻,四周的树林也仿佛更加幽静,清淡的日光中竟似有悠远的琴声,比如说是那曲《献给艾丽丝》才好。我没有见过她的丈夫,没有见过那个幸运的男人是什么样子,我想象过却想象不出,后来忽然懂了想象不出才好,那个男人最好不要出现。她走出北门回家去。我竟有点担心,担心她会落入厨房,不过,也许她在厨房里劳作的情景更有另外的美吧,当然不能再是《献给艾丽丝》,是个什么曲子呢?还有一个人,是我的朋友,他是个最有天赋的长跑家,但他被埋没了。他因为在文革中出言不慎而坐了几年牢,出来后好不容易找了个拉板车的工作,样样待遇都不能与别人平等,苦闷极了便练习长跑。那时他总来这园子里跑,我用手表为他计时。他每跑一圈向我招下手,我就记下一个时间。每次他要环绕这园子跑二十圈,大约两万米。他盼望以他的长跑成绩来获得政治上真正的解放,他以为记者的镜头和文字可以帮他做到这一点。第一年他在春节环城赛上跑了第十五名,他看见前十名的照片都挂在了长安街的新闻橱窗里,于是有了信心。第二年他跑了第四名,可是新闻橱窗里只挂了前三名的照片,他没灰心。第三年他跑了第七名、橱窗里挂前六名的照片,他有点怨自己。第四年他跑了第三名,橱窗里却只挂了第一名的照片。第五年他跑了第一名——他几乎绝望了,橱窗里只有一幅环城赛群众场面的照片。那些年我们俩常一起在这园子里呆到天黑,开怀痛骂,骂完沉默着回家,分手时再互相叮嘱:先别去死,再试着活一活看。现在他已经不跑了,年岁太大了,跑不了那么快了。最后一次参加环城赛,他以三十八岁之龄又得了第一名并破了纪录,有一位专业队的教练对他说:"我要是十年前发现你就好了。"他苦笑一下什么也没说,只在傍晚又来这园中找到我,把这事平静地向我叙说一遍。不见他已有好几年了,现在他和妻子和儿子住在很远的地方。

这些人现在都不到园子里来了,园子里差不多完全换了一批新人。十五年前的旧人,现在就剩我和那对老夫老妻了。有那么一段时间,这老夫老妻中的一个也忽然不来,薄暮时分唯男人独自来散步,步态也明显迟缓了许多,我悬心了很久,怕是那女人出了什么事。幸好过了一个冬天那女人又来了,两个人仍是逆时针绕着园子走,一长一短两个身影恰似钟表的两支指针;女人的头发白了许多,但依旧攀着丈夫的胳膊走得像个孩子。"攀"这个字用得不恰当了,或许可以用"挽"吧,不知有没有兼具这两个意思的字。

……

要是有些事我没说,地坛,你别以为是我忘了,我什么也没忘,但是有些事只适合收藏。不能说,也不能想,却又不能忘。它们不能变成语言,它们无法变成语言,一旦变成语言就不再是它们了。它们是一片朦胧的温馨与寂寥,是一片成熟的希望与绝望,它们的领地只有两处:心与坟墓。比如说邮票,有些是用于寄信的,有些仅仅是为了收藏。

如今我摇着车在这园子里慢慢走,常常有一种感觉,觉得我一个人跑出来已经玩得太久了。有一天我整理我的旧像册,一张十几年前我在这圈子里照的照片——那个年轻人坐在轮椅上,背后是一棵老柏树,再远处就是那座古祭坛。我便到园子里去找那棵树。我按着照片上的背景找很快就找到了它,按着照片上它枝干的形状找,肯定那就是它。但是它已经死了,而且在它身上缠绕着一条碗口粗的藤萝。有一天我在这园子碰见一个老太太,她说:"哟,你还在这儿哪?"她问我:"你母亲还好吗?""您是谁?""你不记得我,我可记得你。有一回你母亲来这儿找你,她问我您看没看见一个摇轮椅的孩子？……"我忽然觉得，我一个人跑到这世界上来真是玩得太久了。有一天夜晚，我独自坐在祭坛边的路灯下看书，忽然从那漆黑的祭坛里传出一阵阵唢呐声；四周都是参天古树，方形祭坛占地几百平米空旷坦荡独对苍天，我看不见那个吹唢呐的人，唯唢呐声在星光寥寥的夜空里低吟高唱，时而悲怆时而欢快，时而缠绵时而苍凉，或许这几个词都不足以形容它，我清清醒醒地听出它响在过去，响在现在，响在未来，回旋飘转亘古不散。

必有一天，我会听见喊我回去。

那时您可以想象一个孩子，他玩累了可他还没玩够呢。心里好些新奇的念头甚至等不及到明天。也可以想象是一个老人，无可质疑地走向他的安息地，走得任劳任怨。还可以想象一对热恋中的情人，互相一次次说"我一刻也不想离开你"，又互相一次次说"时间已经不早了"，时间不早了可我一刻也不想离开你，一刻也不想离开你可时间毕竟是不早了。

我说不好我想不想回去。我说不好是想还是不想，还是无所谓。我说不好我是像那个孩子，还是像那个老人，还是像一个热恋中的情人。很可能是这样：我同时是他们三个。我来的时候是个孩子，他有那么多孩子气的念头所以才哭着喊着闹着要来，他一来一见到这个世界便立刻成了不要命的情人，而对一个情人来说，不管多么漫长的时光也是稍纵即逝，那时他便明白，每一步每一步，其实一步步都是走在回去的路上。当牵牛花初开的时节，葬礼的号角就已吹响。但是太阳，他每时每刻都是夕阳也都是旭日。当他熄灭着走下山去收尽苍凉残照之际，正是他在另一面燃烧着爬上山巅布散烈烈朝辉之时。那一天，我也将沉静着走下山去，扶着我的拐杖。有一天，在某一处山洼里，势必会跑上来一个欢蹦的孩子，抱着他的玩具。当然，那不是我。但是，那不是我吗？宇宙以其不息的欲望将一个歌舞炼为永恒。这欲望有怎样一个人间的姓名，大可忽略不计。

史铁生(1951—2010)，原籍河北涿县，1951年出生于北京，1967年毕业于清华大学附中，1969年去延安插队。因双腿瘫痪，1972年回到北京。后来又患肾病并发展到尿毒症，需要靠透析维持生命，因而自称"职业是生病，业余在写作"。2002年获华语文学传媒大奖年度杰出成就奖。曾任北京作家协会副主席。2010年12月31日凌晨3点46分因突发脑溢血逝世。

史铁生是当代中国最令人敬佩的作家之一，他的写作历程与他的生命探求重合为一。史铁生的身体虽有残疾，但他所思、所写，却是健全而丰满的思想。生命赐予他的是躯体上的苦难，他感悟到的却是存在的明朗和欢乐。他睿智的言辞，照亮了我们这些四肢健全但内心日益幽暗的人。当多数作家在消费主义时代里放弃面对人的基本状况时，史铁生却跋涉在自己的内心世界里，苦苦追索人之为人的价值和光辉，这种超越和执著，深深地唤起了我们对自身所处境遇的警醒和关怀。正如蒋子丹所言："我们从史铁生的文字里看得到一个人内心无一日止息的起伏，同时也在这个人内心的起伏中解读了宁静。"他内心不息的起伏，是源于无尽的精神探求和自我追问；他内心的宁静，则是对于自我坎坷命运的默然承担，并且借助写作和思考，实现了对于这种命运的透彻悟解和超越。

史铁生创作的散文《我与地坛》是一篇值得反复诵读、体味的散文，鼓励了无数的人。作品篇幅较长，将近一万五千字。作者试图通过这次写作去回顾自己过往的生活，尤其是自己残疾以后的思想历程。它是回忆，更是自省。文中弥漫着沉郁的人生况味，闪烁着澄明的智慧之光。

在整篇散文中，这沉思大致经历了两个阶段。在最初的阶段中，史铁生观察与反省个人遭遇，渐渐地看清了个体生命中必然的事相。他在地坛度过了各个季节的天气，独自思考着生命的难题。专注、伤感而又深刻，带有一丝禅意。它让人联想到里尔克、荷尔德林等欧洲诗人，他们面对时间、历史、自然和生命时,也同样发出一往情深的歌吟。地坛成了史铁生的再生地,作者说:"它为一个失魂落魄的人把一切都准备好了","这中间有着宿命的味道:仿佛这古园就是为了等我,而历尽沧桑在那儿等待了四百多年"。

接下来,史铁生将视界越出自身的范围,写到来这园子里的其他人,关注别人的命运和生命姿态。作家写了与地坛相关的几个人物。一是他的母亲,他细致地刻划了母亲复杂的心理,大部分以生动的细节来完成。二是一对夫妇,他们无论春夏冬秋风霜雨雪都要来园子散步,相依相偎。三是一位唱歌的小伙子,与作家曾互致问好。四是一位运气不佳的长跑者,这位跑长跑的小伙子希望自己的成绩得到别人的承认,他天天到园子里练,结果他终于在环城长跑中跑出了好成绩,但却并未使他出人头地。五是一对兄妹,他们从小就在园子里玩,美丽的妹妹竟是一个天生的弱智。此外,作者还勾勒了饮酒的老人、捕鸟的汉子,朴素而优雅的女工程师。

那个漂亮但却弱智的少女,使史铁生再一次感受到这是一个因苦难而有差别的世界,如果一个人被选择去充任那苦难的角色,"看来就只好接受苦难——人类的全部剧目需要它,存在的本身需要它"。既然如此,事情似乎变得令人绝望。史铁生个人的问题在此转变成了众生共同的问题:"一切不幸命运的救赎之路在哪里呢?"

史铁生在文章第七节中描画出他的自我形象:他静静坐在园子的一角,听到有唢呐声在夜空里低吟高唱,"清清楚楚地听出它响在过去,响在现在,响在未来,回旋飘转亘古不散。"就在这一刻,唢呐声融会了过去、现在和未来,融会了死、生,史铁生看到了包容任何孤独的个体生命在内的更大的生命本相。他终究在根本上认可了自己所承担的苦难命运和不幸遭际,但并不看轻生命自身。他把这生命中的残酷和伤痛抽离出来,融入到一个更大也更恢宏的所在之中。

接下来,史铁生写出了自我的三种不同样态:刚来到人间时是个"哭着喊着闹着要来"的孩子,一见到这个世界便成了"一刻也不想离开"的情人,而在时光的流逝之中,他又变成"无可质疑地走向他的安息地,走得任劳任怨"的老人。时间中的我,就是这样稍纵即逝,又仿佛太阳永远的轮回往复,"它每时每刻都是夕阳也都是旭日。当它熄灭着走下山去收尽苍凉残照之际,正是它在另一面燃烧着爬上山巅布散烈烈朝辉之时"。史铁生因而想到自己"也将沉静着走下山去,扶着我的拐杖。有一天,在某一处山洼里,势必会跑上来一个欢蹦的孩子,抱着他的玩具"。这是生命永恒的最动人心魄的画面,他因而向自己问道:

当然,那不是我。

但是,那不是我吗?

由个人严酷的命运上升到生命永恒的流变,史铁生终于超越了个体生命中有限的必然,把自己的沉思带入到了生命全体的融会之中,这时所体现出的个人对苦难的承受已不再是偏狭的绝望,而呈现为对人类的整体存在的担当。与此同时,有关于怎样活着和怎样达到自我救赎的困扰,也终于为所有生命永恒的欲望所涤净,当投入到永无终结的生命之舞中时,对于个体苦难以及一切不幸命运的自我超越就都变成了一种必然。这样一种洋溢着生命本色之美的境界,既成就了史铁生内心的希冀与不舍的探询,也完成了他为文的寄托。为文与为人在此才是真正的一体,整篇《我与地坛》都是那样的和美亲切,而又内蕴着一种实在的激情。所以成其为艰难的是真正完全地投入到那生命本身的舞蹈,而这一点唯独还需经过真正的苦难才能做到。由此,我们也就可以更深地体会到史铁生写《我与地坛》所体现出的个人心境的痛切之处以及他对自我所执的真正超越。

《我与地坛》风格独特,向人们提供了散文写作的新的可能性,带有自传、自省、自诉的意味,创作主体以真实的身份投入到作品之中,坦诚地表现自己。在内容上,它打破了抒情、议论与叙事、写景的间隔,以思辨为主导,而又自始至终饱含情感,从容地写景、叙事、绘人,容量丰富,内涵饱满。史铁生写得自由洒脱,似乎无心于章法,率性而为,整篇作品又生气灌注。史铁生从大处着眼的,抓住文章的氛围和情调,不管是思辨,还是写事、记人,都透出情深思沉的意味,全文便流转自如了。

三、作品选

腊　叶[①]

【解题】　本篇为鲁迅所作。鲁迅(1881—1936),中国现代伟大的文学家、思想家,新文学运动的奠基人。原名周树人,字豫才,浙江绍兴人。《腊叶》为鲁迅散文诗集《野草》中的一篇,写于1925年12月26日,发表于1926年1月4日《语丝》周刊第六十期。期间正是鲁迅肺病复发,面临着死亡的威胁的时刻。文章篇幅虽短,却道出了生与死存在的意义和力量。作者自言:"《腊叶》是为爱我者的想要保存我而作的。"

灯下看《雁门集》,忽然翻出一片压干的枫叶来。

这使我记起去年的深秋。繁霜夜降,木叶多半凋零,庭前的一株小小的枫树也变成红色了。我曾绕树徘徊,细看叶片的颜色,当他青葱的时候是从没有这么注意的。他也并非全树通红,最多的是浅绛,有几片则在绯红地上,还带着几团浓绿。一片独有一点蛀孔,镶着乌黑的花边,在红、黄和绿的斑驳中,明眸似的向人凝视。我自念:这是病叶呵!便将他摘了下来,夹在刚才买到的《雁门集》里。大概是愿使这将坠的被蚀而斑斓的颜色,暂得保存,不即与群叶一同飘散罢。

但今夜他却黄蜡似的躺在我的眼前,那眸子也不复似去年一般灼灼。假使再过几年,旧时的颜色在我记忆中消去,怕连我也不知道他何以夹在书里面的原因了。将坠的病叶的斑斓,似乎也只能在极短时中相对,更何况是葱郁的呢。看看窗外,很能耐寒的树木也早经秃尽了;枫树更何消说得。当深秋时,想来也许有和这去年的模样相似的病叶的罢,但可惜我今年竟没有赏玩秋树的余闲。

一九二五年十二月二十六日

钓台的春昼[②]

【解题】　郁达夫(1896—1945),出生于浙江富阳满洲弄一个知识分子家庭。1919年入东京帝国大学经济学部。1921年6月,与郭沫若、成仿吾、张资平、田汉等人在东京成立创造社。7月,第一部短篇小说集《沉沦》问世,在当时产生很大影响。1922年毕业后归国,7月,小说《春风沉醉的晚上》发表。1923年至1926年间先后在北京大学、武昌师大、广东大学任教。1930年3月,中国左翼作家联盟成立,为发起人之一。1938年12月至新加坡,主编《星洲日报》等报刊副刊。1942年,日军进逼新加坡,与胡愈之、王任叔等人撤退至苏门答腊。1945年的8月29日失踪。

郁达夫早期散文表现了他从日本回国时满怀希望的心情和见到满目疮痍的祖国后无限失望的感叹。忧郁感伤的情调深深地烙印在他的散文创作中,其中流淌着恣肆坦诚的自我剖析,回肠荡气的诗的情调。郁达夫的散文不拘形式、纵情宣泄,毫无遮掩地表现了一个富有才情的知识分子在动乱社会里的苦闷心情,展现出一幅幅感伤,忧郁而又秀丽、隽永的情景交融的画面。《钓台的春昼》通过记叙作者于1932年春到桐庐桐君山和严子陵钓台旅游一事,准确地再

---

① 《鲁迅全集》第2卷,人民文学出版社2005年版,第224页。
② 《郁达夫文集》第三卷,花城出版社、三联书店香港分店1982年版,第196—203页。

现了这两处胜景的风貌,生动地表现了它们的静幽和秀雅之美,表现了作者对于时政的愤懑之情和对于自身生存状态的感伤之情。作者在这篇散文中运用的表现手法主要有:第一、写景与抒情的有机结合。全文是由大量的写景和抒情的片断互相交错、编织而成的,这使得这篇散文在整体上具有一种中国古典诗歌常有的情景交融的意象美。第二、善于以比较、反衬等手法来表现文中所描写的两处景点的静幽和秀雅的特色。第三、善于借景抒情,作者对于钓台山的荒凉、阴森景象的描绘中实际上隐藏着或表现了作者自己内心的阴郁之情和苍凉之感。

因为近在咫尺,以为什么时候要去就可以去,我们对于本乡本土的名区胜景,反而往往没有机会去玩,或不容易下一个决心去玩的。正惟其是如此,我对于富春江上的严陵,二十年来,心里虽每在记着,但脚却从没有向这一方面走过。一九三一,岁在辛未,暮春三月,春服未成,而中央党帝,似乎又想玩一个秦始皇所玩过的把戏了,我接到了警告,就仓皇离去了寓居。先在江浙附近的穷乡里,游息了几天,偶而看见了一家扫墓的行舟,乡愁一动,就定下了归计。绕了一个大弯,赶到故乡,却正好还在清明寒食的节前。和家人等去上了几处坟,与许久不曾见过面的亲戚朋友,来往热闹了几天,一种乡居的倦怠,忽而袭上心来了,于是乎我就决心上钓台去访一访严子陵的幽居。

钓台去桐庐县城二十余里,桐庐去富阳县治九十里不足,自富阳溯江而上,坐小火轮三小时可达桐庐,再上则须坐帆船了。

我去的那一天,记得是阴晴欲雨的养花天,并且系坐晚班轮去的,船到桐庐,已经是灯火微明的黄昏时候了,不得已就只得在码头近边的一家旅馆的高楼上借了一宵宿。

桐庐县城,大约有三里路长,三千多烟灶,一二万居民,地在富春江西北岸,从前是皖浙交通的要道,现在杭江铁路一开,似乎没有一二十年前的繁华热闹了。尤其要使旅客感到萧条的,却是桐君山脚下的那一队花船的失去了踪影。说起桐君山,却是桐庐县的一个接近城市的灵山胜地;山虽不高,但因有仙,自然是灵了。以形势来论,这桐君山,也的确是可以产生出许多口音生硬,别具风韵的桐严嫂来的生龙活脉。地处在桐溪东岸,正当桐溪和富春江合流之所,依依一水,西岸便瞰视着桐庐县市的人家烟树。南面对江,便是十里长洲;唐诗人方干的故居,就在这十里桐洲九里花的花田深处。向西越过桐庐县城,更遥遥对着一排高低不定的青峦,这就是富春山的山子山孙了。东北面山下,是一片桑麻沃地,有一条长蛇似的官道,隐而复现,出没盘曲在桃花杨柳洋槐榆树的中间,绕过一支小岭,便是富阳县的境界,大约去程明道的墓地程坟,总也不过一二十里地的间隔。我的去拜谒桐君,瞻仰道观,就在那一天到桐庐的晚上,是淡云微月,正在作雨的时候。

鱼梁渡头,因为夜渡无人,渡船停在东岸的桐君山下。我从旅馆踱了出来,先在离轮埠不远的渡口停立了几分钟,后来向一位来渡口洗夜饭米的年轻少妇,弓身请问了一回,才得到了渡江的秘诀。她说:"你只须高喊两三声,船自会来的。"先谢了她教我的好意,然后以两手围成了播音的喇叭,"喂,喂,渡船请摇过来!"地纵声一喊,果然在半江的黑影当中,船身摇动了。渐摇渐近,五分钟后,我在渡口,却终于听出了咿呀柔橹的声音。时间似乎已经入了酉时的下刻,小市里的群动,这时候都已经静息,自从渡口的那位少妇,在微茫的夜色里,藏去了她那张白团团的面影之后,我独立在江边,不知不觉心里头却兀自感到了一种他乡日暮的悲哀。渡船到岸,船头上起了几声微微的水浪清音,又铜东的一响,我早已跳上了船,渡船也已经掉过头来了。坐在黑影沉沉的舱里,我起先只在静听着柔橹划水的声音,然后却在黑影里看出了一星船家在吸着的长烟管头上的烟火,最后因为被沉默压迫不过,我只好开口说话了:"船家!你这样的渡我过去,该给你几个船钱?"我问。"随你先生把几个就是。"船家说话冗慢幽长,似乎已自带着些睡意了,我就向袋里摸出了两角钱来。"这两角钱,就算是我的渡船钱,请你候我一会,上去烧一次夜香,我是依旧要渡过江来的。"船家的回答,只是恩恩乌乌,幽幽同牛叫似的一种鼻音,然而从继这鼻音而起的两三声轻快的喀声听来,他却已经在感到满足了,因为我也知道,乡间的义渡,船钱最多也不过是两三枚铜子而已。

到了桐君山下,在山影和树影交掩着的崎岖道上,我上岸走不上几步,就被一块乱石绊倒,滑跌了一次。船家似乎也动了恻隐之心了,一句话也不发,跑将上来,他却突然交给了我一盒火柴。我于感谢了一番他的盛意之后,重整步武,再摸上山去,先是必须点一枝火柴走三五步路的,但到得半山,路既就了规律,而微云堆里的半规月色,也朦胧地现出一痕银线来了,所以手里还存着的半盒火柴,就被我藏入了袋里。路是从山的西北,盘曲而上,渐走渐高,半山一到,天也开朗了一点,桐庐县市上的灯光,也星星可数了。更纵目向江心望去,富春江两岸的船上和桐溪合流口停泊着的船尾船头,也看得出一点一点的火来。走过半山,桐君观里的晚祷钟鼓似乎还没有息尽,耳朵里仿佛听见了几丝木鱼钲钹的残声。走上山顶,先在半途遇着了一道道观外围的女墙,这女墙的栅门,却已经掩上了。在栅门外徘徊了一刻,觉得已经到了此门而不进去,终于是不能满足我这一次暗夜冒险的好奇怪癖的。所以细想了几次,还是决心进去,非进去不可,轻轻用手往里面一推,栅门却呀的一声,早已退向了后方开开了,这门原来是虚掩在那里的。进了栅门,踏着为淡月所映照的石砌平路,向东向南的前走了五六十步,居然走到了道观的大门之外,这两扇朱红漆的大门,不消说是紧闭在那里的。到了此地,我却不想再破门进去了,因为这大门是朝南向着大江开的,门外头是一条一丈来宽的石砌步道,步道的一旁是道观的墙,一旁便是山坡,靠山坡的一面,并且还有一道二尺来高的石墙筑在那里,大约是代替栏杆,防人倾跌下山去的用意,石墙之上,铺的是二三尺宽的青石,在这似石栏又似石凳的墙上,尽可以坐卧游息,饱看桐江和对岸的风景,就是在这里坐它一晚,也很可以,我又何必去打开门来,惊起那些老道的恶梦呢?

空旷的天空里,流涨着的只是些灰白的云,云层缺处,原也看得出半角的天,和一点两点的星,但看起来最饶风趣的,却仍是欲藏还露,将见仍无的那半规月影。这时候江面上似乎起了风,云脚的迁移,更来得迅速了,而低头向江头一看,几多散乱着的船里的灯光,也忽明忽灭地变换了一变换位置。

这道观大门外的景色,真神奇极了。我当十几年前,在放浪的游程里,曾向瓜州京口一带,消磨过不少的时日,那时觉得果然名不虚传的,确是甘露寺外的江山,而现在到了桐庐,昏夜上这桐君山来一看,又觉得这江山的秀而且静,风景的整而不散,却非那天下第一江山的北固山所可与比拟的了。真也难怪得严子陵,难怪得戴征士,倘使我若能在这样的地方结屋读书,以养天年,那还要什么的高官厚禄,还要什么的浮名虚誉哩?一个人在这桐君观前的石凳上,看看山,看看水,看看城中的灯火和天上的星云,更做做浩无边际的无聊的幻梦,我竟忘记了时刻,忘记了自身,直等到隔江的击柝声传来,向西一看,忽而觉得城中的灯影微茫地减了,才跑也似地走下了山来,渡江奔回了宿舍。

第二日侵晨,觉得昨天在桐君观前做过的残梦正还没有续完的时候,窗外面忽而传来了一阵吹角的声音。好梦虽被打破,但因这同吹箎篥似的商音哀咽,却很含着些荒凉的古意,并且晓风残月,杨柳岸边,也正好候船待发,上严陵去;所以心里虽怀着了些儿怨恨,但脸上却只现出了一痕微笑,起来梳洗更衣,叫茶房去雇船去。雇好了一只双桨的渔舟,买就了些酒菜鱼米,就在旅馆前面的码头上上了船。轻轻向江心摇出去的时候,东方的云幕中间,已现出了几丝红韵,有八点多钟了,舟师急得厉害,只在埋怨旅馆的茶房,为什么昨晚不预先告诉,好早一点出发。因为此去就是七里滩头，无风七里，有风七十里，上钓台去玩一趟回来，路程虽则有限，但这几日风雨无常，说不定要走夜路，才回来得了的。

过了桐庐，江心狭窄，浅滩果然多起来了。路上遇着的来往的行舟，数目也是很少，因为早晨吹的角，就是往建德去的快班船的信号，快班船一开，来往于两埠之间的船就不十分多了。两岸全是青青的山，中间是一条清浅的水，有时候过一个沙洲，洲上的桃花菜花，还有许多不晓得名字的白色的花，正在喧闹着春暮，吸引着蜂蝶。我在船头上一口一口地喝着严东关的药酒，指东话西地问着船家，这是什么山？那是什么港？惊叹了半天，称颂了半天，人也觉得倦了，不晓得什么时候，身子却走上了一家水边的酒楼，在和数年不见的几位已经做了党官的朋友高谈阔论。谈论之余，还背诵了一首两三年前曾在同一的情形之下做成的歪诗：

不是尊前爱惜身，佯狂难免假成真，曾因酒醉鞭名马，生怕情多累美人。劫数东南天作孽，鸡鸣风雨海扬尘，悲歌痛哭终何补，义士纷纷说帝秦。

直到盛筵将散，我酒也不想再喝了，和几位朋友闹得心里各自难堪，连对旁边坐着的两位陪酒的名花都不愿意开口。正在这上下不得的苦闷关头，船家却大声地叫了起来说：

"先生，罗芷过了，钓台就在前面，你醒醒罢，好上山去烧饭吃去。"

擦擦眼睛，整了一整衣服，抬起头来一看，四面的水光山色又忽而变了样子了。清清的一条浅水，比前又窄了几分，四围的山包得格外的紧了，仿佛是前无去路的样子。并且山容峻削，看去觉得格外的瘦格外的高。向天上地下四围看去，只寂寂的看不见一个人类。双桨的摇响，到此似乎也不敢放肆了，钩的一声过后，要好半天才来一个幽幽的回响，静，静，静，身边水上，山下岩头，只沉没着太古的静，死灭的静，山峡里连飞鸟的影子也看不见半只。前面的所谓钓台山上，只看得见两个大石垒，一间歪斜的亭子，许多纵横芜杂的草木。山腰里的那座祠堂，也只露着些废垣残瓦，屋上面连炊烟都没有一丝半缕，像是好久好久没有人住了的样子。并且天气又来得阴森，早晨曾经露一露脸过的太阳，这时候早已深藏在云堆里了，余下来的只是时有时无从侧面吹来的阴飕飕的半箭儿山风。船靠了山脚，跟着前面背着酒菜鱼米的船夫走上严先生祠堂去的时候，我心里真有点害怕，怕在这荒山里要遇见一个干枯苍老得同丝瓜筋似的严先生的鬼魂。

在祠堂西院的客厅里坐定，和严先生的不知第几代的裔孙谈了几句关于年岁水旱的话后，我的心跳也渐渐儿的镇静下去了，嘱托了他以煮饭烧菜的杂务，我和船家就从断碑乱石中间爬上了钓台。

东西两石垒，高各有二三百尺，离江面约两里来远，东西台相去，只有一二百步，但其间却夹着一条深谷。立在东台，可以看得出罗芷的人家，回头展望来路，风景似乎散漫一点，而一上谢氏的西台，向西望去，则幽谷里的清景，却绝对的不像是在人间了。我虽则没有到过瑞士，但到了西台，朝西一看，立时就想起了曾在照片上看见过的威廉退儿的祠堂。这四山的幽静，这江水的青蓝，简直同在画片上的珂罗版色彩，一色也没有两样，所不同的，就是在这儿的变化更多一点，周围的环境更芜杂不整齐一点而已，但这却是好处，这正是足以代表东方民族性的颓废荒凉的美。

从钓台下来，回到严先生的祠堂——记得这是洪杨以后严州知府戴盘重建的祠堂——西院里饱啖了一顿酒肉，我觉得有点酩酊微醉了。手拿着以火柴柄制成的牙签，走到东面供着严先生神像的龛前，向四面的破壁上一看，翠墨淋漓，题在那里的，竟多是些俗而不雅的过路高官的手笔。最后到了南面的一块白墙头上，在离屋檐不远的一角高处，却看到了我们的一位新近去世的同乡夏灵峰先生的四句似邵尧夫而又略带感慨的诗句。夏灵峰先生虽则只知崇古，不善处今,但是五十年来,像他那样的顽固自尊的亡清遗老,也的确是没有第二个人。比较起现在的那些官迷财迷的南满尚书和东洋宫婢来,他的经术言行,姑且不必去论它,就是以骨头来称称,我想也要比什么罗三郎郑太郎辈,重到好几百倍。慕贤的心一动,醺人的臭技自然是难熬了,堆起了几张桌椅,借得了一支破笔,我也在高墙上在夏灵峰先生的脚后放上了一个陈屁,就是在船舱的梦里,也曾微吟过的那一首歪诗。

从墙头上跳将下来,又向龛前天井去走了一圈,觉得酒后的喉咙,有点渴痒了,所以就又走回到了西院,静坐着喝了两碗清茶。在这四大无声,只听见我自己的啾啾喝水的舌音冲击到那座破院的败壁上去的寂静中间,同惊雷似地一响,院后的竹园里却忽而飞出了一声闲长而又有节奏似的鸡啼的声来。同时在门外面歇着的船家,也走进了院门,高声地对我说:

"先生,我们回去罢,已经是吃点心的时候了,你不听见那只公鸡在后山啼么?我们回去罢!"

1932 年 8 月在上海写

怀念萧珊(节选)①

【解题】 本文为巴金所作。巴金(1904—2005),原名李尧棠,字芾甘,笔名佩竿、余一、王文慧等,四川成都人。二十世纪中国现代著名的小说家、散文家。新时期之后历任多届作协主席,可谓德高望重。《怀念萧珊》写于1979年1月,是巴金在"文革"以后出版的散文集《随想录》中的一篇。作者对亡妻的怀念之情,对林彪、"四人帮"迫害无辜的愤恨之情,对夫妻受难中善良的人们给予帮助的感激之情,充溢于字里行间。这正是这篇作品充满感情色彩,从而"打动读者的心"的重要艺术因素。

今天是萧珊逝世的六周年纪念日。六年前的光景还非常鲜明地出现在我的眼前。那天我从火葬场回到家中,一切都是乱糟糟的,过了两三天我渐渐地安静下来了,一个人坐在书桌前,想写一篇纪念她的文章。在五十年前我就有了这样一种习惯:有感情无处倾吐时,我经常求助于纸笔。可是一九七二年八月里那几天,我每天坐三四个小时望着面前摊开的稿纸,却写不出一句话。我痛苦地想,难道给关了几年的"牛棚",真的就变成"牛"了?头上仿佛压了一块大石头,思想好像冻结了一样。我索性放下笔,什么也不写了。

六年过去了,林彪、"四人帮"及其爪牙们的确把我搞得很"狼狈",但我还是活下来了,而且偏偏活得比较健康,脑子也并不糊涂,有时还可以写一两篇文章。最近我经常去龙华火葬场,参加老朋友们的骨灰安放仪式。在大厅里我想起许多事情。同样地奏着哀乐,我的思想却从挤满了人的大厅转到只有二三十个人的中厅里去了,我们正在用哭声向萧珊的遗体告别。我记起了《家》里面觉新说过的一句话:"好像珏死了,也是一个不祥的鬼。"四十七年前我写这句话的时候,怎么想得到我是在写自己!我没有流眼泪,可是我觉得有无数锋利的指甲在搔我的心。我站在死者遗体旁边,望着那张惨白色的脸、那两片咽下了千言万语的嘴唇,我咬紧牙齿,在心里唤着死者的名字。我想,我比她大十三岁,为什么不让我先死?我想,这是多么不公平!她究竟犯了什么罪?她也给关进"牛棚",挂上"牛鬼"的小牌子,还扫过马路。究竟为什么?理由很简单,她是我的妻子。她患了病,得不到治疗,也因为她是我的妻子,想尽办法一直到逝世前三个星期,靠开后门她才住进了医院。但是癌细胞已经扩散,肠癌变成了肝癌。

① 《随想录》,《巴金全集》第十六卷,人民文学出版社 1991 年版,第 14—28 页。

她不想死，她要活，她愿意改造思想，她愿意看到社会主义建成。这个愿望总不能说是痴心妄想吧。她本来可以活下去，倘使她不是"黑老K"的"臭婆娘"。一句话，是我连累了她，是我害了她。

在我靠边的几年中间，我所受到的精神折磨，她也同样受到。但是我并未挨过打，她却挨了"北京来的红卫兵"的铜头皮带，留在她左眼上的黑圈好几天以后才退尽。她挨打只是为了保护我，她看见那些年轻人深夜闯了进来，害怕他们把我揪走，便溜出大门，到对面派出所去，请民警同志出来干预，那里只有一人值班，不敢管。当着民警的面她被他们用铜头皮带狠狠地抽了一下，给押了回来，同我一起关在马桶间里。

她不仅分担了我的痛苦，还给了我不少的安慰和鼓励。在"四害"横行的时候，我在原单位给人当作"罪人"和"贱民"看待，日子十分难过，有时到晚上九、十点钟才能回家。我进了门看到她的面容，满脑子的乌云都消散了。我有什么委屈、牢骚都可以向她尽情倾吐。有一个时期我和她每晚临睡前服两粒眠尔通才能够闭眼，可是天刚刚发白就都醒了。我唤她，她也唤我。我诉苦般地说："日子难过啊！"她也用同样声音回答："日子难过啊！"但是她马上加一句："要坚持下去。"或者再加一句："坚持就是胜利。"我说"日子难过"，因为在那一段时间里我每天在"牛棚"里面劳动、学习、写交代、写检查、写思想汇报。任何人都可以责骂我、教训我、指挥我，从外地到作协来串连的人可以随意点名叫我出去"示众"，还要自报罪行。上下班不限时间，由管"牛棚"的"监督组"随意决定。任何人都可以闯进我家里来，高兴拿什么就拿走什么。这个时候大规模的群众性批斗和电视批斗大会还没有开始，但已经越来越逼近了。

她说"日子难过"，因为她给两次揪到机关，靠边劳动，后来也常常参加陪斗。在淮海中路大批判专栏上张贴着批判我的罪行的大字报，我一家人的名字都给写出来"示众"，不用说"臭婆娘"的大名占着显著的地位。这些文字像虫子一样咬痛她的心。她让上海戏剧学院"狂妄派"学生突然袭击、揪到作协去的时候，在我家大门上还贴了一张揭露她的所谓罪行的大字报。幸好当天夜里我儿子把它撕毁，否则这一张大字报就会要了她的命！

人们的白眼、人们的冷嘲热骂蚕食着她的身心，我看出来她的健康逐渐遭到损害，表面上的平静是虚假的。内心的痛苦像一锅煮沸的水，她怎么能遮盖住！怎么能使它平静！她不断地给我安慰，对我表示信任，替我感到不平。然而她看到我的问题一天天地变得严重，上面对我的压力一天天地增加，她又非常担心，有时同我一起上班或者下班，走近巨鹿路口，快到作家协会，或者走到湖南路口，快到我们家，她总是抬不起头。我理解她，同情她，也非常担心她经受不起沉重的打击。我还记得有一天到了平常下班的时间，我们没有受到留难，回到家里，她比较高兴，到厨房去烧菜。我翻看当天的报纸，在第三版上看到当时做了作协的"头头"的两个工人作家写的文章《彻底揭露巴金的反革命真面目》。真是当头一棒！我看了两三行，连忙把报纸藏起来，我害怕让她看见。她端着烧好的菜出来，脸上还带笑容，吃饭时她有说有笑。饭后她要看报，我企图把她的注意力引到别处。但是没有用，她找到报纸。她的笑容一下子完全消失。这一夜她再没有讲话，早早地进了房间。我后来发现她躺在床上小声哭着。一个安静的夜晚给破坏了。今天回想当时的情景，她那张满是泪痕的脸还历历在我眼前。我多么愿意让她的泪痕消失，笑容在她那憔悴的脸上重现，即使减少我几年的生命来换取我们家庭生活中一个宁静的夜晚，我也心甘情愿！

······

梦魇一般的日子终于过去了。六年仿佛一瞬间似的远远地落在后面了。其实哪里是一瞬间！这段时间里有多少流着血和泪的日子啊！

......

她是我的生命的一部分,她的骨灰里有我的泪和血。

......

我绝不悲观。我要争取多活。我要为我们社会主义祖国工作到生命的最后一息。在我丧失工作能力的时候,我希望病榻上有萧珊翻译的那几本小说。等到我永远闭上眼睛,就让我的骨灰和她的骨灰搀和在一起。

听听那冷雨①

【解题】 余光中,当代诗人、散文家。祖籍福建永春,1928 生于江苏南京,1947 年入金陵大学外语系,1949 年随父母迁香港,次年就读于台湾大学外文系。1953 年,与覃子豪、钟鼎文等共创"蓝星"诗社。余光中在《剪掉散文的辫子》一文中说:"现代散文要讲究弹性、密度与质料。"他的散文特色包括:渗透于字里行间的中国意识;丰富、敏锐的感觉性;新奇的比喻和比拟;幽默感。余光中曾谈到自己对文学的价值看法:"在《逍遥游》、《鬼雨》一类的作品里,我倒当真想在中国文字的风炉中,炼出一颗丹来。在这一类作品里,我尝试把中国的文字压缩,捶扁,拉长,磨利,把它拆开又拼拢,折来且叠去,为了试验它的速度、密度和弹性。我的理想是要让中国的文字,在变化各殊的句法中,交响成一个大乐队,而作家的笔应该一挥百应,如交响乐的指挥杖。"

余光中希望透过人类本有的感官,具体的随着文字的描绘感生出似乎是真实在读者身边发生的感觉性,以《听听那冷雨》为例,各种感官似乎完全的在感受着外在的变化,细心地带领我们去感觉那微妙又精准的意象,这是本文的最大特色。连珠式的生动比喻,深深渗透文中的古典文化意识,亦是本文的成功之处。

惊蛰一过,春寒加剧。先是料料峭峭,继而雨季开始,时而淋淋漓漓,时而淅淅沥沥,天潮潮地湿湿,即连在梦里,也似乎有把伞撑着。而就凭一把伞,躲过一阵潇潇的冷雨,也躲不过整个雨季。连思想也都是潮润润的。每天回家,曲折穿过金门街到厦门街迷宫式的长巷短巷,雨里风里,走入霏霏令人更想入非非。想这样子的台北凄凄切切完全是黑白片的味道,想整个中国整部中国的历史无非是一张黑白片子,片头到片尾,一直是这样下着雨的。这种感觉,不知道是不是从安东尼奥尼那里来的。不过那一块土地是久违了,二十五年,四分之一的世纪,即使有雨,也隔着千山万山,千伞万伞。二十五年,一切都断了,只有气候,只有气象报告还牵连在一起,大寒流从那块土地上弥天卷来,这种酷冷吾与古大陆分担。不能扑进她怀里,被她的裙边扫一扫吧也算是安慰孺慕之情。

这样想时,严寒里竟有一点温暖的感觉了。这样想时,他希望这些狭长的巷子永远延伸下去,他的思路也可以延伸下去,不是金门街到厦门街,而是金门到厦门。他是厦门人,至少是广义的厦门人,二十年来,不住在厦门,住在厦门街,算是嘲弄吧,也算是安慰。不过说到广义,他同样也是广义的江南人,常州人,南京人,川娃儿,五陵少年。杏花春雨江南,那是他的少年时代了。再过半个月就是清明。安东尼奥尼的镜头摇过去,摇过去又摇过来。残山剩水犹如是,皇天后土犹如是。纭纭黔首纷纷黎民从北到南犹如是。那里面是中国吗?那里面当然还是中国永远是中国。只是杏花春雨已不再,牧童遥指已不再,剑门细雨渭城轻尘也都已不再。然则他日思夜梦的那片土地,究竟在哪里呢?

在报纸的头条标题里吗?还是香港的谣言里?还是傅聪的黑键白键马思聪的跳弓拨弦?

① 《余光中集》第五卷,百花文艺出版社 2004 年版,第 182—188 页。

还是安东尼奥尼的镜底勒马洲的望中？还是呢，故宫博物院的壁头和玻璃柜内，京戏的锣鼓声中太白和东坡的韵里？

杏花。春雨。江南。六个方块字，或许那片土就在那里面。而无论赤县也好神州也好中国也好，变来变去，只要仓颉的灵感不灭，美丽的中文不老，那形象磁石般的向心力当必然长在。因为一个方块字是一个天地。太初有字，于是汉族的心灵他祖先的回忆和希望便有了寄托。譬如凭空写一个"雨"字，点点滴滴，滂滂沱沱，淅沥淅沥淅沥，一切云情雨意，就宛然其中了。视觉上的这种美感，岂是什么 rain 也好 pluie 也好所能满足？翻开一部《辞源》或《辞海》，金木水火土，各成世界，而一入"雨"部，古神州的天颜千变万化，便悉在望中，美丽的霜雪云霞，骇人的雷电霹雳，展露的无非是神的好脾气与坏脾气，气象台百读不厌门外汉百思不解的百科全书。

听听，那冷雨。看看，那冷雨。嗅嗅闻闻，那冷雨，舔舔吧那冷雨。雨下在他的伞上这城市百万人的伞上雨衣上屋上天线上，雨下在基隆港在防波堤海峡的船上，清明这季雨。雨是女性，应该最富于感性。雨气空蒙而迷幻，细细嗅嗅，清清爽爽新新，有一点薄荷的香味，浓的时候，竟发出草和树林沐浴之后特有的腥气，也许那竟是蚯蚓和蜗牛的腥气吧，毕竟是惊蛰了啊。也许地上的地下的生命也许古中国层层叠叠的记忆皆蠢蠢而蠕，也许是植物的潜意识和梦吧，那腥气。

第三次去美国，在高高的丹佛他山居住了两年。美国的西部，多山多沙漠，千里干旱，天，蓝似安格罗萨克逊人的眼睛，地，红如印第安人的肌肤，云，却是罕见的白鸟。落基山簇簇耀目的雪峰上，很少飘云牵雾。一来高，二来干，三来森林线以上，杉柏也止步，中国诗词里"荡胸生层云"或是"商略黄昏雨"的意趣，是落基山上难睹的景象。落基山岭之胜，在石，在雪。那些奇岩怪石，相叠互倚，砌一场惊心动魄的雕塑展览，给太阳和千里的风看。那雪，白得虚虚幻幻，冷得清清醒醒，那股皑皑不绝一仰难尽的气势，压得人呼吸困难，心寒眸酸。不过要领略"白云回望合，青霭入看无"的境界，仍须来中国。台湾湿度很高，最富云情雨意迷离的情调。两度夜宿溪头，树香沁鼻，宵寒袭肘，枕着润碧湿翠苍苍交叠的山影和万籁都歇的俱寂，仙人一样睡去。山中一夜饱雨，次晨醒来，在旭日未升的原始幽静中，冲着隔夜的寒气，踏着满地的断柯折枝和仍在流泻的细股雨水，一径探入森林的秘密，曲曲弯弯，步上山去。溪头的山，树密雾浓，蓊郁的水气从谷底冉冉升起，时稠时稀，蒸腾多姿，幻化无定，只能从雾破云开的空处，窥见乍现即隐的一峰半壑，要纵览全貌，几乎是不可能的。至少上山两次，只能在白茫茫里和溪头诸峰玩捉迷藏的游戏。回到台北，世人问起，除了笑而不答心自问，故作神秘之外，实际的印象，也无非山在虚无之间罢了。云萦烟绕，山隐水迢的中国风景，由来予人宋画的韵味。那天下也许是赵家的天下，那山水却是米家的山水。而究竟，是米氏父子下笔像中国的山水，还是中国的山水上纸像宋画，恐怕是谁也说不清楚了吧？

雨不但可嗅，可亲，更可以听。听听那冷雨。听雨，只要不是石破天惊的台风暴雨，在听觉上总是一种美感。大陆上的秋天，无论是疏雨滴梧桐，或是骤雨打荷叶，听去总有一点凄凉，凄清，凄楚，于今在岛上回味，则在凄楚之外，再笼上一层凄迷了，饶你多少豪情侠气，怕也经不起三番五次的风吹雨打。一打少年听雨，红烛昏沉。再打中年听雨，客舟中江阔云低。三打白头听雨的僧庐下，这更是亡宋之痛，一颗敏感心灵的一生：楼上，江上，庙里，用冷冷的雨珠子串成。十年前，他曾在一场摧心折骨的鬼雨中迷失了自己。雨，该是一滴湿漓漓的灵魂，在窗外喊谁。

雨打在树上和瓦上，韵律都清脆可听。尤其是铿铿敲在屋瓦上，那古老的音乐，属于中国。王禹偁在黄冈，破如椽的大竹为屋。据说住在竹楼里面，急雨声如瀑布，密雪声比碎玉，而无论鼓琴，咏诗，下棋，投壶，共鸣的效果都特别好。这样岂不像是住在竹筒里，任何细脆的声响，怕都会加倍夸大，反而令人耳朵过敏吧。

雨天的屋瓦，浮漾湿湿的流光，灰而温柔，迎光则微明，背光则幽黯，对于视觉，是一种低沉的安慰。至于雨敲在鳞鳞千瓣的瓦上，由远而近，轻轻重重轻轻，夹着一股股的细流沿瓦槽与屋檐潺潺泻下，各种敲击音与滑音密织成网，谁的千指百指在按摩耳轮。"下雨了"，温柔的灰美人来了，她冰冰的纤手在屋顶拂弄着无数的黑键啊灰键，把晌午一下子奏成了黄昏。

在古老的大陆上，千屋万户是如此。二十多年前，初来这岛上，日式的瓦屋亦是如此。先是天黯了下来，城市像罩在一块巨幅的毛玻璃里，阴影在户内延长复加深。然后凉凉的水意弥漫在空间，风自每一个角落里旋起，感觉得到，每一个屋顶上呼吸沉重都覆着灰云。雨来了，最轻的敲打乐敲打这城市。苍茫的屋顶，远远近近，一张张敲过去，古老的琴，那细细密密的节奏，单调里自有一种柔婉与亲切，滴滴点点滴滴，似幻似真，若孩时在摇篮里，一曲耳熟的童谣摇摇欲睡，母亲吟哦鼻音与喉音。或是在江南的泽国水乡，一大筐绿油油的桑叶被噬于千百头蚕，细细琐琐屑屑，口器与口器咀咀嚼嚼。雨来了，雨来的时候瓦这么说，一片瓦说千亿片瓦说，说轻轻地奏吧沉沉地弹，徐徐地叩吧挞挞地敲，间间歇歇敲一个雨季，即兴演奏从惊蛰到清明，在零落的坟上冷冷奏挽歌，一片瓦吟千亿片瓦吟。

在旧式的古屋里听雨，听四月，霏霏不绝的黄梅雨，朝夕不断，旬月绵延，湿黏黏的苔藓从石阶下一直侵到舌底，心底。到七月，听台风台雨在古屋顶一夜盲奏，千层海底的热浪沸沸被狂风挟持，掀翻整个太平洋只为向他的矮屋檐重重压下，整个海在他的蜗壳上哗哗泻过。不然便是雷雨夜，白烟一般的纱帐里听羯鼓一通又一通，滔天的暴雨滂滂沛沛扑来，强劲的电琵琶忐忑忐忑忑忑，弹动屋瓦的惊悸腾腾欲掀起。不然便是斜斜的西北雨斜斜刷在窗玻璃上，鞭在墙上打在阔大的芭蕉叶上，一阵寒潮泻过，秋意便弥漫旧式的庭院了。

在旧式的古屋里听雨，春雨绵绵听到秋雨潇潇，从少年听到中年，听听那冷雨。雨是一种单调而耐听的音乐是室内乐是室外乐，户内听听，户外听听，冷冷，那音乐。雨是一种回忆的音乐，听听那冷雨，回忆江南的雨下得满地是江湖下在桥上和船上，也下在四川在秧田和蛙塘，下肥了嘉陵江下湿布谷咕咕的啼声，雨是潮潮润润的音乐下在渴望的唇上，舔舔吧那冷雨。

因为雨是最最原始的敲打乐从记忆的彼端敲起。瓦是最最低沉的乐器灰蒙蒙的温柔覆盖着听雨的人，瓦是音乐的雨伞撑起。但不久公寓的时代来临，台北你怎么一下子长高了，瓦的音乐竟成了绝响。千片万片的瓦翩翩，美丽的灰蝴蝶纷纷飞走，飞入历史的记忆。现在雨下下来下在水泥的屋顶和墙上，没有音韵的雨季。树也砍光了，那月桂，那枫树，柳树和擎天的巨椰，雨来的时候不再有丛叶嘈嘈切切，闪动湿湿的绿光迎接。鸟声减了啾啾，蛙声沉了咯咯，秋天的虫吟也减了唧唧。七十年代的台北不需要这些，一个乐队接一个乐队便遣散尽了。要听鸡叫，只有去诗经的韵里找。现在只剩下一张黑白片，黑白的默片。

正如马车的时代去后，三轮车的时代也去了。曾经在雨夜，三轮车的油布篷挂起，送她回家的途中，篷里的世界小得可爱，而且躲在警察的辖区以外，雨衣的口袋越大越好，盛得下他的一只手里握一只纤纤的手。台湾的雨季这么长，该有人发明一种宽宽的双人雨衣，一人分穿一只袖子，此外的部分就不必分得太苛。而无论工业如何发达，一时似乎还废不了雨伞。只要雨不倾盆，风不横吹，撑一把伞在雨中仍不失古典的韵味。任雨点敲在黑布伞或是透明的塑胶伞上，将骨柄一旋，雨珠向四方喷溅，伞缘便旋成了一圈飞檐。跟女友共一把雨伞，该是一种美丽的合作吧。最好是初恋，有点兴奋，更有点不好意思，若即若离之间，雨不妨下大一点。真正初恋，恐怕是兴奋得不需要伞的，手牵手在雨中狂奔而去，把年轻的长发和肌肤交给漫天的淋淋漓漓，然后向对方的唇上颊上尝甜甜的雨水。不过那要非常年轻且激情，同时，也只能发生在法国的新潮片里吧。

大多数的雨伞想不会为约会张开。上班下班,上学放学,菜市来回的途中。现实的伞,灰色的星期三。握着雨伞。他听那冷雨打在伞上。索性更冷一些就好了,他想。索性把湿湿的灰雨冻成干干爽爽的白雨,六角形的结晶体在无风的空中回回旋旋地降下来。等须眉和肩头白尽时,伸手一拂就落了。二十五年,没有受故乡白雨的祝福,或许发上下一点白霜是一种变相的自我补偿吧。一位英雄,经得起多少次雨季?他的额头是水成岩削成还是火成岩?他的心底究竟有多厚的苔藓?厦门街的雨巷走了二十年与记忆等长,一座无瓦的公寓在巷底等他,一盏灯在楼上的雨窗子里,等他回去,向晚餐后的沉思冥想去整理青苔深深的记忆。前尘隔海。古屋不再。听听那冷雨。

一九七四年春分之夜

第三节 ❋ 外国散文欣赏

一、外国散文概述 ●

正如希腊是西方文学的发源地一样,散文最初也是源自希腊。人们日常生活的活动、话语用非韵的文字记载下来,加以整理,变成了散文。在古希腊,跟随喜剧一起出现的拟曲可以被称之为广义的散文,它尚未像希腊文化中的史诗、悲剧、喜剧一样拥有独立的形式和法则,只是在各种文学类型中得以或隐或显地表现。拟曲也叫摹拟剧或拟剧,是古希腊文学中的一种风格的独特而简短的韵律作品。早期的拟曲作者用有节奏的散文摹拟日常生活,随着它的不断发展,新的拟剧类型开始出现,这是一种短剧,分散文剧和诗体剧,以现实生活和风俗习惯为题材,带有喜剧的意味,深受人们的喜爱。

由于古希腊在文化与文学上的巨大贡献,相比之下显得有点粗野的古罗马被其光辉掩盖,在很长一段时间内其文化没能等到公正的评价,但是实际上,由于承袭了晚期希腊在修辞学上的研究,古罗马人在散文等文体的最终形成上,具有巨大的贡献。罗马人虽然用武力征服了希腊,但在文化上却深受希腊文化的影响,成了希腊文化的直接继承者。特别是罗马共和国时期,罗马人开始在各个方面模仿希腊文化,在文学方面,古罗马在散文和小说领域所取得的成就甚至超过了古希腊。这个时期著名的散文家有西塞罗、凯撒、普鲁塔克和琉善。西塞罗是古罗马的政治家、演说家和作家,同时也是位散文大师。他的散文主要包括演说辞、书信和一些论述性的文章以及一些在法庭上的辩护词等。他的演说辞激情飞扬、文采斐然、句法谨严、说理透彻。他使散文达到了一个很高的艺术水平,成为表达思想感情的有力而优美的工具。作为罗马执政官的凯撒在散文上也有所贡献,他开创了一种简洁明快的散文风格。他的《高卢战记》用简洁凝练的词句记叙了日耳曼人对高卢的进攻、他的反击以及最终平定高卢人叛乱的经过。

中世纪时期,广义的散文在英国、法国、德国都取得了一定的进展,主要从拉丁文翻译而来,成为欧洲各国散文开创的先河。意大利还出现了俗语散文,它的主要代表作是有百科全书式的著作《宝库》和介绍马可·波罗东方之行的《马可·波罗游记》。狭义散文在这个时期也开始出现,始发地是在法国,主要以记事散文为主,代表作家有维尔阿杜安、儒安维尔、付华萨和科米纳。日本则有清少纳言的《枕草子》,作为日本随笔的鼻祖,清少纳言对宫廷生活的铺叙、世态风俗的描写、对四时节气的敏锐感觉及对自然透彻的关照,充分显示出作家高度的艺术才华。

到了 16 世纪,随着欧洲资本主义经济在各个城市的发展,欧洲封建社会制度开始逐渐解体,文化和思想上早已开始出现反映新兴资产阶级利益和要求的文艺复兴运动到这时得到了进一步的发展。文艺复兴的指导思想是人文主义,它反对神权,肯定人自身的价值和力量,肯定现实生活的意义,以个性解放、个人幸福反对教会的禁欲主义。在这种思想的熏陶下,散文的创作领域也出现了一种新的潮流,即用书信、日记、忏悔录等形式作多少带些自我辩解和自我剖析。这个时期最著名的散文家是法国的蒙田。他在古希腊作家普鲁塔克"历史人物"传记的影响下,结合自己对于道德的反省和自我的剖析,创立了一种絮语式的散文体裁——随笔。蒙田的《随笔集》共三卷107篇。里面的文章长短不一,洋洋洒洒上万言的有,短则不足千字的也有,随笔内容包罗万象,大到社会人生,小到草木虫鱼都有涉及,平易、自然、流畅、亲切是蒙田散文的特点,行文随意挥洒、旁征博引、情感汪洋恣肆,无不流露出作者的真性情,故能引起读者情感的共鸣。除了蒙田外,让·加尔文、多比涅、布莱兹·德·蒙吕克、吉约姆·杜韦尔都写过许多出色的作品,促进了散文的发展。蒙田的《随笔集》被翻译到英国后,激起了培根的极大兴趣。培根吸取了蒙田的艺术营养并结合个人的独创,发展了 essay 体,开创了英国散文的先河。如果说蒙田的随笔还有些粗糙,这个主要是指形式上的,文章主题不集中,一文有多个意思,各章随笔题目往往名不副实,培根这位继承者却很好地避免了上述的毛病。培根对每个题目都有独到之见,文笔紧凑、老练、锐利、说理透彻、警句迭出,文章也富有诗意。在培根的典范作用下,随笔成了英国文学最有特色的体裁之一,后来的诸如18世纪的艾迪生或19世纪的兰姆、哈兹里特都是这一文体的优秀代表。

17世纪时,古典主义成为当时的文学创作的潮流。古典主义一方面继承并发展文艺复兴时期的传统,一方面又崇尚理性,设置了许多清规戒律。这个时期的散文,贵族色彩特别浓厚,文风绮丽纤细,讲究礼貌和培养绅士风度这一类时髦的社会风尚也成了许多散文家的主题。英国在这个时期也出现了这一类繁复、华美的巴洛克式的散文,代表作有汤玛斯·勃朗的《医生的宗教》、《瓮葬》。但也有一些与前者旨趣相异的作家,例如法国的拉布吕耶尔和费纳龙。拉布吕耶尔的《品行论》是一部随感式的散文作品,全书十六章共1100多条长短不齐的随感,包括人物素描、格言警句、故事寓言、评论讽刺等方方面面,揭露了当时社会的不公正以及人们的困苦生活。

18世纪的启蒙运动时期,散文在各个国家继续向前发展,散文作为一种文学形式已经发展得很充分了,散文的种类也变得异常丰富,例如由于新闻出版事业兴起,报纸杂志上开始出现一种新散文,这种散文力求平易,但是平易中又要求文雅。英国经过17世纪多方面的锻炼,又经18世纪前期艾迪生、斯威夫特等人开辟的新文风后,到18世纪中期的时候终于确立了以平易和优雅为主要格调的散文。德莱顿、班扬、艾迪生、笛福、鲍斯威尔、约翰逊都对散文的发展作出了自己的贡献。笛福曾长期从事报刊工作,他一共留下了五百多篇长短不一的各类文章,这些文章文字平易,句子短,口语化,展现了笛福敏锐的观察力和丰富的想象力。约翰逊的散文主要以作品品评为主,主要代表作是《英国诗人传》,这本书是一本经典之作,它把文学传记和文学批评完美地融合在一起。而在美国,18世纪前期主要以富兰克林和爱德华斯为代表。富兰克林的散文著作主要完成于独立建国以前,他的作品题材广泛,文体多样,除政论外,还有小品随笔,他的散文活泼而有趣,是美国散文文学的开个人风气与奠基者。后期主要以托马斯·潘恩为代表,他是美国独立前后最有才能的宣传家和政论文作者,他的第一部散文名作《常识》,公开宣称屈膝退让没有退路,要靠常识对时局做出回答。这本小册子以严密的逻辑、激扬的文辞、鲜明的立场为北美独立做了舆论上的准备。《独立宣言》的作者汤玛斯·杰弗逊也是个有名的散文家,他的《弗吉尼亚札记》是当时最重要的散文著作之一,这本书表现了杰弗逊对艺术、教育、蓄奴制度、科学和自然问题的开明的政治观点和广博的知识。

19世纪,世界各国散文名家辈出,异彩纷呈,散文的发展达到了全盛的阶段。就俄国而言,有普希金、莱蒙托夫、涅克拉索夫、赫尔岑、蒲宁、屠格涅夫、柯罗连科等人的散文名篇。普希金明确提出他对于散文的创作主张："准确和简练——这是散文的两大首要优点。散文要求思想再加上思想——没有思想，华丽的辞藻毫无用处"。他的游记体散文名篇《一八二九年远征时的埃尔祖鲁姆之行》创造了一种力求客观真实、简练纯朴的叙事文体。屠格涅夫的《猎人笔记》中一些富于抒情诗意的随笔使他声名鹊起。他的语言凝练、纯朴而又富于音乐节奏感，把散文和诗完美地结合在一起，为俄罗斯散文创造了一个新的品种。而在日本，由于受屠格涅夫、爱默生、华兹华斯随笔的影响，经过几代作家的经营，在19世纪末期的时候，也涌现出了一大批散文家，如北村透谷、德富芦花、岛崎藤村、芥川龙之介等人，他们一扫古代文人那种对花鸟风月的低吟浅唱，主要以表现个性为主，真诚地抒发内心情感和对人生的思考。在这一时期，先后从柏林和英国留学回来的森欧外和夏目漱石，在小说创作与文学启蒙之余，也涉足散文。森欧外的《尊重历史与摆脱历史束缚》、《藏红花》、《空车》，夏目漱石的《伦敦塔》、《幻影之盾》、《十夜梦》、《随想录》等，都是散文中的精品。《随想录》是夏目漱石在一场大病之后所写，经历了那场生与死的搏斗，那份对生的喜悦，对人生的洞察与了悟，看似漫笔写来，实则力透纸背，不同凡响。美国这时著名的散文家有爱默生、梭罗、华盛顿·欧文、瓦尔特·惠特曼等。欧文的散文作品曾以前所未有的华美清新而盛传一时，他的散文体现着浪漫主义文学的一切最主要的特征：对大自然的崇敬，对平民的同情，对易于蛮荒的向往，对历史传奇的喜爱等等，在行文上则是典雅考究，细腻工致，文辞华美。爱默生和梭罗都是当时知识界流行思想超验主义的代表人物，超验主义崇尚直觉、反对权威，其核心是人能超越感觉和理性，直接认识真理。爱默生的散文文字朴实，说理深刻，多采用格言，文章气势恢宏，狂放恣肆。梭罗是爱默生的学生，他的代表作《瓦尔登湖》记录了他在家乡康科德附近的沃尔登湖畔度过的为期两年的隐居生活。在这本书里，梭罗用了很多笔墨详尽地介绍了鸟类、动物、花草和树木的变化，成为自然随笔的创始者。19世纪的英国则是一个散文式样更多、品种更丰的繁盛时期，出现了很多一流的作家，约翰·罗斯金是其中之一。约翰·罗斯金是位美学家，他是一个写美文的能手，文字所描绘出来的事物如画家用颜料画出来的图画一样，讲究文章节奏、追求音乐的效果，但他也不仅仅只留恋在美景中，他也关注世事人情，这与随后兴起的唯美主义者佩特、王尔德等人不同。当他讨论社会问题的时候，他的文章就变得纯朴了，文字变得简洁，语言也趋向于口语。

20世纪，由于现代主义文学思潮的兴起，散文创作也受其影响。散文家们对现实存在表示极大的怀疑，注重想象和虚幻。虚幻不仅出现在小品、游记中，也出现在传记、忏悔录、历史著作和评论中。苏联有普里什文，普里什文是散文大家，《大地的眼睛》是他的代表作，这是由他晚年的札记汇集而成。全书不拘形式，信笔抒写对生活的体验，对艺术和创作的思考，对大自然的细致的观察充满着诗意和哲理。另外，帕斯捷尔纳克、茨维塔耶娃和奥地利诗人里尔克的三人通信，也是非常美的散文。而另外一位则是我国读者都很熟悉的散文高手——帕乌斯托夫斯基，他的文艺随笔《金蔷薇》经常被翻译出版，这是一本总结作者本人的创作经验、研究俄罗斯和世界上许多文学大师的创作活动、探讨文学创作过程、方法和目的的美文，此书以新颖优美的文笔塑造的一个个鲜活动人的形象，具有无可抗拒的强大的感染力，给人留下不可磨灭的深刻印象，催发人们博爱的美好感情。而别尔戈利茨的《白天的星星》则是五六十年代苏联散文的经典之作，对后来的散文及小说具有深远的影响。它包括童年回顾、旅行见闻、文学评点、日记杂感等，作品的动人之处在于那种坦诚的、信任的、娓娓道来的叙述态度，以及那种在恬淡蕴藉中使人心弦震颤的韵味。在美国，海明威继承了马克·吐温，斯蒂芬·克莱恩，安德森，庞德的传统，创造了一种简约的、精炼的、紧凑的散文文体。他认为"冰山在海里移动很是庄严宏伟，这是因为它只有八分之一露在水面上"，这就是说八分之七是蕴含在水中，深藏不露的。他砍掉了冗言赘词，剥下了句子长、形容词多得要命的华丽外衣，以一种简洁有力的"电报体"代之。德莱塞的文笔自然朴实，充满激情，富于想象和幽默，他的《一个大城市的色彩》《悲剧的美国》《美国是值得拯救的》等散文对美国资本主义世界的不公进行了充分的揭露，表达了对普通民众的关爱和同情。瑟伯(James Thurber, 1894—1961)是幽默作家，他的散文创作甚丰，有随笔、寓言、故事、回忆录等，他认为"幽默是对迷狂激情的冷静回顾"，他有当代马克•吐温之誉。他的散文集有《顶楼里的猫头鹰》(1931)、《我的生活和艰难岁月》(1933)、《我们时代的寓言》(1940)、《瑟伯的狗》(1955)、《我们时代更多的寓言》(1956)等。他的文笔幽默讽刺，对某些科学的虚假和社会现象作了深刻的揭露。英国的哲学家罗素也是一位出色的散文家，他以斯威夫特为散文楷模，追求明晰精炼的风格，他不仅讲哲学，还谈人生、艺术、文学、历史、评论时局，无论是所讲的内容如何，他都能用平易、简练而不失风趣的语言表达出来，他的文笔之好以至于不熟悉他的都会忘记他是以钻研逻辑和哲学为业的。萧伯纳也是这类平易型散文的代表，他的散文语言平易又文雅，没有学院气，但是也不流于方言俚语，他常辩论抽象道理，但文中的比喻和例证又非常生动具体。当然，这时期最应当值得重视的是弗吉尼亚•伍尔芙，她的散文同她的意识流小说可说是珠联璧合，相映成趣。她的散文清新秀逸，富于灵气，有特殊的女性散文魅力。她的《普通读者》里的作家评论，就是令人耳目一新、低回咏叹的秀雅美文。批判现实主义小说大师高尔斯华绥的散文是典型的小说家散文，以善于描写自然风光、社会风情和人物命运著称。作为政治家和军事家的丘吉尔也是有影响的散文大家，他在50年代发起的文风改革，批评华而不实的文法，倡导写作平易准确的纯正英文，对英国散文的发展影响深远。总之，由于时代和技术的发展，散文也不断呈现新的风貌和特征。

西方散文有着与中国散文差异较为明显的发展模式。

首先，随着西方哲学与文化思想的不断发展，西方散文传达出的思想内容表现出一种与之相伴随的发展过程。由于古希腊在政治上强调公民参与，演讲术作为获取公共权力的有力工具得到了最大限度的重视，修辞学在此基础上得到了很大的发展，因此古希腊晚期尤其是整个罗马时期的散文，表现出明显的略带夸张的雄辩和文辞上的雕琢。而启蒙时期的散文则由于人文精神的勃发，表现出对人性自由的渴望，包括蒙田、卢梭等人在内，内省的怀疑精神和对自然的欣赏，此时的散文反映了对教会的精神束缚进行斗争的需要。散文成为一种被把握在文学中的时代精神的载体。

其次，虽然随着哲学与文化思想的不断发展，西方散文呈现出不同的思想特征，但是西方散文在总体上还是以议论为主，只有浪漫主义思潮的影响下出现的"随笔"则属例外。从奠定散文这种文体的西塞罗，直到加缪等人，西方散文始终在说理中展现出一种浓厚的哲学味。即使是以经验主义为基调的英国散文，在描景写实的过程中，浅近晓畅的说理始终贯穿整个英国散文的发展。

再者，从艺术形式上讲，外国散文的形式一般都很自由活泼、潇洒灵活。许多作品都似乎不注重形式，不讲究结构，任凭主体意识畅快宣泄，信笔所之，下笔如流，自成风格，各具异彩。法国蒙田、英国培根的随想录，具有"劝世箴言"性质，印度泰戈尔、葡萄牙亚尔果佛拉达的"信函体"，或轻松而深刻、活泼而严肃地描绘自然风光，抒写对生活的真切感受，或洋溢着忧郁而又热烈的爱情；英国丘吉尔的回忆录，再现了第二次世界大战的时代风云；美国特克尔的"谈话记实"，以记者的身份采访各种职业的人，根据谈话录音如实整理成篇，等等，不一而足。这种不讲究文体界限的写作，可能也与西方人崇尚个性自由，不遵从束缚有关。

欣赏西方散文，要有一颗能感悟的心，这几乎带有点神秘主义的味道。大巧若拙，阅读是一个需要身心投入的过程,找准阅读的切入点自然重要,但是读者能在阅读前对自己的心灵有所准备,才能使文学的浸染作用发挥得更完全。

二、外国散文及汉语译文欣赏实例 ●

《热爱生命》欣赏

汉语译文[①]

我赋予某些词语特殊的含义。拿"度日"来说吧,天色不佳,令人不快的时候,我将"度日"看作是"消磨光阴",而风和日丽的时候,我却不愿意去"度",这时我是在慢慢赏玩、领略美好的时光。

坏日子,要飞快去"度",好日子,要停下来细细品尝。"度日"、"消磨光阴"的常用语令人想起那些"哲人"的习气。他们以为生命的利用不外乎将它打发、消磨,并且尽量回避它,无视它的存在,仿佛这是一件苦事、一件贱物似的。至于我,我却认为生命不是这个样的,我觉得它值得称颂,富有乐趣,即便我自己到了垂暮之年也还是如此。我们的生命来自自然的恩赐,它是优越无比的,如果我们觉得不堪生之重压或是白白虚度此生,那也只能怪我们自己。

"糊涂人的一生枯燥无味,躁动不安,却将全部希望寄托于来世。"

不过我却随时准备告别人生,毫不惋惜。这倒不是因为生之艰辛或苦恼所致,而是由于生之本质在于死。因此只有乐于生的人才能真正不感到死之苦恼。享受生活要讲究方法。我比别人多享受一倍的生活,因为生活乐趣的大小是随着我们对生活的关心程度而定的。尤其在此刻,我眼看生命的时光不多,我就愈想增加生命的分量。我想靠迅速抓紧时间,去留住稍纵即逝的日子;我想凭时间的有效利用去弥补匆匆流逝的光阴。剩下的生命愈是短暂,我愈要使之过得丰盈饱满。

(梁宗岱　黄建华译)

米歇尔·德·蒙田(1533—1592),是法国文艺复兴后著名的思想家、作家。他出生于法国南部佩里戈尔地区的蒙田城堡,出身贵族,早年学习拉丁文和希腊语。曾在图卢兹大学攻读法律,并在波尔法多法院任职 13 年。1568 年,父亲去世,蒙田继承爵位,两年后还乡,在相当长的时期内深居简出,闭门读书、思考,集中精力写作。1572 年开始撰写其被称为"16 世纪各种知识的总汇"的《随笔集》。此后九年,主要写《随笔集》前两卷。1588 年发表第三卷。在 16 世纪的作家中,很少有人像蒙田那样受到现代人的崇敬和接受。从他的思想和感情来看,人们似乎可以把他看成是在他那个时代出现的一位现代人。

蒙田的父亲是法国波尔多附近的一个贵族,当时的贵族不看重学问,以从戎为天职,所以蒙田常常说他不是学者。他以一种轻松率性、无拘无束的方式读书、写作,他写的东西很多时候只是闲话家常,抒写情怀。蒙田在 37 岁那年即继承了其父在乡下的领地,一头扎进藏书室,过起隐居生活来,他把这看作是暮年的开始。其实,他退隐的真实原因是逃避社会。他赞美自由、静谧与闲暇,向往优游恬适的生活。在隐居期间,除了埋头做学问以外,他积极从事写作,自 1572 年开始一直到 1592 年逝世,在长达 20 年的岁月中,他记录了自己的精神历程,为后代留下了极其宝贵的精神财富。

17 世纪,蒙田的名声远播海外,英国学者培根的《散文集》就深受蒙田的影响。到 18 世纪,他声名鹊起,著名作家、哲学家狄德罗欣赏蒙田的散文恰恰在于所谓的"无条理",认为"这是自

---

① 闻逸选编:《外国散文观止》第二册,安徽文艺出版社 1995 年版,第 1—2 页。

然的表现"。在法国,由于长达 30 年的宗教战争,法国人民长期处于苦难之中,对暴力尤其感到厌倦,对洋溢在《蒙田随笔文集》中的智慧大加赞赏,《蒙田随笔文集》因此成为许多法国人的枕边书,滋润过许多法国人的心田。

蒙田以博学著称,日常生活、传统习俗、人生哲理等等无所不谈,特别是旁征博引了许多古希腊罗马作家的论述。作者还对自己作了大量的描写与剖析,使人读来有娓娓而谈的亲切之感,增加了作品的文学趣味。书中语言平易通畅,不假雕饰,在法国散文史上占有重要地位,开创了随笔式作品之先河。

《热爱生命》是蒙田的代表作之一,这篇文章短小精悍,寥寥数语,却点明了生命的真谛。文章由"度日"这个词语出发,赋予其双重含义:其一是"消磨光阴",其一是慢慢赏玩、领略美好的时光。这实际上也就是两种不同的时光体验:当天色不佳的时候,也就是所谓的"坏日子",便心情不好,只是消磨日子而已。当风和日丽的时候,也就是所谓的"好日子",便恨不得时光能停滞下来,不愿意这美好的时光迅速消逝,于是慢慢赏玩、领略风物之美,领悟生活的美好。

时光消逝,在这种消逝中便有了我们的真实生命。蒙田由"度日"的两种体验出发,批评"哲人"的习气,因为他们把生命视为一种消极、低贱的存在,这实际上是把整个人生都视为天色不佳的日子。他们的错误在于,忽视了真实生命中的无穷乐趣,而将人生的希望寄托在来世与彼岸。蒙田赋予"度日"双重含义,但"哲人"只取前者,蒙田否弃了这种悲观的人生态度。他在上段中肯定了人生中真实、美好的体验,这里又通过否定"哲人"的习气,间接地肯定后一种体验的真实性、重要性和必要性。而且,他引用了古罗马哲学家塞内加的话来证明自己的观点:"糊涂人的一生枯燥无味,躁动不安,却将全部希望寄托于来世。"明确地把那些回避、否弃和无视现实人生的"哲人"看作糊涂人,认为他们的一生了无趣味。

生命是美好的,是值得细细品味、赏玩的。蒙田充分肯定了现实人生,肯定了生命本身。但是,他也不是一个盲目的乐观主义者。他在文章的后半部分提出了死亡的问题。他直言,生命的本质在于必须面对死亡,"我却随时准备告别人生,毫不惋惜。这倒不是因为生之艰辛或苦恼所致,而是由于生之本质在于死。因此只有乐于生的人才能真正不感到死之苦恼"。他在《直面死亡》这篇文章里说过:"对死亡的熟思也就是对自由的沉思。谁学会了直面死亡,谁就不再被奴役,就能无视一切束缚和强制。谁真正懂得失去生命并不是件坏事时,谁就能坦然对待生活中的任何事。"正因为蒙田能够领悟到生命的有限性,人生的短暂性,所以,他能够以积极乐观的态度来品味自己有限、短暂的人生。文章的最后一句:"剩下的生命愈是短暂,我愈要使之过得丰盈饱满",是对生命本身的笃爱与礼赞。

这篇短小的文章围绕"热爱生命"这一主题,先提出自己的两种真实体验,肯定人生是富有乐趣、优越无比的,并进而从生命的有限性这一特殊角度来强调享受生活乐趣的重要意义。作者以一种轻松自如的笔调来阐述生死、生命等重大课题,最终归结为生命本身的乐趣,发散出浓郁的人文气息。文章从自己的真实体验谈起,最终又归结于自己的生命感受,极深刻,极真实,又有着娓娓道来的从容与自信。字里行间,透出一种智慧的力量。

《灯光》欣赏

汉语译文①

很久以前,一个漆黑的秋夜,我乘坐一叶扁舟,航行在西伯利亚一条阴沉沉的小河上。突

① 闻逸选编:《外国散文观止》第三册,安徽文艺出版社 1995 年版,第 51—52 页。

然，前面，小河的拐弯处，黑压压的峰峦下，闪出一点火光。

灿烂，耀眼，就在很近的地方一闪……

"啊，谢天谢地！"我高兴地说，"快要到宿地了。"

船夫掉过头来看了一眼，又无动于衷地俯身划桨。

"还远哩！"

我不相信：那灯光划破茫茫的夜色，就出现在眼前。然而船夫说对了，它的确还离我们很远。

在如磐的黑夜里，火光的特点就是不断战胜黑暗，时隐时现，给人以希望，促你前进，而渐渐临近，似乎只要再挥两三桨，行程就结束了。……而其实呢，还远着哩！

我们又在黑如墨染的河面上划了很久。两岸的峡谷和峭壁相继出现，慢慢临近，又依次离去，落在后面，像是消失在无边无际的远方。而那火光却仍然在前面闪耀着，若明若暗，似近又远，召你前行。……

直到现在我还常常回想起那条黑沉沉的河流，那壁立两岸的层峦叠嶂和那点生气勃勃的灯光。在这以前和以后都有许多闪耀的火光就像近在眼前似地召唤着夜行者奋勇前进。

但是生活却仍然在阴霾的两岸之间奔流，奔流，光明依旧那么遥远。所以只好又俯身继续挥桨。

但是，毕竟……毕竟前方——光明在召唤！

（李　静译）

符拉基米尔·迦拉克切昂诺维奇·柯罗连科（1853—1921），19世纪末20世纪初俄国著名作家。他的作品人物形象丰满，语言十分优美，在艺术上别具一格。主要作品有《马卡尔的梦》、《盲音乐家》、《我的同时代人的故事》等。柯罗连科是俄罗斯文学从19世纪向20世纪过渡的标志性作家，在那个群星璀璨的时代，他接续着托尔斯泰的现实传统。

柯罗连科是一位有着强烈诗人气质的作家。他的作品洋溢着民歌中常见的那种天真、质朴与诚恳，就像是乌克兰草原上吹过的自由之风，或者像乌克兰草原上长得像人一样高的青草中间的朵朵鸢尾草，千叶蓍草和鼠尾草，那些野花总是开得那样洁净而芬芳。柯罗连科的散文同样简洁、明了，流动着清澈见底的人生信念。

《灯光》是1900年5月4日柯罗连科给一位女作家的即兴题辞，记叙的是作者多年前在西伯利亚一条河上泛舟的经历。文章以写景起笔："漆黑的秋夜"，"阴沉沉的小河"，"黑压压的峰峦"，"一叶扁舟"，一位行旅之人……这些景色描写，渲染了一种压抑、孤寂、沉重的氛围，都在为下文那一点灯火的出现作铺垫。

当看到那一点"灿烂"、"耀眼"的火光划破茫茫夜色时，"我"的兴奋之情难于名状，希望之火被瞬间点燃。作者坚信，灯光就在不远处。事实上，火光还相隔得很为遥远。然而，作者坚信很快到达宿地，这个愿望是如此的强烈，使他根本无法相信船夫的预言。但是，艰难而遥远的航程证明了船夫的判断。于是，在前面闪耀着的火光的召唤下，他们最终到达了目的地。

作者由此悟出了一个深刻的人生哲理：人生宛若长河奔流，生活恰似黑夜行船，希望虽然邈远，但它的召唤永远给你力量，鼓舞你奋力前行。这既是作者对女作家人生的勉励，同时也是自勉。这样的人生哲理，对我们今天的读者而言也不无启示。

在这篇散文中，主人公"我"，集叙述、抒情、议论的功能于一身，其叙述是具体形象的，抒情是诚挚含蓄的，议论则发自内心。全文语言简洁，形象鲜明，诗情浓郁，哲理深刻。就作品的主要内容来看,它可能源于作者在流放西伯利亚期间的生活实感。柯罗连科的回忆录《回忆车尔尼雪夫斯基》曾写到,他与车尔尼雪夫斯基一样,有过在西伯利亚勒拿河上夜行的印象。他说:"难以想象有比勒拿河沿岸更阴郁、更凄凉、更冷酷的景色了。……这些人像所有的人一样,老是在等待着什么,期望着什么……"以上生活实感,就是《灯光》一文的基础。

那"黑沉沉的河流",就是现实生活的意象;那"壁立两岸的层峦叠嶂",喻指坚硬冰冷的社会环境;那"夜行者",就是以作者为代表的行动者;那迷茫中的灯火,象征着行动者心怀的理想。"灯火"忽近忽远,显示出人生行动的曲折和艰难。而"夜行者"永不停息地挥桨,也昭示着行动者群体的坚强意志。

全文是一幅形象流动的画面,有着浓郁的诗情,又寓含深刻的哲理。本文语言优美简练,意境邈远深邃;同时,对生活现象象征性内涵的发掘使文章意蕴深刻,极富理趣。

三、作品选 ●

爱(节选)①

【解题】 爱默生(Ralph Waldo Emerson, 1803—1882),美国伟大的思想家和文学家,是确立美国文化精神的代表人物。美国总统林肯称誉他为"美国文明之父"。爱默生是美国文艺复兴的领袖,对梭罗、惠特曼、霍桑和狄金森等重要作家起了催化作用,曾给当时美国的思想运动指明方向。总之,他是美国超验主义运动所产生的具有世界性影响的文化巨匠。爱默生的著作大多用散文写成,其中的大部分又是由演讲加工而成。他的作品语言洗练,取喻生动,说理透彻,有着滚滚滔滔的磅礴气势,形成了影响深远的"爱默生式风格"。

每个灵魂对另一个灵魂来说都是它神圣的维纳斯。人的心灵是有它的安息日与喜庆日的,这时整个世界会欢乐得像个婚礼的宴会一般,而大自然的一切音籁与季节的循环都仿佛是曲曲恋歌与阵阵狂舞。爱之作为动机与作为奖赏在自然界中可说无处不在。爱确实是我们的最崇高的语言,几乎与上帝同义。灵魂的每一允诺都有着它数不清的责任须待履行;它的每一欢乐又都将上升成为新的渴求。那无可抑制、无所不至而又具有先见的天性,在其感情的初发中,早已窥见这样一种仁慈,这仁慈在它的整个的光照之中势将失掉其对每一具体事物的关注。导入这种幸福是以一个人对另一个人的一种纯属隐私而又多情的关系而进行的,因而实在是人生的至乐;这种感情正像某种神奇的忿怒或激情那样,突然在某一时刻攫住了人,并在他的身心方面引起一场巨变;把他同他的族人联在一起,促成他进入了种种家族与民事上的关系,提高了他对天性的认识,增强了他的官能,拓展了他的想象,赋予他性格上各种英勇与神圣的品质,缔结了婚姻,并进而使人类社会获得了巩固与保障。

缱绻的柔情与鼎盛的精力的自然结合不免会要提出如下要求,即为了把每个少男少女按着他们那动心夺魂的经验所认定不错的这种结合经鲜丽的颜色描绘出来,描绘者的年龄必须不得过老。青春的绮思丽情必将与那老成持重的哲学格格不入,认为它猩红的花枝会因迟暮与迂腐而弄得恹无生气。因此之故,我深知我从那些组成爱的法庭与议会的人们那里只能赢得"无情"或"漠然"的指控。但是我却要避去这些厉害的指控者而向我年迈的长辈们去求援。因为值得注意的是,我们这里所论述的这种感情,虽则说始发之于少年,却绝不舍弃老年,或者说绝不使真正忠实于它的仆人变老,而是像对待妙龄的少女那样,使那些老者也都积极参加进来,只是形式更加壮丽,境界更加高超。因为这种火焰既然能将一副胸臆深处的片片余烬重新点燃,或被

---

① 闻逸选编:《外国散文观止》第四册,安徽文艺出版社 1995 年版,第 36—44 页。

一颗芳心所迸发的流逸火花所触发，必将势焰煊赫，愈燃愈大，直到后来，它的温暖与光亮必将达到千千万万的男女，达到一切人们的共同心灵，以致整个世界与整个自然都将受到它的熙和光辉的煦煦普照。正惟这个缘故，想去描述这种感情时我们自己之为二十、三十、甚至八十，便成为无关紧要。动笔于自己的早期者，则失之于其后期；动笔于后期者，则失之于其前期。因此我们唯一的希望便是，仰赖勤奋与缪斯的大力帮助，我们终能对这个规律的内在之妙有所领悟于心，以便能将这样一个永远清鲜、永远美丽、永远重要的真理很好描绘出来，而且不论从哪个角度来看，都不失真。

而这样去做的第一要着便是，我们必须舍去那种过于紧扣或紧贴实际或现实的做法，而是将这类感情放入希望而不是历史中去研究。因为每个人在自我观察时，他的一生在他自己的想象之中总是毫无光彩，面目全非，但是整个人类却并不如此。每个人透过他自己的往事都窥得见一层过失的泥淖，然而别人的过去却是一片美好光明。现在让任何一个重温一下那些足以构成他的生命之美以及给予过他最诚挚的教诲与滋育的佳妙关系，他必将会避之唯恐不及。唉！我也说不出这是因为什么，但是一个人阅历渐深之后而重忆起幼时的痴情时总不免要负疚重重，而且使每个可爱的名字蒙尘。每件事物如果单从理性或真理的角度来观察常常都是优美的。但是作为经验观之，一切便是苦涩的。细节总是悲切凄惨的；计划本身则宏伟壮观。说来奇怪，真实世界总是那么充满痛苦——一个时与地的痛苦王国。那里的确是痛痒满地，忧患重重。但是一涉入思想，涉入理想，一切又成了永恒的欢乐，蔷薇般的幸福。在它的周围我们可以听到缪斯们的歌唱。但是一牵涉到具体的人名姓氏，牵涉到今日或昨天的局部利害，便又是痛苦。

人的天性在这方面的强烈表现仅仅从爱情关系这个题目在人们谈话当中所占比例之大也可充分见出。请问我们对一位名人首先渴望得知的岂非便是他的一番情史？再看一座巡回图书馆中流行最快的是些什么书呢？我们自己读起这些爱情的小说时又会变得多么情不自胜呢，只要这些故事写得比较真实和合乎人情？在人们生活的交往当中，还有什么比一段泄露了双方真情的话语更能引人注意的呢？也许我们和他们不仅素昧平生，而且将来也无缘再见。但只因我们窥见了他们互送秋波或泄露了某种深情而马上便对他们不再陌生。我们于是对他们有所理解，并对这段柔情的发展有了浓厚兴趣。世人皆爱有情人。踌躇满志与仁慈宽厚的最初显现乃是自然界中最动人的画面。这在一个卑俚粗鄙人的身上实在是礼仪与风范的滥觞。村里一个粗野的儿童也许平日好耍笑校门前的那个女孩；——但是今天他进入校门时却见着一个可爱的人儿在整理书包；他于是捧起了书来帮助她装，但就在这一刹那间她突然仿佛已经和他远在天涯，成了一片神圣国土。他对他经常出入于其间的那群女孩子可说简慢之极，惟独其中一人他却无法轻易接近；这一对青年邻人虽然不久前还厮熟得很，现在却懂得了互相尊重。再如，当一些小女学生以她们那种半似天真半似乖巧的动人姿态到村中的店铺里去买点丝线纸张之类，于是便和店中一个圆脸老实的伙计闲扯上半晌，这时谁又能不掉转眼睛去顾盼一下呢？在乡村，人们正是处在一种爱情所喜欢的全然平等的状态，这里一个女人不须使用任何手腕便能将自己的一腔柔情在有趣的饶舌当中倾吐出来。这些女孩也许并不漂亮，但是她们与那好心肠的男孩中间的确结下了最令人悦意与最可信赖的关系。

……在爱的世界里个人便是一切，因此即使最冷静的哲学家在缕叙一个在这里自然界漫游着的稚幼心灵从爱情之力那里所受到的恩赐时，他都不可能不把一些有损于其社会天性的话语压抑下来，认为这些是对人性的拂逆。因为虽然降落自高天的那种狂喜至乐只能发生在稚龄的人们身上，另外虽然那种令人惑溺到如狂如癫，难以比较分析的冶艳丽质在人过中年之后已属百不一见，然而人们对这种美妙情景的记忆却往往最能经久，超过其他一切记忆，而成为鬓发斑斑的额头上的一副花冠。但是这里所要谈的却是一件奇特的事（而且有这种感触的非止一人），即人们在重温他们的旧事时，他们会发现生命的书册中最美好的一页再莫过于其中某些段落所带来的回忆，那里爱情仿佛对一束偶然与琐细的情节投射了一种超乎其自身意义并且具有强烈诱惑的魅力。在他们回首往事时，他们必将发现，一些其自身并非符咒的事物却往往给这求索般的记忆带来了比曾使这些回忆免遭泯灭的符咒本身更多的真实性。但是尽管我们的具体经历可以如何千差万别，一个人对于那种力量对于他心神的来袭总是不能忘怀的，因为这会把一切都重新造过；这会是他身上一切音乐、诗歌与艺术的黎明；这会使整个大自然紫气氤氲，雍容华贵，使昼夜晨昏冶艳迷人，大异往常；这时某个人的一点声音都能使他心惊肉跳，而一件与某个形体稍有联系的卑琐细物都要珍藏在那琥珀般的记忆之中；这时只要某一个人稍一露面便会令他目不暇接，而一旦这人离去又将使他思念不置；这时一个少年会对着一扇彩窗而终日凝眸，或者为着什么手套、面纱、缎带，甚至某辆马车的轮轴而系念极深；这时地再荒僻，人再稀少，也不觉其为荒僻稀少，因为这时他头脑中的友情交谊、音容笑貌比旧日任何一位朋友（不管这人多纯洁多好）所带给他的都更丰富和甜美得多；因为这个被热恋的对象的体态举止与话语并不像某些影像那样只是书写在水中，而是像浦鲁塔克所说的那样，"釉烧在火中"，因而成了夜半中宵劳人梦想的对象。这时正是：

> "你虽然已去，而实未去，不管你现在何处；
> 你留给了他你炯炯的双眸与多情的心。"

即使到了一个人生命的中年及至晚年，每当回忆起某些岁月时，我们仍会心动不已，深深感喟到彼时的所谓幸福实在远非幸福，而是不免太为痛楚与畏惧所麻痹了；因此能道出下面这行诗句的人可谓参透了爱情的三味：

> "其它一切快乐都抵不了它的痛苦。"

另外这时白昼总是显得太短，黑夜也总是要糜费在激烈的追思回想之中；这时枕上的头脑会因为它所决心实现的慷慨举动而滚热沸腾；这时连月色也成了悦人的狂热，星光成了传情的文字，香花成了隐语，清风成了歌曲；这时一切俗务都会形同渎犯，而街上憧憧往来的男女不过是一些幻象而已。

这种炽情将把一个青年的世界重新造过。它会使得天地万物蓬勃生辉，充满意义。整个大自然将变得更加富于意识。现在枝头上的每只禽鸟都正对着他的灵魂纵情高唱，而那些音符几乎都有了意思可辨。当他仰视流云时，云彩也都露出美丽的面庞。林中的树木，迎风起伏的野草，探头欲出的花朵，这时也都变得善解人意；但他却不大敢将他心底的秘密向它们倾吐出来。然而大自然却是充满着慰藉与同情的。在这个林木幽翳的地方他终于找到了在人群当中所得不到的温馨。

> "凉冷的泉头，无径的丛林，
> 这正是激情所追求的地方，
> 还有那月下的通幽曲径，这时
> 鸡已入埘，空中惟有蝙蝠鸱枭。
> 啊，夜半的一阵钟鸣，一声呻吟，
> 这才是我们所最心醉的声响。"

请好好瞻仰一下林中的这位优美的狂人吧！这时他简直是一座歌声幽细、色彩绚丽的宫殿；他气宇轩昂，倍于平日；走起路来，手叉着腰；他不断自言自语，好与花草林木交谈；他在自己的脉搏里找到了与紫罗兰、三叶草、百合花同源的东西;他好与沾湿他鞋袜的清溪絮语。

那曾使他对自然之美的感受大为增强的原因使他热爱起诗和音乐来。一件经常见到的情形便是,人在这种激情的鼓舞之下往往能写出好诗,而别的时候则不可能。

这同一力量还将制服他的全部天性。它将扩展他的感情;它将使伧夫文雅而懦夫立志。它将向那最卑猥龌龊不过的人的心中注入以敢于鄙夷世俗的胆量,只要他能获得他心爱的人的支持。正惟他将自己交给了另一个人,他才能更多地将他自己交给自己。他此刻已经完全是一个崭新的人,具有着新的知觉,新的与更为激切的意图,另外在操守上与目的上有着宗教般的肃穆。这时他已不再隶属于他的家族与社会。他已经有了地位,有了性格,有了灵魂。

大川之水①

【解题】 芥川龙之介(1892—1927),他是日本大正时代小说家。他全力创作短篇小说,在短暂的一生中,写了超过 150 篇短篇小说。他的短篇小说取材新颖,情节新奇。作品关注社会丑恶现象,但很少直接评论,而是用冷峻的文笔、简洁有力的语言加以陈述,让读者深切感受到其丑恶性,因此彰显出高度的艺术感染力,其代表作品如《罗生门》、《竹林中》已然成为世界性的经典之作。在短短 12 年的创作生涯中,芥川还写了大量的小品文、随笔,以及评论、游记、札记、诗歌等。他的文笔典雅俏丽,技巧纯熟,精深洗练,意趣盎然,别具一格。在日本大正时期的作家中占有重要地位。为了纪念芥川在文学上的成就,从 1935 年起设立以他命名的"芥川文学奖",是日本奖励青年作家的最高文学奖。

我出生于大川端附近的一条街上。走出家门,穿过米槠覆阴、黑墙毗连的横网小路,便来到立有上百根桩子的河边,眼前顿时展现一条宽阔的大河。从小学到中学毕业,几乎天天都望见这条河。那水,那船,那桥,那沙洲,还有那些生于斯长于斯的人,每日忙忙碌碌的生活。盛夏的午后,踩着灼热的河沙,下河学游泳,无意中河水的气息扑鼻而来。这种种,现在回忆起来,那份亲切似乎与时俱增。

对那条河,何以如此钟爱呢?难道说,是那一川暖融融的浊水,引起无限的怀念之情?就连自己也有点儿说不清。反正,往昔每见大川之水,便会莫名地想流泪,生起一种难以言表的慰安与寂寥。我的心绪,好似远离寄身的世界,沉浸在亲切的思慕与怀恋的天地之中。怀着这样的心境,为能哂摸这一慰安与寂寥的况味,才尤爱大川之水。

那银灰色的雾霭,绿油油的河水,隐隐然有如一声长叹的汽笛声,以及运煤船上茶褐色的三角帆——一切的一切,都会引起不绝如缕的哀愁。河上风光如许,使自己那颗童稚的心,宛如岸边的柳叶,颤动不已。

三年来,位于郊外杂树林内,浓阴覆盖的书斋里,我陶然于平静的读书三味。尽管如此,我仍不能忘情于大川之水,一个月里总要去眺望三两次。书斋寂寂,却不断予人情思的亢奋与激烈。而那大川的水色,似动非动,似消非消,自能融化自家一颗凄动不宁的心,仿佛羁旅归来的香客,终于踏上故土一样,既有几分陌生,又感到舒畅和亲切。因为有了大川之水,自己的情感,才得以恢复本来的纯净。

不知有过多少次,见绿水之滨的洋槐,在初夏和风的吹拂中,白花纷纷地凋落。不知有过多少次,在多雾的十一月的夜半,听见群鸟在幽暗的河面瑟瑟地啼叫。所见所闻的这一切,无不使我对大川增加新的眷恋。如同少年的心,像夏日河面上黑蜻蜓的翅羽一般易于振动,不由得要

---

① 郑民钦等译:《芥川龙之介全集》第 3 卷,山东文艺出版社 2005 年版,第 3—8 页。

睁大一双惊异的眸子。尤当夜里，在撒网后的渔船上，依傍船舷，凝视黑幽幽的大河无声地流淌，感受到飘散在夜空与水气中的"死亡"气息，自己是何等的孤单无助，受着寂寞的煎迫。

每当遥望大川的流水，不禁想起邓南遮的心情，他对意大利水都威尼斯的风光，倾注了满腔热情：在教堂的晚钟和天鹅的啼声里，威尼斯沐浴着夕阳，露台上盛开的玫瑰和百合，在水光月影之下，显得苍白而青幽；宛如黑色柩车的公渡拉游艇，从一个桥头驶向另一个桥头，犹如驶入了梦境。于我仿佛是一个新发现，引起深切的共鸣。

受大川之水抚育的沿岸街区，对我说来，都是难以忘怀、备感亲切的。从吾妻桥的下流数去，有驹形、并木、藏前、代地、柳桥，以及多田的药师寺前、梅堀，直到横网的岸边——这些地方，无一不令我留恋。人走到那里，耳中想必会听到大川之水汩汩南去的细响。那亲切的水声，从阳光普照的一幢幢仓房的白墙之间传来，从光线黝暗的木格子门的房屋之间传来，或从那银芽初萌的柳树与洋槐的林阴之间传来。绿水悠悠、波光粼粼的大川，好似一块打磨平滑的玻璃板。哦，好亲切的水声呀！你像在絮絮低语，又好似撒泼使性儿。河水绿得像榨出的草汁，不分昼夜，冲洗着两岸的石堤。班女也罢，业平也罢，武藏野的往昔我并不清楚，但远自江户时期净琉璃的众多作者，近至河竹默阿弥辈，在他们的风俗戏里，为了着力营造杀人场面的气氛，配合浅草寺钟声的，常用的道具，就是大川那凄凉的水声。十六夜与清心双双投河的时候，源之丞对女乞丐阿古与一见钟情的时候，或是补锅匠松五郎在蝙蝠盘旋的夏日黄昏中，挑着担子走过两国桥的时候，大川之水如同今天一样，在客栈前的渡口，在岸边的青芦和小舟的舷旁，源源流过，喃喃细语。

尤其是，听水声最有情味的地方，恐怕莫过于在渡船上了。倘若我没有记错，从吾妻桥到新大桥之间，原有五个渡口。其中，驹形、富士见和安宅三个渡口，不知何时，已相继荒废了。如今只剩下从一桥到浜町、御藏桥到须贺町这两个渡口还同往昔一样，保留了下来。同我儿时相比，河流业已改道，原先芦荻繁茂的点点沙洲，已消失殆尽，不留一点踪迹。惟有这两个渡口，依样的浅底小舟，依样的船头上站着老渡工，每日不知要横渡几次这一川绿水，水绿得像岸边的柳叶。我时常无事也去乘乘这渡船。随着水波的荡漾，恍如置身摇篮里那么惬意。特别是天时愈晚，愈能深味到船上那种寂寥与慰藉的情致——低低的船舷外，便是柔滑的绿水，如青铜一般泛出凝重的光。宽阔的河面，一览无余，直到新大桥远远横在前面好像要拦住去处。暮色中，两岸人家是一色的灰濛濛，只有映在纸拉门上的昏昏灯火，在雾霭中浮现。涨潮时分，难得有一两只大舢板，半挂着灰不溜秋的风帆，溯流而上，而且船上悄无声息，连有无舵工都不清楚。面对这静静的船帆，嗅着绿波缓流的水味，我总是无言以对，那种感触，就像读霍夫曼斯塔尔的《往事》诗一样，有种无可名状的凄凉寂寞。尤其是我不能不觉察到，自家心中情绪之流的低吟浅唱，已与雾霭之下悠悠大川之水，交相共鸣，合成一个旋律。

然而，使我着迷的，不单是大川的水声。依我说，大川之水，还别具一种别处难见的柔滑而温文的光彩。

拿海水来说，色如碧玉，绿得过于浓重。而大川上游，那儿根本分不出潮涨潮落，翡翠般的水色又嫌太轻太淡。惟有流经平原的大川之水，融进了淡水和潮水，在清冷的绿色中，糅杂着混浊与温暖的黄色。似乎有种通人性的亲切感和人情味。就这个意义上而言，大川处处显得有情有义，令人眷恋不已。尤其流经的多为赭红黏土的关东平原，又静静地穿过"东京"这座大都会，所以，尽管水色混浊，波纹迭起，像个难伺候、爱抱怨的犹太老头，可是毕竟予人以庄重沉稳、亲切舒适的感觉。况且，虽说同样是流经城市，或许因为大川同神秘之极的"大海"不断流通的缘故吧，所以，绝没有用以沟通河流的人工渠水那么暗淡，那么昏沉。使人觉得，大川总是那么生气勃勃,奔流不息。然而,大川奔流的前方,是无极无终、不可思议的"永恒"。在吾妻桥、厩桥和两国桥之间,水绿得如香油一般,浸着花岗岩和砖砌的巨大桥墩,那份欢快自是不用提的了。河岸近处,水光映照着客栈门前白色的纸罩方灯,映照着银叶翩翩的柳树。过午,虽说水闸拦截,河水依旧在幽幽的三弦声中、在温馨的时光中流过。在红芙蓉花中,水流一面低声愁叹,一面因胆怯的鸭儿拍羽振翅而搅起纷乱一片,闪烁着潋滟的水光,悄没声儿的,又从无人的厨房下面流过。那凝重的水色,涵蕴着无可形容的脉脉温情。再譬如说,两国桥、新大桥、永代桥,越接近河口,河水越明显地交汇着暖潮的深蓝色。在充满噪音和烟尘的空气下,河面如同洋铁皮,将太阳光反射得灿烂辉煌,一面无精打采地摇荡着运煤的驳船和白漆脱落的老式汽船。然而,大自然的呼吸与人的呼吸,已经融为一体,不知不觉间化为都会水色中那一团温暖,而这是轻易不会消失的。

尤其是日暮时分,河面上水气弥漫,暝色渐次四合,夕天落照之中的一川河水,那色调简直绝妙无比。我独自一人,靠着船舷,闲闲望着暮霭沉沉的水面,水色苍黑的彼岸,在一幢幢黑黝黝的房屋上空,只见一轮又大又红的月亮正在升起。我不由得潸然泪下,这恐怕是我永生也不会忘怀的"所有的城市,都有其固有的气味。佛罗伦萨的气味,就是伊利斯的白花、尘埃、雾霭和古代绘画上清漆的混合味儿。"(梅列日科夫斯基)倘有人问我"东京"的气味是什么,我会毫不犹豫地说,是大川之水的气味。那不独是水的气味,还有大川的水色,大川的水声,也无疑是我所钟爱的东京的色彩,东京的声音。因为有大川之水,我才爱"东京";因为有"东京",我才爱"生活"。

嗣后,听说"一桥渡口"废弃了。"御藏桥渡口"的废弃,恐怕也为时不远了。

大正三年(1914)一月

(艾　莲译)

在　八　月①

【解题】　蒲宁(1870—1953)俄国作家,出生于没落的贵族家庭,他的童年和少年时代在祖传的庄园里度过。由于家道中落,他 15 岁辍学,19 岁外出谋生,当过校对员、统计员、图书管理员、报社记者。1887 年开始发表文学作品。1901 年因诗集《落叶》获普希金奖。他的诗以祖国及其贫穷的村庄和辽阔的森林为题材,语言优美。这一时期的优秀短篇小说《安东诺夫卡的苹果》、《松树》、《新路》、《黑土》,反映了作者对俄罗斯命运的概括性思考,也流露出对已逝去的时代的留恋与惋惜。从中篇小说《乡村》起,蒲宁的创作开始转向广泛的社会题材,主题深刻,风格独特。著有短篇小说《古代人生》、《夜话》、《伊格纳特》、《苏霍多尔》、《扎哈尔·沃罗毕约夫》等。1909 年当选为科学院名誉院士。十月革命前的散文集,《旧金山来的绅士》、《兄弟们》充满了对资本主义文明和殖民主义的厌恶与憎恨。他的散文简练生动。1920 年起侨居法国。1933 年蒲宁因为"继承俄国散文文学古典的传统,表现出精巧的艺术方法"获诺贝尔文学奖。他的众多的充满矛盾的文学遗产,具有独特的美学与认识价值。1953 年 6 月,蒲宁病逝于巴黎。

我爱的那个姑娘走了,可我还未曾向她倾吐过爱慕之情,那年我仅二十二岁,因此她的离去使我觉得在茫茫人间就只剩下我孑然一身。那时正好是八月底,在我所客居的那个小俄罗斯城市里溽暑蒸人,终日一丝风也没有。有一回礼拜六,我在箍桶匠那儿下工后出来,街上空荡荡的,几无一人,我不想就回家,便信步往市郊走去。我在人行道上走着,街旁犹太人开的商店和

① 戴骢主编:《蒲宁文集》第 1 卷,安徽文艺出版社 2005 年版,第 281—285 页。

一排排老式的货摊都已上好门板,不做买卖了,教堂在叩钟召唤人们做晚祷,一幢幢房屋把长长的阴影投到地上,可是炽热的暑气并未消退。在八月底的南方城市里经常会出现这种热浪滚滚的天气,那时连被太阳烤灼了整整一夏的果园里也无处不蒙着尘土。我感到忧伤,难以言说的忧伤,可是周遭的一切,不论是果园、草原、瓜地,甚至空气和强烈的阳光,却无不充满了幸福。

在满是尘埃的广场上,有个美丽、高大的霍霍尔女郎站在自来水龙头旁。她穿着一件雪白的绣花衬衫和一条紧紧箍住胯部的墨黑的直筒裙,赤脚穿一双打有铁钉的皮鞋。她可真像梅洛斯的维纳斯,如果可以作这样的设想的话:维纳斯的脸被太阳晒黑了,双眸呈深褐色,露出一副愉悦的神情,前额开朗饱满,像这样的前额大概只有霍霍尔女人和波兰女人才会有。木桶灌满水后,她用扁担挑到肩上,径直朝我走来,——她的身姿健美匀称,尽管这担晃动着的水很沉,可她却微微摆动身子,轻松自如地挑着,皮鞋橐橐有声地踏在木头的人行道上……我至今还记得我怎样彬彬有礼地站到一旁,给她让路,怎样久久地目送着她的背影!而在那条由广场经过山脚通往波多尔低地去的街上,可以望到嫩绿色的大河谷、牧场、树林和在它们后面的黑黝黝的金黄色沙滩,还可以望到远方,那温柔的南国的远方……

看来,我还从未像在那一瞬间那样喜爱小俄罗斯,从未像在那年秋天那样向往终生这么生活下去,天天议论议论谋生的斗争,学学箍桶匠的手艺。后来,我站在广场上思忖了片刻,决定到市郊那两位托尔斯泰主义的信徒家里去串门。我下山向波多尔低地走去时,一路上碰到许多的出租双套马车疾驰而过,上边高坐着刚刚乘五点钟那班由克里米亚开来的火车到达的旅客。一匹匹拉货的大马,拖着满载箱子和货包的嘎嘎发响的大车,慢吞吞地朝山上驶去。化学商品、香草醛、蒲席的气息以及双套马车、尘土和游客(他们不知从什么地方游罢归来,反正一定是从风景如画的地方),重又在我身上激起了某种锥心的忧伤和甜蜜的渴望,把我的心揪紧了。我拐进两旁都是果园的窄小的胡同,在城郊走了很久。住在这一带郊区的"爷们",全是工匠和小市民,在夏日的夜晚,他们天天都聚集到河谷里去作粗犷而奇妙的"游乐",并用赞美诗的曲调齐声高唱忧郁动听的哥萨克歌子。可此刻"爷们"都在忙着脱粒。我走到了淡蓝色和白色土坯房的尽头,这儿已经是春汛时的河水泛滥区,河谷就由这儿开始,只见此地各处的打麦场上都有连枷在挥动。河谷里边一丝风也没有,热得就跟城里一样,于是我赶紧返身上山,那儿倒有开阔的台地。

台地幽静、安宁、开阔。极目望去,到处都是密密麻麻的、高高戳起的金黄色麦茬;在没有尽头的宽阔的道路上铺满厚厚的浮尘,使你走在上面时,觉得脚上仿佛穿着一双轻柔的丝绒鞋。周遭的一切:麦茬、道路和空气,无不在西沉的夕阳下灿灿发光。有个晒得黑黑的霍霍尔老人,脚登笨重的靴子,头戴羊皮帽,身穿颜色像黑麦面包的厚长袍,拄着根拐杖走了过去,那根拐杖在阳光下亮得好似玻璃棒。在麦茬地上成群地回翔着的白嘴鸦的翅膀也发出炫目的亮光,我不得不拉下晒得发烫的帽沿,挡住这亮光和热浪。在很远很远的地方,几乎是在天边,隐约可以望到一辆大车和慢吞吞地拉着大车的两匹犍牛以及瓜田里看瓜人的窝棚……啊,置身在这片宁静辽阔的田野上是多么惬意呀!但我魂牵梦萦地思念着的却是河谷后面的南方,她离我而去的那个地方……

离大路半俄里开外,在俯临河谷的山岗上,有一幢红瓦房,那里是季姆钦克家两兄弟巴维尔和维克托尔的小小的田庄,兄弟俩都是托尔斯泰主义者。我踩着干燥的扎脚的麦茬,朝他们家走来。农舍附近连人影都没有。我走到小窗口向里张望,那里只有苍蝇,成群结队的苍蝇:无论是窗玻璃上,天花板下面,还是搁在木炕上边的瓦罐上都停满苍蝇。紧连农舍是一排牲口棚;那里也没有一个人。田庄的门大开着,满院子都是牲畜粪,太阳正在把粪便晒干……

"您上哪儿去？"突然有个女人的声音喊住了我。

"我回过头去，只见在俯临河谷的陡壁附近，在瓜田的田埂上，坐着季姆钦克家的长媳奥尔加·谢苗诺芙娜。她伸出手同我握了握，没有站起身来，我在她身旁坐了下来。

"闷得犯愁了吧？"我问道，然后默不作声地直视她的脸。

她垂下眼睛望着自己的光脚。她长得小巧玲珑。肤色黝黑，身上的衬衫挺脏，直筒裙也旧了。她的模样活像被大人派来看守瓜田的小姑娘，不得不在烈阳下闷闷地度过长长的白昼。尤其是她的脸蛋，更像俄罗斯乡村中豆蔻年华的少女。但是我怎么也看不惯她的衣着，看不惯她光着脚丫在牲畜粪和扎脚的麦茬地上走，我甚至都不好意思去看她那双脚，连她自己也常常把脚缩起来，不时斜睨着自己那些损坏的趾甲。可她的脚却是纤小、漂亮的。

"我丈夫到河谷边上打麦去了，"她说，"维克多·尼古拉耶维奇上外地去了……巴弗洛夫斯基又叫官府抓了起来，为了他逃避当兵。您记得巴弗洛夫斯基吗？"

"记得，"我心不在焉地说。

我们两人都不做一声，久久地眺望着淡蓝色的河谷、树林、沙滩和发出忧郁的召唤的远方。残阳还在烤灼着我们俩，发黄了的长长的瓜藤像蛇一样纠结在一起，藤上结着圆圆的沉甸甸的西瓜。瓜也同样被太阳烤得发热了。

"您干吗不把心里话讲给我听？"我开口讲道。"您何必要这样苦自己呢？您是爱我的。"

她打了个寒噤，把脚缩了进去，闭上了眼睛；后来她把披到面颊上的头发吹开，露出一丝坚毅的微笑，说：

"给我支烟。"

我递给了她。她吸了两大口，呛得咳了起来，便把烟卷儿远远地掷掉，默默地沉思了一会儿。

"我打一大早起就坐在这儿了，"她说，"连河谷边上的鸡也赶来啄西瓜吃……我不懂，你凭什么以为这儿闷得叫人犯愁呢。我可挺喜欢这儿，非常喜欢……"

日落时，我走到了离这个田庄两俄里远的一处也是俯临河谷的地方，坐了下来，摘掉了帽子……透过泪水，我遥望着远方，恍恍惚惚看到在很远的地方有一座座南国燠热的城市，恍恍惚惚看到台地上的青色的黄昏和某个妇人的身姿；她和我所爱的那个姑娘已融合成为一个人，并且以她的神秘，以她那种少女般的忧郁充实了那个姑娘，而这种忧郁正是我在看瓜田的那个小巧的妇人的双眸中觉察到的……

1901 年

第五章 戏剧欣赏

第一节 ❋ 中国古代戏剧欣赏

一、中国古代戏剧综述

中国传统的戏剧是一种"以歌舞演故事",综合音乐、歌唱、舞蹈、武术和杂技等的综合艺术形式。在与近代西方有文化接触前,中国没有西方意义上的"戏剧"(主要指话剧)传统。中国戏曲的渊源可以追溯到原始宗教的巫祇仪式和先秦宫廷中的俳优表演,汉代百戏、魏晋优戏、唐代歌舞剧与参军戏是中国戏剧的雏形,宋杂剧、金院本、傀儡戏、影戏与早期南戏的出现,标志着中国戏曲的成熟。但直至宋代南戏的出现,中国戏曲才有了完备的戏剧文本创作。至元代,杂剧达到高潮。明清时期,杂剧重放异彩,传奇则成为继元杂剧之后中国戏剧的第二座高峰。

现存最早的中国古代戏剧剧本是南宋时的《张协状元》,宋元时期出现了以高明的《琵琶记》和四大传奇"拜杀荆刘"为代表的南戏。元代时以大都、平阳和杭州为中心,元杂剧大盛于时。后世形成了诸多戏曲形式,即各种地方剧。明代的昆曲经过发展,首先得到士大夫的追捧和喜爱,他们大量创造剧本,不断修改曲谱,同时修正昆曲的戏剧理论,并使得传奇剧本成为一种新的主流文学形式。随后昆曲又得到晚明和清代宫廷皇室的喜爱,成为获得官方肯定的戏剧艺术,故称"雅部";而以各地方言为基础的地方戏,广受民间喜爱,则称"花部"。于是在清代形成了"花雅之争",实际上是戏曲共同繁荣的局面。这丰富了戏曲艺术的门类,也形成了各自的艺术特色。

(一)杂剧

杂剧是中国戏曲艺术发展到成熟阶段的最早的戏曲种类。以其发展衍变地域和时期的不同,又可分为宋杂剧、金院本和元杂剧。就其音乐——北曲来说,则是一种早期的以曲牌体为特色的重要声腔系统。它吸收、融合了中国传统艺术的优秀成果,对当时的南戏和明代以来南北各种地方声腔剧种产生了广泛而深刻的影响。在中国戏曲艺术发展的进程中具有非常重要的地位。

元杂剧是综合表演、说、唱、音乐、舞蹈的艺术形式。每本通常四折(可理解为"四场"),一般按照剧情的开端、发展、高潮和结局来划分。有时为剧情需要,在四折之外,加上"楔子"(穿插在剧本中间的,相当于现代剧中的"过场";放在剧首的,相当于现代剧的"序幕")。每本杂剧的末尾通常用两句或四句或八句诗概括全剧的内容,叫做"题目正名"。在音乐上要求严格,每一折必须由联缀同一宫调(乐调)的若干支曲子组成,同一曲子要押韵,且一韵到底。杂剧剧本的组成,包括唱(歌唱)、白(道白、对话)、科(动作、表演)三部分。全剧一般由主要演员("正末"或"正旦")来唱,其他脚色有白无唱。元初至大德年间(1279—1307),元杂剧发展至鼎盛时期,大都以及各地的杂剧演出非常活跃,作家辈出,名作如林。如关汉卿的《窦娥冤》《救风尘》《拜月亭》《单刀会》,王实甫的《西厢记》,马致远的《汉宫秋》,纪君祥的《赵氏孤儿》、白朴的《墙头马上》、郑光祖的《倩女离魂》等不朽作品,反映了广大人民的苦难和呼声。元代末年,元杂剧渐趋衰落。明初,杂剧进一步宫廷化,代之而起的有体裁简短的短剧和专唱南曲或兼用南北曲的南杂剧,其中虽有少数较好的作品,如徐渭的《四声猿》等,也终究不能挽回杂剧衰亡的命运。至此杂剧艺术在中国戏曲音乐的继续发展中完成了自己的历史使命。

杂剧的体制,首先是一本四折的形式,这是受宋杂剧演出时分为四段的影响。四折之外又可以加一二个"楔子"。"折"相当于一场戏,但在一折中,场景却可有所变换。"楔子"的篇幅比较短小,通常放在第一折前,起类似序幕的作用;也有放在两折之间作为剧情的过渡,它是四折一本形式的重要补充部分。个别杂剧亦有突破四折一本的形式的。如《赵氏孤儿》为五折。一般说来,一本为一剧,但也有一些作品超出一本,如《西厢记》即为五本。杂剧有三个构成部分:宾白、唱词、科介。三者交相配合以刻画人物性格,推动剧情发展。"白"有韵白、散白;还有"带云"、"背云"、"内云"等名目,它们各自起到串联唱词、交代内心活动、人物间交流的作用。元杂剧是一种歌舞剧,因而"科介"包括人物动作、表情、武打、歌舞以及音响效果等内容。唱词是杂剧中重要构成部分,在音乐上采用联套方式,由同一宫调的数支曲子组成,一折一套。至元代后期才出现南北曲联套的形式。曲的排列有一定格式,但又有多样的变化,要求每一支曲子的音乐前后必需衔接。曲文要协律,符合曲牌规定的格律,平仄要和协。押韵以当时北方话为准则,方式为全套通押一韵,但可四声通协,韵字亦可复用。此外,曲文中可加衬字,并可利用丰富的对仗形式:偶句对、鼎足对、连璧对、隔句对、连珠对等等,增加曲文的修辞色彩。杂剧基本角色有4类:旦(女性角色)、末(男性角色)、净(刚烈豪强及滑稽人物)、杂(其他角色),每类更有细致的区分。由正旦或正末扮演主要角色,故剧本有旦本、末本之分。元杂剧的音乐北曲,是形成于北方的一种重要的曲牌联套体声腔系统。它继承了由来已久的传统音乐艺术,包括唐宋以来的歌舞音乐(如大曲和转踏)、说唱音乐(如鼓子词、唱赚和诸宫调)、歌曲(如曲子词、汉族和北方兄弟民族的民间歌曲)等。其中,既有丰富多彩的腔调积累,又有严谨独具特色的结构形式,以及精湛的歌唱艺术和器乐演奏。通过几百年无数艺人的探求和实践,才完成北曲这一声腔系统的艺术创造。元杂剧演唱的原貌,已不可见,只能从历史记载、曲谱、昆曲中的北曲以及戏曲文物中了解到它的基本情况。大致说来,音乐风格具有浓郁的刚健雄浑的风格色彩。曲式结构采用曲牌和曲牌联套的形式。演唱形式和演唱艺术除主唱者外,其他角色一般只有宾白。后来的剧本也为次要角色安排一些唱腔。器乐伴奏。北曲的主要伴奏乐器为弦索,但从现在遗存的典籍、壁画、砖雕中所见,却只有笛(或有筚篥)、鼓、板,大致同于唐之鼓架部及宋教坊四部中的鼓笛部。因此,有人认为戏曲唱腔伴奏加用筝、琵琶、三弦等弦乐器是较后起的事。这些问题有待进一步研究。到了元代,发展成为真正的元代戏剧。它在13世纪后期繁荣起来,形成我国文艺史上的伟观。

(二)南戏

南戏就是宋元时代流行在我国南方地区的用南曲演唱的戏曲艺术。民间俗称戏文,或称为南曲戏文,简称南戏文。因起源于浙江温州(永嘉)地区,故又名温州杂剧或永嘉杂剧。是我国戏剧的最早成熟形式之一。元统一中国后,南戏在和元杂剧的交流中,在艺术上有很大发展。元中期以后,南戏逐渐流传至北方大都(今北京)等地。自宋元以来,有名目留存的南戏共238种,有残文佚曲流传的约为130多种,但现有完整剧本流传的仅19种。元末,四大传奇:《荆钗记》、《刘知远白兔记》、《拜月亭》、《杀狗劝夫》以及《琵琶记》等名作一时竞出,呈现了新的局面。其中,前3剧仍富南戏原有现实主义传统,除《琵琶记》因在思想上投合统治者的口味而以艺术性知名、流传外,南戏的许多民间脚本常遭宋、元统治者禁止,因此传者甚少。

南戏的戏剧结构在总体上依据于剧本,以主要角色的上下场来分场,每场自成起迄,称为出,或称折;一本戏可长达几十出,曲牌和套数的运用较为灵活自由。首出由末色介绍剧情大意,称为"副末开场"。自第2出起,正戏开始,主要和次要角色次第出场,各种大小冷热场次互相配搭,戏剧矛盾逐渐展开,直到形成高潮。最末一出终场时,则有评述全剧性质的下场诗以为终结。

南戏产生于民间,在其初期阶段,结构简单、形式活泼自由,角色不过三四人,进入城市后,剧本增长,角色可多达几十人;角色分行亦渐细致明确,基本行当有生、旦、净、丑、外、末、贴7种,并广泛吸收诸宫调、唱赚、词调、宋杂剧、元杂剧的腔调、形式、表现方法和演出技巧。如唱腔和曲牌之吸收词调;抒情性与叙事性唱腔的结合以及曲牌的联缀方法之吸收诸宫调和唱赚;念白、歌唱、滑稽、科诨之吸收参军戏、杂剧和院本;歌舞表演之吸收耍鲍老、跳竹等。它的歌唱、念白、科泛、舞蹈等表演艺术手段又受到杂剧和其它艺术的影响,逐渐发展至成熟阶段,既有整体性的和谐一致,又能各自发挥其所长,逐渐形成完整的表演艺术体系和程序。

　　南戏的脚色,通常为生、旦、净、丑、末、外、贴等七种。其中以生、旦为主,展开剧情,其他角色皆为配角。具体说来,生为戏中的男主角,一般扮演书生、秀才、状元之类的人物。旦是戏中的女主角,所扮演的人物一般都为青年女子。净本有正净和副净之分,南戏中只有副净。副净出于唐代参军戏中的参军这一角色,故他所扮演的人物一般也都具有滑稽打诨的特征。丑在戏中所扮演的人物大致和净所扮人物相同,也是插科打诨一类的人物。末也有正末和副末之分,而南戏也只有副末。副末在戏中一是用以开场,二是扮演次要的男性人物。副末与副净相对,盖源于唐代参军戏中的苍鹘,故也带有插科打诨的特征。南戏中的外,扮演老年男子,或老年妇女。

　　南戏的声腔开始是在民歌的基础上形成的。最初的南戏是载歌载舞的民间小戏,连接若干首民歌加以歌唱,进入城市之后,才"使村坊小技进与古法部相参"(徐渭语,古法部指唐、宋大曲之类),广泛吸收传统音乐的有益成分,迄于成熟。王国维统计南戏的260余首曲牌,出于唐宋词者190首,出于大曲者24首,出于金诸宫调者13首,出于南宋唱赚者10首,与元杂剧相同者13首,其他17首,可见词调在南戏中所占的重要地位。这些曲牌流传到现在的不少,昆腔、高腔、梨园戏等一些比较古老的声腔和剧种中,都存留有南戏音乐的遗响。

　　(三)传奇

　　传奇是从宋元南戏和金元杂剧发展与丰富起来的中国戏曲艺术。剧本体制有许多新的创造,表演艺术在明代中叶以后达到了高峰,从而构成了中国戏曲繁荣发展的新阶段。

　　传奇在明初并不发达。明代中叶以后,嘉靖、万历年间,社会经济有明显的发展,传奇创作的题材也因之逐渐开阔,出现了一批抨击时政,歌颂青年男女突破封建礼教藩篱,追求个性解放的剧作。明初阶段仍然勉力维持统治地位的杂剧,此时已经衰微,而从"村坊小曲"、"里巷歌谣"基础上产生的南戏,却深得群众的喜爱与支持,获得了蓬勃的发展。诸腔的竞胜和各阶层对演剧的强烈兴趣,激发了剧作者的创作热情,大量传奇是在这种情况下诞生的。各种声腔都有一定数量的剧目,昆山腔自梁辰鱼按本系统声律的要求创作《浣纱记》获得成功之后,在文人士大夫中掀起了创作的热潮。明末清初,昆山腔因统治阶级的提倡和昆、弋争胜形势下表演艺术的精进,仍能维持剧坛领袖的余势;弋阳诸腔则在民间广泛流传,发展为许多新的地方戏曲声腔。康熙时期的洪昇和孔尚任运用历史题材,总结为人们所关心的国家兴亡的历史教训,"垂戒来世"、"惩创人心",写出了《长生殿》和《桃花扇》,成为清代传奇的压卷之作。乾隆以后,清朝统治者进一步加强了对士大夫的思想控制,大兴文字狱,传奇创作于是步入衰微,它的地位被蓬勃兴起的各种地方戏曲所取代。中国戏曲又跨入另一个崭新的阶段。

　　明清传奇指当时活跃在舞台上的海盐、余姚、弋阳、昆山等声腔及由它们流变的诸腔演出的剧本。它的数量,据目前所知,约有2600种。同一剧本,往往可以通过"改调"的方法,用他种声腔演唱,没有严格的限制。

明代初年,元末涌现的《琵琶记》、《荆钗记》、《白兔记》、《拜月亭》和《杀狗记》等南戏,已经通过改编在民间广泛流传。朱元璋的推崇,对这一阶段传奇创作的思想内容起了一定的影响。前期作品多为朝廷大吏、志学名流所作。他们的视野和思想受到阶级的制约,创作内容多着力于改编历史故事或金元杂剧、宋元南戏的旧作,并顺应宫廷的旨意宣扬忠孝节义或功名利禄、因果报应。这一时期也有部分较好的作品,如《寻亲记》对豪绅暴虐行为的抨击,《金印记》对世态炎凉的讽刺,《跃鲤记》对封建宗法制度支配下婆媳关系、家庭矛盾的揭露,《绣襦记》对真挚爱情的歌颂,都有一定的思想深度。从艺术形式看,这些作品虽然保持着南戏的传统特征,但也通过某些改革逐步确立了传奇的剧本体制。

明代后期(嘉靖至崇祯,即1522—1644)的传奇创作盛极一时,汤显祖的《牡丹亭》便是其中杰出的代表。知名的作家除李开先外,还有专心致力于昆山腔传奇创作的梁辰鱼、张凤翼、沈璟、徐复祚、凌濛初、冯梦龙、阮大铖等200余人。各类传奇可考者不下700种,内容广泛,风格多样。这时期的作品对社会的黑暗与统治集团的暴虐、贪婪,作了比较深入的揭露和批判,还从个性解放的要求出发,对封建礼教与专制主义作了激烈的批评。《鸣凤记》、《磨忠记》、《焚香记》、《织锦记》、《牡丹亭》、《玉簪记》、《红梅记》都是其中的优秀剧目。然而,即使是这些具有积极意义的优秀作品,在思想内容上也并不完美。对清官和帝王抱有幻想,对人民的反抗行动摆脱不了固执的阶级偏见,表现男女爱情大多数不脱才子佳人的俗套。

明末清初的大动荡,使传奇创作又有新的发展。以李玉为代表的苏州地区作家,继承了《鸣凤记》等传奇反映现实斗争的优良传统,写出了《清忠谱》、《万民安》、《一捧雪》、《人兽关》、《永团圆》、《占花魁》、《千钟禄》等昆曲作品。入清以后,社会矛盾发生了急剧的变化。一些作家写出了讴歌民族英雄、表彰民族气节的作品。洪昇的《长生殿》、孔尚任的《桃花扇》不仅以主题的深刻和强烈的现实感震动了剧坛,而且以精巧的结构、妥帖的宫调与曲牌,优美的文辞,形成了传奇创作的又一高峰。清初的传奇作品,还有李渔的《笠翁十种曲》、万树的《风流棒》、方成培改前人的《雷峰塔》等。乾隆以后,统治者加强了文化专制,传奇创作受到沉重的打击。与此同时,朝廷又命张照等御用文人编撰《劝善金科》、《昇平宝筏》、《忠义璇图》等宫廷大戏,以备平时与节日庆典演出需要。于是传奇创作在思想与艺术上都趋于没落。但传奇的折子戏,却缘于昆、弋争胜而有所发展。从整本传奇中撷取精华段落而相对独立的折子戏,由于故事生动,表演精湛细腻,结构精炼而完整,人物形象也鲜明,受到观众的欢迎,许多传奇便借助于折子戏的演出长期保存在舞台上。

明清的戏曲理论,在中国戏曲史上占有重要的地位。明代后期,出现了徐渭的《南词叙录》、王骥德的《曲律》、吕天成的《曲品》、祁彪佳的《远山堂曲品》、李渔的《闲情偶寄》等著作。对前人的创作和演出实践作了深入的探索和系统的总结,李渔的戏曲理论取得了重大的发展,他较多地接受了王骥德的影响和启发,但也表现了自己的真知灼见,是明清戏曲理论家中的重要代表。

(四)京剧

京剧也称"皮黄",由"西皮"和"二簧"两种基本腔调组成它的音乐素材,也兼唱一些地方小曲调(如柳子腔、吹腔等)和昆曲曲牌。它形成于北京,时间是在1840年前后,盛行于20世纪三四十年代,时有"国剧"之称。现在它仍是具有全国影响的大剧种。它的行当全面、表演成熟、气势宏美,是近代中国戏曲的代表。京剧之名始见于清光绪二年(1876)的《申报》,历史上曾有皮黄、二黄、黄腔、京调、京戏、平剧、国剧等称谓,清乾隆五十五年(1790年)安徽四大徽班进京后与北京剧坛的昆曲、汉剧、弋阳、乱弹等剧种经过五六十年的融汇,衍变成为京剧,是中国最大戏曲剧种。其剧目之丰富、表演艺术家之多、剧团之多、观众之多、影响之深均为全国之冠。京剧是综合性表演艺术。即融唱(歌唱)、念(念白)、做(表演)、打(武打)、舞(舞蹈)为一体、通过程式的表演手段叙演故事,刻画人物,表达"喜、怒、哀、乐、惊、恐、悲"的思想感情。角色可分为:生(男人)、旦(女人)、净(粗犷威猛的男人,别称花脸)、丑(男、女人皆有)四大行当。人物有忠奸之分、美丑之分、善恶之分。各个形象鲜明、栩栩如生。国家非常重视非物质文化遗产的保护,2006年5月20日,经国务院批准,京剧列入第一批国家级非物质文化遗产名录。

二、中国古代戏剧欣赏实例

《西厢记·长亭送别》赏析

元代王实甫的《西厢记》是元代杂剧中的一部杰作,她是根据金代董解元的《西厢记诸宫调》改编而成的,热情歌颂了莺莺和张生这一对青年男女为争取婚姻自主而反对封建礼教束缚的斗争,提出了"愿普天下有情人都成了眷属"的民主思想,表达了封建社会青年男女要求婚姻自主的愿望。《西厢记》的这一进步内容加上她在艺术上的卓越成就,使她在几百年来赢得了人民群众的广泛欢迎,产生了强烈的反响,家传户诵,誉满曲坛。如明初贾仲明在给王实甫所作的吊词中称:"新杂剧,旧传奇,《西厢记》天下夺魁。"(《录鬼簿续编》)

《长亭送别》是《西厢记》的第四本第三折,这是《西厢记》中最精彩的一场戏,在这之前是《拷红》,老夫人觉察了莺莺与张生私下往来的事后,就把红娘叫来拷问,而红娘反守为攻,出奇制胜,迫使老夫人承认既成的事实,为保全相国门第的清白家声,勉强同意了张生和莺莺的婚事。但她声称崔家"三辈儿不招白衣女婿",张生只有求得功名后才能与莺莺成亲,因此,逼迫张生上京应试。《长亭送别》便是写张生启程进京应试,莺莺与红娘、老夫人、长老等在十里长亭为张生设宴钱别的一场戏。在这场戏里,作者淋漓尽致地刻画了莺莺的离愁别恨以及对封建势力阻挠她与张生结合的强烈怨恨。

整折戏按照情节的发展和上场人物的变换,可以分为四个段落。第一段,从开头到【叨叨令】曲,写莺莺在赴长亭路上所抒发的离愁别恨。在赴长亭途中,莺莺想到张生即将远离自己,顿时愁肠百结,内心涌出无限的愁思。但作者在剧中不是让她把这种离愁别恨直接流露出来,而是通过特定的景物和气氛来抒发的,即寓情于景。【端正好】是莺莺上场后唱的第一支曲,开首四句作者选取了四样最能表现秋天特色的景物,描绘了一幅萧瑟黯然的暮秋郊野风景画:蔚蓝色的天空飘浮着几朵白云,憔悴的黄花萎积地上,萧瑟的秋风阵阵吹来,避寒的大雁向南飞去。从剧情来看,这四句唱词是交代这场戏的背景,因为我国古代戏曲是没有布景的,人物活动的环境是通过剧中人物的唱念和动作来展现的,因此,这一景物必然染上人物特定的感情色彩。而这一组景物是由内心充满着离愁别恨的莺莺所见到并表达出来的,也必然浸透着她的主观感情,因此,这开头四句虽是交代这一折戏的背景,但主要是借秋天的景色来映衬莺莺内心的离愁别恨。最后两句:"晓来谁染霜林醉,总是离人泪。"是莺莺的自问自答。在为情人的离别伤心痛哭流了一夜眼泪的莺莺看来,这一片树林叶子是被离别之人的眼泪染红的,这就使自然界的客观景物与莺莺内心的主观感情即离愁别恨紧紧地融合在一起了。句中"染"字不仅把融情于景的主观色彩描绘得更加形象具体,而且让读者如见莺莺的涟涟别泪;"醉"字则既写了树叶经霜变红的程度,又点出了主人公内心为离别而痛苦的程度。接下去的【滚绣球】和【叨叨令】两曲,作者的笔触深入到了莺莺的内心深处,细致逼真地刻画了莺莺的心理活动。【滚绣球】曲借助于自然景物、车马、首饰等具体事物,并赋予丰富的联想和夸张,形象地从不同的侧面展现了莺莺此时复杂的内心世界。即将与张生分手了,莺莺的内心是十分痛苦的,想到自己经历了多少曲折,才和张生结合,但刚摆脱相思之苦,却又被迫分离,因此,当她看到长长的柳丝,就想到了用它来系住张生的马,让他不离开自己;看到疏朗的树林,就想到请它们挂住渐渐西下的太阳,让时间走得慢一点,使分手的时间迟一点到来。但这一切当然是不可能的,张生总是要离去的,还是面对无情的现实吧,叫张生骑的马儿慢慢地走,让自己的车儿快快地追上去,同张生靠得更近一些,这样两人呆在一起的时间也可更多一点。但一想到分手就在眼前,这时听到张生说了一声要走了,又看到了分手的去处长亭,莺莺顿时愁心如绞,一下子消瘦了许多。作者以高度夸张的表现手法,从莺莺手腕上的金钏的松紧变化,生动地反映了莺莺缠绵欲绝的离愁别恨。【叨叨令】曲则通过莺莺对张生走后的孤苦凄清生活情景的联想,生动地展现了莺莺的愁苦心境。在表现手法上,前两曲是借景抒情,而这一曲是直抒胸臆,让莺莺内心的离愁别恨如泪泪流水,一泄而出,作者在曲文中用了许多口语、叠词,如车儿、刀儿、花儿、局儿等,并将它们巧妙地结合起来,构成一连串的排比句,造成音节上的起伏流转,以衬托莺莺极度悲怨的心理状态。

第二段,从【脱布衫】到【朝天子】曲,这是写到了长亭后在宴席上的情景。来到长亭后,钱宴就开始了。而这一酒宴不是热闹欢快、慷慨激昂的壮行酒,而是拆散一对情人的离别宴,故作者一开头就给这一酒宴涂上了一层黯淡凄清的色彩:"下西风黄叶纷飞,染寒烟衰草萋迷。"让酒宴在这一片凄清悲凉的氛围中开始。在这一段中,作者继续让莺莺抒发离愁别恨。但与前面不同,这时由于老夫人在场,莺莺不能像在赴长亭路上那样无所顾忌地尽情吐露,因此,在这一段里,作者主要是通过莺莺在席间的种种心理活动来展现她的复杂心情。如【脱布衫】和【小梁州】两曲,莺莺看到了同样遭受着离愁别恨折磨的张生,更引起了她无限的伤感。接下去的两曲,由对久后的"成佳配"的美好生活的憧憬和对"前暮私情,昨夜成亲"合欢情景的回忆,面对眼前的别离,这别离之苦便更增十倍。又如【快活三】和【朝天子】两曲,看到酒席上的"酒共食",便牵惹了她的愁肠,本来泥和土的滋味就不好了,而面前的"酒共食"却连"泥和土"的滋味都不如,可见此时莺莺内心的离愁别恨之甚了。眼前晶莹清澈的美酒,在已被离愁别恨塞满肠胃的莺莺看来,也成了自己的相思之泪,不仅不能从中尝到美酒的甘甜,反而触动了她的离愁和相思,因此,甘甜的美酒竟然成了销魂的苦酒。在这一段中,作者在刻画莺莺内心的离愁别恨的同时,也描写了她对幸福爱情的担忧和对破坏阻挠她与张的爱情的封建势力的憎恨。如【么篇】曲,莺莺在离别的伤感之中,又抒发了恐被遗弃的担忧。莺莺的这一担忧并不是因为她与张生的爱情还不够牢固真挚,而是更显示出她对幸福爱情的执著追求和对张生的一片痴情。但在当时以男子为中心的封建社会里,许多妇女遭到了被遗弃的悲惨命运,面对这"年少轻远别,情薄易弃掷"的险恶世态,迫使莺莺有所顾虑。再如在【满庭芳】曲中,莺莺表示了对母亲的怨恨,老夫人不仅逼迫莺莺与张生分离,而且即使在席间这一时半刻的时间里,竟也不让他们"共桌而食","一个这壁,一个那壁",宴席开始后,她又催促红娘和莺莺给张生斟酒,让酒席尽快结束,好快一点打发张生上路。面对母亲的残忍无情,莺莺内心愤恨不已,她抱怨母亲"供食太急",缩短了她与张生在一起的时间,又因"酒席间子母每当回避",使她不能与张生"举案齐眉",效夫妻之礼。在【朝天子】曲中,莺莺还对造成她与张生分离的功名利禄表示了极大的蔑视和愤恨。老夫人逼迫张生上京求取功名,而在莺莺看来,这功名只不过是"蜗角虚名,蝇头微利",真挚幸福的爱情要比功名富贵高尚得多,"但得个并头莲,煞强如状元及第"。而且她也认识到,正是这"蜗角虚名,蝇头微利,拆鸳鸯在两下里",是破坏他们的幸福爱情的罪魁祸首。因此,她不仅表示了对功名的蔑视,而且也表达了对功名的强烈愤恨。

第三段,从【四边静】到【三煞】曲,写莺莺在宴席结束后与张生分手前向张生倾诉衷肠。宴席结束了,也意味着张生就要上路了。这时"落日山横翠",天色已近傍晚了,莺莺由此想到别后不仅人各一方,而且即使"有梦也难寻觅"的孤苦寂寥,心情更是凄楚难当。而这时老夫人已先走了,莺莺就可以向张生毫无顾忌地诉说自己的衷肠了。首先,她倾吐了自己对张生的依恋缠绵的情怀,表达了盼望张生尽早归来的急切心情,"张生,此一行得官不得官,疾早便回来","未登程先问归期"。并对张生路上的饮食起居一一加以叮嘱。她还以薛灵芸啼红泪和白居易泪湿青衫这两个动人的典故,向张生展示了自己此时悲伤凄苦的心境。其次,又一次表达了自己对爱情生活前景的忧患,怕张生负心不回,另求新欢,"你休忧文齐福不齐,我只怕你停妻再娶妻"。因此,她一再试探和告诫张生,不仅要"青鸾有信频须寄",而且"若见了那异乡花草,再休似此处栖迟"。作者在展现莺莺痛苦的心灵时,还以细腻的笔触,刻画出了她内心起伏不平的情感波澜。"虽然眼底人千里,且尽生前酒一杯"。马上就要分手了,最痛苦的时刻就在眼前,然而作者笔锋突转,让莺莺强作欢颜,为张生敬上最后一杯酒,把感情的波澜从高处引到了低处。但作者是采用了欲高先低、欲擒故纵的手法,写低是为了把莺莺的心潮推向更高的阶段,于是紧接着的"未饮心先醉。眼中流血,心里成灰"三句,感情的波澜就一下子跃到了高峰。莺莺所敬的这杯酒本是出于无奈,在强装出来的欢颜后面其实隐藏着更大的悲痛,故看到这杯酒,酒还没有到口,内心就已经被离愁别恨折磨得如痴如醉,像死灰一样了。而由于有了前面两句的反衬和烘托,这三句所表现出来的离愁别恨就更为强烈。而这一高一低,不仅使整支曲文跌宕回旋,错落有致,而且也形象地展现了莺莺内心情感波澜的起伏变化。

第四段,从【一煞】到【收尾】曲,这是写张生走后莺莺的眷恋与悲切心情从整场戏的情节发展来看,这时已到了结束处,而从莺莺内心情感的逻辑发展来看,也到了高潮处。在这一段中,作者仍采用了开头[端正好]同样的表现手法,将莺莺的无限愁思寄托在具体可感的自然景物中。尽管莺莺依依惜别,与张生难舍难分,但张生还是上马走了。这时莺莺仍流连徘徊,不忍回去,极目远望。但青山疏林、淡烟暮霭已经遮住了她的视线,眼前所见到的只是一派苍凉的秋天郊野的暮景:西沉的夕阳照着荒凉的古道,枯黄的禾黍在凄厉的秋风中瑟瑟抖动。这一幅图景从色彩上来看,与开头[端正好]曲所描绘的蓝天白云,满地黄花,秋风阵阵,大雁南飞的景色有所不同,但也同样浸透着莺莺的离愁别恨。与前一幅画相比,凄凉之感更为强烈。极目远望的莺莺正在为淡烟暮霭遮住了视线看不到张生而产生无限惆怅时,突然从远处传来了一阵马嘶声,而这马便是张生所骑之马,能听到"马嘶声"而看不到骑马之人,这离别之情就更难以忍受了。作者将静与动、有声与无声相对照,以"听嘶"来衬托"无人语",由此收到了无声胜有声的艺术效果,更加突出了莺莺因张生离去而产生的痛楚悲凉的心情。接下去作者又将"四围山色"与"一鞭"相对照,"四围山色"是如此宽广,而处在这一宏大背景里的"一鞭"就显得多么渺小,作者把这"极大"与"极小"两件事物放在一起,形成了强烈的空间反差,由此来反衬和烘托莺莺孤身只影、欲语无人的孤独之感。通过这样层层渲染,作者把莺莺内心情感的波涛推到了顶峰,仿佛是遍人间的烦恼和愁思都涌进了她的心头,"量这些大小车儿,如何载得起",作者化用了李清照【武陵春】词中的"只恐双溪舴艋舟,载不动许多愁"句,将抽象的愁思转化为具体可感的事,生动感人。

《长亭送别》之所以成为《西厢记》的精华,首先是因为这场戏充分体现了全剧的主题,在这一场戏中,既表现了莺莺对幸福爱情的执著追求,同时对于阻挠和破坏幸福爱情的封建势力也提出了强烈的控诉与愤恨。因此,全剧反对封建礼教束缚、要求婚姻自主的主题在这一折中得到了最直接、最强烈的揭示。其次,这一折戏在艺术上也显示了全剧的特色,代表了全剧的艺术成就。一是作者采用了借景抒情、融情于物的表现手法,整场戏虽自始至终都是表现莺莺的离愁别恨的,但作者没有让她纯主观地抒发,而是把情感融入具体的事物之中,故不仅情感真挚,而且形象生动。二是通过人物特定的言语和动作来刻画人物的性格。由于受杂剧"一人主唱"

的体制的限制,在这一折中,主要是塑造和突出了莺莺的形象,其他人物都只有念白,但作者通过这些短短的念白,也把他们的性格特征勾勒出来了。如张生的性格具有两面性,他既忠于爱情,但在与封建势力的斗争中,又具有软弱性,显示出十足的书生气,故红娘戏称他是一个"银样镴枪头"。而在这一折中,他的这一双重性格也得到了充分的展现,他一方面对莺莺有着依恋之情,内心也同样充满着离愁别恨;但另一方面,对于老夫人的话,他又不敢违抗,只好上京应试,还向老夫人夸下海口:"小生托老夫人余荫,凭着胸中之才,视官如拾芥耳。"而到了宴席上,眼看分手在即,他便一副愁态,"斜签着坐的,整愁眉死临侵地"。"阁泪汪汪不敢垂,恐怕人知"。这一"银样镴枪头"的形象便跃然纸上。再如老夫人有着既残忍又狡猾的性格特征,她一方面对莺莺和张生严加防范,一到长亭,摆开宴席,她惟恐莺莺与张生"共桌而食",效夫妻之礼,便立即将两人拆开,"张生和长老坐,小姐这壁坐"。但在口头上却十分好听:"张生,你向前来,是自家亲眷,不要回避。"通过她的这些言行,就把一个口是心非、冷酷无情的封建家长的典型性格生动地勾勒出来了。又如像长老这样在剧中可有可无的人物,其性格特征也十分鲜明。长老是相国度的,而且普救寺又是相国出钱修造的,这一特定的身份和环境确定了长老阿谀奉承的性格。而这一性格特征中,长老虽只有两句话,但两句话都是帮腔和附和的。一处是在老夫人叮嘱张生必须挣揣一个状元回来时,他便附和道:"夫人主见不差,张生不是落后人。"这是对老夫人的附和奉承。另一处在分手时,对张生说:"此一行别无话儿,贫僧准备买登科录看,做亲的茶饭,少不得贫僧的。"这是对张生的恭维。通过这寥寥几笔,就把一个寄食人下,阿谀逢迎的小人形象生动地勾画出来了。在具体刻画人物形象时,作者除了通过人物自己的言行外,还借助于人物之间的相互烘托,如在描写张生的愁态时,便是从莺莺的眼里,把张生垂头丧气、愁眉苦脸的愁态细致逼真地反映出来。另外,《西厢记》的语言具有优美艳丽的风格,如明初朱权评价王实甫的剧作为"花间美人","若玉环之出浴华清,绿珠之采莲洛甫"(《太和正音谱》)。而这一折的语言也最能代表王实甫的戏曲语言风格。作者既化用前人诗词中的佳句入曲,又融和一些口语,故形成了一种艳而不涩、优美且平易的语言风格。

三、作品选 ●

牡丹亭·惊梦

【解题】 《牡丹亭》是我国古代戏曲史上最优秀的作品之一。与王实甫的《西厢记》齐名。《牡丹亭》全剧共五十五出(场),从结构上看,"惊梦"这出戏可分为"游园"和"惊梦"两部分;就内容而言,主要写女主人公杜丽娘的青春觉醒,梦里钟情,是她反抗和追求的叛逆之路的开始。"惊梦"文采飞扬,历来为人们所传诵。《牡丹亭》的爱情故事是十分独特的,由情而梦,由梦而死,死而复生,终成眷属。这是它奇幻情节逐层演进的主脉。"惊梦"就是这一奇幻情节主脉的第一环,在这里,作者的生花妙笔写了杜丽娘青春觉醒,写出了女主人公在"牡丹亭上三生路"上迈出的具有决定意义的第一步。汤显祖在"惊梦"前若干出戏里面,如三、五、七、九出里面,从人物的家庭、教养、环境等方面,为读者观众提供了可信的答案。杜丽娘生活在理学泛滥,窒息人性的时代,她父亲杜宝是个恪守礼教的正统官僚,他按照封建社会贵族女子的规范,为女儿精心构筑"拘束身心"的精神囚笼,把丽娘禁锢在与社会,与大自然隔绝的"小庭深院"之中,她在官衙住了三年,竟连后花园也未曾到过;刺绣累了,在闺房中小憩片刻,居然也被看作是非礼并招致训斥。这样的环境,杜绝了她与青年异性发生爱情的一切机缘,使其任何合理的人生愿望都只能化为徒然的渴求。不过,在这种独特环境中成长起来的身为大家闺秀的杜丽娘,并没有也不可能一下子就走上一条反抗和追求的叛逆之路,也使她在一定程度上受到了封建传统观念的毒害。恰恰相反，曾经是安于社会和家庭替她铺设的生活道路，"爹娘万福，女孩儿无限欢娱，坐黄堂百岁春光，进美酒一家天伦。"这是杜丽娘初次出场时的一段唱，这唱词所传达的显然是随顺、柔和的心灵的节律。杜丽娘不但接受了"他日到人家知书达理，父母光辉"的庭训，她表示"从今后茶余饭饱破工夫，玉镜台前插架书。"事实上她早已把男女四书都读过了。"那贤达女都是些古镜模"的观念也深深地积淀在她的脑海里。"名为国香，实守家生，嫩脸娇羞，志诚端重。"贴身丫环春香为杜丽娘所下的这几句评语是相当准确的。但是，阴冷的世界，终究无法冻结青春少女的生命欲望，违背人性的虚伪教育，有时则收到了相反的效果——为诗章讲动情肠。正是《诗经·关雎》这首所谓讲"后妃之德"的诗篇，第一次拨动少女爱情的心弦。"关着的雎鸠，尚然有洲诸之兴，可人而不如鸟乎？"为了排遣愁闷，她在春香的鼓动下，不顾家训塾规走出深闺，来到春光明媚的后花园，于是生出了游园惊梦这一幕。

【绕池游】(旦上)梦回莺啭，乱煞年光遍。人立小庭深院。(贴)炷尽沉烟，抛残绣线，恁今春关情似去年？〔乌夜啼〕"(旦)晓来望断梅关，宿妆残。(贴)你侧着宜春髻子恰凭阑。(旦)剪不断，理还乱，闷无端。(贴)已分付催花莺燕借春看。"(旦)春香，可曾叫人扫除花径？(贴)分付了。(旦)取镜台衣服来。(贴取镜台衣服上)"云髻罢梳还对镜，罗衣欲换更添香。"镜台衣服在此。

【步步娇】(旦)袅晴丝吹来闲庭院，摇漾春如线。停半晌、整花钿。没揣菱花，偷人半面，迤逗的彩云偏。(行介)步香闺怎便把全身现！(贴)今日穿插的好。

【醉扶归】(旦)你道翠生生出落的裙衫儿茜，艳晶晶花簪八宝钿，可知我一生儿爱好是天然。恰三春好处无人见。不提防沉鱼落雁鸟惊喧，则怕的羞花闭月花愁颤。(贴)早茶时了，请行。〔行介〕你看："画廊金粉半零星，池馆苍苔一片青。踏草怕泥新绣袜，惜花疼煞小金铃。"(旦)不到园林，怎知春色如许！

【皂罗袍】原来姹紫嫣红开遍，似这般都付与断井颓垣。良辰美景奈何天，赏心乐事谁家院！恁般景致，我老爷和奶奶再不提起。(合)朝飞暮卷，云霞翠轩；雨丝风片，烟波画船——锦屏人忒看的这韶光贱！(贴)是花都放了，那牡丹还早。

【好姐姐】(旦)遍青山啼红了杜鹃，荼蘼外烟丝醉软。春香啊，牡丹虽好，他春归怎占的先！(贴)成对儿莺燕啊。(合)闲凝眄，生生燕语明如剪，呖呖莺歌溜的圆。(旦)去罢。(贴)这园子委是观之不足也。(旦)提他怎的！(行介)

【隔尾】观之不足由他缱，便赏遍了十二亭台是枉然。到不如兴尽回家闲过遣。〔作到介〕(贴)"开我西阁门，展我东阁床。瓶插映山紫，炉添沉水香。"小姐，你歇息片时，俺瞧老夫人去也。(下)(旦叹介)"默地游春转，小试宜春面。"春啊，得和你两留连，春去如何遣？咳，恁般天气，好困人也。春香那里？(作左右瞧介)(又低首沉吟介)天呵，春色恼人，信有之乎！常观诗词乐府，古之女子，因春感情，遇秋成恨，诚不谬矣。吾今年已二八，未逢折桂之夫；忽慕春情，怎得蟾宫之客？昔日韩夫人得遇于郎，张生偶逢崔氏，曾有《题红记》、《崔徽传》二书。此佳人才子，前以密约偷期，后皆得成秦晋。(长叹介)吾生于宦族，长在名门。年已及笄，不得早成佳配，诚为虚度青春，光阴如过隙耳。(泪介)可惜妾身颜色如花，岂料命如一叶乎！

【山坡羊】没乱里春情难遣，蓦地里怀人幽怨。则为俺生小婵娟，拣名门一例、一例里神仙眷。甚良缘，把青春抛的远！俺的睡情谁见？则索因循腼腆。想幽梦谁边，和春光暗流传？迁延，这衷怀那处言！淹煎，泼残生，除问天！身子困乏了，且自隐几而眠。(睡介)(梦生介)(生持柳枝上)"莺逢日暖歌声滑，人遇风情笑口开。一径落花随水入，今朝阮肇到天台。"小生顺路儿跟着杜小姐回来，怎生不见？(回看介)呀，小姐，小姐！(旦作惊起介)(相见介)(生)小生那一处不寻访小姐来,却在这里!〔旦作斜视不语介〕〔生〕恰好花园内,折取垂柳半枝。姐姐,你既淹通书史,可作诗以赏此柳枝乎?〔旦作惊喜,欲言又止介〕〔背想〕这生素昧平生,何因到此?〔生笑介〕小姐,咱爱杀你哩!

【山桃红】则为你如花美眷,似水流年,是答儿闲寻遍。在幽闺自怜。小姐,和你那答儿讲话去。〔旦作含笑不行〕〔生作牵衣介〕〔旦低问〕那边去?〔生〕转过这芍药栏前,紧靠着湖山石边。〔旦低问〕秀才,去怎的?〔生低答〕和你把领扣松,衣带宽,袖梢儿揾着牙儿苫也,则待你忍耐温存一晌眠。〔旦作羞〕〔生前抱〕〔旦推介〕〔合〕是那处曾相见,相看俨然,早难道这好处相逢无一言?〔生强抱旦下〕〔末扮花神束发冠,红衣插花上〕"催花御史惜花天,检点春工又一年。蘸客伤心红雨下,勾人悬梦彩云边。"吾乃掌管南安府后花园花神是也。因杜知府小姐丽娘,与柳梦梅秀才,后日有姻缘之分。杜小姐游春感伤,致使柳秀才入梦。咱花神专掌惜玉怜香,竟来保护他,要他云雨十分欢幸也。

【鲍老催】〔末〕单则是混阳蒸变,看他似虫儿般蠢动把风情搧。一般儿娇凝翠绽魂儿颤。这是景上缘,想内成,因中见。呀,淫邪展污了花台殿。咱待拈片落花儿惊醒他。〔向鬼门丢花介〕他梦酣春透了怎留连?拈花闪碎的红如片。秀才才到的半梦儿;梦毕之时,好送杜小姐仍归香阁。吾神去也。〔下〕

【山桃红】〔生、旦携手上〕〔生〕这一霎天留人便,草借花眠。小姐可好?〔旦低头介〕〔生〕则把云鬟点,红松翠偏。小姐休忘了啊,见了你紧相偎,慢厮连,恨不得肉儿般团成片也,逗的个日下胭脂雨上鲜。〔旦〕秀才,你可去啊?〔合〕是那处曾相见,相看俨然,早难道这好处相逢无一言?〔生〕姐姐,你身子乏了,将息,将息。〔送旦依前作睡介〕〔轻拍旦介〕姐姐,俺去了。〔作回顾介〕姐姐,你可十分将息,我再来瞧你那。"行来春色三分雨,睡去巫山一片云。"〔下〕〔旦作惊醒,低叫介〕秀才,秀才,你去了也?〔又作痴睡介〕〔老旦上〕"夫婿坐黄堂,娇娃立绣窗。怪他裙衩上,花鸟绣双双。"孩儿,孩儿,你为甚瞌睡在此?〔旦作醒,叫秀才介〕咳也。〔老旦〕孩儿怎的来?〔旦作惊起介〕奶奶到此!〔老旦〕我儿,何不做些针指,或观玩书史,舒展情怀?因何昼寝于此?〔旦〕孩儿适在花园中闲玩,忽值春暄恼人,故此回房。无可消遣,不觉困倦少息。有失迎接,望母亲恕儿之罪。〔老旦〕孩儿,这后花园中冷静,少去闲行。〔旦〕领母亲严命。〔老旦〕孩儿,学堂看书去。〔旦〕先生不在,且自消停。〔老旦叹介〕女孩儿长成,自有许多情态,且自由他。正是:"宛转随儿女,辛勤做老娘。"〔下〕〔旦长叹介〕〔看老旦下介〕哎也,天那,今日杜丽娘有些侥幸也。偶到后花园中,百花开遍,睹景伤情。没兴而回,昼眠香阁。忽见一生,年可弱冠,丰姿俊妍。于园中折得柳丝一枝,笑对奴家说:"姐姐既淹通书史,何不将柳枝题赏一篇?"那时待要应他一声,心中自忖,素昧平生,不知名姓,何得轻与交言。正如此想间,只见那生向前说了几句伤心话儿,将奴搂抱去牡丹亭畔,芍药阑边,共成云雨之欢。两情和合,真个是千般爱惜,万种温存。欢毕之时,又送我睡眠,几声"将息"。正待自送那生出门,忽值母亲来到,唤醒将来。我一身冷汗,乃是南柯一梦。忙身参礼母亲,又被母亲絮了许多闲话。奴家口虽无言答应,心内思想梦中之事,何曾放怀。行坐不宁,自觉如有所失。娘呵,你教我学堂看书去,知他看那一种书消闷也。〔作掩泪介〕

【绵搭絮】雨香云片,才到梦儿边。无奈高堂,唤醒纱窗睡不便。泼新鲜冷汗粘煎,闪的俺心悠步躭,意软鬟偏。不争多费尽神情,坐起谁忺?则待去眠。〔贴上〕"晚妆销粉印,春润费香篝。"小姐,薰了被窝睡罢。

【尾声】〔旦〕因春心游赏倦,也不索香薰绣被眠。天呵,有心情那梦儿还去不远。

春望逍遥出画堂,(张说)间梅遮柳不胜芳。(罗隐)

可知刘阮逢人处?(许浑)回首东风一断肠。(韦庄)

桃花扇·余韵

【解题】《桃花扇》为清代孔尚任所作。《桃花扇》传奇四十出,如算上开头"试一出",中间的"闰廿出"、"加二十一出"以及最后的"续四十出"(即《余韵》),实际上共四十四出。作为结局的《余韵》,既是对全剧的一个总结,又是作者思想感情一个淋漓尽致的抒发。本剧通过渔樵山野的明末艺人苏昆生、柳敬亭之口,表达了沉痛的家国兴亡之感。当时正是康熙时期,大明朝覆亡未久,许多遗老犹在,《桃花扇》传奇,特别是《余韵》中的幻灭、感伤意绪,是很容易煽起人们心中的余痛和悲哀的。从戏剧冲突和故事情节的角度来看,全剧到《入道》就已收煞,何以又写一出余韵?其实这出戏在总体结构中是相当重要的,全剧"以离合之情,写兴亡之感",其艺术上的突出成就是结构的巧妙、严谨,简直无懈可击。《余韵》正是为了进一步渲染悲剧气氛,进一步强调主题思想。李泽厚认为"作为全戏结尾的套【哀江南】是它的主题所在"(《美的历程》)。这是很有识见的。

戊子九月

【西江月】(净扮樵子挑担上)放目苍崖万丈,拂头红树千枝;云深猛虎出无时,也避人间弓矢。建业城啼夜鬼,维扬井贮秋尸;樵夫剩得命如丝,满肚南朝野史。在下苏昆生,自从乙酉年同香君到山,一住三载,俺就不曾回家,往来牛首、栖霞,采樵度日。谁想柳敬亭与俺同志,买只小船,也在此捕鱼为业。且喜山深树老,江阔人稀;每日相逢,便把斧头敲着船头,浩浩落落,尽俺歌唱,好不快活。今日柴担早歇,专等他来促膝闲话,怎的还不见到。〔歇担盹睡介〕(丑扮渔翁摇船上)年年垂钓鬓如银,爱此江山胜富春;歌舞丛中征战里,渔翁都是过来人。俺柳敬亭送侯朝宗修道之后,就在这龙潭江畔,捕鱼三载,把些兴亡旧事,付之风月闲谈。今值秋雨新晴,江光似练,正好寻苏昆生饮酒谈心。〔指介〕你看,他早已醉倒在地,待我上岸,唤他醒来。〔作上岸介〕〔呼介〕苏昆生。〔争醒介〕大哥果然来了。〔丑拱介〕贤弟偏杯呀!〔净〕柴不曾卖,那得酒来。〔丑〕愚兄也没卖鱼,都是空囊,怎么处?〔净〕有了,有了!你输水,我输柴,大家煮茗清谈罢。〔副末扮老赞礼,提弦携壶上〕江山江山,一忙一闲,谁赢谁输,两鬓皆斑。〔见介〕原来是柳、苏两位老哥。〔净、丑拱介〕老相公怎得到此?〔副末〕老夫住在燕子矶边,今乃戊子年九月十七日,是福德星君降生之辰;我同些山中社友,到福德神祠祭赛已毕,路过此间。〔净〕为何挟着弦子,提着酒壶。〔副末〕见笑见笑!老夫编了几句神弦歌,名曰"问苍天"。今日弹唱乐神,社散之时,分得这瓶福酒。恰好遇着二位,就同饮三杯罢。〔丑〕怎好取扰。〔副末〕这叫做"有福同享"。〔净、丑〕好,好!〔同坐饮介〕〔净〕何不把神弦歌领略一回?〔副末〕使得!老夫的心事,正要请教二位哩。〔弹弦唱巫腔〕〔净、丑拍手衬介〕

【问苍天】新历数,顺治朝,岁在戊子;九月秋,十七日,嘉会良时。击神鼓,扬灵旗,乡邻赛社;老逸民,剃白发,也到丛祠。椒作栋,桂为楣,唐修晋建;碧和金,丹间粉,画壁精奇。貌赫赫,气扬扬,福德名位;山之珍,海之宝,总掌无遗。超祖祢,迈君师,千人上寿;焚郁兰,莫清醑,夺户争犀。草笠底,有一人,掀须长叹:贫者贫,富者富,造命奚为?我与尔,较生辰,同月同日;囊无钱,灶断火,不啻乞儿。六十岁,花甲周,桑榆暮矣;乱离人,太平犬,未有亨期。称玉罍,坐琼筵,尔餐我看;谁为灵,谁为蠢,贵贱失宜。臣稽首,叫九阍,开聋启聩;宣命司,检禄籍,何故差池。金阙远,紫宸高,苍天梦梦;迎神来,送神去,与马风驰。歌舞罢,鸡豚收,须臾社散;倚枯槐,对斜日,独自凝思。浊享富,清享名,或分两例;内才多,外财少,应不同规。热似火,福德君,庸人父母;冷如冰,文昌帝,秀士宗师。神有短,圣有亏,谁能足愿;地难填,天难补,造化如斯。释尽了,胸中愁,欣欣微笑;江自流,云自卷,我又何疑。

〔唱完放弦介〕出丑之极。〔净〕妙绝!逼真"离骚"、"九歌"了。〔丑〕失敬,失敬!不知老相公竟是财神一转哩。〔副末让介〕请干此酒。〔净咂舌介〕这寡酒好难吃也。〔丑〕愚兄倒有些下酒之物。〔净〕是什么东西?〔丑〕请猜一猜。〔净〕你的东西,不过是些鱼鳖虾蟹。〔丑摇头介〕猜不着,猜不着。〔净〕还有什么异味?〔丑指口介〕是我的舌头。〔副末〕你的舌头,你自下酒,如何让客。〔丑笑介〕你不晓得,古人以《汉书》下酒;这舌头会说《汉书》,岂非下酒之物。〔净取酒斟介〕我替老哥斟酒,老哥就把《汉书》说来。〔副末〕妙妙!只恐菜多酒少了。〔丑〕既然《汉书》太长,有我新编的一首弹词,叫做"秣陵秋",唱来下酒罢。〔副末〕就是俺南京的近事么?〔丑〕便是!〔净〕这都是俺们耳闻眼见的,你若说差了,我要罚的。〔丑〕包管你不差。〔丑弹弦介〕六代兴亡,几点清弹千古慨;半生湖海,一声高唱万山惊。
〔照盲女弹词唱介〕

【秣陵秋】陈隋烟月恨茫茫,井带胭脂土带香;驰荡柳绵沾客鬓,叮咛莺舌恼人肠。中兴朝市繁华续,遗孽儿孙气焰张;只劝楼台追后主,不愁弓矢下残唐。蛾眉越女才承选,燕子吴歈早擅场,力士签名搜笛步,龟年协律奉椒房。西昆词赋新温李,乌巷冠裳旧谢王;院院宫妆金翠镜,朝朝楚梦雨云床。五侯阃外空狼燧,二水洲边自雀舫;指马谁攻秦相诈,入林都畏阮生狂。春灯已错从头认,社党重钩无缝藏;借手杀仇长乐老,胁肩媚贵半周堂。龙钟阁部啼梅岭,跋扈将军噪武昌;九曲河流晴唤渡,千寻江岸夜移防。琼花劫到雕栏损,玉树歌终画殿凉;沧海迷家龙寂寞,风尘失伴凤彷徨。青衣衔璧何年返,碧血溅沙此地亡;南内汤池仍蔓草,东陵辇路又斜阳。全开锁钥淮扬泗,难整乾坤左史黄。建帝飘零烈帝惨,英宗困顿武宗荒;那知还有福王一,临去秋波泪数行。

〔净〕妙妙!果然一些不差。〔副末〕虽是几句弹词,竟似吴梅村一首长歌。〔净〕老哥学问大进,该敬一杯。〔斟酒介〕〔丑〕倒叫我吃寡酒了。〔净〕愚弟也有些须下酒之物。〔丑〕你的东西,一定是山肴野蔌了。〔净〕不是,不是。昨日南京卖柴,特地带来的。〔丑〕取来共享罢。〔净指口介〕也是舌头。〔副末〕怎的也是舌头?〔净〕不瞒二位说,我三年没到南京,忽然高兴,进城卖柴。路过孝陵,见那宝城享殿,成了刍牧之场。〔丑〕呵呀呀!那皇城如何?〔净〕那皇城墙倒宫塌,满地蒿莱了。〔副末掩泪介〕不料光景至此。〔净〕俺又一直走到秦淮,立了半晌,竟没一个人影儿。〔丑〕那长桥旧院,是咱们熟游之地,你也该去瞧瞧。〔净〕怎的没瞧,长桥已无片板,旧院剩了一堆瓦砾。〔丑捶胸介〕咳!恼死俺也。〔净〕那时疾忙回首,一路伤心;编成一套北曲,名为"哀江南"。待我唱来!〔敲板唱弋阳腔介〕俺樵夫呵!

【哀江南】【北新水令】山松野草带花挑,猛抬头秣陵重到。残军留废垒,瘦马卧空壕;村郭萧条,城对着夕阳道。

【驻马听】野火频烧,护墓长楸多半焦。山羊群跑,守陵阿监几时逃。鸽翎蝠粪满堂抛,枯枝败叶当阶罩;谁祭扫,牧儿打碎龙碑帽。

【沈醉东风】横白玉八根柱倒,堕红泥半堵墙高,碎琉璃瓦片多,烂翡翠窗棂少,舞丹墀燕雀常朝,直入宫门一路蒿,住几个乞儿饿殍。

【折桂令】问秦淮旧日窗寮,破纸迎风,坏槛当潮,目断魂消。当年粉黛,何处笙箫。罢灯船端阳不闹,收酒旗重九无聊。白鸟飘飘,绿水滔滔,嫩黄花有些蝶飞,新红叶无个人瞧。

【沽美酒】你记得跨青溪半里桥,旧红板没一条。秋水长天人过少,冷清清的落照,剩一树柳弯腰。

【太平令】行到那旧院门,何用轻敲,也不怕小犬哰哰。无非是枯井颓巢,不过些砖苔砌草。手种的花条柳梢,尽意儿采樵;这黑灰是谁家厨灶?

【离亭宴带歇指煞】俺曾见金陵玉殿莺啼晓,秦淮水榭花开早,谁知道容易冰消。眼看他起朱楼，眼看他宴宾客，眼看他楼塌了。这青苔碧瓦堆，俺曾睡风流觉，将五十年兴亡看饱。那乌衣巷不姓王，莫愁湖鬼夜哭，凤凰台栖枭鸟。残山梦最真，旧境丢难掉，不信这舆图换稿。诌一套哀江南，放悲声唱到老。

〔副末掩泪介〕妙是绝妙，惹出我多少眼泪。〔丑〕这酒也不忍入唇了，大家谈谈罢。〔副净时服，扮皂隶暗上〕朝陪天子辇，暮把县官门；皂隶原无种，通侯岂有根。自家魏国公嫡亲公子徐青君的便是，生来富贵，享尽繁华。不料国破家亡，剩了区区一口。没奈何在上元县当了一名皂隶，将就度日。今奉本官签票，访拿山林隐逸，只得下乡走走。〔望介〕那江岸之上，有几个老儿闲坐，不免上前讨火，就便访问。正是：开国元勋留狗尾，换朝逸老缩龟头。〔前行见介〕老哥们有火借一个？〔丑〕请坐！〔副净坐介〕〔副末问介〕看你打扮，像一位公差大哥。〔副净〕便是！〔净问介〕要火吃烟么，小弟带有高烟，取出奉敬罢。〔敲火取烟奉副净介〕〔副净吃烟介〕好高烟，好高烟！〔作晕醉卧倒介〕〔净扶介〕〔副净〕不要拉我，让我歇一歇，就好了。〔闭目卧介〕〔丑问副末介〕记得三年之前，老相公捧着史阁部衣冠，要葬在梅花岭下，后来怎样？〔副末〕后来约了许多忠义之士，齐集梅花岭，招魂埋葬，倒也算千秋盛事，但不曾立得碑碣。〔净〕好事，好事，只可惜黄将军刎颈报主，抛尸路旁，竟无人埋葬。〔副末〕如今好了，也是我老汉同些村中父老，检骨殡殓，起了一座大大的坟茔，好不体面。〔丑〕你这两件功德，却也不小哩。〔净〕二位不知，那左宁南气死战船时，亲朋尽散，却是我老苏殡殓了他。〔副末〕难得，难得。闻他儿子左梦庚袭了前程，昨日扶枢回去了。〔丑掩泪介〕左宁南是我老柳知己。我曾托蓝田叔画他一幅影像，又求钱牧斋题赞了几句；逢时遇节，展开祭拜，也尽俺一点报答之意。〔副净醒，作悄语介〕听他说话，像几个山林隐逸。〔起身问介〕三位是山林隐逸么？〔众起拱介〕不敢，不敢，为何问及山林隐逸？〔副净〕三位不知么，现今礼部上本，搜寻山林隐逸。抚按大老爷张挂告示，布政司行文已经月余，并不见一人报名。府县着忙，差俺们各处访拿，三位一定是了，快快跟我回话去。〔副末〕老哥差矣，山林隐逸乃文人名士，不肯出山的。老夫原是假斯文的一个老赞礼，那里去得。〔丑、净〕我两个是说书唱曲的朋友，而今做了渔翁樵子，益发不中了。〔副净〕你们不晓得，那些文人名士，都是识时务的俊杰，从三年前俱已出山了。目下正要访拿你辈哩。〔副末〕啐，征求隐逸，乃朝廷盛典，公祖父母俱当以礼相聘，怎么要拿起来。定是你这衙役们奉行不善。〔副净〕不干我事，有本县签票在此，取出你看。〔取看签票欲拿介〕〔净〕果有这事哩。〔丑〕我们竟走开如何？〔副末〕有理，避祸今何晚，入山昔未深。〔各分走下〕〔副净赶不上介〕你看他登崖涉涧，竟各逃走无踪。

【清江引】大泽深山随处找，预备官家要。抽出绿头签，取开红图票，把几个白衣山人吓走了。

〔立听介〕远远闻得吟诗之声，不在水边，定在林下，待我信步找去便了。〔急下〕〔内吟诗曰〕

> 渔樵同话旧繁华，短梦寥寥记不差；
> 曾恨红笺衔燕子，偏怜素扇染桃花。
> 笙歌西第留何客？烟雨南朝换几家？
> 传得伤心临去语，年年寒食哭天涯。

打渔杀家

【解题】《打渔杀家》是《庆顶珠》中的两折。《庆顶珠》全剧由"得宝"、"庆珠"、"比武"、"珠聘"、"打鱼"、"恶讨"、"屈责"、"献珠"、"杀家"、"投亲"、"劫牢"、"珠圆"等折组成。《打渔杀家》是京剧中著名的剧目。又名《讨渔税》。"打鱼"和"杀家"两折一直上演不衰，几乎所有有名的老生和花旦都会演这两折。后来这两折戏并成了一折,就叫《打渔杀家》了。汉剧、蒲剧、山东梆子均有此剧目,川剧有《打渔招亲》,豫剧、晋剧有《萧恩打渔》,河北梆子、同州梆子有《庆顶珠》,结尾有"萧恩自刎"情节,湘剧、徽剧、滇剧都有此剧目。原剧讲梁山老英雄阮小二易名萧恩获得一颗宝珠,顶在头上入水,可以避水开路。后来成为萧恩的女儿萧桂英与花荣之子花逢春订亲的信物。萧恩与众兄弟分手后,带女儿在江边打鱼为生。遇故人李俊携友倪荣来访,同饮舟中。因天旱水浅,打不上鱼,欠下了乡宦丁士燮的渔税,丁士燮遣丁郎催讨渔税,李、倪斥之。得罪了丁府。丁府派教师爷率家丁锁拿萧恩,萧恩忍无可忍,将众人打得落花流水。而后萧恩又上衙门,状告渔霸丁士燮,但丁府与官衙勾结,县官吕子秋反将萧恩杖责四十,且逼其过江至丁处赔礼。萧恩愤恨之下大发英雄神威,带着女儿黑夜过江,以献宝珠为名,夜入丁府,杀了渔霸全家。

李　俊:【西皮摇板】贤弟江湖威名大,

倪　荣:【西皮摇板】兄长威名也不差。

李　俊:【西皮摇板】蟒袍玉带不愿挂,

倪　荣:【西皮摇板】流落江湖访豪家。

萧桂英:【西皮导板】摇橹催舟顺流下,【快板】哪有渔人常在家? 青山绿水难描画,父女们打鱼做生涯。

萧　恩:【西皮摇板】父女打鱼在河下,家贫哪怕人笑咱。稳住蓬索父把网撒,年纪衰迈气力不佳。

李　俊:【西皮摇板】闲来无事河边游,

倪　荣:【西皮摇板】白浪滔滔往东流。

李　俊:【西皮摇板】手搭凉棚用目瞅,

倪　荣:【西皮摇板】柳荫之下一小舟。

葛先生:【西皮摇板】闲来无事到河下,船头坐定了一枝花。

李　俊:【西皮摇板】听说令爱许花家,

倪　荣:【西皮摇板】门当户对果不差!

李　俊:【西皮摇板】辞别萧兄把船下,

倪　荣:【西皮摇板】白米纹银送到家。

萧　恩:【西皮摇板】提起二人威名大,李俊、倪荣就是他。蟒袍玉带不愿挂,弟兄们双双走天涯。

萧桂英:【西皮摇板】听罢言来心喜讶,英雄豪杰果不差! 知心人遇知己相投叙话。

萧　恩:【西皮摇板】猛抬头见红日坠落西下。

萧　恩:【西皮快三眼】昨夜晚吃酒醉和衣而卧,稼场鸡鸣惊醒了梦里南柯。二贤弟在河下相劝于我,他叫我把打鱼的事一旦丢却。我本当不打鱼关门闲坐,怎奈我家贫穷无计奈何。清早起柴扉乌鸦叫过,飞过来叫过去【二六】却是为何? 将身儿来至在草堂内坐,桂英儿捧茶来为父解渴。

萧桂英:【西皮摇板】遭不幸我的娘早已亡故,撇下了父女们苦受奔波。老爹爹在草堂呼唤于我,急忙里捧香茶与父解渴。

萧　恩:【西皮导板】听一言不由我七孔冒火,【摇板】只气得年迈人咬碎牙窝。江湖上叫萧恩不才是我,大战场小战场见过许多。我本是出山虎独自一个,何惧你看家的犬一群一窝! 【散板】尔本是奴下奴敢来欺我!

萧桂英:【西皮原板】我的父抢上告输赢未准,倒叫我坐草堂牵肚挂心。为什么一阵阵心神不定? 等爹爹回家转细问分明。

第二节 ✳ 中国现当代戏剧欣赏

一、中国现当代戏剧概述 ●————————————————————

中国现代戏剧开始于19世纪末20世纪初，形成两股创作潮流。一是20世纪初诞生而逐渐成长起来的现代话剧；一是在新的历史条件下由传统旧戏演变而来的戏曲以及从古典戏曲、西洋歌剧和话剧中吸取营养而形成的歌剧等。二者在现代戏剧舞台上以不同的方式，程度不同地影响着读者和观众。而现代话剧在其思想内涵、表现形式及创作成就诸方面，始终居于主导地位。因此，本节专就话剧作品简单概述。

受社会政治思潮、文化思潮的影响和戏剧自身艺术规律的制约，中国现代话剧的发展呈现出明显的历史阶段性。

（一）现代戏剧的萌芽时期

对中国现代话剧艺术的自觉探讨与创造是由1906年中国留日学生组织的春柳社（主要成员有李叔同、曾孝谷、欧阳予倩等）开始的。他们在1907年春，演出了《茶花女》第三幕，同年夏天又公演了《黑奴吁天录》，宣传渴望自由平等，要求民主，奋起反抗的思想，与当时国内拯救民族危机的呼声紧相应和，在留学生中产生过积极影响。它们已具有完整的文学剧本，采用现代话剧的分幕写法，以对话和动作作为主要表现形式，注重演出的布景、道具、服饰、化装、表演的"写实性"。1912年春柳社主要成员回国后，又陆续演出了《家庭恩怨记》、《不如归》、《社会钟》等悲剧内容的剧作，形成了严肃认真、写实细致的风格。与此同时，在国内，有任天知、汪仲贤、陈大悲等组建的进化团，演出了以辛亥革命为背景和题材的《黄色赤血》、《共和万岁》等剧，以宣传革命，攻击封建统治为首要职责，把戏剧的教化功能发挥到了极致。由于春柳社及以后的新剧同志会、春阳社、进化团的努力，文明新戏从国外到国内，从上海、广州、天津、香港等沿海城市扩展到东北、苏州、镇江、绍兴、芜湖、福州、重庆、长沙、贵阳、武汉等内地城市，从而具有了全国性的影响。

春柳社、进化团等戏剧团体演出的剧目，在内容上，与时事政治、民事生活紧密相关，追求现场的宣传、鼓动效果；在表演形式上弃除了歌舞，以人物的对话为主，因此被人们称为"新剧"、"文明新戏"。1911年至1912年是文明新戏的全盛时期。1914年以后，随着辛亥革命的失败，文明新戏也逐渐走向衰落。

（二）现代戏剧发展时期

这一时期主要指"五四"运动前夕到20年代末。"五四"新文化运动使一度衰落的话剧又获得了新生。这一时期，戏剧的新思潮、新观念空前活跃，郭沫若、田汉等在这一时期都写出了自己的重要作品。

在这一时期，戏剧作家们对话剧体式进行了诸种尝试。最先出现的是"问题剧"。胡适的《终身大事》、丁西林的《一只马蜂》、欧阳予倩的《泼妇》是这方面的重要作品。这些作品针对人们关注的社会人生问题，尤其是家庭问题，妇女问题和婚姻问题，进行了思考和探求，以反封建的战斗精神，否定了旧的传统道德观念，起到了文学的思想启蒙作用。

《终身大事》写女青年田亚梅与陈先生自由恋爱，但亚梅的父母却从封建道德等角度极力加以反对。最后田亚梅在陈先生的启发下，感到自己的终身大事，应由自己决断，于是离家出走，实现了自由恋爱的愿望。作品写了两对矛盾冲突，即科学与迷信的冲突，表现在田亚梅与其母亲的冲突上；新思想、新观念与旧礼教、旧道德的冲突，表现在田亚梅和其父亲的冲突上。此剧以青年们切身关注的婚恋问题为题材,清晰地凸现了"五四"反对封建束缚追求个性解放的时代思潮。尽管剧本重心是"事件"、"问题"而非"人物",剧情单薄,表达直露,但却已是完整的现代话剧形式,它完全采用了富于现实生活韵味的口语化对话,布景具体可触,这种以"问题"为核心的构思和写实的风格,起到了开风气之先的作用。

《一只马蜂》表现的是自由恋爱的新思想和包办婚姻的旧思想之间的矛盾和斗争。作者采取了委婉含蓄、幽默讽刺喜剧的形式,讽刺和嘲笑了落后、虚伪的市民人生和封建保守意识,同时也轻松愉快地歌颂了争取自由爱情的乐观向上的男女青年。

《泼妇》写新女性素心与陈慎之自由恋爱结婚后,陈又买妓纳妾,揭露了旧礼教的虚伪,批判了一夫多妻制,批判了封建道德的罪恶,歌颂了新女性于素心的大胆反抗精神。与《终生大事》和《一只马蜂》一类的争取"自由恋爱权利"相比,《泼妇》将笔触伸展到了自由组合后的家庭重新向封建习俗的蜕变,表现了封建道德强大的吞噬力和新文化的变质,有较强的现实针对性,比起一般仅仅提倡婚姻自主自由的题材更深一层。《泼妇》以流畅而具有生活原味的对话、简单直接的情节冲突与变化,塑造了与传统女性迥异的新型理想女性形象。

与上述剧作家们的主要以写实之法表述时代思想不同,在这一时期,还有一部分剧作家着重用浪漫主义手法传达"个性解放"等主题的"浪漫剧"。他们是创造社的郭沫若和南国社的田汉等。浪漫主义剧作,要求以艺术表达自己的理想,情感,重视内心世界的发掘,主观情感的抒发。作品一般具有传奇的情节,理想的人物、强烈的抒情,追求诗意、美感。郭沫若是满蓄着诗人的激情涉足戏剧创作的。他早期的《卓文君》、《王昭君》、《聂嫈》三个历史剧在内容上表达了争取个性解放,彻底反对封建的精神。塑造的三个叛逆女性,形象一个比一个更突出鲜明,反抗一个比一个更大胆,精神境界一个比一个更崇高。从反对旧礼教、旧道德,到反抗强权、暴政;由争取个性解放,到要求社会解放,鲜明地表现了郭沫若早期历史剧创作的发展轨迹。郭沫若早期的历史剧,在艺术上具有鲜明的浪漫主义特色。一是将历史传说和历史故事注入了新的生命,按照自己的理解和想象,来撰构剧情,显现社会新思潮,表达自己的理想。剧中的人物,都经过理想化了,是作家争取个性解放,反帝反封建思想的代言人。二是以诗的语言、诗的情感入戏,流动着与主题相谐的激昂澎湃的感情,具有强烈的抒情性。

以现实生活为根柢,从中蒸发出浓郁的浪漫主义诗意的剧作家,是中国现代话剧奠基者之一的田汉。他有着极其丰沛的创作活力,仅20年代就创作了20多部话剧,为"现代话剧文学"的建立作出了开拓性的贡献。田汉一时期的剧作多采用现代派的技法来表现对"真艺术"与"真爱情"的追求及其幻灭与毁灭,以此与反封建的时代精神合拍;一般以悲剧性结尾反衬主题,充满热烈而悲凉的情调;在艺术表现上,显示出"重象征,重哲理,重抒情"的特色。

在田汉早期的剧作中,出现了一系列为了艺术而献身的"艺术家"形象:《梵峨嶙与蔷薇》中的大鼓女柳翠、琴师秦信芳,《苏州夜话》中的老画家刘叔康,《名优之死》中的名老生刘振声,《湖上的悲剧》中的诗人杨梦梅,《古潭的声音》中的诗人等,这些艺术家们在面临灵与肉、精神与物质的冲突时,都毫无反顾地选择了前者,表现了献身艺术的"殉道者"精神。田汉早期的剧作不仅表现了对"真艺术""真爱情"的执著追求,而且还表现了其幻灭与毁灭,具有更强的社会批判性。《咖啡店之一夜》、《苏州夜话》的主人公都经历了"爱之梦"或"艺术之梦"的破灭。被视为田汉早期代表作的《获虎之夜》是在震撼人心的悲剧气氛中结束的,直接接触了婚姻与阶级的社会问题,深刻表现了当时青年反抗封建束缚,为争取自由、幸福所作出的艰苦斗争和付出的沉重代价。《名优之死》中女伶刘凤仙的"堕落",一代名优刘振声最后死于舞台,将"美的毁灭"的主题更深化了一步。

（三）现代戏剧成熟时期

这一时期戏剧创作的主流是左翼戏剧，思想性、战斗性明显加强，艺术上也日臻成熟；曹禺的出现，更使中国现代话剧达到了一个前所未有的高峰，标志着中国现代话剧艺术，已经走向成熟期。

在30年代的"无产阶级戏剧"与"国防戏剧"运动中涌现出了一大批剧作家，田汉、洪深和夏衍即是其中最有影响的代表人物。1930年4月田汉在发表了《我们的自己批判》之后，紧跟时代，写出了现实性更强的剧作，有的甚至是对现实重大历史事件的直接或同步的艺术反映。如《梅雨》、《顾正红之死》、《洪水》、《乱钟》、《暴风雨中的七个女性》、《一九三二年的月光曲》和《回春之曲》等剧本。这些剧作，多为社会政治宣传的急就章，失去了田汉剧本所特有的抒情性和传奇性。其中较有分量的，是在政治化主题中融入自己既往创作特长的《回春之曲》，从熟悉的青年知识分子的生活，心灵的角度来开掘爱国思想的主题，不但现实主义因素突出，其浪漫情趣也充溢其间，有着浓厚的诗意。

这时期，另一位一直活跃在话剧界的洪深，在1930年8月加入了中国左翼作家联盟，积极参加左翼文艺运动，思想上产生了飞跃，由原来的民主主义、人道主义转向无产阶级思想。此时期，他写出了反映江南农民生活与斗争的《农民三部曲》（《五奎桥》、《香稻米》、《青龙潭》）。其中以《五奎桥》成就最高，它的戏剧冲突单纯、集中，人物个性鲜明、突出，是中国现代戏剧史上较早地从阶级斗争的角度反映农村生活的作品，但却存在着图解流行的阶级斗争观念的痕迹。

夏衍在30年代初期就参与了左翼戏剧运动的组织领导工作。1935年以独幕剧《都会的一角》步入剧坛，1936年先后完成了历史剧《赛金花》和《秋瑾传》。前者以庚子事变为背景，以近代名妓赛金花的活动为线索展开剧情，用漫画式的夸张手法，强烈地鞭挞了清朝政府当权者媚外求荣的卑鄙无耻，讽喻了社会现实。后一剧本则通过秋瑾一生为中华民族的独立解放而奋斗，最后英勇捐躯的感人事迹，热情讴歌了她杀身成仁、舍身取义的英雄气概及其失败的历史教训。上述三个剧本不同程度地存在着将剧中人物作为时代传声筒的倾向。1937年创作的《上海屋檐下》标志着夏衍剧作的根本转变。这个剧本巧妙地将上海一弄堂里五户人家的日常生活交织在一起，在同一舞台空间里，同时性地展现出来，写出了命运、性格各不相同的十几个人物，让人们清楚地看到了中国30年代小市民灰暗的生活状况和精神状态及其背后的社会原因。在这一剧本中，作者将鲜明的倾向性融到对日常生活的细致描绘中，充分显示了夏衍剧作简约、谨严、含蓄的艺术风格，使其成为夏衍戏剧的第一个高峰。抗战全面爆发后，他先后写了七部以抗战为题材的剧本：《一年间》、《心防》、《愁城记》、《水乡吟》、《法西斯细菌》、《离离草》和《芳草天涯》，其中有代表性的是《法西斯细菌》和《芳草天涯》。

夏衍剧作继承并发展了中国现代戏剧的现实主义的优良传统，始终强调戏剧的社会功利作用而又注意艺术上的创新，形成了自己的独特风格。首先，剧作题材紧贴现实生活，时代气息浓郁，其中显露着中国人民争取民族解放的历史脉络，洋溢着革命乐观主义情绪。其次，善于选取时代画卷的一个小侧面，从平凡普通的日常生活细流中撷取朵朵生活浪花作为戏剧冲突，从富有特点的生活细节中显露出时代大潮的涌动。再次，剧作情节单纯而集中，布局严谨而匀称，意境冲淡而悠远。此外，剧作语言富有生活气息，朴素、洗练而又含蓄。

曹禺是这一时期首屈一指的大师级的剧作家，他所创作的《雷雨》、《日出》、《原野》、《北京人》、《家》等经典剧作，使中国现代话剧由此走向成熟，并在中国的观众中扎根，影响和培养了几代中国剧作家，树起了中国现代话剧的一座里程碑。《雷雨》以20世纪20年代的中国社会为背景，灵活而生动地运用话剧的艺术手法在一天的时间、两个舞台场景里，集中展现了周鲁两家前后 30 年错综复杂的矛盾纠葛生活,暴露了具有强烈封建性的资产阶级家庭的丑恶与黑暗,揭示了其腐朽崩溃的必然性。《日出》表现的是 30 年代"日出"之前的都市生活,一面诅咒着日出前的漆黑世界,一面也揭示着日出后的满天光明。曹禺尝试从新的视角用新的方法传达自己对社会人生的理解:关注与表现的重心由小家庭转向大社会,由传奇转向平凡,由变态转向常态;由集中于几个人身上的封闭式结构转向用"人生的零碎"、"片段的方法"即截取生活横断面的开放式的结构来阐明一个观念,使《日出》达到了一个新的高度。《原野》在题材上由城市转向农村,是一个新的探索;在人物塑造上更加强了其心理世界的开掘即对人的情想、欲望、幻想、潜意识等的复杂景况及演变过程,进行强化和突出表现,使人物的性格更具复杂性;在意象的选择上更具独特性,它既是舞台的背景,又成为剧情意义的象征。1940 年写的《北京人》,作者又回到了自己熟悉的旧家庭题材领域。他自觉地通过曾氏大家族的衰退没落来剖析批判封建传统文化尤其是官宦贵族文化对人性的销蚀蛀空而造成的数代人走向毁灭的结局;在艺术表现上,完成了由"戏剧"生命的转变:不仅是对人的日常生活的表面形态的关注,更是对人的日常生活的内在精神的开掘。1942 年写的《家》,虽是根据巴金同名小说改编的,但又是一次极富创造力的"再创造"。剧作的表现重心已经发生了转移,不仅从以觉慧的反抗为中心转向以觉新、瑞珏、梅小姐三个人物的关系为主要发展线索,而且对他(她)们的爱情生活的关注与描写的重点,已经主要不是悲剧性内容的揭示,而是努力开掘出内涵的生命力量与美。

曹禺的现代话剧,注重塑造人物形象,注重性格刻画,尤其是塑造的女性形象,为现代文学人物画廊增添了异样的光彩。此外,曹禺戏剧的冲突非常精彩,紧张而热烈,戏中有戏,戏外有戏。在戏剧语言方面,做到了口语化和文学化的完美统一。更重要的是曹禺把悲剧艺术发展到一个成熟的阶段,他的《雷雨》、《日出》、《原野》等的震撼人心的悲剧力量,至今仍能打动读者和观众的心。总之,曹禺对于中国现代话剧的意义,不仅在于他的戏剧创作标志着、并促进了中国现代话剧的成熟,更为重要的是,他的极富想象力与创造力的戏剧创作,为中国现代话剧的发展开拓了广阔的领域,提供了无限丰富的可能性,展示了多元的、自由创造的发展前景。

(四)现代戏剧丰收时期

这一时期,戏剧运动和抗日救国、解放运动紧密结合,戏剧创作在"爱国主义"的总主题下出现了前所未有的多样化局面,呈现了一派繁荣兴旺的景象,其社会功能被极大程度地开掘和利用。在这一时期,国统区和孤岛上海的戏剧创作,主要有历史剧、现实剧、讽刺喜剧三股潮流。

首先是历史剧的兴起与繁荣。在国统区,影响较大的是战国史剧和太平天国史剧。郭沫若是这一时期从战国历史为题材的历史剧的杰出代表。从 1941 年到 1943 年,他连续写下了《屈原》、《棠棣之花》、《虎符》、《高渐离》、《孔雀胆》、《南冠草》等多幕历史剧。其中最为人称道的是《屈原》。《屈原》表现了战国时代楚国一场尖锐激烈的政治斗争。以代表爱国路线的屈原和代表卖国路线的南后等人之间的矛盾为主要戏剧冲突,通过屈原形象,表达了为祖国和人民不畏强暴,为真理敢于斗争的主题。《屈原》虽是历史剧,但有着巨大的现实意义。它所表现出来的是时代的愤怒、人民的愤怒和作家的愤怒,是时代的愤怒和历史的愤怒相结合的产物。作家把时代精神及整个民族奋起抗战与现实的黑暗所激发的伟大热情、民族优秀传统精神和历史精神结合起来,使之成为一部既具有雄伟气魄又具有悲壮崇高精神的伟大史诗。《屈原》创作方法的主导倾向是浪漫主义的,充分体现了郭沫若历史剧的创作风格。历史真实与艺术真实的统一,是其特点之一。郭沫若所作的历史剧,既深深扎根于历史的土壤中,又升华到当前现实的高度,反映了历史精神和时代精神,达到了古为今用的目的。鲜明的主观性和抒情性是其特点之二。

郭沫若总是在他的历史剧中大胆地表现自己的人格与个性,把自己的主观感情和生活体验倾注在历史人物身上,在表现古人的同时也表现自己;另外,他将诗和剧巧妙地结合在一起,创造出具有民族特色的现代戏剧。崇高的悲剧艺术是其特点之三。郭沫若在 40 年代所写的六部历史剧都是悲剧。郭沫若笔下的悲剧主人公屈原、如姬、高渐离等都具有崇高的人格美。他们自觉地为争取人民的生存权利、民族独立、国家统一,反对投降、分裂与倒退而斗争,但他们都不能避免历史的必然要求与这个要求实际上不可能实现的历史悲剧,因此,他们的行为具体,有历史悲壮性。作者写他们的悲剧,旨在挖掘和发扬中华民族的英雄精神。

取材于太平天国历史的剧作有阳翰笙的《李秀成之死》、《天国春秋》,欧阳予倩的《忠王李秀成》和陈白尘的《翼王石达开》。在上海影响较大的是阿英的三部"南明史剧"(《碧血花》、《海国英雄》与《杨娥传》)和于伶的《大明英烈传》等。这些剧作以古喻今,借古讽今,通过历史的再创造,宣扬民族的反抗和解放的精神。

除开历史剧,国统区还出现了一批现实题材的剧作。这一时期现实生活题材的剧作始终贯穿着"暴露"与"歌颂"两个主旋律。除了继续歌颂抗战民族英雄,为抗战鼓与呼外,更多的是揭露国民党反共、投降、独裁和分裂倾向的剧作,涌现出了一批具有一定深度的暴露剧作。如夏衍的《法西斯细菌》,于伶的《长夜行》,宋之的的《雾重庆》,吴祖光的《风雪夜归人》等。这些剧作,无情地暴露了国统区和沦陷区的黑暗,批判锋芒直接指向官僚政客、达官贵人。发挥了强烈的战斗作用,代表了戏剧创作追随时代发展的新走向。暴露剧作虽然着眼于对社会现实的暴露,但并不是单纯的以暴露为满足,而是在对丑恶的描绘中融进了作者强烈的主观感情,借对丑的暴露和批判表达对美、善的歌颂、追求。这也是这一类剧作独特的审美特征。

在抗战后期和解放战争时期,国民党的反动统治越来越暴露出自身的糜烂与腐朽。与人民和时代一起成长的剧作家越来越具有自觉的历史意识,站在历史的高度,俯视黑暗现实中的社会与人的丑陋。他们创作的讽刺喜剧的锋芒,直指政治的积弊,历史的陈垢。讽刺喜剧以强烈的政治批判为其主要内容,把辛辣的讽刺融入荒诞的情节中,用漫画的手法为那些群丑画像。有的在形式上又以宣泄情感为主,艺术上相当粗糙。有的则近乎于闹剧。当时剧坛上涌现了一批讽刺喜剧作家,主要有:陈白尘、丁西林、老舍、吴祖光、宋之的等,其中陈白尘的讽刺喜剧尤为突出,代表了政治批判性极强的讽刺喜剧的最高水平。

陈白尘的讽刺喜剧作品主要有《魔窟》、《乱世男女》、《结婚进行曲》、《岁寒图》、《升官图》等。其中,1945 年创作的三幕剧《升官图》是其代表作,也是"五四"以来现实主义喜剧创作臻于成熟的标志。《升官图》通过两个强盗的梦境,展现了一幅国民党统治时代的官场的"百丑图",被人们称为"新的《官场现形记》",突出地代表了陈白尘在喜剧艺术上的独创性。首先,构思匠心独具,手法巧妙。剧本描写的是梦境,但揭露的是崩溃前夕的国民党统治的黑暗现实。剧中表演的梦境,看上去近乎荒诞不经,实则假中见真,反映的都是现实的生活,做到了梦境和现实、荒诞和真实巧妙地结合。其次,大胆地运用漫画式的夸张手法,具有强烈的喜剧效果。作者有意识地让群魔登台,自我表演,互相扭打,从而把他们最鲜明、最突出的性格特征放大出来,以表现他们不同的喜剧个性,入木三分地展示出国民党官吏的腐朽灵魂。《升官图》就是从人物的言语和行动、主观和客观形成的反差和不调和上,在他们赤裸裸的自我表演中创造喜剧气氛。再次,剧作的语言浅显生动、尖锐辛辣而又凝练精警,达到了强烈的讽刺效果。

(五)建国后的戏剧的发展与繁荣

新中国成立后的中国当代戏剧文学,继承了"五四"以来的革命现实主义传统,获得了可喜的成就,但它的发展经历了一条上升到挫折再到繁荣的曲折的发展轨迹。在建国以后的短短几年中,创作出了新中国的第一批话剧作品,形成了话剧创作的第一次高潮。老舍的《龙须沟》、《茶馆》,刘沧浪的《红旗歌》,夏衍的《考验》,胡丹沸的《春暖花开》,孙芋的《妇女代表》,胡可的《战斗里成长》,沈西蒙的《杨根思》,陈其通的《万水千山》,曹禺的《明朗的天》等。这些剧作,除少数描写革命斗争历史外,大多都是描写当时的社会现实,与人民生活有着紧密的联系。其中以老舍的话剧创作最为突出,代表了这一阶段戏剧的最高水平。

老舍在建国后的十七年中写出了《方珍珠》、《龙须沟》、《春华秋实》、《青年突击队》、《两望长安》、《茶馆》、《红大院》、《女店员》、《全家福》、《宝船》、《神拳》等话剧,其中《龙须沟》与《茶馆》分外引人注目,特别是1957年写的《茶馆》,得到了国内外的热烈称赞。

第一次话剧创作高潮为期不长,到1957年因反右派斗争扩大化的错误而中断。1959年到1962年间,党对文艺政策进行了调整,话剧创作又重新回到革命现实主义的轨道,1962年形成了话剧创作的第二次高潮。在这次高潮中,涌现出了一批优秀的作品。反映工业战线生活与斗争的有刘川的《第二个春天》、胡万春的《激流勇进》、胡书锷等的《电闪雷鸣》;反映农村斗争生活的有江文等的《龙江颂》、兰登的《丰收之后》、张仲明的《青松岭》;反映部队与民兵斗争生活的有沈西蒙的《霓虹灯下的哨兵》、贾六等的《雷锋》、赵寰的《南海长城》;反映革命斗争历史的有王树元的《杜鹃山》、马吉星的《豹子湾战斗》、于伶的《七月流火》;反映青年的教育与成长的有丛深的《千万不要忘记》、陈耘的《年青一代》等等。这一批剧作在题材、主题和艺术表现形式上都有新的突破和新的追求。

第二次话剧创作高潮,由于"左"的路线的干扰,被迫于1964年中断。1965年《评新编历史剧〈海瑞罢官〉》的发表,1966年林彪委托江青召开的《部队文艺工作座谈纪要》的炮制,一直到"文革"十年,社会主义戏剧事业遭受到了一场空前的灾难,好的或比较好的话剧很难找到,几乎成了一片空白。

粉碎"四人帮",特别是党的十一届三中全会以后,随着思想解放运动的逐步深入和"双百"方针的日益贯彻,形成了话剧创作的第三次高潮。

社会主义建设新时期的话剧创作得到了空前的繁荣,从粉碎"四人帮"到八十年代涌现出了一大批有影响的话剧作品。揭批"四人帮"的有王景愚等的《枫叶红了的时候》、苏叔阳的《丹心谱》、宗福先的《于无声处》、翟剑平的《浮沉》、航鹰的《婚礼》、李龙云的《有这样一个小院》、赵寰等的《神州风雷》等;歌颂老一辈无产阶级革命家的有白桦的《曙光》、甘肃与西安两话剧团的同名话剧《西安事变》、邵冲飞的《板童》、丁一三的《陈毅出山》、沙叶新的《陈毅市长》、史超等的《东进、东进》、任卓伟等的《大江东去》等;反映工业、农业等各条战线在新时期的矛盾与斗争的有赵梓雄的《未来在召唤》、崔德志的《报春花》、宗福先等的《血,总是热的》、刑盖勋的《权与法》等;反映青年生活与问题的有李培春的《童心》、王正等的《让青春更美丽》、艾长绪的《爱情之歌》、赵国庆的《救救她》、马中骏等的《屋外有热流》等;反映古代与现代历史题材的有曹禺的《王昭君》、陈白尘的《大风歌》、颜海平的《秦王李世民》、范政等的《吉鸿昌》等。这些剧作反映了广阔的社会生活面貌,题材丰富多彩,敢于闯禁区,说真话,坚持政治上的党性原则与艺术上的革命现实主义的有机统一,道出了人民的心声和愿望;塑造出了个性鲜明、栩栩如生的人物形象,特别是一批无产阶级革命家的形象;非常重视艺术形式、艺术技巧的探索,不仅注意学习我国古代与现代的戏剧优秀传统,而且能批判地吸取外国戏剧艺术中有益的成分,使新时期的话剧艺术走上了一个新的台阶。

中国现当代戏剧文学特别是话剧的发展过程,是在民族戏曲的基础上,不断汲取异域和其他文学体裁营养,不断融合,推陈出新,最终形成具有中国特色的现当代民族戏剧的过程,为中国以后的戏剧事业的进一步繁荣发展提供了丰富的经验教训。

二、中国现当代戏剧欣赏实例 ●━━━━━━━━━━━━━━━━

《雷雨》欣赏

《雷雨》是曹禺 1933 年大学毕业前夕写成的。剧本所反映的时代,大约是 1894 年到 1924 年这段时间。其间,经历了从民主主义到新民主主义革命的转变。在帝国主义侵略下,中国社会加速了半封建半殖民地化的过程。地主兼官僚资产阶级代表着中国最落后、最反动的生产关系,民族资产阶级还无法完全摆脱封建思想的束缚;人民革命运动风起云涌,无产阶级日益发展,但它毕竟还处在幼年时期,广大劳动人民依旧处在黑暗的悲剧命运之中。《雷雨》创作的年代,正是中国黎明前最黑暗的年代,革命高潮正处在孕育之中,人民的反抗怒火正在燃烧着。时代的气氛虽是郁闷的,但却呼唤着、预示着大雷雨的袭击。曹禺把对时代的敏锐感受结晶为《雷雨》,由此从一个侧面透露出时代精神。

《雷雨》是曹禺的处女作、成名作、代表作,也是中国话剧史上第一部杰出的多幕剧,标志着中国话剧艺术的成熟。作品以 20 年代初的中国社会为背影,通过周鲁两家前后 30 年的血缘关系和矛盾纠葛,描写了一个带有浓厚封建性的资产阶级家庭的腐朽和崩溃,深刻地反映了"五四"前后 30 年间中国社会的某些侧面,揭示旧制度灭亡的历史必然性。

现实主义的深刻性和矛盾的典型性是《雷雨》的显著特点之一。《雷雨》中有八个人物,八个人物之间的关系错综复杂,戏剧冲突在八个人物之间展开,其间形成了三条主要情节线索:一是周朴园与繁漪的冲突,揭示了繁漪、四凤、周萍、周冲的爱情悲剧,反映着封建势力的禁锢、压迫与争取民主自由的要求之间的斗争。二是周朴园与鲁侍萍的矛盾,着重表现了鲁侍萍的命运悲剧,反映着剥削阶级势力同下层人民之间的斗争。三是周朴园与鲁大海的矛盾,反映着资本家同工人阶级之间的斗争。这三条情节线索交织在一起,而以周朴园和繁漪的矛盾冲突作为中心。

周朴园是《雷雨》中一切复杂关系和矛盾冲突的根源。他是一个既有浓厚封建意识又具有现代资产阶级榨取工人血汗本领的资本家,带有封建阶级和资产阶级的两重性。周朴园的性格主要特征是专横、自私、冷酷、虚伪。他的家庭理想是带有浓厚封建性的资产阶级的"模范家庭"。为实现这样的理想,三十年前,他始乱终弃,把侍女侍萍驱赶出去;以为侍萍已死,又对她充满温馨的回忆和深沉的自责;但一旦活着的侍萍站在他面前时,他首先想到的是三十年前的丑行将暴露,自己在孩子们眼里将失去尊严,自己的家庭将失去原有的秩序,他便露出自私、冷酷的本来面目。对待繁漪,他以"关怀"的形式从精神上折磨,逼她喝药、看病,"替孩子做个服从的榜样",把其逼上与周萍乱伦的道路。他的社会理想是维持残酷的资本主义剥削。为此,他在三十年前故意制造江堤出险事故,一次就淹死 2200 个小工,从每个小工身上捞到 300 元的昧心钱起家。三十年后,他勾结军警开枪镇压罢工的煤矿工人,冷酷地开除亲生儿子、罢工代表鲁大海。周朴园这一形象的深刻意义在于:他真实地再现了中国资产阶级的封建性以及反动性腐朽性,从而揭示了这个阶级必然灭亡的历史命运。这正是《雷雨》现实主义的深刻之处。

繁漪是作品中塑造得最成功的人物,也是最具有"雷雨"性格的人物。她的思想性格十分复杂,一方面她乖戾、自私、脆弱;另一方面她热情、无畏、强悍。她身上最突出的是对自由和爱情追求的火一样的热情和倔强的反抗性。她与周萍的暧昧关系,以及维持这种关系所作的种种徒劳的挣扎,都是基于这种追求与性格。她的反抗带着被扭曲的变态形式。她在"最残酷的爱"与

"最残忍的恨"的交织中弄得身心交瘁。具有"雷雨"般性格的繁漪,对一个人的爱与恨都像烈火一样强烈。周家父子两代的欺凌蹂躏激起了她万丈怒火,她对周萍发泄了疯狂的恨,进行了可怕的报复,终于撕破了周家所谓体面的"尊严"和"秩序"罪恶面纱,同时,也撕碎了她自己的面目。她的悲剧一方面折射出了封建势力的强大压力,另一方面显示了个性解放在中国是没有出路的。

侍萍是一个被侮辱与被损害的劳动妇女形象。她一生忍受了精神和肉体上的种种折磨,饱尝了人间的辛酸痛苦,但她却顽强地把一切屈辱和眼泪深深地埋在心里。从表面看,侍萍似乎是逆来顺受,任人摆布,其实这只是她所积郁的仇恨和苦难太深太多的缘故。当她和周朴园再度重逢时,三十年的苦难才使她爆发了出来。她对周朴园说:"我的眼泪早哭干了,我没有委屈,我有的是恨,是悔,是三十年一天一天我自己的苦。"这种控诉,表现了这个被压迫妇女身上潜在的反抗性,尽管这种反抗不是自觉的,却是对自己不公平的地位和命运的一种抗争,在她身上倾注着作者对下层人民的深切同情。

除了这三个人物外,其他各个人物都有着各自独特的思想个性和典型意义。周萍的纵欲、自私、怯弱,不仅是对周朴园形象的补充,同时也表明周家所培养出来的后代不可能使他们的事业得以延续,这个家庭及其所代表的阶级后继无人。周冲天真、纯洁,对社会和他的家庭了解甚少,与这个家庭中的一切都格格不入,有的只是美好的心灵和幻想。他的悲剧使人们进一步看到了资产阶级及旧社会的黑暗性与残酷性。温柔、痴情的四凤,同她母亲一样也是被损害的女性,她基本上是沿着母亲的脚步走的,相比较而言她的悲剧更深刻,也更能引起人们的同情。她的自杀,揭露了旧制度对无辜生命的吞噬,对善与美的毁灭。鲁大海是20年代初工人的形象,这个形象虽然不能代表当时最先进的工人阶级,他身上具有的强烈的反抗精神和顽强的斗志,虽然带有某种原始的自发性,但给作品的阴郁气氛带来了若干希望和亮色。

高度严谨的戏剧结构和尖锐的戏剧冲突,是《雷雨》的特点之二。作品成功地运用了闭锁式的结构,将过去发生的事和现在发生的事巧妙地结合起来,以过去的戏穿插其中。因此,《雷雨》的故事情节虽然复杂纷繁,其结构却严谨清晰。在严谨的结构下,戏剧冲突安排得十分尖锐紧凑。作品中人物的关系错综复杂,作者以亲缘关系来连结冲突各方的人物,几乎每一幕都设置了紧张激烈的戏剧冲突场面,使剧情于起伏中进行得有声有色,扣人心弦。这当中主要有周朴园与侍萍,繁漪与周朴园,周萍与繁漪,鲁大海与周朴园等几对冲突。其次,还有周萍与鲁大海、四凤,周冲与周朴园的冲突等。通过这些冲突,反映了命运的悲剧,爱情的悲剧以及阶级的对立,展示了这个具有浓厚封建性的大家庭的罪恶。由于冲突的尖锐,《雷雨》的戏剧氛围显得非常紧张。如周朴园为逼迫繁漪喝药而令周萍跪下相劝的情节;侍萍在雷鸣电闪中逼四凤对天发誓的情节;周萍在雨夜从窗户跳入四凤房间而繁漪则从外面把窗户关死的情节;周朴园逼周萍认母的情节等等,都扣人心弦,引人入胜。此外,作者在安排戏剧情节时恰当地利用偶然事件来构成高度集中的富有艺术性的戏剧情节,把外国悲剧中人物命运的偶然性、巧合性和中国戏曲故事的传奇性熔为一炉,巧妙地解决了戏剧艺术中现实生活的无限性与戏剧结构的有限性之间的矛盾。

抒情风格十分浓郁是《雷雨》的特点之三。曹禺把对时代的感受和对现实的激情同自然界雷雨的形象交织起来,使得作品中人物雷雨般的热情同雷雨的形象浑然一体,形成了情景交融的诗意境界。

具有个性化、动作性的戏剧语言是《雷雨》的特点之四。曹禺让作品中的人物一开口便能使观众看到其身份、职业、教养、性格等特征。曹禺还非常注重人物语言的动作性,作品的台词大多是从人物内心出发的受人物意志和愿望支配的非说不可的话,这些话既能推动事件的发展,又能很好地揭示人物的性格。

《雷雨》在中国话剧发展史上占有极其重要的地位,是中国话剧走向成熟的一座里程碑。

《茶馆》欣赏

三幕话剧《茶馆》创作于1956年,是老舍戏剧作品的代表作。老舍以独特的艺术手法,把三个历史时期的中国社会变迁状况,装进了不足5万字的《茶馆》里,以话剧的形式生动地表现了出来。从清末到解放战争之前,是由封建社会变为半封建半殖民地社会的时代,同时也是中国人民由受剥削、受压迫到逐渐觉醒、抗争、起来掀掉压在他们头上的三座大山的时代。剧本描写的三个时期,都被这个时代的特点贯穿着、深化着,通过各阶级人物的性格特征和他们升沉变化的命运显示出来。因此,结构庞大而不散,人物众多而不乱。

这出三幕话剧中,共有70多个人物,其中50个是有姓名或绰号的,这些人物的身份差异特大,有清宫的太监,吃皇粮的旗人,吃洋教的教士,主张实业救国的资本家,藉"改良"而谋生存的商人,破产的农民,军阀的军官、大兵、警察,还有一大批依附于清朝、军阀、社会的渣滓:特务、流氓、打手,相面的、拉纤的、女招待等等。形形色色的人物,构成了一个完整的"社会"层次。70多个上场人物中,还有一个像一片沉重的暗影主宰、君临在一切人头上的人物,他不出场,但随时随地都可感触到的,那就是帝国主义。这些人物,有的贯穿三幕,也即三个时期,如王利发、常四爷、康顺子,完成其性格的发展和命运的归宿。

《茶馆》的创作意图是十分清楚的,它通过"裕泰"的茶馆陈设由古朴→新式→简陋的变化,昭示了茶馆在各个特定历史时期中的时代特征和文化特征。开始时,茶客的弄鸟、吃茶、玩虫,虽有些略带古风的声色,但由于"侦缉"的出现及"莫谈国事"的纸条,一动一静,均产生着一种压抑的气氛。第二幕中,"裕泰"的生存,及茶馆设施的更新与场面的收缩,无疑暗示着茶馆在这个矛盾不断加剧的社会中所作的抗争。茶馆中的"洋气"以及那张越写越大的"莫谈国事"纸条,则预示着更大的危机。到了第三幕,不仅"莫谈国事"的纸条写得更大,数目更多,而且旁边还有一张纸条:"茶钱先付。"这表明了茶馆已经到了入不敷出的地步,而"茶钱先付"、"莫谈国事"显然反映了一种因果联系。

老舍以茶馆为载体,以小见大,反映社会的变革,是"吃茶"使各种人物、各个社会阶层和各类社会活动聚合在一起,如果没有"吃茶"一事,则茶馆中任何事情都将不复存在。正因为如此,老舍在剧中对北京茶馆文化也花费了不少的笔墨。如早先的茶馆里,除了喝茶,还有点心"烂肉面"可吃,一边喝茶,一边还可以做不少与茶无涉的事情;北京的茶馆也和江南茶馆一样,是个"吃讲茶"的地方;茶馆的老顾客是可以赊账的,茶客也可以自己带茶叶来居坐;茶馆也是听书的好地方,说书人可以在此谋得一份生活的来源……这类细节,给《茶馆》所要表现的主题,增添了一种真切的氛围。除了为表现主题服务之外,也展示了中国茶馆文化之一斑。《茶馆》的艺术价值不仅在于通过一个茶馆反映了一段历史时期的社会变革,同时也在于反映了社会变革对茶馆经济和茶馆文化的影响。

《茶馆》注重塑造典型环境中的典型形象,戏剧中的人物性格特征鲜明突出。如王利发既诚信本分,恭顺谨慎,委曲求全,又处世圆滑,精明强干,善于应酬,对不同的人采取不同的接待方式。秦仲义则立志变革中国现实,可是,他的人生也没能逃脱世道的钳制——半封建半殖民地的制度。常四爷是一个正派、淳朴、刚直、勤恳的满族人。松二爷也是个旗人,心眼好,但胆小怕事,懒散而无能。

雷雨（节选）

第四幕

景——周宅客厅内。半夜两点钟的光景。

（开幕时，周朴园一人坐在沙发上，读文件；旁边燃着一个立灯，四周是黑暗的。外面还隐隐滚着雷声，雨声淅沥可闻，窗前帷幕垂下来了，中间的门紧紧地掩了，由门上玻璃望出去，花园的景物都掩埋在黑暗里，除了偶尔天空闪过一片耀目的电光，蓝森森的看见树同电线杆，一瞬又是黑漆漆的。）

周朴园：（放下文件，呵欠，疲倦地伸一伸腰）来人啦！（取眼镜，擦目，声略高）来人！（擦着眼镜，
    走到左边饭厅门口，又恢复平常的声调）这儿有人么？（外面闪电，停，走到右边柜前，按
    铃。无意中又望见侍萍的相片，拿起，戴上眼镜看）（仆人上。）

仆　人：老爷！

周朴园：我叫了你半天。

仆　人：外面下雨，听不见。

周朴园：（指钟）钟怎么停了？

仆　人：（解释地）每次总是四凤上的，今天她走了，这件事就忘了。

周朴园：什么时候了？

仆　人：嗯，——大概有两点钟了。

周朴园：刚才我叫账房汇一笔钱到济南去，他们弄清楚了没有？

仆　人：您说寄给济南一个，一个姓鲁的，是么，

周朴园：嗯。

仆　人：预备好了。

（外面闪电，朴园回头望花园。）

周朴园：藤萝架那边的电线，太太叫人来修理了么？

仆　人：叫了，电灯匠说下着大雨不好修理，明天再来。

周朴园：那不危险么？

仆　人：可不是么？刚才大少爷的狗走过那儿，碰着那根电线，就给电死了。现在那儿已经用绳
    子圈起来，没有人走那儿。

周朴园：哦。——什么，现在几点了？

仆　人：两点多了。老爷要睡觉么？

周朴园：你请太太下来。

……

（两点钟内鲁妈的样子另变了一个人。声音因为在雨里叫喊哭号已经暗哑，眼皮失望地向下垂，前额的皱纹很深地刻在上面，过度的刺激使得她变成了呆滞，整个激成刻板的痛苦的模型。她的衣服像是已烘干了一部分，头发还有些湿，鬓角凌乱地贴着湿的头发，她的手在颤，很小心地走进来。）

……

仆　人：四凤碰着那条走电的电线。二少爷不知道，赶紧拉了一把，两个人一块儿中电死了。

周朴园：（几晕）这不会。这，这——这不能够，不能够！

（朴园与仆人跑下。）

（萍由饭厅出，颜色惨白，但是神气沉静地。他走到那张放鲁大海的手枪的桌前，抽开抽屉，取出手枪，手微颤，慢慢走进右边书房。）

（外面人声嘈乱，哭声，叫声，吵声，混成一片。鲁妈由中门上，脸更呆滞，如石膏人像。老年仆人跟在后面，拿着电筒。）

（鲁妈一声不响地立在台中。）

老　仆：（安慰地）老太太，您别发呆！这不成，您得哭，您得好好哭一场。

鲁侍萍：（无神地）我哭不出来！

老仆人：这是无意，没有法子。——可是您自己得哭。鲁侍萍：不，我想静一静。（呆立）

（中门大开，许多仆人围着蘩漪，蘩漪不知是在哭在笑。）

仆　人：（在外面）进去吧，太太，别看哪。

周蘩漪：（为人拥至中门，倚门怪笑）冲儿，你这么张着嘴，你的样子怎么直对我笑？——冲儿，你这个糊涂孩子。

周朴园：（走在中门中，眼泪在面上）蘩漪，进来！我的手发木，你也别看了。

老　仆：太太，进来吧。人已经叫电火烧焦了，没有法子办了。

周蘩漪：（进来，干哭）冲儿，我的好孩子。刚才还是好好的。你怎么会死，你怎么会死得这样惨？
　　　（呆立）

周朴园：（已进来）你要静一静。（擦眼泪）

周蘩漪：（狂笑）冲儿，你该死，该死！你有了这样的母亲，你该死！

（外面仆人与鲁大海打架声。）

周朴园：这是谁？谁在这时候打架。

（老仆下问，立时另一仆人上。）

周朴园：外面是怎么回事？

仆　人：今天早上那个鲁大海，他这时又来了，跟我们打架。

周朴园：叫他进来！

仆　人：老爷，他连踢带打地伤了我们好几个，他已经从小门跑了。

周朴园：跑了？

仆　人：是，老爷。

周朴园：（略顿、忽然）追他去，跟我追他去。

仆　人：是，老爷。

（仆人一齐下。屋中只有朴园、鲁妈、蘩漪三人。）

周朴园：（哀伤地）我丢了一个儿子，不能再丢第二个了。

（三人都坐下来。）

鲁侍萍：都去吧！让他去了也好，我知道这孩子。他恨你，我知道他下回会来见你的。

周朴园：（寂静，自己觉得奇怪）年轻的反而走我们前头了，现在就剩下我们这些老——（忽然）萍
　　　儿呢？大少爷呢？萍儿，萍儿！（无人应）来人呀！来人！（无人应）你们跟我找呀，我的
　　　大儿子呢？

（书房枪声，屋内死一般的静默。）

周蘩漪：（忽然）啊！（跑下书房，朴园呆立不动，立时蘩漪狂喊跑出）他……他……

周朴园：他……他……
　　　……

茶馆(节选)

第一幕

时间:一八九八年(戊戌)初秋,康梁等的维新运动失败了。早半天。

地点:北京,裕泰大茶馆。

人物:

王利发、刘麻子、庞太监、唐铁嘴、康六、小牛儿、松二爷、黄胖子、宋恩子、常四爷、秦仲义、吴祥子、李三、老人、康顺子、二德子、乡妇、茶客甲、乙、丙、丁、马五爷、小妞、茶房一二人。

[幕启:这种大茶馆现在已经不见了。在几十年前,每城都起码有一处。这里卖茶,也卖简单的点心与饭菜。玩鸟的人们,每天在遛够了画眉、黄鸟等之后,要到这里歇歇腿,喝喝茶,并使鸟儿表演歌唱。商议事情的,说媒拉纤的,也到这里来。那年月,时常有打群架的,但是总会有朋友出头给双方调解;三五十口子打手,经调人东说西说,便都喝碗茶,吃碗烂肉面(大茶馆特殊的食品,价钱便宜,作起来快当),就可以化干戈为玉帛了。总之,这是当日非常重要的地方,有事无事都可以来坐半天。

[在这里,可以听到最荒唐的新闻,如某处的大蜘蛛怎么成了精,受到雷击。奇怪的意见也在这里可以听到,像把海边上都修上大墙,就足以挡住洋兵上岸。这里还可以听到某京戏演员新近创造了什么腔儿,和煎熬鸦片烟的最好的方法。这里也可以看到某人新得到的奇珍——一个出土的玉扇坠儿,或三彩的鼻烟壶。这真是个重要的地方,简直可以算作文化交流的所在。我们现在就要看见这样的一座茶馆。一进门是柜台与炉灶——为省点事,我们的舞台上可以不要炉灶;后面有些锅勺的响声也就够了。屋子非常高大,摆着长桌与方桌,长凳与小凳,都是茶座儿。隔窗可见后院,高搭着凉棚,棚下也有茶座儿。屋里和凉棚下都有挂鸟笼的地方。各处都贴着"莫谈国事"的纸条。

[有两位茶客,不知姓名,正眯着眼,摇着头,拍板低唱。有两三位茶客,也不知姓名,正入神地欣赏瓦罐里的蟋蟀。两位穿灰色大衫的——宋恩子与吴祥子,正低声地谈话,看样子他们是北衙门的办案的(侦缉)。今天又有一起打群架的,据说是为了争一只家鸽,惹起非用武力解决不可的纠纷。假若真打起来,非出人命不可,因为被约的打手中包括着善扑营的哥儿们和库兵,身手都十分厉害。好在,不能真打起来,因为在双方还没把打手约齐,已有人出面调停了——现在双方在这里会面。三三两两的打手,都横眉立目,短打扮,随时进来,往后院去。

[马五爷在不惹人注意的角落,独自坐着喝茶。王利发高高地坐在柜台里。唐铁嘴踏拉着鞋,身穿一件极长极脏的大布衫,耳上夹着几张小纸片,进来。

王利发:唐先生,你外边蹓蹓吧!

唐铁嘴:(惨笑)王掌柜,捧捧唐铁嘴吧!送给我碗茶喝,我就先给您相相面吧!手相奉送,不取
　　　　分文!(不容分说,拉过王利发的手来)今年是光绪二十四年,戊戌。您贵庚是……

王利发:(夺回手去)算了吧,我送你一碗茶喝,你就甭卖那套生意口啦!用不着相面,咱们既在
　　　　江湖内,都是苦命人!(由柜台内走出,让唐铁嘴坐下)坐下!我告诉你,你要是不戒了
　　　　大烟,就永远交不了好运!这是我的相法,比你的更灵验!

[松二爷和常四爷都提着鸟笼进来,王利发向他们打招呼。他们先把鸟笼子挂好,找地方坐下。松二爷文绉绉的,提着小黄鸟笼;常四爷雄赳赳的,提着大而高的画眉笼。茶房李三赶紧过来,沏上盖碗茶。他们自带茶叶。茶沏好,松二爷、常四爷向临近的茶座让了让。

松二爷常四爷:您喝这个!(然后,往后院看了看)

松二爷:好象又有事儿?

常四爷:反正打不起来!要真打的话,早到城外头去啦;到茶馆来干吗?

　　[二德子,一位打手,恰好进来,听见了常四爷的话。

二德子:(凑过去)你这是对谁甩闲话呢?

常四爷:(不肯示弱)你问我哪?花钱喝茶,难道还教谁管着吗?

松二爷:(打量了二德子一番)我说这位爷,您是营里当差的吧?来,坐下喝一碗,我们也都是外场人。

二德子:你管我当差不当差呢!

常四爷:要抖威风,跟洋人干去,洋人厉害!英法联军烧了圆明园,尊家吃着官饷,可没见您去冲锋打仗!

二德子:甭说打洋人不打,我先管教管教你!(要动手)

　　[别的茶客依旧进行他们自己的事。王利发急忙跑过来。

王利发:哥儿们,都是街面上的朋友,有话好说。德爷,您后边坐!

　　[二德子不听王利发的话,一下子把一个盖碗搂下桌去,摔碎。翻手要抓常四爷的脖领。

常四爷:(闪过)你要怎么着?

二德子:怎么着?我碰不了洋人,还碰不了你吗?

马五爷:(并未立起)二德子,你威风啊!

二德子:(四下扫视,看到马五爷)喝,马五爷,你在这儿哪?我可眼拙,没看见您!(过去请安)

马五爷:有什么事好好地说,干吗动不动地就讲打?

二德子:嗻!您说得对!我到后头坐坐去。李三,这儿的茶钱我付啦!(往后面走去)

常四爷:(凑过来,要对马五爷发牢骚)这位爷,您圣明,您给评评理!

马五爷:(立起来)我还有事,再见!(走出去)

常四爷:(对王利发)邪!这倒是个怪人!

王利发:您不知道这是马五爷呀!怪不得你也得罪了他!

常四爷:我也得罪了他?我今天出门没挑好日子!

王利发:(低声地)刚才您说洋人怎样,他就是吃洋饭的。信洋教,说洋话,有事情可以一直地找宛平县的县太爷去,要不怎么连官面上都不惹他呢!

常四爷:(往原处走)哼,我就不佩服吃洋饭的!

王利发:(向宋恩子、吴祥子那边稍一歪头,低声地)说话请留点神!(大声地)李三,再给这儿沏一碗来!(拾起地上的碎瓷片)

松二爷:盖碗多少钱?我赔!外场人不作老娘们事!

王利发:不忙,待会儿再算吧!(走开)

　　[纤手刘麻子领着康六进来。刘麻子先向松二爷、常四爷打招呼。

刘麻子:您二位真早班儿!(掏出鼻烟壶,倒烟)您试试这个!刚装来的,地道的英国造,又细又纯!

常四爷:唉!连鼻烟也得从外洋来!这样往外流多少银子啊!

刘麻子:咱们大清国有的是金山银山,永远花不完!您坐着,我办点小事!(领康六找了个座儿)

　　[李三拿过一碗茶来。

刘麻子:说说吧,十两银子行不行?你说干脆的!我忙,没工夫专伺候你!

康　六:刘爷!十五岁的大姑娘,就值十两银子吗?

刘麻子:卖到窑子去,也许多拿一两八钱的,可是你又不肯!

康　六:那是我的亲女儿! 我能够……

刘麻子:有女儿,你可养活不起,这怪谁呢?

康　六:那不是因为乡下种地的都没法子混了吗? 一家大小要是一天能吃上一顿粥,我要还想卖女儿,我就不是人!

刘麻子:那是你们乡下的事,我管不着。我受你之托,教你不吃亏,又教你女儿有个吃饱饭的地方,这还不好吗?

康　六:到底给谁呢?

刘麻子:我一说,你必定从心眼里乐意! 一位在宫里当差的!

康　六:宫里当差的谁要个乡下丫头呢?

刘麻子:那不是你女儿的命好吗?

康　六:谁呢?

刘麻子:庞总管! 你也听说过庞总管吧? 伺候着太后,红的不得了,连家里打醋的瓶子都是玛瑙的!

康　六:刘大爷,把女儿给太监作老婆,我怎么对得起人呢?

刘麻子:卖女儿,无论怎么卖,也对不起女儿! 你糊涂! 你看,姑娘一过门,吃的是珍馐美味,穿的是绫罗绸缎,这不是造化吗? 怎样,摇头不算点头算,来个干脆的!

康　六:自古以来,哪有……他就给十两银子?

刘麻子:找遍了你们全村儿,找得出十两银子找不出? 在乡下,五斤白面就换个孩子,你不是不知道!

康　六:我,唉! 我得跟姑娘商量一下!

刘麻子:告诉你,过了这个村可没有这个店,耽误了事可别怨我! 快去快来!

康　六:唉! 我一会儿就回来!

刘麻子:我在这儿等着你!

　　(康六慢慢地走出去)

刘麻子:(凑到松二爷、常四爷这边来)乡下人真难办事,永远没有个痛痛快快!

松二爷:这号生意又不小吧?

刘麻子:也甜不到哪儿去,弄好了,赚个元宝!

常四爷:乡下是怎么了? 会弄得这么卖儿卖女的!

刘麻子:谁知道! 要不怎么说,就是条狗也得托生在北京城里嘛!

常四爷:刘爷,您可真有个狠劲儿,给拉拢这路事!

刘麻子:我要不分心,他们还许找不到买主呢!(忙岔话)

松二爷:(掏出个小时表来),您看这个!

松二爷:(接表)好体面的小表!

刘麻子:您听听,嘎登嘎登地响!

松二爷:(听)这得多少钱?

刘麻子:您爱吗? 就让给您! 一句话,五两银子! 您玩够了,不爱再要了,我还照数退钱! 东西真地道,传家的玩艺!

常四爷:我这儿正哑摸这个味儿:咱们一个人身上有多少洋玩艺儿啊! 老刘,就看你身上吧:洋鼻烟,洋表,洋缎大衫,洋布裤褂……

刘麻子：洋东西可真是漂亮呢！我要是穿一身土布，像个乡下脑壳，谁还理我呀！

常四爷：我老觉乎着咱们的大缎子，川绸，更体面！

刘麻子：松二爷，留下这个表吧，这年月，带着这么好的洋表，会教人另眼看待！是不是这么说，您哪？

松二爷：(真爱表，但又嫌贵)我……

刘麻子：您先戴几天，改日再给钱！

　　〔黄胖子进来。

黄胖子：(严重的砂眼，看不清楚，进门就请安)哥儿们，都瞧我啦！我请安了！都是自家兄弟，别伤了和气呀！

王利发：这不是他们，他们在后院哪！

黄胖子：我看不大清楚啊！掌柜的，预备烂肉面，有我黄胖子，谁也打不起来！(往里走)

二德子：(出来迎接)两边已经见了面，您快来吧！

　　〔二德子同黄胖子入内。

　　〔茶房们一趟又一趟地往后面送茶水。老人进来，拿着些牙签、胡梳、耳挖勺之类的小东西，低着头慢慢地挨着茶座儿走；没人买他的东西。他要往后院去，被李三截住。

李　三：老大爷，您外边蹓跶吧！后院里，人家正说和事呢，没人买您的东西！(顺手儿把剩茶递给老人一碗)

松二爷：(低声地)李三！(指后院)他们到底为了什么事，要这么拿刀动杖的？

李　三：(低声地)听说是为一只鸽子。张宅的鸽子飞到了李宅去，李宅不肯交还……唉，咱们还是少说话好，(问老人)老大爷您高寿啦？

老　人：(喝了茶)多谢！八十二了，没人管！这年月呀，人还不如一只鸽子呢！唉！(慢慢走出去)

　　〔秦仲义，穿得很讲究，满面春风，走进来。

王利发：哎哟！秦二爷，您怎么这样闲在，会想起下茶馆来了？也没带个底下人？

秦仲义：来看看，看看你这年轻小伙子会作生意不会！

王利发：唉，一边作一边学吧，指着这个吃饭嘛。谁叫我爸爸死的早，我不干不行啊！好在照顾主儿都是我父亲的老朋友，我有不周到的地方，都肯包涵，闭闭眼就过去了。在街面上混饭吃，人缘儿顶要紧。我按着我父亲遗留下的老办法，多说好话，多请安，讨人人的喜欢，就不会出大岔子！您坐下，我给您沏碗小叶茶去！

秦仲义：我不喝！也不坐着！

王利发：坐一坐！有您在我这儿坐坐，我脸上有光！

秦仲义：也好吧！(坐)可是，用不着奉承我！

王利发：李三，沏一碗高的来！二爷，府上都好？您的事情都顺心吧？

秦仲义：不怎么太好！

王利发：您怕什么呢？那么多的买卖，您的小手指头都比我的腰还粗！

唐铁嘴：(凑过来)这位爷好相貌，真是天庭饱满，地阁方圆，虽无宰相之权，而有陶朱之富！

秦仲义：躲开我！去！

王利发：先生，你喝够了茶，该外边活动活动去！(把唐铁嘴轻轻推开)

唐铁嘴：唉！(垂头走出去)

秦仲义：小王，这儿的房租是不是得往上提那么一提呢？当年你爸爸给我的那点租钱，还不够我喝茶用的呢!

王利发:二爷,您说得对,太对了!可是,这点小事用不着您分心,您派管事的来一趟,我跟他商量,该长多少租钱,我一定照办!是!嗻!

秦仲义:你这小子,比你爸爸还滑!哼,等着吧,早晚我把房子收回去!

王利发:您甭吓唬着我玩,我知道您多么照应我,心疼我,决不会叫我挑着大茶壶,到街上卖热茶去!

秦仲义:你等着瞧吧!

〔乡妇拉着个十来岁的小妞进来。小妞的头上插着一根草标。李三本想不许她们往前走,可是心中一难过,没管。她们俩慢慢地往里走。茶客们忽然都停止说笑,看着她们。

小　妞:(走到屋子中间,立住)妈,我饿!我饿!

〔乡妇呆视着小妞,忽然腿一软,坐在地上,掩面低泣。

秦仲义:(对王利发)轰出去!

王利发:是!出去吧,这里坐不住!

乡　妇:哪位行行好?要这个孩子,二两银子!

常四爷:李三,要两个烂肉面,带她们到门外吃去!

李　三:是啦!(过去对乡妇)起来,门口等着去,我给你们端面来!

乡　妇:(立起,抹泪往外走,好像忘了孩子;走了两步,又转回身来,搂住小妞吻她)宝贝!宝贝!

王利发:快着点吧!

〔乡妇、小妞走出去。李三随后端出两碗面去。

王利发:(过来)常四爷,您是积德行好,赏给她们面吃!可是,我告诉您:这路事儿太多了,太多了!谁也管不了!(对秦仲义)二爷,您看我说得对不对?

常四爷:(对松二爷)二爷,我看哪,大清国要完!

秦仲义:(老气横秋地)完不完,并不在乎有人给穷人们一碗面吃没有。小王,说真的,我真想收回这里的房子!

王利发:您别那么办哪,二爷!

秦仲义:我不但收回房子,而且把乡下的地,城里的买卖也都卖了!

王利发:那为什么呢?

秦仲义:把本钱拢到一块儿,开工厂!

王利发:开工厂?

秦仲义:嗯,顶大顶大的工厂!那才救得了穷人,那才能抵制外货,那才能救国!(对王利发说而眼看着常四爷)唉,我跟你说这些干什么,你不懂!

王利发:您就专为别人,把财产都出手,不顾自己了吗?秦仲义你不懂!只有那么办,国家才能富强!好啦,我该走啦。我亲眼看见了,你的生意不错,你甭再耍无赖,不涨房钱!

王利发:您等等,我给您叫车去!

秦仲义:用不着,我愿意蹓跶,蹓跶!

〔秦仲义往外走,王利发送。

〔小牛儿挽着庞太监走进来。小牛儿提着水烟袋。

庞太监:哟!秦二爷!

秦仲义:庞老爷!这两天您心里安顿了吧?

庞太监:那还用说吗?天下太平了:圣旨下来,谭嗣同问斩!告诉您,谁敢改祖宗的章程,谁就掉脑袋!

秦仲义:我早就知道!

　　〔茶客们忽然全静寂起来,几乎是闭住呼吸地听着。

庞太监:您聪明,二爷,要不然您怎么发财呢!

秦仲义:我那点财产,不值一提!

庞太监:太客气了吧? 您看,全北京城谁不知道秦二爷! 您比作官的还厉害呢! 听说呀,好些财
　　主都讲维新!

秦仲义:不能这么说,我那点威风在您的面前可就施展不出来了! 哈哈哈! 庞太监! 说得好,咱
　　们就八仙过海,各显其能吧! 哈哈哈!

秦仲义:改天过去给您请安,再见!(下)

庞太监:(自言自语)哼,凭这么个小财主也敢跟我斗嘴皮子,年头真是改了!(问王利发)刘麻子
　　在这儿哪?

王利发:总管,您里边歇着吧!

　　〔刘麻子早已看见庞太监,但不敢靠近,怕打搅了庞太监、秦仲义的谈话。

刘麻子:喝,我的老爷子! 您吉祥! 我等您好大半天了!(挽庞太监往里面走)

　　〔宋恩子、吴祥子过来请安,庞太监对他们耳语。

　　〔众茶客静默一阵之后,开始议论纷纷。

茶客甲:谭嗣同是谁?

茶客乙:好象听说过! 反正犯了大罪,要不,怎么会问斩呀!

茶客丙:这两三个月了,有些作官的,念书的,乱折腾乱闹,咱们怎能知道他们搞的什么鬼呀!

茶客丁:得! 不管怎么说,我的铁杆庄稼又保住了! 姓谭的,还有那个康有为,不是说叫旗兵不
　　关钱粮,去自谋生计吗? 心眼多毒!

茶客丙:一份钱粮倒叫上头克扣去一大半,咱们也不好过!

茶客丁:那总比没有强啊! 好死不如赖活着,叫我去自己谋生,非死不可!

王利发:诸位主顾,咱们还是莫谈国事吧!

　　〔大家安静下来,都又各谈各的事。

庞太监:(已坐下)怎么说? 一个乡下丫头,要二百银子?

刘麻子:(侍立)乡下人,可长得俊呀! 带进城来,好好地一打扮、调教,准保是又好看又有规矩!
　　我给您办事,比给我亲爸爸作事都更尽心,一丝一毫不能马虎!

　　〔唐铁嘴又回来了。

王利发:铁嘴,你怎么又回来了?

唐铁嘴:街上兵荒马乱的,不知道是怎么回事!

庞太监:还能不搜查搜查谭嗣同的余党吗? 唐铁嘴,你放心,没人抓你!

唐铁嘴:嗻,总管,您要能赏给我几个烟泡儿,我可就更有出息了!

　　〔有几个茶客好像预感到什么灾祸,一个个往外溜。

松二爷:咱们也该走啦吧! 天不早啦!

常四爷:嗻! 走吧!

　　〔二灰衣人——宋恩子和吴祥子走过来。

　　宋恩子等等! 常四爷,怎么啦?

宋恩子:刚才你说"大清国要完"?

常四爷:我,我爱大清国,怕它完了!

吴祥子:(对松二爷)你听见了? 他是这么说的吗?

松二爷:哥儿们,我们天天在这儿喝茶。王掌柜知道:我们都是地道老好人!

吴祥子:问你听见了没有?

松二爷:那,有话好说,二位请坐!

宋恩子:你不说,连你也锁了走!他说"大清国要完",就是跟谭嗣同一党!

松二爷:我,我听见了,他是说……

宋恩子:(对常四爷)走!

常四爷:上哪儿? 事情要交代明白了啊!

宋恩子:你还想拒捕吗? 我这儿可带着"王法"呢!(掏出腰中带着的铁链子)

常四爷:告诉你们,我可是旗人!

吴祥子:旗人当汉奸,罪加一等! 锁上他!

常四爷:甭锁,我跑不了!

宋恩子:量你也跑不了!(对松二爷)你也走一趟,到堂上实话实说,没你的事!

　　　[黄胖子同三五个人由后院过来。

黄胖子:得啦,一天云雾散,算我没白跑腿!

松二爷:黄爷! 黄爷!

黄胖子:(揉揉眼)谁呀?

松二爷:我! 松二! 您过来,给说句好话!

黄胖子:(看清)哟,宋爷,吴爷,二位爷办案哪? 请吧!

松二爷:黄爷,帮帮忙,给美言两句!

黄胖子:官厅儿管不了的事,我管! 官厅儿能管的事呀,我不便多嘴!(问大家)是不是?

众:(嗻)! 对!

　　　[宋恩子、吴祥子带着常四爷、松二爷往外走。

松二爷:(对王利发)看着点我们的鸟笼子!

王利发:您放心,我给送到家里去!

　　　[常四爷、松二爷、宋恩子、吴祥子同下。

黄胖子:(唐铁嘴告以庞太监在此)哟,老爷在这儿哪? 听说要安份儿家,我先给您道喜!

庞太监:等吃喜酒吧!

黄胖子:您赏脸! 您赏脸!(下)

　　　[乡妇端着空碗进来,往柜上放。小妞跟进来。

小　妞:妈! 我还饿!

王利发:唉! 出去吧!

乡　妇:走吧,乖!

小　妞:不卖妞妞啦? 妈! 不卖了? 妈!

乡　妇:乖(哭着,携小妞下)

　　　[康六带着康顺子进来,立在柜台前。

康　六:姑娘! 顺子! 爸爸不是人,是畜生! 可你叫我怎办呢? 你不找个吃饭的地方,你饿死!

　　　　我弄不到手几两银子,就得叫东家活活地打死! 你呀,顺子,认命吧,积德吧!

康顺子:我,我……(说不出话来)

刘麻子：(跑过来)你们回来啦？点头啦？好！来见总管！给总管磕头！

康顺子：我……(要晕倒)

康　六：(扶住女儿)顺子！顺子！

刘麻子：怎么啦？

康　六：又饿又气，昏过去了！顺子！顺子！

庞太监：我要活的，可不要死的！

　　[静场。

茶客甲：(正与茶客乙下象棋)将！你完啦！

——幕落

第三节 ❈ 外国戏剧欣赏

一、外国戏剧概述

在欧洲文学史上，戏剧作品始终占据着重要地位。古希腊时期戏剧成就很高，出现了三大悲剧诗人。中世纪虽有剧作产生，但影响不够久远。文艺复兴时期，英国莎士比亚等剧作家的出现，使戏剧走向新的起点。17世纪的法国，戏剧文学尤其繁荣，悲剧家与喜剧家的共同努力，古典主义戏剧形成浓郁气氛。启蒙运动之时，戏剧再不是某一国之定尊，整个欧洲范围内戏剧艺术同时繁荣。随着浪漫主义思潮的到来，戏剧也发生了改变。然而，它持续的时间毕竟短暂。现实主义文学的迅猛发展，使得俄罗斯等国的剧作家也把目光投入到反映现实之中。不过，此时的剧作无论如何难以与小说一争天下。到现代派戏剧作品初显端倪之后，以多种表现手法来开掘人们内心的戏剧作品占领了文学的重要阵地，戏剧文学发展迈进了新的天地。

(一)古希腊戏剧作品

古希腊戏剧起源于酒神祭典，包括悲剧和喜剧。悲剧贯穿了命运观念。因而又被称为"命运悲剧"。喜剧包括西西里喜剧和阿提卡喜剧两种形式，按发展期分为旧喜剧、中喜剧和新喜剧。

公元前五世纪是希腊的古典时期，悲剧盛极一时。出现了许多悲剧诗人，最重要的是埃斯库罗斯、索福克勒斯和欧里庇德斯。埃斯库罗斯(前525?—前465)被称为古希腊悲剧之父，据说他一生写过70部悲剧和许多羊人剧，流传下来的只有7部完整的悲剧。分别为《波斯人》、《七将攻忒拜》、《祈援人》、《俄瑞斯忒亚》三部曲(《阿伽门农》、《奠酒人》、《报仇神》)、《被缚的普罗米修斯》。其中，《被缚的普罗米修斯》是埃斯库罗斯最著名的作品。索福克勒斯(前496—前406)有"戏剧中的荷马"之称。一生写有123部作品。留存下来也只有7部。它们是《埃阿斯》、《安提戈涅》、《俄底浦斯王》、《特拉基斯妇女》、《厄勒克特拉》、《菲洛克忒斯》、《俄底浦斯在克罗诺斯》。其中《俄底浦斯王》是最著名的一部作品，被亚里士多德尊为悲剧典范。欧里庇得斯(前485—前406)的92部作品流传下来18部。主要有《阿尔刻提斯》、《希波吕托斯》、《赫卡柏》、《疯狂的赫拉克勒斯》、《特洛亚妇女》、《海伦》、《美狄亚》、《伊菲革涅亚在陶洛人中》、《俄瑞斯忒斯》、《赫拉克勒斯的儿女》、《安德洛玛克》、《请愿的妇女》等。其中，《安德洛玛克》是经常提到的作品。《美狄亚》是他创作中最著名的一部。

古希腊喜剧作品有"喜剧之父"阿里斯托芬的《阿卡奈人》、《鸟》、《公民大会妇女》、《财神》。还有米南德的《恨世者》、《萨摩斯女子》和《吝啬鬼》等。

古希腊戏剧在古罗马得到了继承，是由于政治需要和审美趣味所致。出现了普劳图斯、泰伦提乌斯等喜剧作家。普劳图斯(前254—前184)是古罗马最负盛名的喜剧家，也是第一个有完整作品传世的古罗马剧作家。一生专门编写喜剧。其名下有 130 多部剧本,大多为别人托他的名。真正为他所作只有 21 部。其中《孪生兄弟》、《一坛黄金》、《俘虏》、《吹牛军人》等为人所熟知。泰伦提乌斯(约前 190—前 159)6 个剧本全部流传下来。它们是《安德罗斯女子》、《婆母》、《自责者》、《阉奴》、《福尔弥昂》、《两兄弟》。

（二）中世纪戏剧作品

中世纪戏剧包括基督教戏剧和非基督教戏剧。

"奇迹剧"和"神秘剧"是基督教戏剧中的重要形式,它主要搬演圣经故事,兼而再现圣徒们的生平,都热衷于表现超自然的奇迹,充满浓郁的神秘主义气息。由于这两种戏剧的概念互有交叉,加之在宗教的节日上演。许多书上都改用"宗教剧"或"教会戏剧"这一名称。

中世纪盛期,圣母崇拜成为欧洲宗教生活的重要组成部分,以她命名的教堂越来越多,描述她生平事迹的诗歌、绘画和雕塑作品大量问世。在此背景下,圣母剧也日益成为教会戏剧的常见剧目。与那些改编圣经故事的奇迹剧和神秘剧大体同时,欧洲尤其英国文坛上出现了一种道德剧,剧中角色都是人格化了的抽象概念,如生命、死亡、忏悔、善行、仁爱、贪婪以及其他美德和恶行等。该剧创作和演出持续到 16 世纪上半叶,后被"大学才子派"的戏剧活动所取代。

非基督教戏剧主要体现在城市戏剧。城市戏剧是在 14 世纪的民间杂耍表演与宗教奇迹剧和神秘剧的基础上发展起来的。主要剧种有道德剧、傻子剧、闹剧等。闹剧是城市戏剧中现实意义最强的一种,它主要反映市民的生活,表现人情世态,生活气息较浓,充满戏谑和嘲弄,生动活泼,深受群众喜爱。最著名的闹剧是法国的《巴特兰律师》。

（三）文艺复兴时期戏剧作品综述

文艺复兴是资产阶级经济发展的必然产物,是 14 世纪末到 17 世纪初欧洲发生的资产阶级反封建、反教会的思想文化解放运动。是一场具有划时代意义的精神解放和思想解放的斗争。其特点是,打着复兴古希腊罗马文化的旗号,发展资产阶级新思想、新文化。文艺复兴开辟了欧洲历史上的新纪元,是西方近代文化的开端。在这个"需要巨人而又产生巨人的时代"里,戏剧取得了较高的成就。

意大利是欧洲文艺复兴的发源地,出现了但丁、达·芬奇、米开朗基罗等艺术巨匠。戏剧艺术上,较为著名的有马基维理(1469—1527)、阿莱廷诺(1492—1556)。他们的创作不单承担了传播古代戏剧给欧洲各国的任务,还直接把人文主义思想融入了本民族剧作中。马基维理的《曼陀罗花》通过青年卡里马科愚弄贵族尼西亚而得到自己意中人的故事,一方面表现了个人主义和享乐思想,另一方面将现实社会贫富不均,贫者智,富者愚的景象贯穿于剧中,达到讽喻封建贵族的目的。

文艺复兴时期的西班牙,同样是戏剧艺术繁荣的乐土。由于建立了公众剧场,涌现出大量优秀的剧本,形成了民族戏剧。其中成就最大的剧作家是洛卜·德·维伽。他是西班牙民族戏剧的奠基人。据说他写过 1800 多部剧本,今天能见到的,只有 426 个喜剧和 40 多个街头宗教剧。《羊泉村》是他的代表作。与维伽前后出现的剧作家还有塞万提斯(1549—1619),剧作是历史悲剧《努曼西亚》;莫里纳(1571—1648),剧作为《塞维利亚的诱惑者》;卡尔德隆(1600—1681),剧作为《扎拉美亚的长老》。

英国 16 世纪文学中成就最大的是戏剧。著名的剧作家有约翰·李利、乔治·皮尔、罗伯特·格林、克里斯托弗·马洛等"大学才子派",还有本·琼生。最为突出的是莎士比亚(1564—1616)。本·琼生曾以"莎士比亚不属于一个时代,而属于所有的世纪"来评价他。

莎士比亚的戏剧分为三个时期:第一时期(1590—1600),历史剧和喜剧时期,属莎士比亚人文主义思想形成时期。创作基调乐观、明朗。第二时期（1601—1607），悲剧时期，为莎士比亚思想和创作成熟期，也是其创作高峰期，创作基调悲愤沉郁。第三时期（1608—1612），传奇剧时期。创作基调清丽、俊秀。

在莎士比亚整个创作中，历史剧有《亨利六世》（上、中、下）、《理查三世》、《理查二世》、《亨利四世》（上、下）和《亨利五世》、《约翰王》、《亨利八世》等，它们既注意了历史剧要从表现事件为主，也注意了人物的塑造。在宏大的场面里，纵横交错的事件中，闪耀着性格鲜明的各种人物。代表作是《亨利四世》，通过写亨利四世镇压两次贵族叛乱的过程与亨利王子弃恶从善的演变，在肯定王权胜利的同时，表现了经过道德改善产生理想的衔命君主的思想。剧本运用平行结构和对照原则。将两种性质不同气氛完全不同的生活场景融合在一起。莎士比亚喜剧分量最大，共13部。分两个部分：一是早期喜剧，又叫实验喜剧、浪漫戏剧、抒情喜剧。如《爱的徒劳》、《仲夏夜之梦》、《威尼斯商人》、《无事生非》、《温莎的风流娘们》、《皆大欢喜》和《第十二夜》等。二是中期喜剧，又叫问题剧、悲喜剧、黑暗喜剧。如《特洛伊罗斯与克瑞西达》、《终成眷属》、《一报还一报》等。中心主题是爱情和友谊。多写青年男女为追求爱情自由，与封建意识、封建顽固势力和各种自私欺骗行为所进行的斗争。《威尼斯商人》是其代表作。

莎士比亚的后期创作与以前的作品不同，很难归类，因为充满奇幻色彩，所以名之为传奇剧。有《泰尔亲王配力克里斯》、《冬天的故事》、《辛白林》、《暴风雨》等4部。它们情节相似，剧开场时，主人公往往遭遇不幸，后来由于某种偶然原因，得到大团圆的结局。代表作是《暴风雨》，被称为"诗的遗嘱"。

莎士比亚的悲剧在其整个创作中最为突出。共有《科利奥兰纳斯》、《泰特斯安德·洛尼克斯》、《罗密欧与朱丽叶》、《雅典的泰门》、《裘力斯·凯撒》、《麦克白》、《哈姆莱特》、《李尔王》、《奥赛罗》、《安东尼与克莉奥佩特拉》等10部。其主题是理想与现实的矛盾和理想的破灭。剧本有深刻的思想内容和严峻的社会批判意义。剧中塑造了一批具有人文主义理想的正面人物，描写他们所代表的先进力量与现实中强大的邪恶势力所进行的悲剧性的斗争，以及他们的毁灭、他们的道义力量。《哈姆莱特》、《奥赛罗》、《李尔王》、《麦克白》是被读者常常提到的的四大悲剧。《哈姆莱特》处于莎士比亚戏剧艺术殿堂的顶端，是他的中心作品。她不仅是文艺复兴文化聚结而成的艺术瑰宝，而且是英国社会转型期种种矛盾冲突的一面镜子；不仅是集莎士比亚全部艺术天才的戏剧经典，而且是时代精神的不朽乐章，它被称为"那位前无古人、后无来者的戏剧之王王冠上一颗熠熠生辉的金刚钻"。20世纪末，当人们回顾人类一千年来重大历史事件时，《哈姆莱特》中著名的台词"生存还是毁灭"（to be or not to be）的问世与流传竟被认为是一千年中对世界产生重大影响的一百件大事之一。

（四）古典主义戏剧作品

在古希腊，由于受舞台条件的限制，戏剧必须在白天演出，基本表现不出白天和黑夜的更迭，也没有地点的变化，所以多为独幕剧。后来，16世纪意大利文艺复兴时期的学者翻开亚里士多德的不朽著作，在字面意义上对亚里士多德的说法进行理解，错误地认为古代悲剧是在情节、地点、时间三方面都"整一"的悲剧。1634年，诗人梅莱在他的悲剧中首次贯彻这一思想，从此，奉古代文学为圭臬的法国古典主义作家们，因袭了意大利文艺理论家的错误，制订了严格的"三一律"，即一个剧本只能有一个情节线索、剧情只能发生在一个地点、时间不能超过二十四小时。按布瓦洛的说法：一部剧本"要用一地、一天内完成的一个故事，从开头直到末尾维持着舞台的充实"。坚持说这是亚里士多德的规定。正如马克思所指出的："路易十四时期的法国剧作家们从理论上构想的那种三一律，是建立在对希腊戏剧（及其解释者亚里士多德）的曲解上的。但是，另一方面，同样毫无疑问，他们正是依照他们自己艺术的需要来理解希腊人的，因而在达西埃和其他人向他们正确解释了亚里士多德以后，他们还是长期坚持这种所谓的'古典'戏剧。"

三一律是古典主义戏剧的金科玉律。可以说，古典主义戏剧家们是自愿戴着镣铐跳舞的，不过，他们的艺术也许正是在限制下方显出曼妙之处。

法国古典主义戏剧家中，最杰出的悲剧作家是高乃依和拉辛。

彼埃尔·高乃依（1606—1684），法国古典主义悲剧的创始人。他的第一个喜剧是《梅丽特》，根据作者本人中学时代初恋失意的切身经验改编而成。他的著名悲剧《熙德》被认为是法国古典主义的奠基之作。作品的主题是，表现感情与理智、家族与个人爱情的冲突，歌颂英明的君主。作品的最大特色是，作者没有单纯地让个人利益绝对服从家庭荣誉，而是通过国王的干预，既照顾到家族荣誉，又顾全了个人利益。作品中，感情和理智不断地处于矛盾对抗之中，又不断地得到调和与解决。

让·拉辛（1639—1699），法国古典主义繁荣时期最重要的悲剧家，其创作代表了古典主义悲剧的最高成就。1664年，拉辛写出了第一部悲剧，开始了真正的文学生涯，而使他一举成名的则是三年后的杰作《安德洛玛刻》。这个五幕悲剧轰动了巴黎，其盛况令人想起《熙德》的成功。继《安德洛玛刻》之后，拉辛又连续创作出了多部有影响的剧作，由于他的成就，1673年被选为法兰西学士院院士，第二年又当上了路易十四的顾问。拉辛的剧作，严格恪守三一律，他用很多技巧避开了三一律的弊端，而发挥其长处，整部戏冲突激烈、结构紧凑、毫无枝蔓。另外，拉辛的人物塑造既不违反古典主义要求人物以一种性格为主的原则，同时又赋予人物以多重色彩，使人物具有丰满性。再者，拉辛擅长心理刻划，写人物的心理发展过程丝丝入扣、极为细腻，这方面是古典主义戏剧的最高代表。

当高乃依、拉辛的古典主义悲剧受到人们推崇的时候，一位地毯商的儿子却把法国的喜剧推向戏剧艺术的高峰。莫里哀（1622—1673），一个与莎士比亚同样响亮的名字被载入戏剧艺术的史册。

1658年10月，莫里哀的剧团得到了进卢浮宫为国王路易十四献艺的机会。这天，他演出了在外省很受欢迎的小喜剧《多情的医生》，引得路易十四和大臣们开怀大笑。演出结束以后，国王命令剧团留在巴黎，并把卢浮宫剧场拨给莫里哀剧团。从此，莫里哀以"王家剧团"的名义在巴黎演戏，开始了他戏剧活动的新时期。

莫里哀一生创作了近30部喜剧，其中贯穿着反封建、反教会的战斗精神，以及取材现实、同情人民的民主主义倾向。在艺术方面，他以揭露丑恶的社会现象为喜剧的宗旨，直面现实生活，并不断从民间戏剧中汲取营养，尤其是他致力于性格喜剧的开拓，把欧洲的喜剧发展到了近代喜剧的新阶段，对后世的欧洲戏剧产生了巨大影响。

莫里哀的创作分为四个时期：第一阶段是创作奠基时期（1645—1658），主要是滑稽剧和情节喜剧。现存作品有《冒失鬼》、《爱情的埋怨》等。第二阶段是古典主义喜剧开创时期（1658—1663），主要是社会风俗剧。现存作品有《多情的医生》、《可笑的女才子》、《斯加纳雷尔》、《丈夫学堂》、《太太学堂》等。第三阶段是创作成熟时期（1664—1668），主要是社会讽刺喜剧。现存作品有《伪君子》、《逼婚》、《唐璜》、《恨世者》、《打出来的医生》、《吝啬鬼》、《乔治·唐丹》等。第四阶段是创作的晚期（1669—1673），主要是轻松幽默的滑稽剧和芭蕾舞剧。现存作品有《贵人迷》（又译为《醉心贵族的小市民》）、《司卡班的诡计》、《女博士》（又译作《女学者》）、《埃斯卡巴雅伯爵夫人》、《没病找病》（又译作《无病呻吟》）等。其中，《伪君子》是莫里哀最优秀的喜剧。

（五）启蒙主义和浪漫主义戏剧作品综述

18世纪的启蒙运动，是继文艺复兴以后欧洲资产阶级的第二次伟大的思想解放运动。启蒙运动的思潮不仅贯通于法国社会，而且冲击着整个欧洲。此时，曾经出现的那种以一国戏剧艺术为定尊，以一种思潮为时尚的局面逐渐消逝，取而代之的是整个欧洲范围内戏剧艺术的同时繁荣。在各个主要国家中，几乎都出现了具有世界影响的启蒙戏剧家。

1731年，英国第一部资产阶级的戏剧《伦敦商人》（乔治·李洛）上演，此后一批充满民主主义思想的剧作家出现在人们视野中。亨利·菲尔丁（1707—1754）以其尖锐犀利的讽刺剧享誉全欧。如《堂吉诃德在英国》、《巴斯昆》、《1736年历史日历》等。奥立弗·哥尔斯密的现实主义风格的喜剧作品对英国戏剧艺术的风格起了重要影响。他的剧作《委曲求全》对英国贵族资产阶级的社会生活和风尚有着真实的描写。谢立丹（1751—1816）是18世纪最有成就的剧作家。他代表了18世纪英国戏剧艺术的最高成就。他的《情敌》、《造谣学校》、《批评家》，都是对政治现实的直接参预。

法国是启蒙运动的大本营。"百科全书派"的领袖狄德罗（1713—1784）就是一位杰出的戏剧家。他创立了介于悲剧和喜剧之间的启蒙戏剧，他的主要作品有《私生子》、《家长》等。还撰写了两篇重要的戏剧论文：《关于〈私生子〉的谈话》、《论戏剧诗》。之外，另一位启蒙思想家伏尔泰（1694—1778）也是著名的剧作家。他的主要剧作有《札伊尔》、《穆罕默德》、《布鲁图斯》、《凯撒之死》。最著名的启蒙运动剧作家是博马舍（1732—1799）。他的著名作品是"费加罗三部曲"：《塞维勒的理发师》、《费加罗的婚姻》和《有罪的母亲》。这三部剧作从内容上充分体现了法国"第三等级"对艺术的要求。

此时意大利被启蒙运动的思潮所催动。曾经流行的即兴喜剧失去了活力，一种新的市民喜剧从戏剧改革家的手中诞生。其中，首屈一指的是卡尔洛·哥尔多尼（1707—1793），他的剧作如《封建主》、《咖啡店》、《一仆二主》、《女店主》等表现出他个人的志趣和倾向。另一剧作家维·阿尔菲爱里（1749—1803）主要剧本有《克里奥佩特拉》、《索尔》等。

戏剧是18世纪德国文学的主要成就。以莱辛、歌德、席勒三位为主要代表。莱辛（1729—1781）是德国启蒙运动在艺术方面的杰出代表。他一生创作了14部戏剧，有喜剧和市民悲剧等。他的喜剧《犹太人》第一次将犹太人作为正面人物推上德国舞台，表现了民族平等的思想。《明娜·封·巴尔海姆，或军人之福》是莱辛最著名的喜剧，是作者三大名剧之一，也是德国第一部古典喜剧。它标志着德国民族文学进入成熟时期。该剧至今仍是德国剧场的保留节目。市民悲剧是莱辛剧作中最为重要的剧种。他在1755年创作的《萨拉·萨姆逊小姐》是德国第一部"市民悲剧"。《爱米丽雅·伽洛蒂》是莱辛艺术上最成功、思想性最强的悲剧作品，是德国文学中最杰出的市民悲剧作品。也是德国文学史上第一部具有强烈反封建意识的剧本。主要批判贵族的残忍和野蛮。莱辛在戏剧理论上也颇有建树，他的主要戏剧理论及美学著作是《拉奥孔》、《汉堡剧评》等。

德国启蒙运动中，弗里德里希·席勒的文学创作以戏剧的成就最大。他的主要剧作有《强盗》、《阴谋与爱情》、《华伦斯坦》三部曲、《奥尔良的姑娘》、《威廉·退尔》等。《华伦斯坦》三部曲包括《华伦斯坦的军营》、《皮柯洛尔尼父子》、《华伦斯坦之死》三个作品，是席勒规模最大的剧作，表达了德国人民要求建立和平统一的国家的愿望。

约翰·沃尔夫冈·歌德（1749—1832）是德国启蒙运动的一位主将。他不仅以学者、哲学家、诗人、科学家、政治活动家等闻名于世，也以其光辉灿烂的戏剧作品享有戏剧大师的美誉。他一生创作的剧本若包括未完成的在内约有70多部。狂飙突进运动时期，他的重要剧作是《铁手骑士葛兹·封·贝利欣根》(1773),这是德国第一部现实主义历史剧。狂飙突进向古典主义过渡时期,他的剧作有《伊菲格涅亚在陶立斯》、《哀格蒙特》、《塔索》等。歌德的剧作同他的文学创作和哲学思维一样,具有博大的包容性,德国社会不同阶层、各色人物都可以在剧作中得到反映。

十八世纪末至十九世纪初,伴随着资本主义发展,文化界兴起一种新的创作思潮——浪漫主义。戏剧界也随之而掀起浪漫主义戏剧的高潮。在法国,以小说著称的维克多·雨果(1802—1885)首先向剧坛的古典主义营垒进行冲击。1827年,年仅25岁的他写出剧本《克伦威尔》,并随着剧本发表长篇《〈克伦威尔〉序言》,被称为浪漫主义的宣言。1830年2月25日,雨果的浪漫派名剧《欧那尼》首演于法兰西剧院,取得决定性胜利,从此古典主义退出了历史舞台。法国其他的浪漫主义剧作有维尼的《查铁敦》、大仲马的《安东尼》、缪塞的《罗朗萨丘》、萨都的《一张信纸》、小仲马的《茶花女》等。

德国浪漫主义戏剧是由奥古斯特·威廉·施莱格尔(1767—1829)和他的兄弟弗里德里希·施莱格尔(1772—1828)领导的,他们的功劳不表现在剧本创作上,而是建立起系统的、具有深远历史意义的戏剧理论体系。此后,还有几位戏剧家:鲁德维希·蒂克(1773—1853),剧作《穿靴子的公猫》;克莱斯特(1777—1811),被史学家们称为"命运剧"的三部爱情悲剧:《施罗芬史泰因一家》、《海尔布隆的凯蒂欣》和《彭提西丽亚》。

需指出的是,十九世纪欧洲的戏剧并非在所有国家都表现出浪漫主义特点。处于欧洲东北部的俄罗斯,戏剧艺术却表现出向现实生活靠拢的倾向。此时,俄国有代表性的杰出戏剧家亚历山大·谢尔盖耶维奇·格里鲍耶陀夫(1795—1829)以他创作其一生惟一完整的杰作《智慧的痛苦》出现于俄国戏剧界。剧本真实生动地反映了19世纪20年代俄国贵族阶级内部新旧思想的激烈斗争。为俄国现实主义喜剧的发展奠定了基础。被高尔基称为"俄国文学之始祖"的普希金(1799—1837),创作的历史剧《鲍里斯·戈都诺夫》因为在思想、艺术上的独创性奠定了俄罗斯戏剧的基础,推动了俄罗斯现实主义戏剧的发展,是俄国文学史上具有划时代意义的作品。后来出现的俄罗斯文学巨匠果戈理(1809—1852),他的名剧《钦差大臣》的正式发表,标志着果戈理的现实主义讽刺艺术已完全成熟,在俄国现实主义戏剧发展史上有着重要里程碑的意义。契诃夫(1860—1904)的《伊凡诺夫》、《海鸥》、《三姐妹》和《樱桃园》反映了处于革命高潮前夕一些小资产阶级知识分子的苦闷和追求。在俄罗斯剧作家中,终生从事戏剧文学创作的是奥斯特罗夫斯基(1823—1886)。他一生创作了50多个剧本,是俄国最多产的剧作家。他的代表作《大雷雨》在现实主义文学发展史上具有特殊意义,打破了俄罗斯戏剧创作的沉寂局面,以深刻的主题思想、强烈的社会意义、精巧的艺术结构、典型的人物形象取代了低级甚至反动的传奇剧和滑稽剧,奠定了现实主义戏剧坚实的基础。

(六)现代派戏剧作品综述

19世纪现实主义文学成就很高,但主要体现在小说上,戏剧未能形成繁荣局面。本时期杰出的戏剧家是亨利克·易卜生(1828—1906),被誉为"现代戏剧之父"和"伟大的问号"。他的创作包括三个时期:1.浪漫主义历史剧时期。写了10个剧本,大都取材于挪威民间传说和民族历史,改编过程中,他注入现实的内容,借古喻今。通过古代英雄的塑造,宣扬爱国思想,歌颂民族团结;通过古代爱情婚姻故事的描绘,触及当今资本主义社会婚姻关系的现金交易。手法多变,幻想丰富,具有浓厚的浪漫主义色彩。主要作品有《觊觎王位的人》、《爱的喜剧》等。2.现实主义社会问题剧时期。易卜生创作了一系列以日常生活中尖锐的问题作素材、从多方面剖析社会问题、层层剥笋使矛盾突出、启发观众思考、引导人们起来改革社会弊端的"社会问题剧"。主要作品有《青年同盟》、《社会支柱》、《玩偶之家》、《群鬼》、《人民公敌》等。3.象征主义心理分析剧时期。重要作品有《建筑师》、《小艾友夫》、《约翰·盖勃吕尔·博克曼》、《我们死人醒来的时候》等。

20世纪现代派戏剧占据了主要历史舞台。包括象征主义、表现主义、超现实主义、未来主义、存在主义和荒诞派戏剧等。现代派戏剧是一个由多种流派组成的文学思潮，在总体上有基本一致的特征。它们都是20世纪特定时代的产物。任何一个戏剧流派都折射出时代的风貌。它们都具有哲理化和"反戏剧"的倾向。它们能创造出多样戏剧表现手法，淋漓尽致地开掘内心世界。在该时期，各流派都出现了重要的戏剧作品。

象征主义戏剧代表作品有比利时梅特林克（1862—1949）的《青鸟》、德国霍普特曼（1862—1946）的《晨钟》、爱尔兰约翰·沁孤（1871—1909）的《骑马下海的人》，其中梅特林克和霍普特曼先后获得诺贝尔文学奖。

瑞典剧作家斯特林堡（1849—1912）的后期剧作，是表现主义戏剧的先声。他的代表作《鬼魂奏鸣曲》是表现主义名剧之一。德国表现主义戏剧代表作家是欧尔格·凯撒（1878—1945）和恩斯特·托勒（1893—1939）。前者创作的《从清晨到午夜》是其70个剧本中的代表，后者代表作《转变》的面世，标志着德国表现主义戏剧运动进入高潮。美国的表现主义戏剧以尤金·奥尼尔为中心。他一生创作了50多个剧本，曾四次获得普利策奖，1936年获得诺贝尔文学奖。主要作品有《天边外》、《琼斯皇帝》、《毛猿》等。捷克著名的表现主义戏剧家是卡莱尔·恰佩克（1890—1938），重要剧本为《万能机器人》。

表现主义戏剧之后继之而来的是兴盛于20年代法国的超现实主义戏剧。代表作有阿波利奈尔的《蒂雷西亚的乳房》、蒂塞尼《刀子的眼泪》、《秘鲁的刽子手》等。让·科克托一生写了17个剧本，独幕剧《奥尔菲》是他的成名之作和代表作。由于他的作品对法国以及西方的现代文学产生了深远影响，被西方公认为当代超现实主义流派大师。

未来主义在20世纪20年代兴盛于欧美，戏剧家主张宣布过去的艺术的终结和新的艺术的诞生，力图抛掉传统戏剧的定规，高举"反戏剧"的大旗。代表作品是意大利剧作家马利内蒂（1876—1944）的短剧《他们来了》。

存在主义戏剧以萨特（1905—1980）为代表。他的8部剧本中，《禁闭》被戏剧史家评为萨特的经典之作，《恭顺的妓女》被认为是完美的杰作。

荒诞派戏剧是二次大战后西方戏剧舞台上出现的一种新的戏剧品种。其创始人是尤金·尤奈斯库（1912— ），《秃头歌女》是他的代表作。与他一起被公认为"荒诞派"戏剧的重要奠基人的还有萨缪尔·贝克特（1906—1989），代表作是《等待戈多》。除了他们的作品外，还有法国阿瑟·阿达莫夫（1908—1970）的《弹子球机器》，英国哈罗尔德·品特（1930— ）的三幕剧《生日晚会》，美国爱德华·阿尔比的《动物园的故事》，等等。

总之，对于现代主义戏剧家来说，戏剧舞台并不单纯是一个为艺术而艺术的实验场所，而是包容了时代和社会赋予他们的特殊内涵，是他们思考人生和社会，探求自身价值的结果。在当时的条件下，他们的探索不可能得到令人满意的答案，但其戏剧实践活动大大地推动了现代戏剧的发展，给舞台注入了表现内容的新形式。

以上是欧洲戏剧作品的简单概述，至于亚非各国的民族戏剧，在此未作介绍。从前面所述的内容中，我们发现，戏剧不仅具有悠久的历史，而且在各个时期都有丰富的产品。不同时代不同作家所创作出来的不同剧本，有着不同的内涵和意义，我们阅读它，不能停留于简单的字句，应在认真了解剧作家所属流派、创作风格、所处时代的文学背景之后，细心把握作品的意义，仔细体会剧本中的人物性格，紧紧扣住戏剧冲突，感受剧本的独特魅力。

二、外国戏剧及汉语译文欣赏实例 ●━━━━━━━━━━━━━━━━━━━━

《玩偶之家》欣赏
汉语译文(节选)

娜　拉：坐下。一下子说不完。我有好些话跟你谈。

海尔茂：(在桌子那一头坐下)娜拉，你把我吓了一大跳。我不了解你。

娜　拉：这话说得对，你不了解我，我也到今天晚上才了解你。别打岔。听我说下去。托伐，咱们必须把总账算一算。

海尔茂：这话怎么讲？

娜　拉：(顿了一顿)现在咱们面对面坐着，你心里有什么感想？

海尔茂：我有什么感想？

娜　拉：咱们结婚已经八年了。你觉得不觉得，这是头一次咱们夫妻正正经经谈谈话？

海尔茂：正正经经！这四个字怎么讲？

娜　拉：这整整的八年要是从咱们认识的时候算起，其实还不止八年咱们从来没有在正经事情上头谈过一句正经话。

海尔茂：难道要我经常把你不能帮我解决的事情麻烦你？

娜　拉：我不是指着你的业务说。我说的是，咱们从来没坐下来正正经经细谈过一件事。

海尔茂：我的好娜拉，正经事跟你有什么相干？

娜　拉：咱们的问题就在这儿！你从来就没了解过我。我受尽了委屈，先在我父亲手里，后来又在你手里。

海尔茂：这是什么话！你父亲和我这么爱你，你还说受了我们的委屈！

娜　拉：(摇头)你们何尝真爱过我，你们爱我只是拿我当消遣。

海尔茂：娜拉，这是什么话！

娜　拉：托伐，这是老实话。我在家跟父亲过日子的时候，他把他的意见告诉我，我就跟着他的意见走。要是我的意见跟他不一样，我也不让他知道，因为他知道了会不高兴。他叫我"泥娃娃孩子"，把我当做一件玩意儿，就像我小时候玩儿我的泥娃娃一样。后来我到你家来住着——

海尔茂：用这种字眼形容咱们的夫妻生活简直不像话！

娜　拉：(满不在乎)我是说，我从父亲手里转移到了你手里。跟你在一块儿，事情都归你安排。你爱什么我也爱什么，或者假装爱什么——我不知道是真还是假——也许有时候真，有时候假。现在我回头想一想，这些年我在这儿简直像个要饭的叫花子，要一口，吃一口。托伐，我靠着给你耍把戏过日子。可是你喜欢我这么做。你和我父亲把我害苦了。我现在这么没出息都要怪你们。

海尔茂：娜拉，你真不讲理，真不知好歹！你在这儿过的日子难道不快活？

娜　拉：不快活。过去我以为快活，其实不快活。

海尔茂：什么！不快活！

娜　拉：说不上快活，不过说说笑笑凑个热闹罢了。你一向待我很好。可是咱们的家只是一个玩儿的地方，从来不谈正经事。在这儿我是你的"泥娃娃老婆"，正像我在家里是我父亲的"泥娃娃女儿"一样。我的孩子又是我的泥娃娃。你逗着我玩儿，我觉得有意思，正像我逗孩子们，孩子们也觉得有意思。托伐，这就是咱们的夫妻生活。

海尔茂：你这段话虽然说得太过火，倒也有道理。可是以后的情形就不一样了。玩儿的时候过
　　　　去了，现在是受教育的时候了。

娜　拉：谁的教育？我的教育还是孩子们的教育？

海尔茂：两方面的，我的好娜拉。

娜　拉：托伐，你不配教育我怎样做个好老婆。

海尔茂：你怎么说这句话？

娜　拉：我配教育我的孩子吗？

海尔茂：娜拉！

娜　拉：刚才你不是说不敢再把孩子交给我吗？

海尔茂：那是气头上的话，你老提它干什么？

娜　拉：其实你的话没说错。我不配教育孩子。要想教育孩子，先得教育我自己。你没资格帮
　　　　我的忙。我一定得自己干。所以现在我要离开你。

海尔茂：（跳起来）你说什么？

娜　拉：要想了解我自己和我的环境，我得一个人过日子，所以我不能再跟你待下去。

海尔茂：娜拉！娜拉！

娜　拉：我马上就走。克立斯替纳一定会留我过夜。

海尔茂：你疯了！我不让你走！你不许走！

娜　拉：你不许我走也没用。我只带自己的东西。你的东西我一件都不要，现在不要，以后也
　　　　不要。

海尔茂：你怎么疯到这步田地！

娜　拉：明天我要回家去——回到从前的老家去。在那儿找点事情做也许不太难。

海尔茂：喔，像你这么没经验——

娜　拉：我会努力去吸取。

海尔茂：丢了你的家，丢了你丈夫，丢了你儿女！不怕人家说什么话！

娜　拉：人家说什么不在我心上。我只知道我应该这么做。

海尔茂：这话真荒唐！你就这么把你最神圣的责任扔下不管了？

娜　拉：你说什么是我最神圣的责任？

海尔茂：那还用我说？你最神圣的责任是你对丈夫和儿女的责任。

娜　拉：我还有别的同样神圣的责任。

海尔茂：没有的事！你说的是什么责任？

娜　拉：我说的是我对自己的责任。

海尔茂：别的不用说，首先你是一个老婆，一个母亲。

娜　拉：这些话现在我都不信了。现在我只信，首先我是一个人跟你一样的一个人，至少我要学
　　　　做一个人。托伐，我知道大多数人赞成你的话，并且书本儿里也是这么说。可是从今以
　　　　后我不能一味相信大多数人说的话，也不能一味相信书本儿里说的话。什么事情我都
　　　　要用自己脑子想一想，把事情的道理弄明白。

海尔茂：难道你不明白你在自己家庭的地位？难道在这些问题上有颠扑不破的道理指导你？
　　　　难道你不信仰宗教？

娜　拉：托伐，不瞒你说，我真不知道宗教是什么。

海尔茂:你这话怎么讲?

娜　拉:除了行坚信礼的时候牧师对我说的那套话,我什么都不知道。牧师告诉过我,宗教是这个,宗教是那个。等我离开这儿一个人过日子的时候我也要把宗教问题仔细想一想。我要仔细想一想牧师告诉我的话究竟对不对,对我合用不合用。

海尔茂:喔,从来没听说过这种话!并且还是从这么个年轻女人嘴里说出来的!要是宗教不能带你走正路,让我唤醒你的良心来帮助你。你大概还有点道德观念吧?要是没有,你就干脆说没有。

娜　拉:托伐,这个问题不容易回答。我实在不明白。这些事情我摸不清,我只知道我的想法跟你的想法完全不一样。我也听说,国家的法律跟我心里想的不一样,可是我不信那些法律是正确的。父亲病得快死了,法律不许女儿给他省烦恼。丈夫病得快死了,法律不许老婆想法子救他的性命!我不信世界上有这种不讲理的法律。

海尔茂:你说这些话像个小孩子。你不了解咱们的社会。

娜　拉:我真不了解。现在我要去学习。我一定要弄清楚,究竟是社会正确,还是我正确。

海尔茂:娜拉,你病了,你在发烧说胡话。我看你像精神错乱了。

娜　拉:我的脑子从来没像今天晚上这么清醒、这么有把握。

海尔茂:你清醒得有把握要丢掉丈夫和儿女?

娜　拉:一点不错。

海尔茂:这么说,只有一句话讲得通。

娜　拉:什么话?

海尔茂:那就是你不爱我了。

娜　拉:不错,我不爱你了。

海尔茂:娜拉!你忍心说这话!

娜　拉:托伐,我说这话心里也难受,因为你一向待我很不错。可是我不能不说这句话。现在我不爱你了。

海尔茂:(勉强管住自己)这也是你清醒的有把握的话?

娜　拉:一点不错。所以我不能再在这儿待下去。

海尔茂:你能不能说明白我究竟做了什么事使你不爱我?

娜　拉:能。就因为今天晚上奇迹没出现,我才知道你不是我理想中的那等人。

海尔茂:这话我不懂,你再说清楚点。

娜　拉:我耐着性子整整等了八年,我当然知道奇迹不会天天有。后来大祸临头的时候,我曾经满怀信心地跟自己说,"奇迹来了!"柯洛克斯泰把信扔在信箱里以后,我决没想到你会接受他的条件。我满心以为你一定会对他说,"尽管宣布吧",而且你说了这句话之后,还一定会——

海尔茂:一定会怎么样?叫我自己的老婆出丑丢脸,让人家笑骂?

娜　拉:我满心以为你说了那句话之后,还一定会挺身出来,把全部责任担在自己肩膀上,对大家说,"事情都是我干的。"

海尔茂:娜拉——

娜　拉:你以为我会让你替我担当罪名吗?不,当然不会。可是我的话怎么比得上你的话那么容易叫人家信?这正是我盼望它发生又怕它发生的奇迹。为了不让奇迹发生,我已经准备自杀。

海尔茂：娜拉，我愿意为你日夜工作，我愿意为你受穷受苦。可是男人不能为他爱的女人牺牲自己的名誉。

娜　拉：千千万万的女人都为男人牺牲过名誉。

海尔茂：喔，你心里想的嘴里说的都像个傻孩子。

娜　拉：也许是吧。可是你想的和说的也不像我可以跟着过日子的男人。后来危险过去了你不是怕我有危险，是怕你自己有危险。不用害怕了，你又装做没事人儿了。你又叫我跟从前一样乖乖地做你的小鸟儿，做你的泥娃娃，说什么以后要格外小心保护我，因为我那么脆弱不中用。（站起来）托伐，就在那当口，我好像忽然从梦里醒过来，我简直跟一个生人同居了八年，给他生了三个孩子。喔，想起来真难受！我恨透了自己没出息！

海尔茂：（伤心）我明白了，我明白了，在咱们中间出现了一道深沟。可是，娜拉，难道咱们不能把它填平吗？

娜　拉：照我现在这样子，我不能跟你做夫妻。

海尔茂：我有勇气重新再做人。

娜　拉：在你的泥娃娃离开你之后——也许有。

海尔茂：要我跟你分手！不，娜拉，不行！这是不能设想的事情。

娜　拉：（走进右边屋子）要是你不能设想，咱们更应该分开。（拿着外套、帽子和旅行小提包又走出来，把东西搁在桌子旁边椅子上）

海尔茂：娜拉，娜拉，现在别走。明天再走。

娜　拉：（穿外套）我不能在生人家里过夜。

海尔茂：难道咱们不能像哥哥妹妹那么过日子？

娜　拉：（戴帽子）你知道那种日子长不了。（围披肩）托伐，再见。我不去看孩子了。我知道现在照管他们的人比我强得多。照我现在这样子，我对他们一点儿用处都没有。

海尔茂：可是，娜拉，将来总有一天——

娜　拉：那就难说了。我不知道我以后会怎么样。

海尔茂：无论怎么样，你还是我的老婆。

娜　拉：托伐，我告诉你。我听人说，要是一个女人像我这样从她丈夫家里走出去，按法律说，她就解除了丈夫对她的一切义务。不管法律是不是这样，我现在把你对我的义务全部解除。你不受我拘束，我也不受你拘束。双方都有绝对的自由。拿去，这是你的戒指。把我的也还我。

海尔茂：连戒指都要还？

娜　拉：要还。

海尔茂：拿去。

娜　拉：好。现在事情完了。我把钥匙都搁在这儿。家里的事佣人都知道她们比我更熟悉。明天我动身之后，克立斯替纳会来给我收拾我从家里带来的东西。我会叫她把东西寄给我。

海尔茂：完了！完了！娜拉，你永远不会再想我了吧？

娜　拉：喔，我会时常想到你，想到孩子们，想到这个家。

海尔茂：我可以给你写信吗？

娜　拉：不，千万别写信。

海尔茂：可是我总得给你寄点儿——

娜　拉：什么都不用寄。

海尔茂:你手头不方便的时候我得帮点忙。

娜　拉:不必,我不接受生人的帮助。

海尔茂:娜拉,难道我永远只是个生人?

娜　拉:(拿起手提包)托伐,那就要等奇迹中的奇迹发生了。

海尔茂:什么叫奇迹中的奇迹?

娜　拉:那就是说,咱们俩都得改变到——哦,托伐,我现在不信世界上有奇迹了。

海尔茂:可是我信。你说下去! 咱们俩都得改变到什么样子——?

娜　拉:改变到咱们在一块儿过日子真正像夫妻。再见。(她从门厅走出去)

海尔茂:(倒在靠门的一张椅子里,双手蒙着脸)娜拉! 娜拉!(四面望望,站起身来)屋子空了。
　　　她走了。(心里闪出一个新希望)啊! 奇迹中的奇迹——(楼下砰的一响,传来关大门的
　　　声音)

　　《玩偶之家》又译作《傀儡之家》或《娜拉》,是使易卜生闻名全世界的剧作。剧本通过女主人公娜拉与丈夫海尔茂之间由相亲相爱到最终决裂的过程,探讨了婚姻问题,暴露了男权社会与妇女解放之间的矛盾冲突,向资产阶级社会的宗教、法律、道德提出了挑战,它激励人们尤其是妇女为挣脱传统观念的束缚、为争取自由平等而斗争。

　　本节文字的戏剧冲突表现为娜拉要人格、要独立的意识、行动与海尔茂自私自利虚伪性格的冲突。在冲突中刻画人物,使人物的性格得以逐步展现。第三幕是娜拉觉醒的最重要的一幕。随着情节的展开、推进,海尔茂自私自利和虚伪的本性一层层地被揭穿,娜拉的觉醒意识由萌发到坚定、到最后毅然出走。可以说,主人公的性格是在现实矛盾冲突中成长的。这一幕中,娜拉认识了海尔茂的虚伪和极端自私的本性。他们的婚姻基础原来如此脆弱,经不起生活的风吹雨打。最后发展为娜拉要走,海尔茂要留的冲突。娜拉的"走",不是瞬间的一时冲动,是在冷静思考之后作出的决断,她从个人的生活经历和境况,发觉独立自我的不存在。曾经的我只不过是父亲的"泥娃娃女儿",现在的我充当的又是丈夫的"泥娃娃老婆"。表面看来,自己生活很殷实,过得无忧无虑。实际上,完全生活在他人的世界,想问题做事情全无个人的主张。尤其是,当柯洛克斯泰把信扔在信箱里以后,娜拉满以为此时自己一定会等到多年来渴望的那个"奇迹",海尔茂一定会给她一个至少暂时的人格,但最终她的梦想破灭。海尔茂的举动犹如当头一棒,将娜拉击醒。她终于明白,自己要获得真正的人格,做一个有自我意识、自我主张的人,只有离家出走! 因此,娜拉的走,是经过深思熟虑之后的必然行为,是她个人觉醒的最后爆发。海尔茂的"留",表明他旧的传统道德意识的顽固性。任凭海尔茂怎样对娜拉表忠心,诉衷肠,甚至表白悔恨之心,娜拉再也不会听信。就是在这激烈的戏剧冲突中,人物性格得以充分展现,作品主题得以明确表达。

　　本节文字是全剧的高潮,是娜拉和海尔茂激烈争论的最后场面。在这里,易卜生不仅展示了男女主人公之间戏剧冲突的集中鲜明,尖锐紧张,而且也表现出易卜生戏剧中长于"讨论"的艺术特色。在这一幕中,娜拉与海尔茂的问题"讨论",并非夫妻之间围绕彼此在家庭中是否享有相同权利、占有相同地位等而展开,而是紧紧围绕着妇女地位和娜拉的命运展开。作家通过娜拉和海尔茂的语言交锋,从家庭到社会、从政治到宗教、从道德习俗到个人责任,层层深入地探讨了妇女的地位问题。最后海尔茂那句"她走了。啊,奇迹中的奇迹——"既是他对娜拉出走行为的诧异和肯定,更是作者对妇女命运问题所发出的赞许。作品的意义得到了升华,作者的思想得到了深刻诠释。

哈姆莱特(节选)

【解题】 本剧为英国作家莎士比亚所作。莎士比亚(1564—1616)是欧洲文艺复兴时期的巨人,世界戏剧史上的泰斗。他一生创作了历史剧 10 部、喜剧 13 部、悲剧 10 部、传奇剧 4 部。悲剧成就最高,其主题主要是反映理想与现实的矛盾和理想的破灭。在他的悲剧中,人文主义理想与现实社会恶势力之间的矛盾构成戏剧冲突,剧中塑造了一批具有人文主义理想的正面人物,描写他们所代表的先进力量与现实中强大的邪恶势力所进行的悲剧性的斗争,以及他们的毁灭、他们的道义力量。《哈姆莱特》是莎士比亚悲剧中的代表作品,这部作品创作于 1602 年。在思想内容上达到了前所未有的深度和广度,深刻地揭示出封建末期社会的罪恶与本质特征。剧本中,莎士比亚所提出的"生存还是毁灭,这是一个值得考虑的问题",是哲学的基本命题,是人类对自己的行为是否进行理性思考的一个精炼的概括,是文艺复兴时期人类思想的一个伟大成果,是人类不断获得真理、不断进步、避免错误的一个有效的思想工具。

第三幕
第一场

(国王、王后、波洛涅斯、奥菲利娅、罗森格兰兹及吉尔登斯吞上。)

国　　王:你们不能用迂回婉转的方法,探出他为什么这样神思颠倒,让紊乱而危险的疯狂困扰他的安静的生活吗?

罗森格兰兹:他承认他自己有些神经迷惘,可是绝口不肯说了为什么缘故。

吉尔登斯吞:他也不肯虚心接受我们的探问;当我们想要从他嘴里知道他自己的一些真相的时候,他总是用假做痴呆的神气回避不答。

王　　后:他对待你们还客气吗?

罗森格兰兹:很有礼貌。

吉尔登斯吞:可是不大自然。

罗森格兰兹:不大说话,但对我们的问题倒是回答得十分详细。

王　　后:你们有没有劝诱他找些什么消遣?

罗森格兰兹:娘娘,我们来的时候,刚巧有一班戏子也要到这儿来,给我们赶上了;我们把这消息告诉了他,他听了好像很高兴。现在他们已经到了宫里,我想他今晚就要看他们表演的。

波 洛 涅 斯:一点不错,他还叫我来请两位陛下同去看看他们演得怎样哩。

国　　王:那好极了,我非常高兴听见他对这方面感兴趣。请你们两位还要更进一步鼓起他的兴味,把他的心思移转到这种娱乐上面。

罗森格兰兹:是,陛下。(罗森格兰兹、吉尔登斯吞同下)

国　　王:亲爱的葛特露,你也暂时离开我们;因为我们已经暗中差人去唤哈姆莱特到这儿来,让他和奥菲利娅见见面,就像他们偶然相遇的一般。她的父亲跟我两人将要权充一下密探,躲在可以看见他们却不能被他们看见的地方,注意他们会面的情形,从他的行为上判断他的疯病究竟是不是因为恋爱上的苦闷。

王　　后:我愿意服从您的意旨。奥菲利娅,但愿你的美貌果然是哈姆莱特疯狂的原因;更愿你的美德能够帮助他恢复原状,使你们两人都能安享尊荣。

奥 菲 利 娅:娘娘,但愿如此。(王后下)

波 洛 涅 斯:奥菲利娅,你在这儿走走。陛下,我们就去躲起来吧。(向奥菲利娅)你拿这本书去读,他看见你这样用功,就不会疑心你为什么一个人在这儿了。人们往往用至诚的外表和虔敬的行动,掩饰一颗魔鬼般的内心,这样的例子是太多了。

国　　王:(旁白)啊,这句话是太真实了! 它在我的良心上抽了多么重的一鞭! 涂脂抹粉的娼妇的脸,还不及掩藏在虚伪的言辞后面的我的行为更丑恶。难堪的重负啊!

波洛涅斯　我听见他来了。我们退下去吧,陛下。(国王及波洛涅斯下)

　　(哈姆莱特上)

哈 姆 莱 特:生存还是毁灭,这是一个值得考虑的问题;默然忍受命运的暴虐的毒箭,或是挺身反抗人世的无涯的苦难,在奋斗中扫清那一切,这两种行为,哪一种更高贵? 死了,睡去了,什么都完了;要是在这一种睡眠之中,我们心头的创痛,以及其他无数血肉之躯所不能避免的打击,都可以从此消失,那正是我们求之不得的结局。死了,睡去了;睡去了也许还会做梦。嗯,阻碍就在这儿:因为当我们摆脱了这一具朽腐的皮囊以后,在那死的睡眠里,究竟将要做些什么梦,那不能不使我们踌躇顾虑。人们甘心久困于患难之中,也就是为了这一个缘故。谁愿意忍受人世的鞭挞和讥嘲、压迫者的凌辱、傲慢者的冷眼、被轻蔑的爱情的惨痛、法律的迁延、官吏的横暴和俊杰大才费尽辛勤所换来的得势小人的鄙视,要是他只要用一柄小小的刀子,就可以清算他自己的一生? 谁愿意负着这样的重担,在烦劳的生命的压迫下呻吟流汗,倘不是因为惧怕不可知的死后,惧怕那从来不曾有一个旅人回来过的神秘之国,是它迷惑了我们的意志,使我们宁愿忍受目前的磨折,不敢向我们所不知道的痛苦飞去? 这样,重重的顾虑使我们全变成了懦夫,决心的赤热的光彩,被审慎的思维盖上了一层灰色,伟大的事业在这一种考虑之下,也会逆流而退,失去了行动的意义。且慢! 美丽的奥菲利娅! ——女神,在你的祈祷之中,不要忘记替我忏悔我的罪孽。

奥 菲 利 娅:我的好殿下,您这许多天来贵体安好吗?

哈 姆 莱 特:谢谢你,很好,很好,很好。

奥 菲 利 娅:殿下,我有几件您送给我的纪念品,我早就想把它们还给您,请您现在收回去吧。

哈 姆 莱 特:不,我不要,我从来没有给你什么东西。

奥 菲 利 娅:殿下,我记得很清楚您把它们送给了我,那时候您还向我说了许多甜蜜的语言,使这些东西格外显得贵重;现在它们的芳香已经消散,请您拿了回去吧,因为送礼的人要是变了心,礼物虽贵,也会失去它的价值。拿去吧,殿下。

哈 姆 莱 特:哈哈! 你贞洁吗?

奥 菲 利 娅:殿下!

哈 姆 莱 特:你美丽吗?

奥 菲 利 娅:殿下是什么意思?

哈 姆 莱 特:要是你既贞洁又美丽,那么最好不要你的贞洁跟你的美丽来往。

奥 菲 利 娅:殿下,难道美丽跟贞洁相交,那不是再好没有吗?

哈 姆 莱 特:嗯,真的,因为美丽可以使贞洁变成淫荡,贞洁却未必能使美丽受它自己的感化;这句话从前像是怪诞之谈,可是现在的时世已经把它证实了。我的确曾经爱过你。

奥 菲 利 娅:真的,殿下,您曾经使我相信您爱我。

哈 姆 莱 特:你当初就不应该相信我,因为美德不能熏陶我们罪恶的本性。我没有爱过你。

奥菲利娅：那么我真是受了骗了。

哈姆莱特：进尼姑庵去吧！为什么你要生养一群罪人出来呢？我自己还不算是一个顶坏的人，可是我可以指出我的许多过失；一个人有了那些过失，他的母亲还是不要生下他来的好。我很骄傲、使气、不安分，还有那么多的罪恶，连我的思想里也容纳不下，我的想像也不能给它们形像，甚至于我没有充分的时间可以把它们实行出来。像我这样的家伙，匍匐于天地之间，有什么用处呢？我们都是些十足的坏人，一个也不要相信我们。进尼姑庵去吧。你的父亲呢？

奥菲利娅：在家里，殿下。

哈姆莱特：把他关起来，让他只好在家里发发傻劲。再会！

奥菲利娅：嗳哟，天哪！救救他！

哈姆莱特：要是你一定要嫁人，我就把这一个咒诅送给你做妆奁：尽管你像冰一样坚贞，像雪一样纯洁，你还是逃不过谗人的诽谤。进尼姑庵去吧，去！再会！或者要是你必须嫁人的话，就嫁给一个傻瓜吧；因为聪明人都明白你们会叫他们变成怎样的怪物。进尼姑庵去吧，去！越快越好。再会！

奥菲利娅：天上的神明啊，让他清醒过来吧！

哈姆莱特：我也知道你们会怎样涂脂抹粉；上帝给了你们一张脸，你们又替自己另外造了一张。你们烟视媚行，淫声浪气，替上帝造下的生物乱取名字，卖弄你们不懂事的风骚。算了吧，我再也不敢领教了，它已经使我发了狂。我说，我们以后再不要结什么婚了；已经结过婚的，除了一个人以外，都可以让他们活下去；没有结婚的不准再结婚，进尼姑庵去吧，去。（下）

奥菲利娅：啊，一颗多么高贵的心是这样陨落了！朝臣的眼睛、学者的辩舌、军人的利剑、国家所瞩望的一朵娇花；时流的明镜、人伦的雅范、举世瞩目的中心，这样无可挽回地陨落了！我是一切妇女中间最伤心而不幸的，我曾经从他音乐一般的盟誓中吮吸芬芳的甘蜜，现在却眼看着他的高贵无上的理智，像一串美妙的银铃失去了谐和的音调，无比的青春美貌，在疯狂中凋谢！啊！我好苦，谁料过去的繁华，变作今朝的泥土！（退后）

（国王及波洛涅斯重上）

国　　　王：恋爱！他的精神错乱不像是为了恋爱；他说的话虽然有些颠倒，也不像是疯狂。他有些什么心事盘踞在他的灵魂里，我怕它也许会产生危险的结果。为了防免万一起见，我已经当机立断，决定了一个办法：他必须立刻到英国去，向他们追索延宕未纳的贡物；也许他到海外各国游历一趟以后，时时变换的环境，可以替他排解去这一桩使他神思恍惚的心事。你看怎么样？

波洛涅斯：那很好，可是我相信他的烦闷的根本原因，还是为了恋爱上的失意。啊，（奥菲利娅趋前）奥菲利娅！你不用告诉我们哈姆莱特殿下说些什么话，我们全都听见了。陛下，照您的意思办吧；可是您要是认为可以的话，不妨在戏剧终场以后，让他的母后独自一人跟他在一起，恳求他向她吐露他的心事；她必须很坦白地跟他谈谈，我就找一个所在听他们说些什么。要是她也探听不出他的秘密来，您就叫他到英国去，或者凭着您的高见，把他关禁在一个适当的地方。

国　　　王：就是这样吧。大人物的疯狂是不能听其自然的。（同下）

图书在版编目（CIP）数据

文学欣赏/朱迪光主编.—上海:华东师范大学出版社,
2012.2
基础性、拓展性通识课程系列教材
ISBN 978-7-5617-9294-0

Ⅰ.文…　Ⅱ.朱…　Ⅲ.文学欣赏-高等学校-教材
Ⅳ.Ⅰ06

中国版本图书馆 CIP 数据核字(2012)第 022984 号

基础性、拓展性通识课程系列教材

文学欣赏

主　　编　朱迪光
项目编辑　范耀华
审读编辑　程一聪
责任校对　赖芳斌
装帧设计　卢晓红

出版发行　华东师范大学出版社
社　　址　上海市中山北路 3663 号　邮编 200062
网　　址　www.ecnupress.com.cn
电　　话　021-60821666　行政传真 021-62572105
客服电话　021-62865537　门市(邮购)电话 021-62869887
地　　址　上海市中山北路 3663 号华东师范大学校内先锋路口
网　　店　http://hdsdcbs.tmall.com

印 刷 者　昆山亭林彩印厂有限公司
开　　本　787×1092　16 开
印　　张　15
字　　数　382 千字
版　　次　2012 年 4 月第一版
印　　次　2012 年 4 月第一次
书　　号　ISBN 978-7-5617-9294-0/Ⅰ·865
定　　价　30.00 元

出 版 人　朱杰人

(如发现本版图书有印订质量问题,请寄回本社客服中心调换或电话 021-62865537 联系)